中华传世藏书 【图文珍藏版】

中国孤本小说

马松源⊙主编

线装书局

目 录

《锦帐春风》

第 一 回　限时刻焚香出去
　　　　　怕违条忍饿归来 ………………………………………（3）

第 二 回　祭先茔感怀致泣
　　　　　泛湖舟直谏招尤 ………………………………………（10）

第 三 回　王妈妈愁而复喜
　　　　　成员外喜而复愁 ………………………………………（18）

第 四 回　思疗妒鸽鹁置膳
　　　　　欲除奸印信关防 ………………………………………（26）

第 五 回　周员外设谋圆假梦
　　　　　都院君定计择良姻 ……………………………………（33）

第 六 回　脱滞货石田长价
　　　　　嗟薄命玉杵计穷 ………………………………………（42）

第 七 回　落圈套片刻风光
　　　　　露机关一场拷打 ………………………………………（51）

第 八 回　再世昆仑玉全麟嗣
　　　　　重生管鲍弦续鸾胶 ……………………………………（59）

第 九 回　都院君勃然嗔假印
　　　　　胡主事混沌索真脏 ……………………………………（67）

第 十 回　伏新礼优觞祸酿
　　　　　弄虚脾继立事谐 ………………………………………（76）

第十一回　都氏瓜分家财
　　　　　成飙浪费继业 …………………………………………（85）

第十二回　石佛庵波斯回首
　　　　　普渡院地藏延宝 ………………………………………（97）

第十三回　产佳儿湖中贺喜
　　　　　训劣子堂上殴亲 ………………………………………（110）

第十四回　告忤逆枉赔自己钞
　　　　　买生员落得用他财 ……………………………………（120）

第十五回　画行乐假山掩侍女
　　　　　涉疑心暗鬼现真形 ………………………………（128）

第十六回　妒气触怒于天庭
　　　　　凤擘报施乎地府 ………………………………（136）

第十七回　波斯阅招救难
　　　　　都氏带罪受经 ………………………………（147）

第十八回　翠苔重返家门
　　　　　都氏阖堂拜谢 ………………………………（158）

第十九回　都白木丑态可摹
　　　　　许知府政声堪谱 ………………………………（164）

第二十回　昧心天诛地灭
　　　　　硕德名遂功成 ………………………………（171）

《阴阳斗》

第 一 回　荡魔山戒刀成形
　　　　　隐朝歌贤士卖卜 ………………………………（183）

第 二 回　通神卜判断无差
　　　　　验先天死生有数 ………………………………（187）

第 三 回　触天怒柔物降生
　　　　　明道术佳人决断 ………………………………（191）

第 四 回　石婆子求救孤儿
　　　　　任佳人教施异术 ………………………………（195）

第 五 回　传解法孝子离灾
　　　　　依妙术慈母会子 ………………………………（199）

第 六 回　还卦资母子酬恩
　　　　　疑筮术主仆推详 ………………………………（202）

第 七 回　试卜爻偶得凶信
　　　　　特求救别有生机 ………………………………（205）

第 八 回　石婆子道漏救机
　　　　　桃花女泄传神咒 ………………………………（209）

第 九 回　求搭救彭剪添寿
　　　　　愤破卦周乾生嗔 ………………………………（213）

第 十 回　骗亲事欺瞒诈就
　　　　　误中计强逼联成 ………………………………（217）

第十一回　恼婚姻需索聘物
　　　　　请凶煞中毒施谋 ………………………………（221）

中华传世藏书

中国孤本小说

目录

第十二回　明陷阱顾图解脱
　　　　　知后事先泄玄机 ………………………………………（225）

第十三回　邪斗正神圣无私
　　　　　真赢假阴阳有准 ………………………………………（229）

第十四回　桃花女以法破法
　　　　　周国公图害被害 ………………………………………（233）

第十五回　桃花三解天罡法
　　　　　周乾再布压魔谋 ………………………………………（237）

第十六回　困名疆阴阳斗智
　　　　　识本来二圣还原 ………………………………………（241）

《梧桐影》

第 一 回　止淫风借淫事说法
　　　　　谈色事就色欲开端 ……………………………………（247）

第 二 回　和尚诱佳人寺内奸淫
　　　　　太守贾拈香放出书生 …………………………………（250）

第 三 回　一怪眼前知恶孽
　　　　　两铁面力砥狂澜 ………………………………………（254）

第 四 回　顽童削发从师学术
　　　　　稚子辞娘入伙为优 ……………………………………（257）

第 五 回　雏儿逢淫妇不觉消魂
　　　　　秃子扮西商居然得意 …………………………………（263）

第 六 回　一霎风流是他还是我
　　　　　几宵恩爱看看我是谁 …………………………………（268）

第 七 回　一个是小户多情债主
　　　　　一个是大家薄幸替身 …………………………………（273）

第 八 回　贞妇淫秃认是好姻缘
　　　　　痴娼狂那知是真孽障 …………………………………（277）

第 九 回　御史私行轿夫漏风声
　　　　　老僧多嘴淫孽难藏影 …………………………………（281）

第 十 回　不苟二女藏差徙他郡
　　　　　法无轻货两孽入重泉 …………………………………（285）

第十一回　鬼声自笑终当共泣
　　　　　魅影人谴更伏天刑 ……………………………………（289）

第十二回　虎丘山因梦题诗句
　　　　　长安道遇仙识往因 ……………………………………………（294）

《空空幻》

第　一　回　戒色欲苦箴良友
　　　　　入幻境巧化才人 ………………………………………………（299）

第　二　回　寓名园始盟淑女
　　　　　泊孤舟又遇佳人 ………………………………………………（307）

第　三　回　扣朱扉潜求艳色
　　　　　宿绣衾始露其形 ………………………………………………（316）

第　四　回　赴文社一人压众
　　　　　听琴声二美谐欢 ………………………………………………（326）

第　五　回　吮春丸鏖战群尼
　　　　　遇仙姿网图双艳 ………………………………………………（335）

第　六　回　一幅画巧谐美事
　　　　　三杯酒强度春风 ………………………………………………（343）

第　七　回　幸中幸得美遇仙
　　　　　才怜才惊诗赴考 ………………………………………………（352）

第　八　回　逢劲敌梦恋三更
　　　　　会佳期图全十美 ………………………………………………（361）

第　九　回　访故人水流云散
　　　　　睹音书肠断魂消 ………………………………………………（370）

第　十　回　适维扬空怀旧约
　　　　　至武林喜订新盟 ………………………………………………（381）

第十一回　吉变凶风波不定
　　　　　怨装恩云雨怀仇 ………………………………………………（390）

第十二回　赋落花良明示鉴
　　　　　叹偿淫佳耦失贞 ………………………………………………（399）

第十三回　欲拗法痴心割爱
　　　　　愿为僧肆意狂淫 ………………………………………………（408）

第十四回　进忠言迷途不悟
　　　　　败奸谋法网难逃 ………………………………………………（417）

第十五回　因诉冤刑加极恶
　　　　　为报淫笔到投生 ………………………………………………（425）

第十六回　空幻中果报既昭
　　　　　鹦鹉唤大梦始觉 ………………………………………………（434）

锦帐春风

[明]伏雌教主 撰

第一回 眼时刻焚香出去 怕违条忍饿归来

引首《满江红》(宋)儒作

须发男儿,率性处辣来凛冽。又何曾隐忍肤挠,含容目瞥。胜负场中逞后先,英雄队里争豪杰。怎归来见着俏浑家,汤浇雪! 下虚心,犹未悦;任趋承,还磨折。总甘心忍耐,敢生流言。可侮浑如系颈羊,堪欺偏似藏头鳖。是何年,请得上方刀,把雌风灭。

评:

此公颇有疗妒之志,然欲请剑上方,第恐缓不及事,仍类寻常汉子。

这首《满江红》词,乃是宋时一个宿儒所制。单道着人生于天地之间,受父母之精血,秉天地之性灵,至清至明,至刚至劲。及其渐至壮年,又读了几多诗书,学了几多世务,添了几多侠肠傲骨,义胆雄心,一毫也不少屈于人,一些也不少弱于己,便是父母,也不肯让他分毫。不知怎么到了壮年以来,娶下一房妻室,便有了一个缄束,就似那蜗牛遇了盐醋,蚂蟥见了石灰一般,辣他飞天也似的好汉,只索缩了一大半,这也不知什么缘故? 难道男子个个惧内,女人个个欺夫的? 也是天生的古怪。

俗话道得好:"干事时她却还在底下,除了这事,她便要爬到丈夫头上屙屎。"莫说别的,便是当时陈季常,是个大有意思的人,哪个不相钦敬? 独有这点上边,有些调停不来,每受了夫人的呵谴,难为到十生九死。又有那不识进退的老苏,倚着通家好友,只道自己面皮怎么样大,思量劝那柳氏转来,走来道:"嫂嫂,夫乃妇之天……"一缘二故,说得不上

3

三五句话,只见那柳氏霎时变下脸来,把个刀一似的言语复上几句,眼见那老苏真个也自酥了。这总是《狮吼记》的旧话,人人看过,个个晓得,却把来做一个引子,小子也不十分细道。

却说目今又有一户人家,丈夫赛过陈慥,老婆赛过了柳夫人,他的家门颠末,又赛过《狮吼记》。虽则世上常情,亦是目今趣事,待我慢慢说来。有诗为证:

> 堪叹男儿力不支,诸凡事业任妻为;
> 假饶片语相挠处,历尽熬煎真可悲。

说话的,你又差了!依你这等说来,为人娶了一房妻小,不要他帮扶家室,终不然做个神阁儿,请他朝夕四拜,才是男儿力自支么?呀,看官,不是这等讲,若说朝夕四拜,端又是怕老婆的了。有一诗又道得好:

> 妻主内兮夫主外,夫耕妻织俱无怠。
> 丈夫一日身显荣,念及糟糠倍亲爱。
> 宋弘之妻不自夸,自有知心宋弘在。
> 怎知当世浇薄风,妻虽懒惰勤争功。
> 自言家业皆由我,恃己多才凌老公。
> 丈夫不幸无子息,自言有婿有内侄。
> 堪叹白发已蒙头,尚不容夫亲外色。
> 丈夫无奈假趋承,只恐贻笑遭人轻。
> 后生莫道不惧内,事到其间难后生。

闲话休题。且说宋朝年间,临安府中有一处士,姓成名珪,表字廷玉,祖居虎林人氏。幼年孤苦,无倚无依,辛勤积攒,做些经纪生理。到了二旬之外,娶下一个妻子,就是左近那都绢的女儿。那都家老员外，名唤都直，唤字公行，做人朴实，颇有财势，因开绸绢铺子，人人唤做都绢。

那都绢为何将这女儿倒嫁了一个小本经纪？也只是这都员外做人老实，不乐虚花；是这女婿做人自小停当，一个铜钱当八个字用，以是把个女儿与他为妻。便是那都氏娘子，虽不是倾国倾城，却也如花似玉，一应做家，色色停当。只是一件，都氏从来娇养，况且成珪出身浅薄，家业皆得内助，"惧内"二字，自不必说了。

做亲后不多几年，夫唱妇随，做了千数家业。不期都老员外过世，舅舅都丽又小，绢铺没人管理，却是成珪寻了后街绸绢行中一个旧友，仍旧开张缎铺。这友人姓周名智，表字君达，年纪与成珪仿佛，不相上下。做人性格温和，公平交易，店面上一发来得，真个是不赥科甲的状元，不做文章的秀士。兼之出入银两，半毫不苟，开得十多个年头，颇颇有了利息。

一日，成珪道："贤弟，你我忠心赤胆，开店多年，有本有利，并无芥蒂。只是如今事体大了，两下日久，终有结局。古言道得好：'树大分枝'。我和你两人就此分枝，有何不可！"周智道："小弟得蒙提挈，凡事皆赖贤兄所赐，一任尊裁，但凭处分。"成珪道："说哪里话！本钱虽是我多，辛力却是你多，和你除原本外，均分余利就是。"当日就盘算了账目，点起货物，共有万金。两下各自分了明白。周智便移至大街，仍旧开张缎铺。成珪却懒于营生，因家下有了两个得力主管，竟移至后巷开了一所解库。

说话之间，不觉光阴似箭，日月如梭。又是十多年后，两家生理更又不同，日兴日旺。只是一件，那周家莫说别的，只儿女也添了两三个，将次要嫁娶了。独这成宅夫妇，少不得一个称了员外，都氏也称了院君。家里山场、田地、衣饰、金银，那件没有？偏偏的员外便像太监，院君就像个羯狗，两下结亲四十余年，屁也不曾放得一个，都氏也不着急，莫怪那成珪口中不说，心下思量道："我有偌大家私，年近六旬，并没一个承宗接祀的儿子，这事怎不教人着急！总是城隍庙、张仙祠、崔府君、定光佛，那处不立愿？那处不许经？一毫也不灵应。况且院君性格不凡。"看官们像也谅着七八分的光景，那些娶两头、大七大八、一妻一妾，莫说成员外，便是小子也开不得口了。

一日，成员外闲居无事，春景融合，节届清明，时当寒食。那时独坐书斋，别无思想。忽然记得起来："去年天竺进香，曾在白衣赐子观音殿前，许下灯油良愿。至今将及一载，未及完纳，想是因此越没个子嗣消息了。"即忙便请院君商议。不多时，那都氏轻移莲步，

缓动湘裙，来见员外。看他怎生打扮。《临江仙》为证：

> 杏脸全凭脂共粉，乌云间着银丝。荆钗裙布俭撑持，不为雌石季，也算女陶朱。真率由来无笑影，和同时带参差。问渠天性更如何？要知无妒意，溺器也教除。

成珪迎接之际，虽不尽摩，而其容貌，亦有《临江仙》词为证：

> 年齿虽然当耳顺，襟期尤似充龄。吴霜缕缕鬓边生。不因五斗粟，惯作折腰迎。绮思每涎蝴蝶梦，幽期惟恐莺闻。问渠来将是何名？畏妻都总管，惧内老将军。

都氏见引成珪，便问道："你今独坐在此，请老娘为着何事？敢是早膳未进，还是库中账目要查么？"成珪见妻子来意严整，便又不敢开口。那都氏又问道："莫非夜来受了风寒，敢是那边吃了哑药，不做声为着什么？"成珪没奈何，只得把个笑堆在脸上，道："院君有所不知，拙夫那里为着这些来。只因去岁天竺进香，没要紧为着子嗣上，曾在白衣观音殿中，许下灯油幡袍良愿。适才记得起来，拙夫将欲告假一日，自往进香还愿，故此特请院君商议，别无他事。不知院君意下何如？"那都氏把个头低了一低，眉蹙了一蹙，便道："烧香好事，但凭你去，何须和我说得。"掇转身便向里边径自去了。

成珪没奈何，只得舍着张风脸，上前一把拽住道："院君，这回肯不肯，分付一个明白，如何竟自去了？"都氏道："你自去便是了，难道我又来搅你？"成珪道："院君说那里话！拙夫若去，一定要请同行，如何擅自敢去！"那都氏被他趋承不过，却也回嗔作喜道："若要我去，何不一发请了周家叔、婶二人同去走遭？况且清明节近，往天竺就去祖坟上祭扫一回，却不一举两得？"成珪大喜道："还是院君到底有见识，有理，有理！院君，我看此刻天色清爽，明日一定晴朗，就是来日如何？"都氏道："便是明日。你可亲自周宅去来，我却在家备办合用酒食。"

成珪应了一声，向外便走。都氏道："转来。"成珪捉不住脚，倒退了二三步，道："院……院君，还有甚么分付？"都氏道："往常你出门去，亲自点香限刻，计路途远近，方敢

出门。明日虽是烧香公务，料你不敢偷腥，只是有理不可缺，一遭误，二遭故。"成珪转身把舌头伸了一伸，颈项缩一缩，轻轻走到香筒里，取了一枝线香，战兢兢的点在炉内，道："院君，拙夫去也。"都氏道："还不快走！"吓得那成珪抱头鼠窜，一溜去了。都氏却自嘻嘻的笑了一声，走到厨下，吩咐丫鬟小使道："来日我们天竺进香，俱要早起整备。四辆肩舆，一应酒食，俱可早些安排，不可临时无措。"众婢仆齐齐应诺，不在话下。

却说成珪出得门来，又早夕阳西下晚饭时光，只恐周宅往返归迟，有违香限，取责不便。恨不得两步挪做一步。转弯抹角，过东转西，却才来到周宅门首。只见外厢铺面俱已闭了，两个门神，你眼看着我眼，把个门儿关得铁桶相似。成珪捶了一会，里面深远，偏不见应。欲待转来，又恐误事；欲待等候，又恐违限。

正是两难之际，只见门缝里露出一线灯光来，成珪慌忙张看，只见一个小厮手中提个灯笼，正走出门，见成珪到来，便厮唤道："我道是谁扣门，原来是成员外。连晚到此，定有贵干，请里面坐。"成珪道："我来寻你员外，有事计议，可在家么？"小厮道："员外与两位小官人，俱去亲戚家饮酒未归，故此小人特地去请。员外进内略坐片时，便好相会。"成珪道："既不在家，那里等得？你只替我说，明日接员外、院君天竺进香，我自去也。"

那小厮那里知道成珪心上有事，一把的死命拽住道："员外又不是他人，为何这等作客？员外不在，院君也在家下，晚饭也用一箸去。"成珪再三不肯，小厮再四又留。正在喧嚷之际，周智的妻子何氏院君，踱将出来。这何氏从适周门，一般赤手成家，帮助殷实，全不似都院君性格。有《临江仙》为证：

> 淡扫蛾眉排远岫，低垂蝉鬓轻云。星星凤眼碧波清，莺声娇欲溜，燕体步来轻。
>
> 容貌可将秦、虢比，贤才不愧曹卿。顺承妇道德如坤，螽斯宜早振，麟趾尽堪征。

何氏闻得外厢聒絮之声，不知其事，出来一看。见是小厮留成员外，连忙相见，道个万福，把那世俗套话问候了一番，就留成珪进内敬坐。成珪见他殷勤相待，只得坐下。却才把个臀尖掭得一掭，好像椅上有块针毡相似，好生不安，总也为着家中线香之故。圣人道得好："有诸中，形诸外。"

何氏因是通家，自己陪坐。说不多闲话，丫鬟献过茶来。成珪道："茶倒不必赐了。有件小事，特来致意：老夫奉拙荆之命，特着老夫亲自请君达阿弟与院君，明日一同往天竺进香，就去祭扫荒陇，又兼老拙还愿。万乞早临，幸勿见阻。"何氏道："荷蒙宠招，本当趋命，奈拙夫未回，未及详审，不敢擅专。少顷归家，即当转申美意，定须遵命。"

丫鬟报道："酒肴已备，请院君主席。"何氏便道："员外到来，无甚款待，聊备鲁酒，幸勿见嫌。"成珪见何氏这般调妥，兼之淳善，暗想道："我这些须之事，便道不曾对丈夫说知，不敢造次应允，别事俱各可知。偏我命中驳杂，娶着这个老乞婆，恁般顽劣，恁般泼悍！我今出来多时，线香已应完了，不知家下怎么一个结局，若再吃酒，岂不愈深其疑！"正是，不想也罢，想到这个田地，却便是顶门中走了三魂，脑背后失了七魄，两耳通红，五内火热，忙忙的回复："不消"，也不知向那一方壁角里唱个喏喏，望外便走。

何氏正留不住，已在作别之际，只见灯光之下，又早周智回也。二子随后亦来。且看周智怎生模样，《临江仙》为征：

> 布袜青袍多俭朴，衣冠楚楚堪钦，谦恭虚己颇温存，虽当酩酊后，到底有规箴。
>
> 二子多才骐与骥，一双白璧南金。联芳棠棣许趋庭，从来夸两仲，不负二难称。

成珪见周智到来，只得住脚。周智拜揖道："贤兄光顾，失迎莫罪。"便对何氏道："伯伯到来，不比外客，为何不见一些汤水？"倚着酒醉，兼着真情，一把拖了成珪，把个妻子、婢仆翻天搅地的骂个不了。倒叫成珪目瞪口呆，劝又劝不止，辞又辞不脱，被他拖来拽去，弄得头也生疼，却也顾不得周智埋怨妻子，只把进香之事，忙忙说了一遍。见周智满口应允，便要立誓辞回。

周智心里明白他的毛病，故意不放，正像打破砂锅，直问到底道："是为何这等执拗不肯，用些酒去？定要说个明白。"成珪被逼不过，没奈何回复道："老弟是个极聪明的人，定要区区细说？这时不回，今晚可是安睡得的？"周智原是个爽脆的人，便道："是了，是了，贤兄实欲回归，恭敬不如从命了。"就着个家僮，提了灯笼送成珪归家。仍从旧路飞奔上前，心中春熟了一石多凹谷。

不觉已到了自己门首，发付了小厮回去。众主管俱来迎接，问道："员外出去多时，毕竟不曾晚膳，敢是饿也？快办酒肴。"成珪道："这到犹可，院君可安静么？"那些主管也有嘻嘻笑的，也有骨嘟嘴的，不知为着何事？成珪见不是头，连忙又问了几声，那主管道："自从员外出去，院君里面不知为甚，吱喳了好一会，还未息哩！"

成珪听了这句风声，却似雪狮子向火，酥了一大半，慌得个手脚无措，口中虽是不言，心内好生着急，暗自忖道："今日迟归，原是自己不是，少问院君，若是有些出言吐语，到也还好承受；倘或求免不脱，动起向日家伙，免不得面门上带些青紫，明日进香甚么体面！"只得叹口气道："罢了，罢了，丑媳妇免不得见公婆！"只索硬了头皮过去见他。正是那：

　　　　青龙与白虎同行，喜鹊与乌鸦齐噪。

不知主何凶吉，且听下回分解。

总评：

　　成、何相对数语，心口已觉恍然。
　　以待窠妓之心体贴妻妾，便是天下第一美丈夫；若将待妻、妾之心体贴父母，便是千古第一孝顺子。试观成珪之惧公守法，即比之上古忠臣孝子，未之过也。惜甘用此不用彼，遂让古人独享美名。虽然，此样阿妈，不是妻子，应是前世娘转身，讨忤逆债尔。今人不孝父母者，曷其鉴诸！

第二回 絮先茔感怀致泣 泛湖舟直谏招尤

引首《玉楼春》无名氏作

六桥岁岁花如锦，多少风流堤上逞；
几番花落又重开，当日风流都老景。
南北两山多邃径，沿路荒坟失名姓；
可怜今日纸钱飘，他日有无犹未定。

评：

即壮年有嗣之人，读此一过，亦当周身汗下，何啻成珪。

却说成珪只恐线香限紧，连晚忍饿而归，又见众主管这段光景，好不害怕，没奈何，只按了胆，直头走将进去，却好都氏正是盼望之际。成珪陪个小心，深深唱个肥喏，竟不知妻子放出甚么椒料来。谁想成珪八字内不该磨折，不知那一些儿运限亨通，也是这一刻的星辰吉利，真正千载奇逢，破格造化，霎时乐师灯化作鬼火。

都氏见丈夫唱喏，便带个笑脸问道："接客的老奴怎么回复我？"成珪见这段光景，不知喜从何来，心头突地把泰山般一块疙瘩抛到东洋海里。你道为何那些主管也会吊谎来吓主家？原来有个缘故，成珪自从傍晚出门，都氏却在家中备办进香物料，丫鬟、小厮那里理会得来？故此呐喊摇旗了这一会。众主管不知其故，却泛出这段峦头，吓得成珪屁滚尿流，好利害也！有诗为证：

雌鸡声韵颇堪夸，路上人闻体遍麻；

膝下黄金何足惜，满恇谨具向浑家。

成珪得坐喘息已定，对都氏道："拙夫蒙院君命，去到周宅，将吩咐的言语，尽行致意与何院君得知。他已满口应允，明早即同周达君一齐到来，并无别说。"都氏道："那老周怎么也来？"成珪道："院君吩咐邀他，自然要他个到，难道怎好虚邀得的？"都氏道："这也罢了。你可用晚膳未？"成珪道："多承他家再三款留，只恐违了夫人严限，故此尚未吃来。"都氏道："偏你这样人，假小心，最胆大，猢狲君子，黑心公道，专会妆乔，惯能作巧。他家好意留你，你便领他意思才是。如何不吃他的？只道有些相怪，今后决不可如此了。"

成珪立起身，打个深躬道："谨依院君台命！恐下遭不似今日宽恕，只求线香多限寸儿，便是万代恩德！"丫鬟打点肴馔出来，夫妻二人相对而饮。成珪私自贺喜。正在饥渴之际，况兼酒落欢肠，举起大觥一连吃了一二十觥，酒量原不济事，不觉酩酊大醉。都氏见丈夫已醉，连慌将饭出来。成珪闭了双眼孔，胡乱吃了一盏，却便垂头睡熟，倒在桌上。丫鬟再三推扶，只是不动，口中喃喃呐呐的，不知说些甚么。正是醒脸看醉脸，其实有趣。惹得那些婢仆笑做一团，搅做一块，你又道没本事扛，我又道莫本事驮。三三两两，闹攘之际，正愁没个法儿弄员外进房。不想都氏拿了茶杯儿，来到丈夫跟前，见他呼呼的睡熟，你道好一个院君，不慌不忙，把那嘹亮的声儿向丈夫耳朵边叫声："不要老不尊！起来吃茶，上床睡去！"

成珪虽然酒醉，耳边到底惧怯，心里到底知事，一闻妻子声音，却像老鼠见了猫儿，"骨碌"跳将起来，双手擦擦眼孔，口中打个呵欠道："床在那里？拿来我睡。"都氏道："老乞丐，谁着你灌得恁醉！床在房中，可是移得来的？"成珪将醉眼白呆呆觑着妻子，道："床不肯移来么？罢，罢，罢！"又把双眼儿闭了。都氏将茶递来，成珪一连呷了几口，脚下又只不走好。院君看不过了，伸出三个尖尖的玉笋样的指儿，也不知甚么天师府里学来的符咒，只在丈夫脑骨上轻轻刮的一下，道："老奴，还不走动！"只见成珪叫声"领命"，便向房中一撞。都氏代脱衣服，放倒便睡。当晚各人就枕，一夜无话。

忽然金鸡唱晓，将已天明。都氏率众各各起来梳洗，又着小使去到周宅相邀。那周家却也装束齐备，听得相请，夫妻二人即便上轿，不则一步，已到成家。都氏连忙出迎，来

到厅前，福了两福，成珪接着，两下俱各相揖已了。何氏把日常忆念彼此致谢的话头，对都氏叙了一回。丫鬟捧过茶来。各人吃罢，又吃了早饭，请上香烛等物，带了一行僮仆，俱各出门。四座肩舆，十六只快脚，一溜风出了涌金门外，来到柳洲亭畔，便有无穷光景。《满庭芳》为证：

> 日色融和，风光荡漾，红楼烟锁垂杨。画船箫鼓，士女竞芬芳。夹岸绿云红雨，绕长堤骢马腾骧。碍行云两峰高插，咫尺刺穹苍。莫论村与俏，携壶挈盒，逐队分行。美逍仙才调，鄂武鹰扬。飘渺五云深处，三百寺、二六桥梁。最堪夸，汪汪千顷，一派碧波光。

一行人住得轿子，只见那大小船户，俱来兜揽，有的问岳坟，有的问昭庆。成茂道："我家员外也不往昭庆、岳坟，却往天竺进香。先要个轻快小船，渡过金沙滩，然后要只头号巨舫，转来游玩。你可准备。"艄子道："这都理会得。"便把船儿摇拢，众皆走上，艄公摇动，不一刻已到了金沙滩。依先乘轿，吩咐大船等候，不在话下。

不觉来到九里松，转过黑观音堂便是集庆禅院，两边庵、观、寺院，总也不计其数。烧香的男男女女，好似蝼蚁一般，东挨西擦，连个轿夫也没摆布。挤了好一会，才到得上天竺寺。但见：

> 栋宇嵯峨，檐楹高迥。金装就罗汉诸天，粉捏成善才龙女。真身犬士，法躯海外进来香；假相鹦哥，美态陇西传入妙。求签声，叫佛响，钟鼓齐鸣，不辨五音和六律，来烧香，去点烛，烟光缭绕，难分南北与东西。

正是：

> 皇图永固千年盛，佛日增辉万姓瞻。

众人下轿净手毕，安童点上香烛。值殿长老过来，问了居址姓名，写了两道文书。行者击鼓，头陀打钟，齐齐合掌恭敬，各各瞻依顶礼，口中各各暗暗的祷祝些什么，再请签筒,各人祈签已了,送了长老宣疏衬钱,然后起身两廊观看。只见那些募缘僧人,手里捧本缘簿,一齐攒将拢来。你也道是修正殿,我又说是造钟楼,一连十多起和尚,声声口口念着弥陀,句句声声只要银子。把个现在功德,说得乱坠天花,眼灼灼就似活现一般,那些趋奉,不能尽述。

周、成二员外,虽是有些钱财,那和尚套子倒是不着道的,只不做声,只是走来走去。那些和尚也只跟来跟去,甜言蜜语说个不了。都氏有些焦躁起来,倒是何氏道:"一来烧香,二来作福,叫安童拿五百钱散了与他,省得在此絮絮咭咭。"众和尚得了铜钱,好似苍蝇见血,也不顾香客在旁,好生趋趋跄跄的,你争我夺,多多少少得些,哄的一声,又到那一边,仍旧募化去了。

周智对成珪道:"贤兄,可怪这些秃驴,狠化人的钱财,又没个儿女,何苦这等?明日与留他人受用,想他着甚要紧!"成珪道:"老弟差矣!财乃养命之渊,人岂不要?但是随缘用度,自然消受得起。这班秃子拿去吃酒养婆娘,布施的功德自在,他却消受不得,后世变牛变马,俱是这一等人。"

都氏毕竟嘴快,便对丈夫道:"依你讲来,僧俗一理,你每常私自瞒我走去吃酒,养婆娘也要变牛变马哩!"周智道:"这报应之理,何待来世?只此生便有结局。比如吃酒、养婆娘,目下虽然快乐,到老没个儿女,设或三病四痛,没个贴体亲人,那时要茶无茶,要饭没饭,便是活受地狱,何须定要变得牛马!"

成珪不敢做声。何氏只好自笑,都氏不肯服输,便分解道:"和尚岂得没有儿子?即便不是亲生,也只要身边有物。俗语说得好:'床头一箩谷,自有人来哭。'在家人、出家人,正是有货不愁贫。"周智道:"不是亲生,到底没生。我若做了和尚,决乎明公正契娶个师父娘。再若大妻不生,索性早早讨个妾,也不枉了辛苦一世。若是端端替别人[门争][门坐],我道没要紧。"都氏道:"可笑,员外一发说坏了事!岂不闻和尚无儿孝子多?你见几个敢去娶了妻?几个娶了妾?世间若有了这般和尚,皇帝也不朝南坐了。莫说僧家,就是有规矩的人家,也不敢轻易娶个小老婆。叔叔一发说得儿戏哩!"成珪道:"不要耽搁了,我们快去还了白衣殿愿心,还要到荒陇走遭,天色晚了不便。快打轿来!"

齐出寺门,早到白衣赐子殿,长老写疏宣扬,亦如前法。拜祷已完,仍旧许了来年愿心,送了衬钱,领了些点心之类,即便辞了出来。

行不一箭之地,只见一簇人挨挨挤挤的,不知看些甚么故事。正是杭州风,专撮空,

不论真和假,立立是一宗。那成珪也是个未免于俗的人,连忙下轿,钻在人丛里一看,原来是两个新到的老花子,在那边求钱,对人说苦。面前摆一张招头,写道:

> 具禀:老汉韦泽,禀为恳怜孤老事。念泽老年多病,耳聩眼盲。可怜无女无男,夫妻孤老,衣食何来?只得街头跪恳来往达官长者、进香善士,早发慈悲,或舍一文、二文、暂挨革命。料难报以今生,当来世为犬马。
>
> 　　　　　　　　　　　　　　　　　　谨禀　年　月　日　具

成珪立在人丛,把这招头细读一遍,不觉鼻子里好像喷了一碗酽酽醋的,一溜儿酸将下来。也只是兔死狐悲,物伤其类,心中暗想道:"可怜这样一对老人家,若有得一男半女,决也不到这个地步!以我论将起来,比他只多得几分钱财,倘有风云不测,就是他的榜样!"禁不住扑簌簌眼下掉出泪来。便向袖里摸一二十文钱,递了与他,叹息几声,上轿随后才去。

只见前面三乘轿子,已进了飞来峰,转过灵隐寺侧,便是成氏祖茔。成珪赶到,便着安童去唤管坟的,李敬山带了香炉五事,笑哈哈走来具禀,转一气唱了七八个喏,道:"成员外一向纳福!我侬多蒙照顾,常对我家老阿妈说员外好处。不知员外旧岁添得位公子未曾?"成珪道:"恭喜添下一男一女。"李敬山欢喜道:"妙得紧!不生罢了,一生便是两位,真个有趣!还是第几位夫人生的?"成珪带笑指着都氏道:"这个便是小女,区区就是小儿。"都氏道:"老柴根又来饶舌,莫要讨没趣吃!"吃惊得那李敬山背地里把舌头一伸,缩也缩不进去,道:"好利害!要知这个老娘,如何肯容得娶妾?料来不济事哩。"

成茂把食盒摆开,点了香烛,铺了拜单。成珪先拜了几拜,通陈了一番,都氏也拜了,周智夫妇也相辑了。成珪又把酒来斟上,跪倒在地,又拜两拜,伏在地上,半晌走不起来。周智连慌相扶道:"莫非脚筋吊了么?"谁知成珪祷祝到不知什么一句话上,喉咙头一咽,竟也呃不转来,扶起之时,只见泪流满面,两眼通红。周智道:"这等年纪,何必如此痛苦!"成珪止不住泪眼道:"唉!贤弟,你也有所不知,连我院君,何曾晓得!想我先父存日,生我兄弟四人。我先父那年四十九岁,不幸疫病流传,一家尽行死尽,单单剩了区区。可怜惟我最幼。"

自岳坟,会着众人,团团赏玩了一回。大船等候已久,成珪就请周智夫妻俱到船中。

艄子撑出湖中，安童先备午饭吃过，又煮些茶吃了，然后摆开攒盒，烫起酒来，分宾主坐定，小使斟酒，大家痛饮。艄子撑了一会，问道："员外，还是往孤山、陆坟去，还是湖心亭、放生池去？"成珪道："这些总是武陵旧径，何必定要游遍？只是随波逐流，适兴而已，凭你们罢！"都氏道："我们下船得忙了，忘了一件正事，昨日成茂的儿子听见我进香，他要个耍孩儿，我便应许了他。如今倒不曾着你们买得几个，做做烧香人事也好。"何氏道："正是。我也忘了，我家小儿子也说要些摇鼓吹笙，如今一件也不买得。"成珪道："这个不难。我们回去，少不得打从净寺经过，里边要千得万，买些便是。"

周智脸上早有三分酒色，正是醉后发出醒中言，便立起身道："老嫂，没有泥孩儿，拿了银子买得出来；要个养老送终的孩儿，由你黄金堆垛，也买不出。小可有句不失进退的言语，不惧虎威，将欲奉告，不知老嫂可容说否？"何氏道："吃了几钟脓血，不要嘴儿、舌儿的。"都氏道："员外所言，定须有理，便请吩咐。"

周智道："在下多蒙错爱，实胜至亲；今日复蒙赐饮，虽则沉酣，尚还明白，必不把张姑、李妈的话儿将来扯拽，单单说着贤兄嫂一件急切之事。既蒙不厌絮烦，方敢斗胆。智闻岐伯所谓：男子二八而肾气盛，天癸至，精气充和，即能有子。三八肾气平均，筋力强劲。四八筋力隆盛，肌肉充满。五八肾气衰，筋力不能。六八阳气衰竭于上。七八肝气衰，精液少。八八齿发去，天癸竭，而不能有子矣。然而尚有七十年来养一娃的故事。女子二七而天癸至，任脉通，月事以时下，故能有子。三七肾气均平。四七筋骨隆盛。五七阳明脉衰，面始焦，发始堕。六七三阳脉衰于上，面皆焦，发始白。七七任脉虚，天癸竭，地道不通，故形坏而无子也，然而未闻年愈五十而能生子者。今贤兄年未八八，尊嫂年过七七有奇，兄欲博得一男，如千中尚可选一。尊嫂则缘木求鱼，料应无望。论兄嫂赤手成家，夫妻协力，历尽苦辛，到今日家给人足，自当并荷甘美。但人生于天地之间，不尽于忠，当完其孝。兄之百行固优，而不孝有三，无后最大！在兄嫂，以天命绝嗣，人力已难回挽。在弟，据武侯所谓'成事在天，谋事在人'，为兄之计，莫若尊先圣之遗言，如《易》云：'枯杨生梯，老夫得其女，妻吉，无不利。'此圣人垂教于后世，正劝那无子老人，教他另述侧室，自然吉无不利。何必拘于糟糠之说，以绝宗祖之大事乎？况胡阳觅婿，宋宏之妻室尚幼。而宋宏之子已生，如允之，是弃前妻也，则为万世消。消在宏矣。今吾兄娶妾，吾兄之尊嫂已苍，而吾兄之人子尚乏，即娶之，不为弃旧恋新，不娶亦为万世所消然，消不在兄，而在嫂也！惟兄嫂裁之。"

成珪听了这一席话，把头点了几点，心中十分用得这番话着，巴不得妻子口中说出"有理"二字，自己先道："难得贤弟爱我，委实感激，只恐年纪老了，总然生下一男半女，死后没人管顾，故此算计不通。"何氏道："员外说那里话！古人说得好：'只恐不养，不愁不长。'"

都氏半晌声也不做，又过一霎时辰，方对周智道："周员外，依你这许多通文达理，我道为些什么，不过要我替丈夫娶妾么！"周智道："正为这句说话。"都氏道："人人说员外聪明伶俐，谁想也只本等！不嫌絮烦，老身也要斗胆一斗胆。"周智道："嫂嫂只恐娶了进门，另有什么话说么，也要道道破，请教，请教。"都氏道："我闻死生由命，富贵在天，得马者未必为喜，失马者未必为忧。齐桓公多子，身薨六十二日而未敛，至尸虫达于户外；邓伯道无儿，后人千载传扬。岂桓公少子之过软？抑邓氏无力娶妾而然软？总之，天下绝人在垂亡，可以转祸为福。天既不佑，任多男亦必到老无成。若论娶妾，极是美事。但我辛勤劳苦，不易成家，一旦为他人受用，便于尊意若何？"

周智道："你聪明盖世，贤达过人，又来说懵懂话！员外娶了妾，便是院君的侍婢一样，诸般替就，凡事听从；倘生下儿女，就是院君生的一般。这是院君极受用的去处，怎倒说他来受用？嫂嫂没奈何，只看周智夫妻薄面，求你允了一声，使费银两，俱是小可捐赀。"都氏道："久闻员外富饶，更兼有子，只不要得道夸经纪，也不要无事起风波。目今世态恶薄，转眼难量。古人说：'养儿不可夸，直待做丧家。'倘员外像了齐桓公，尚且恭喜。若做了邓伯道，请留了这番议论，放在后边自用罢了。"

成珪在旁，真正魂不附体，只好目瞪口呆。初时巴不得周智来说，这回见妻子变了这脸，担下一把干系，巴不得周智闭口。不想周智倚着三杯酒罩了张脸，竟也不顾他，又说道："嫂嫂不要轻怪了人！你道内室们欺压丈夫，可是没罪犯的么？夫者妇之天，那阎罗老子料必不怕老婆。算你百年之后，也要遇着你家祖宗于地下，那时鬼哭神号，俱来埋怨着你，想了周老今日之言，可不悔之晚矣！嫂嫂三思而行，快快不可如此。"何氏只把丈夫拦阻，那里肯住？只得将些言语于中劝解。

都氏本不是个善菩萨，况且重大所关，如何教他缓款得一些？两下三言两句，眼见得为好成拙。说得那都氏起了一点厌贱之心，动了一把无明之火，对周智道："啊哟，周智，你不要忒过了分！你是我家五服里，还是五服外？人不识敬，鸟不罝弄。今日谁请你来做说客？我这里用你不着。苍蝇带鬼面，什么样大的脸皮！从来丈夫也十分怕我，不要

失了体面去,恐不雅相!"

成珪见妻子发作,又恐周智见怪,按了胆道:"院君,你也忒煞性躁,丈夫由你教训,外人可是冲撞得的?"都氏正在怒气头上,搔着这一痒处,便骂道:"我晓得,总是你这老杀才的教头,什么抬举了我?狗子朝外叫,自己磨灭不够,还要寻个帮衬哩!"就把攒盒掀上两格,照面门一下,偏又是格煮的肴馔,连汤带汁的打将过去,把成珪拌做糟萝卜相似,洗抹不迭。

何氏见势头汹涌,将都氏一力劝到楼上赏玩,都氏只是余气未消。成珪见妻子上了楼去,便装出假硬门来,低声骂道:"老不贤!老乞婆!"又向周智轻轻请罪几声。周智道:"虽然如此,那里作得正经!只是老兄天竺进香,面门上挂了招牌回去,那葡萄架的谎那里去圆?"成珪道:"惶愧!惶愧!"两人另斟热酒,换去残肴,慢慢又饮了一会。周智起身到船尾上出恭,成珪唤个小使问道:"我适才假骂院君,院君听得些否?"小使未及回答,周智已在背后听见,便假憋了喉咙道:"老杀才,骂倒骂得好,不要谎着!"那成珪不道是周智,便把手中一个酒盏扑的掉落地下,开了张口,闭也闭不拢来,回头见是周智,两人大笑一场。

不觉金乌西坠,玉兔东升,将次船泊岸来,一齐起身。成茂收起酒器什物,还了船钱。周智夫妻就在船里作别先回,成珪夫妇随后也回家中。众人接见了,惟独都氏气狠狠的进房安歇。众人睡一觉醒后,还只听得夫妻吵闹之声,想来成珪这番断没有昨晚的时运了。正是:

乐极生悲,热极生风。直教家庭之内,不容个未冠的安童;厨灶之中,那许放青年的侍婢?

要知后段文章,且听下回分解。

总评:

　　每于急语中,忽入以方言,酷肖杭人口吻。

　　都氏之妒,原不可以口舌诤。为周智者,只宜谏外行法,为成氏宗祧计,不触妒妇之怒,而能起懦夫之衰,其贤于口舌多矣。甚么要紧,一言不节,惹得泼老妒,骨骨者哝,毫无济于成珪之事,而身已见辱见疏。继后都氏法纲愈密,未必非周智一言开之也。故进谏不难,用谏得宜斯难。从古忠臣义士之见斥于谏,皆用之之道未之或尽耳。虽然,朋友之道,以周为正,犹胜如木马寒蝉,食人食而不忠人之事者。

第三回 王妈妈愁而复喜
成员外喜而复愁

引首《雉朝飞》李太白作

麦陇青青三月时,白雉朝飞挟两雌。锦衣绣翼何离褷,牧犊采薪感之悲。春天和,白日暖,啄食饮泉勇气满,争雄斗死绣颈断。雉子班奏急弦管,倾心美酒尽玉碗。枯杨枯杨尔生稊,我独七十而孤栖。弹弦写恨意不尽,瞑目归黄泥。

评:

成珪未必无此叹。

却说成家夫妇,因烧香转来,怪了劝娶侧室的言语,进房闹了三个更次,成珪受些家法也不可料。次早,总也不敢做声,梳洗一完,便换件道袍,去解库中看做交易,稳道平安无事。及至日上三竿,时将巳午,那都氏方才床上翻身,打点起来。众丫鬟搬汤运水,应接不暇,还只听得吱吱喳喳呼大喝小。成珪闻得妻子离床,急忙来到房里问候。都氏只不做声。成珪无可奉承,只得踏出了房门,唤个丫鬟朗声问道:"红蕖,院君起来,曾送茶未?"红蕖道:"送茶多时了。"成珪道:"快去整备点心与院君吃,滋味好些。"红蕖道:"理会得。"

成珪走了出房,早已午饭时分,众人见家主不来,谁好先吃?也是成珪体惜人情处,见众人不吃,也不候了院君,自己就先吃了饭。还不见院君出房,没要紧,又踏到房里问问。只见都氏已在那边洗面,一个丫鬟名唤绿萼,自小原在都氏身旁服事的。此时绿萼正替都氏熏焙衣服。熏笼上边也不照管,一竟靠在窗棂上,看那檐边两个猫儿打雄。成

珪不意中进房，手里捏柄小小春扇，见那绿萼看得入韵，竟不管火上衣服，成珪却把手中扇子掉过头，把绿萼背上打了一下。绿萼正看得有趣，却也动心，猛可的吃这一下，回头一看，见是员外，满面通红，微微笑了一笑。成珪也不解意，只说道："衣服不管，管些甚么？"绿萼不做声。又笑了一笑。不提防被都氏瞧见，只道两下有些什么鼠窃狗偷，没有十分实迹，不好发作，心上早存了一个疙瘩。

不期红蕖做了点心，一样置了两碗，送进房来，都氏取了一碗。红蕖道："员外也用一碗。"成珪才吃得饭，如何又吃得？勉强吃了一个，便对红蕖、绿萼道："我不吃，你二人拿去吃了。"两人见员外所赐，便分而食之。不知都氏又添了一个疙瘩，好生烦恼，便把手中的碗向地一掷，早已百花粉碎。成珪吃一吓，惟恐惹火烧身，只向房外一走。都氏自忖道："我想周智的言语，我也还认做无心之谈。谁想我那老杀才，早觑上了红蕖、绿萼，眼见得昨日言语，是老贼通同造意，有心而发的。这也总不怕他，由你怪似鬼，吃了老娘洗脚水，不若趁这杓水，断他病根，岂不全美！"

随即梳妆已了，走至中堂，掇把交椅坐定，叫道："成茂那里？唤员外来。"成茂应声请到。成珪道："院君呼唤，不识有何见谕？"都氏道："昨日蒙你挈带烧香，被你一正一副教训得够了，我也尽知你的主意，只不要错走了路头！虽是偏房，也要门户相对。你若有我一分话说，你可街坊上寻个的当媒婆，我自有处。"成珪听得这一席话，竟把个文章做到天外去了。稳道是昨日荐书早应验也，今日叫寻媒婆，必有好意。便对成茂道："既蒙院君吩咐，你可晓得有好媒婆，寻一个来，不可误事。"成茂道："有便有个识熟的，颇也能事，小人就去唤来。"成珪暗喜道："这场喜事从天降下！"不觉手之舞之，足之蹈之，自也不知其所以然的乐。

话分两头。成茂出得门来，早已到了媒婆门首。那媒婆少不得定是姓王，不见戏文内，但是王婆，便有三分手段，况且这王婆，更又不同，总不出三姑之右，颇列在六婆之前，眼睛都会发抖，鼻子也会打诨。那时听得扣门之声，即便出来。怎生打扮？《临江仙》为

证：

> 脚踏西湖船二只，髻笼一个乌升。真青衫子两开衿，时兴三不像，六幅水蓝裙。修面篦头原祖业，携云握雨专门。赚钱全仗嘴皮能，村郎赛潘岳，丑女胜昭君。

王婆见着成茂，便笑道："我道是谁，原来便是成叔叔。甚风儿吹得你到？稀奇，稀奇。"成茂唱了喏道："王妈妈，一向不见你，越后生了。"王婆道："叔叔不要说起媳妇不好，终朝淘尽我气，气得老了若干，不然，还后生哩！请坐下，待我烧茶你吃。"成茂道："妈妈，烧茶不如暖酒快。"王婆道："遭瘟的，今朝来见老娘，也不说些正经言语，莫不又要寻个货儿？"成茂道："这到不比前十年的兴了。只为我家院君要娶位二娘子，特着区区寻个酸虫。我在院君跟前把你一力举荐，还不知我的好处哩。"王婆道："小花嘴，又来吊谎！你家院君有名阎罗王的妹子、邓天君的女儿。若要他替丈夫娶妾，除非娘肚子里翻个筋斗，今世梦也梦不着哩！"成茂道："说也不信，正为昨日天竺进香，不知如何被周员外一劝，竟劝转了。"王婆道："有这等事！我道周员外向来是个会说话的。叔叔，既是这样，过午同去。"成茂道："不劳了，就此去罢。"

成茂先行，王婆随后，一径来到。王婆见成珪，道："员外，恭喜，恭喜！若早作成王婆，说位二娘子，如今公子也不知添几位了！定要历练老成，才寻这个门路。"成珪道："正是这等说，如今全要仗你。院君等候已久，快请进去。"王婆见都氏，道："院君呼唤老身，敢是要寻位二娘子，一发凑巧得紧，绝妙一门在此。"都氏道："妈妈吃了茶饭，慢与说知。"王婆道："院君不须说得，寻着老身包你停妥，进门便有儿子养，依头顺脑，拣也没处拣这一位好娘子，正是对付？"都氏道："这话从何说起？谁着你寻什么二娘子来？"王婆道："大叔这等讲，员外也这等讲。"

都氏道："不可听他！我闻得你手段好，会做买卖，有些货儿要你发脱。"王婆道："院君解库中有的是金银珠翠，正是老身本行，忒会发卖。"都氏道："不是这些，却是些有脚货。"王婆道："有脚的一发会卖，不拘金狮子、玉猫儿、西洋红、祖母绿、花心俏、簪掩鬓倒插都卖得。"都氏道："不是那些有脚货，是我的红蕖、绿萼。"王婆道："红旗、绿药，不会卖！不会卖！"都氏道："是你本行，怎倒推阻？"王婆道："我儿子又不充兵，丈夫不会行医，要这

红旗、绿药做什么？"

都氏笑道："不是。我有两个丫鬟，名唤红蕖、绿萼。"王婆道："原来便是尊婢美名。请问院君，府上厨前灶后，那里不要两个人用？若是嫁他，何不留在家下，慢慢配个对儿，却不用做副手？"都氏道："妈妈有所不知：两个丫头年纪大了，渐渐有些闻香臭气，我家老子又有些贼头狗脑，日后做出事来，叫我那里淘得许多闲气！"王婆道："既如此，客货主人卖，请出一看。"都氏唤两个丫鬟出来。但见遍身俱备素食果品名色，《西江月》为证：

　　　脸似荔枝生就，眼如圆眼妆成。脚如山药带毛根，手像建州绿笋。头若有须芋芳，耳如带壳风菱。口如吐蕊苁如唇，鼻涕还如海粉。

王婆见了，叫声苦，往外便走。都氏扯住道："为何去了？"王婆道："叫我看尊婢，如何唤个魑魅出来？吓死我也！"都氏道："这就唤名红蕖，这就唤名绿萼。"王婆道："原来就是二位，失敬了，得罪了。这二位姐姐请尊便，老身才敢安坐。"两个丫鬟走了进去。

王婆暗想道："世上有这等事，这样一对鬼样丫头，难道六十来岁的家主肯看上他？莫说是成员外，老身看了，也有三日吃不饭下，不亏早晨吃得生姜出来，险些吐个不止。活晦气！我道娶位二娘子，也嫌他几圆钱使用，便是卖丫鬟，也可打些后手，谁想撞着这对罕货！寻得有人受纳，也自好了，那想还好趁他钱钞？没奈何，过水田儿不瘦，替他出脱出脱也好。"乃问道："院君，尊婢已瞧见了，只要请价，好歹待老身去问主顾看。"都氏道："妈妈是晓得的，旧规一岁一两罢。"

王婆道："院君，近来世事不同，这价久不作了。比如人家做小，也有三、五分人物，手里来得，肚里识得、算得，便只十三、四岁，这样的寻着一个财主，也要索他一、二百聘金。我们做媒的，也有几分道路。比如一般做妾，人不出众，貌不超群，男家原说只要度种，生得儿子便罢，女家只要出脱，有得饭吃也休。这便是四十多岁，也索不得十来两银子。若是丫鬟们，总也不过如此。若院君照岁启钱，我王婆今年六十五岁了，倒还值了个半把元宝哩！院君只说个实价，省得老身盘门旋户，落得走破鞋帮。"

都氏道："我也只图松快，不论钱了，但凭你罢。"王婆道："这极使得。院君，君子不羞当面。若论钱财，原是小事，王婆自用，总多些，不比别家，只恐他人不肯出钱，那时王婆却不像了体面。依老身说，两个丫头，若到得两个肉猪价钱，劝你卖了，省得淘气。你家

员外原不是好主儿，适才见了老身，也要说些风话的呢。"都氏道："正谓如此，只今但凭，只要速些便好。"

王婆见依他说话，心下止不住快乐。辞了出门，刚又遇着成珪。成珪道："妈妈所事若何？"王婆道："竟替员外说了两个，明日就兑银子，后日便要过门。"连连说，连连走去了。原来王婆这两句囫囵话，一半不好回复得成珪的亲，一半是取笑的话头。成珪不解其意，正是拾得封皮，当了信读，却又喜道："我那院君好没来由，向日不发意念，便是我出门，也要稽查，拿个泥美人看着，也要见怪，今朝一发慈悲，便与我娶上两个！好院君，似此深恩，恐难补报！"这日快乐是不必说。

不觉一连过了三、五日，王婆尚未来回复，都氏又说："怎么不来了？好生悬望。"成珪又道："怎么不来了？好生挂念。"正说间，只见王婆带了一干人，一道烟的来了。成珪道："妈妈请进。"都氏道："妈妈请坐。所事怎么了？"王婆道："多蒙院君美意，老身去寻主儿，只落得家家不要，户户不纳。"都氏道："天下无弃物，为何人倒没人要的？"王婆道："院君是晓得的，王婆从来不会说谎。那人家问道：女子面庞如何？老身少不得把个素果摊儿，老实摆将出来，那人家连老身都不要了。"

都氏道："为何连你都不要了？"王婆道："不要我做媒，自然不要我了。幸喜另有一家，听见素果摊儿，倒便欣然欢喜道：'是丑便丑些，省得丈夫走来渔猎。'故此便把银子照数兑出。锭件有数，分毫不差。请院君收了，写张文契，今日便要过门。"都氏道："妈妈才说一个也没人要，为何如今两个都有人要了？"王婆道："院君不要长价，我就把个缘故讲与你听，当今之世，天道斜行，人人怕了老婆，个个欺了丈夫，娶了伶俐丫头，不为大事，倘被丈夫干碍，那时关系不小。故此宅上二位反是千家货物，内眷们偏是喜的。"

成珪连日春梦，只道替他说合两个爱宠。谁知王婆走来说出这班奇话！正是哑子吃黄连，苦在自肚里，敢怒不敢言，哭又哭不来，笑又笑不出，还不十分知道细底。只见都氏道："员外，今日事也做成，我且说与你知。前日船中你说要寻个妾，我想家下用费日倍一日，况兼年成荒歉，趁钱有限，养不许多人活，便是红蕖、绿萼，少不得要与他个出身头地。料你爱宠也不在他二人，我今已将二人央媒卖得银子在此。你可即忙写纸文契，快快递与王妈妈去。过十来年，少不得慢慢寻个好些的侍妾与你。"

成珪冷笑道："呵呵，原来如此！罢！罢！我平生不作皱眉事，世上应无切齿人。总只这样一世顺你了。好笑，好笑！"取纸笔来，提起便写了一纸，递与王婆，一径离了家门，

不知那里纳闷去了。这里交付过门，自不必说。都氏一心要脱手快，倒被王婆赚了个把银子，比卖齐整丫头到不相同。有诗为证：

> 丑婢厨中尚不容，还思纳宠继支宗；
> 王婆袖手收全利，赚杀区区疲软翁。

成珪逼口气，一径出门半个来月，家里杳无音信，都氏着人四下寻访，正是搜远不搜近。只往各处门户人家、科子家里，四处寻觅，那里有个消息？都氏料得定不寻死弄活，却也不甚着急，倒把襟怀放开了，口也不提。

谁知做家主的人，从来没人欢喜。自从成珪出门，家下倒觉公安婆乐。这也尤可。不想又遂了两家眷属的意念。你道是谁？一个却是成珪的女儿一姐、女婿冷祝。这冷祝祖业原是卖袋口的，传至冷祝，只吃一味呆老实，人上倒多买他的货，故此江干、湖墅，把这"冷祝布袋"叫出了名。杭人至今传说，却讹作"冷粥布袋"，说凡女婿，便是粥袋。这也不必辨他。但只说成家自己的女儿，既与冷家结亲，自然日常都该来往，彼此孝敬管顾，也是分内之事。如何到反忌着成珪？

看官们有所不知："原来都氏自小至老，从未破身生产，这女儿原是继养的，做人虽不五伶六俐，且会七嘴八舌，一味只晓得奉承阿谀母亲，却不会调停家里，常是搅口搅面，送暖偷寒，都氏欢喜他处，正在这段工夫。成珪男子汉，如何看得这样观音鬼、笑面虎过？自然不喜他的。一姐闻得父亲出去，正打在他拳窝里面，忙教丈夫冷祝办了几品荤素食物，便来探望母亲。冷祝随了妻子，也来亲热岳母。

再说那一家，却是成珪的内侄，都氏亲弟都丽所生。那都丽向年父死之后，便撇了祖业，却去攻书。不想功名迟钝，老大无成，做了个郎不郎，秀不秀，把父遗家业消费大半。未及中年，早已辞世，单单遗下这个儿子，唤名都飙。只因早年没有父亲教训，交结了半尴不尬的一班损友。每日好嫖好赌，又兼好摇好吃，把公祖家业耗得越发精一无二。成珪每每将些银两资助，再也扶持不起，总则上手就去嫖赌，由你千万也不够用，所以怪不得成珪不喜他上门。

独有姑娘都氏，不知怎的，这般内侄每常走到，便是心窝里的气，手掌里的珠，爱得他宝贝一般。只为丈夫不喜他，每常暗暗赠与财物，任他百样浪费，一些也不为怪。"

都飙正在家中，闻得姑爹因气出门，便觉浑身燥痒，骨节轻狂，止不住的笑舞道："这番老头子出去，是我时运来也！"便寻几分银子，买些精致细巧时新吃食，寻个小厮挑了，摇摇摆摆来望姑娘。看他怎么模样？《临江仙》为证：

　　轻躁骨头无四两，文才颇没三分；长衫大袖浅鞋跟，赌行真老酒，妓馆假斯文。

　　插号不渐都白木，瞒人假冒青衿；他年书史悟儒身，给还依旧态，断送老童生。

都飙一见姑娘，纳头便拜，道："侄儿一向馆中读书，不得常来探望，日日悬念，好生记忆！不知姑爹近来淘你气否？侄儿特带些须之物，聊充孝敬。"都氏道："我的儿，你在馆中，姑娘日日望你，再不见你来！我又没什管顾你，反教把许多食物孝顺我，难得！难得！可怪我那老杀才，有了这样一个孝顺儿子，不会做爷，今朝又要娶妾，明日又要纳宠，好不磨得你姑娘头发也生了丫枝哩！前日怪我卖了丫头，憋气出门，颇无下落。冷家姐姐怕我独自，也来在此。"

都飙便拜见了冷姐夫与冷一姐，各人笑吟吟的，只寻成珪的破绽，将来当鹅酒送，竟把那都氏弄得风太监相似。吃的吃，用的用，竟像帮闲的篾片相争搭唾，比赛趋承，整日不出门的热闹，不能细述。女儿若送龙肝，侄儿便送凤髓；今朝女婿来做东道，明日弟妇又回筵席；明日女儿用了傀儡，后日侄儿就叫戏文，竟自朝朝寒食，夜夜元宵。两边只要院君快活，希图得些私爱。只恨都院君不曾生得卵袋，若曾生得，争也争不到口来呵！不呵，便舔也肯舔几口！你道为何这些儿女，既非亲身，越会这般孝顺？孝顺极是好事，为何说话的反把将来比贱？

看官们有所不知，假如人家子侄顺承祖业，或者开辟封疆，或者体心贴意，便好叫做孝顺。至于冷祝夫妻、都飙母子，一味不过利其所有，趋炎慕势，奴颜婢膝，昏夜乞怜，与那街坊上的花子何异？设使成家既无儿女，又没钱财，你道都家、冷家肯来这般孝顺否？俗话道得好："吃客用客。"又道："把他的头来研酱，落得吃了他的，骗了他的。就将他的钱财买物送去与他，人情却是我得；这般孝顺，谁不会做？也是都院君自己爱了些虚奉承，不免受了鬼撮脚，欢喜了小便益，不必说大折本。总之，心性不明，识见短浅，认事不

真,不无差误。直教他人儿女,费尽自己钱财,自己夫妻,受了他人闲气。下面便见。

总评:

冷处点缀,无不酷肖。

天下妇人,多爱义女,表侄,只是喜其假奉承尔。冷姐、都飙一段,大堪为妇人破迷,而天下之为冷姐、都飙者,当亦愧而改矣。孰谓此书仅为炉砭也哉!

第四回 思疗妒鸲鹆置膳 欲除奸印信关防

引首《登栖霞山梦氏园》李太白

　　碧草已满地,柳与梅争春。谢公自有东山妓,金屏笑坐如花人。今日非昨日,明日还复来。白发对绿酒,强歌心已摧。君不见梁王池上月,昔照梁王樽酒中;梁王已去明月在,黄鹂愁醉啼春风。分明感激眼前事,莫惜醉卧桃园中。

评:

　　昔之梁王,已入青莲之咏;今之成珪,其谁吊那? 黄鹂有不尽之愁,成氏多有馀之情。

　　却说成员外,因忍了妻子一口闲气出门,都氏没处寻访,终日与义女、侄儿说说笑笑,倒也不把丈夫放在心里。谁知成珪自那日出来,也不到门户人家,也不到庵观寺院,却在周智家住下。那时成家也有人来探问,却是成珪已经吩咐,只说不在,故此铁桶风声,水屑不漏。朝日与周智下棋饮酒,闲话白相,或者自己看些小说传奇,到也安乐,也竟不想回家。

　　一日,正是初秋天气,与周智多着了几局围棋,有些不耐烦,独自个踏出后花园中,见那败荷衰柳,不觉凄然;又见头顶上"飔飔"的一声,刚打一片梧桐叶来,那时一发伤感,未免长叹一声。又踏到那边,看见几盆黄菊,将已开发,成珪愁中作喜,借此为题,吟出一首绝句道:

万草皆零落，此花才吐芳；

可怜不结子，空自历风霜。

成珪吟毕，又听得天际"呀呀"之声，抬头一看，却是一行归雁，不觉掉泪道："我成珪真好苦也！你看禽鸟尚且知归，我男儿汉，到弄得有家难奔，有国难逃！自与老乞婆憋气出门，不觉一月有余。虽然离了火坑，终非长策。周君达待我虽厚，凉亭虽好，不是久恋之家；老乞婆纵然不好，那一家老小能不垂念？我想欲待回去，倘他性格到底不改，教我今番怎么过得日子？且待周君达来商议再处。"

周智正备了些酒食，来与成珪赏桂。成珪道："愚兄出门一月有奇，不免思归，正待请你作别。"周智道："兄来一月，知己中无甚相款，今欲回归，谅非责弟之慢。但举世无不争之家，若因小愤而遽去之，固非理也，故弟于彼时原不当留兄；所以留之者，为少避尊嫂烈烈之雄威耳。今兄出门一月，谅嫂嫂之性，亦应消减几分。兄若回归，料来安妥；弟亦不敢作妇女态以留兄，兄亦毋以弟为逐客以罪弟。"成珪道："说那里话！全仗贤弟斡全，岂止一端受惠？但我那老不贤，如得老弟所言，旧性消些才妙；倘是愈加，如何度日？正要谋之于弟，不识有以教我否？"周智想道："我思战、守、降三策，并出下谋，独有鹡鹩一法，未经行验。倘试之有灵，实为王道之济，且用力少而成功多，不亦可乎？"成珪道："快快见教，是何等的妙药？可要几百换哩？"

周智道："弟于《大荒经》中，曾见一句道：东海有鸟，名为鹡鹩，食之可以疗妒。后来梁武帝因郗后之妒，命渔人遍搜而广捕之，以食郗后，数餐之后，后性顿减大半。兄今欲归，盍行此法，聊小试之，倘有应验，即当举之于世，以救天下之惧内者，岂不大有阴骘哉？"成珪道："既有这等妙方，贤弟为何久秘自私？早说也好！"即辞了何氏院君，邀同周智一径归来。众主管、家僮俱来迎接，道："员外一向却在那里，一些也没下落？"周智道："员外自往武当进香，故此去这一程。"众人惊喜相半，不在话下。

都氏见了丈夫，自知没理，把个笑脸迎着道："员外要那里去，老夫老妻说也不说一声，怪不得旁人道你不好。"成珪道："我往武当进香求子，与你计议，料必不许，与你说些什么？"都氏道："武当进香，有何指实？"成珪答应不来，周智忙向袖里胡乱摸出条字纸儿道："员外素手清香，并不带香货，单只适才递这签票儿与我看，说若要生子，除是娶妾。故此，又恐老嫂见怪，区区不摸出来。除此并无别物。"都氏道："神圣那里管得许多闲事！

求签总不灵的。快叫院子,安排酒馔与老员外洗尘,老周若不弃嫌,用一杯去。"周智道:"小可颇不敢辞,即当相扰。"三人尽醉而散。冷祝夫妻与都飙见成珪已回,安身不牢,各骗院君许多货物,一齐散了。

成珪在家,心下只有郁郁不乐,每常想起鹒鹧方子,又不知何处好买。一日,偶然在解库中,见那主管们内中好顽耍的,与一个专捉鸟儿的张小猫斗黄头、调画眉,赌钱赌气,也非一日的人了。成珪见着阿猫,便自打心上来,问道:"小猫,我见你弄鸟行中不止一日,你尽识得百鸟名字否?"张小猫道:"员外,一发小觑了阿猫!莫说百鸟名字,便是性格都也晓得哩!"成珪道:"你且略道几件如何?"张小猫不慌不忙,把那百鸟性格一一读道:

禽赋

窃观鸟性,灵蠢各殊,慈乌有反哺之恩,巨喙有警夜之智。啄木画印而求飧,鸠鸟步罡而自肆。莺善斗,鹏善搏。鹦鹉能言,摩背则哑;鸲鹆解语,剔舌则鸣。鹊巢背太步,故处危树而不倾;燕窠伏戊巳,虽寄高梁而不落。清歌效法于文鸾,妙舞肖形于素鹤。鸳班鹭序,鸠拙鸥闲。枭鸱不孝,即鸟(乌鸟)友悌。杜宇啼必北向,鹧鸪飞必南翔。鹤书符,溪鸟敕水,鸢翔风,商舞雨,霜鸟蜚霜,鹤蔷露,所技既殊;鹳交影,青鸟交晴,鹊感音,益鸟相眂,鹤交声,鸳交颈,所交各异。鸧鹒有疗炉之施,乾鹊有知来之术。鹰扬鼓勇于武夫,鹤泪助幽于道侣。雁过南楼,佳人心裂,鹊喧北牖,愁士眉舒。鸡寒上距,鸭寒上喙。变将生,子母呼应;雏既生,母子呼应。霄鹏司夜,行鸦司画。雄翼掩左,雌翼掩右。物食长啄,谷食短味。傅则利嘴,鸣则引吭。毛协四时,色合五方,羽物变化,转于时命。是则寻常之管窥,未尽羽族之万一,而其性灵所钟,聊拟议其大略云。

成珪道:"猫兄果然有些意思,亏你记得许多。老夫不问别的,专问你适才读的鸧鹒,不知何等物件?"张小猫道:"这有何难,另日捉几个送与员外,便知端的。"成珪道:"若得如此,重重谢你。千万早得几日方妙。"阿猫应了出门,众人也不知员外要他何用。

次日侵早,张小猫手中提了三五个来寻成员外。成珪道:"我道怎么鸟儿,原来就是黄莺儿!"张小猫道:"员外,这鸟儿名色颇多,不止呼为黄莺,又名黄鹂,又名春鸟。唐玄宗曾呼为金衣公子,梁武帝曾封为金陵郡公。在《山海经》则曰:'鸧鹒疗得一味好炉。'"

成珪忙把小猫的口掩住道："不必说了。只问你，这几只要多少钱？"小猫道"既是员外用得，任凭赏赐。"成珪到也不好轻他，吩咐主管称一两银子递与阿猫。千欢万喜，领谢而去。

此时成珪拿了鸟儿来到厨下，叮嘱成茂的妻子，烹煮得香香辣辣。等待午膳时分，成珪亲自拿了，送与都氏道："连日见院君茶饭顿减，敢是身体不快？拙夫买得一品爽口时物，特与院君下饭。你且请用一箸。"都氏道："与你做了四十多年夫妇，曾不见一些体心，今日为何这等发意？不要辜你美情，待我吃些看。"都氏吃道："这肉到也可口，是甚么物件？"成珪道："只为院君无肴，特到湖上买的油葫芦儿。院君若是中意，拙夫明日再去买来。"都氏道："这些野味，我也常常吃过，不似这品，倒也可人。"成珪见他吃得欢喜，心中十分爽快。

不料欢喜成仇，算人处反算了自己。也是成珪命里驳杂，该受老婆折磨，巧巧那晚都氏刚受了些风寒，肚子搅肠刮胃的，痛得一佛不出世，二佛不升天，到了三更，只是不止。都氏再不怨着自己感冒，只道有人暗算着我，不是咒诅，定是下毒，正叫做肚痛怨灶君，吃跌怨泥神。猛然想着道："哦，是了，我道老杀才向来不肯体心贴意，昨日劈空买些甚么鸟儿我吃，其中决有缘故！"就在床上倾天倒地的喊将起来。成珪不知就里，惊得魂不附体，忙问道："院君，耐烦些便好，为何这等焦躁？"都氏抬起头不做声，竟把丈夫的臂膊拽到口中，尽力咬上一口，只是不放。成珪摸头不着，只叫得苦。

都氏咬得力乏，放了口道："老杀才，你好狠也！要恋闲花野草，何消把毒药害我？这回遂你意了，好快乐哩！"成珪道："院君，这话从何说起？你自肚痛，或者因受了风寒，或者发了痧子，连忙请医生，待他切脉用药，自然痊可。怎说是我将毒药害你？"都氏道："还要嘴硬！你千朝百日，并未体心若此，我道昨日为何劈空假慈悲，将甚么鸟儿我吃，自又不吃，今日巧巧肚痛，不是毒药是甚么？"成珪发起惧来，莫得对答，自说道："鹁鸪鸟终不然吃了会肚痛的？"不期早被都氏听得，道："缘来昨日说是油葫芦，今日又是甚么'猖根'了！"成珪慌了，只得求道："院君不必造次的苦苦怨着我，你只遍访吃鹁鸪若能害人肚痛，拙夫情愿受责。"

言未绝，外厢传报医生来了，成珪忙去迎入房中。看了两手脉息，医生道："别无他恙，只吃一味风寒中于脾胃二经，更兼生冷搏激，以是腹中绞痛；不愈则变为直中阴经的寒厥症。候小子把温胃散寒之剂投入，自当痊愈。不妨，不妨。"都氏道："先生差矣！老

身并无受寒,只因我那毒心的老贼,把甚么鸧鹕鸟儿赚我吃了,故此药出这般病来。"医生道:"院君不可错怪了老员外。据脉看来,尊恙受寒无疑,况那鸧鹕鸟,即黄莺也,《本草》上说:'性平,味甘,无毒,能补五脏之偏,又能疗妒。'这不过是员外要院君不妒之意,那疼痛实与院君无干。"

都氏听得这话,愈加发怒,只因医生坐在面前,不好发挥。医生撮了一剂药,连夜吃下,果然应验,未五鼓疼痛已住。不觉呼呼的睡到次日巳牌时分,觉来身体康健,便趁个不曾梳洗,走到外厢,把成珪一把髭须揪到厅上跪着,问道:"老杀才,你道那鸧鹕不是害人之物,教我遍访,如今先生说虽不害人,专能疗妒,终不然我是妒妇么?我今也不赖,拼做妒妇,与你弄个出场,只要一不做,二不休!且跪着,待我慢慢敲断这几茎老牛骨。"

成珪道:"拙夫实不晓得甚么可以疗妒,不过一味孝敬,谁知医生乱出这句话来,院君便轻信了! 可怜老夫受刑不起,万望院君慈悲这一次,今后决不敢再买鸧鹕,也决再不敢提个'妒'字儿起了! 以后若犯,任凭院君打死罢!"都氏道:"老花嘴,你道这番医得我不妒,任凭你去寻花问柳,好快活哩! 我今也查不得许多去向,限不得许多时刻,只把一个甚么法儿,早上给了,晚间要缴,若你依得,总也万事全休;若说半个'不'字,今日休指望活了狗命!"成珪连连叩头道:"院君有甚么条例,甚么方法,是件都依,只求院君饶打。"都氏道:"既是肯依,明日听候发落。起去!"

成珪应声谢恩,立起身,向外便走,急了些,一个昏花,直从板壁边擦去,不料一个小小钉头,把裙子钩住。成珪只道又是妻子拽住,回身不迭,连忙低头跪下道:"院君,一应条律,拙夫已许下俱依,为何又拽转来? 还有甚么分付?"说完,不见答应,抬头一看,方知院君已是进去,回头见板壁上钩着半条裙幅,方知被钉取笑,于是立起身,口中呸几呸,唾几个唾沫,走出外去。

都氏要寻个法儿奈何夫主,一时思索不出,暗自想道:"我待只不容他出门,又恐旁人议论;若是着个小使踪迹,又恐监守不严,反能卖法;若竟将他下身小衣,早晨尽行缝住,认着针线手迹,又教他这一日怎生大小便得?"东思西算,只是不妥。忽然间悟出一个主意道:"妙得紧! 妙得紧! 成茂那里? 快与我唤个刻图书印的先生来!"

成茂领命,也不知叫他何用,一口气径奔到鼓楼前,接着那专刻印儿的徐铁笔到家,报知都氏。都氏请进相见毕,问道:"老身闻得先生大名,特请见教。不审先生专刻那一家的图章?"徐铁笔道:"小子祖传镌刻,所习不止一家。莫论周、秦、汉晋、唐、宋、齐、梁,四夷八蛮文字，处处晓得，但不知院君要刻何等字号？"都氏道："据先生所说，历朝印谱，老身一字也用他不着，惟独老身这篇印谱，想是先生倒也未经看过。如今总不必拟古，只随时刻些甚么花、草、鱼、虫之类罢了。"徐铁笔道："院君的印谱，小子虽是不曾看过，若说施于何所，小子定须有个刻法，如不说明，恐失款识，难为识者比。请院君从实见谕，以便计议。"都氏道："不过暗记而已，不拘式样，只不要有字。"徐铁笔只得提起刀，飕飕的刻成一方印，与都氏一瞧，十分称意。怎见得？

> 长短无过一寸，方圆只可三分。不镌玉篆与金文，赛过降魔法印。上刻并
> 头两朵，荷花出水亭亭。不施图画并关津，与那假请客用的没认。

都氏将钱送与徐铁笔去了。次日清早，便对成珪道："今朝好日，我老娘要开印了。言过是件俱依，这回略梗我令，先请一百竹片！"成珪道："院君又来取笑！好好的又惊吓我！"都氏道："谁来取笑？昨日说得俱依，今日却又忘了？"成珪道："不敢有忘，但凭施设。"都氏左手捏匣印色，右手提个印儿道："我也不打你，我也不骂你，只从今日为始，每日起床，请你令尊出来，头上给一颗印，到晚要原封缴还。日间任你各处闲走，只要印儿无损。如有些儿擦落，以更胥洗补重大文书论，杖一百，律徒三年；全失者，以铺兵失去紧急公文，及旗牌官失去所赉虎符论，随所失之轻重治罪，轻则边远充军，重则辕门枭示；若曾于所在地方有司，呈明致失之由，罪亦减等。若不遵明旨，擅自私刻者，以假刻符玺论，

罪诛不赦！"成珪道："院君出得题目，便是难做，倘裤裆里擦去些，难道也打一百？"都氏道："这也凭你遮护，亏那考武生封臂的，怎么过了日子？"

成珪不敢回对，只得把那尘柄少少取出。都氏道："怕什么羞哩！"把只嫩松的手儿，竟向裤里和根拽将出来。成珪又笑又怕，不觉老骚性发，那话儿已自勃然大举。都氏也

不管三七廿一，竟向龟头上打一颗印子。成珪惟恐擦坏，只得另寻个绢帕儿包裹上截，方敢行动。

都氏以此法既行，以为得计，竟也不像旧时提防，任他游走。这日晚上归来缴印，灯光之下，免不得法令之初，将印儿一比，不知怎地小了一半。都氏放下脸道："老杀才，怎般欺我，开封发市，便雕了假印来！"成珪道："院君严命，谁敢玩法？屈死我也！"都氏道："我只不管。原说过的，擦坏计责一百，假刻死罪不赦。言犹在耳，决不宽宥，死罪可恕，活罪难饶，今日让个初犯，减等也该二百竹片。"

成珪再三苦苦哀求，只得受了一百下，次早仍复关领收缴，已是半个来月，俱无异说。不想那日晚间，又该缴印，不觉印子又大了若干，都氏又变了脸道："老杀才，又讨死也！前番私刻，小了一晕，已吃下一百竹片，想是打得少了，今日又去私雕，你看又大了一晕，该得何罪？"成珪实是不曾雕刻，前番已是屈打一顿，十分痛苦，今番又说要打，你道岂不惊骇？那件家伙，早缩做蜻蜓虫一般。成珪对着自己尘柄叹息道："只为你身上，不知累我受下多少苦也！"言未已，只见龟头印儿已如旧了。都氏正要打，成珪道："院君不要造次，只求复试一番，再打未迟。"都氏仔细又是一看，果然一毫不差，这晚活活饶了一顿毒打。

看官们，你道印儿大小原有分寸，成珪既不私刻，为何能大能小，赚出许多唇舌？原来那日成珪初领印儿，与院君夺手夺脚，未免说些趣话，骚兴一动，老做老也会举了起来，硬时印去，到晚软时来缴，怪不得小了一晕，这顿打也免不过的，后来这日印时却是软的，到晚也因此高兴，硬了头皮去缴，岂不又大了一晕，若不是仍旧惊软，这场打可又不是难逃也！

不知这法儿，毕竟行得通否，且听下回分解。

总评：

印龟一段，令人口笑而不能合。或谓教主又添妒妇一法门矣。余曰：不然，是正为限时刻者行方便耳。

第五回　周员外设谋圆假梦
都院君定计择良姻

引首《画山水歌》吴融作

　　良工善得丹青理，辄向茅茨画山水；地角移来方寸间，天涯写在笔锋里。日不落兮月长生，云片片兮水冷冷；经年蝴蝶飞不去，累岁桃花结不成。一块石，数株松，远又淡，近又浓；不出门庭三五步，观尽江山千万重。

评：

　　良工善画，吴生善赞，二君的确敌手。究竟只成得一纸画片，酷似此回。

　　却说都氏自置印儿之后，将近半年，早给晚缴，丝毫无弊，皆赖此物之力。但成珪带了这点缄束，岂不气闷？正像哑子吃黄连，苦在自肚里，人前说不出来。终日纳闷而已。不拘远近，懒去游玩，每日在周智家中消遣。

　　这日因天气炎热，周员外特备了个小小攒盒，又带些酒肴之类，邀同成珪，就在自己后花园中树荫之下，石桌儿上纳凉。适值小池内荷花盛开，两人对酌，谈天说地，叙了好一会工夫，颇颇欢畅。正说到荷花初种之由，成珪不知怎地不乐起来，答应俱也懒了。周智那里介意，乘着酒兴，狂歌谑笑，无所不至，将个酒杯桠着成珪，抵死要吃，又要猜枚，又要行令，高兴异常。

　　成珪就是泥塑木雕相似，只不吃酒，也不揽猜枚，也不兜行令，只把些败兴话说。周智见他扫兴，便睁着醉眼道："老兄怪我么？"成珪道："为何怪你？"周智道："既不见怪，为何酒又不饮，话又不说，目瞪口呆，沉吟不语？敢是有甚忧虑之事？"成珪道："咳！贤弟若

说个'忧'字,我上无兄,下无弟,活是单丁,死成绝户,极是可忧的,倒还不在心上,只是那闲烦闲恼,终日不曾离身,因此郁郁不乐,岂是怪着贤弟?"周智道:"我也想兄定不怪我。但兄既不为子孙忧,极是个达人了,何苦到堕在闲是闲非里边?即嫂嫂有些严紧,也都不当急切。对此清凉景界,低唱浅斟,况又池荷盛开,堤柳高荫,比了那巴巴急急,此时在日心里挑驼生理,汗血横流,我与兄已是天上人了。何苦不知快乐,反自愁烦!"

成珪道:"据弟所说,极是有理,但不知我见了荷花,反添一番新恨,总也不好诉与你听。"周智道:"弟兄至此,手足不如,还有什么对我说不得的!不妨事,你且说来。"成珪道:"不瞒你说,总只是我家的老不贤,近来做事愈出愈奇,说来真个叫你笑个绝倒。前番因你湖中苦劝娶妾,他次日便唤媒婆。我稳道这回人情应也,不想那老乞婆道我有意于家下两个丫鬟。老弟,这魑魅魍魉,别人不见,你须见过的,你道区区可是动火的么?叫个媒婆登时逼写了文契,竟自贱贱的卖去。这到也罢。其后我出了门,承你把鸧鹒方子传授,只望医好病根,做个安乐人家。不期命运不利,被他知了消息,死认我有外情,不许出门。还犹是可,把个什么印儿,打在龟头上,早给晚缴,略有损坏,吵闹不休!"

周智道:"古来悍妇也多,不似令正,实是出类拔萃!打印龟头,真也罕闻!请问上边刻何文字?"成珪道:"正为上边刻的是朵并头莲花!"周智拍掌大笑道:"怪不得睹物伤情,只是不肯饮酒!咳!贤兄,你也忒煞疲软。街前屋后,怕老婆的也不少,谁似你毫不违拗,要高便高,要下便下?我想起来,还该振作一番,把那夫纲略整一整,也不枉做个男儿汉了!凭般畏刀避剑,实难!实难!"成珪道:"我岂不知夫纲该整?但是见着他,不知怎地,好似羊见虎,鼠见猫的一般,立时酥软。即使老弟他?只索没了主意。"周智道:"我若有了这般妻子,便有这般手段,早早对付他,自然安妥了。"成珪道:"老弟既有好计,传我一个,还好摆布得转么?"周智道:"传便传你,只怕教的曲儿唱不会哩!"

成珪再三求道:"成事在天,谋事在人,好歹做一番看。老弟不要吝教。"周智道:"若得遂计,还不为晚。你但依我做去,我只作不知,走来于中处事,那时包得搁起印儿,还要娶房妾与你哩。"成珪大喜道:"若得遂你金口,我便拜杀了你!"周智附耳道:"只需这般这般。管取万全千稳。"成珪拍案大笑道:"真妙!真妙!不枉周智之名也!"便放开酒量,大吃一回。临别,周智道:"本当留兄洗了澡去,恐误老兄公事,不敢强了。所事在心。"成珪作别回家,当晚无话。

次日清晨,又该关领印子。都氏道:"这时候还不过来领印,推些什么?"成珪说话间,

假流出两行珠泪道："如今不必劳院君费心了，夜来得着一梦，甚是不祥；更兼院君防范愈紧，又不肯与我娶妾，我想人生在世，都也枉然，几欲寻个自尽，想了父母遗体，不忍自己残虐，不若削去几茎白发，做个云游和尚，那时好的徒子法孙收他几个，也完了这点子嗣念头。何苦急急遑遑在家下费你清心，烦你终日防备！自今日以后，永别你去，择日披剃，再不进你房了！"

都氏起初还道是假，看那涕泪交加，稳信是真，便问道："夜来得个什么梦？且说与我听着。"成珪止住泪痕道："咳，不要说起，到底是空！三更之后，朦胧睡去，到座高岗去处，远远见云端里一位金甲天神。那时我仔细一看，认得是韦驮天尊。他便把手中所执那把八万四千斤重的降魔金杵，指着一株桃树上两个瓜大的桃子道：'赐与你去。'我便倒身拜谢，千方百计，再也采不下来。又没梯子，又无钩竿，正在没摆布处，回头不见了韦驮，忽见一个少年女子对我道：'员外要取此桃。何不立在奴头上，便可妥手而得了。'我就依言立在他肩上，随手取下一双香喷喷鲜红的好桃子。正在展玩之间，只见院君从脑背后扑的一下劈手夺去，我却依旧剩了一双空手，因而惊醒。故此我道万物皆空，终久有个了局。想了这梦，倍觉确然。何不早向佛门博个来生福分，有何不可？"

都氏道："这梦据我想来，到也不为不利。但你出家虽系好事，日后不尴不尬，岂不后悔？何不就在家中吃些短素，念些经卷，叫做在家出家，有何不好？"成珪道："使不得，使不得。多有在家出家的人，初时信心向道，百般信佛，立誓断了荤酒，分了净床，看经念佛，无所不至；后来看看淡去，只觉不好悔得，心中好生难过。那净床本是暧昧的事，便破戒了，却也没人晓得。惟那除荤一事，不好平空开得，又难对他人说知，只得干干的熬过日子；偏偏那煮火腿的气味，炒鸡、鸭的馨香，一阵阵直打那鼻子尽头处，一直钻将出来，少顷，他人吃时，自却眼睁睁地瞧着，喉咙里便似有十五只蟛虫越儿爬的一般，好生七上八落，只得把涎唾□□的咽了几口。后来实是熬不过了，假装起病来，思量开荤，不好直头吃了鱼肉，假意道白鲞是东海石首，摩尼亦曾食之；鸡、鸭、蛋是未见天日之物，不识不知，亦可食之；牛乳曾得如来留下一句道：'无乳不成斋。'亦可食之。殊不知三物俱有性灵，何独吃素人可以均啖，甚而渐把团鱼、狗肉依先一齐吃了。于上那些说话，岂不是个贪嘴引子，不信毁却前功；且阎罗王知了消息，惹祸不浅。原来，阎罗王怪的是这一件，故此，和尚、道士明明吃了荤酒，阎王再不怪他，越与他寿命延长，无灾无祸；是那俗家吃素的，心中略把念头动了一动，便要落在阿鼻地狱里去。你不见向来吃素的人，把荤一开之

后,那阎罗老子肯与他活了几个年头?故此那在家出家的说话,拙夫是断断不为的!况又受你缄束,不许娶妾,在家何益?只是做了和尚,到得大家安乐!我今立志已坚,不劳劝了。"

都氏见丈夫一心一口真要出家,自己劝他不转,免不得也发了宇宙洪的念头,胸中早有几个小鹿儿忒忒的撞个不住,暗想道:"这回不钦依我,料想那马虎山是用不去了,激出事却怎么处?别人不妥,须得那周老柴根来,方济得事。"随即唤成茂道:"你可快去对周员外道我有请,立候,立候!"

成茂不多时到了周宅门首,对周智道及来意。周智明知必来相求,早早穿着停当,见着成茂来接,假作忙道:"正欲出门,拜客要紧,那得工夫来见院君?明后朝罢。你先回去。"成茂道:"奉院君命,千万要屈员外拨冗走这一遭。"周智假蹙着两眉道:"怎么好?偏是忙中!也罢,先到你家去来。"即同成茂来到成家。

成茂先进通报,将周员外拨冗等情况说上一遍。都氏即忙把个笑脸堆就,迎接周智,深深万福,道:"叔叔贵冗,偏又来累及你!一向不到我家,可是怪我们?"周智道:"日前到也不忙。并也不怪你们,只被那两个旧相交的姐妹,可奈他日日来接。若来时,又恐怕带了你家员外去,又累尊嫂淘气,故此疏失,疏失。今日相招,不知何所见教?"都氏道:"我家那老柴根,快活不过,没事生烦恼,道昨夜得着一梦,今日要剃发出家。我想料不是个结局事体,故此接你劝他一劝。"

周智摇手道:"不管,不管。他也有了年纪,有些难说话的;况且我又淘不得气,劝不转时,未免招怪。倘是他再说院君些短处,我又免不得要劈中,那时院君不听犹可,岂不又怪了老周?"都氏说道:"不是老叔劝他,别人一发说他不转。倘他有些莽撞,老叔只念着交往之情,也要耐了;若是说我处,决不怪着老叔便了。"周智道:"要说得过,才去劝;说不过,只是不管。"都氏道:"君子一言,快马加鞭。不怪老叔是了,定要着个死字不成?"周智道:"既如此,待我见他。"

周智来到后厅,只见成珪正在那里呜呜地哭。周智道:"贤兄,何必如此!你赤手光拳,做成偌大家计,虽然无子,尚还可图。正该撑持门户,创立家风,才是男子汉的事业,为何思量亲近那一班秃头狗彘,有什么好处?"成珪道:"向承贤弟看顾,今后我出去了,一发要你遮庇。只此一事,千万留情。"周智道:"兄真要出家,也是留你不住,但把你去意说与我听,若果有理,只索任从你去。"成珪道:"不瞒贤弟说,萧何制律,说凡人四十无子,便

许娶妾。我今年已六十，院君尚且不容，纵有精力，料也没个生子的家伙；家下既已不许，外边闲花野草，或者天可怜见，度得一个种儿也不可料。我家院君又时刻防备，甚至不堪言处，那些生子接续香火的念头，已索然了。况且夜来得梦，明明是个空局，何不早向空门，博得个'和尚无儿孝子多'，到也完了桩事。"

周智道："这些闲话，说来只觉在院君面前作娇，不知事的，又道你诈小老婆的面孔。只把那梦说来，待我详个凶吉，好便留你，不好便凭你。不要太絮烦了，就像祖宗这碗羹饭独你要吃的！"

成珪把前边那梦一一说完。周智顿足大叫道："还好，还好！我道你这人面门上不带孤相，心地中不行歹事，决非无子之人。院君恭喜，你员外还有两个儿子，真是天赐哩！你们不可把这梦详差了。"成珪道："院君已近六旬，终不然还生得两个儿子？"周智道："非也。若嫂嫂不怪我说，就把这梦详与你听，嫂嫂若依了梦中说话，员外也不必出家，自然各人有一种好处；嫂嫂若不肯依，出家倒也合理。老兄，你那梦极是做得有些美处。金甲神赐与二桃，有子之象也。你正没计采取，立在女子头上，一采二枚，岂不识'立'在'女'上是个'妾'字么？有妾自然生子，生子自然叫院君是娘，后来做官做吏，五花冠诰封赠父母，怕那小老婆受了封去？自然院君受的，不是只当替院君养儿子？嫂嫂劈手夺去，正是绝妙机关，为何反认做甚么空局？"

成珪道："依你这般讲来，我倒竟该娶妾哩？"都氏道："像了春时，谁不做些梦。恁般有准，没这许多。"成珪道："院君只不信梦，我也只出家罢。"便将一股剪刀把髻子就剪。周智急忙夺住道："老兄，为何这等性急！正要做事业，倒剪去了头发，明日那有个打和尚的娘子来与你做妾？"又对都氏道："嫂嫂适才讲过的，依老周说，做你着，开个恩，看祖宗面上，好歹替他讨了一个。以后再若要出家，在我身上。"

都氏初时不肯，见丈夫执意要剪头发，又因周智跟前应允过了，不好推脱，只得想了一会，不知怎地定下一个歪计策，便欣然允道："周老叔，不是老身向来不肯娶妾，只因年

成荒歉，家下进少出多，一个人来，便有若干事体；况他年纪已老，故此挨过这日子。如今既蒙叔叔这般美言，况兼得这般一个好梦，何苦我不与他娶妾？但有心做事，不可贪贱，也要由我拣择，看得像个有福做娘的才好。"周智道："难得嫂嫂金诺！这打听人物，极是容易。"

又对成珪道："阿兄，今日嫂嫂既允，你再不可差了念头，想着出什么家！"成珪道："院君虽然允诺，我心终是想着空门。既是阿弟劝阻，只得依命。"周智瞧着成珪，两人暗暗的笑。都氏见事已说妥，亲到厨下备办酒肴与周、成二人吃，自却另桌陪饮，彼此都各遂意。正是：

　　酒入欢肠，必然尽醉。

再说周智归家，已是大醉，见了妻子，笑个不止，妻子问也不应，只是笑道："异事！异事！你说铁打的人，也会听说么？"何氏道："铁人如何晓得听话？"周智道："成家院君，心肠煞过了生铁，成老头子被他弄得七颠八倒，再也不敢说起个'妾'字。昨日被我设下十面埋伏、踢天弄井之计，今日那都氏满口应允，指日娶妾。你道铁也会化了么？"何氏道："只怕又是鹅子石塞床脚，不稳些哩。"周智道："忒稳，稳如磐石。"何氏道："既如此，何不明日就把我妹子家下那个家生女儿，说了与他？"周智道："正合吾意！天字第一号的姻缘，明日便去对那院君说。"当晚无话。

次早，周智便到成家，见都氏，道："昨日蒙嫂嫂美意，只因贪杯，一发大醉。"都氏道："敢是替我老子快活醉的？"周智道："这还犹可，今日还要取扰，一发要快活哩！自古道：'成不成，呷三瓶。'小可寻得绝妙一门亲事，今日特来作伐。"都氏道："是那一家？"周智道："说来又是嫂嫂识熟的，便是房下的阿妹家，那一个家生女儿，今年却才一十六岁，人物出众，且是标致，做得一手针指，识得几个字眼，况兼财礼不要多少，又兼彼此亲中，一发好得紧。"

成珪在旁插嘴道："贤弟说的一定绝妙，院君就允了这门罢。"都氏道："你莫心焦，我自有处。"对周智道："叔叔所说，固是十分停妥，但我还要卜一卜凶吉，另日还要相一相好歹，然后行事，庶后无悔。如今且慢道个'成'字。"周智道："这自然，任凭求卜，姻缘事非偶然，过日再讨回覆罢。"随即辞归。不题。

再说成家讨小风声一出，正是三脚虾蟆无处觅，两脚婆娘有万千。那些张媒、李妁、王婆、赵妈，终日竟不盘门，接得长也似多。都氏只是拣精剔肥，东推西阻，媒婆说得丑些，又落得好推；媒婆赞得好些，他又正怪的是好；或是那女子少年暴长，又说是短寿命的，不好；或是那家女子不甚长成，又说是个宿积，到老无成，又不好；小户人家，又说是小架子出身，如何晓得大家体统？或是大家女儿，又说是吃大锅饭的儿女，不知民间疾苦，那晓得撑持家事？赚得那些媒婆，真个是脚后跟毛也没了，尚兀自春梦不醒；赚得那成员外心里好似十五个吊桶打水，七上八落。听得说的亲事，就像黄子吃狗肉，块块好的，只怪院君只顾拣选，并不曾允着一门。心下忖道："我家院君忒煞用情，在前不肯娶妾，便是两个鬼样丫头都卖去了，今番大发慈悲，不值得这般拣择，不知要娶怎么样标致的与我？以我论之，便将就养得儿女也罢了。"想一会，笑一会，转味着君达的好计，不知日后将甚么杀羊茶饭酬谢得他。

不觉过了三、五、六日，忽然冰窖的冷了，不见说起。成珪心下老大焦躁起来，悄悄对个小厮道："你可去周员外家说，前日议的亲事，为何不来讨回覆？你道员外若闲，可来一叙。"小厮领命，径到周家，对周智说了来意。周智道："不是不来。那日见院君口气不妥，故此不敢来讨回覆。既是员外见招，少停便来。你先去着。"

小厮回家，复了主人，成珪即到解库前，眼巴巴地望着周君达，再也不见到来。抬头望处，只见远远的周智已来了。成珪连忙跳出柜台，便叫道："周兄自在性子，快步走儿！"那人只是不应。有诗为证：

> 不为春情恼寸肠，只缘小子尚无娘。
>
> 巴巴望眼眯睐处，对着旁人手浪扬。

原来来的不是周智，却是街坊做豆腐的吴老儿。那老吴正杀得个肉猪，赊与屠户，未有银子，这日把件豆绿棉绸袄子穿了，摇摇摆摆走去讨银，打从成珪解库前经过。服色虽与周智不同，面庞略略相似。成珪正是望得急切之际，朗声大叫，心中还道："怎不应我？"及至近前，好生没趣。又望了半晌，真正的周员外才到。

成珪一见，就是活拾一颗夜明珠似的，连忙问道："你说次日就讨回复，如何一程不来？教人好生着急，我家院君东来不成，西来不就，或者贤弟所说定须难却，且与我鼎言

一声,足见厚情。"周智道:"本当替你去说,可奈尊嫂那日口中不肯兜揽,倘是去说,又讨他一顿抢白,反觉不雅,故此不敢斗胆。"成珪道:"老弟豪爽之人,妇女之流,那里怕得许多?好歹与我说一番,斡旋了这桩美事,也不辜你前日那条妙计。难道定要愚兄下跪!"周智连忙扶起,笑道:"老兄为何怎般着急?小弟不过戏言之耳。"

周智来见都氏。唱喏未了,都氏便问道:"老叔今日下顾,有何见教?"周智道:"呀!嫂嫂,正事你都忘了!前日说的亲事,特来讨个回覆。如妥,好待他家趁早备办妆奁。"都氏道:"此事……此事我已着人打听,都说十分贤慧,十分俊雅,只是土地庙前那贾瞎儿起下一课,说是有些不利,故此老身还要慢慢商议。"周智道:"嫂嫂既已探听得人物出众,何必又去问卜?岂不闻太公伐纣,不信蓍卜;武王出师,不泥日主,既人事已决,何天命难违?况娶妾细事,不系兴亡,巫瞽胡言,多因茫昧,老嫂不必深信,且宜尽乎人谋。"都氏道:"叔叔差矣,若卜筮无灵,伏羲氏何须八卦?人谋可据,诸葛亮岂止三分?亦当尽于天理,杂以人情,自然国治家齐,于事方有利益,岂可草草妄动乎?"周智道:"既是不允,但凭上裁。"都氏随口道:"也不是我故却,只因水沟头姓王的媒婆,说了一门在此,倒也求卜得起,故此拂了尊谕,实非假意作难,胶柱鼓瑟。"周智道:"嫂嫂已订佳婚,何不早说?小可就此告退。"都氏也不相留。

成珪立在前厅,听了半个时辰炮声。等得周智出来,问道:"老弟,所事如何?"周智道:"不济,不济。"成珪吃惊道:"为何?"周智把占卜的话说了一遍,道:"莫说老兄怕他,我也只索眼睛看了鼻头,舌尖抵定牙齿,半句也回不迭。"成珪道:"如何,你今朝才知他手段么?又不允,怎处?"周智道:"不必心慌。嫂嫂还有一句说话,道已有一门,甚是求卜得起。"成珪才得放心。连周智也不知这家的亲事,果然七伶八俐,亦能赛过西施否?还是半二不三,也堪比得南威么?直教骆驼骨头卖了象牙银子,填仓货物赚了顶号的价钱。下回便见。

总评:

种种丑态,件件画出。

一友人极好说梦话,或言梦纯阳祖师,或言梦孔子圣人,或言对朱夫子,或言见苏东坡,娓娓言之,烦聒令人欲聩。余戏云:"余昨梦柳盗跖谈日炙人心一段公案。"友惊曰:"兄何作此恶梦?"余曰:"好者都是兄做去了,叫我那得不作此

恶梦?"彼犹不觉,一日,又对余道:"昨见太史公,接谈一夜,大快余心。"余问:"何状?"彼曰:"如我一样胡子。"余曰:"然则兄自梦兄耳,太史公已受腐刑,须从何有?"众大噱。而斯友之梦,梦亦遂惊觉。成珪言梦,颇似此友,若令都氏少一转念,周郎之计不为太史公之须者几希。虽然,都氏固愚妒妇人,尔乃世有为妇人愚者又将何如?

第六回　脱滞货石田长价　嗟薄命玉杵计穷

引首《三五七言》李太白

秋风清，秋月明。落叶聚还散，寒鸦栖复凉。相思相见知何日，此时此夜难为情。

评：

早知道相见难为情思也，不若当时不见高。

却说众媒婆因成宅觅妾，纷纷的都来说合，都氏总也不理。独那卖丫头的王婆，与都氏最为知己，也寻几门来说。都氏因是王婆知心，便将实话对王婆道："妈妈所说，总然俱可成得，但是我家用不得那一号货。"便附了王婆的耳边道："只须这般，这般，我家才可用得，"岂不知回复许多的意况儿。

王婆是个走千家踏万户，极是点头知尾的，早已识破机关，便假蹙个眉尖道："哦，原来如此！院君一发凑巧，正有一门极是对绺。不该这样讲，只是财礼要得多些。"都氏道："这是一家货，除了老娘，谁还要他？财礼少些便好。"王婆道："院君有所不知，世上如院君者颇多，恨不得学院君主意的也不少。那等货，正是千家日用之物哩。比如杂货行中把货物囤了一年半载，一朝有个售主，自然要长几分利息。况且他家虽是小户，倒也是个有体面的，几个儿女都已完配，只有这小女儿，有些不阳不阴，故此姻缘迟钝，误了青春。如今老身去说与员外作妾，料必不肯，须要我多费些嘴沫，院君也吝不得银子，才可成就。若是彼此坚执，院君莫怪老身不管。但杭城只此一铺，第二店都没了。"都氏道："既如此，财礼也任凭吩咐。只不知姓甚名谁？"王婆道："他家离此不远，便是那熊阴阳的女儿，今年三十来岁，尚未适人。院君，你莫怪他年纪大了，闺门其实严紧，真是过火道地货哩。"都氏道："不要取笑。趁早去说，候你回复。"

成珪闻得这回有些机括，便喜欢道："想院君日前在周君达前说的，像就是这家。"连忙整备酒食，与王婆自筛自饮。吃得个酩酩酊酊，脚下写出"之"字，口中七颠八倒出门。

次日来到熊家。那熊先生正要出外烧纸，看见王婆到来，即忙作揖道："难得妈妈下顾，里面请坐。"王婆进内，见熊妈妈，一面的笑道："多谢熊老娘日常照顾，不曾过来孝顺得，如今特来替三姑娘作伐。"熊妈妈道："难得美意。只是小女身上事怎么好……"王婆道："老娘，这事我岂不知？正是妙在这里。"就悄悄地将成家院君正要寻这家货的根由，说上一遍。熊妈妈道："他虽主意如此，我心怎过得去？只怕使不得。"

王婆劝道："老娘又来说腐话了，事当机会，不可错过。他家自己着迷，于你甚事！况且令爱已大，半阴不阳的，养老在家，终非结局，不如将计就计，落得赚他几个银子，人又落得出身。过门之后，食用穿戴不消忧得，强似埋没在爹娘身旁。"熊妈妈道："妈妈说的极是。但老子不知就里，待我与他计议，明日再回复你。"王婆千欢万喜正待起身，那熊三姑听见替他议亲，也不知丈夫是怎地好受用的，他有些欢喜，即忙寻几个陈年茶果，点了一杯浓茶，笑吟吟地拽住王婆吃。王婆道："好个姑娘，正该这样，明日嫁出去，抢葱拨菜，终久行得出，有人敬重。"熊妈妈道："些小之事，小女都理会得。只那家话，宁可说个停妥，不要误事才好。"王婆道："这决不累你淘气。"说完出门。

熊阴阳已回，便问妻子道："闻得王婆来说亲事，量他也知道女儿病痛，谁家这等晦气，肯来受纳？"熊妈妈道："一发竟是前世生就这段歪揣姻缘，正是'不必文章中天下，只愿文章中试官。'那成员外要娶妾，他的院君正要这一等货。我想女儿在家，终非了局，不若趁这运道，胡乱嫁去，落得赚块银子，强似你烧了半世的夜纸哩。"

熊阴阳原是个贪利之徒，便喜道："这倒绝妙！但他家既要这一等货，我家是个独行，怕不长他价钱？明日王婆到来，讨他一二百金财礼，少也不要嫁他。"二人计议已定。

次日王婆早到，说起所事，熊阴阳道："妈妈，我小女虽是丑陋，不比与人作媳。今成员外既要作妾，财礼银两，必须浓重。妈妈做事惯的，不须区区细说，全仗，全仗。"王婆道："阿爹说的虽是有理，但为妾的也有几等：有的隔山调远，一嫁去父母不能会面，这也有多些财礼；或是大宅人家，将女儿嫁与本乡土财主，或者又是出身微贱的，这便莫说做

小，就是做媳妇，也明要索他几两聘金。如今成员外是你左近邻里，况且古旧人家，开个解库，谁不羡慕？将你令爱配他，正是门当户对。依老身说，好歹一百两雪花银子，择日便要成亲。"熊阴阳道："不够，不够！别家女儿，养到十五、六岁便嫁，我女儿今年三十来岁，岂不一个赛了两个？况且物卖当时，正是用得着，凭我嚼。如今不要说多，依妈妈加一倍罢。你的媒钱，情愿送个全礼。"王婆道："他若肯出，王婆并不相阻，必不打后手；他若不肯，到这步也索由他，王婆也没得小伙添些。既如此，待我再去议看。"

王婆飞风一径来见都氏道："院君所托，老身其实不好推得。可奈那家猪亲狗眷，一发狠得紧，一口气定要二百两财礼。我也不好作主，特来达上院君。"

都氏道："多少减些便好，如何要得许多？"成珪插嘴道："前日许多来说，院君只是不允，为何偏要赎着这贴贵药？"都氏道："别家却求卜不起，只这家姻缘上卦，子孙持世，故此决要成的。"成珪道："既是院君中意，也论不得财礼，依了他罢。"王婆欢喜道："还是员外做大事的。明朝挑个日子，做亲行聘的不止一家，员外可就整备停妥，下了聘罢。"成珪道："院君意下如何？"都氏道："便是来日。就把吉期也择了去，省得又是一次。"

成珪即将通书一看，其时正是八月初旬，成珪便以近就近，拣个十五之日，对妻子道："中秋乃明月团圆之日，倒又飞细好个日主，院君以为何如？"都氏道："既好是了，何必问我。"

次日，即着成茂、成华赍了财礼，送至熊家。熊老见果有二百之银，真是天脱下的欢喜，即备酒食款待来使，并及王婆，又送各人赐赏钱物。三人去后，熊老夫妻将许多银两搬到房中，笑道："老娘，我和你生下完全的儿女，到都被他讨了债去，谁想临后添出这个滞货，倒还了债。虽他家百色俱有，我家也要些少备办。明日就去买绸绢，唤裁缝，定木器，打首饰才是。"妈妈道："这些总是旧套，杭州城里省会之处，早晨要了银子，晚上讨得齐备。只是一件，我家女儿其实是个雌太监，他纵娶去，终久用不着的。天理人心，得他若干银子，你我心下岂安？就是女儿，也要在他家过日子，成何体统？不若依我见识，譬如少得三五十金财礼，花些银子，着讨一个能事些的丫鬟，做个从嫁，使他或者替得半分力，也不枉了一番唇舌。"

熊阴阳道："使不得，使不得。他家院君只因专门吃醋，所以用得我家这等滞货，你又寻个帮手与他，岂不枉了院君这番心计？"妈妈道："你虽不是个读书的人，在九流中也是衣冠世胄，岂不晓得继绝世、举废国是君子所行之事么？那院君执了偏见，把丈夫恁般愚

弄，难道不违条律的？只今炎炎之势，凭他尽意做去，恐日后举眼无亲，那时追悔，噬脐之不及矣。在他，这等行得；在你我，如何昧得这点寸心！"熊阴阳道："非我不肯，倘是讨个送去，反惹得许多闲气。"妈妈道："这必不妨，只说我女儿不甚唧口留，特地与他伏侍的。成院君若把我女儿的丫鬟作贱，我不怕他，自有说话。你只依我做去，管取不妨。"熊阴阳只得应允，记在肚中。

不过几日，适有一个姓李门眷，叫做李春，来寻老熊。熊阴阳问道："足下有何见教？"李春道："小可不为别事，常见先生善于赞襄，特欲一浼。我这有个使女要货，若先生有令亲友处用得，小子急于要脱。"熊阴阳问道："尊婢几多年纪？要得身价若干？"李春道："今年一十五岁，凡百做事，都也来得，其价须是三十两方妙。"熊阴阳道：'既如此，待小弟到宅一看，庶便亲友处去说。"

李春即引老熊回家，请到堂中坐下。叫道："翠苔那里？有客在此，点茶来。"翠苔应道："可唤苍头来捧。"李春道："苍头不在，你就捧出不妨。"翠苔只得捧出。但见红生两颊，羞涩不胜。《临江仙》为证：

> 小巧腰肢刚半捏，依然含蕊梅花。蓬松两鬓暗堆鸦，虽非金屋艳，不愧谢庭娃。婉媚却无轻薄态，见人羞涩偏加。持觞侑酒不须夸，尽堪供洒扫，不会事铅华。

李春赚出翠苔，早被老熊瞧见。老熊十分入目，便问道："尊婢实是要货么？"李春道："岂敢谬言。"熊阴阳道："不瞒老丈说，小女将欲于归，正要寻个从嫁。偶蒙见教，实合鄙意。但价太高，还求让些才妙。"李春道："既是先生自用，便让去了三两罢。"熊阴阳回来，说与妻子知道。妈妈大喜，忙整酒席，请李春成交。又央间壁的詹直口做了中见。李春将银子收足，便立文契，至晚就送翠苔过门。妈妈见了，甚为得意。

不一日，合用妆奁，俱已齐备。不觉早是中秋节届。那晚成家备了花舆彩幔，来迎亲事。王婆就充喜娘，熊妈妈做了送亲，一同过门。那成家一般也动了诸亲百眷、四邻八舍，送人情，斗分子，虽然娶妾，倒也四司六局，一毫不苟。傧人赞礼，拜了天地、祖宗、亲戚、邻里，少不得肆筵设席。都氏却陪来亲饮酒，一发殷勤相劝，彼此酬答。熊妈妈道："多蒙院君错爱，小女三生有幸，但只从幼娇养，不谙世务，凡事望院君海涵，只看老身薄

面。"都氏道："蒙妈妈不弃，俯就丝萝，实切寒门之幸。况令爱硕德可嘉，闺风颇紧。在拙夫，惟后庭之足盼；在老身，喜前愿之已酬。妈妈不必垂念，老身当以亲妹相待。"

熊妈妈道："院君说个'妹'字，使老身置身无地。但以女视之，老身不胜感激。诚恐小女愚懦，不能操持洒扫，特购一婢，唤名翠苔，乞院君慨然收养，为小女一臂之力。"都氏道："舍下颇有婢仆，何必妈妈费心？既蒙俯赐，权当遵命。但不知多少年纪了，倒未闻王妈妈道来。"王婆道："这是熊老爹自的主意，原不干王婆之事。"熊妈妈道："此事原未及与王妈妈说知。只恐小女没用，特地寻个伏侍，怕年幼的不会替手脚，反能拖累，故此讨个历练些的，已是十五岁了，院君若恐淘气，小女自能管顾，必不费院君清心。"

都氏早有不悦之意，欲待回复，见熊妈妈又不是个善菩萨，只得勉强允下，心中霹空添上一番烦恼；又见熊妈妈说小女自能管顾，心内略略宽放一分，只得陪了终席。

熊妈妈辞归，众亲戚俱散，止剩得家亲数人与几个邻家少年子弟，都吃做醉哼哼的，要送二位新人回房。有的携了酒，有的掇个攒匾，齐齐拥到房中，说的说，笑的笑，敬酒的敬酒，逊菜的逊菜。又有那溜口少年们，和着罗罗连，打起莲花落，把成员外非赞非嘲，半真半假，又不像歌，又不像曲，打趣道：

员外尊庚六十年，（罗罗连）

今朝娶妾忒迟延。（罗罗连罗哩连）

恭此身尽数苏牙雪，（罗罗连连流罗）

罗天大多应软似绵。（罗罗连连流罗哩连罗）

这回纳宠赛神仙，（罗罗连）

是南极星辰归洞天。（罗罗连罗哩连）

斑衣轮着老莱子，（罗罗连连流罗）

打拐儿公公撑一肩。（罗罗连连流罗哩连罗）

也不要忒心欢，（罗罗连）

只恐老迈风的夫人滴溜酸。（罗罗连连流罗）

昨宵才倒葡萄架，（罗罗连连流罗）

只怕明日生姜又晒干。（罗罗连连流罗哩连罗）

成员外今朝若动手，（罗罗连罗哩连）

养个贤郎中状元。（哩连罗连哩罗连罗罗连）

成珪被这些嘲了一回。有的道："我们今夜直吵他到天明，不许这老头子动手。"有的道："天下人间，方便第一。成员外与你甚么冤仇，定要苦苦腾泛他？今日不动弹，少不得有来日，落得与他费嘴，不如成就他罢。"那些少年道："说得有理，我们明日绝早来闹房罢。"

一齐散后，成珪就把门儿关上，不觉欲火大动，原来自从应许以来，两个月不近女色，不必说精力完固，一心地准备厮杀。便把被窝儿熏做香喷喷的，乜了张脸，走到熊氏身旁道："二娘子，今日可不辛苦了！安置罢。"熊氏不敢做声。成珪道："被儿俱已熏焕，我与你解衣何如？"

熊氏把手一推，低头朝壁坐了，竟不来理，成珪又筛了一杯茶，双手递与熊氏道："二娘子，用一杯茶儿，这是真正雨前采的。"熊氏不好推却，接来饮了半盏，成珪把自己衣帽脱下，只把灯儿一口吹灭，便将熊氏一把搂住，连连亲了几个肥嘴，道："我的心肝，亏你这般下得，何不早成就些！"熊氏抵死掩着那一搭儿田地。成珪没心绪将带儿细解，只必必剥剥重重拽断，熊氏只得上床，也不知员外火龙火马的干出甚么事来。有《黄莺儿》为证：

大将逞威风，夺城池，苦战攻。三军冲击前不动。飞云梯没功，襄阳炮枉轰，可奈正阳门紧闭，毫无缝。计何从？走塘的探得，止有一缕小沟道。

成珪把桅杆般的尘柄向生门边探一探，一些也不见入头，暗忖道："终久要数含花女儿，年纪虽大，毕竟生来紧括。这一料药头，断断省不过了。"便把唾津儿抹了一把在龟头上，又去溜溜，看道："这回定尽根的舒畅也！"便着力一拄，却直打丹田上溜去。连忙带转马头略下些，又是一拄，却直滑到尾骶骨边，几乎错进了后宰门去。只得着意款款的从中道进发，一竟像火筒粗的麻索穿钱，一些也上不得串，又想到："未破瓜的女子，我也受用些过，并不似这般周密，难道天地间破格生这一具鼓紧的家伙与我受用？"只得又抹上许多涎唾，四围攻击一通，连那熊氏又不觉痛，又不觉痒，不知甚么体段，只索承受着他。

成珪又努力一拄，一个滑蹋，几乎把头皮都被席子擦破，连忙收设转来。不料老人家力量，只中那尘柄里，免不得呕吐出来，把熊氏浇了一肚子，熊氏只道："老人家又不睡熟，为何早把尿都撒出来，"把手忙向头边摸出个帕儿拭净。成珪还认自己力量不济，临阵退回，并不知别样缘故，便把颈儿勾定，脚儿挽住，呼呼睡去。

少顷，醒来道："娘子，适才一度，未及升堂入室，如今全要仗你帮衬着，必须直捣黄龙，才见今宵欢庆。"熊氏没奈何，只得听从，成珪又费药料，抹了龟身，再三又搦一番，一发没个进步，止不住躁烦起来，道："我也并不曾见这般家伙！或者开锁似的，敢是另有一种弄法的？待我仔细摸一摸看。"把手径向那杜家村下、咎道钩边用心一探，但见：

漠漠平芜，悠悠歧路。纵不能叶比（艹孜）菰，也未及形同蛤蚌。说是太监，当日未经阉割去；若言处女，今番何是紧关来？没阴门，难称女子；乏 YANG 物，不是男儿。枉教人"敲断玉钗银烛冷"，只落得"十谒朱门九不开"。

成珪下手处，便叹口气道："是了，天绝我也！命蹇的颇多，不似成珪这般出格！千难万难，不知陪了几多下情，看了几多面皮，奇不奇，巧不巧，刚又娶着一实女儿！"

看官，你道那实女儿不阴不阳，是何缘故？却原来是先天所中的病根，旧说行经后，一日受胎为男，二日为女，至七日各以双单分男女，又以夫妇之精血盈虚卜所中，倘其交媾之时遇着天清月朗，时日吉利，父母精血和平，水火相济，那十月满足之后，生下男女，自然目秀眉清聪明标致，痘毒不侵，诸病不染。倘交媾时犯了朔望月日，或不忌月蚀日蚀，或风雨晦暝之时，年灾月煞之夕，恣意取乐，妄行不避，那时受的娠孕，生下之时，或者缺唇，或者少指，甚至驼背跛足，眼聭耳聋，非止一件及其既犯天地凶恶之辰，又遇着男女精虚血冷之候，那子宫里本当生个男儿，却如铸造铜人的一般，铜汁少了些。若又遇那一处隔塞，便铸造不就，做了件废物，却像孩子生将下来没了前面那条家伙，时俗便把做女儿相待，无以命名便强名说是个实女儿。

那实女儿原是天下第一种废物，没人要的。也是成珪的晦气，天杀的王婆说来，中了都氏的意，都氏以为得计，也不管了成门宗嗣，害得那成珪心下岂不索然？

彼时尚未五鼓，成珪便把衣服穿了，坐在房中，哭不得，笑不得，思量道："我院君千求万卜，要与我寻个好的，此事料不是院君主意，定是王婆，故将废人赚我财物。明日只是告他，必须判还财礼，治他个花言哄诱之罪，打他三、五十毛板，才出得我这口恶气！"踌躇了一会儿，又想道："我又差了，我将他弄了一个更次，不能入头，还自不知道这个就理。

王婆做媒,不过传言送语,通和彼此说话,难道教他探探看不成?若到官司,休说没得判还财礼,我还有个不审之罪。罢了!罢了!总之我也无子,要这许多银子也没用,只当送了熊先生;这妮子譬如我供僧供道,只索养他在家,若还娘家,被他人问及所以,反觉不雅。日常我只不进他房罢。也不必与院君告舌,量他不肯重娶一个与我。正是:命里不该金紫贵,终须林下作闲人!"叹之不已。

一头走出房门,都氏处问候已了,才走出厅,只见那些少年们,已在外边兴张作势,道:"员外起得恁早,可是卖弄手段,看头晕哩!人参汤、补肾丸可用得否?"那里得知成珪肚子里苦趣!成珪也只得假风流,虚插趣,道:"不像你们后生家,汤泡饭哩!俗话道得好:'人老性不老,一夜直要错到晓。'昨日你们许我暖房东道,不要相赖。"

少年道:"你只养精蓄锐,准备厮杀便了,我们必不相赖。"少顷吃完暖房酒,天色已暮,成珪竟投书房中歇宿,都氏早已心照,落得相劝道:"新人房中有规矩,一个月不许独宿。今朝正该二娘子房里歇宿,莫要使旁人道我不贤。"成珪道:"虽是这等说,事有几等,不比结发夫妻。况且老人家昨宵一度,足了春情,何必定拘古板?难得院君美意,只容我书房睡罢。"都氏再不相强。成珪独自纳闷,是不必说。

次日乃是三朝之期,熊阴阳备了盒礼,央王妈妈引了翠苔,一同上门探望。王婆教翠苔先拜见了院君,然后再拜见员外,又见熊二娘子。拜见已毕,只见冷清清的,院君却像那面壁九载的达摩禅师降凡,衔着双铜铃般的眼睛,低头声也不做。那员外却像九天庙中泥塑的邓天真君,骨都张嘴,气轰轰地坐着,口也不开。

王婆暗猜道:"今当三朝之日,也该设筵备席谢媒会亲才是,为何到似冰一般冷?成员外心中不乐,固然怪他不得,老院君也该与我份体面,怎怪得汉高祖平定了六国,反把淮阴王负了?"

又想了一会,道:"哦,是了,是了,院君决是见了这翠苔姐有几分颜色,故此不乐起

来。也罢，我也赚过他几两银子，今朝这个独桌，权且让还他些，不要被这两个落梅风的一齐上，老娘倒吃个乌鼻，着甚要紧。"便拽开脚步，一道烟的走开，不在话下。

自从这日，翠苔紧紧伴着熊二娘子歇宿，都氏在丈夫跟前连那不可空房的好看话也不说了。也不知都氏毕竟肯容着翠苔在家否，且听下回分解。

总评：

娶实女为妾，大是奇计，胜假梦者数倍。古云：小人无才，不能做小人。吾谓：妒妇无才，亦乌能为妒妇。

第七回　落圈套片刻风光
露机关一场拷打

引首《谯楼声鼓记》祝允明作

居卧龙街之黄土曲北，鼓出郡谯，声自西南来，腾腾沉沉，莫知其所在。呜呼！鸣霜叫月，浮空摩远，敲寒击热，察公儆私，若哀者，若怨者，若烦冤者，若木然寡情者，徒能煎人肺肠，枯人毛发，催名而逐利，吊寒人，恍孤娥，戚戚焉天涯之薄宦，岭海之放臣，岩窦之枯禅，沙塞之穷戍，江湖之游女，以至茕孽背灯之泣，畸幽玩剑之愤，壮侠抚肉之叹。迫于悲鸦、苦犬、愁蛩、困蚓，且号鸣不能已。呜呼！鼓声之凄感极矣！

评：

欢娱嫌夜短，寂寞恨更长。使成珪读此记，则必曰："果然！果然！"

却说成员外自娶熊氏之后，朝朝纳闷，夜夜耽愁，决不道是妻子用的心术，一惟怨命而已。熊氏在家，到得都氏欢心，又有翠苔伏侍，比在娘家更觉快乐。独都氏虽然遂了心愿，却又增上一段新愁；不虑别的，单单虑着翠苔这个妮子，十五六岁，且又长成，颇也袅娜，比了红蕖、绿萼，天渊之隔。虽然只在熊氏房中。免不得早晚有些破绽，倘被老儿渔猎去了，不枉费下这番心术？等要捻他出去，可奈这妮子伏侍殷勤，好生恭敬，并没懈脱去处，不好动他；将欲卖掉，看熊氏母子，又不是个好惹的主顾，只想着过几时寻个头代嫁送了罢。

不期都氏算计着翠苔，那成珪却又想着翠苔。莫怪他自从去年八月十五日娶妾，只

指望团圆，所以拣个团圆日子，谁知撞着这片石田！总是象为之耕，鸟为之耘，也不能一些美满。自此一个不乐，竟不亲近外色，也不进都氏房中，只在帐房里歇宿。此时正是暮春天气，成员外居家无事，好生困倦，欲与周君达同至西湖上走走，偏又身子不爽；要去旧相与的门户人家聚聚，怎奈妻子仍旧印了旧规。左右没处思量，不觉喟然长叹一声。你道是何意思？有诗为证：

　　赵国城坚不可攻，乌江渡口叹途穷；

　　踏翻鹊渡三千仞，扫尽巫山十二峰。

　　龟首无端常挂印，雁门何处问归踪；

　　几回闷杀张君瑞，况直暮春天气慵。

　　成珪叹这一声，不意翠苔在侧。那丫头到底乖觉，便近前道："员外独坐无聊，有何郁闷？有茶在此，可用一杯。"便双手捧了一杯浓茶献来。成珪接了，暗想道："这妮子却也乖觉，见我情绪不快，便会宽慰敬茶。想他春情已露，这没人去处，怎生放得他过？"成珪向来有些不老成的气味，此时忍不住磨牙撩嘴，便戏下一副老脸的笑道："小妮子思量丈夫哩。"翠苔红了张脸，答道："员外到想丈夫哩。"成珪道："我们男子家，要这丈夫何用？"翠苔道："员外不想丈夫，娶了我家二娘子，比了丈夫也不甚差远。"成珪笑道："小花嘴，你难道不得二娘子一肩力？"便把翠苔一把搂定，道："趁这书斋僻静，你且替替力去。"忙把裤儿来拽。翠苔力挣不脱，诈道："院君来也。"成珪正是急溜里，听得这三个字，却正是：

　　顶门中走去了三魂，脑背后飞出了七魄。

　　一双手尽已苏软。正回头看时，却被翠苔脱网而走。成珪见他去了，方知是诈，心下一则以喜，一则以惧，想道："往常我虽在家，到也不去关心。谁想这个妮子恁般有趣，只做这几时，一发长成得好了。怎么用些手脚收得到手，岂不强如娶妾？待与院君明言，不惟不稳，只恐反增防范，不如设个计策，先入咸关，然后号令诸侯，未为晚也，不多几日，就是周家院君寿诞，只须如此，如此，自然停妥。"

　　巴巴望过几个日头，早是三月初旬，都氏正在堂前，吩咐成茂唤裁缝，来点几匹时样

纱罗做夏衣。成珪踏向跟前，躬身禀道："院君可记得否，周家院君却是本月十五寿诞。院君合去贺寿，备办些什么仪礼，乞早见谕，免致临期有误。"都氏道："我正记得起，本该去遭，只吃这几日身子不快，懒于应酬，只你去罢。"成珪道："岂有此理？男人，男人去贺，女人，女人去贺，况且周宅向系通家，那有院君不去之理？"都氏道："若去，熊二娘子也该同去，只恐没人跟随，带了翠苔同去。"成珪道："院君有所不知，翠苔年已长大，俗话说得好：'私盐包子，恐到别人家。'人头混杂，没甚好勾当做出来。院君若虑没人伏侍，拙夫少不得相随，凡百事体，俱是拙夫料理，管得院君不致没有伏侍。"都氏本不实心要翠苔去，只恐丈夫在家，有些不忠厚处，故出此言。听得丈夫肯陪同去，即已允了不带翠苔。成珪十分之喜。

次日照常备了荤素礼仪，唤了轿子，同熊二娘子夫妻三人，预于十四日来到周宅贺寿。但见：

> 宾客盈门，笙歌聒耳。庆贺的有远近亲邻，拜寿的是老幼妇女。阶下成流，把盏麻姑祝寿酒，堂前缭绕，添香童子拥炉烟。诸仙捧瑶岛蟠桃，满堂挂琳宫犀轴。庖人色色珍馐妙，戏子般般杂剧新。

周院君见成宅夫妻到来，即率女媳等一齐迎接，彼此叙礼。周智邀成珪侧厅坐下。各亲戚俱庆贺了当。少时，戏酌已备，成珪即占了男客首席，都氏亦占了女客首席，熊氏次席。将次戏搬半本，成珪忽地里得了一疾，甚是危急，便蹙紧了两道眉头对周智道："小弟一时有恙，甚不耐烦，可唤我荆妻出来。说我要返舍也。"周智见这势头甚狠，认道是真，即忙着丫头报与都氏。

成珪见妻子到来，只不抬头，却像东施效颦相似，紧蹙着眉窝，双手捧着肚子，只叫疼痛。都氏也认真道："这里金鼓喧天，不便安息，可打轿先回，若不愈，我便来也。"成珪道："院君难得出门，勿以拙夫贱恙，累你忙忙往返。倘少刻略略疼止，我便着人来说，院君就不必回来，便过明日罢。"

成珪哄过妻子，一回，就到房里去睡，叫道："翠苔那里？我今日有病，可来伏侍我。"翠苔到得房中，成珪假意呼茶喝水的道："我夜间不时要茶水吃，少不得要人陪伴。翠苔在此，去不得了。"竟把房门关上，便欲动手。又恐房外有人知觉，或被翠苔仍前逃去，只得说了许多披挂话儿，自己才睡，却教翠苔睡在脚后。翠苔终是小女孩家，虽然伶俐，毕竟睡魔要紧，上床不多时，早已困熟了。

成珪倒头在枕上，那里合得眼拢？巴巴的等得夜深人静，轻轻钻到翠苔头边，偷把手儿浑身一摸，其实有趣；肌肤便如油一般滑腻腻的，RU头就像新剥出的鸡头肉儿，尖松松、软嗫嗫的；口儿却像立夏前樱桃相似，红春春、香喷喷的。再摸着下边，那一桩道地货，真正壮鼓鼓、暖通通绵团儿相似的。不摸着这件，也罢，摸着这件，早引动了那条饿卵，他虽没有眼睛，且是会有鼻孔，不知怎生人未动心，他先嗅着了滋味，就便透灵的相似，先是椷杆样竖起了。

成珪也不推醒翠苔，只把双藕芽般的腿儿擘开，龟头上用些不费本钱的随身药料，便向那一线儿桃花缝里，慢慢放进。翠苔还未苏醒，成珪又进少许，翠苔梦儿里觉有些疼痛，惊醒道："甚么臭虫、蚤虱，恁般狠咬？"将手一摸，只见擂酱锤样一条，已在阴门外横冲直莽，知是员外，便不敢高声，道："那一个这般没正经？"成珪道："今夜便替力一次，料再没院君来也。"翠苔道："员外肚痛，倘是又辛苦了，院君知道不当耍处。饶我吧！"只求脱身。成珪只是紧紧抱住，再三甜言哄诱。

翠苔已觉情动，只是曾未着这道儿，心下十分惧怯，着力挣不脱身，只得把手紧紧掩住那物。成珪不觉唾津湿透，翠苔已掩不住，假脱手已被放进半截。口中嘤嘤之声，只是求饶，连叫："莫动！"成珪仍复放入。翠苔却像蚕蛾儿相似，在身底下忍不住疼，只是乱扭；谁知越扭越深，已到尽根去处。成珪微微CHOU动，翠苔只是讨饶，喘吁吁的抖个不止。成珪正是兴浓之际，那里怜惜得许多，那时便有许多光景出来。成珪紧紧搂将拢来，两个人恨不得胶拢做一块肉球儿才好，上挂下，下抵上，一往一来，总也分不得回合。

只这一阵大杀，少不得各各纳款收兵，正待用着陈妈妈的时候，成珪摸着阴门湿搭搭的，知是那家话了，便向袖里摸出一条白绉绸汗巾，轻轻拭净，两人说些情言趣语，交相搂抱而睡。

成珪既遂此愿，十分欢喜。不提防院君从门外"呀"的推入房门，一把将成珪擘胸揪住，照面就打，道："老杀才，我道你一时那得病来，原来为着这个歪辣骨，这般哄我！了账不得，先打二百，慢慢讲理！"就将手中竹篦向精尻上刮的一下，成珪倾天叫道："院君饶我罢！"翠苔正是共枕儿睡着，听得这一句，却也惊醒道："员外为何如此？"成珪道："不好了！院君来也！"翠苔道："员外不是做梦？这房里蚊子也飞不一个进来，那得院君来到？"成珪

道："难道果然是梦？只被院君臀上一下，隐隐还有些疼哩。"翠苔道："员外适才假肚疼，赚我做下这番勾当，如今又假臀痛了！"成珪道："如今也要再做番勾当。"翠苔没奈何，只得又承受着。成珪重鸣金鼓，再整旗枪，摆开阵势，又战一回。

早是金鸡报晓，玉兔西沉。忽记得，"日昨不曾着人复得妻子，倘他只道我病，随即归来，却不误了今晚这场美事。"于是连忙起来，吩咐成茂回复院君，说员外身体已健，院君不必归家。倘周宅相留，即多赘几日不妨。成茂领命去了。不题。

成珪自稳道："这回去说，一定相信，况他家连日有戏，正好消遣，少也定有三五日不回。这段因缘，中吾计也！"因此也不把房中手脚动静收拾，只办着云雨勾当。

再说都氏在周家，正是昨夜宿醒犹未醒，今朝画阁又排筵。其日是寿诞正日，焉得不设筵席？闹嚷嚷正是忙的时候，只见成茂早来，备说员外病痊等因。都氏、何氏一齐欢喜道："谢天谢地！正没个人探望，且喜你来，方解我们挂念。"即忙吩咐快备柬帖相请，成茂道："宅上人忙，小人带个帖子去罢。"

成茂领帖归家，对成珪道："院君闻得员外病愈，不胜之喜，正欲着人来请，小人见他家人忙，便将柬帖带回。周员外多多致意，决要员外赴席。"成珪发放成茂去了。自想道："今日之酌，不是不去之理。但我千年黄河，几时上清这一清？若不去，又恐周家相怪，还是小事，倘院君见疑，口面不小。但得在家温存一日，再整鸾俦，重偕伉俪才妙。若去时，少不得水淹蓝桥，怎免得火烧祆庙！没奈何，只去领个意思罢！"便走入房里面无人处，对翠苔道："姐姐，我去周家赴酌，你在家好好将养身体，我未晚便回来也。"翠苔道："员外早早归来，免至酒醉后露出机关。千万保重。"

成珪插趣一番，竟到周宅。见着妻子，便躬身唱喏道："院君夜来且喜康泰，只是拙夫有失祗候，望乞恕罪。"都氏道："你本该在此听候使令，恕你病中，也不怪你，且去坐席着。"成珪撑持过去，便向男客队里坐下。有的是谈天的张撮空、说地的李捣鬼。

不一刻，早又戏场演动，旧套不过搬些全福百顺、三元四喜之类。未及半本，成珪总也满头浇栗子，一个也不入耳，心心念念的只是要回去。思量无计可辞，又见天色已晚，心下似小鹿儿般撞、螃蟹儿样爬。思量妻子前算来瞒他不过，再难把病容来装，倘或言语中识出，反为不美，纵使院君肯放，周君达不知就里，决要相留，必多累赘。正是三十六着，走为上着，只是逃之夭夭，一溜而回。

忽然席中不见了坐首席的成员外，众人各处喧喧嚷嚷的寻觅。知是逃席，再三又接，

只是不来，到也罢了。都氏听得自己丈夫逃席，即便关心，忙问周智道："拙夫何往？"周智道："正是不知怎地去了。着人去请，道是酒醉睡了。"都氏道："今日我见他有头没脑，不曾吃得几杯酒食，为何便醉？敢是家下做出来也？快打轿，老身急欲回去。"何氏道："院君有何事故，忽然便要回府？敢是愚夫妇有甚相慢去处？恐在忙中，多失检点，不可当真见怪。"周智也来相留，都氏执意不允，吩咐熊二娘次日回来，自己一轿先回。

众主管迎接不迭，正是迅雷不及掩耳。成珪正袖了些果饼之类，把与翠苔吃了，挨得日晡天晚，刚打点说三句，干一回，蓦然听得院君来到，乍道是真，还疑是假，忙中出堂探头一望，见果然是真虎丘来到。吃这一吓，真也不小，只得按着胆，假装副笑脸，上前迎接道："院君为何就归来也？"都氏道："正来问你，为何便归来也？"成珪道："不瞒院君说，老年之人，况且病后不经酒力，那里和那些生家赌赛得过？恐说知，必来挽留，只得不告而回。连院君也不说得，莫罪，莫罪。但只一味怕醉之故，并无别事。"都氏道："谁道你有别事来？只说你醉倒，为何也还清醒？"成珪道："非是拙夫不醉，见了院君，纵醉，也不醉了。"都氏道："我也知你是未饮心先醉耳。"成珪道："院君又来取笑！老人家那得有这段心情？连日厌烦，早些安置罢。"

成珪见妻子言三语四，句句怕人，惟恐露出消息。没奈何，只得赔着笑脸，假意温存，乔装风月，只想赚过了这刻恶时辰，平安无事。谁想都院君性格多疑，极爱洁净，席铺中自己一日不在上边安歇，就道有些尘垢，定要重重抖过。这日少不得也要翻床倒席，抖这一回。不期成员外命里驳杂，翠苔棒光儿现，巧巧的翻至第二层褥子底下，滴溜溜抖出一条物件来，都氏甚是涉疑。有《桂枝香》一曲以摹之：

> 鲛鮹尺素，点瑕非故，又不是桃叶随波，好一似梨花含露，这痕儿出奇，痕儿出奇，敢是珠楼咳唾，还是鬼坡血污？谩踌躇，好似竹上湘妃染，这的是枝头杜宇污。

都氏拾起一看，原来是条白绫汗巾，上边许多迹札。又到灯下一瞧，认得是真，估得是实，便厉声高叫道："罢了！罢了！做下来也！"成珪不知头路，只道是甚么风波，忽见妻子手中赤条条提着个汗巾儿，咬牙切齿骂道："老杀才，我也没设处你，且跪着，只问你，这是为何如此的？"成珪道："这是昨夜发嗽不已，咳出痰涎，不曾备得接痰家伙，便吐在汗巾之上。谁知痰中裹血，红白相间，早上见了，方吃一惊。正要对院君说知，因匆忙之际，未及奉告。"都氏夹脸掴的一个巴掌道："老花嘴，别处弄得虚脾，鲁班前休想调了月斧。昨日夹痰吐血，今朝好得恁快？分明与翠苔贱婢干下不法之事！好好招承，免些刑法；若不招，休怪老娘手段滑辣！"

成珪目瞪口呆，只得跪着。原来这条汗巾，是昨夜与翠苔干事，拭在上边的腥红一点。这原是真正含花女儿的证据。那时高兴之际，事毕后各自收兵，便把来放在床头，那里记得收拾？况且还道妻子少也有十多个日子住，不料便回，偏又捉着这个火种头，的确是真赃实犯。你道太岁头上，动了这一块土，可是了账得的？成珪跪在埃心，只是自己埋怨千不合、万不合，那有此物不收拾过的？如今捉贼见赃，那里去赖！不敢做声，只自磕头如捣蒜。

都氏气狠狠骂道："老贼！再要怎地防范你来？你道没有儿女，都是我不肯娶妾，如今依你主意，费了二百余金，娶妾与你，你如今生得儿女在何处？枉枉害了一个女子，空挂一名，替你作妾，已是你分中罪孽了；便是这个小小丫头，也好饶得他过，与他做个完全妇人，你又去破坏他身子！自此罪孽，你后世可不变了山中鸧鸟、街上雌狗，是物就交，是雄便受！每常不好，只打一百，今番这般放肆，实实要打三百下！翠苔那贱婢，慢慢摆布他。"成珪道："院君在上，拙夫做事差错，今也不敢强辩。但我自身做事，理应独自承当，即与院君打死，心中其实无怨。只可怜翠苔，实出无辜，与彼何涉？倘院君要把翠苔摆布，宁可将拙夫再加一二百下，断断不可波及翠苔。万望院君垂怜。"都氏冷笑道："呵呵，此事原不干翠苔之事！你今与他解脱，甘为代打，也是你的本心。罢罢，你既怜他，我亦恕你，索性饶你打罪，只罚跪到四更鼓绝，方许就枕。"

都氏发放已了，自先睡下。成珪见妻子亲口应许不责翠苔，并又饶了三百竹片，正是望外之喜，只要跪得四个更次，何乐不为？竟向床前踏脚板上，俨然岳武穆坟前生铁铸的秦桧相似，直蠢蠢跪着，真正地暗数更筹。谁知都氏不须眉头一蹙，早已计在心头，所恨的正是翠苔，这不识起纤的，又来替他讨饶，岂不反增其恨？故此假意饶了打罪，特赚他跪到四更，料必辛苦上床，毕竟睡熟，好任凭自己施设他。

成珪跪在踏板上，巴巴地望得妻子已醒，便道："禀院君得知，四更绝也。"都氏道："几许时光，才一觉之眠，又早四更鼓绝？"成珪道："院君不信，只听便是。"都氏侧耳一听，果然咚咚的打了四更五点，道："既如此，去睡罢。"成珪老实跪了半夜，果然辛苦，正是头未

上床，脚先睡着。一觉睡去，鼾鼾困个不醒，眼见得落了都氏套子。

都氏听得鸡声三唱，东方渐明，轻轻着了衣服，悄悄步出房门，踏到翠苔房门首，叫道："翠苔起来。"翠苔道："院君有何使令？"都氏道："我在后园灌花，可来衬副我。"翠苔道："此时尚早，露气正浓，少顷未为迟也。"都氏道："女孩子家，恁般懒惰，快快起来！"

都氏先行，翠苔随后。才到太湖石边，都氏早向假山石上坐定，手中幌出那条向来惯打丈夫的毛竹板子，恶狠狠地喝道："小贱人，买干鱼放生，兀自不知死活！还不跪着！你与老员外做得好事！"提起竹片劈头劈面打来。翠苔再三分辩不脱，见了那条汗巾儿，只得也哑口无言。都氏逞着威力，将他衣服层层剥下，自头至脚，约打有三四百下，不觉竹篦打断。复将翠苔头发分开，缚在太湖石上，自去攀下一枝粗大的桃条，复连花带叶，又抽上二、三百。还要去寻石头来打肚子，烧火烙来探阴门。只见翠苔渐渐两眼倒上，四肢不举，声气全无，苏苏的倒在地下。都氏见其如此，连忙叫："成茂快来！"只见成茂应声未到。都氏又连声相呼。

不知还是要他来寻石头，还是要他来烧火烙，且听下回分解。

总评：

　　成珪一梦，怕婆心了然见出；都氏两恕，好狡计冥然难知。二人大非对手，成珪焉得不惧？

第八回 再世昆仑玉全麟嗣
重生管鲍弦续鸾胶

引首《六歌》之一文天祥作

有妾有妾命如何？

大者手将玉蟾蜍，次者亲抱汗血驹。

晨妆靓服临西湖，英英落雁飘(王曼)琚。

风花飞坠鸟鸣呼，金茎沆瀣浮污渠。

天摧地裂龙凤俎，美人尘土何代无。

呜呼五歌兮歌郁纡，为尔朔风立斯须。

评：

若无成茂、周智，吾恐老珪亦类天祥之歌矣，何蟾蜍、汗驹之有哉。

却说都氏无心中抖出个抵塞的汗巾儿来，正是捉得封皮当信读，摆布丈夫是不必说，却又悄悄地将翠苔赚到后花园中，一顿打死，急呼成茂来时，却教他把那叉口盛贮驮出，抛于江中。成茂推辞不开，只得将他驮出。都氏然后走进翠苔房内，将他衣服细器，俱收拾过，不题。

且说成珪跪到四更，方才就枕，一觉睡去，醒得来已是三竿日上，慌忙披衣而起。未及出房，只听得合家老小，沸沸扬扬地喧嚷。成珪不知就里，忙问都氏。都氏道："你那心上人逃走了。又是我不曾难为半句哩，若还略有三言四语，又好说我磨他走的。"成珪道："那一个心上人？"都氏道："就是翠苔。"成珪道："里外重门深锁，一毫不见动静，怎么飞

得出去?"

都氏道:"料他一身难走,毕竟是有了外情,被人勾引而去,故此衣服之类,带得许多去,若一身怎生走得?"成珪道:"要见从那里出路?"都氏道:"大清早晨,一个后园门豁达大开,不是往后门去的?"成珪道:"有之,有之。我家后门出去就是大街,常有行人来往,或者看上了个甚么油花子弟,跟他去了,也不可知。"随即一面着人去问熊先生消息,一面着主管写了许多招纸,开着失单,但是街头市面,随处贴到。也是成珪不舍翠苔之心,况又着了妻子的"马扁",只被都氏冷笑得个嘴也歪了。有诗为证:

> 泼妇顽妻何地无,却嫌都氏性真都;
>
> 直将人命同纤芥,犹把婴孩视丈夫。

再说周智偶从街坊上经过,只见泥墙边、板壁上各处遍贴招子。抬头一看,但见写道:

立招子人成廷玉于某月日,走出丫鬟一个,唤名翠苔,年长十五岁。收得者等情。失单某项。

周智惊道:"成兄家里年来一发多事!刚刚一个翠苔,我正说到亏院君肯容在家,谁知这个妮子自又逃走去了!咳!我想千家万户,最难治的是丫鬟、小使。宽待之,则纵而无礼,严待之,又怨而寡恩,甚而还有这班野鸭性子的,由你待得他好,便如供奉父母,也只留他不住。不信翠苔这个妮子也会逃走。成员外!成员外!我想你的命里,只有仆宫还好,想是那婢宫是到底不济了!不免探望一番,有何不可?"

却到成家见成珪。谈及此事,成珪十分不快,口中半吞半吐的,是怒非怒,是嗔非嗔。周智又猜不着其中深奥,不好动问。进内又见都氏,都氏道:"老叔又是好哩,昨晚宅上归来,还不曾骂着丫头,打着小使,你那大哥今日没得埋怨;若是曾把翠苔骂几声,打几下,致使偷了衣服等项而逃,那时受尽他的咒骂哩!"周智道:"久闻嫂嫂待人极其宽宏慈爱,只是那妮子没福。如今二位不要不乐,须知他自没福,不涉家长之过。我也本当相帮寻觅一番,只因连日劳碌,今日客还未散,故此不及效力,即返舍也。"周智归家,将此事说与妻子并熊二娘,二娘连声叹息,随即打轿回家,不在话下。

再说成茂早晨领主母之命,把翠苔正欲驳出,忽然想得起来道:"且住,院君虽然着我

这般行事，他却出了招子，说他盗物逃走，我却青天白日的把他背着，倘被他人看破，免不得是我移尸。院君撇个干净，不肯认账，那时倒是区区谋财害命。"只这一想，不觉汗流两胁，心下到怯上来，只得仍旧驮进，藏在自己妻子房里。俟到黄昏时候，内外人都困静，成茂却去寻了一把铁锄，悄地把翠苔驮上，一径出门，来到一个旷僻去处，把袋口放下，道："翠苔姐，是你自己不合与员外有染，致有今日之祸。我若将你投在江中，岂不替鱼鳖做了一顿饱食？我今把你埋在这里，也与你做个乡土之鬼，千万到阎罗面前切不可连累区区，足感你的大德。明日晚间，待我备一陌纸钱过来奠你。"

说话之间，已掘成一个深深坑子。正欲葬下，只听得袋口里吁的一声，叹道："天那，好痛苦也！"成茂听得这一响，惊得个屁滚尿流的，飞也似跑，只恨肚子下爹娘不再生得几只脚添，连铁耙都不要了，远远的才敢立定了脚，口中兀自齿牙儿对对厮打道："作怪，院君打死了你，却来惊吓着我！丢在那边，莫管他罢。"又想道："差也！今日黑了，少不得又有明日！今日不理，明日被人瞧见，岂不连累地方总甲？逐户挨查出来，我员外焉得无罪？况受人之托，必当终人之事，此事半二不三，如何使得？"

没奈何，按着胆埋过了去，心里念念有词："太上老君！阿弥陀佛！"也不知颠倒念了无数，到得口袋边。自觉一个头胀做斗子般大，忙忙掩土。只见里边又隐隐叫道："哥哥救命！"成茂听得这句，方才略胆大些，问道："你还是人，还是鬼？若是鬼休来吓我，我和你今日无冤，往日无仇。"里边又道："我是人，哥哥救我则个。"成茂道："你若是人，我决救你；若是鬼，也要自惜体面。"说不得了，打开来看是甚么。连忙将袋口解开，月明之下，仔细一看，原来果然是活的。

翠苔道："哥哥，不可害怕。我原不死，早晨只被院君打得剧了，所以假意装死，不敢做声。日间又藏在黑暗去处，惟恐有祸，也不敢做声。身上颇疼，肚中颇饥，到晚来一发难过。适间哥哥许多言语，我也句句听得，感谢哥哥本心，只疼痛彻骨，不能答应；闻得实欲埋下，只得挣这几句言语。"成茂喜道："谢天谢地！又是不曾把你抛下江去！早知不死，日间茶饭将些你吃也好，实是苦了你也！但只一件，院君已将你做了盗逃，四下招子贴满，倘我将你驮回，院君毕竟不乐，如何是好？"

翠苔道："奴家得罪院君，已被打得垂毙，尚欲弃尸江中。论此情彼此已绝，再若到他跟前，是以羝羊食虎，必无可生之，念奴原是熊家讨来，今哥哥但把奴家仍还熊家罢了。"成茂道："不济，不济。你女流之辈，但知其一，不知其二，老熊做阴阳生的人，一惟酒食是

图而已。我倒将你送去，他明日到做鹅酒仍旧送还，不惟被他请功，又且不利于你我。我有一计在此：周员外与我家员外有莫逆之交，早晚每常撺掇娶妾，我将你驮至他家，只是实说因与员外有染，被院君知了消息，故此不容在家，乞他收养，料必不辞。"翠苔道："这都凭哥哥上裁。"

成茂放出老力，一口气驮上肩，竟来周家敲门。比及更深，众家人俱已睡熟，不肯起来。独有周智，终是当家之人，门外风吹草动，是件当心。听得打门之声，即忙提个灯笼出来，问道："那一个？夜半三更，大呼小叫。"刚开得门，只见成茂直统统的双膝跪在阶檐之下。周智忙扶不迭，问是何故。成茂道："一桩全恩全义之事，须赖员外斡旋。"周智道："甚么事故？若可做得，无不出力。不要哭哭啼啼的，有话便说。敢是员外逐你？"

成茂只是呜呜咽咽道："员外与家主向有管、鲍之交，小人方敢斗胆，倘员外不肯见怜，小人也只有死而已！念家主六旬无子，娶得熊氏二娘，熊二娘过门一载有余，并未见些分晓，想亦有病之女，料应无子之人。其娘家娶来从嫁翠苔，良有意也，今年一十五岁，容貌颇佳。我员外只因无子，欲速不达，于前晚因院君宅上烦酌，未免有染。不料被院君知了风息，将翠苔必欲置之死地。早晨打得垂毙，着小人驮去抛江，只说翠苔在逃，意欲杜其踪迹。谁知翠苔姐幸喜未死，小人何忍助纣为虐？况此女既与家主有私，在小人，即有诸姨名分，若不乘机驮出，料无生理。但今虽出虎狼之穴，而无收养之所，亦是徒然。想老员外宽宏之度，况与家主久交，必不难于收录。惟员外慨然见允，非小人之幸，实成氏之幸也！"

周智听了半晌，甚觉凄婉，故意假作难道："翠苔既为院君所逐，老拙处如何好收？况宅上遍出招子，说翠苔已经盗逃，正欲寻获，我今收之，是窝主也。倘你所言未实，其中另有委婉情曲，那时老拙一个清白人，到做个卑污事，再若七损八伤，一个女子，或有夜眠不测，我到替他做孝子！不管，不管，免劳下顾。"成茂道："呀！老员外，成茂力事家主有年，并无半点差谬，在员外亦必鉴之，岂有隐匿情踪，敢来欺瞒员外？即家主遍贴招纸，不过主母诡谋，家主不达其意，入其彀中，原非本心。即知翠苔在于尊府，家主亦必不见罪于员外，不过暂托鸾枝而已。其汤药之需，小人自来理料。若或皇天不佑，翠苔命禄不长，其棺椁之仪，小人亦能承受，料只尺寸之水，何惧意外之波澜乎？恳员外金诺，足感厚德。"周智道："非我坚执不允，可奈世风嚣漓，缄口结舌，反多福祉；任侠怀义，每见摧残，因此老拙断断不管。"

成茂叹口气道："咳！罢了！罢了！世言：'酒肉弟兄千个有，急难之中半个无。'果实语也！员外既不肯收这女子，料他必作沟渠之鬼。小人不能全其性命，而毙家主之姨，是不义也。既受主母之托，而不能尽主母之命，是不忠也。不忠不义，徒活何为？不如触死阶前，也得员外做个证鉴！"

言毕，便向阶坡上乱撞。周智慌忙扯住道："贤侄，不须如此！老汉所言，俱是试尔之术，今已见真心，足见大义，汝但放心，我自有处。翠苔姐现在何处？快快扶来见我。"成茂转悲为喜，即向黑暗处将翠苔驮入。周智即唤何氏院君出来，说与原故。何院君好生怜悯，即忙备了酒食款待成茂，又将茶汤与翠苔吃，少刻又与桃仁汤、红花酒，缓缓饮下，已有几分苏醒之意。成茂千欢万喜，拜谢而回。

到得家中，已是二更时分。家下只说成茂寻觅翠苔为名，成茂归家，来见成珪，成珪问道："出去这一个日子，可曾有些下落否？"成茂道："人是在那边，只小人不曾见得来。"成珪道："好混话！敢是醉了！你为何头额上都有伤损？"成茂道："伤损的颇多，不止成茂一个。员外若非成茂，几乎也受伤了。"成珪道："一派醉话。去睡罢。"

成茂进内，又复都氏道："蒙院君所托，小人竟把翠苔抛入江中。不敢瞒院君说，翠苔其实不死。"都氏道："狗才，我着你淹死他，谁着你放话他？"

成茂道："院君岂不闻郑子产得鱼，着校人而放之，那校人烹而食之，却对子产说，始舍之圉圉焉，少则洋洋焉悠然而逝。这不是假放生，难道小人到敢真放死？"都氏道："那里学这一口胡才，也来厮混？你那额上破伤，为何而致？"成茂道："一发说不得。小人将翠苔驮至江口，正要抛下，只见一个寻巡江夜叉将翠苔一把拖去。小人连忙问他拖往何处，那夜叉说：'我家龙王老子正要纳宠，我看这个女子尽可充得后宫。待我拖他冒个头功。'小人说：'哎呀，不济！不济！诸事俱可，独有作妾不许，倘你家龙夫人，龙老娘也会吃醋，再把他来打死，那时又将来抛入海去，却不教翠苔做了个鬼里鬼？'小人立意不允，被那夜叉提起手中棍子照头一下，把翠苔夺去，故此打得这般狼狈。"都氏道："休得胡言乱语！厨下尽有些酒食吃些去，明日领赏。"成茂叩谢。不题。

再说周智夫妻，因翠苔原是从嫁之女，况为成员外所宠，一意另眼相看，就是亲女一样相待。初时身上未痊，与之延医请卜，汤药调养，无所不至。直到百日后，才得平复如初。周智每每见着成珪，再不说出这事，成珪那里晓得？

彼时五月初旬，正是端阳节届，成员外居家不乐，每常携取杖头百钱，同周智水边林

下，常沾一醉，那日周智道："老兄，一年景况，无过龙舟最盛，况我西子湖中，景致甲于天下，其龙舟竞渡，妙不可言。盍当偕往一观，亦是一年雅兴。"成珪道："这极妙事，有何不可。"二人便携手出城，雇一只小舟，沽几壶美酒，买几品小色海味之类，两人对酌，一咏一觞。看那各埠龙舟，争前抢后，擂鼓摩旗，好豪兴也。《满庭芳》为证：

龙则一名，色分六种，青蓝黑白红黄。船随大小，龙有短和长。吹角鸣金擂鼓，恍疑是湖水腾骧。少年行花拳绣腿，尽是俊儿郎。往来波浪里，止争瞬息，何啻飞扬。尽夸花锦服，明艳旗枪。扮出历朝故事，夜叉鬼处处乔装。屈子恨，千秋共吊，万古竞传芳。

周、成二人坐在船中，看着那各埠龙舟，右冲左突，呐喊摇旗，水面上汤沸的相似，好不耀目。周智道："今日之游乐乎？"成珪愀然改容答道："乐固乐矣，犹有未尽。"周智道："何故？"成珪道："屈原旧恨，后人千载吊之，尚不能消其万一之愤。况有甚于此者，更谁为之吊乎？"言讫，不觉潸然泪下。周智道："兄又奇了，欢笑处，又想到那一些上边，悲戚起来？"成珪道："肚底之事，不好对你说得。"周智道："贤兄既不弃弟，有事说之何妨？倘有可解，即当效力。"成珪道："这事一则难说，二则莫可挽矣，说亦无益！"周智道："虽难回挽，说来亦不妨事。古人云：'夫妻面前莫说真，朋友面前莫说假。'总有十分干己，料弟不比他人。"

成珪道："咳！话到其间，也瞒不得老弟。千愁百虑，你道我有些什么闲事？所恨的不过是那不贤老乞婆，蒙你几番计策，他也没奈何。与我娶妾，谁知高来不成，低来不就，都是一片假意，那熊家亲事，却是个实女儿。"

周智拍船大惊道："有这等事？奇绝，奇绝！怪不得一年来，你家没半些醋气出来。"成珪道："这也何足为奇。还有那从嫁翠苔，十四、五岁，颇也长成可目。也是区区不合，因老乞婆在宅赴酌，我将翠苔没要紧掏摸了一次，谁知无心中遗下了些手脚，早被厌物瞧破。可怜见不知怎地，竟把这个妮子不明不白，不知置之何地？哄我说是逃走，赚我四下跟寻，广贴招子，只落得明明的着鬼！两日前被我知些消息，说是老乞婆将他活活打死，着人驮去抛在江里。我虽半信半疑，料来到有十分的确。可怜这个女子，只当我害了他！若还果餐鱼腹，岂不比屈原更苦十倍？"

周智道："老兄不知也罢，既知这段风声，何不下心跟究？"成珪道："打探不真，事难造次，惟恐打虎不倒，反为所伤。此事既涉老贼，若他聒絮，不当儿戏。虽然他做人可恶，我却不忍揭他罪犯出来，只是我命当孤，也索罢了。"周智道："老兄不忍嫂嫂坐罪，也是你一点孝敬之心。但翠苔何罪，你却害他至死？也不可亏心薄幸，忘了他这段恩情。"成珪道："正为难忘此情，每每放他不下，几欲做些功德超拔他，又苦难于行事，兀的不痛杀我也！"周智道："兄亦不必过哀。论死者不能复活，有心怜他，不必在忙。论弟虽非古人可比，而古人亦有赠姬赠妾者。兄既有意纳宠，料宅上必难再娶，弟家中新购得粗婢一人，庞儿颇与翠苔姐姐相似，另日即当赠兄为妾，就于舍下成婚，得便不时来歇宿几宵，却不安妥？"

成珪道："若得贤弟这般用情，愚兄粉身难报！即当纳上聘金，然后成礼。"周智道："岂有此理！既曰相赠，何必聘金？另日薄设小酌，奉请成亲。"成珪不胜之喜。二人欢饮而散。

周智归家，对何氏道："那成员外真是柔软之人，翠苔之事，竟被妻子瞒过，如今方才知觉，然又不敢究理，徒自眼泪汪汪，一心想着翠苔旧事，我想翠苔身子已健，正欲送他回去，想来不是良策，不若备一席酒，迎娶成员外，就于我家续亲。将翠苔表正作了妾，倘或后来有些好处，岂不是你我功德？"何氏道："我素有此意，何不速行？"

周智便与翠苔说知，翠苔十分感激。周智拣了日子，即着家僮将后厅耳房洒扫停妥，备下床帐之类，做了若干衣服首饰，唤厨子，雇乐人，专请成员外赴席。成珪对都氏道："今日周宅赴酌，说请一个京中客人。此人专意好吃夜酒，不到三更，决乎不散。我想陪客决要终席，恐夜深归家，门户启闭不便，不若就在周家歇了，明日回来。今晚院君安寝，不须等候拙夫。"都氏道："歇也由你外边歇，明日早晨，只要缴印。"成珪道："这个自然。"

来到周家，早已灯烛辉煌，供着和合纸，专等成员外到来，一齐迎入，各各见礼。周智道："吉时已到，可请新人出来。"何院君将翠苔妆束齐整，罩上兜头红锦，出来拜过天地，烧化了和合纸马，请位年长的亲眷揭巾。成珪双睛不转地瞧着，道："不知揭出怎生的一副俏脸儿来？"

谁知才揭花巾，新人早已拜下，众人忍不住都笑起来。成珪一看，惊骇道："这不就是我家翠苔？"周智道："然也，小弟因兄思慕之诚，特从海底追转。"成珪惊喜相半，将周智扭住，定要问个详细。周智施长说短，仔细诉说一遍。众人无不喝彩周智夫妻的恩义、成茂的功劳。成珪倒身拜谢，随着翠苔拜认周智夫妻为父母。周智道："既已为兄之妾，即如

嫂也，何得女子？以后大家不许叫翠苔姐，俱可唤三娘子。"何氏道："恐这一声三娘子，还赎不得那顿肥打来！"成珪道："若无二位美情，恐此生已难再会，三娘子安得复有今日？"各人就座饮酒，无不赞美此举。乐人奏动管弦，吹吹唱唱，直饮到月转花梢，相送成珪归房。

成珪此际之乐，不能细述。忽然记起一桩事体，道："快请周员外计议。"周智道："又有甚么急事？"成珪道："贤弟有所不知，近来老妻又行了龟头印记之法，甚是严紧，夜来倘有事体，少不得擦去原印，明日又来淘气。正是作福不如避罪，还只容我回去了罢。"周智道："岂有此理！你也忒受法度，尚宝司铸了铜铁官印，那不守法的尚且私刻，不曾见犯了几个出来，不信老婆的家法恁般钦遵！只说洗澡误失就是。"成珪道："难说，难说。我家院君最是尖酸，好生踢斛淋尖，这般话，怎生哄得他过？"周智道："你但尽意做去，包你不妨，只与我看过样子，明日照样雕个与你，怕他怎的。"

成珪依言，掩门而睡。那夜风光，比前更觉不同。正是二位新人，两般旧物，一个久旷之男，一个久怨之女，趁着酒兴，说不尽千般恩爱、万种香甜。虽是老阳少阴，一发逆来顺受，却似九里山前，遇了个十面埋伏的阵势，东攻西击，大战数回。

起得床，已是三竿日上。成珪先问周智道："所事曾备办否？"周智道："绝早已刻在此。"成珪接进房中，将印色照样打上一个，就把印儿递与三娘子道："这印儿幸喜今日在院君前抵搪得过，便是无价之宝也。你可收在妆盒里，下次好用。"翠苔道："谢天谢地，认不出来才好。"成珪道："怕不得许多，只索胡乱答应一番再处。今晚我又来也。"

于是辞了周智，漫步归来，见妻子道："昨宵疏失，多有得罪。那京中朋友委实可厌，饮酒完得，已是四更。"都氏道："不知这客还是南京还是北京？"成珪原是信口说谎，一时答应不迭，随口应道："正不知是那一京。"都氏道："好花嘴！南京、北京相去数千余里，语言人物，大不相类，怎么说不知是那一京？"成珪道："只被院君这一惊，已惊做动不得了，还分甚么南北？"都氏揪着丈夫耳朵道："又有蹊跷。快进房来，听我发落。"

不知这一进去，主何吉凶？下回分解。

总评：

　　妒妇打死丫头，余亲见者一，耳闻者二，但未见有如成茂、周智其人耳。岂第未见，亦且未闻。呜呼！吾安得使秉礼者崇祠二公于程婴、公孙之庙也哉。

第九回 都院君勃然嗔假印
胡主事混沌索真赃

引首《太行路》白居易作

太行之路能摧车,若比君心是坦途;巫峡之水能覆舟,若比君心是安流。君心好恶苦不长,好生毛发恶生疮。与君结发未五载,岂期牛女为参商。古称色衰相背弃,当时美人犹怨悔。何况如今鸾镜中,妾颜未改君心改。为君熏衣裳,君闻兰麝不馨香。为君盛容饰,君看珠翠无颜色。行路难,难重陈,人生莫作妇人身,百年苦乐由他人。行路难,难于山,险于水,不独人间夫与妻,近代君臣皆如此。君不见,左纳言,右纳史,朝承恩,暮赐死。行路难,不在山,不在水,只在人情反复间。

评:

美人名将,老景足悲。纵我不彼负,而彼尤多怨望之思,况负之者,当如何那?成珪略披逆鳞,便撄不测之祸;胡芦提,死心畏服,即罗意外之财,个中人可稍肆其志乎?欲坦太行之险,宜以此回为鉴。

却说成珪回家,因京中客名说不相对,早发了妻子一点疑心,定要查验龟头印记。没奈何,大着胆,只得随入房中,请出前件与妻子辨认。都氏一看,便惊讶道:“你又来弄手脚了!”成珪假硬道:“胡说!又来生情,终不然谁换了去!”都氏道:“不要瞒我,只实说倒也无事,若推辞假赖,不要费了周折。”成珪道:“推辞甚来?又不曾行房,又不曾洗澡,原货缴还,有何事故?”都氏道:“只吃你嘴强,不要道老娘没眼孔,只怕辨印生,没有我的眼力！且莫屈说了你，只把原印与你比一比看，你只看这一个，那一个往来差了一二分，难道可是瞒得过的？世上顽劣的丈夫颇有，有谁似你这老奸巨猾！我也没处跟究，只罚你跪在堂前，领了二百竹片罢。"

成珪命该栏杆官符星动，只如平日甘领一二十下，也自罢了，这日偏要分清理白，希图争个扯直，以为下次立规，口中嚷嚷之声，只不服输，百般屈强。谁知真赃实犯却在前件头上，这回恼动都氏性子，教他如何自肯甘休？莫怪都氏发怒，定要究个的实，便寻条纸儿，打个印子，递与丈夫看，道："你还是道我屈你，你只自看，差了多少？每常擦去，倒也还可恕饶，如今一竟私雕，教我怎生了得！尚且东拽西扯。不要慌，只还我个明白。"

成珪也口软了，又想出一个办法，道："院君不记得初设之时，也曾费口几次，只因软硬之间，搅出许多口舌。今院君嗔其改样，埂岂不又涉前事？乞院君细加详察，莫要造次。"都氏道："前番软硬，总还不出圈套，如今一发大相悬绝。我的印儿上边，原是朵并头金莲花，如今却是一朵双头牡丹花。终不然阳物会做画，即把花样都改变过了？"成珪自知没理。不敢再辩，只得蓦地跪下道："事已如此，万望院君饶这一次，今后断断不敢了！"都氏那肯放过一些，左手揪住耳朵，右手捻着胡须，拖到中堂，只要"才丁"，口中骂个不了。

周智虑着这着，恰好走来探望。远远听得吠吠之声，已知定是夫妻吵闹，便欲抽身回转。又想道："见闹不劝，非礼也。"一头走进，正值成珪跪着受责。成珪忽见周智到来，岂不惶愧？不觉满面通红，立起身往内便走，只指望妻子口中安静，胡乱掩饰过去，谁知已被周智瞧见。周智向都氏道："夜来员外在舍下饮酒，并无别事，不知为何又激恼了尊嫂？凡百事看在下薄面，将就些罢。"都氏正怪着周智是个教头，心下好生怀恨，又有这不在行的走来，多嘴劝这几句，惹得那都氏一片喊声的骂道："臭乌龟！老忘八！谁不晓得你诱人犯法，教唆行使假物！我自教训丈夫，谁着你来施长说短？快请出去！"

成珪想道："我与周君达虽是相知朋友，也要些儿体面，这些脚册手本，件件被他听去，日后如何做人？"只此一事，已是十分着恼，况兼昨夜枕儿边听翠苔说了拷打之苦，又是动气的了，复遇此时这番打骂，又且波及于人，岂不发作？便是泥塑的，原也忍不住了。便将后厅香桌儿上，气急败坏的拍着骂道："老不贤！老嚼蛆！我总也做人不成了，被你磨折不过，只索与你拼命！只教敲断老狗脊筋，才出得我这口恶气！拼被你打死了，抛在江里去！"

都氏听见，倾天的喊道："老杀才，学放屁！谁敢打断我的筋来？这胆略几时长的？便与你见个高低，赌个你死我活！"便虎一般赶来。成珪也不相让，揪住就打。周智那里敢劝。好一场厮打。便见：

> 一个气狠狠飞拳踢脚，一个猛纠纠揪头摸发。一个挺起胸脯，一个牙根咬嚼。一个辣姜巴打得乌花，一个魁果拳钉成疙瘩。一个似跨马王孙，一个似降魔恶刹。一个要片时雪尽心中愤，一个要半点不饶目下着。两下要定高低，那管旁人笑煞。

两人搅海翻天，只是打得高兴，周智在旁只叫"利害！"众小使谁敢相劝？日常间成珪尽是惧内，这日实是怒气，未免放出疾手。女人家终是力怯，那里厮打得过？眼见得受下亏苦。量来本力不加，难以取胜，只好呼宗拔祖的叫。恰好冤家聚头，门外一官抬过。

你道此人是谁？此人姓胡，名芦提，别号爱泉。原是汀洲人氏，年纪五六十岁，不曾中得进士，亏得家兄势力，选了个抽分之职。到任未久，不谙乡音，又且耳朵是五爪金的，故此凡事胡芦提过去，一味爱的是钱，与这名号一毫无忝。

这日正去城外抽分，打从成珪门首经过，远远道子摆来，皂隶甲首只叫莫嚷，众主管惟恐惹事，即忙报道："门前有官经过，望院君快些禁声。"都氏此时正是怒气三千丈的时候，那里怕甚么官府？便是当今皇帝老子到来，也不介意，倾天的屈，一声接一声叫将出来。众主管惊得个个面如土色，那里扯拽得住？

都氏死力奔出门外，却好官轿已抬过了，都氏抢上一步，紧紧把轿杠挽住，只是叫屈连天。胡抽分道："我这时不管，你到有司告理去。"都氏那里肯放？胡芦提发怒道："这妇人可恶，为些甚么屈事，来与本部饶舌？"衙役一齐帮衬道："老爷问你甚么冤屈，快说上来！"

都氏一时之气喊了出来，及至官儿问起情切，实是没得答应，就随口道："爷爷，私雕假印的。爷爷救命！"抽分道："怎么说？"门子道："私雕假印的。"胡抽分道："私雕假印，这事也大了，倒要问一问去。妇人，那假印是谁擅用？"都氏道："丈夫成珪，通同积棍周智二人合谋用的。"胡芦提道："妻子首告丈夫定非虚谬，通同用假印，事亦有知，只问你那丈夫把假印，还是冒破那项钱粮，或是假捏牌曾经诈害甚么人过，还是私造公文，欺诳官长？

只将的确罪犯补状上来，待本部这里也好处分。"

都氏又没有甚么指实，想来怎好儿戏过去，倒输个诳告之罪，只得又随口禀道："妇人仓卒之间，不及备办状词，只须口禀：丈夫与周智私造了一颗假印，打在子梗上边，希图走漏精水，以是瞒着妇人。妇人惟恐后嗣有乖，每以好言劝之。今日嗔怪良言，反肆毒打。望爷爷可怜。"胡芦提道："嗄！假印打在紫梗上边，希图走漏精税。税乃国家重务，紫梗亦本部之正税，终不然假冒本部关防，私偷税钞么？"都氏道："正是如此。"胡芦提道："可恶，可恶！怪得年来缺了钱粮额数，原来都是这干奴才作弊！叫皂甲快与我拿来！"

众役一齐下手，好似鹘鹰搏兔相似，把周、成二人一并儿拿到。胡芦提道："好光棍，你两个正是甚么情亏、啾济么？"二人道："小人正是成珪、周智。"胡芦提道："打！打！打！好打！济奴才，国家的重税，可是走漏得的？"二人辨白不迭，早被众皂隶拽倒，一五一十的吃打了二十精臀，胡芦提才教放起。又叫皂隶快向附近衙门借取夹棍。

二人抬身，已是打做昏晕，面面相觑，声也做不得，气得目瞪口呆。胡芦提道："我且问你，你把那紫梗钱粮也不知漏经多少，今日天假伊妻向吾首告，岂不皇家福大？你只实实招来，免些刑法，若是抵赖，夹起来不怕不招！"成珪道："爷爷审个详细便好。念成珪终年株守，开个小小典铺，并不曾贩卖甚么紫梗。"胡芦提道："正可恶！你通连书手专去早早摆布，还道不卖紫梗？周智，你怎么说？"周智道："老爷在上，小人不敢隐瞒，那成珪自因夫妻厮闹，小人不过解劝些须，不期见怪于此妇，就把小人连累。"

胡芦提道："你与他通同作弊，下与你连罪，倒与我连罪？"周智道："小人并不通同，小人自开绸绢铺子，晓得贩甚么紫梗？"胡芦提道："是了么，你因不从容，便替他掌筹算簿子，既已合谋用事，必须享用税钱，还说不贩紫梗？"叫皂隶："与我先把成珪夹起来。"

成珪辨不脱，被皂隶拽翻在地，就把夹棍套上，立逼要招假印事端。成珪道："爷爷，小人既用假印，定有实迹可据，妻子出首，须有真赃，如今赃证俱无，亦难凭信，何得要小人招承？"胡芦提道："是你妻子首的，兀自抵赖？"成珪对都氏道："老泼贱！我买甚么紫梗，怎般害我？"都氏道："老贼，你要打断我筋，须夹断你腿！紫梗不贩，难道假印也赖得去？"胡芦提道："野奴狗，还不讲来！"

成珪忍着疼痛，只是不招。胡芦提道："既不招，也且慢着。且问那妇人，你既来首告，那假印却在何处？"都氏道："假印是丈夫所用，务必深藏奥匿，那里落得妇人之手？只求老爷严追，自然献出。"胡芦提道："假印罪名颇大，那奸棍自然隐匿过了，我也不加究

治，只那紫梗却窝遁在何处？"都氏道："子梗原在裤子里。"胡芦提道："既在铺子里，叫皂隶快搜出来！"

也是成珪真真晦气，却好库中当得十来担紫草，皂隶一竟扛出，禀道："并无紫梗，只有紫草十余担。"胡芦提道："妇人，为何诳告丈夫？现今没有紫梗。"都氏道："妇人一时错说，实是紫草。"胡芦提道："这也有知，怪得这奴才抵赖。如今真赃已获。"叫皂隶："松了夹棍，待我拜客转来，晚堂另行审结。"

官儿一去，众人一齐攒拢，也有问的，也有笑的，总都是混混沌沌，不知为着甚么勾当，前街后巷纷纷谣讲。成珪扶到厅上，坐地叫屈，连天的骂道："老泼贱！你造言生事，全不惜一毫体面，今日我若说出缘故，岂不把你活活羞杀！我倒全你体面，你却越发撒泼，只赌口中会说，害我吃棒受拷！幸喜那官儿不究了假印事端，若问实来，岂不犯了死罪？晚堂追起紫草税课，如何是好？"都氏道："紫草税课，不过纳得几两银子；你那假印公案，端的不曾出气哩！"周智道："嫂嫂，员外违令，固宜惩治，小子无辜，枉吃官棒，可也不情。"都氏道："老周，你且不要叫声，你只湖中数语，虽万死不足以偿其恨。况这二十竹片，实由教唆上来。晚堂少不得又问起假印根蒂，只教松你一、二，便是老娘恩处。"

言未绝，外厢走进两个青衣公人，一个唤做田仲，一个叫名白七。都氏回避不迭。成珪道："二公何来？"二人道："小弟是胡爷人役，适因贵讼在于敝关，特来请教。"成珪道："失敬了，就是胡爷老牌，请坐，请坐。适才多蒙扶持，感激得紧。"便忍疼走入库房，称了那行杖的旧规，递与二人道："少刻晚堂，还要扶持。这里薄敬，原是适才讲过的。"又将一个小封递出，道："这是小东，不及奉陪。"田仲道："员外府上不敢计论，但是我们那水儿十分利害，好歹专会辩驳。适间小弟们担下若干于己，不好说得，还求增些。"

成珪也不吝啬，又添上一个包儿，道："老牌，小弟虽是没要紧官司，你老爷尽是混账，晚堂又要讨审，东扯西拽，听三不听四，如何和他缠得清？"白七道："员外千金之躯，若听小弟愚见，管取没事。"成珪道："正要请教。"白七道："员外假印一事，在两小弟其实晓得无辜，那做官的人，捉得封皮当信读，那里顾你死活？晚上吃些浓血回来，一味只晓要钱，问起情由，管你横直落得苦，又吃了，事又不济。不若趁早通股线儿，递张息词罢。"成珪道："小弟巴不得息讼。若可具得息词，一凭上裁。"

周智道："你又来差了。斗殴官司，递得和息。这是没头事体，叫做浑场浊务，有些甚么清头？见你去递息讼，一发拿班做势，与他怎地开交？不若说出实情，大家吃打罢。"成

珪道："阿弟说那里话来！这虽是我那老咬蛆不是，我若说出情由，不惟损却他的面皮，就是我面上也不好看。倘是要罚些钱粮，也说不得；若再要打，其实难熬。"周智道："阿兄上又怕官，下又惧内，又要惜脸皮，又怕拷打，叫我也难。"

田仲道："二位员外都不必慌，古人说得好：'天大官司，磨大银子。'成员外巨万家计，拚得用些银子，怕有何事做不出来？正是钱可通神，有钱使得鬼挑担。肯用小弟见识，真是十全。目今水儿不长进，只好的是此道，繇你贴骨疔疮的人情分上，枉自费了几名水手，只当得鬼门上占卦，就是敝衙门，也有为事的，费尽了周折，一毫也不济，空空的错走了路头。只是那个稳径，繇你杀了他的爷娘，也只当置之不理。"白七道："莫非就是老钱的话头么？"田仲道："着了。"成珪道："那个老钱？"田仲道："敝衙有个钱先生，名唤钱通，与水儿十分相得。由你大小事体，没他不说话，凡百过龙等样，一发情熟。员外既要事完，何不央求老钱？将些银子，叫做着肉筛，那时旧规到手，两下预先说明，然后具上息词，包得放心没事。难道两小弟，倒不于中效劳？"

周智道："莫非就是做上房的钱若舟么？"田仲道："员外，你怎也熟他？"周智道："怎么不晓得？钱若舟与我也非一日相处。前番偶因舍亲有些小事在于贵衙，小弟适与其事，作承他趁了一块银子，至今感念着我。目今既是他们当道，不打紧。"田仲道："如此一发着卦。两小弟就此告退，少刻衙门前再会。"

都氏挨着两个公人离家，便走出道："呵呵，老贼们，计较到好，只要寻着甚么钱通，着肉送些银子以为了事，终不然少得老娘落地，那时祸福总还出在老娘口里，由你踢天弄井，也须打断狗筋。"成珪道："院君，依你这等说来，真要和我钉对到底，难道你还恨气不消？"都氏道："我到本等恕得你过，只记你那些威风，却饶不过哩。"周智道："小子不合多管闲事，今已吃下官棒，于老嫂尽为得彩。尚且必要与员外钉对到底，恐做沟中翻载，反为不利。莫若趁这机会递张和息，落得大家安静，不要错过花头，后悔不迭。"都氏道："你们正是闲时不烧香，剧来抱佛足，总不济事！"只是不听。

再说何院君在家，忽见二子周文、周武飞也似跑进，道："娘，不好了！爹爹在成家门首，不知为着甚么事干，被个官儿当街打下二十板子，成伯伯还多一夹棍。"何氏道："有这等事！快扶我去，便知端的。"何氏也不乘轿，也不更衣，便随了周文、周武，两步那做一步，飞风来到成宅。连翠苔也还未知就里。

何氏见丈夫与成员外两个，都横眠直睡的叫苦叫屈。周智见妻子到来，反把个笑脸

道："想你们也才得知我这几下，也还不为大害，不当得成伯伯家中一番小比较哩。"成珪道："拖累老弟吃打，又累院君、贤侄受惊，这都是老拙之罪也。但只晚堂一事，怎好又累贤弟一往？"何氏道："怎么晚堂还要去？"成珪道："适才北关经过，听了那没正经的老乞婆言语，原是混话，不曾审明，因说拜客转来，晚堂再问，我们料来这没甚么好处，将欲具张和息，不知老不贤尚且还道恨气未消，决乎不肯歇息，口口声声定要见个高低。我想人生在世，那个没有死日，我也拼得个死，决不再累贤弟吃打，好歹做这条老命发付他罢！"何氏道："员外说那里话来！还是具息的是。院君不过一时之气，是这等说，岂是实心？待我恳求院君，劝他意转，做个家里和息牌头，管得没事。"

周文弟兄见父亲受了无辜之棒，正是敢怒而不敢言，然而也巴不得事完放心，亦同母亲向都氏再三苦劝。都氏将丈夫和周员外日常做的勾当，从头告诉，也不知真正伤心，也不知假妆套子，不觉号天洒地、跌脚捶胸的哭道："他们这般，这般可恶，岂不恨入骨髓！难得遇着这位青天老爷，替我出得这口恶气，怎肯把这机会失过？既然是何院君相劝，老身岂不领教？少刻落地，只不伤着周员外罢。"何氏道："院君又来口饶笔不饶！若只不伤拙夫，是端的要与员外相持的了？妹子这番解劝，倒是因公致私，为己之谋的人了？只求院君念着老夫老妻的情分，不要把来做了仇家厮觑。古人说得好：'夫妻们船头上相骂，船艄上讲话。'四十多年恩爱，一旦自相蹂践，可是闹得断的么？"

都氏道："我的娘，你也有所不知，不是我害老贼，老贼自贻之祸，谁着他有了外情，便要暗算着我？我今正是先下手为强，难道倒做了后下手的为殃？"

周文道："伯母所说虽然不差，但官情如纸，黑里摹白，倘这不比前番，竟把伯母问输，倒也不必说得，若是伯母赢了，不过把伯伯打得几下板子，罚得几贯钱钞，料没有杀头大罪，这官去后，伯伯仍前旧性不改，却不枉费唇舌？不如今日暂且讲和，小侄倒有一长策献上。"都氏道："阿侄有何长策，你且说来，果可采择，即当依你行事。"周文道："伯伯不守戒律，伯母何必出头露脸，送与官打，被他燥皮，又要吃惊吃吓，衙门使费，何不家下自立例规，不遵就骂，不守就打，一五一十，自己'才丁'，岂不快爽？这是老妈官尽堪约束，寻甚么府县官，要他处分？"

都氏道："这倒不劳贤侄指教，别人家老妈官还只本等，惟本职自有关防印信，还有刑具法物、条例告示，那些儿不像官府？你那阿伯兀自不遵，教我如何不去寻着真官？"周武道："这样讲来，我想真正官府怎比得伯母威严？一发该和了。"何氏道："闲话休题，只求

院君看我薄面，曲从这次，千万不可提起假印勾当，就是院君大恩。事完之后，任凭要怎么赔礼，妹子自备一席优觞，与院君释气如何？"都氏道："既蒙贤母子这等苦劝，老身不听也不是了。可惜便宜了老杀才！只要他自来伏罪，准他自办戏酌，然后干休。"何氏道："这个容易。我儿，快去对员外讲明，请来伏罪。"

周文忙出前厅，对成珪道："恭喜，恭喜，伯母已被我母子三人劝得个回心转意，只要伯伯一席戏酒赔话，衙门内外，任凭主张。如今先要进去赔个小心，要紧！"成珪道："这个如何使得？大丈夫岂肯伏礼于妇人乎？宁死不可！"周武道："伯伯又来假道学，这不过寻常家法，吾辈中长技而已，又何难哉？"成珪道："这实使不得！"周文道："兄弟，我和你何苦两下里做了难人。伯伯既是不肯，只索由他，和你回复了伯母就是。"

二人掇转身望内便走。成珪连忙叫道："贤侄转来，另有计议。"周文头也不回道："既然不肯，叫些甚么？"周武道："哥哥，且看他怎么计议，和你且转身听着。"成珪道："阿侄，怎地这般性急！要我伏礼犹可，如何又要搬戏？岂不一发昭彰？"周智道："街坊上人问，只说谢三郎神罢了。"

成珪只得随周文来见妻子。何院君早掇张椅子摆在中堂，将都氏揪番在上坐了。周智带过成珪，喝声："跪下！"成珪只得折腰对座，都氏做气狠狠的道："谁要你伏罪？自有戴乌纱帽的在那里！"成珪连连磕头道："院君也好气出了，拙夫一言相犯，已受二十竹片，一套夹棍，再或费些银子，不止半百余金。如今没奈何，只是做丈夫的不是了，凡事要老娘包容，只看你前丈夫面上，饶过些罢。"都氏道："老奴又来饶舌！谁是我前夫？"成珪道："区区后生时与你恩爱，每每蒙你怜惜，岂不要看你前夫之面？"何氏母子忍不住笑。都氏道："何院君，难得你贤母子吩咐，说叫他来伏礼，你只看他直身挺撞，还成个廷参礼，还是师生礼，还是宾客礼，还是夫妻礼？"成珪道："拙夫还是夫妻礼。"

都氏道："老杀才，到不要熟不知礼！你也做了一个男子，五形具足，一貌堂堂，颇知

孔孟之书,必达周公之礼,岂不晓得时时变,局局新,色色更易,独这夫妻之礼,你偏注意行出这古板来。天那! 兀的不气杀我也!"何氏道:"院君不要发怒,既有新礼,便讲出来,员外不依,庭治未迟。"都氏道:"我的亲娘,不是我不吩咐他过,向来已曾习熟,如今不知听了那一个教头,故意革去此礼,怎不叫我恨他?"周文道:"小侄们其实不曾闻得这大礼,请伯母一示,亦使小侄们晓得,当书之于竹帛,以备后世制礼乐,补入简编,以成全经,岂不大有功于后世乎?"

都氏搜起喉咙,不慌不忙的,说出一段大道理来。真正乱坠天花,神惊鬼怕,便是金兀术,也须拜倒辕门;铁包拯,也应低头受屈。下回分解。

总评:

> 发科巧合处,令人每每绝倒。然成珪宁受责受罚,决不肯从实禀告,少出老泼之气,毋乃非人情乎? 不知此正是怕婆本色,若能禀告,又不似此辈矣。

第十回 伏新礼优觞祸酿
弄虚脾继立事谐

引首《羽林行》王仲初作

长安恶少出名字，楼下劫商楼上醉。天明下直明光宫，散入五陵松柏中。百回杀人身合死，赦书尚有收成功。九衢一日消息定，乡吏籍中重改姓。出来依旧属羽林，立在殿前射飞禽。

评：

都飙尽有此等恶行，而以羽林仿之，似亦太誉。

却说周文闻得院君要讲夫妇之礼，即便敛容拱听，何氏、周武皆侍立于旁。都氏坐于中堂交椅上，不慌不忙的道："甚矣，此礼之废也久矣！自周公制礼，孔子定之，列国遵之。以至于炎汉，又有大小二戴，从而申明之。及后汉祚方终，六朝迭旺。"

至于李唐之世，此礼既衰，而妻道之纪纲扫地尽矣！幸而天道好还，气运不堕。后土降灵于宫中，昂宿落雌于世上，方有武皇后决起而首创之，挽数百年之颓，灭千古高鹜之纲纪，实百世之英娥也。至如沙吒利之妻、雌鸡镇上羊委之妇、兵部任环之夫人、洛中王导之内子，是皆能振其雌威、树其雌德，亦再世之吕后，中兴之羽翼也。以后时移事易，衣钵泛滥，传之者不啻恒河之沙，纯全者不过驾虎之狐而已。吾故虽能言之，亦多不足惩也，即历来男子，守礼者固自不少，越礼者，亦不著其姓名。如画眉之张敞，受寒之荀奉倩，听唆之秦桧，依判之曹圭，种种知礼之徒，总不能尽罗而枚举。今时之人，焉能知是礼也。列位不厌，聊当污耳。

三纲既立,五伦毕具。君臣父子,朋友昆弟。

惟夫与妻,其义最当。匪媒不得,三生所钟。

及时嫁娶,拟诸鸾凤。归妹愆期,鳏鱼是比。

日怨日旷,圣人忧之。孤阳不生,孤阴不成。

一阴一阳,斯为合道。蹇修执柯,月老捡书。

偕尔匹配,宜其室家。乐为琴瑟,诗之《关雎》。

主苹主蘩,为箕为帚。中馈是持,巾帨是务。

辛于尔室,翊而以力。夫之贵贱,随遇而依。

屈指计之,惟妻最苦。维其夫子,最宜珍惜。

寒暄之奉,饥饱之节。冬温夏清,候其起居。

舒其抑郁,鼓其欢娱。抚膺捶背,摩腰拂肢。

晓当漱盥,捧盘进皂。夕当澡濯,揉滓涤垢。

足恭阿容,屈膝敛气。顺承呵责,引领鞭笞。

必敬必戒,毋违妻子。出处必陈,不贷诬诳。

凡诸婢仆,勿戏勿谑。安分守命,宗祧有定。

毋亟娶妾,自贻唇舌。当娶与否,事在妻决。

先妻而兴,后妻而寝。妻是则是,妻非则非。

凡诸行止,遵妻子示。违妻者殃,随妻者昌。

都氏说完礼数,对何氏道:"贤妹,你道此理何如?"何氏母子齐声踊跃道:"妙哉,礼也! 千百世之后,当有传是礼者,必都院君所传欤! 伯伯,还不长跪行个大礼? 法令之初,经得再失礼的?"

成珪道:"每常间院君有的条例,俱是时俗套礼,如今不知那里得这一篇奥理来? 真个是:从来不识叔孙礼,今日方知妻子尊。既蒙列位相谕,敢不从命!"即向阶前倒身跪下,连叩几个大头道:"妻子大人在上,恕拙夫而愚顽,不识时宜礼数,日常多有失礼,以致冒犯虎威,幸亏胡芦提老爷赐责,极是合理,复蒙妻子大人海涵,不加惩治,实出天恩。拙夫情愿低头伏礼,自责己罪,悔过愆尤,并治戏酒一席,少伸乞免之敬。万望院君不可番悔。"都氏道:"你既自知无礼,已经伏罪,姑且暂恕。但官罪可饶,家法难免,只罚跪到黄昏罢。"

成珪道:"拙夫再说,又恐复触院君之怒,但衙门有事,往反不易,恐跪到黄昏,一发没了脚力。望院君今日暂恕,留在明日跪还,不知意下如何?"都氏只是不肯。何氏道:"院君既已恕饶,何又罚其长跪?是何言软?常言道:'救人须救彻。'还求一并饶了罢。"都氏方才首肯。成珪叩头相谢,忙备酒食与周智父子畅饮,正是黄连树下弹琴——苦中作乐。席间酒未数巡,外边报道北关拜客转去了。周、成二人忙放酒杯,带些钱钞,雇下轿子,同都氏三人,一径往北关进发。周家有周文、周武,成家有成华、成茂,又有几个亲邻,与同熊阴阳俱来探望。

却说胡芦提拜客转来,果然吃下一包老酒,真似稀泥烂醉,轿子上便自闭眼,到得衙门,早已睡熟。此时天色虽晚,还有晚关未放,衙门人役俱未散归。那成珪一事,三三两两,俱已知道,都说是一块肥肉,个个人思量吃他一口。老胡醉后,倒果然忘了,众人役却不肯歇,专等水儿醒来,便要禀牌拘换。却好周、成二人早在衙前伺候。众皂甲俱来相唤。周智即唤长子周文,暗暗分付几句说话。

不多时,周文携了钱通到来。周智忙拽钱通到个无人去处。一原二故,说不多言语,钱通俱已领略,遂着成珪兑银。钱通道:"既是周员外用着小弟,小弟无不效力,但恐具息求和,反为不妥,不若再加些银子,待小弟索性进去说个溜亮,岂不放心!"成珪道:"这极有理。"即忙添上银子,交与钱通渡进。正是:

官一担,吏一头;神得一,鬼得七。

钱通松落了一半,将一半用纸包好,传下梆,径进私衙门首。适值老胡才醒,问道:"这个时候那个传梆?"管家道:"禀爷,外边传梆,一则为晚关未放,一则钱书办要见。"胡芦提道:"钱通要见,定主财爻发动。"连忙出来。瞧见钱通手里捧着白雪雪地两大锭银子,约有二三十两轻重,胡芦提笑道:"若舟兄,此是何处得来好大锭足色银子?"钱通道:"小人无以孝敬,特送与老爷买果子吃,聊当芹敬。"

胡芦提道:"何必许多!请坐见教。"钱通道:"老爷跟前,小人侍立已过分了,如何敢坐?"胡芦提道:"这竟不必论得。岂不闻朋友有通财之义,你既与我通财,就是朋友一般了。脱洒些罢,有何见谕?"钱通道:"小人有一至友,唤名成珪,自来忠厚,从来不作犯法之事，平生惟有惧内，最为出格。"胡芦提道："这又是我老爷的后身了。"钱通道："今早只因与妻子一言不合，遂至冲犯老爷执事，蒙老爷已连其友周智各责二十板。"

胡芦提道："就是早上那妻子道丈夫偷紫梗税的?"钱通道："正是此人。其妻向来泼悍，随口生情，老爷却被他欺诳，屈屈的打了周、成二人。"胡芦提慌忙摇手道："快禁声！快禁声！我若错打了人，奶奶极要见责，况且妇人官事，每每他要护局。似这般泼悍妇女，被奶奶效尤，了帐不得；便是你等各有妻小，若使得知，不为稳便。快快出去！我也不问了，免劳下顾。"钱通道："人犯已齐，老爷说过晚堂要审，何可置之不问? 不若受此孝敬，胡乱审鞫一番，少少罚些税课，只不要叫起那妇人，岂不两全其美?"胡芦提道："这也有理，本当不审，看这银子分上，倒要胡乱诌一诌。"钱通出来，悄悄的又另是一番鬼话回复。周、成二人不胜之喜。

少顷升堂，放关已毕，胡芦提叫带那沿街首税的成珪进来。皂隶连声传叫。

成珪一行人已跪在丹墀下，却也放心答应，只不知先叫谁人。胡芦提道："成珪跪上来。"成珪向前跪下。胡芦提道："你私漏国家税课，已非一朝，如今首人既真，赃物现在，可也招承数目，免我再动刑法。"成珪道："小人自来守法，并不干违条之事，只因妻子所诳，小人有口难明，老爷也不必动得刑法，小人甘自认罪罢了。"胡芦提道："罪是不必讲了，只问你已经卖过几多?"成珪道："只是铺中一十二挑，并不曾卖过半担。"胡芦提道："便是十二挑，也要以十赔百。叫该房照例科算上来。"书算手便把算盘一拨，禀道："覆爷，紫草一十二挑，倍算一百二十挑，每挑值价若干，共该正税若干，火耗若干，共计税耗银若干两正。"胡芦提便提起笔来，写道：

> 成珪私贩紫草，欺匿国家税课。其妻出首，情弊颇真。已往姑且不究，据现获一十二挑，倍罚税银若干两，仍将本货入官公用。周智罪在通同，理宜连坐，俱拟杖。都氏证夫之短，于理何堪? 姑念因公挟愤，不加惩治，逐出免供。周、成讨保，候完课之日，释放宁家。

成珪读完批语，道："不多银子，带得有在此间，把罪赎一并完纳了去。"吏书当堂收了前项银子，领了回收札子，又将些分与众书门皂甲。已毕，各各上轿而回，倒也都放心欢喜。正是：

要恶做个媒人,要好打头官司。

来到成家晚饭毕,周智母子一齐辞归。翠三娘子忙来迎接入内。问及所以,周智不好说出印儿之事,只说成员外夫妻相闹,惊动官长,以致如此。翠三娘子再三酬谢,不在话下。

再说成员外于次日侵早,着成茂到团子巷叫了一班有名的戏子,就于家下办下齐整酒席,自来周宅,迎接周智一家赴酌,又到翠苔房中,说知备细,温存一遍。又着成华遍请来探望的亲友邻里,并熊阴阳俱来赴酌。早已酒席完备。成珪排列位次,先选女客:何院君首席,妻子都氏虽在次席,却是一个独桌,就着熊二娘子相陪。男客中就选了周员外首席,其邻里亲友、熊先生、周文、周武、都飚俱依次坐定。戏子首呈戏目,到席中团团送选,俱各不好擅专。

正推逊间,忽有两个邻里少年道:"近日寿筵吉席,可厌的俱演全福百顺、三元四喜。今朝既是闲酌,何不择本风趣些的看看。周文弟兄与都飚一班儿俱说有理,就择三本拈个阄儿,神前撮着的就是。"少年道:"我有三本绝妙的在此:一本《狮吼》,是决要做的;一本《玉合》,也不可少;一本《疗妒羹》,是吴下人簇簇新编的戏文,难道不要拣入?"周智道:"你们后生家说话俱不切当。常言道:'矮子前莫说矬话'。谁不知本宅老娘,有些油、盐、酱?这三戏俱犯本色,岂不惹祸?只依我在《荆》《刘》《蔡》《杀》中做了本罢。"

众后生道:"老伯有所不知,《疗妒羹》新出戏文,绝妙关接,况且极其闹热。就等老伯拣了两本,小侄们就共力保举这本。一总投入瓶中,知道捉着那本?"周智道:"既是好看,也不要拂了你们高兴,便拣在内罢。"众少年得这口风,便将药阄投入瓶中。成珪向神拜毕,用箸取出一个,却好正是《疗妒羹》。众少年一齐称快,以为得意。戏子便开场,逐出出做将来。有原本开场词一首,以见戏文之大意。词云:

〔菩萨蛮〕
乾坤偌大难容也,妇人之妒其微者。阿妇纵然骁,儿夫太软条。任他狮子吼,我听还如狗。疗妒有奇方,无如不怕强。
〔沁园春〕

吏部夫人，因夫无嗣，日夕忧遑。遇小青风韵，邻家错嫁，苦遭奇妒，薄命堪伤。读曲新诗，偶遗书底，吏部偷看为断肠。轻舟傍，借西湖小宴，邂逅红妆。山庄卧病身亡，赖好友投丹竟起僵。反假称埋骨，乘机夜遁，绣帏重晓，故意潜藏。遣作游魂，画边虚赚，悄地拿奸笑一场。天怜念，喜双双玉树，果得成行。催娶妾，颜夫人的贤德可风；看还魂，乔小倩的伤心可哭；携活画，韩泰斗的侠气可交；掘空坟，杨不器的痴状可掬。

逡巡之间，戏已做散，席中男女，人人喝彩，个个赞称。惟有都氏一发合机，最相契的是苗大娘拿奸、制律等出，惟颜公杖妒、苗大娘见鬼、韩太斗伏剑、吓奸等出，微觉不然，便对何氏道："院君，这个甚么老颜、老韩，真也忒不好，有子无子，干你甚事，也来多嘴多舌！人家只吃有了这班亲友，常是搅出口面。"何氏道："正是。初时不好，后来生两个儿子，若没他二人，那里得来？论理也是好的。"都氏道："我只是怪的成茂那里。"成茂道："院君有何吩咐？"都氏道："快与我把那扮老颜和那扮韩太斗的，速速赶他出去，不可与他一些汤水吃！"成茂道："院君何意？"都氏道："甚么杖妒等事，我却恨他。"何氏道："院君又来差了。这是妆做的，与他何干？"都氏道："妆便妆的，实是可恶！"

成茂又恐院君激怒，只得走入戏房，对那扮外、扮小生的道："先生，你请回了罢，我家院君有些怪你。"二人道："怪我们甚的？"成茂道："院君怪的是颜老官、韩太斗，不怪足下，你只是去了罢，白银一钱，聊代酒饭。"二人落得少了找戏，欣然而去。其余戏子，又找了几出杂剧。酒客散回不题。

再说众客既散，独有内侄都飙系是至亲，却便宿在姑娘家下。这都飙自从父母死后，凡事纵性，嫖赌十全，结交着一班损友，终日顽耍。只因家业已尽，手内无钱，那些朋友都已散去，单单剩得个空身，只靠得姑娘过活，全亏了奉承而致。那都院君偏又不喜侄儿别的，刚只喜的是虚奉承，鬼撮脚，俗话说是撮松香，又名为捧粗腿，你喜者我亦喜之，你恶者我亦恶之，这便是都院君一生毛病。惟都飙竟做着了这个题目，直头在这上边下了摩揣工夫，怎教这试官不中了意？

那晚都白木正要寻些什么鬼话对姑娘说说，当个孝敬盒儿。思量无计，猛然省得道："是了，我姑娘所怪的是老周，可以奈何得着的是成老头子。只须如此，挑他一场口面，待我于中做个好人，岂不妙哉！"即便走入房中，假做气狠狠的见姑娘道："禀姑娘得知，侄儿

要回去也。"都氏道："说那话！莫不是谁冲激了你？只须对我说知，这时更深夜静，怎么忽然要去？"都飙道："姑娘有所不知，侄儿不为别事，我好恨那老周。明日绝早，定要和他讲理。故此，决要回去，好寻几个帮手。"

都氏道："我儿怪他甚来？"都飙道："姑娘你一个明白人，却被这老奴轻薄，兀自不晓。姑夫整酒，本为姑娘赔话，一个上席却被老周夫妻占去，这也罢了，他又专主拣戏，已是可恶，巧巧的拣本《疗妒羹》，明明把姑娘比做苗大娘，教姑夫讨小老婆的样子，把你轻贱至此，我侄儿也做人不成，只是容我回去罢。"都氏道："我也肚里想过，总是我那老杀才不好，外人才敢相侮。我儿且不要气坏了身体，明日我自有个处置。"都飙假气一团，客房中睡下。

次早，众人未醒，成珪尚在梦中，只听得一片喊声，从内房中倾天叫出道："老奴才，好轻薄我也！你径一路而来的打趣我，只问那一个老乌龟拣的戏？"海沸山摇的嚷得好不热闹。成珪一声惊醒，正是：

> 分开八片顶门骨，倾下一桶冰雪来。

连忙披衣不迭，向前跪下道："老院君息怒！莫不是怪老夫有失新礼？乞念昨日辛苦眠迟，今日不能早起，有失问候，乞饶初次。"都氏道："谁责你礼？只问你，既请我赔话做戏，为何偏做本《疗妒羹》？明明的众人前羞辱我，你好作怪哩！"成珪道："每常别事，院君怪得有理，今番实是院君错怪也。拙夫既忝东翁，亦无自拣之理；他人择戏，好歹岂敢参越，干我甚事！"都氏道："戏文虽当客人拣了，为何首席送了老周？只问你，此酒为何而设？"

成珪道："首席自然先邻后亲，叙齿而坐。周君达年纪颇长，况我累他吃打，这首席自然该送他坐。"都氏道："何不先送与我？我不受，再送与他也未为迟，这也罢了，你只还我那拣戏的龟子，万事全休。"成珪道："拣戏料必是首席所主，定是周君达。院君没奈何，免究了罢。"都氏道："我又不会吃人，不过说理。你只唤那龟子到来，说个明白，他若不来，我也不了。"

成珪没奈何，只得梳洗了，来见周智，说与缘由。周智道："不出吾之所料，我道被那些误了事。也不难，我早已思索在此，只凭着三寸舌根，好歹去走一遭，管取不妨。"成珪

暗暗祝道:"说得停妥,谢天谢地!"

二人来到成家,周智向都氏唱喏道:"夜来多扰,正欲致谢,忽蒙见招,即当趋命。不知尊嫂何所分付?"都氏道:"老身向来泼悍,谁不知之?昨日尊意拣本新戏相嘲,轻薄尤甚,特请老叔到来说个道理,说得过,只索罢了;若说得没理,莫怪吃个没趣去。"

周智从容答道:"嫂嫂,你真是日月虽明,那照得覆盆之下。昨日之戏,神道拣出,极是有趣得紧的,安得说个'没趣'二字?成员外不守家法,就比做褚大郎;嫂嫂治家严肃,处事有条,大得相夫之体,却便比做杨夫人。以夫人而比嫂嫂,既非小比,以苗氏之风流杖比嫂嫂之新礼。岂是相讥?况即此可使成员外知有当时为夫之体,而不妄效后世之顽夫,日夕恭敬于嫂嫂。此所谓羽翼《六经》,是大有功于嫂嫂之新礼也,何谓没趣?"都氏道:"然则杖妒、见鬼等事,岂不打骂我?"周智道:"这岂是打骂嫂嫂,不过要嫂嫂学取杨夫人,无子而有子,一家骨肉团圆的意思,有甚得罪去处?"

都氏道:"依你们说来,单道我缺陷处,是个没子。自古说得好:'受人恩处亲骨肉。'但能以恩义结人,何虑无子?今日戏文之意既已说明,只索罢了。如今闲话休题,趁周员外在此,做个主盟,不怕我员外不肯,我和你也了却一条后嗣的肚肠,省得身死之后,卧在床上挺尸。员外,我对你说,看你也有了年纪,娶了熊宅娘子一年多,并无消息,料也生不出了。回头并无枝叶,我亦并无别人,止有侄儿都飙,颇为孝顺,只因父母死后,没人管顾,以致家业凋零。不若立为己子,使彼有父母卵翼,我有儿子承欢,岂不两全其妙!"成珪道:"今日蒙院君说起,拙夫日常间也不止想过一次,只虑脂膏有限,不够贤侄阔用,恐难从命。"都氏道:"我意已决,谁敢再说半个'不'字!"

成珪鞠躬道:"但凭上裁。"周智只不做声。都氏道:"周员外何独无言?"周智道:"宅上家事耳,区区外人何敢妄议?况嫂嫂尊意已决,不敢再行参越。"都氏道:"你既不管,只吃酒罢。却好侄儿已在此间,快备香花灯烛。"一面着人就请何院君母子到来,一面着人遍请街坊邻里,唤厨子整酒,随与都飙说知。

都飙惟恐露出挑唆本相,故意睡在床中。听得姑娘说出这段因由,真个赛过赵匡胤陈桥兵变、黄袍加身的一般,径从兜率天顶上,疾地里试下这顶平天冠,罩在头上,岂不快活!即忙梳洗,来到堂前拜见众客。都氏道:"我儿,你可拜姑爹为父,拜我为母,你即改姓为成,换口厮唤。凡事从我家教,日后承我家业。"

都飙即便下拜道:"蒙爹娘恩义,以成飙为己子,自当永承膝下之欢,望示庭前之训。"

成珪道："贤侄，你今为我子，我做爷的，原系经纪中人，也没甚么学诗学礼的话语奉告，只愿你远小人而近君子，去奢侈而务勤俭。当知我这爷的钱钞，不比你都门宅中，来得容易，可以去得容易，要知我逐分厘，俱在省俭中积攒得来。你读书人，不须细说，只莫负姑娘此举。"都飙道："既受爹爹教育，岂敢再越规箴？前番旧事，朝天门张算命原说是我运限不利，该当破败。以后若再去嫖赌等，孩儿就额角上生个火盆大的发背……"都氏忙抚道："儿，爹爹好话，你不要便罚誓。周员外是你爹至友，手足一般，可拜作叔父。倘我百年之后，全仗看顾。"

周智断断决不肯受，连酒也不吃，径自去了。何氏虽来领酢，亦不受拜。成珪也不来劝，一惟快快而已。都氏又唤众主管相见毕，随请众客就筵。成珪送位，都飙把盏，男女客侣各各尽欢。

从此两月清宁，并无异议。正叫做暴好六十日，自然上和下睦，夫唱妇随。后来不知有甚变更，可也养得老，送得终否？且听下回分解。

总评：

　　黑心到有马儿骑。

　　世至今日，无一真人矣。君臣虚戈，父子梦幻，习为傀儡，有胸无心。独存真挚一脉，留于好人，妒妇腔子内其念兹在兹，朝计暮算，不至一网打尽不已。都氏其千年奸臣贼子样范乎？若石勒碑，磊磊落落，犹是疏枝大叶男儿，王莽恭谦，孟德析履，是则同也。若都飙者碌碌，因人成事，并奸妒也加不得，只好叫做钻粪蛆、蛀木虱。成老拱手听命，守府以待，不失为献帝之忠厚。周公软款调停，自是狄梁公一流人。都氏其武曌再世乎？敢以问之作者。

第十一回 都氏瓜分家财 成珪浪费继业

引首《水龙吟》"咏杨花"苏东坡作

似花还似非花，也无人惜从教坠。抛家傍路，思量却是无情有思。萦损柔肠，困酣娇眼，欲开还闭。梦随风万里寻郎去处，又还被莺呼起。不恨此花飞尽，恨西园、落红难缀。晓来雨过，遗踪何在？一池萍碎。春色三分，二分尘土，一分流水。细看来不是杨花，点点是离人泪。

评：

杨花世态，春色三分，酷似成珪家业耳。成珪不暇自惜而坡公惜之。

却说成珪官事初时没人知觉，只半月间，街坊上人人晓得。女婿冷祝，外路贩叉口才回，闻得此事，归来对妻子道："丈人为官事，你知否？"冷一姐失惊道："是不知。"冷祝道："呵呵，你在家下，倒不晓得？"冷一姐道："既知，快快说与我听。"冷祝道："我只闻得丈人贩了笋干，那知他的详细。"冷一姐道："老厌倒也緣他，但不知干涉娘否？虽然不是亲生，也要尽个虚花体面。快去探望一声，也见我们挂念。"冷祝道："甚么紧急公文，过十来朝，空些去未迟。"冷一姐骂道："这蛆钻骨头的，别事緣你慢帐，娘家有事，还不快去献个殷勤。"

冷祝见妻子发怒，只得收点了行李，换上一领簇簇新浆洗的道袍，带些土仪之物，摇摇摆摆，来到成家门首，放下包裹，到厅高声通名道："女婿冷祝奉老婆命特来探望，丈人、丈母可还在么？"都氏忙应道："冷婿家亲，进内就是，何必扬声？"冷祝拜揖道："丈母有所

不知,当年也蒙吩咐过,其后因而斗胆,直造房内,正遇丈母放溺,小婿一揖拜下,丈母回礼不迭。那日你女儿在旁,甚是怪我,是上晚归来,把我打下四、五个耳瓜子。故此今后再不敢进内了。"

都氏道:"大凡礼貌,贵乎适中。"冷祝道:"适中小事,今后丈母只是不要放溺便好,小婿闻丈人为事,特备土仪数色,与丈母解闷。"都氏道:"你在外路方归,反把礼物送我,生受你了。利息可好么?"冷祝道:"全亏丈人、丈母保佑,利息加倍。只一件可恨处……"都氏道:"恨着何事?"冷祝道:"不瞒丈母说,小婿在江湖上不止一日,目今却被一个客伙嘲坏。虽是讥讽之谈,一发竟把小婿的毛病说尽,甚为有理,故此记得在此。念与你听:

> 买袋卖袋又买袋,袋本安闲人作怪;
>
> 无端出去又回归,为甚买来又去卖。
>
> 逐个铜钱上贯穿,成锭纹银都夹坏;
>
> 仔细思量解语难,笑煞区区冷布袋。

都氏道:"依他这样讲来,却教你不要做了买卖。为人不去经营,则与豚犬何异?自古说:勤俭生富贵,富贵越要勤俭哩。"冷祝道:"女婿尽爱富贵,只出外经商,风霜劳顿,其实难受。若得凤凰山变了□银子,与小婿日凿数分,随分用度,才是快活。"都氏道:"又来说呆话了!人生坐食,山也会空。你既厌客途,何不措守田园,也倒安逸。待我与你丈人说知,将些肥田美地分拨与你,就遂你的意了。"冷祝笑道:"若得丈母如此,女婿来世情愿变株毛竹。"都氏道:"要他何用?"冷祝道:"小婿无可相报,只除做了毛竹,将来削块板子,为丈母增点威仪,教训岳父。"都氏道:"一向不见你讲笑了。书房中见过丈人,一同用饭。"

冷祝径至书厅，来寻岳父。原来成珪早已知道女婿到来，最是可厌。即将帐子垂下，假做睡着。冷祝遍寻不见，连马桶也去掀开看看。一寻寻到帐子内，见了丈人，便高声叫道："寻着了！寻着了！"成珪道："那个这等喊叫？"冷祝道："小婿特来探望，周围不见，原来睡熟在此。敢问丈人，可是害甚么病症？"成珪道："多谢你挂念，且喜没病。"冷祝道："我道丈人不像害病的。闻得岳父官司大胜，只打得二十竹片。不知与谁家涉讼？女儿挂念，着我问个详细。"

成珪道："因与你丈母相闹，告到官司。只是做男人的认分亏罢了，倒也不为大害。"冷祝道："原来与丈母相持！系是风流官事，便打几下，要是疼都不疼的。"成珪道："怎见得？"冷祝道："小婿闻得丈母家法，好歹罚跪半日，然后行杖，动以百计，加之揪耳拔须，詈呵辱骂，总也不止一端；及至挨得打数满足，还要从容谢打，次日行动如常，不致半毫有损。如今官棒名虽利害，其实家法反凶；况未常先跪半刻，又不曾辱骂一句，不过打得二十余下，何啻天渊！因此得知丈人这番，想来必不妨事。"

成珪正是厌烦去处，都氏早将酒食送进，随唤都飙陪饮。冷祝问道："舅舅宅上颇远，为何一唤就来？一发竟没客气。"都飙道："小弟就在后园看书。"冷祝道："原来如此，怪得怎速。"都氏道："你还不知，舅舅因我与你丈人厮闹，已立他为子。因你不在家，连你妻子都也不接他来。"冷祝道："这样讲来，目今的舅舅，倒是个没底的人物了。"都飙道："怎见得？"冷祝道："马桶打去了底，不是改甇了？可贺！可贺！"说话之间，酒食俱已罄尽。

冷祝起身要归，都氏吩咐道："目下淘你丈人的气，弄得骨瘦如柴，面皮黄落。我做娘的好不记怀女儿，他做女儿的，全不念我。今晚回去，千万与他说知，着他明日就来望我一望。"冷祝道："丈母说那里话！女儿在家，莫说丈母，就是丈母家一只老狗，他也每常动问，安得不念母亲？明日就着他来。"

冷祝到家，门已关上，冷祝拾块砖石，把门敲着，高叫一姐道："丈夫回来，也不教他床上接风，这时把门闭了，臭花娘，莫不恋着汉子？"一姐正是备些肴馔，等待丈夫回来同着，见他傍晚不至，料在娘家取扰，每常不醉不归，因而独自吃完，收过残物，背着盏灯儿坐下等候。听得打门之声，即忙开门放入，问道："为何大呼小喝的？骂那一个？"冷祝趁着酒兴，胡言乱语的也不回复，竟把妻子搂住，就要亲嘴。冷一姐道："休得发狂，且将娘家事体说与我听。"冷祝摇头道："不说，不说，真真不说，你这些雌儿们时新作怪，各各效尤，似你母亲辣豁更甚。我若说来，你便一学而就，区区臀上实是打不起！"

一姐便把丈夫耳朵一把揪住，道："小猴子，说不说？"冷祝甘忍着疼，毕竟不说，口中只是"汪汪"的叫道："啊哟，你的爹便打他几下，干我鸟事？你的娘怪煞你也。"一姐即忙放手，问道："母亲怎生怪我？"冷祝道："丈母怪你不去望他。日日淘了丈人的气，没处去说，故此将都家舅舅，表正做了儿子，家财田产，一并与他。你我空自眼热，只落得没分。"

一姐听得这家话，就是钉钉牢眼睛，冰冻僵鼻子的相似，半晌声也不做了，暗想道："老儿向来怪着我们，老娘须是爱我，虽然七伶八俐，常也落了我虚哄套子，每每沾染他些。目下便疏淡得个把来月，怎便抛撇了我？别事尤可，若继了都白木在家，我们真是皮外卵子，决乎水屑不漏，可不枉了向年趋奉！且不要慌，明早待我去看个动静，再作道理。"即唤丈夫安置。那冷祝原是浑帐的人，那里把此事放在心上？况兼出外月余，免不得欲火已动，这接风筵宴，不须说得。

次日，冷一姐一轿来到爹妈跟前。只道这番不比前了，谁知都氏一发相爱，女儿相唤未毕，便一把拖入里边，说张道李，冷疼热痛。一姐见娘热簇簇的，也便放出那播云弄雨的唇舌来。母子二人，真是《杀狗记》中柳龙庆对着胡子篆谈心，两人说得津津有味。一姐问父亲乞打之由，都氏又好似薛仁贵月下叹功、关云长单刀赴会的相似，直把自己雌威一五一十说得天花乱坠。一姐称羡道："怪得你女婿不肯对我讲，道孩儿学了母亲手段，便要教训他。我想孩儿吃他一百年饭，怎学得我娘半些？爹爹也该是这样比较他才好。只周家老贼，再打他一顿方快。"

都氏道："我老娘也有此意，可惜何院君与两个儿子再三求告，戏席赔话，故此轻放过他。"一姐道："这也罢了，儿又闻得爹娘继了都家弟弟，女儿十分喜欢。为何娘不与我说知？敢是怪着女儿？"都氏道："我的儿，我为何怪你？只因官事匆忙，第二日走马成事。你爹那里心肯？不过惧着母亲，勉强应允。故此各样不管，星星是我料理，一时失记，不曾接得你，娘也并无他意。我儿，你不要因我有了儿子，你便冷落了我，日后事体，你但放心，老儿那里？"

成珪即忙答应道："女儿到来，务必要买些甚么食物。老娘要的，吩咐就是。"都氏道："女儿不是别人，家下所有，尽可吃得。你且坐下，听我说来。"成珪臀尖略略掂椅而坐。

都氏道："老儿，今日唤你，并无别说，只因你我年老，回头并无亲人，刚只一子一女。虽非自生，常言道：'孝顺的便是骨肉。'如今诸凡事业，少不得俱是儿子所有，那做女儿的，岂不落空？论来手掌也是肉，手背也是肉，该把家事对股平分，但是子女有别，也须三

与其一。你可将所有产业一一派出，也不必接得老周，这般费酒费食，只须你我均匀分析，趁早交与他们，完却一生之事，你的意下如何？"

成珪沉吟半晌，答道："我既无子，所有产业，自然该付他人。但我年纪虽老，尚还未死，倘经分析，柄归他手，他若得产之后，事产兴隆，便夸自己力量所致，倒也还好，如或因有外来之产，漫不经心，不无颓败，那时供给不敷，彼此不乐，在我，责他不孝；在他，怪我不慈。上下乖违，彼此交怨，正是勒马临崖，收缰恨晚。偏又不死不健，拍手无尘，做个寿则多辱，老厌、老废成何体统？古人云：'宁可一日无钱，不可一日无权。'老娘要分析虽是，只恐以后着为先着，难免旁观之诮，只待我死之后，任凭老娘主张；若或一日还活，这事实难从命。"

都氏道："老儿差矣。你既知少不得是他人之物，何不早做个人情，也得儿女们欢喜，又免他的争忿，有何不妙？假如你若先死，人便欺我女流，便有许多议论，还留我老娘有些主意；若我先死，你便内无主掌之妇，外有欺瞒之人，弄得你没绪没头。管南失北。一遇拂意，不久泉下，那时五虎攒羊，做了个没主丧家。只图抢物争财，谁来管你尸首？只怕早晨一死，晚上家业已尽，刚剩你臭败尸骸，人人掩鼻吐唾。不若依我先识，趁着康健，均分派搭，致他两下无异，岂不是十全之策？"

成珪道："就依老娘指教，把产业编作一册，除祭葬外，阄做三股，仍是老朽执掌，待我一死，就与他们收管。"都氏道："只系多事，要晓得忙了一世，把这当家担子交与他们，一则可使他操持筹算，我和你又可眼见他们力量，又可于中调度他们；二则也讨得一日快活饭吃。也说道做儿女时，供养了父母，今日也做日父母，受受儿女供养，不枉人生一世，草生一秋。若依你，至死方歇，又何异于田坂里耕牛，驿路上驴马，到老奔驰！何苦，何苦！依我说，好好去取了一应文契账目到来，再也不必迟延了。"

成珪撑持不脱，叹了口气，忍不住两泪交流而出。来至帐房，把这许多文契账目，一一检点，不觉放声大哭道："我成珪若得个小小孩子，决不到有今日！便有远房子侄，也不付与他姓。天呵！可怜成珪一世辛苦，今日老不贤逼勒，轻与他人。罢！罢！罢！我成珪该有结果，定须不做乞食饿殍，若或暮年该苦，只索由天！"把泪痕拭净，掇出一箱子纸札，一一抄誊名目，分文也不瞒落。原来凡百买卖挪借，俱系都氏经手，以是难于作弊。

不多时，三股派明。都氏一面着人去唤冷布袋，一面馆中唤出都飙。成珪道："今日唤尔等来，并无他事，只为我两人年老，所有产业，免不得付与尔等，母亲恐防日后争执，

今日特地派明，分与汝等，归身用度。但此产入手，便系己物，或守或变，我亦难管，也只要晓得区区得来时，须不似你二人今日的容易，便我死也瞑目了。你二人各执分单一纸，以为照证。"成珪写道：

> 立分单人：成珪。
>
> 今因未及生子，膝下无人，老妻甚是着急，只得将产业派作三股，以二付与内侄都飙收掌，计开于后。
>
> 田若干亩，地若干亩，屋若干所，山若干亩，池若干口，解库二所，首饰器皿未派。
>
> 右分单付继男成飙收执
>
> 年　月　日押

成珪照式写下二纸，朗声读与妻子听过。都氏道："有心如此，一发将文契交付他们收管。"成珪道："罢！罢！有心做双空手，要这文契何用？"便双手递与妻子。都氏先理一宗，并分单一纸，递与冷祝道："女婿，这都是丈人、丈母血汗得来，千万不可因而奢移，以辜我意。"冷祝道："小婿极是省俭的，只冷粥呷碗，也会过了日子。"冷一姐错听，只道丈夫要呷碗的是酒，便发怒道："贪嘴猢狲，刚刚有了产业，便要呷酒，过了今日，若不说明，后来怎生了得？若要吃酒，只不许得产！"

冷祝慌了手脚，那里分辩得出？亏了都氏，将女婿言语曲为解明，一姐方才息怒，还要说个明白。都氏道："我儿不必作吵，你不过要他守法的意思，我有处置在此。女婿过来，听我传授，你可知丈人致富之由么？"冷祝道："一来时运好，二来力量好罢了，有甚难晓？"

都氏道："非也。丈人致富，皆由畏我得来。故孔子曰：君子有三畏。你道那三畏？少年畏父母，中年畏老婆，晚年畏儿子。人能全此三畏，自然国富家饶，岂不成了君子？假如年少时能畏父母，自然学问精进，不堕荒淫，这是一畏好了；中年能畏妻子，自然恪守家法，不致浪荡，这是二畏好了；老年能畏儿子，务必胜我一分，自当让他一着，这是第三畏好了。你的丈人，少年没了父母，老年没有儿子，故此前后两畏，不曾行得，只自遵行得中年一件，便做成偌大家计。可见圣人之言，一字千金，不可轻易读过。贤婿，你今莫学

别人,也不必全得三畏,只学你丈人这一畏也就好了。你们初进之人,苦无直引,只把我新礼讲解一明,自能达其奥矣,你丈人遵行已久,讽诵颇熟,今日你若情愿得产,必须遵我新礼,免我女儿淘气,若不肯依,休想产业。"

冷祝恳求道:"不要说新礼,便是新新礼也依了。"都氏道:"既肯依,且对你妻子跪下。老儿可念与他听。"冷祝即忙掇把椅子,请妻子坐了,自己竟跪下。成珪站在旁边,将新礼朗诵一遍,细细又讲解了一番。

冷祝点头受记已毕,然后拜谢丈人丈母。一姐也拜谢爹娘。都氏吩咐道:"我儿,治家当以勤俭为主,待夫宜以严肃为先。冷婿既受我礼,决不教你淘气,若有不遵,再与你竹片一条,打他几下,自然会好。必须修整妻纲,不可废我遗烈。"一姐唯唯受命,收取文契,夫妻二人即日归家。不在话下。

都氏又理了一宗文契,并一纸分单,交与都飙,道:"我儿,这是你的,好好收下。"都飙道:"爹娘既将文契交于孩儿,儿量本事,亦不下于祝姐夫,为何姐夫便得归身收息,孩儿只又执纸空契,请问爹娘,是何意思?"都氏道:"我儿有所不知,你爹爹说得有理,你读书人,当精心向学,若一涉世务,便心无二用,如何济得事来?故此爹爹着你专心于学,这些撑家勾当,我爹娘在一日,替你管一日,你只放心,必无他意。"

都飙见姑娘吩咐,便也不敢强辩,只得将文契落袖,暗想道:"我姑娘一个聪明人,又被老子瞒过,老子本意原不肯实心与我,假以分心之说,哄过姑娘,意欲做个执票不如管业。我想如今馆中,总是赴名读书,常是接取娼妓到来,也要银子用度。常言道:'素富贵行乎富贵。'难道如今的都相公倒肯省缩悭吝不成?老龟子勒定产业,其实是条好计,谁知我又是个再世的张良,偏不堕他计中。文书票押已落袖里,只须寻个主儿,行起'土四贝'(按:土四贝组合即卖字)的勾当,何虑手头乏钞哉!"计议已定,便作欢颜,将爹妈倒身拜谢。

即日归馆。不数日,便把上项那条计策行出。果然手头充足,即便尽心浪用,百奢并举。正是偷腥猫儿,旧性不改。这一向手内无钱,竟把旧时一班朋友都疏失了,如今囊内有物,安得不想故人?随即带了十来锭银子,独自个摇摇摆摆的去访旧友。行不多时,已到一条小小巷内,就把一间黑避觑的房子叩响,问一声:"可在家么?"早有一人应声而出。怎生模样?但见:

满脸堆来是笑，浑身妆就是俏；

出言甜似铺糖，作事利如张钧。

计穷墙上蜗牛，得志山中虎豹；

每从背后看来，但见肩窝过脑。

那人不是别个，正是那嫖赌行中，有名做领袖的张煊，绰号"热帮闲"的便是。张煊见是都飙到来，倒也不甚快乐。瞧见都飙身面上衣冠楚楚，竟不似上年光景，量来有些汁水，便将欢喜鬼面连忙抹下，带笑连躬兜袍大喏道："小弟久失请教，不知大官人到来，有失迎候，得罪，得罪！一向可得彩否？"都飙道："小弟自从别后，把贱姓都改了。"张煊道："大官人尊姓一向好的，如今又加之一改，更觉温和，更觉慷慨，有趣得紧。"都飙道："不是这姓。"便把出继根由细说一遍。

张煊道："原来如此。"叫小使："快快杀猪宰牛，与成大官人庆贺。"都飙道："这倒不敢扰兄，小弟带银在此。"张煊道："岂有此理，日常只是扰兄，今日到舍下，难道又扰兄？也罢，恭敬不如从命了。"双手接下银子，递与小使道："你将这银与小易牙，买些食物，说都大官人在此，就要接他同酌，还要他来安排哩。转身一发唤赛绵驹一同到来，陪大官人吃酒。"小使应声出门。

都飙默然无语，张煊欲待寻些笑谈说说，见都飙不乐，不敢多言，便问道："我看大兄遵颜，像是有些不乐，敢是为何？"都飙叹口气道："嗳，一言难尽。目下牢狱之灾，实是受用不过！"张煊惊道："甚么官事？"都飙道："也不为官事，也不为私事，恨只恨我家晚老子，请下一个先生，十分不知趣向，苦苦叫人读甚么书，每每的我对他讲道：'先生，你教书的只要馆谷罢了。'他却一毫不懂。张兄，瞒不得你，算来阿弟这人，要读些甚么书，写些甚么字？日日被他聒絮不过，烦恼得紧。故此今日特来兄处消遣，消遣。"

张煊道："怪得大官人不乐，这样不知趣的油嘴先生，一个戏法，直撮他九霄云外去

哩，不是趋承大官人，说你眼儿带秀心中巧，不读诗书也做官，读甚么书！不记得《论语》上说：'何必读书，然后为学。'这先生可是不读到这句的？不要睬他，不要睬他。"都飙道："张兄，你说的一个法儿，直弄他九霄云外，请问计将安出？"张煊道："大官人，你聪明人，不须细说，只须在令尊前，今日说他不讲书，明日嫌他不教字，后日说他不作文章，令尊决乎着恼，去见先生。那先生见你父亲到馆告舌，决定又加严紧，大官人仍前又是这等葬埋他，令尊决乎不信。大官人只捡海篇上难字、独脚虎的酒令、没对副的课联，终日撮些，将他盘问，他一时间自然还不出来，你便对令尊讲道：'先生字也不识，教孩儿读些甚么书籍？'只骗得令尊见信，他生意中人，自然把先生怠慢，那腐货自道一景，见东家相慢，管教不日辞去。只当拔去了眼中钉，岂不是好？"

都飙道："大兄所说极妙。但我老子又要另请，终久不是了局，如何是好？"张煊道："不难，别的先生还有肤面刚骨，假意要下请书，先讲束修，与你令尊，算来无缘。不若小弟一个朋友，与我极其相知，现是府学中生员。只因功名蹭蹬，连走十七八次科场，也不曾入得一次；便是岁考，累年定在四等。做人极其有趣，坐馆更是所长，不惟不论束修，只要寻得一年豆腐饭吃，就肯坐下。敬东翁如敬君王，待学生如待父母，随你舒畅，再不拘束。小弟若荐得这一个敝友到来，管取大官人开爽。"都飙道："若得他来便好。倘是不屑教诲，如何处之？"张煊道："大官人又来说笑！目今先生多如学生，钻得一个小小乡馆，也便是苍蝇见血，一哄都来，有的把成关酒半年前就摆，有的荐馆钱两月前就送，尚且轮不到手；况今大官人府上肥馆，争也争不到手，有个不来？"都飙喜道："千万要老兄在心。"

说话之间，酒肴已备，小易牙辈，总是向年赌友，不妨列坐。门外又有一人进来，但见：

扭捏身躯，温柔性格，声名已匹高唐，技艺不惭郢氏。木易草化真妙手，故人小撇是专门。

来者就是善于音律的赛绵驹。四人见毕，各各坐下。都飙道："今日蒙张大兄厚意，我等各宜痛饮，推辞者先罚一大觥。"张煊筛杯热酒，递与都飙道："借花献佛，就求大兄行个令，约束众人，如何？"都飙接过酒来，一气饮下，道："列位贤兄，小弟只取个如法罢，酒底只把自己绰号，串一偶语，不合式的，罚两大觥。小弟道起：

都白木，都白木，肚里原无半点墨，半点墨。可是行尸，应同走肉。从来嫖赌行中热，不惜黄金贱珠玉，贱珠玉。有日囊空，齐人妆束。"

小易牙等一齐道："好!"第二杯就该轮着赛绵驹。赛绵驹掇起酒杯，骨嘟饮下，想了一会，扯出一套道：

"赛绵驹，赛绵驹，肚里原无半句书，半句书。阳关三叠，一曲骊珠。后庭花果万千枝，皮场庙里多精致，多精致。赖有屯田，问津可据。"

都飙道："这也罢了，只是出口太迟，也要罚一杯。"绵驹道："酒是去不得了，情愿唱只曲儿当数。"都飙道："这也使得，便准折些也罢。"赛小唱道：

"论人生，男共女，匹阴阳，前对前，如何后宰门将来串？分开两片银盆股，抹上三分玉垂涎，尽力也筛将满，那里管三疼四痛，一谜价万喜千欢。"

赛绵驹唱毕，斟酒送与小易牙。小易牙道："我也拼得罚酒，只把脚册乱道与你们听：

‘小易牙，小易牙，身伴原无一技佳，一技佳。不惟煮水，且会烹茶。鱼头肉卤味堪夸，鹅汤鸭汁先尝着，先尝着。宾客余残，区区饱嚼。’"

都飙道："倒也通得。如今过令。"小易牙将酒送与张煊。张煊道："小弟道出家门，岂不有类签片？到今日方才恨杀当年取绰号那天杀的。也说不得，也要勉强完个故事。"把酒饮干道：

"热帮闲，热帮闲，手内原无半个钱，半个钱。全凭一嘴，赚尽人间。说无说有撒空拳，踢天弄井专行骗，专行骗。铁甲面皮，何愁缺欠。"

都飙道："偏独大兄说得不好，要罚三大杯。"张煊道："为何小弟该罚？"都飙道："你的本事，难道只会'马扁（骗合为骗字）'？还有那嫖赌二字，将欲瞒谁？"张煊道："嫖赌虽是在行些儿，却也难于名状，故此倒不说了。"都飙道："为何倒不以为名？"张煊道："大官人岂不晓得，孔夫子也道：博学而无所成名，又不道：大智若愚，大巧若拙，大功不赏，大名不扬。只因小弟嫖赌最惯，加之目下功夫大熟，故此难于名状，只索罚酒了。"都飙道："好花嘴，一向不见，越发会说天了。嫖赌行中，除了区区，数一数二，数到三、五百上，也还轮不着一个热帮闲影儿，今日一竟夸口到这田地，也忒煞油嘴！"张煊更加假意逞能，都飙只是不服。

两人正聒絮间，赛绵驹道："何必斗口，今日小弟在此，做个见证，大官人何不先将赌的手段，施展出来，把老张直头打下戏台，看他有何面目再见江东父老？"张煊道："我何惧哉！"都飙道："他身边没有现管，不与他赌。"张煊道："只你大官人有银？不敢欺说，如今的热帮闲，不是当年的人了！"小易牙道："又来卖嘴！不过老婆面上得了一、二百两银子，直恁的数黑论黄？若有现物，拿来看看。"张煊就拿出四、五锭真纹银子——都是预先吩咐小易牙挪借来的，又有许多低假金银首饰酒器，摆上一桌。赛绵驹伸舌道："果然话不虚传，热帮闲真发迹也！既如此，待我掌管筹码，现银打发，就此交锋。"

小易牙随即收过酒席，铺下绒单，搬出法物。都飙就将十两银子打下筹码。张煊道："有心见驾，十千勾得几掷？"都飙道："今日不带银子，岂可空手赊筹？"赛绵驹道："大官人又来见浅，却不道口响是钱。小弟放筹，料想大官人不亏小弟，赊筹又何妨哉？"连忙又送过三十千筹码。张煊也打五、六十千。小易牙道："我也来买十来千，做个搭盆耍子。"

四人周围坐下，放开骰子，呼红喝六，叫喊连天。张煊假卖破绽，挫些眼色，不多儿注，将自己筹码尽行输在都飙面前；兼之小易牙又输，竟把个都飙面前，堆做山高的筹码。都飙满心欢喜，极口夸强。张煊手中一筹也无，还要讨掷。都飙道："好个博学无所成名的相识筹都没有，还要来掷？"张煊道："胜负兵家常事，那里怕得许多？热帮闲要是这等输去，少也还有二十多场好赌，结末还有个妻子底装，拼得输了，与你贴个枕头相送。"便又将些假物押筹。赛、小故意憎嫌道："那里值得许多？你赢不必说，多分又是大官人赢了，我掌筹要兑出雪花样的银子来，不当耍处。"张煊道："又来嚼舌！放顺溜些，该有三十千买，只打二十千罢。"

有了筹码，复手又掷。都飙还道是前番爽快，那知张煊换了肚肠，放出辣手，起落之

间，眼挫里换下一付药色。也不知是甚么大小面，夹板、吊角、钻铅、灌水之类，加之钳红坐绿，在张煊那一些儿不会？在都飙又那一件儿不吃？更兼赛绵驹代开筹码，若见张煊赢了，假意要强捉个头，张煊趁手一夺，赛小便趁手灌下一把大筹，算来就是无数。俗话叫做灌水。只这起骰、灌水二法，也说不尽其中新旧奥妙，从来也不知断送了多少真真豪杰。那怕你这个都飙？眼见得输做干干净净，小易牙又将些美言粉饰道："这一通不过酒头快，大官人不要惧他，只多打些筹码，叫做肚饱稍宽，他就是好马，也须跑乏。"都飙不肯伏输，真个似金弹子打灰堆——去一个，没一个，出一注，输一注。

稍管已完，立起身道："今日倦怠，兴致不高，以致暂蹶霜啼，明日多带些银子，定与你见个高低。"张煊收起筹来会银，赛绵驹代为挑起，都飙只得将些金簪、金戒子、剔牙之类做个色头，辞归。

张煊三人即将赢的现银，一十余两分讫，再定下许多诡计，准备次日临场。后来都飙果不出三人之范，只一个来月，兼嫖带赌，产业卖去十分之三。街坊上人人晓得，只瞒过成珪夫妇不知。真个风卷残云，雪消春水，早动了家下一人之心，另又生出一段文字。

且听下回分解。

总评：

描写处种种逼肖。

第十二回　石佛庵波斯回首　普度院地藏延宝

引首《战国策》"冯谖为孟尝营窟"

　　冯谖为孟尝取责于薛。曰："责毕，何市而返？"田文曰："视吾家所寡者。"谖之薛，召诸当责者悉来，乃矫命以责诸民焚其券，民称万岁。归以语文，文不悦。后文遭谪，就国于薛，民迎遮道。文曰："冯先生为市义，今日见之矣。"谖曰："臣闻兔有三窟，仅得免死耳，今日一窟，当更营其二。"当为相数十年而无祸者，谖之力也。

评：

　　孟尝食客三千，微冯谖谁营三窟？都婆孽盈十百，无熊氏安返三魂？遇之不遇，不遇之遇，大率如是。

　　却说都飙用热帮闲计策，镇日在父亲跟前，把先生憎长嫌短，果然那成员外耳软，不审来由，便把旧师辞去。正欲另延一位，适有张煊拜谒，不叙别事，单把杭城先生比高较下，褒贬一番，然后说到自己身上，道："闻得宅上要请西席，小子特来晋谒。因有个相知朋友……"怎的，怎的赞上一通。成老原不在行，听见说是府学朋友，一定好的，况兼修仪出口又轻，礼貌说来又好，一说便允。

　　另日请至家间，果然如张煊所说，莫怪他腹中不济，原来也是个光棍出身。滥冒青衿名色，实是积年"马扁"。姓裘名屹，表字文盖。

　　都飙自从这个裘屹先生，莫说学业渐进，且是师生相得。却嫌家下烦杂，便移馆在西湖庄上，每日嫖赌等情，那件没有？亏得裘先生荐头，又添上一个新友，姓詹名直口，独有

变卖行中，一发即溜，都飘凡有缺乏，即便谋之于詹，无不应手。此最为得力之益友也。原来这詹直口，就是上年替熊阴阳讨翠苔做中的，故此与熊阴阳最熟，别人前尽是隐瞒，惟老熊处每每露出些消息。

一日，老熊闻得女儿有病，便来探望，见过院君，竟进女儿寝室。熊二娘见父亲到来，便迎接道："不知爹爹到来，有失迎候。母亲可好么？"熊老道："母亲虑你不健，特着我来探你。可健了否？"熊二娘道："论儿身中，颇无不快，但不知因甚每每不乐。"熊老道："儿在此间，不愁你无衣食，忧他则甚？"熊二娘道："爹爹有所不知，只吃我家员外，把大娘忒尊奉过了限。上年依大娘说，承继都家大官回来，已不是了；目下又听了大娘法令，把产业尽数分开，与冷布袋一股，都大官二股，其余剩得些须，俱非实产。我想大事已去，再难挽回，日后不测，如何是好？"

熊老道："是了，是了。我道成员外也还未穷，怎么将产业托着内侄变卖，原来分了与他！"二娘道："有这等事？我道此人虽不务实，或者父亲死后不能保守，原来目今变卖，如何勾他消费？爹爹，你那里听来？"熊老道："就是隔壁那詹直口，与一个做闲汉的热帮闲，又有甚么小易牙、赛绵驹、裴屹秀才，一班儿朝朝饮酒，夜夜宿娼，把银子土块相似，只怕那些产业，卖得七打八哩！难道员外、院君，一毫也不晓得？"二娘道："那里晓得！当时管事的是成茂，此人忠心忠义，收租讨账，一毫不苟。自从逃走了翠苔，老院君不知怎的倒怪了成茂，另用了成华。这人向来油滑，必是通同作弊。成华既肯隐瞒，两老何从而知？"

熊老叹息道："唉！成员外辛苦一世，争来与他恁般撒漫，也不是个长策。我和他既在亲中，又是好友，与他说知才是。"二娘道："爹爹。你若去说，也不为功；不说也不为过。女儿想来不说也罢。"熊老道："我儿，说与不说，俱系小事，你只盘盘泪下，敢是何意？"二娘道："女儿既与成员外一家，自然休戚相关，何忍见着恁般事体？况员外、院君待我极好，他两人朝不保暮，设有不虞，凡百尽归他手，这样一个浪子，谅来保得几时家业？望他膳养，多是不稳，后来日子正长，想起怎不垂泪！"熊老道："凡事还有老父在此，你也不必过忧。"

二娘道："论爹爹处，自然可以栖身，女儿想来不是终身之策。儿有一算，思之极熟，但只可惜没个好的去处。"熊老道："我儿，要寻甚么好处？终不然想改嫁？"二娘道："非也。儿念身生于世，形体不全，命运薄劣，究竟都是前生罪孽，以致今生如是；今生若再错过，来生又当何如？不若及早回头，剃发为尼，博得清静度日，上可以报答养育之恩，下可以完就衣食之虑。只怕世间庵观俱是酒肉法门、贪淫家法，倘是名教不正，不惟玷辱家

门，抑且有违清课。怎生访得一所真诚庵观便好。"熊老道："我儿此言极是。你既无夫妇之念，又没子女之累，出家一说，极为相宜。待我与成员外再行计议。"

熊老与二娘来到堂前，成珪留住待饭。熊老对成珪道："小女适间与在下说，多蒙员外、院君相爱，情逾骨肉，在下十分感激。但他孩儿们立了一个小见，教在下也难主持，不识员外、院君尊意肯否？"成珪道："令爱有何吩咐？"都氏道："二娘有语，只与我说就是，何必对令尊讲。"熊老道："不是小女有甚不足，他单道自己命中薄劣，八字偃蹇，目今蒙员外、院君荫庇，只恐后事难卜，故此有志披缁，无情傅粉，将欲剃发为尼，寻个修行去路。一可以忏已往之愆尤，兼佑员外、院君之福祉。在下颇然其说，但不知二位意下如何？"

成珪道："嗄，原来有此善念！我想起来，他虽无所出，亦应老死香闺。嗳，我年已老，多分管他不完，反为不便，既有此心，亦是好事，不知院君意下如何？"都氏道："二娘子虽是无儿，与老身极其相得，向在家中，情同姐妹，得他在家，老身也有个陪伴。他今举了此意，决是难留，我实割舍不得！只待老身过世后，任你出家，也未为迟。"二娘道："多蒙院君相留，妾固不当违命；但道念一生，惟恨皈依日晚，在家混俗，不无尘事所关。切忆身为废人而不回心向道，惟恐当来之世，望此废形而不可得，那时悔之晚矣。惟员外、院君发慈悲心，行方便事，舍此微躯，周其衣食，使妾得日向佛前忏悔，祈保员外、院君多福多寿，妾之愿也。乞二位裁之。"

都氏挥泪道："这样讲来，二娘子你真舍得我去？也罢，你意已决，岂敢相强，其后供养所需，俱是老身措办。"成珪道："你只管僧帽、鞋衣罢了，道粮之费，我就听起水田十亩与他，生别膳养，死为殡殓，也见你我情分。"都氏道："这才是理。"二娘子再三感谢。

成珪问道："二娘，还要在那里出家？"二娘道："正要员外与老父眼同觅一好处才妙。"成珪道："和尚家，我到时常相处几个；那尼姑们，只院君不放进门，我却一处也不晓得。闻有几座尼庵，说道里边有若干女众，不论老少，不计其数，从幼含花女儿出家的都有。不知怎的，不拘在山在市，都把个门儿镇日里紧紧关闭，日日又有道粮，并不出门抄化，我想这班都是真正好尼姑庵了。"

熊老道："员外，你真是个老实人，岂不晓得古人说：'僧敲月下门'，正为那关的，所以要去敲。里边专一吃荤吃酒，千奇百怪，胜似男人，无所不为，无所不做。还养得好光头滑脑梓童帝君相似的小官，把来剃了头发，扮做尼姑，又把那壮年和尚放在夹壁弄里。有人来时，只做念佛看经，没人来时，一味饮酒取乐。甚至假修佛会，广延在城在郭缙绅、士

庶之夫人、小姐及人家闺女、孤孀到于庵内，修斋念佛，不许男客往来。有那等不信的小伙子、恶少年要去看妇女、乱法会，又有那等开眼孔，假慈悲的举人、进士、乡宦们，有血沥沥的护法告示当门遍挂，你道谁敢再来多嘴？那些妇女们挨到黄昏夜静，以为女众庵中不妨宿下，其家中父亲、丈夫也不介意。谁知上得床时，便放出那一班饿鬼相似的秃驴来，各人造化，不论老小，受用一个。那粉孩儿样的假尼姑，日间已就陪着一位夫人、小姐、晚来伴寝，是不必说。其内妇人之中，有些贞烈性的，也只插翅难飞，没奈何，吃这一番亏苦，已是打个闷将，下次决不再来，惟恐玷了声名，到底不敢在丈夫跟前说出，那为丈夫的也到底再悟不透。及至那等好淫的妇人，或是久旷的孤孀，自从吃着这般滋味，已后竟把尼庵认为乐地，遭遭念佛，日日来歇，与和尚们弄出妊孕，倒对丈夫说是佛力浩大，保佑我出喜了。你道那班为父、为夫的，若能知些风声，岂不活活羞杀？故此在下说，极可恶是那关门的尼姑哩。"

都氏道："熊老伯为何晓得许多委曲；难道果有这们事体？"熊老道："这些事，是我们明理的方才晓得，那仕途赃坏与那民间俗子，谁知这段缘故！"成珪道："仕途上那班狗男女等，他这样才叫做男盗女娼。但是那为尼的，舍己之田而肯使耘人之田，恐亦无此不妒之尼？"熊老道："员外执见甚腐。他做佛会，一月不过十次，其余日子，俱是尼姑独占。况且那等来从帐的妇人，吃着这般美味，回家罄其所有将来布施，正叫做酒池肉林、色渊财薮，岂不是普利道场、无遮大会？"

成公成婆不觉大笑，熊二娘合掌道："阿弥陀佛，孩儿未有片香及于佛门，爹爹恁般谤佛，皆是儿之罪也。"熊老脸红道："这是因话说话，有甚罪果？"成珪道："闲事休题。老丈洞察其中之利弊，必能悉知其中之真伪。趁早定夺一处，以便择日行事。"熊老道："若要假至诚的，倒也颇有；若要真诚去处，其实罕有。只闻西湖南山有一所小小茅庵，不多几众尼僧，自耕自食，不善扳缘，奉侍一尊古佛，却是石头凿成，因此叫做石佛庵。庵里住持法名妙音，此尼年过六旬，颇有德行。只怕山路崎岖，来往不便。我儿可也中意否？"二娘道："儿所嫌者，正是近城市的去处。那深山僻坞，正好修行、念佛的妙境。只待员外去看一遭，便知端的。"

熊阴阳归家，说与妻子知道，熊妈妈亦不相阻。次日，熊老邀同成珪，竟去石佛庵随喜。行走之间，已是本庵门首。但见：

石径逶迤，溪流曲折。老木牙树，鸣几般古怪幽禽；峻峰巅，结无数绵缠藤葛。不闻鸡犬，惟余隐隐钟声；未见茅篱，只有微微烟火。白云云逮笼禅宇，紫竹阴森护梵宫。

二人抄转竹篱，又渡过一条独木板桥，来到庵前。见一个粗丑老尼出来汲水，二人打个问讯道："妙音师父在家么？"老尼答道："家师礼忏方完，正是止静时候。善人方丈请坐，待小尼通报，以便相迎。"熊老道："你只对妙音师父说，就是城中做阴阳生的熊老爹，见他有话。"老尼道："我道有些面善，原来就是熊先生。多时不见，便不认得了。此位员外上姓？"熊老道："便是我家前街开解库的成员外，你难道也不晓得？"

老尼道："哦，是了，我记得十来年前，跟随家师同化月米，正来到你们前街一所解库里募化，想就是这位员外，将些钱米出来，只见一位长长大大的院君，虎也似的骂将出来，把这员外拖翻进去。惊得我师徒走也不迭，正不知甚么缘故。敢问员外，可是令堂太夫人么？"成珪道："惶愧！便是我家老妻。常是如此，那里作得正经！"老尼道："怪得恁般后生，我道这院君那得偌大儿子。二位坐下，待我唤师父来。"

妙音闻知，即忙出迎，叫备茶饭。二人把所事从头说了一遍，妙音不胜之喜，更闻有田赔堂，岂不中意？满面堆笑道："怪得夜来梦见一位金色身的罗汉降临，原来应在宅上。我倒不知熊先生的姑娘嫁与成员外，弟子许久不入城来，不曾奉贺；如今既要出家，实是美事。佛罗佛，他本是个娇美女姑，又嫁作富家娘子，怎挨得我这里黄齑淡饭？"熊老道："小女极不在此的。"成珪道："师太不必记挂，凡百小菜之类，在下不时送来。况且这位二娘与我家老伴儿甚是相得，若一来时，只老妻送的小食，也够众位食用。"

妙音道："如此甚好。员外曾择日否？"成珪道："尚未。"妙音道："我有本历日在此，就请熊先生择个日子，待弟子好备斋供。"熊老择道："明日算来做不迭，后日又是丁日，彭祖忌丁不剃头，看来只有初八日上好，又差是个绝日。"成珪道："绝日不好，另看个罢。"妙音道："不妨，所喜的是这绝日。我等出家人不比俗家做事；况净头之意，正要意绝、心绝、情绝、欲绝，才是出家本色，买也买不个四离四绝的日子，正妙得紧。"成珪道："这也有理。的于这日，我等齐齐送来。"

妙音请二人斋饭毕，二人别归，已有半晚半景。正行间，只听得背后簌簌的响，熊老道："山深路僻，甚么走响？"成珪连忙回头一看，原来便是成华。熊老问道："你可来迎接

么?"成华道:"迎接到不早上来了,饿死我也。"成珪道:"为何早上到来,在此受饿?"成华骨嘟张嘴道:"老员外做人诚实些,也免得院君相疑,又免得我们缉捕。偏我晦气,轮着今日远差,饭也没处买吃。"成珪道:"院君一发这般心细。"熊老道:"今日倒怪不得,倘是有像我说的那等师姑,免不得你要偷摸,这缉捕必不可少,只难为了成华大官。幸喜适才收得几个烧饼在此,权且送你充饥。"

说话之间,已到家下。成华先进,覆了院君,只当消了一张牌票。都氏闻得尼姑个个老丑,心下十分放落,道:"既如此,日后来往,不必虑了。"随即别设酒席,款待老熊。不在话下。

不数日,初八已至,都氏接了熊老夫妻、周家父子,自己与何院君、熊二娘子一干女眷,轿子先行。成华挑了素食果品,成茂挑了僧鞋、衣帽,并二娘随行什物,众男客一齐来到石佛庵中。妙音便将香烛、佛像、花供、纸马铺设停当,等得一行人到,即便敲钟打鼓。众人拜佛毕,走过一班村村悄悄的尼姑,俱来问讯,茶罢,一齐念动观音经、药师忏,真言咒语,就请熊二娘参佛。

二娘随着妙音,遍拜如来、文殊、诸天罗汉、弥勒准提、金刚韦驮、伽蓝等神,已毕,成珪将请妙音登座,着熊氏合掌顶礼,以求受记。都氏送上香信礼物,老熊送上剃头金刀。妙音即将三皈五戒,逐一讲完,便取名道:"本庵法名,向以'色即是空'四字为则,如前岁收的几个小徒,乃'色'字头,故有色玉、色昙、色块、色胆、色精等辈;次年该'即'字贯首,故有即溜、即头、即进、即出等辈;旧年轮该'是'字打头,有了是心、是物、是作、是受四人;今年该'空'字取名,已有了两个师兄,叫做空幢、空准,你便取做空趣罢。趣者,趋也。我和你出家人正该游心于淡泊,移志于空虚,乃是人道正途,故此取个'空趣'二字。列位员外、院君以为何如?"周、成、熊三老都称赞道:"好。"

妙音即将剪刀剪下长发,递与熊老,熊老呜呜咽咽的接了头发。二娘早已剃做乍光光的模样,穿上法衣,霎时变做一个尼姑。妙音又教空趣参了三宝圣贤,又拜谢各位眷属,吃完斋筵等情,日已西坠,一行人各返家门,不在话下。

只空趣独留佛舍,妙音师好生温存教谕,宛款传授,不一月内,空趣师经卷竟识,禅理大通。熊先生不时来望,都院君日日送斋。只一个空趣到庵,庵中兴旺大半,远近僧家谁不觊觎?内中也有游花僧人,只道成员外的小老婆出家,不知怎生丰彩,往往走来摩揣,又从人头讨着了个实打实的风声,都不来了。况空趣原厌世情,连家中往来一应谢绝,只做自己实在功夫。看看过了三四个月,胸中朗然开悟,豁达洞彻,遇事即明,无机不解,每每合眼参禅,俱是法音天鼓,一竟的头头是道,步步生莲。

一日课诵之暇,向禅床上跏趺而坐。未一炷香,早见一个胖大野僧到来。生得古怪,《蝶恋花》为证:

> 细眼长眉只是笑,阔口方颐,耳大双环套。胖矮横身三尺料,斗来大肚深深窍。一棵大念珠颗粒少,布囊并不盛钱钞。醉态酩酊颠又倒,满腔乐事无烦恼。

空趣见这僧人来得较近,忙欲起身来迎。只见那僧甚没体统,倚着副醉醺醺的面孔,直到床前。也不忌些体面,嬉开张阔嘴,把酒气直喷出来。空趣躲避不迭,早被那僧一把搂住,道:"你也忒煞没答撒也,撇我许久,还不念着我哩!"空趣是个女众,一时慌做一团,那里争斗得脱?那僧又伸只手向空趣裈裆里摸入,空趣抵死掩住。那僧道:"你还不识这里边妙趣哩,足见你没答撒也!"说了又笑,笑了又说。空趣忍不住无名之火,高声大骂道:"这无知野僧,何来兽秃,辄敢如此没礼!"连声的叫唤,隔壁尼姑一个也不到来。空趣暗想道:"我道这庵实是好去处了,原来也有此等淫僧,走来乱戒!众尼都不敢应,可是师父卖幸么?"那僧只是狂笑,便把手中念珠舞动,歌道:

> "波斯那,波斯那,此时不归奈尔何?灵山久离事蹉跎,好将尘土濯清波。
>
> 忍不住也笑呵呵,忍不住笑呵呵。"

念毕,忽然不见。空趣悟道:"此僧临去数言,大觉不俗,谅非寻常等辈,可速赶他转来。"遂纵身一跑,不觉在房门上"蹬"地磕上一头,昏晕于地。房外众尼听得,大惊小怪,只道有贼,连忙掌灯进房。只见空趣昏倒于地。救了一个更次方得醒,口中还说:"可惜!"

众尼不知就里,再三叫问,方回复道:"我做梦,还是非梦?不是你们叫转,又免我做半夜的大梦。"众尼摸不头着,只把空趣仍扛上床坐了,问其备细。空趣把梦中所见细说一遍。众尼道:"这岂不是弥勒尊者现相?"空趣连声叫:"像!"忙出山门,把本庵弥勒一看,空趣拍手道:"是了,是了。你这老骚精,你倚在清中笑我浊汉,只问你坐在此间何干?我今日已不被你笑了也!"

妙音忙问道:"贤徒莫非痴了?"空趣道:"师父,我的痴既非一朝,今日脱然已愈,只是你的痴何日为了？我也顾不得你们，早早别你去也。"妙音道："你要何处去？"空趣道："师父，你岂不知世俗谈禅，也会答你个'原从何处来'五字么？弟子不是戏言，若非弥勒道兄指引，几堕轮回矣。一生幻梦，今日始觉本来面目，却与弥勒尊者相等，乃如来之高弟，别号波斯达那尊者，职居罗汉之位，号有尊者之称。不合于往昔因中，共临人王法会，瞥见尘世风光，动了思凡之念。如来怜我若到尘凡，必以垂成之果，堕落膻秽；如不遂此歹念，恐道心因兹而日蛊。故送我转轮殿前，不付宰官之职，不全男女之形，使完璞不琢，全体不沦。幸已转入佛门，了明心性，岂可久于人世哉？今日回首西归，颇无牵挂之事。只一件未完之局，尚累于心，待到冥司跟前讨个信罢？烦师父与我香汤沐浴则个。"

妙音一面着人通报成家，一面备汤与空趣。洗浴毕，遍辞诸佛圣像，别了妙音众尼，即命取纸笔来，先将前弥勒偈语，先写出了，然后自留一偈云：

> 当年一念误，已入轮回簿。幸蒙佛祖最相怜，生我非男复非妇。咦！假饶
> 长就好皮囊，今朝几失西来路。

写毕，便将袈裟穿了，跏坐禅床，自此闭目，再不开口。众尼见他忽然会动笔写字，十分惊骇。

正喧嚷间，成、熊二家俱到。空趣默默不语，众人问亦不答。妙音将写的偈语出来，众人无不称异。妙音道："空趣师原系波斯达那尊者，我等俱宜列拜，不可仍作亲属目之。"

众人依言，一齐拜下。只听得仙乐铿锵，仪伏罗列，回头看时，只见空趣已坐云端之上，与众人拱手作别，随着一班幢幡宝盖，冉冉而去。众人极目瞻望，半晌渐渐不见，再看禅床之上，早已瞑目而逝。

熊老夫妻忍不住的啼哭，成珪、都氏俱亦盈盈泪下。妙音劝道："令爱已回首西归，大道就矣。古人说：'一子出家，九族升天。'今一人成佛，岂不彼此受益！正该庆贺，不必悲伤，只是念佛相送极好。"众人齐声念佛，众尼齐声诵经。妙音设下斋筵，祭奠一番，然后将自己的龛子，盛置了当，率众徒弟抬到山后，平坦去处，放起一把三昧之火，念动真言咒语，敲动铮铃鼓钹相送。烧炼已毕，即将骨殖拾起，欲置普同塔内。成珪道："空趣师既成正果，不当混入流品，老朽当独建一塔以贮之。"另日建塔，不在话下。那时事完归来，邻居街坊无不称异。

再说波斯达那尊者，自从离却皮囊，随着一行乐从，不往天堂而去，亦不往西土而行，一径打从冥府进发。腾腾冉冉，不则一时，行过了几多渺茫去处，才入鬼门关来。一路自有那无数鬼王迎接，至如枉死城、刀山狱、黑暗狱、孽镜台、抽肠所、拔舌厅、油锅局、变相局，种种有司去处，俱有值日鬼卒、承行判官，俱来参迎。看看来到一个殿庭左侧，只见雕栏画栋，屋脊刺天。波斯正待开口相问，却有持幡童子，向前报道："禀上尊者，此间已是森罗殿了。请尊者升阶。"

阶下鬼卒远见幡幢到来，即忙报于十王。十王便齐齐下阶出迎。且将十王圣号书后：

一殿初江大王　　二殿秦广大王
三殿宋帝大王　　四殿五关大王
五殿阎罗大王　　六殿变成大王
七殿泰山府君　　八殿平等大王
九殿都市大王　　十殿转轮大王

波斯升殿，逊十王在上，便行弟子之礼，十王断不肯受，波斯道："非是释弟足恭，实缘尘相未脱，想在世不无暗中之错、不知之愆，虽圣人且不能免，况释弟生而愚昧，晚谙戒律，岂能秋毫无犯乎？倘有过恶，乞十位殿下明以教我，庶使省心修德，少忏万一，然后于转轮大王处，觅取本来面目，以图西归。那时便僭个客礼，未为迟也。"十王道："本当即备銮舆相送，但所示极是，尽可以风化鬼律。快着各部曹官，即将波斯达那尊者，在世罪案，立时呈明，以便施行。"

少顷，走过一伙狰狰狞狞的部曹到来，逐一禀道："殿下食，禄判官谨覆：查得波斯在世，饮食不忌，其未出家时，往往啖荤茹酒。姑念非其有意求谋，不过随缘饮食，按律无罪。出家数月，食行颇优。启上慈王，理宜旌奖。"又一员禀道："殿下，司衣判官谨禀：查得波斯在世，颇无织作之劳，每衣绮罗之服，但能安其所分，不系强求，按律无罪。然其佩服爱惜，深知蚕妇之苦。启上慈王，理宜旌奖。"

又一员禀道："殿下司酒色财气判官谨禀：查得波斯在世，既无困酒之愆，且乏沉色之孽，无财而不贪财，遇气而不竞气，四般无着，德行可风。启上慈王，理宜旌奖。"又一员禀道："殿下司生命判官谨禀：查得波斯在世，闺阁终身，未尝手刃一生、亲殄一物，虽行住坐卧之际，致损昆虫蚤虱之属，亦是举世同情，难于据律，姑念无心，合行赦免。"

十王道："吾师终是佛力浩大，且喜诸孽半些不染。请到转轮殿中，携取旧相，以便西归。"波斯道："释弟见各位曹官可称英才具足，怎不见嗣部吏典？岂冥司亦缺此例耶？"十王道："吾师是何言也！敝役以吾师未经生育，料无此孽，故不前耳，岂有缺之之理乎？"波斯道："殿前既有，不识可一见否？"十王应诺，即唤嗣部判官过来谒见。

波斯问道："释弟请尔无他，只缘生前一件未了之事，欲托足下一查：不识阳世成珪，其妻都氏，此二人者，尔嗣录中，可有子女分否？"那官即将手中簿子查上一遍，覆道："启上尊者，成珪命犯妒星，妻宫最多酸意，都氏命惟孤宿，子宫极是辛艰。此二人者，法当绝嗣。"

波斯垂泪道："释弟之所以问尊官者，正以成氏无嗣故耳！弟子未问时尚在妄想，今见簿中注定，如何是好！"不觉抚膺痛哭，意在十王来问，便可进言，谁知十王一毫不理，那判官也竟公然去了。波斯见计不就，只得把判官一把拖住道："足下以慈悲法力，为祭祀司主，倘有释弟薄面，为彼添取一笔，延此垂危之系，慰弟报补之心，不识尊者肯否？"那曹官把双铜铃似的豹眼一竖，道："佛家弟子，怎的不知法纪！"不答而去。

班中又突出一员判官道："转轮王案前司礼判官，谨启十位大王案下：佛门戒律，惟以割情；冥府宪章，首严私谒。波斯历世既满，理宜返驾西归，本曹自应措办乐从。奈彼俗思尚浓，私干不惮，既违佛祖之模，又乱冥君之典，若非罗汉，罪极不宥。倘欲复其旧体，送之西归，不惟有悖佛王，抑且多乖冥律。以臣度之，窃为不可。"波斯听这一席话，吓得遍体麻战，声声讨饶。

十王正犹豫间，忽有鬼卒报道："地藏金旨，专请波斯尊者一叙，立候，立候。"波斯道："正欲往谒，又辱宠招，就此暂别。"众王即差鬼童四名护送，竟往地狱城边进发。

不多时，远远见所殿宇，上有金书朱匾，题着三个大字道"普度院"。鬼使先进通报。

少时，一位院主出来迎接。但见：

头带一项五佛朱冠，手执一杆九环锡杖。左有道明法师，左有大辨长者。

阶前善听恒随，座右冥灯常点。只因曾发洪慈愿，直到而今未返西。

这位便是幽冥教主、慈悲地藏王菩萨，见波斯到来，即便下阶相迎。波斯上殿，执弟子之礼参见。地藏再三不受，问道："尊者尘行既满，合应更体西归，为何犹乊带凡胎，以迟归旆？"波斯道："弟子以愚蒙之质，逾越法规。多蒙佛祖见怜，幸得不沉欲海，虽皈尼舍，尚没爱河。不亏弥勒道兄引示，何能得拜慈颜？"地藏笑道："尊者但知弥勒引示，不知老衲之意也。你道弥勒那人一味好饮米汁，而以嬉笑为事，能把尊者在心否？其来引示，正愚意也。昨闻法驾已至，料应不日西归，特屈法音少叙数日，以谈西域近事，尘世讹风，不识有可言否？"

波斯谢毕，道："西方近事，尚在未知，只有尘世讹谈，大小凡有五节，甚为疑惑，正欲向教主一决，幸蒙垂间，敢不悉陈？可笑有等愚妇老妪、痴尼蠢释，每说目莲尊者，当年开狱之后，放出鬼魂亿万。其后教主又着目莲转世，化为黄巢作乱，杀人八百万，血流三千里。此是疑之一也。又道教主之目终年是闭，直至每年七月内，若逢大月，三十日开得一目，若是月小，终年不开。以为七月大，孽鬼少，教主忍见；七月小，孽鬼多，教主怪他，故不肯开眼一看。教主只此时已开了半目，难道终年闭目的？地藏可是另有一位么？这是疑之二也。

又道人家已故宗祖，俱系地府狱中，至每年七月十五日，人间僧舍，尽做盂兰佛会，冥主将那鬼魂，不论新旧，已发觉、未发觉、已结证、未结证，于十三日一齐放出，至十七日一齐收回，至使其子孙有接祖送祖之风。我想宗祖有魂，应在子孙家中，其子孙顺时致祭，颇为近理，而其接送之说，请问何处送接来，何处送去？设或仍归狱中，四方岂无亿兆万数，其司狱鬼吏何许神明，能不逃失一个？若有此事，教主定知。此疑之三也。

又有一等无稽之徒，自言冥司判官，能知地府事迹、人之寿夭，皆我掌握所司，遇有不起之疾，问之能为斡旋，只要烧些金银纸锭，即能起死回生，然后受谢。甚至管辖不一，有司财判官，可以致人之富；司禄判官，可以致人之贵；司子判官，可以续人之嗣。事验之后，议谢真银若干。凡世愚民，往往奉之如父，敬之如神，所祈之事，验否相半。我想人间

滑吏，尚不敢直以公务泄漏，岂冥司法纪怎的森严，而用阳人为吏，已出不解；复使擅泄机关，又且因之觅利，言称梦中将来送与阎罗天子。

我想阎罗用这一班过龙的滑吏，搜索至于阳间，他在阴府一发不知怎的贪赃？教主参于十殿之列，亦必知其情伪，必能革除，今而视为公行。此亦疑之四也。又见阳间神像，塑出冥司形象，凡着判官，都是落腮胡子，小鬼俱是蓝靛身躯，勾人便是无常，兵健定是猛汉，无常身着孝衣，长过丈二，牛头真是牛形，马面果是马相。我今及至地府，并不见牛马面貌，亦没有无常形迹，鬼判俱与阳世吏书相等。此亦疑之五也。请教主剖之。"

地藏呵呵地笑道："我道阳间定多奇异笑府，今果然矣。且逐段解于尊者听来：当年目莲救母放鬼之事，原不谬传，乃是冥帝好生之变局耳。罪魂多积，狱讼繁兴，不论已结未结，俱是重大孽鬼。阎罗体大慈之心，尽欲赦免，使之革故鼎新，奈其罪孽深重，不可平白放去，故此假手于彼，虚称误放。地狱一清，天界、冥司，无不欢咏。实慈悲好生之本意也。在狱孽鬼，尚欲释之，岂有无罪平民，使化为黄巢而杀之耶？虽至愚，亦易明也。不过治极生乱，天降灾横，假此凶酷，以毒兆民，正天地盈亏，春生秋杀之义也。若言杀命抵命，黄巢几多性命？

若言放鬼、杀鬼，何似不放此鬼？必是何物书生，舞弄笔头，妄捏杂剧，借立墙壁，以欺愚昧者。何难见哉！闭目一事，亦是愚僧讹语。吾以普度之心，欲四大部洲之内，阎浮世界之中，人人为善，个个作佛，竟生西土，不入地府。以至一十八层地狱之鬼，三五十般受刑之魂，皆欲其回心向佛，以生西方。吾故谆谆念念，历遍地府，期复前愿，恨不能替得此等鬼魂，受完苦恼，皈心向道，以靖斯狱，尽化为九品莲台，少遂吾愿耳。今者去少来多，已是十分着意，再有何等傲肠，不屑开眼一视？若言不忍之心，而故眛其目，又何能故忍此心，使我不见不闻，使彼受疼受痛？

闭目之说，本系戏语，愚人执以为真，固不足怪；特恨以七月大小为开闭之验，则讹抑甚矣。尊者将此二段作笑谱看可也。祖宗祭祀，是子孙报本之心；地狱放收，亦教主劝善之戒。岂人无善恶，一例置之狱中。宁罪乏重轻，而概久于泉下耶？成神成佛，托生受苦，总是四散居多，而其子孙又安知其祖先之存与否也？假令有生有死，生者不久于世，死者世代在狱，则此地狱将统三界而成，尚难容其万一，何十八层而足也？但孝子只顺时而祭，毋以无地狱，故而竟亡其祖先，亦毋以有地狱，故而过虑其祖先，随乡逐流，如是已而。若判官之事，冥中岂乏鬼之董狐？即孔门之弟，历代之英，俱来为王为宰，岂乏美才，

而用区区村蠡之辈、田野之夫，以承生死之重务耶？不过哺啜之徒，鼓唇掉舌，为衣食计，妄言祸福，尽不晓冥府真情，似亦劝人一法。故吾冥王，虽在熟知，亦未加祸，若言斯人真是判官，即于觅利可知也已。人间神像，自上古设俑以来，妍媸已判，但地狱变形，乃吴道子幻中拈出，以警世人作孽故。谁知酷吏肖此苛刑，以毒黎庶，一味贿赂，岂非突睛竖发之鬼吏耶？要知道子作画，原从阳世临摹，但借阳世丑态，以为地狱榜样。

且如阳世吏书，狠索银钱，不顾贫民生死，即与塑的鬼判何异？皂甲苛求分例，一味喝五呓三，造言生事，面是背非，有钱则满面春风，无钱则面青眼突，实牛马而襟裾，又与塑的牛头马面何异？只可惜多与一副人形耳。冥府勾人，原有旧役一名，唤为磷伫。此人生相长大，世人不识，呼为无常，殊不知无常者，辞语也，岂有是人姓无而名常者乎！刚又无常，而即克勾人者乎？不过言人生于世，如隙中之驹，石中之火，梦中之身，光景极短，故曰无常。若磷伫可唤无常，何独土地不可名为'有短'哉？地府固无此等胥役。总之作善事则地狱亦人间，作恶孽则人间是地狱，何疑惑之有！"

波斯躬身作礼道："善哉，善哉，非教主之智慧，其孰能破此迷阵耶？信乎诸孽皆由自致而然。譬如弟子以罗汉身，一念妄动，遂有千般苦恼，随即汰浊淘污，尤夕带俗缘尘虑。适蒙十殿王官，考我生平，颇无罪案，却缘解脱未纯，不合对嗣部判官，倩查夫家后胤，曹官回言无嗣，其方恳彼用情，那官怫然不允。早动了转轮部下一员官典，劾某以私冥府，上违佛训，下乱冥规，未容西返。切思夫家二老，待某恩遇颇隆，而求嗣之衷，殷殷可悯，愧无尺寸相酬，将欲以途次之便，为彼赞襄，少酬万一。奚料不得报恩，反蒙黜逐。弟子不复本相，特此故耳。"

地藏道："原来尊者因此之故。转轮何得如此胶执？明日我去见他，即当给还本相。这事极易，尊者宽怀。"波斯道："弟子又何亟于西域？转轮不给本相，部曹不肯添丁，只也由他罢了，我须拼个不归，仍还阳世，托为成氏之子，完此初心，他日再返沙门，未为迟也。何烦乔吏胥之褒贬乎？"地藏道："尊者不必使气，你既一心已定，好歹明日调停。且到后院薄斋，少叙，少叙。"

总评：

论尼姑偷汉并世俗可疑处，析理精极，不但可醒俗迷，亦为佛门护法多多矣！

第十三回 产佳儿湖中贺喜
训劣子堂上殴亲

引首《殴父行》《禅真后史》

　　邻家女儿花如容,枝狂朵乱干春风;

　　日高五丈睡方觉,饮到月明杯未空。

　　娇羞不作闺中妮,悍庚扬扬气如虎;

　　绿窗难嫁诚自怨,如何反尔仇其父。

　　唾骂终朝燕语多,老拳时向鸡肋摩;

　　蹒跚哀乞唤邻母,邻母不应拍手呵。

　　声威徒切邻人齿,劝未敢前谁敢指;

　　养焉不敬果已非,况可凌轹至于此。

　　君不见缇萦请赎甘自刑,又不见杨香搤虎脱父生;

　　休哉二女岂乐死,夫乃天性情难撄。

　　亲恩罔极人人在,嗟奴独无三年爱;

　　妇德能全丑亦妍,何用临鸾画新黛。

　　今朝推却虐父心,他日弑夫谁能禁;

　　枭残狐媚本同性,纵然涂抹终兽禽。

　　恻闻不觉心胆落,番笑雷公眼诚错;

　　何时再请上方刀,逐此妖魂走沙漠。

评:

报因施德，误自爱生，都飙之谓欤？院君之谓欤？成珪得子，可作规鉴。

却说波斯达那尊者，因怒气间，便要与转轮王做个钉对，亏得地藏一力劝留。次日对波斯道："昨日尊者所谕，虽系知恩报恩、继绝举废之善念，但尊者前度思凡，实为已甚，今者其可再乎？倘此一去，所谓日远日疏，能不堕落轮回？那时再欲返本还原，较之今日，更不易也。尊者请熟思之。"波斯道："久违戒律，岂不知愧？但成氏之念一生，万劫亦难泯灭。惟教主智虑宏深，为弟子怎生设一长策，要使恩行两优，方是十全之策。"地藏道："且分付侍从行童，快备法驾，同至转轮殿去。"

少时法驾俱备，二人连辔行来，早到转轮殿右。卒吏入报，殿主出迎，三人分宾坐定。转轮王道："昨有小吏出言欠当，致犯尊者台颜，乞念法纪攸关，恕其狂妄之罪。"地藏道："此固殿下所司，不妨尊胥直道，但其中事有委婉，非刀笔吏可以概拟者。老衲此来，有个主意，包你两下喜欢。"

转轮躬身道："此事实非下官故掯，乃法纪所干，不得不然耳。况事在卞成大王，下官亦难自主。教主若有见谕，谨当一一听命。"地藏道："非也。老衲岂比射利之徒，而于大王前行刺乎？即波斯尊者所干之事，原系不可之局，又安得相怪？今波斯尊者有誓云：不继成氏箕裘，誓不往生极乐。故其西归之心亦淡然也，直欲舍己法躯，为成氏子。吾论此事，虽佛祖亦莫之禁，量大王必不阻也。但老衲又有一虑：波斯师全身降凡，惟恐堕落，只将三魂之内指出一魂，托生成家，其二魂乞大王复其旧相，暂留地府，与老衲盘桓数年，协力救济，以补思凡之孽。待得阳世那魂转来，然后纠合三魂，以图西返，岂不公私两尽？既可了成氏之俗缘，又不累佛门之规戒，狱中济渡，功不浅鲜，岂不美哉？"转轮应允。

波斯大喜，即时同到变成殿前，卞成王即将本来面目呈上。波斯合眼间复了本相，又来致谢地藏。地藏道："恭喜，恭喜！有心如此，一发烦二位大王，将成珪妻、妾宫中、儿女分内一查。"二王随即分付。曹官禀道："成珪夫妻无子，注已斩然。幸其婢宫不绝，已有将产之孕，虽系男胎，其实生而不育。今波斯尊者既欲为彼续祀，何不就投此胎，以继其寿算，增其福祉，为成氏光，有何不可？"波斯道："幸有此便，事不宜缓。"

于是辞了二王，回到普度院中。入定之际，指出一魂，随着一行人役，先觅本坊社令，再寻本家祖宗，一同来到一个去处，虽是临安旧径，其实未径走过，原来却是周智家中。那临盆将产的，也不是别的，却原来便是当年花园里打不杀的翠苔姐姐。

那翠苔自再配成珪，表正作为外妾，人便唤了三娘子；又有那不怯气的，就口叫他翠三娘子，从此叫得熟溜，永远叫出。不期这翠三娘子，只那一晚后，便不行了经次，但觉神情困倦，饮食不思；看看作寒作热，加以呕吐频频。何氏看来，只道他心下不乐，染此春病。又过几时，转觉眉低眼懒，步缓身粗。那时何院君才有些疑道："翠三娘，你可也自知得是甚么病症，觉来何处有些疼痛么？"翠苔道："身上颇无病症，只不知甚么酥懒，一味少力。想是命薄，只该受苦倒好。"何氏道："不要说这话。你那经次可准么？"

翠苔道："像五、六个月不来了，不要成个血蛊才好！"何氏道："那晚成员外来后，可还行否？"翠苔道："那晚员外来，正值月事才绝，羞答答的。不瞒院君说，员外有些不老实，被他灌下一肚热腾腾的便溺，以后员外也不来了，月水也不来了，直到如今，受下这病。敢问院君，这可是伤内么？"何氏笑道："痴妮子，这事儿也不晓得！且喜是孕了！"翠苔道："院君又来说笑！难道员外与都院君做了一世夫妻，不能有孕，与我宿得一晚，便肯坐喜？"何氏道："此事那里这般论得。待我请位医师，讨几剂安胎药你吃。"

再说周智闻得妻子说翠三娘子已有了三五个月妊娠，不胜之喜，欲对成珪说知。那时正是成珪分家之后，气闷在怀，多日不到周智家来，周智亦为看不得都飘形状，也不往成家来。自从石佛庵送了熊二娘剃发之后，两人竟不相会，直至空趣回首，两人才在石佛庵重会。那时成珪因熊二娘出家未几，供膳无多，即便回首，心下好生怜悯，恸哭甚哀。周智解劝间，忽然记得翠三娘之事，暗想道："这是第一种消愁解闷的夺命丹，为何许久不与他服下？"便对成珪道："老哥，空趣师往生极乐国土，何必恁般烦恼？且与你山顶上高峰去处游赏一回如何？"成珪尤未走动，周智拖番便走。

来到一个无人去处，周智道："阿兄，你真是个见机而作的人！"成珪道："怎见得？"周智道："忧人之忧，你亦忧其忧；乐人之乐，你亦乐其乐。老院君与熊师父颇相恩爱，你亦假作悲酸，岂不是见机而作？"成珪道："老弟，你也取笑我？"周智道："不笑你别的，只笑你一味只晓得个老浑家，并不知有他人。翠三娘子为你这老骚，被院君打做十生九死，幸在我家，你也再不来望他一望？这也罢了。昨日还闻得老妻说，翠姐姐自知那晚被你放了热腾腾一股的溺在肚底，害他便八、九个月茶饭不甘，月事都不行了，肚中结成一块斗大疙瘩，时常耿来耿去，好不恨杀你哩！"

成珪笑道："若得有这一日，便与他怪也甘心。想那晚有些意思，难道果然有了妊孕？"周智道："既知有孕，有你这样做老子的，修也不去修一工儿？"成珪道："老弟不要说

笑，若有此事，实实对我说知。"周智然后当真说了一遍。成珪不胜之喜道："老弟，此事只可你知我知，千万不可对他人说知。倘走漏了消息，不惟娘母难存，且又儿女莫保。若亏天地，抚养到得三、五岁，便不妨事。今日我就来看一看。"周智道："看便看，只不要又擦去了印儿，带累老周淘气。"

成珪一归，颇没工夫，一连挨过数日，并无空便出门。这日心中忽然突出一条鬼话，对妻子道："拙夫前日许了空趣师父的骨塔，今日要往砖瓦铺买办物料，禀过院君，乞求告假一日。"都氏道："砖瓦铺近边颇有，不必自己去得，即着成华去遭也罢。"成珪道："院君有所不知，此砖不比家下打墙砌灶，那造塔的，须要花砖细瓦，成华如何理会？必须自去才妥。"都氏道："便放你去，只小恭仔细些。"

成珪急至砖铺，事完，即忙来到周家，向何院君十分致谢，便进翠苔房中。那翠苔和衣睡在床上，成珪揭开罗帐，只见蓬松绿鬓，浅淡红妆，凝朦胧之凤眼，攒葱茜之蛾眉。成珪此际兴不可遏，又难将此事复行，只得捧住香容，把个白皑皑的胡嘴噘着道："心肝，怎的昼眠在此？"翠苔惊醒，不知是谁，猛然摸睛叫道："那一个敢到此间，这等无状！"成珪道："心肝，莫怪，便是老夫。"翠苔道："原来员外到来。今日甚风儿吹得到此？敢是那一条肚肠记得起哩！"

成珪道："不是老夫不记挂你，可奈自从那日回去，挨头有事。况兼老泼贱多心，验出假印事端，害我费财吃苦，几乎荡产倾命，再有何等心情走来看你？昨者因你熊氏娘子回首，亏得周员外把何院君之言，说与我听，方知你身不健，今日特来看你，可喜是有孕了么？"翠苔道："自从怀孕，终日酥软。只因前日闻得我熊氏娘子没了，一个苦痛，今日转加狼狈。唉，娘呵，自恨丢你出门，不能伏侍得你，想你夜来看我，多应要我同去。唉！总是这多愁多病的苦命，到随了你去，也省却耽烦耽恼也！"成珪道："乖，你梦中见着二娘，乃是记心之梦，料无不祥之事，怎说这些言语？你做的怎样梦儿？"

翠苔道："三更之后，梦我二娘，见他虽是旧日庞儿，大非昔年光景。不知怎生竟有一班官寮，随拥来到此处，我却不胜惊喜。那班人役俱在外厢，只有二娘直入房内。正欲叩问几句，不期二娘子投我怀中，忽然不见。但觉一身冷汗，谯楼上已四鼓矣。自从离床，只觉腰痛肚疼，几回撑架不牢，只得和衣睡在此间。敢是不祥么？"成珪道："自那晚算今九个多月，已当分娩。熊二娘坐化成佛，若得肯来投胎，定然有些好处，不妨，不妨。"

问答之间，翠苔连声"肚痛"，阵阵腰酸，忙对何院君说知："快接稳婆到来！"不多时，

"哇哇"的产下一个孩子,生得眉清目秀,耳大身长。成珪不胜之喜,即借周智银两送与稳婆,分付不可使人得知,悄悄整酒,不在话下。

转眼间满月到来,周智对成珪道:"老兄,侄儿满月已到,少不得做汤饼会。你却不可故意缩在家中,省钱与儿子。"成珪道:"岂有此理!我正要具一小酌,酬你美情。惟恐家下整酒,要露消息。我有个计策在此:后日西陵五圣赛会,每次赴酌,老妻再不见阻,不若冒此名色,另具楼船,有屈院君并二位贤郎、二位令媳,一同游玩一番,岂不妙哉?"周智道:"绝好!"

那日成珪备办已定,侵晨,一班男女轿马,齐出涌金门上船。其时却是三月初旬,暮春时候,艳阳天气,说不尽绿暗红稀,山明水秀。古诗赞这西湖,只消四句包括得妙:

> 湖光潋滟晴光好,山色空濛雨亦奇;
> 欲把西湖比西子,淡妆浓抹总相宜。

成珪定席后,就着翠三娘从头拜谢一番,然后自与周智父子相拜。酒未数巡,成珪抱着孩儿,对周智道:"弟得此子,若非贤弟三件大功,总也到底绝嗣。今贤弟之功,已著其二,而其一还是后局。弟忝爱,尚期玉成,倘不相弃,庶使前功不坠,后事无虞,弟在九泉,亦当瞑目。"周智道:"兄试言之。"成珪道:"记得那年进香转来,何院君亦与其席,亏得你比长捉短,说这一番,其时虽不即听,亦减他无数不肯娶妾之防牌。后来又因妙计,假倩圆梦,巧言端详,然后才肯发心,讨那熊家娘子,才带得这翠姐过来,庶使小儿有母。这是贤弟第一件功劳了。再者鲛鲻事犯,翠姐几作泉下之人,虽有成茂之忠,不亏贤弟抚养,安能全活其命?又亏你委宛斡旋,使弟得子。这不是第二件莫大之功了!那第三件,其劳更多,故此一月来,未敢自与小儿取名,特求贤弟看我薄面,就今日收此儿为子,替他取个名字。倘我早晚不保,庶几不致漂泊。"

周智道:"兄又何拘此俗套?你子即是我子,何待继为螟蛉,然后才肯管顾?你我春秋仿佛,俱在暮年,若言孰后孰先,委实莫测。兄在,兄可卵翼;兄没,弟岂坐视乎?托孤一节,只须托诸心,不必托以言。弟心自如金石矣。兄竟莫虑,只吃酒,自去取名罢。"成珪道:"贤弟,你推却么?"何氏道:"我量拙夫之见,实非推却,只为那等专受遗嘱的人,后来都不能践言,以致贻笑千古。故此说到不须嘱咐,只要有心,必能效用。"周智道:"继姓

我家,亦是主意,我便与你取个名字。"

即将孩儿抱在手中,那儿甚是喜笑。周智颇也快乐,亦笑道:"儿,你娘生你之时,曾梦空趣师入怀。我想空趣端坐而逝,了明来去之由,必证菩提之果,当是吉梦;况空趣本姓熊,又合着周字上一段故事:当初周文王昼寝,忽梦飞熊入帐,文王欲大猎于西郊,命太史卜其所得。太史奏曰:'非熊非罴,得之可以王天下。'于是载吕望而归,尊之为尚父,名之为太公,拜为国师,乃克商而有天下。今吾儿既继吾姓,当即名周梦熊,一则不忘先人之念,二则以征他日之荣。老兄以为何如?"成珪躬身道:"贤弟真是妙人,取名都有来历。拿大杯来,待我敬三杯。"周智也不辞,便掀髯大饮。周文弟兄成珪俱各痛饮。

女客不善饮酒,只推窗四面观看。远见一只顶号大船,撑得较近,内中甚是富丽。但见:

香雾氤氲,乐音缭绕。筵前五鼎三牲,座石侍七青八紫。吴歌楚舞,果然响遏行云;赵女燕姬,真个影摇流水。金钗女,有沉鱼落雁之容;朱履客,尽大吠鸡鸣之辈。

这船里一行男女,拥着一个少年弟子,任他喧呼叫骂,百般狼藉,颇无忌惮之意。成珪道:"来船像是甚么宦族豪门、王孙公子,尽他呼呼喝喝,惹事撩非,把船远了他罢。"周智道:"老兄,你大小事只知一味畏缩。抛金洒银公子,我不惹他,他须惹我不着。圣人云:'三人行,必有我师焉,择其善者而从之,其不善者而改之。'若我二子学好,正该撑近前去,看他行为,使之因而惩过。有甚近他不得?"成珪道:"只是远他些罢。"连叫把我船撑开。

可奈那船偏要逼拢。原来那船内几个饿眼油花,见成珪船内有些女眷,便动了他一点磨睛之念,故此紧紧逼来。那少年虽不知是成家之船,却认得当舱立的乃是何院君,像也过意不去,便也缩入舱内。即周、成二人,也未知这少年是谁。其余那些觅骗,那里知这就里,钉双穷眼,只顾觑看。

成珪心下焦躁,忍不住发话道:"可恶那只船内,怎般狂妄,也不管良家女眷,辄敢如此放肆观看!"周智道:"撑船的,你可认得么?"那舟子道:"员外。你们不要管他,只吃酒罢。这人虽不是甚么王孙公子,其实是个泼赖,莫说他罢。"周智定要根究,舟子低声道:

"我们也从未识这个小伙子，知他日日带着这班光棍，同来作炒，少也挟三四个粉头，说是姓都，一味撒野。倚着家中开个解库，撒漫使钱，狐假虎威，乔妆大头鬼子，因此上人唤他做'都天王'，又唤做'都白木'。说有一个甚么晚老子，巴得他死了，大大有一块家私得哩。"

周、成二人面面相觑。仔细一看，果见就是继子都飙，与同热帮闲、小易牙、盛子都等辈。成珪十分着恼。周智忙教把船摇开，自悔不迭。当晚各自归家，翠三娘仍到周宅，不题。

成珪到家，都氏亦不相问，却也欢言笑语的相待。倒是成珪面上，只觉阵阵不乐。都氏再三盘问，成珪嘴唇儿原也忍不住了，只得放胆说出道："咳，老娘，老娘，只恐半年之后，你我老骨头也没得拆哩！"都氏道："何故？"成珪道："预先禀过老娘，莫怪拙夫说的有些干涉尊处。只说你那公子大人，你道读得好书，读得好书！"都氏道："难道飙儿又把几句书来骄傲人么？"成珪道："唉！他有些什么书骄傲人！可怜老娘帮助，三更不睡，四更不眠，嚼菜根，呷冷水，挣得些儿家计，只指望儿孙受用；替他请先生，供茶饭，只道他在学中怎生用功，怎生苦读。"

把双脚顿着道："谁想这个天杀的狗才，好受用哩！"都氏道："我道为谁，原来又是这个不争气、贴面花的儿子。不知怎么不好，你就破口骂他？却不道'打狗看主面'，又不道'爱冰盘，不击鼠'。虽是我侄儿不好，他浪费了你几多钱财？没了你几多产业？"成珪道："院君不必发怒，若说拙夫自冲撞了贤郎，委实区区没礼；若说贤郎不费钱财、不卖产业，这也难说个'无'字。拙夫若不今日自经目击，倒也还未深信，只此一见，好利害也！"

都氏道："怎生利害？你且说来。"成珪道："今日湖中遇只大船，内有四五个娼妓，五六个帮闲，吹弹歌舞，无所不至。内中拥有一位洒银公子，初时没人认得，问着船家，那船家道：'员外，你们替他吃惊，他却日日在此快活。今日娼妓还叫做少的哩！'我又问他姓名，那船家低声对我说：'员外，这个甚是泼赖，倚着那班光棍势力，一发会寻闹头，故此我湖上起他个绰号，叫做'都天王'。腹中尽是无物，故又叫他做'都白木'。彼时拙夫方且打上心来，注目一看，原来就是令郎！院君你道日日饮酒宿娼，可是要银子的么？"都氏道："想他小小年纪，那得会嫖会赌？决是你怪他，故生这段情辞。"

成珪道："拙夫须未死，贤郎须还在，尚可对质，不必我辨。若说令郎不会相与着那一班朋友，便是泥菩萨。也会不老实了！"都氏道："他又有甚么朋友？"成珪道："说将来只怕

连老夫也要慕他：你若要嫖，有那热帮闲张烜，能知科鸨之妍媸，善识娼家之事迹，扛帮撒漫，第一在行；你若要吃，有那小易牙，能调五味，善制馨香，炮龙炙凤，色色争奇，煮酒烹茶，般般出色；你若要小官，有那盛子都，工颦研笑，作势妆乔，一发绝妙；你若要吹箫唱曲，有那赛绵驹，唱得阳春之调，歌得白苎之辞，弹丝击管，无不擅长，更能卖得一味好豚，又比子都出色。你若要那三拐四，买卖交易，怎如得詹直口能施妙计？你若要问柳寻花，论今究古，怎如得观音鬼王炉会发新科，你若要猜枚掷骰，买快铺牌，这一班中人人都晓，个个专门。在前只说这伙是国家顽民，那知如今到做了我家的鱼蠹！贤郎得此帮闲，汉祖所谓羽翼成矣，何愁大事不济乎！老娘不信，只请儿子到来，质对便是。"都氏道："若有此事，看我自有手段教训，不必你来相帮。成华那里？快到馆中接取大爷到来！"

成华即忙来到馆中。馆童文彬回覆不在。成华焦躁道："今日两老发心，查理书课，偏偏又是不在，如何处置？"文彬道："阿叔何必大惊小怪，相公那日不出门？文彬那日不说谎？你只照依文彬，也对他人说是相公拜客去了，有何不可？"成华道："小猴子，这话又可是我跟前，若成茂到来，千万不可这样说。"文彬应诺。

成华归家，回话道："启上院君，小人去接大爷，适值拜客未返，不在馆中。一回就来也。"成珪道："现在西湖里挟妓征歌，拜甚么客！"都氏道："也莫多般议论，可速唤文彬到来，便知端的。"成华不敢停留，忙唤文彬来到。都氏问道："大爷日日出去，做甚勾当？实实说来，免你的打；若有隐瞒，活活敲死！"文彬道："我侬弗话。"都氏道："怎不说？"文彬道："大爷原教我弗要话，方才成华阿叔又告我弗要对别人话，我侬也只是弗话罢。"都氏道："狗才，不怕我，倒怕他们！只教你吃些辣滑。"

忙将四个笔管，将文彬手指拶起。文彬忍不住疼痛，只得尽心肝将都飙的事迹，好比正月半放烟火相似，逐个放个完全。都氏听了，哑口无言。不觉脸红头胀，珠泪迸流。倒把文彬先打一顿，吩咐成华道："那禽兽一回，即便扭来见我。只限今晚要人，在你身上取覆。若没他来，明日不须见我之面！"

成华带了文彬回到馆中，只见都飙却好归来。一手搂着盛子都的肩，一手拽着裴屹的衣服，醉醺醺的走来。成华接着，便把接回之言说知。都飙且不在意，只与子都亲嘴。成华再三又催，都飙道："今日要我归家，可是老狗头要朝王，还是老猪精要断命？"成华道："今日员外西陵赴会，想是瞧破大爷船中勾当。倒是回家面折一番的好。"都飙道："狗才，我须不嫖他大男大女，不畜他亲姐、晚妹，干他甚事！总不是老畜生超灵，我也决不回

去。"

成华道:"大爷若不回去,院君反要见疑,何不竟去说个明白。凭着大爷这腔高才捷口,必能返曲为直。若或稍有拂意,即便挥霍一番,使他们也知你手段,下次必不敢再稽查。如今不去,只说情知理亏,惧事退缩,这岂是善后之法?小人主意不差,大爷请自三思。"都飙问裘屹道:"喂,老裘,我去的是么?"裘屹道:"尊管说得有理,还是去的是。"

都飙便着文彬,拿了灯笼,一路行来,已到都氏跟前。都氏正等得性发,一见侄儿到来,将欲卖个手段,发挥一场,便开口道:"读得好书!读得好书!只问你,学堂可开在湖心亭?日日携娼挟妓,又可是女窗友?只与他人塞我的嘴,还是那一行的银子?你只好好跪着,说与我听。"

都飙也不厮唤,也不拜揖,睁一双白眼,对都氏道:"且慢,妆出这副脸孔,晌午吃晚饭——早些哩!"都氏道:"狗才,这样无礼!口中怎么说?"都飙道:"你且不要做梦,我须不比你老子,要跪便跪,要打便好打的!你今狠头狠脑敢待怎么?"都氏便向前拖番道:"仔么、仔么,我娘跟前,须不比你旧时父母,看你改不改?偏要你跪!"

都飙更不相让,借势儿一推,把都氏骨碌一直丢在门背后去了,半晌做声不出。都飙倚势跳舞道:"老泼贱、老花娘,不识高低,不知轻重。抬举你做个继娘,也不过想你些家计,到如今不够我半年受用,已是十完八、九,有甚么希奇,有甚么看觑着我?还做这等怪,妆这张脸,学人做作,且道是做娘的虎威!"又把都氏的脸上一抹道:"不识羞的老狗一般,自有丫孔,不会生个教训,强把别人儿女恣这老牙!你有家计,值不得 JIBA 哩!"都氏在地,连说:"罢了!罢了!"

成珪听知都飙口出不逊之语,十分发怒,回头看见妻子滚番在地,一发激恼,道:"好黑心狗才,姑娘要你为子,再要怎生为你?如今反把他打做这般光景,是何道理?"都飙道:"老贼!休得来护!看你搭床漏荐,少不得还是我做主哩!"成珪道:"今日我还未死,挤与你说个明白,你去嫖赌,娘来训你,我又不管,如何便破口骂我?"都飙道:"打你待何如!"便夹嘴一拳。

成珪正待抵手,怎比得都飙手快,早被一把胡须,揪一个牵牛而过堂下,你这不曾动得一动,他那里已挥下十七、八拳,且是打得落花流水,俨然正月十五,擂一套闹元宵!都氏爬得起来,要来救驾,又被都飙脚尖到处,番筋斗又是一交,连忙扒得起来,已是动弹不得,只好叫屈连天的哭。

众主管道："今日夫妻二人何为，又是这等打闹？又不要官司结煞。"探头一看，见是都飙撒泼。众人一齐拥进，拖开都飙，扶起成老员外。成珪坐在椅上，且把湖中之事告诉众人，气得个说也说不成句。都氏拽又拽不牢，打又打不着，气不过，只在地上遍滚，头发都弄散了。都飙反自跳来跳去的骂。众主管劝道："大官人，你读书人，涵养些才是，天下无不是的父母。"都飙道："谁是我的父母？谁是他的儿子？他两个不过街前乞丐，倚着几分臭钱，示入悲天院。看我都相公，那时发魁、发解之日，正是两老狗讨饭叫街之时！趁今未遇，须把我都相公认着！"成珪道："不识羞的狗贼，我认得都相公，不是绰号都白木的么？明日县前索与你认个仔细，不要错过了眼色！"

都氏寻得一条棍子，悄悄背后赶来，早被都飙瞧见，就手捉把交椅挡住。成珪也提起面杖来助，三人打做一团，只听其声哗剥，连枪带棍，好一个大围剿的阵势。

众人解劝不开，只好袖手旁观。都飙量来四手难敌，却也尽知得胜，便卖个破绽，闪出围场，带脚飞也似走。夫妻二人正欲赶上，又被众人拽住。忙唤成华道："禽兽此去，料必惧罪，决要脱逃，你可快去尾他，不可走了消息，明日进状，必须出气。"

且听下回分解。

总评：

都飙打成、都二老处，令人爽乐之极，观者切勿作殴亲论，惟作报应观可也。

第十四回　告忤逆枉赔自己钞　买生员落得用他财

引首《行路难》高达夫作

君不见富家翁,旧时贫贱谁比数;

一朝金多结豪贵,百事胜人健如虎。

子孙成行满眼前,妻能弹歌妾能舞;

自矜一身忽如此,却笑傍人独愁苦。

东林少年安所如,出门穷巷出无车;

有财不肯学干谒,何用年年空读书。

评:

试读齐人一章,举世之妻妾皆欲愧死。是诗与都小观之,又当何如?

却说成珪夫妻二人与都飙厮打,正有一分得胜去处,怎知都飙即溜;放开脚步,一道烟往馆中走了。都氏忙唤成华守着书馆,夫妻二人,气了一夜。

次早,接周智来细诉此事,周智只是劝解。都氏道:"瞒得他人,须瞒不得周员外。老身再要怎生向他? 实望他承立香火,继续宗支,谁知天杀的狗才,反把我恁般毒打! 今日特地接你计较,定要摆布得他个一佛不出世、二佛不升天,才出我这口气哩!"周智道:"唉,院君,你们没个儿女惯了,略有些拂意处,便觉许多烦恼,不知如今有儿女的,谁不被儿女打骂些! 院君饶他初次,只念自己骨肉,好歹罢了,又不被他人打去。古人云:'若要好,大做小。'凡事只把没儿子的肚肠,譬如过日子罢。"

都氏道："周员外，连你也说囫囵话！要立个正经主意才好。"周智道："老周也不是没主意的人，但只会拙守於机先，不能巧挽於事后，今令郎略肆雄威，二位便觉不忿，要知初继时，老夫默然不语，已早见他心上戈矛，但二位自不识耳。今若要他学好不难，院君有的钱钞，再做三、五百金与他洒浪，洒浪，包有半年孝顺，决不又打。此是老夫拙策。"

都氏越发动气，便将桌上碗盏推番，滚地乱叫道："天杀的狗才，我几曾被人说了半句矬话的，倒被他贴了面花，做了哑巴子，气死我也！"周围滚个不了，那里劝解得住。成珪慌了手脚，一面埋怨周智，一面劝道："我的亲亲娘，自己忍耐才是敌手，何苦先气坏了，反输与他！"都氏哭道："你若不替我断送这狗才，我在九泉先寻着你！"周智道："老嫂不必恁般动恼，既是真心割舍，包你出气。"成珪道："不要又说冷话，好歹和你府前去来。"

话分两头。再说都飙跑到馆中，裴屹迎着道："大官人，可得胜否？"都飙道："亏你妙策，果然被我一味假狠，打得他两老乞丐，雪消春水，流星赶月，真正燥脾，快叫文彬暖酒，吃个得胜筵席。"裴屹道："老弟，胜到胜了，且未欢喜。适见成华说来踪迹着你，明日决有口舌，不可不虑。"都飙道："有知，有知。适间我出几句话，老杀才道：'明日府前认你。'既着成华到来，我笑老奴又着鬼也。成华那里？"成华道："院君十分动气，明日要告官司，恐你走了，特着我来尾着。想大官人何不早作计策，稍若迟延，便落他的手里，不为体面。"都飙道："不难，只须如此，如此。你道如何？"裴屹道："还是老弟有才，妙得紧，妙得紧！"

都飙即着盛子都，悄唤了张煊到馆。挨到三更时分，等得文彬睡熟，将房中一应什物，尽行搬到张煊家里。张煊瞧见都飙囊箧肥饶，便暗想道："阿飙囊中甚是有钞，说扬州有所解库，他若在我家躲避，倒把这块肥肉带挈小易牙、赛绵驹、詹直口那班分了脂膏。不若使个调虎离山计策，做个独吃自窝，有何不可？"

便悄悄拽裴屹说了几句，又对都飙道："大官人，小弟不是不留你在舍，只恐走了消息，反为不妙。我倒想得一个虬髯泛海之计，献与官人。闻得大官人在尊亲跟前，曾出志口之语，二老十分笑你，你今出门，若比在家不济，却不被他笑着？我今主意，只教大官人多怀宝钞，远离家门，正好问柳寻花，又好观山览水，以官人的大才，调来到个甚么小去处，拼用几百银子，取功名等拾芥耳。那时二亲性气已过，见你衣锦归家，岂不阖门钦羡？便是苏秦的父母，也须到十里长亭远来接你，这不是全身远害、夺利争名之捷径么？"都飙道："倘我远出，被他将家计花散怎好？"

裴屹道："老呆，除非他自己生得儿子；若不亲生，总是折草，他人动不得一茎。我正想你身上功名，非外边难寻手脚，不若趁此机会，图个出身，真是妙算。"都飙道："既如此，走往那一方好？"张煊道："若论大官人爱的，无过是繁华去处，除了苏、杭，只有扬州最妙。古人有云：'腰缠十万贯，骑鹤上扬州。'何不竟往扬州？待小弟也好一陪。"

盛子都道："既要游学，何不往宁、绍去？人言宁、绍文胜之邦，极是作的大嫩。若容小弟相陪，也不枉了一市生意。"裴屹道："你二人说的不过各适其适，於大官人何补於事？不若往嘉、湖去妙。嘉、湖是文秀之邦，人多和气，功名之事，再不相嫌。可怪的是宁、绍，自己遍处钻考狠攻，他人冒籍，就像的名占了他的一般，越是不通的，偏会狠打，故此极去不得的，无过宁、绍。况嘉、湖小弟最熟，故此方敢划越。"都飙道："二位说的俱妙，总也难于概领尊教。我有一个酌量在此：途中财用不足，须往扬州取给，先依张兄；身上功名，须仗熟溜头路，次当依了老裴；只盛一哥所示，只待事完之后，同去游玩一番。"盛子都道："若等事完才去，小弟一发过火大嫩了。"四人计议已妥，更不知会詹、赛、小易三人，成华挑上行李，一径离了本里，打从扬州进发。不题。

再说成珪同周智来到府前，寻着一个有名讼师冯是虚，此人一肚子萧曹刀笔。成珪将那事细说一遍，道："逆贼恁般无礼，本该依房下主意，断送了他；但他原是我螟蛉之子，初继时，老夫本心不欲，因是内侄，所以最钟爱於敝房。也是纵容太过，以致忤逆无惮。敝房既失所望，怪不得定要置他死地。我想自既无子，料他人儿女贴不肉上，何苦尽情治他，又免得旁人说老夫作贼晚子；况他姑侄至亲，倘日后亲近拢来，只我姑父作恶，着甚要紧。只为房下恶气不消，定要经官告理，老夫不好拦阻，只得来寻足下。向知足下状词甚有开闭，如今也要你把几句活脱话儿，骗得两个差人出来，把他惊吓一番，也便罢了。"

冯是虚道："爹娘告忤逆的，一日不止十来多起。谁不要尽情处治？所以这路状子写得尽是熟溜。惟老丈反要王道说话，倒要小子费心。请把纸送了。"成珪道："备在此间，请先收下。"冯是虚讨添数足,然后提笔道:"成老丈,不是小子爱钞,其实这张状子他人做不来的。那些后辈们,不知世务,一味只晓狠话,做些关门状子,收放不得。惟小子弄惯了这管笔头,才知里边缘故,叫做得人钱财,与人消灾,只顾骗准,值些甚么?我量员外心病,虽然不欲加害于他,也像不甚喜他在家的模样。若要撑开船头,只宜仍做内侄告理,免使日后想你家产,竟说他嫖赌为生,殴辱尊长,这的是可轻可重,可真可假,你道如何?"周、成二人齐声道好。冯是虚道:"原来你员外便多送小子几分,也不枉用。听我道来:

> 告状人成珪,本府本县人氏,行年六十四岁。告为盗财杀命事。兽恶内侄都飙,蓬飘无赖,寄食我家,不务四民之业,惟将嫖赌为生。今月日,目闲珪外出,撬窃膳老本银三百两。虑控图谋害杜迹,乘机晚归,挺戈毒杀,夫妻碎颅,几毙。幸邻友周智救证。盗财杀命,伦理攸关,若不剪除,后祸叵测,哀哀上告。

二人收下状子,适值知府马公,开门放告,成珪跪向阶前,将状投下,知府看毕,批个准子,便发该房写张牌面,即差快手二名,却是高升、陈敬。二人领了牌票,先同成珪来到酒肆坐下,吃了一套酒色,少不得又送些银子,把所事俱已说明。四人到家,正待书馆里拘人,只见文彬哭哭啼啼的来道:"特来禀老员外得知,夜里馆中着贼,偷得精光,连大官人和裴相公都不见,想是都偷去了。"成珪道:"是了,是了,这狗才想已知风,故此预先走过。成华在么?"文彬道:"连成华阿叔也不见了。"

成珪大怒道:"罢了!罢了!成华原是狗才心腹,我院君用人不当,如今怎的是好!"两个公人面面相觑,高升道:"如今不要冷看,此处无鱼,且别处下钩。员外定知他向日行藏。趁早另行寻访。"成珪道:"日昨我见张煊在坐,必在他家窝遁,烦二位悄地到彼一看。"

高升来到热帮闲门前,只见板门紧闭。高升捶了一会,内有妇人答道:"丈夫前日就出门了,不晓甚么都大都小。"高升吃个没趣,回见成珪道:"员外,昨日不是见鬼?他浑家说丈夫前日就出门了。"

成珪道:"那有此话!明明的湖中饮酒,那得不是?便说我是老眼昏花,阖船人须是眼亮。"周智道:"都小既走,自然必与热帮闲同行。前日之言,总是调谎,何必信他。如今且去回覆府尊,另告张广捕缉获,暂完此局。然后将远近财产查理明白,免被他冒支租

息。"成珪道:"得他远遣他方,是我万幸。何必捕他?"

高升暗想道:"一团兴致,只望刮些银子,谁知正犯逃去,乐师灯化作鬼火,这怎么处?"便与陈敬打个耳擦。陈敬便生情道:"员外,不是这等做事。你要教训儿子,只把我家老父来做揎头,自己训他不落,衙门中替你累纸累笔;自家处明,把衙门丢番上壁。古人说:'官差吏差,来人来差。'大小须是一张牌面,抵办养家活口。你家把儿子藏过,我须不会回官。"成珪道:"我正恼恨,所以告他,岂有又藏过之理?老兄意下不过说人虽走了,差使钱是要的。老拙又不脱白,只要烦你回到官府,自然加倍奉上。"高升道:"成员外老在行,不必两小弟开口的。就此回话便了。"都氏一心要告缉获,成珪只得又央冯是虚做张回呈,府尊标准,不在话下。

后人单笑都氏不敬其夫,致有忤逆之子,亦自贻之戚也。有诗一首以讽之:

伯道当年强自欢,自欢无子兴悠然;
假饶植梓浑如兽,不若吞桑学做蚕。
枭母自甘餐老骨,鸡肋何苦受空拳;
萤窗试听空阶雨,施报因依点滴间。

再说都飙同裴屺、张煊、盛子都、成华五人一路来到扬州,竟把解库顶调,带着一注银子,依裴屺主意转到嘉兴,讨所店房住下。等得学道按临,都飙即冒了秀水籍贯,倚着钱神有灵,县、府、道三处名儿高挂,早做了黉门中士子。入学谒圣之后,即在下处设酒,致谢用事等人,又将银子谢了裴屺。裴屺背地将银分与张煊,张煊亦将后手回钱分与裴屺,是不必说。其后各人备酒相贺。轮该张煊,张煊道:"每日饮酒,不过游山看戏,都属俗套,今日小弟寻个门户人家,乐乐如何?"都飙道:"日来正为考事匆忙,不及寻花问柳,心火旺极,正好去遭。但不知那一家有好粉头?"张煊道:"大相公只带着张煊走,总是两京十道。那一处烟花队里不熟?只随我去,包你趁心。"

都飙不胜之喜,随张煊来到个去处。有《南乡子》为证:

小径隔红尘,寂寂湘帘昼掩门。歌笑声来香雾里,氤氲,酷似当年旧避秦。
朱紫满檐楹,一滴秋波溜杀人。风漾柳丝丝万缕,牵情,燕子楼头日日春。

来此是一所有名妓馆，陈妈妈家里。原来陈妈妈早年在杭城接客，素与张煊识熟，便道："呀！张大官，今日甚风儿吹得你来？恭喜，恭喜，四位尊客请进拜茶。"都飙道："热帮闲名不虚传也。"

四人坐下，陈婆动问来历，张煊答道："此位相公，就是我杭城都绢的令孙，目今入泮在此。日昨因谒圣，朋友中闻你令爱大名，特来拜访，快请相见。"陈婆道："不知都相公来到，一发多有得罪。只恐小女粗丑，不敢唐突潘郎。既蒙呼唤，当令拜贺。女儿，有客在此，快出来相见！"内应道："我向说决不接客，甚么相见不相见！"陈婆道："我儿，这不比俗客，正像你日常所说才貌兼全的都相公在此。"内又道："既如此，你可进来，备些答赞之礼。"张煊道："妈妈，令爱怎么说？"

陈婆答道："一言难尽！瞒你不得。老身自从杭州到此，便有几个粉头，都四散赎身去了，单单生得这个女儿，指望靠他过这下半世。谁知这个丫头极是作怪，虽然晓得些琴棋书画，好歹说不是知音不与弹；便有几分颜色，又说什么肯把文鸾配野鸳？以此蹉跎过了日子，定要拣个有才貌的才肯嫁他。张兄，你道我这门户人家，那个王孙公子肯来讨他？以此老身好生清淡哩！"都飙道："如此说，想令爱必嫌小生是野鸳了？"

陈婆连覆道："岂有此理。大相公不听得小女说，要老身进去备些答赞之礼，然后出来？"都飙道："小生也不及送得贽仪，如何就敢相请？造次间不及全备，先有白金二锭，聊作聘敬。"陈婆笑道："老身不意中失言，倒蒙大相公厚赐。本当不受，恐辜大惠，暂领在此。待我妆扮女儿出来。"

盛子都按捺不住，先向门里窥觑。都飙骂道："小猴子，姐姐受了我聘，须是我的婊子，谁许你来窥探！"子都道："大官人便吃寡醋，却不道先有吴山，后有十庙。"张煊道："盛一哥定要妻，姜纲纪，须把《男后记》熟读才妙。"裴屹道："也只须把令姑婆都院君作则也够了。"子都道："岂不是乞其余不足又顾而之他？"都飙道："又不道所恶於前，毋以先后。"四人笑话间，陈妈妈引出女儿来。果然一貌如花，《南乡子》为证：

顾盼可倾城，一笑千金百媚生。蝉作鬓鬟鸦作髻，乌云映着庞儿玉琢成。

不是薛灵芸，忒煞当年杨太真。若得琵琶横背上，昭君不道而今有后身。

与四人相见毕，分宾主坐下，都飙竟把一双眼睛看得个神都出了，便问道："小娘子如此恭容，且擅诸技，岂非尘世之天仙乎？借问尊字？"答道："奴家唤做青萍。"都飙道："妙得紧！姐姐自甘清淡，真个是清贫。"裴屹道："水萍之萍，不是贫穷之贫。"青萍道："然也。"都飙道："原来就是船也，怪得在萍水里相逢的。"

裴屹、青萍忍不住一笑，连都飙也未解意。张煊随即帮衬道："大相公饱学人，故意发此科诨。"都飙道："老裴，今日若没张兄指引，那得到此境界？谁知我姻缘竟落於此！少刻妈妈到来，好歹在你身上，要你做个撮合山，事成後，重重谢你。"张煊道："也不要忘了我原媒的功绩。"盛子都道："论梅根还是我栽得早哩。"陈婆捧茶出来，接应道："三位莫争，还是我的化头好哩！"

众人笑吟吟的吃茶才完，早见酒肴已备，四人坐下。不及一巡，都飙频对裴屹灼眼，要他言及姻事。裴屹一味大嚼，那里记得？都飙忍耐不住，发话道："老裴，你也只管吃酒吃食，适才与你说的一些不理，要你做甚么？"裴屹道："只被嗄饭香甜，几回咽下肚去，再过一刻不提，将欲从肛门里出了。"陈婆道："都相公与裴相公不知有甚机密事体，这等会心？"裴屹道："老妈妈，都相公不为别事，只因要求令爱亲事，今晚就要成亲。"

陈婆暗想道："适间这套言语，是我门户人家的旧规套子，不过是入门好看，谁知狗呆认为真话，连老张都不做声了。不免弄乔到底，赚他一块，有何不可？"便对裴屹道："裴相公在上，既蒙都相公俯爱，颇遂小女之志，是三生之幸也；即老身晚年，亦有可托，又何乐而不从？但老身虽落烟花，小女实是完璞，有心皈正，必要永偕白首才妙。日前曾有几位乡宦客商，将千数聘金要求梳拢，老身只恐不终，所又不肯受聘。今都相公既要成亲，今晚恐难从命。"

都飙悄地对裴屹道："若说今晚不肯同衾，这火发烧死我也。老裴，快与我求恩！"裴屹道："老呆，这不过启钱口气，你若今晚有钱，便是街前的花子，也就与他睡哩。"都飙道："这有何难。"忙唤成华到馆，取了二百银子，交与裴屹。裴屹借个托盘，做一盘送与陈婆，

道："妈妈，这是都官人的聘礼，先请放下，日后之事，竟不须妈妈过虑。你的陪嫁，不必别物，只求今晚成就了他，便是你的大惠。"

陈婆接了银子，那脸上的笑，就是大风吹在江心里，起了重重之浪，卷一层，又是一层的，道："事虽如此，只觉太仓卒些。也罢，总则许了你，是你的妻子了，今晚任你行为，只不可把小女看做妓馆家风，这等容易上手。"忙叫长官买些纸马，青萍换件吉服，二人拜完天地，便入洞房。

张煊与盛子都同回下处安歇。裘屹问道："老张，今日是你东道？不意中成就了都小一桩美事。正该开怀畅饮才是，为何见你颜面上不甚欢乐，是何意也？"张煊道："讲不得，讲不得。我张煊从来不曾干错事情，今日走差了路也。"

不知却是为何，且听下回分解。

总评：

从来乱臣贼子，多被手下劝成其恶。都飙当日若无成华，其恶或犹未极。所以用小人更不可不慎。

第十五回　画行乐假山掩侍女
涉疑心暗鬼现真形

引首《圆觉经》(文殊章)

一切如来,本起因地,皆依圆照,清静觉相,永断无明,方成佛道。云何无明?善男子,一切众生,从无始来,种种颠倒。犹如迷人,四方易处,妄认四大,为自身相,六尘缘影,为自心相,譬彼病目,见空中华,及第二月。善男子,空实无华,病者妄执,由妄执故,非唯惑此;虚空自性,亦复迷彼。实华生处,由此妄有,转轮生死,故名无明,善男子,此无明者,非实有体,如梦中人,梦时非无,及至于醒,了无所得。如众空华,灭于虚空,不可说言,有定灭处。何以故,无生处故。一切众生,于无生中,妄见生灭。是故说名,转轮生死。

评:

都氏若能受持此经妙旨,妒根应早寂灭,何得复生妄见?惜乎,无人为宣之也!虽然,天下何事非空中华,试问能不执,以为实者几何?人即有自云永断无明者,亦大抵梦中说梦尔。则此妙义,又不第宜为一都氏宣之也。金刚偈曰:"一切有为,法,如梦幻泡影,如露亦如电,应作如是观。"请问谁敢受我当头一棒?

却说张煊因帮都飚去嫖,回来恨自己做错了事,裘屹忙忙地问道:"这是为些甚么缘故?你且说与我听。"只见张煊气忿忿道:"罢了,罢了。也不要埋怨着你,只是我自己不是了!本等条直,请他吃杯酒也罢,甚么去寻姐妹?便姐妹也罢了,偏又寻这个光棍老

狗，把个奅过一千遭的丫头，充做含花梳枕。今日若不是我作东，我也说破他了。只因这点东翁之分，不好阻他两下高兴，故此只不做声。谁知你又着他的鬼，替他说合，如今成了这事，却怎么好？"

裘屹道："他自嫖，你我落得帮闲，干我甚事，倒来愁他！"张煊道："你那里知道里边缘故！你我此来，难道是为着哺啜而来？实只望得他些银两，如今着了这路大魔，岂不立见空乏？你我将置身于何他？"裘屹顿足道："正是！说得有理！只吃你武奉承他过了火，不难，我有计策在此：你可晓得《绣襦记》内，乐道德劝嫖之意乎？道德本是个花面小人、帮闲等辈，初时哄他去嫖，后来怎生又去苦劝？也不过是怕他弄干囊橐，难于倚仗，故此发出那段议论来劝。明日早间，少不得你我要去扶头。待我先去，就做了乐道德，你却后来，只把这一句言语挑动他；若还不听，然后放出那落得盗的手段来，岂不美哉！"张煊道："有理，有理。"

三人巴得天明，即忙梳洗。裘屹先到陈婆门首。陈婆道："都相公尚未起床，裘相公来得恁早。"裘屹道："特将些少银两，欲求妈妈备酌，与我阿徒扶头。"陈婆欣然接银进内，唤道："裘相公请见。"都飙道："老裘来得太早，有甚计议？"裘屹道："有一正事，趁妈妈、姐姐不在，特地奉劝：此间他乡外府，非比邻近街坊，况你争名夺利，更非小可。纵使问柳寻花，不过暂时消遣，倘若着意迷留，为害不浅。假如古来败国亡家，那有不因恋色坏事？贤弟昨宵所事，原是张兄赞成，我也不好见阻，虽已事成，犹当速速撒下才好。岂不闻妈妈爱钞，今日有钱，足下是相公；明日无财，只怕做了昝喜员外哩！贤弟是聪明人，不须区区细说，望你早早离却此处还好。"都飙道："老裘自坐馆以来，从没这番说话，莫不是子都教头？"

裘屹道："子都更不比老张，更要你好。"张煊闯入道："裘兄，为何说我的背？"裘屹道："岂敢说你？只因劝大官人戒嫖，话中委实埋怨老兄几句。"张煊道："既与大官人戒嫖，小弟何敢辞责？但大官人自有绳墨，兼有正事在迩，决不沉溺于此。"都飙道："考事已完，还有什么正事？"张煊道："连你们都忘了进这学为何，原说一则光辉门闾，二则在成员外前争气。趁此时新进生员，不回家下祭祖拜亲，更待何日？古人云：'富贵不归故乡，如着锦衣夜行耳。'过了这几日，却不冷淡？"裘屹道："是有理，连我也忘了。记得我当年马上游行，何等辉赫！至今无事存想一回，几多趣味。"都飙道："怎忍撇了萍姐去！"裘屹道："贤弟十分不舍，去了再来得的。"

都飙再三游衍，只耽搁得半个月日，却也费坏一块银子。苦被劝戒不过，只得辞了青萍，竟返临安旧路。不一日，已到北新关上。都飙先着热帮闲顾下马匹，又着盛子都唤了乐人，裴屹买绢，做下彩色旗帐，上写"一色杏花红，十里状元归。"去马如飞。

那日侵早，自从武林门内，直迎到忠清里、菜市桥、积善坊、官巷口，凡是旧时交往去处，无不迎遍。来到成员外门首，邻人俱道："怎么到了家中，又不下马？"那知都飙正要自逞施为，那肯还认成珪为父？原来预先分付乐从人等，若到成家门首，越要大吹大擂，另有赏物。那些人夫，岂不效力，真正齐整也。但见：

鼓乐喧天，笙歌动地。彩旗对对新鲜，夫役人人伶俐。白马罩红缨，却像赛神妆故事；乌巾笼白木，浑如演戏扮憨哥。不识认，人前美是俏书生；颇晓得，背后指称精扯淡。总令通体肉麻，难免周身汗下。

那日就借张煊家住下。次日，小易牙、赛绵驹、詹直口、王炉等一齐来贺。都飙拜谒已完，就浼小易牙摆副荷席、宰副猪羊，送至自己坟上祭祖。管坟的李敬山贺道："恭喜大官人入泮。怎不见令姑夫成员外来？闻得去岁大官人入继成宅，为何不相亲爱？"都飙道："敬山，你那里晓得，我都氏门中生出我这样一位大相公来，也是风水相生，祖宗有幸。那没福分的秃尾成珪，如何招得我起？去岁与他一言不合，我便离了他家，他不知怎的笑我没用。谁知我也自能置身于九霄，不致看他嘴脸，才是男儿所为，岂不是祖宗着力？今日特来致祭。也还小可今秋中了举人，来春中了进士，那时的李敬山，也大大有个好处哩。"李敬山道："原来大官人不在成宅了，怪得佳城上树木郁茂，颜色光彩，却应在大官人发贵之兆！"

都飙道："敬山，你是善堪舆的，只看我这坟上，也不为十分大好，如何竟发个秀才？岂不是人杰地灵！"敬山道："圣人的言语，自然不差。祭品已列，请陈奠。"都飙拜毕，化了纸钱，即将三牲一副送与敬山，又与三钱银子，辞归不题。

都飙归来，大排筵宴，广接亲邻，惟有成珪夫妇置之不闻。却说成珪，终是个软弱的老儿胸襟，不曾复得都飙的仇恨，然此心也渐渐解释；况有翠苔处可以消遣，虽不敢擅动了龟头印记，也好肤面谈笑；更兼儿子长大，心事已足，竟把都飙置之度外。

惟都氏为这侄儿，也不知费了多少心绪，只望他一团孝顺，谁知这个兽禽，一竟负心

至此，岂不大失所望。都氏虽不埋怨，自心尽是难过，每遇出言，自是缩口，正是哑子吃黄连，总苦只好自己晓得。因此日日不乐，倒像染了些儿老病光景，时常发寒发热，心痛头疼。这也不在话下。

一日，成员外来到周智家里。周智一见便道："来得正好，正要着人来请。凑巧，凑巧。"成珪道："有何勾当?"周智道："一件没要紧的事，倒也要的。前日敝亲家荐个画师到来，姓金名全，表字千里。说他传真手段，十中到有十一厮像。小弟不好推却，只得延请在家。画得十来多日，虽是费些银子，且喜一幅三代图，果然画得簇像。今日画完，故此治酌酬他，正要接你相陪，所以说来得却好。"

成珪来到后厅，只见金千里将些果子引梦熊顽耍。金千里即忙施礼。通陈未完，梦熊将父亲一把拽住要抱，成珪抱了梦熊，金千里问道："尊夫人不在此处，为何令郎肯在此间?"成珪把翠苔之事正说间，周智将真容展开与成珪看。成珪正要称赞，被梦熊将髭须揪住道："爹爹，我也要! 爹爹，我也要!"成珪道："儿，你要些甚么?"梦熊道："我见大哥哥请金先生画张人儿，红红绿绿好耍子，又画个叔叔，又画个婶婶，我们又不画，我又没得耍子。"成珪道："儿，这是佛佛菩萨，与你要不得的。"梦熊道："我要佛佛! 我要菩萨!"哭个不了，连酒也不得吃。无可奈何，金千里道："官官不要哭，我也画一张与你。"便寻张纸，胡乱画个人像，抹些红绿，把与梦熊，才得住口。

适值周钟进来，道："小顽皮，又诈些甚么?"梦熊道："不希罕! 只你们有爹娘画，我也有个爹爹画在这里。"众人不以为念，惟成珪口中不说，心下一则以喜，一则以苦，道："我既有了孩儿，一般也学人要画，只为老乞婆心狠，却养在他人家里!"喉间止不住的酸咽。将欲要接金全回家，也画一幅，又恐妻子不允，不敢擅自出口；本待不说，又恐明日去了，难得此便，踌躇未决。

看看酒阑，正欲起身，成茂已来相接。成珪作别出门，周智相送。成珪笑道："适间看画，熊儿也要一张，你道这丑驴如何与他缠得清!"周智道："你也原忒吝啬，如许年纪，也该有个庞儿。"成珪道："连老弟也不知这段就里，岂不晓得我是夫人做主的? 我待请他，倘是院君不肯，成何体面! 好歹累你留他一日，明日必须定夺。"周智道："若要画，莫说一日，便十日也留在此。"

成珪归家。次早问安之后，欲将此事说起，可奈托胆不过，却又不敢造次出口。正是足未进而趄赸，口将言而嗫嚅。都氏道："每日问安毕即便走开，今日恋恋于此，敢又有甚

么话讲？"成珪躬身道："并无别说，只因昨日过周家，见个姓金的画工，一发十足手段，画的真容，俨然厮像。"都氏道："像便像了，干你甚事？"成珪轻答道："我也……"

都氏道："甚么我也？说了半句，又衔半句。"成珪道："我也欲得请他来画一幅，不知院君肯否？"都氏笑道："呵呵，这事颇无干系，要画自画，也来对我饶舌。"成珪道："既蒙相许，岂敢独画？毕竟要求院君同列一幅，庶几像个老夫老妻。"都氏道："甚么老夫老妻，又没个尾巴赶苍蝇，徒然留副末代面皮在世，只好与小儿们戏耍、妇人们褙补衬纸，夹鞋样哩！"成珪道："院君，不是这等说。你我若有子孙，不画倒也罢了；既没子孙，要些银子何用？落得费用些，留个形像，传在世间，使那等暴发人家，没祖宗供养的，拾去朝夕礼拜，岂不强似承继儿子？"都氏道："这些小事，随你则个。"成珪得了这句，好似受了将令一般，一径赍了请帖，来见周智，道："幸而老妻竟肯，特来相请。"金千里既受请帖，便辞了周家，来到成宅。

成珪随即备席洗尘，送下开手礼物，次日买了纸札颜料，请金千里后厅住下。金千里次日将颜色调和停妥，便请成老夫妻照样。成员外深衣幅巾，都院君艳妆时服，二人一排坐下。金千里看得仔细，提起笔来，把稿子一挥而就，便送与成珪道："粗具草稿，乞员外一观，可相似否？"成珪赞道："未施脂粉，便已俨然，画就时不知怎的厮像。院君请观一观。"都氏接来一看，沉吟道："画倒果然画得好，但只一件，先生你又错了。"金千里道："并无差错，便有些小未完处，原是稿子，尚未画就。"都氏道："非也。未完之处，俱是些小关目；今错的，是座次，却是千古规则，不可草草混过。"

金千里道："院君又讲笑了，男左女右，古人通礼，安得错了座次？"都氏道："先生终是古执君子，岂不闻事因世变，昔是今非。孔明求木牛流马之式，曾拜其妻；韩蕲得金山。一鼓之功，私谢其妇。总之，内助有功，应列夫君之左，岂可以区区旧例为法？先生莫管不合式，好歹替我另画罢。"千里道："员外意下若何？"成珪道："老妻说得有理，敢不遵依？"金千里道："女左男右，所差虽然不多，但恐后人见了，不知院君有勤劳之功，应列员外之左，倒说小生画的失了款式。我今有个愚见，画做行乐式样，员外走在前面，正是右首，院君随在后面，正是左首。又不失款，且不失座次，岂不两全其妙？"都氏应允。

金千里另将幅绢，再整霜毫，重施脂粉，一挥又就，更觉相像，都氏不胜之喜。金千里道："容已写就，只须布置颜色。不劳吩咐，二位请便。"成珪夫妇去后，金千里把五彩一一描摹，侧边画株乔松，松伴畔立块怪石，石下生几朵奇花，花外绕一派流水，水中飞一对翠

羽鸟儿。身旁又立个随行的侍女，花颜玉貌，不费钱财的标致，一发画得可爱。

不上十来日，画得七八分的光景周智却来探望，瞧着画儿，便吃惊问道："这侍女是谁着足下画的？"金千里道："小弟信笔布置的。"

周智道："可惜，可惜，这幅用不着也。"金千里忙问缘故，周智答道："高山流水，凭你画些，独这侍女，说也说不得的。举世妇人妒的颇有，独独这位老娘，是个出类拔萃的醋海。你不知当年成员外和小弟到湖上游玩，成公不意中，买得一个泥塑的美人回家，只被院君打了三日三夜不得清洁。如今见此美女，你道可肯容否？先生，幸而未及他见，若是见了，莫说润笔钱不送，还要大大与你个没趣哩！"

金千里道："原来恁般狠醋！怪得日前画幅坐相，嫌是男左女右，大肆不乐，立地另改。小弟因无此理，只得画了行乐式样，少不得要些帮衬，旧规立个侍女，谁知又要见怪。不难，待我添些须鬓，改做小厮如何？"周智道："不妥，不妥。那院君便是八十的老男，立在丈夫身旁，他也要起疑的。"金千里道："有计了，何不竟把浓浓石青将这女儿抹煞，一发画做假山，岂不妙么？"周智道："有理，有理。"金千里随将青笔把侍女抹过，画一块峥峥怪石，更又好看。

另日工完，送与成珪。夫妇二人十分中意，治酒相谢，随即付与裱褙匠。不数日，裱完送来。成珪对妻子道："画既裱成，付之尘箱何用？想日后没人供养，如今总则有的空厅，何不打扫一间，备副香供，自己侍奉自己，如何？"都氏道："正合我意。"吩咐成茂，即将后园花厅扫洒洁净，置办黑漆香几一张、古铜炉台、花瓶一副、交椅立台等事，备设停当，将画挂在居中。成茂妻子日日添香换水，洒扫收刷。都氏每常独自来到厅里，闲玩片时，对画儿看一回，说一回，以为常事。

一日空闲，都氏又来到厅前散步，坐于假山石上，成茂妻子送杯茶来吃了。又坐半晌，想起初时，空手与丈夫创业之苦，今日如此受用，也不枉然，只恨没个儿女，是我一生不及人处。再想到都飙身上，怎生看待他，怎生孝顺我？不觉心上一灰，便把眉头深锁，起身竟走。

不觉红日西沉，天色已暮，少不得打从厅前经过。忽听得耳边厢"嗖"的一响，只道是个鼠儿跳出，仔细看时，并无鼠迹，暗想道："分明画儿边响动，终不然真容作怪？"便倚着香几，把画儿仔细观看。忽然旁边石青画的假山背后，隐隐似有一个女子面貌，看又无，不看又有。原来这画挂过薰蒸，颜色渐退，浓淡中露出旧时画的侍女形迹。都氏不知此

故，早怀了一块鬼胎，记起当年曾在这园内假山背后打死翠苔一节。虽然翠苔未死，都氏其实未知，正是日间干下亏心事，半夜敲门，那得不吃惊？一阵怪风起，遍身毛孔皆竖。回身便欲走入，不知脚下被甚么藤蔓绊住的相似，一步也挪移不动。忍不住回头看时，忽见一物，甚是骇人，但见：

  黑洞洞拥出一团惨雾，乱昏昏披着万朵愁云。雪白面庞，锁两条乌溜溜眉尖；朱红口嘴，喷几缕碧澄澄磷火。遍体伤痕尚紫，旧时声息尤娇，句句道："捉你阴司去！偿吾阳寿来！"

  都氏知是翠苔魂到，急忙要走，两脚却像没了骨头的，撑立不起，只得尽力大叫，指望叫个人来搭救。偏梦魇一般，用力大叫，越叫不响，只得哀求恳拜，无所不至。刚要下跪，却被那鬼一把头发拖去，周身乱打。都氏抵敌不过，只叫："饶命！"

  适值成茂妻子掌盏灯来，接吃晚膳，正没寻处，忽见主母一手挽着交椅档儿，紧紧揪住自己头发，一手捏个空拳，挽转背上乱打，也不分青红皂白，在地骨骨碌碌乱滚。成茂妻不知就里，只道主母有甚气恼，连忙解劝，都氏盯着眼睛，掇起椅子，照头就打，口中白沫横流，只叫："有鬼"，成茂妻方知是病，即尽力抱住，揿在椅上坐了，问道："院君为何这等？"

  都氏牙关紧咬，挣道："翠……翠……翠……"成茂妻道："院君，翠些甚么？"都氏道："……翠苔。"成茂妻道："翠苔久已逃走，院君想他做甚？"都氏也不回覆，只把头点几点，眼睛已闭，小便直流，成茂妻心慌无措，高声叫道："不好了！你们快来，院君死了！"

  成珪听见这句，忙来看时，惊做魂不附体。问其起根，只闻说"翠苔"二字。成珪道："是了，且莫根究，快觅姜汤来灌。"成茂妻立时办到。灌将下去，渐渐苏醒。成珪再三叫问，都氏只像呆的相似，瞪着一双眼睛，骨碌碌的闲看。成珪随即求神拜佛，接医生，起易卦，连夜酹献，那里肯愈半些。一连半个来月，茶也不思，饭也不用，日也不安，夜也不睡，口中只叫"有鬼"，并不肯说鬼是何人。又道周身毒打不过，千夫人、万奶奶的，一日讨饶到晚，总之心内还明，再不把翠苔事迹说出。

  成珪虽也有些领略，又不敢问起此事，落得把银钱费用。那时病久人虚，耳反清亮，远远听见鼓乐之声，甚是聒噪，问丈夫道："这鼓乐是迎甚么过？"成珪出来一看，原来迎秀

才过，坐马的正是都飙，见他昂昂而过，眼梢也不把姑娘门前看一眼。成珪暗想道："怪得许多产业，去收税时，俱说与他买了，原来卖这一桩银子，买个秀才做着！他也不认我做爹，我也不少你为子。这几时院君病重，没个心绪与你较量；过几时，少不得这秀才也还结果在我手里！院君病中，若说与他得知，岂不加其气恼？不如调个谎，暂时瞒过，待病痊后，说与未迟。"于是撮句谎话，回覆已了。

不期成茂妻子，一则不知就里，二则嘴尖舌快，竟把"都大叔进学迎过，不到我家"的话一一说完。都氏虽在病中，自恨身子不健，不能报此仇恨，正是虎瘦雄心在，人穷志气高，冤家结到头来，怎肯轻轻放过？免不得倾天震地官司，出死入生干系，下回便见。

总评：

　　盗财买名，千古丑行，况盗我财而炫我乎？非彰其荣，是彰其辱也。此固世之通病，白本蹈之，亦不足怪。第恨其所需皆继产，而所负独继亲。总之继子辜恩，天下不独一都飙而已。故主人拈此一段，正为无子人绝断子之想耳。若冷祝布袋，尤宜黜之。

第十六回 妒气触怒于天庭 夙孽报施乎地府

引首《饮中八仙歌》杜子美作

知章骑马似乘船,眼花落井水底眠。

汝阳三斗始朝天,道逢曲车口流涎。

恨不移封向酒泉,左相日兴费万钱。

饮如长鲸吸百川,衔杯乐圣称避贤。

宗之潇洒美少年,举觞白眼望青天。

皎如玉树临风前,苏晋长斋绣佛前。

醉中往往爱逃禅,李白一斗诗百篇。

长安市上酒家眠,天子呼来不上船。

自称臣是酒中仙,张旭三杯草圣传。

脱帽露顶王公前,挥毫落纸如云烟。

焦遂五斗方卓然,高谈雄辩惊四筵。

评:

天神地祇,为妒气所触,各有八仙蒙酒之态。

却说都院君自从见鬼,染下心虚病症,凡有一毫响动,便叫"有鬼"。那时听得鼓乐喧天,成茂妻不知世务,竟把都飙进学一事说了。原来都氏这病,半因都飙气成,今又进学施为,不来探望,已是十分恼恨;更兼丈夫又不从实说知,一发转添抑郁,暗想道:"咳!我

尚未死,他便如此瞒我!明欺卧病在床,不能动弹!"便欲挣扎起来,发些言语。未曾抬头,早已晕倒,翠苔魂灵又是照头打来。

千思万想,委实发泄不出,只得叹口气道:"罢了!罢了!谁知与他做了一世冤对,毕竟管顾不了。自今一死之后,他决乎另寻了妻房,把我撇在脑后,只可惜挣下许多财产首饰,竟付与他人享用,不若尽行取出,一火焚过,倒也放心。"便唤丈夫吩咐道:"可将我一应衣衫首饰,尽行收拾出来。"成珪道:"院君,搬出何用?你的儿子又不来,女儿又不至,将欲分剖与谁?"都氏两泪交流,回覆不出,喉间"咽"的一响,那点怨恨念头,直从顶门里飞将出去,悠悠荡荡,竟也不知直到那一方去了。

成珪慌了手脚,忙将汤水来灌,牙关已是紧闭,身上尽已冰冷,只有口眼不闭,心头未寒,不像真正死的。因此不敢殡殓,一连两昼夜,动也未动。成珪欲将翠苔、梦熊接回,周智道:"不可。吾闻坚执之人,此心至死不变。院君与三娘子生时不睦,死后岂肯相容?况梦熊千金之躯,以今忙忙之际,家下六神不安,归来设有不虞,复将谁咎?索性事完之后,唤归未迟。"成珪以此放下念头,不题。

且说都氏这点灵光,结就一块怨愤之气,随风驾雾,渺渺茫茫的,直透上九霄天外,变作一片乌云,直逼兜率天顶。那日正是太白星在于西天门巡视,忽见这道怪云从下方直冲起来,仔细一看,知是牛女分野之地所生,暗想道:"此云来得蹊跷,必主下方有何怪异。"看看逼近帝座,不奏恐有罪累,于是忙整朝衣,来到太微玉清宫中。适值玉帝临朝,众臣顶礼毕,张天师道:"众官有事,就此宣奏,无事退班。"太白出班,山呼拜舞道:"巡视西天门臣,李长庚谨启陛下:适见中方世界,女牛分野之地,有黑气一道,上冲天顶,将逼帝座,不知主何妖恶?谨奏陛下,乞审其详。"玉帝传旨道:"快宣文昌星,代朕看来,果系是何妖孽,的确奏闻。"

文昌得旨,即忙骑上白骡,天聋前导,地哑后随,朱衣掌科甲之案,魁星携点额之笔,驾起祥云,霎时已到西天门外。站在高阜去处,瞪目一看,便已识出其中之故。转身回奏道:"臣蒙玉旨,来到西天门外,果见黑气一团,甚是凶勇。初时不知何怪,以臣愚见推之,黑色属阴,而气则生于暴戾,以阴人而有暴戾之气,其人必多泼悍。占之,当是妒妇气也。虽无大害,而下方男子受其荼毒者,亦不浅鲜,因宜急剿,以苏群黎。"玉帝道:"妇人妒性,何代无之?故朕设官之意,特封介子推之妹于太原,为妒女神,至今崇立庙貌,受享血食,亦专为收摄天下之妒气而然也。今其不守乃职,而使妒妇逞其施为,主妒官罪当何如?

快着功曹,宣取介妹到来。"

功曹得旨,跨上云骢,一瞬间引了介妹奏道:"介妹现在朝门,不敢擅入。"玉帝道:"召来见朕。"介妹舞蹈山呼,拜伏在地。玉帝问道:"朕设官之意,各有所司,封卿统驭妒妇。今者妒气犯于朕座,卿有何说?"介妹道:"臣蒙圣恩,谬寄妒司之职,匪不兢兢业业,以圣德宣化女流。可奈世妇人顽,酿成积弊,欺夫者视为故套,柔顺者反曰无能;且彼夫婿每每乐从,不诉于臣,臣亦无人责理。况臣受天之命,而任臣者,陛下也;及其奉臣之教而应化者,人主也。奈唐之武后,过臣之庙,妄听书生之见,将臣莫之略顾,臣既不敢加殃。后人以为无灵,又安可复行教化,宣威于妇女哉?以是雌风日甚。即臣之职,将为他人所有,臣亦无以自辩,谨候黜逐而已。"

玉帝道:"闻卿所言,甚觉恳切悲楚,是能守职而力不足者。今当赦尔无罪,急去收此恶气,复司旧职。"介妹道:"臣之力薄,止可疗些小之妖魔。今其气能干于天庭。必系积妒大敌。臣不才,难以独任,乞宣张道陵同往,倩彼法力广大,庶可保全无咎。"玉帝准奏。

张道陵辞道:"臣既食天之禄,理宜不避汤火。但降别妖、斩别怪,是臣专门,而疗妒一事,实难承旨。忆臣居家之时,山后有登天之梯、步云之履,而能朝近龙颜,暮亲妻室者,赖有此也。不期亦被泼悍之妻,怪臣来往难稽,私将二宝打破,致臣不能如前之便,臣亦莫之敢禁。若奉明旨,能不丧师?谨以实衷上辞以闻。"玉帝笑道:"卿既不去,复荐何人?"天师道:"他人柔善,俱不可去,独有雷部之中邓天君最猛,若得他去,便可奏功。"玉帝准奏。

邓天君得旨,便把两扇肉翅,连飞带耎,笑吟吟地道:"今日玉旨宣俺,必又有甚么乱臣贼子,作成老邓燥脾也。左右,快与俺发起雷来。"众雷神拥着邓爷,来到玉帝前跪下。玉帝道:"中界有一妒妇,逞其暴戾之气,上干天威。朕赫斯怒,卿宜即往击之。"邓天君得旨,暗想道:"邓老子从来只会打狠人,打恶人,那妒妇只系女流,柔柔懦懦的,教我怎生一锤打得下去?况且浑家霍闪娘又要护局,如何处之?"只得回奏道:"臣蒙差遣,不敢有违。但臣瞻视之力,全仗妻子霍闪娘前导。今彼另有下情,急欲一奏。"玉帝道:"宣来见朕。"

霍闪婆把手中电光放下,拜舞奏道:"臣妾闻天帝好生,恒以慈悲为念。微臣执役,亦以方便为门,乱臣贼子,固宜疾除;怨女悍夫,尤当体察。妇人戾气冲天,必是受夫凌逼,陛下即行诛戮,似听一面情词。臣非曲护女流,谨以公言上奏。夫虽为妇之天,妇亦是夫之地,地无天未至暴露,天无地必于欹倾。既称并体之交,岂有尊卑之别?况男儿出外,

妄接妄交,女流居内,惟贞惟一男儿出外,恣其脍炙之先尝,女流居内,咽其糟糠而未饱;男儿惟色欲之自娱,女流有胎产之艰险。计其忧乐,男不过什一,女何啻百千?今陛下遣臣遽诛是妇,不惟失天帝好生之初心,将必扫尽天下之阴气,而使孤阳不生,乾坤倒置,复为混蒙之世界矣!臣不辞万死,谨奏上闻。"玉帝默然不语。正在两难之际,班中突出一位仙官,但见:

> 不着绯袍不带冠,长鬈伟貌自翩翩;
> 歪梳云髻双垂耳,斜挂霞衣半露肩。
> 常带笑容缘口阔,脱离烦恼为心闲;
> 蟠桃会上曾相见,却是琼林赤脚仙。

尔时赤脚大仙轻挥麈尾,呵呵的出班奏道:"陛下顾欲以无上之至尊,而为社令执役乎?"超仙入道:"陛下之事也;摄魄勾魂,冥司之事耳。陛下遑遑然必欲为彼祛除,得无以天堂改为地狱哉?"玉帝敛容躬身道:"若非大仙玄诲,朕亦几乎盲聩矣。快着功曹,传向冥王得知,着彼勘明奏覆。"即刻退朝。

再说十殿王官,闻知天使到来,即摆香案,迎入殿内。开读毕,天使仍跨云骢飞空而去。十王即着值日判官写下牌面。原该是一殿楚江大王行事。楚江提起朱笔,把牌批了日期,限押读道:

> 一为钦遵明旨事:
> 奉玉旨诏示,中界女牛分野,有妒气上干帝座,理合祛除等因,为此仰役查
> 访的确,系何悍妇,即时绑解来司,以凭审奏。毋违。
> 右牌仰无常磷仵
>
> 　　　　　　　　　　　　　　　　　皇宋　年　月　日　押　限至　日销

磷仵领下牌票,即同诸鬼使等驾阵阴云,一齐来到女牛分野之域,望着黑气,已是临安地面。寻了当坊土地社令,问道:"此处黑气所出之家,不知姓甚名谁?我等奉玉旨来拿这人,烦该方社令指示,以便捉拿。"土地将手中挂杖指道:"那家姓成名珪,吁气的就是

其妻都氏。"

众鬼卒得了实信，一齐来到成珪家里。原奉玉旨头行，那家堂圣众、门丞户尉，那一个敢来拦阻？竟拥到都氏床前，不由分诉，竟把臂膊粗细的铁索，照头一套，拽了就跑。钢叉护送，铁鞭频打，前拖后赶，那许少停！成珪守了数日，忽见断气，即忙举哀，三日后殡殓，不须细说。

都氏随众人，渺渺茫茫，行走间，脚下颇酸，口中大渴，欲要暂停，那里能够？四围又没人家，那得茶水入口？只好两泪交流，千言哀告。磷仵只是乱打乱喝，一些也不松放。内中一个鬼卒道："这是玉帝钦犯，不比本主执行，倒要温存他些才好。倘是途中辛苦，弄得个半二不三，倒要自己抵罪。"磷仵道："前面就是孟阿奶门首，送这妇人讨杯茶吃去。"都氏听得不胜之喜。

磷仵带到厅前，只见一位白头妈妈，笑吟吟的掇杯浓茶出来。都氏连忙拜受，一气饮下，眼见得如醉如痴，竟把生平之事一一说出道：

"妇人本姓都，四德三从一例无。作事多勤俭，管家颇善图。二八花颜多美貌，嫁得成珪柔顺夫。从来不识为妻礼，打骂儿郎性格粗。莫言抓破脸，几度拔残须。表情巴掌原裁竹，示辱鞭鞘不似蒲。灯台作答杖，马盖代流徒。不由亲蠢婢，那许近痴奴？出门应受三皈戒，入户还凭百忍书。欲行尤踯躅，欲语尚咨诅。恐怼香期宁忍饿，钻谋侧室假游湖。归来尽把丫头卖，空费佐钺。恐渠有外色，龟首用印图。娶来实女为伊妾，那管家门后嗣无。侍婢藏春意，忙书绝命符。只因假印私情露，官棒临街非不辜。新增多礼法，条律颇如炉。正遂些儿愿，悠然赴冥都。一生积聚他人得，枕伴从今忘却奴。满腔郁塞气，飘渺上云衢。既干天神怒，何辞冥帝诛。自甘永作轮回堕，引领刀山斩寸肤。"

原来地府中，若个个要用刑法取供，一日阎罗也是难做，亏杀最妙是这盏孟婆汤。俗话：孟婆汤，又非酒醴又非浆，好人吃了醺醺醉，恶人吃了乱颠狂。怪不得都氏正渴之际，只这一碗饮下，也不用夹棍拶子，竟把一生事迹兜底道出。孟婆婆一一录完，做下一纸供状，发放磷仵，带送十殿案下。

那时楚江大王见磷仵将女犯带到，即在森罗殿中摆列公座，击起会众鼓。少时十王

俱到，依次坐下。皂隶排衙，书门叩头，然后取上原牌，并孟婆婆处供状，各各观看。

都氏跪在埃心，举目无亲，身不由己，心下才悔道："原来那些王侯鬼判，口口声声，只恨我欺夫罪大，到今日教我怎生悔得！"十王之中，看了供状，也有掀髯大笑的，也有拍案大叫的，也有睁目恨骂的，独有五殿阎罗天子开口道："夫乃妇之天，汝既为人妇，理应善事其夫。自既无子，亦当以宗祀为重，曲与周全，娶置婢妾，以候天命之万一。如何不惟不虑后嗣，且把丈夫欺压至此！是怎么说？"

都氏道："大王息怒，容奴细禀：念欺夫原非妇人本心，其来自有所渐。妇人适夫，原有尊敬之意；丈夫娶妇，每多宠爱之心。宠爱既久，恭敬已阑，乘其可侮之隙，试开打骂之端。打骂既久，视为故套，片言之触，奴岂肯容？些事之挫，奴安能已？此则糟糠中豢就之沉疴也。今而稍觉富饶，原系奴家协力，便欲娶妾，佯言求子，实是弃奴。奴念积蓄苦辛，一旦为他人享用，即如我田彼种，我马彼骑。试使大王当之，或肯与否？"

邓都拍案大怒道："好长舌！好利口！怪得悍戾之气，直能上干天顶，只问你，娶妻不要帮助营家，要娶妻子何用？今得富饶，便道全仗尔之帮助，应受尔之制伏；若或贫窘，尔复谓夫无能，越发恣情欺侮。总之，苏秦之妻、买臣之妇，俱是尔辈一流，吾不能细诛历代之妖妻，只把你煎熬，做个样子。"叫鬼卒："与我拽下，剥去衣裤，先打八十板！"鬼卒一声喊处，把都氏剥做赤条条的，一五一十，打得鲜血迸流。都氏好生痛苦，几番晕去复苏。

鬼卒报打完，邓都叫日记判官，吩咐道："且把都氏种种他样罪恶，暂且放过一边，只将他日逐打骂丈夫等事，细算明白，开册上来。"判官应诺，即时搬出一担多陈年帐簿放在当殿，又唤一个算手一个书手，只把欺夫一项，登时开算明白，钉成一册送上。邓都读道：

> 日记判官某人，今将犯妇都氏，在生于某年月日，欺夫案牍开算于后：
>
> 一算得大小骂詈抵触、强辩花言、虚捏调谎，共计一百万九千六百七十八句半。
>
> 一轻重拳篦棍杖、鞭拍踢打，共计七十万八千五百九十三下零。
>
> 一零星诬陷凌制，大小计五百七十四件。

邓都问判官道："打骂之说，吾已悉知。但其下数内，亦如钱粮账目零半，何也？"判官道："启大王，冥司日记之例，原以出口朗詈朗骂者算为一句；其形之于面庞，未发于口角

形于势,未经拍下者,算为半下,今积数之,亦有半零。但诸色平交人等,止于以一复一,
惟臣之于君,子之于父母,弟子之于师长,媳妇之于舅姑,妻妾之于夫主,每骂一句,法当
倍打一下,每打一下,法当倍剐一刀。"邓都道:"既如此,可就把该倍数目科清上来。"判官
又把算子一拨,开道:

　　一算得骂若干句,该倍打若干下,作百次打。

　　一算得打若干下,该倍剐若干刀,作十次剐。

　　一零星等事,不敢擅定刑法,惟王上裁。

　　邓都道:"怎么叫做零星等事?"判官禀道:"即如揪耳、拔须、顶台、罚跪、抓肤、揸脸、
摘腮、咬鼻等事,总而谓之零星。如陷夫枉受官棒,谓之诬陷,如焚香防刻、打印关防,谓
之凌制。凡此种种,既无定律,以是不敢擅拟。"邓都道:"原来这恶妇,一竟竭尽人间苛法
以制其夫,我何惜竭尽地狱苛刑以粉其骨!"叫鬼卒:"笞剐两条,且剩来日后销算。只将
零碎一项,尽把地狱所有种种极刑,一一与那恶妇受用些!"

　　众鬼卒各有所司,一声喝处,两旁齐齐的摩拳擦掌。都氏无言,只得承受。可怜娇养
佳人,竟作死囚形景。但见:

　　熟铜夹棍捎麻绳,夹碎金莲小脚跟;

　　浑铁拶横春笋指,断骨零皮鲜血淋。

　　紧紧脑箍加额上,时作包头狭一棱;

　　两眼睛珠齐突出,百般剐话便招承。

　　金钩扎出澜斑舌,两乳尖头坠石瓶;

　　烧得铁靴红似火,穿来因有绣鞋名。

　　热就沸油千百石,锡龙缠体灌其身;

　　另烧小小金刚钻,直插横锥透骨疼。

　　两旁牙齿齐敲落,指甲将钳拔落根;

　　高称两手周围打,又名龙女拜观音。

上悬足胫下坠石,别号姜公钓渭滨;

四足平牵背负石,蜘蛛织网捉苍蝇。

绑在柱旁齐力锯,肉浆骨屑落纷纷;

四肢细细将来锉,撩上刀头直透心。

更有恶蛇争啖食,满天飞舞尽饥鹰;

少时锅内油花沸,一叉推入火光生。

骨酥肉化惟余发,竹器撩来复又蒸;

烧尽五毛并百骨,蚕盆落处百虫侵。

豁肠剖腹寻常事,尚有当年炮烙刑;

谩言笞杖徒流绞,暂系深深十八层。

俗话说:"阎罗王的工夫,原是空的。"果然十殿冥司,人人不忙,既不饮食,又不烦恼,直看都氏受这数日刑法,竟不起身。孽风过处,都氏又复了原体。十王吩咐第一十八层阿鼻地狱鬼卒带去收管。不题。

十王计议定罪,俱各相逊,不肯擅自动笔。邓都道:"我等不须谦逊,何不竟把本犯罪款,分为十题,各阄一事,即撰判语一首,同复玉音,有何不可?"十王依议,即使分阄。

一殿楚江大王,阄得焚香限时事:

一勘得都氏,乃成珪之发妻也,生而暴戾,矫诈凤成,不曰妇道当闲,惟谓妻纲宜整。欺夫压主,模范百端。而乃以博山之器,妄焚龙脑以作规;遐岛之香,僭拟鸡筹而限刻。使其夫足才出户,便生如箭之归心;身未入门,先祖受箧之老臂。诸凡制肘,些事络头,不容寸步之悠游,几斩满门之血食。尤为不遂,吁气触天,不正典刑,律法何预!

二殿秦广大王,阄得湖中诋触事:

一勘得都氏,六旬无子,犹然虎据其夫,不容娶妾,罪已盈矣;复嗔劝勉之言,大肆喷唾之悍,甚至盘中之馔,俱为饰面之脂;席下之珍,尽作染衣之色。丈

夫之供虐宜矣,他人之受欺何哉?西湖水仙,奏牍非谬,掌嘴犹辜,拔舌斯快。

三殿宋帝大王,阅得尽卖奴婢事:

　一勘得都氏,因湖中之劝,妒意转狷,乃尽货其伏役之婢,使卢全兴叹,苦无赤脚丫鬟;居易拥愁,为乏纤腰歌妓。然卖婢之情固轻,而绝嗣之法实重。当劓其鼻,以彰无奴。

四殿五关大王,阅得食啮臂事:

　一勘得都氏,妒心已甚,暴戾极深。其夫有燃眉之忧,而伤梁武之希疗妒也。岂氏鹊性善猜,猩灵知往,察夫所志,愈炽毒肠。顾乃肆其爪牙,张其威武。拟鳄鱼之吞,不惧韩公之牒;效贪狼之噬,岂防猎者之诛。夫甘折臂,氏已快心。曲肱之枕既难,锉骨之刑未免。罪逾郄后,报等樊姮。

五殿邓都大王,阅得设印龟头事:

　一勘得都氏,制夫多术,超出群妪。浪藥雀文,妄施龟首,其毒算亦已甚矣!尔且以关防多密,使夫君必正立执绥。吾独恨造思刻深,着鬼卒须严加鞭拷。罪与假印同科,报以畜生偕类。

六殿变成大王,阅得伪娶实女事:

　一勘得都氏,老淫忘耻,惟识独槽,不曰后嗣所关,惟以前桩是务。强从劝勉,伪纳石田。纵使后稷再生,虞王复世,亦无以施其耕耨之力。嫌夫空费钱财,枉耽岁月,已遂袖手之观,更得旁观之乐,尔计谐矣,吾怒剧焉! 当剜其五脏,磔其百骸,为有心术者之鉴戒云。

七殿泰山府君,阅得毒打翠苔事:

　　一勘得都氏,因夫有旁掠之嫌,即将侍婢翠苔立时打死,尚使成茂驮抛江中。其忍心昧理,不亦甚乎? 若夫贾女之香,当罪韩生之窃玉;羌胡之适,岂干蔡琰之投桃? 即文君私奔,亦无鸥革之罪;而戚氏蒙恩,竟罹人彘之惨耶? 翠苔虽未至死,都氏毒意已彰。合行枭示,以警世风。

八殿平等大王,阅得诬夫受拷事:

　　一勘得都氏,以鼠雀之忿,而肆虺蝎之毒,力工长舌,巧弄虚脾,致盲吏得以徇情,而懦夫因之破胆,陷于狼狈,波及无辜。自谓鹦鹉能言,将拟丹山之凤矣;不知蜘蛛虽巧,能知冥府之网哉? 当年真快意,今日莫心焦,试历刀山之美景,再尝苦海之良宵。

九殿都市大王,阅得伪设礼数事:

　　一勘得都氏,枭顽绝俗,猿悍出尘,是宇宙间一炉魁也。且欲祖述前传,垂传后世,妄效周公之制礼,辙同萧相之兴条。私创百言,僭窃无惮。废弛举世之妻纲,大乱人寰之法纪。非设礼,是越礼也;而制律,实犯律焉,宜防矫作之端,用蹈镝锋之锐。

十殿转轮大王,阅得画争座事:

　　一勘得都氏,悉忘女体,自谓至尊。藐夫若三尺之童;视己如九重之帝。恶条盈贯,难以具陈。即画图细事,必专左僭于夫;而昭穆大纲,直欲肇更于汝。

汝之初心,既巍然矣;吾之妙用,不慊尔乎?宜变为牯牛,使肥大其体,为兽中之壮长云。

十道判语,齐齐写出,众鬼判击节称颂,两廊各殿、牛头马面都道:"磨折得有趣,判断得无私。即便过街老鼠被擒,人人称快;咬人恶犬遭诛,家家受惠。"

也不知这虔婆,还出得地狱否?且听下回分解。

总评:

《易》曰:"恶不积,不足以灭身。"其都氏之谓乎?吾,于其尽受冥府极刑,不能不击节称决也。观此回者,愿传语世间妒妇,幸毋视以为假,恐至真时,追悔莫及矣!

第十七回 波斯阅招救难 都氏带罪受经

引首《夷门歌》王摩诘

> 七雄雄雌犹未分,攻城杀将何纷纷;
> 秦兵益围邯郸急,魏王不救平原君。
> 公子为嬴停驷马,执辔逾恭意愈下;
> 亥为屠肆鼓刀人,嬴乃夷门抱关者。
> 非但慷慨献良谋,意气兼将身命酬;
> 向风刎头送公子,七十老翁何所求。

评:

> 案牍纷红,颇类战攻之冗;恩情酬报,实胜嬴、亥之俦。

却说都氏受下诸般刑法,暂系阿鼻狱中,十王做成招语,将欲回覆玉旨,不能尽述。

再说波斯达那尊者,从至地狱,已指一魂托生成家,其余二魂仍在普度院中。终日与地藏菩萨讲经论道,协济狱中孽鬼。却见在狱诸鬼痛楚伶仃,好生不忍。

一日,对地藏道:"弟子得蒙提挈,宣扬救拔之典,每见诸大孽鬼罪极深重,永世难离地狱,愚实不忍。不知有何见识,可以平地尽化为莲台,以释彼莫赦之魂魄否?"地藏道:"尊者之言,正是老衲之本意,无奈世人自投罗网,去一来十。虽积狱中,久久尤可解脱。惟世之妒妇,各王俱所深怪。故凡妒妇入狱,不论轻重罪犯,决不行赦,即天人阿修罗亦不垂悯。以是狱中日复一日,年复一年,只见增来,不见减去,反是大患去处。"

波斯道："想必妒妇公案，必是执行官苛求刻画，做成铁笔招眼，使无可松之处，以致如此么？"地藏道："非也。此事虽属十王拟罪，其供招俱系孟婆经手，故凡案卷，皆存孟婆处执掌，亦是慈王松放女流之微意，奈彼罪犯真当，叫孟婆亦难护局。"波斯道："既如此，弟子就造孟婆，借他案卷一观，倘有可松之处，方便一二，有何不可？"地藏允诺，即差两个童子，引着波斯尊者，来到孟婆公署。

孟婆婆欣然出迎。叙礼毕，问及来意，波斯就把借观之事说知。孟婆道："尊者有意于此，本当罄历代之事以备一观；奈俱经查盘，封入刑曹库内，一时不便发出。近有新来数桩，俱已审结，尊者不嫌，请先一览。"孟婆唤女侍送将出来。波斯读道：

一起绝后事　祖宗告

　　审得范氏，青楼之贱妓也，以笼络之术，而适富商祝希汤。盖以四旬之妇，而匹三十之男，婚制固已舛矣。既而老妇事夫，焉能有嗣？正宜任夫另逑侧室，乃复悭然，逞独据之悍。希汤不敢抗违，甘作无男之鬼；范氏肆情凌虐，俨然自立为尊。堂堂者堵已被羁拦，冥冥中奚容漏网？依律变猴，仍为丐者，斩尾牵弄。希汤自行不端，致为妻侮，亦变雄犬，使交媾时，甘为雌者舔阴。

一起轻捐丧制事　记曹首

　　审得刘氏，夫丧未几，恸哭颇哀。其兄王真，恐致过痛，示以其夫狎宠之图，氏竟卒然罢戚，尽废丧仪。虽云堕落术中，胡乃罢漓益甚，心坚金石者固如是乎？况夫已故，何必再酸？今日如是，他时可知。当系阿鼻之中，候变山中之鹿。兄王真，陷人不义，律所当诛，姑念爱妹之衰，但减阳寿一纪。

又一起不死不了事　自告

　　审得汪氏，因夫五旬无子，不便却亲族劝勉之言，虽许娶妾，终非愿也。既将荐枕，曰："必自吾室而达。"彼曰："吾弗忍也。必自吾床而达。"彼复曰："吾弗忍也，必自吾身而达。"彼又曰："吾终莫之忍也。"乃自缢。噫，此贤妇之为乎？

抑妒妇之为乎？总之斯情难弃，即均派又何如；些事不舒，乃捐生而若是，树祸匪轻，遗体犹重，谩稽视其夫君，已见蔑然其父母。宜就黑暗之狱，以惩浅窄之衷，仍变狸猫，彻宵咆吼。

一起活弑夫命事被害夫燕然告

审得屠氏，窥夫将有远行，谓必恋他乡花草。乃醉以仪狄之狂药，挥其郢氏之锐斤，诱至阴门，断其阳物。独不曰夫无前件，即在舍总是徒然；况复捐生，与离家又何分别？彝伦罄丧，祭祀斩然，虽云恩妇之庸谋，实系妒婆之毒算，罪恶既盈，天人共愤，戮诛不足以快心。阴谴务期而啖肉，锉作尘末，贬为醋虫。夫燕然肉具既无，情可悯，转世为富贵阉宦，慰其无聊之思。

一起虎餐四命，斩绝后裔事。贾克同乳母婴儿连名告

审得郭氏，残酷之巨悍也，其吕氏之后身乎？乳母代看他儿，惟求儿喜为荣；亲父抚弄己子，岂虑妇嫌甚密。衅端既兆，祸隙由生。直以列缺之鞭。等蒲樗而博戏；骨公之拍，同檀板以消闲。彼姝者子，宛其死矣。是孽也，已属弥天；而氏也，奚容再犯！一门寂寂，四命嗷嗷，纵令万剐其躯，未泄半分之恨，永世变牛，人民均啖，二乳母、二婴孩，皆终非命，亦系前愆。其夫贾克，岂不知瓜李之侧，当防整纳之嫌；而可以荆棘之丛，逞其爱儿之癖？虽无问鼎之意，实系种祸之醵。前罪姑饶，后尤莫贷，绝门不足为惩，转回亦是难免。

按：贾克妻郭氏，生子甫一岁，而倩乳母抚之。克与儿调笑，是乳母所抱时也。郭疑，乃杖杀乳母；儿觅母，郭复怒杀己子，后又生一子，亦如前调笑，郭又杀其母，儿因无乳而卒，竟绝后。

一起希图媒蘖事　记曹首

审得王真，患病经年，赖媳颜氏，躬事汤药，实再世之赵姬也。真病稍愈，每

赞乃媳之贤。其妻刁氏，以禽兽之襟怀，妄拟夫、媳之有奸。乃衣夫之衣，冠夫之冠，饰以风月之言，润以温存之色，往探诸媳曰："当此美景良宵，能不念往日之绸缪乎？"颜氏洁比璠玙，心坚金石。一旦觑舅行之若此，乃愕然而损舅之庞，归诉父家，从容而缢。呜呼！管蔡流言，未免自身之祸；伏波遭陷，能掩身后之名哉？故颜氏之缢也，流芳百世，尤当证佛果而生天；刁氏之正典刑也，遗臭万年，且永落轮回而堕地，何自蹈于狂悖耶？当以千钧之石，压于本犯之右臂，历万劫而不赦，使后人见之，曰：女旁有石，妒字之谓欤？

一起忤旨欺夫事　记曹首

审得柳氏，虎据帏房，鲸吞侧室，以上赐之二妹，且施毒膏而秃其发，吼声闻于九重。上以宽宏，赐鸩而诫。氏且遽然忤旨，宁受鸩而不屈。噫！其五伦者其若是乎？罚鞭不加惩治，冥王岂肯徇私？夫任环羊柔，怯敌龟缩不伸，毫无男子之纲，大失人臣之体，贬为粪蛆，为甘污者所戒。

按：唐兵部尚书任环，太宗赐二艳妃。妻柳氏，以毒膏烂其发，秃尽。太宗赐金瓶云："饮之立死。不妒不须饮。"柳氏拜敕曰："与其多婢，诚不如死，乞饮尽。"太宗谓环曰："人不畏死，卿其奈何？"二女令别宅安置。

一起陷夫膻秽事　记曹首

审得王导，弄璋未卜，广备小星，苦遭发妻曹氏，总非与众乐乐者也，咆哮[口舌]喉，不日无之。徒使佳人避狄，同孟母之三迁；夫子去掌列生之六辔。短辕不进，长麈无功，一宵之爱可赊，九锡之诮难受。陷夫膻秽，咎可谁归？罚为荒岭之孤，猿以警绣帏之独皂。

按：王导妻曹氏甚妒，导惮之，乃密置众妾于别馆。曹氏知而将往。导恐被辱，遽命驾，犹恨不进，乃自以所执麈尾柄驱其牛。司徒蔡谟闻之，戏导曰："朝廷欲加公九锡。"导逊谢。谟曰："不闻他物，惟有短辕犊车、长柄麈尾。"导大惭。都人以为笑谈。

一起风流未尽事　小青告

审得冯二、苟氏，一系村鄙贱夫，一系嚣顽蠢妇。以蕞尔之铜臭，得糟餐溺饮于人世者幸矣。乃妄想青娥，浪挥白镪，娶小青于广陵，陷为侧室。当想福分无多，日夕烧香拜礼，少忏平生之侥幸，尤恨迟耳，岂得反肆驴肝，轻锻凤藁，使接舆有德衰之叹，明妃无返汉之期！苟氏因之，得以大张妒檄，广树雌牲，揉碎娇花之瓣，削残方竹之棱，焚诗毁像，凌烁百般，彼袅袅者已灰飞矣，吾昭昭者能烟灭哉？首以苟氏，去其"艹"而傍"犭"，从以冯二，增其"虑"而减"冫"。小青天命不辰，有才无偶，既列散仙，勿生怨望。

一起咒咀诬害事　关帝移文

审得俞氏，五旬无嗣，发白尚淫，不以夫妾为合律之娶，而曰："我爱岂他人可分？"视庄氏等眼中之屑，昼夜欺凌；祷神前若浸润之，谮夫妾并毙。关帝鞫得其情，乃烛咒咀之悍，铸思极毒，陷害最深，不尽抽肠拔舌之条，难泄枉言诳妄之罪。其夫尤弘远、妾庄氏，被诬既死，日久难于返魂，当以未终之寿，准来世之算云。

一起上干天帝事　奉旨

勘得妒妇都氏云云，招稿凡十道，俱系本犯罪縣。（具见前回，不及备录。）

波斯尊者看着前十段审语，叹道："原来罪正情当，怎么怪得阎罗刑法？"又看到后十段判语，大惊道："原来都院君亦在其内，果然受此果报！偏又奉旨捉拿，必难松放。想我当年曾受他许多恩爱，从无一毫酬答，他今罹此苦恼，正宜为他解分。"

连忙将各案交还孟婆，一气来到普度院，见地藏道："弟子今日又患下一桩孽病也。往昔都大娘子，原系妒婆领袖，弟子谅他亦难脱此苦厄，岂期今已果然。但不知为何又奉

玉旨捉拿,判语俱已做就,只待覆旨处决?我想此妇待夫虽薄,待弟子极其隆重,迄今落难,安忍不救?惟虑绵力无多,不能提拔,反重其罪。倘教主肯看薄面,发菩提心,行方便事,为弟子救此孽魂,何幸如之!"

地藏道:"此是区区分内之事,何劳相求?奈众妇行诸恶事于闺阁之中,人君之所不闻,官吏之所莫治,实系人人漏网,个个脱钩。今当阳寿终时来此地府,自然该与一一填还,方可为人世报应。使不肖者亦可寒心颤胆,少佐治化之所不及,正是圣人爱人的去处。若竟以一味慈悲,将有罪者即便放去,那等恶人,岂不更加僭妄?是反重其罪也。故如来不革地狱之严刑,正为不肖者所累耳。今尊者眷属,罪既确然,即使受些苦楚,不为无辜。若要老衲向阎罗前讨个方便,不惟地狱中无此规格,即玉旨亦难挽矣。"

波斯见地藏推阻,便流泪道:"人生于世,谁不有犯罪之处?可怜做了女身,又多了一桩妒罪。原来佛祖更不垂怜,冥王又且深恨,直把弱质娇娃,尝遍严刑毒打,永沉狱底,不能再得人身,好可怜也!咳,我那都院君呵,只因你娶我到家,又增你数条罪款,兀的不是我害你也!"言毕,不觉号啕大哭。

地藏慈心一举,也觉悲咽起来,道:"原来尊者恁般多情。不是我不肯效力,只因其中有个缘故:如此间众犯之中,亦有诸凡不孝不悌、不忠不信、无礼无义、妄行不端、生男育女,种种罪果,俱蒙阿难尊者将各项梵语、真言、经文、书卷,设为忏悔之科,演作瑜伽之教,使其眷属或遇亡魂三朝、七七、百日、周年,为之宣佛教,忏悔愆尤,以是俱能解脱。惟此妒妇,实系法重情轻,阿难原未列入诸忏之内,是以不蒙佛力之遮庇。吾亦每阅其招,不无痛恨,每原其情,亦觉可怜。今尊者且不须啼哭,好歹待我入定之际,往西天极乐国土顶礼佛祖,道此妒婆之苦,以求超拔之经,使后之妇女,免此苦恼。也要看如来肯否若何,再作计议。"波斯回嗔作喜,合掌道:"阿弥陀佛,若得教主如此用情,不惟一都氏沐其恩也。"

地藏就向禅床上,合眼跌跏而坐。少时,一道灵光,从泥丸宫而出,竟往西天进发,已到极乐国土。诸大罗刹及诸比丘、比丘尼、优婆塞、优婆夷、善男子、善女人,又与众诸天阿修罗、五百罗汉、三千诸佛俱相见毕。只见两旁那些鹦鹉、孔雀共鸣等鸟,俱若欢忭之状,也各相唤一声。地藏转入大殿,适值如来就坐设法,地藏合掌恭敬道:"弟子幽冥教主、慈悲地藏王菩萨,顶礼我佛如来莲座下。"

如来答拜道:"教主在冥府之中,道行虽隆,不能尽为超拔,犹未当证位菩提,今日到

来,何以教我?"地藏道:"弟子始发洪愿,原期度尽众生,以四部洲统为西土,方证菩提。但诸孽鬼已蒙阿难尊者,设科演教,屡屡俱获超生;惟尘世妒妇,屡撄重罪,渐积狱中,多于太仓之粟。而永远不能解脱者,皆因我佛视彼情轻,似无大罪,故未与彼设立经忏。试思此项孽魂,沉于狱中,如石之坠海,永劫不睹天日。乞如来发大慈悲,为彼另设忏法,非弟子之幸,实众女魂之幸也,乞怜而允之。"

如来道:"吾自设教以来,以大智慧力,设下经卷,何啻十万余言。即唐之三藏,奉人主之旨,来求吾经,吾亦不吝,付彼数百余卷。亦可谓括尽天地间之事业也,何得复缺此项?"地藏道:"蒙如来所赐三藏之经,皆因世人福薄,彼于半途中,已为白龟所沉,存者不过百中之一。此举世之共知也。若法教中有是经典,弟子何敢诳渎?"如来道:"教主有此善念,我当会集诸大弟子,即日登坛,演成妙义,令韦驮尊天,赍呈玉帝,然后发至地府。尔当遍授人间,使彼妇女之流,或在生,或已死,讽诵百千万卷,以免是厄。即其子,即其夫,不忍其母、妻子受苦,但能延请僧伽,代诵百卷,亦可免其母、妻地狱之苦。尔且先回,吾当即兴斯举。"地藏依旨,回到地府,安慰波斯尊者,整备接旨,不在话下。

那如来果然与众弟子演成一册经卷,名为《妙法怕婆尊经》,内中单说妻子不可凌轹丈夫之事,并将报应一一录于其内。当时地府治妒,原无定刑,故此阎王得以徇情用法,如目今诸妒罪,考俱有条律,原来从这《怕婆经》里得来,十王谁敢不遵?闲话休题。

再说如来经卷既成,正欲差人赍呈玉帝会议,忽有一位星官到来。那星官怎生打扮?但见:

　　赤羽攒成甲胄,丹砂嵌就兜鍪。面如薰枣足如钩,饮啄频伸长[月豆]。日府金乌是友,山梁雌雉为俦。身膺五德猛纠纠,二十八星中昂宿。

原来这便是二十八宿中第一十八位昂日鸡星官,连飞带矞、短啸长啼的来到佛前,躬身跪下,不敢仰视,只是磕头。如来道:"尔是何方将佐,有何得罪天庭,得无欲求解释么?"昂星道:"弟子乃西方昂宿。因有家丑,不忍外扬,已见怒于天庭,无由释免,特恳佛力浩大,欲求一救。"如来道:"既要救解,何不将备细说与我听?"

昂宿几番不好出口,见如来再三催促,只得红着两脸答道:"弟子有妻平氏,向来泼悍,已见载于《周书》矣。不期于十数年前,因与弟子不谐,便背我逃落下方,投作人间之

妇,是为都氏是也。只因旧性不改,又造下嫉妒之罪,甚至上干天威。我王大怒,转敕邓都,捕捉治罪,今已入于地府,谅来正是受刑时候,我想劣妻在天之时,虽只看待弟子器薄,其背夫逃走,已属可恨;但念一夜夫妻,尚有百年恩爱,何况与弟子伉俪不止一朝。今而落薄,安忍坐视?若向玉帝前上言,又恐贻笑于朋党,复又取责于天曹。特来求我佛爷方便,谅不相却。"如来道:"怪得幽冥教主来说,狱中妒魂最多,原来尔妻亦在其内。我已撰下一卷《怕婆尊经》,正要着人送呈玉帝会议,却好尔来,可即带去,呈过玉帝,便赍入地府,尔妻必蒙提拔也。"

昂宿不胜之喜,即赍了《怕婆经》,辞了如来,早至兜率天顶,朝见玉帝,以所赍经卷呈上,并将佛意一通送与玉帝。帝命文曲星官展开封面,读其略曰:

> 流行教化,虽以纪律为先;抚育黎民,宜以慈悲为本。狱中诸鬼,俱可超生;世上妒婆,永沦苦海。据地藏辞称等因,实为可悯。特以一贯之道,演作三乘之义,名曰《怕婆尊经》,使造孽终生,得因兹而解脱,云云。

玉帝问道:"原来是法王以经典示朕,为何着尔赍来?"昂宿星道:"臣不敢隐讳。前者妒气上冲,原系臣妻平氏思凡,背臣逃落人间,托为都氏。其性仍悍不改,以致冒渎天庭,已蒙发下地府究治。臣甚不忍,特恳如来解释。适值如来演成此经,正欲上呈陛下,因便着臣赍来,并非钻刺等弊。"玉帝笑道:"你这扁毛畜生,只因你是个怕婆星,以致如来作此《怕婆经》。人间怕婆的总也是你扁毛一类。且站开。"昂宿退班。

又一员上前拜舞道:"地府修文郎臣颜渊,奉阎罗命,有短章一通,谨奏陛下。"文曲星宣其略曰:

> 怀忠怀义,每成佛而成仙;行恶行凶,必受刑而受罪。犯妇都氏,尊如猬集,复将妒气,妄触太清。谨细录其罪由,并公拟其施报。缘其阳寿未终,尚未付之畜类,谨将判语十道上奏。候裁。

玉帝看毕,道:"也是他生来造化,讨得如来分上。只可惜太便宜他。"便举笔批道:

都氏罪孽，擢发莫数。适如来有怕婆之经，而着昂宿赍来，似欲为本犯告赦耳。既其阳寿未终，当使赍经还阳，广宣妙义，将功赎罪。完日仍归昂宿为妻。钦此。

昂宿如此消息，不胜之喜。颜修文得了批回，即日拜辞帝阙，来到地府，将玉帝批旨送与十王。十王见如来奏疏，内有地藏辞称等因，即差鬼卒迎接地藏。地藏与波斯一同来到，见如来经卷并玉皇批旨，二人不胜之喜。十王亦不知这段缘故，正叫做天上落的手段。十王即唤司狱判官取出都氏。都氏浑身打烂。这番只道又该此卯，大大吃了一吓。

带到殿前，波斯不好相认，都氏也不认得。其余十王，各怒骂道："这恶妇，原来就是昂日星官的妻子！若无教主慈悲，代求经典，这恶妇何时出得狱门？但恐今日轻轻放回，妒性仍旧不改。"叫鬼卒："可将恶妇脊梁上那条妒筋抽出，免他贻祸人间。"波斯又慌对地藏道："有心玉帝都饶了，免他抽筋罢。"地藏道："与其还阳而复妒，只当仍置畜类中。这着亦不可少。"鬼卒一齐下手，从尾上把筋一抽，却像拽线傀儡相似，百骸俱动，都氏不胜痛苦。

地藏、波斯好生不忍，侧目而视。十王喝声叫醒，即时动弹起来，跪在阶前。邓都道："恶妇，今番还敢嫉妒么？"都氏道："爷爷把妇人妒筋抽出，如今连妇人也不知妒为何物了，岂敢有再妒之理？"邓都道："你若不妒，我当放汝还阳，广扬如来法宝，将功赎罪；若仍旧不改，那时休想再饶！"叫鬼判请过《怕婆尊经》，交与都氏，选两名精细鬼卒，押还阳世。

都氏闻言，十分欢喜，也不拜谢，起身竟走。未及出得鬼门关外，心下忽然记起一事，忙叫："鬼卒哥，还要转去，讨个信息。"鬼卒依言带转。阎王道："妇人为何又转来？"都氏道："妇人蒙各位大王释放之恩，另有一事，并求慈悲。"王问何事，都氏答道："妇人只因打死侍婢翠苔，以致频频索命，倒于台下。今虽蒙历遍诸刑，并不曾与翠苔魂儿面质一番，若到阳间，岂不仍来索命？特告大王，既肯垂怜，将妇人放得，何不一并将翠苔也还了魂，妇人甘心让他为妻，并不敢再行嫉妒。"十王相顾各笑道："抽筋之效一至此乎？"邓都道："既肯让他为妻，不可食言，我已预先放他还魂了。快走！"

都氏放心，同两个解子仍离鬼窟，渺渺茫茫，来到一个去处，隐隐闻得哭泣之声。都氏正待回头，却被两个鬼卒尽力一推。都氏和身跌下，不知到了甚么去处，四围更无亮光，一味黑天墨地。都氏摸一摸，但见团团俱有墙壁。少时渐觉气闷，心中慌道："阎王有

心放我,难道又赚我落了黑暗地狱?想来不当耍处。"只得将手中经卷放过一边,把双手脚擂鼓相似乱蹭乱踢。

原来那时正是七七之期,该当发引,却遇众亲友拜别祭奠之际,忽闻棺中发动,众人惊得个个走散,连成珪也惊呆了。周智猜道:"列位不要慌,想必院君丢放不下,还魂转来,未可知也。"成珪道:"岂有此理!虽然天色寒冷,经今四十九日,焉得不烂?"周智道:"不然,大凡执性之人,不论为着酒色财气,死后俱作僵尸,便是十年也不腐烂。院君向来性格不凡,决也做了僵尸。老兄不信,你只打开来看。"成珪道:"贤弟,你且饶了我的老命。现今都飙在此寻闹,口口声声要告夺家产,他若闻得开棺见尸一事,活了不必说,倘若不活,岂不受他刁诈!"

周智道:"老兄,怕不得许多,内中响动,此时不救,更待何时?"飞身跄到厨下,夺了一把劈柴斧子,努力便把棺木来劈。成珪与周文、周武俱来拦阻,那当得周智手起斧落,把棺木砍碎一块;就将斧刃一撬,棺盖划然已起。才把棺盖揭开,都氏睁眼喘息着道:"闷杀我也!这是甚么所在?"

成珪初时不敢近前,见是果然活了,才来问道:"你还真活、假活?"都氏道:"我也原不曾死,便到阎罗跟前,一般也过日子,只差没有你们相陪。"成珪忙将都氏扶到床上坐了,声声感谢周智。送丧亲友与那抬柩吹手等人,喧喧嚷嚷,竟把做新文传说。成珪即将翠苕母子仍旧送到周家躲避,才敢问及地狱光景。都氏把自己受刑、吃打、抽筋等情俱不说出,只胡乱将那光景说些。言及临放之时,道:"我又几乎忘了,我带得一件土仪到来,乃是阎罗老子亲手送与我的。想在棺材里,快与我寻来。"

成珪笑道:"还魂也奇了,还有甚么相送!"半信不信,将棺中一看,果然见有一个黄布包袱。成珪连忙打开,只见是个绢面册页,上有一行字道:

此经名为《妙法怕婆尊经》。奉如来金旨、玉帝尊旨给付本犯,赍至阳间。如有善男

子、善女人，或母或妻或己身，恐因嫉妒之罪而陷于地狱者，能延请僧尼讽诵百千万卷，既可解离苦恼。如在堂母、妻，亦可消除疾厄，益寿延年，无量功德。

成珪道："原来是卷《怕婆经》！经中说，若犯妒罪，诵此经即能解脱，又可消除疾厄。想来院君能还魂者，皆赖此经之力。明日当广延僧众，讽诵此经，保佑院君还花复旧。"都氏道："阎君原着我广行于世，将功折罪。可速唤雕刻匠刊板，普施人间。要紧！要紧！"成珪依言，次日即请南北两山僧众共二十四人，单单只念《怕婆尊经》。众长老从不曾见此经典，念至地府施报等品，无不称扬颂德，众女眷听的，无不寒心股栗。

果然都院君病体从此日逐减来，看看复旧，成珪十分快乐。劈空见都氏讨起翠苔姐来，不知放出怎生一番滑辣手段？且听下回分解。

总评：

释氏之教，真大矣哉！妒如都氏者，且得藉经还阳，况其他乎？虽然，此特初传经咒于世，不得不宽一人尔，世之妒妇，幸毋曰："有《怕婆经》咒，可以解禳，今且纵吾之妒也。"则可。

第十八回 翠苔重返家门 都氏阖堂拜谢

引首《菜根谈》洪应明作

> 谢豹覆面，犹自知愧；唐鼠易肠，犹自知悔，盖愧悔二字，乃吾人去恶迁善之门、起死回生之路也。人若无此念头，便是既死之寒灰，已枯之槁木矣，何生机之有！

评：

> 都氏可谓知愧、悔矣。

却说都氏自从还魂之后，家下广延僧众，讽诵《怕婆尊经》，果然病体消除，渐渐如旧，因此连日酬神还愿，请客饮酒。

一日酒散后，独周员外进内相谢，都氏留住道："老身有句话，问我拙夫，他却仍旧畏我，不肯实说，特留员外在此，问个端的。老身蒙开棺起死之恩，员外便是生我的父母一般，百事瞒你不得。前番不容老官娶妾，实是老身不是，我也自知其罪，就是娶的熊二娘子，委实是个实女儿，也是老身主意。从嫁翠苔，因与拙夫有染，实是老身在假山后亲手活活打死，复着成茂抛在江中。前月独看行乐图，忽见翠苔鬼魂，得下病症，及至地府受些刑法，也是不枉，只还不曾偿得翠苔之命。后蒙阎王放还，老身惟恐转来又被翠苔索命，不为长便，因此与阎王讨个的实道：'妇人既可还魂，妇人有个侍婢翠苔，求大王一并释放了他，同到阳世，情愿让为正妻。'那阎王老子道：'你只不可食言，他已还魂多时了。'我想阎王必不诳言，你们定须知道，若寻得翠苔到来，也完了我这点怕鬼念头。不然，心

中只是恍恍惚惚,时时似见他光景,此病终久不能痊愈。员外若肯用情,何不与我一个下落?"

成珪自忖道:"这话来得蹊跷,周君达不露本相才妙。"便声也不敢做,只光双眼瞧着周智。周智笑道:"院君既把他抛在江中,焉得又肯还魂?莫听阎老子调谎。"都氏又唤成茂根究,成茂那敢应允。

周智想道:"我量他这番还魂定然知些因果,或者改过自新也不可知。梦熊母子在我家中,终非长便,不及就此机会,说与缘故,到也使得。且待我探他虚实,再行计议。"便作色道:"院君是重生之人,已历地府世务,量来不须老朽细道。翠苔一事,原是老朽主行,如今院君要知其详,我也不惧虎威,说与你听:当年成茂驮出,老朽江口救回,赎药调理,原不曾死,但因院君怪他,所以不敢说知。其后另择门楣,嫁与个契友为妾,现今生下一个儿子,已五岁了,十分伶俐,且是好在那边。院君向来所见,只是疑心所使。若肯早把今日之言说出,待我携他一见,或者不着鬼也不见得。如今既要会他不难,只要你赔个不是,我便好去接他。"都氏道:"得他再会,莫说一个不是,便要我拜他一百拜,替他做丫头,也是甘心。只是可惜嫁了他人,若肯回赎,便费百金我也情愿。"周智道:"院君,你若果有真心,岂有不可赎回之理?只把银子兑来,明日我包得还你一个翠苔;只是你不要还思量打他就是了。"

谁知都氏果系真心,也不与周智分辩,一竟走到解库中,兑下百余银子递与周智,福上几福,道:"要叔叔替我赎他回来,千万!千万!"周智暗笑道:"我本打探之言,他便兑出银两,想他醋意果然没了,且待我收下再处。"便应道:"晓得了。"一溜风走回家,与何院君说知。何氏笑道:"难道果有此意?这样,是成伯伯老运到了!"连忙说与翠苔得知,翠苔半疑半信,也只得随周智施设。

次日,同何氏来到成家。未曾到门,都氏已先出来,殷勤迎接。及进内厅,何院君对都氏致意,万福方了,翠苔正欲上前对都氏下拜,只见都氏慌忙的一把挈起,声也不做,仔仔细细的看上一回,道:"我儿,你今日还是身子来,还是魂灵来?"翠苔道:"奴家那得魂灵来?"都氏道:"不要调谎,前番只被你魂儿日日下顾,打得我十生九死,好不利害!今日你怎么还是活的哩?"何氏道:"这原是院君该受磨折,自己色迷迷,疑中之鬼,翠姐姐怎来打你?"都氏道:"这样说来,你真个是翠苔姐了?你且坐下,待我拜你一百拜,你竟做妻,掌管家中事务,我愿做妾,理料厨灶事体罢了。"翠苔笑道:"只愿院君容奴在家,仍供斯役也

尽毂了,怎敢说这样话?"

都氏却似风魔的相似,倒身只拜,也不由分辩,竟把身旁锁匙、账目,尽行交与翠苔。翠苔既不肯受,都氏又不肯歇,何氏又劝不住,三人搅个一团,不得清楚。翠苔再要推让,都氏哭道:"何院君,你休拽我,我是阎王面前说过的,'若得姐姐还魂,情愿让为正妻。'这是决不食言的!想我当年,也不知甚么意思,得罪了姐姐,量你也不怪我。只是你自从离了我家,嫁与那一家去?教我好生放你不下!"翠苔道:"奴家八字低微,在院君处,只好与老员外有些私情;及至再嫁,那人又与老员外无异,只没有院君般一个主母,以是奴家每常也好生放院君不下。"

成珪对妻子道:"他还生得一个与我无二的儿子,院君还未见哩。"周智道:"我正领在此间,要与院君讨果子吃哩。"便唤:"梦熊快来!"只见梦熊先已妆扮齐整,及来到都氏跟前,朗声唤句:"亲娘!"纳头便拜。但见:

俊秀自天成,粉脸朱唇骨格清。步履轩昂相度好聪明,释氏宣尼亲抱临。鹰隼出风尘,独步骅骝谁与争?笑语闲谈浑似父,而今,有子如斯堪称心。

都氏将梦熊抱在手中,心下十分钦羡,忽然放声大哭。众人不知为些什么,再三相劝,问其缘故。都氏拭泪呜咽道:"老身也不哭无食无衣,也不哭少长少短,只因见这孩儿与我丈夫甚是厮像,以是忍不住的啼哭。"周智道:"便像员外,哭他怎的?"都氏道:"翠姐姐在我家中,我却有眼如盲,作贱了他,如今他倒生得这般一个俊秀儿子,我却至今没有。虽然此儿与老儿相像,我老儿怎生讨得这样一个?我想,就是连夜娶与老儿,也生不出这样长大的儿子了。总只是老身的不是,害了我丈夫也!害了成氏宗祖也!教我怎生的不苦杀也!"呜呜咽咽的,又哭个不住。

成珪道:"那年院君不打死他,或者生得一个也不可期。今日虽然哭泣,已无及矣,不如且耐性罢。"都氏道:"老官也不要埋怨我了,我自无尾,总不足惜,只可怜害你绝后。我若后遭死了,把我千万不可埋葬,只抛在荒郊之外,使鸦鹊食我五脏,狗彘食我骨肉,使街坊上人家妇女把我唾骂一声,说这是恶妇的榜样、末代的招牌,也把你出了一口气罢。"周智道:"院君何必出此怨言,但能改了旧性,自责自悔,自然天神保佑,定须教你有后。倘若你果然实心爱此子,也非难事,儿母尚且赎得回来,儿子有甚求谋不至?只须再兑百金,做老周着与他爷老子说知,一发承继与院君为子,有何不妙?"

都氏又哭道:"说起'承继'二字,真教我好苦也!如今方省得他人儿女,贴肉不牢。

只那天杀的都飙，我再要怎生看待他？临去时反把我两老打上一顿。冷布袋夫妻，待他颇也不薄，岂不知我病中，足迹也不望我一望。承继一事，员外再休题了！"周智笑道："院君果然再不承继了，我也不管闲事。"就指着梦熊道："如今我便送他做了你的亲儿罢，你且自己收管，赎娘的银子一发送还你了。"都氏道："员外，他如何做得我的亲子？赎娘的银子不收，莫不是不准赎么？"

周智未及回报，只见成珪道："此子虽出翠苔腹中，实系拙夫亲手造下，岂不就是老娘亲子一般？翠苔原未曾嫁，又何须赎得？"都氏大喜道："我起初也猜着八、九分了，原来实是老官骨血，怪得面庞厮像。谢天谢地，老官有后代了！快把根由说与我一听。"何氏便上前，把成茂驼出等因，直说到生子之事，一一说上一遍。都氏道："原来世上有你们这一班好人，实是罕有！不亏瞒过我这老贱，怎有今日？想来只我是个花脸，其实惭愧。早知这样，我也没个面目还魂了。如今有个主意在此：多亏列位扶持，完我一家骨肉，容我一一拜谢，少伸衔结之报。"

掇把椅子，先请周智坐下，倒身拜道："都氏生而愚顽，不奉母仪，首蒙员外湖中开示之恩，老身反多冒渎，当受老身一拜；全活翠姐之命，使我熊儿有母，不绝成氏之祭祀，亦当受老身一拜；抚育熊儿，使我丈夫有子，当受一拜；蒙劝丈夫，不去削发为僧，使老身家中有托，当受一拜；老身与丈夫相殴之时，致累员外淘气，又当受老身一拜；结末破棺救命，不避罪名，再生之恩，更当受我一拜。即此六事，恩德如天，莫可补报。有赎翠姐这主银子，仍当送与员外，聊作湿草垂缰之报，乞员外笑而纳之。"周智道："员外、院君有子，于老朽亦万事足矣，何必报之以财帛。但却之不恭，当暂领院君之财，为院君做件好事尔。"

另日，周智尽将这项银两，付与刻板匠人，印造《怕婆经》数百卷，施舍于世。有偈为证：

> 稽首能悟真实法，离诸分别及戏论。
>
> 欲令世间出酸苦，无言说中言说者。
>
> 一切异道之所作，不能破于诸怕想。
>
> 彼难怕想金刚断，故我归心此法门。
>
> 诸句义中秘密义，世间智慧莫能测。
>
> 有能开喻我群生，彼菩萨中自敬礼。

喻如七宝施俗僧，诵经未必果受福。

又如谈说诸宣淫，只博人间嚚薄讥。

若能受持此经咒，福德胜彼千万倍。

不惟部洲莫讥者，即身酸疼必消除。

故我今为功德施，略述兹经中大义。

愿彼怕婆诸眷属，及酸魔中诸大魁。

闻我开说妙沙门，一切痴心俱灭没。

从今见闻与受持，照真明了心无碍，

无碍真心了明照，西方极乐怕婆国。

周员外刊经印布于世，后来得福，自不必说。

却说都氏又拽住何氏，拜道："多蒙院君赞襄之功，亦当受老身一拜。另有粗绢十端，聊充衣裹，少酬内助之劳。"何氏辞之不已，只得受了。都氏再拽丈夫拜道："吞声忍气，皆赖贤夫海量包容。多亏你不避干系，生儿于荆棘之中，使老妻有子，当受老身一拜。"成珪即忙跪下道："院君若拜，教拙夫行甚么礼？两免罢了。"都氏道："也没甚么相赠，只把向日家法缴过，也只当两免罢。"再拽翠苔道："还要拜你几拜，不亏你生得孩儿，教我那得现成做娘？"

翠苔道："这也不是奴家之功，若无成茂哥哥活命之恩，焉能得有今日？"都氏道："不是你提起，几乎又忘了。成茂快来！"都氏也拜道："若没你这重生的磨勒，再世的陈琳，那得个一家团圆？白银四十两，与你做本钱，连你身契一发收了，今后只管小官罢。"成茂将银拜而受之，身契断不敢收。众人再三劝说，然后收下。合家大小，俱有赏赐。成珪教梦熊拜了大母，都氏满心欢喜，忙向妆奁内寻出赤金镯子、拳大珍珠、首饰玉器，与梦熊穿戴。另设筵席，款待众人，吃得人人尽兴，个个满怀。

正是：

　　　　酒落欢肠，谁不酩酊。

　　未及席散，主管报道："外边有客到来，说有紧急事体，特请员外接待。"正是青天白日，猛可里起阵乌云，又不知落下怎么一天雨来，且听下回分解。

　　总评：

　　　　天下惟至恶人，一变即能至善。所以卓老云："有气骨汉子，最易入道。"都氏一变即为顺德妇人，也只是一向有气骨尔，莫谓专藉抽筋之效也。一笑。

第十九回　都白木丑态可摹
许知府政声堪谱

引首《结客少年场》迂王作

> 结客少年场,少年何所好?
> 不爱身居白玉堂,但愿手平衣冠盗。
> 朝携侪伴出都门,晚过易水何灏灏;
> 悲悲易水古风颓,行行江南更可哀。
> 风景江南何其美,人心江南强半死;
> 且约心知饮月明,起看吴钩发上指。
> 抽身不知何处去,须史归提人须掷堂署;
> 笑指金樽尚未寒,垂斟琥珀月中语。
> 一饮数斗莫嫌多,明日相逢无定处;
> 回看宝剑闪如银,可惜今宵仅诛一个人。

评:

惜哉今宵止诛一个人,此都飙之所以得网漏乎?呜呼!吾安得若人者,与
之尽平衣冠之盗也哉。

不说成员外饮酒间见的那人姓甚名谁。且说都白木自从秀州进学,归杭辉赫一回。
也是运道彩凑,刚遇姑娘病重时候,成珪无暇告理,却被他全算而归。只因秀州有了这条
钓肠的线索,住不数月,即回秀州,另赁所房屋,移至街坊,妆做良家行径。可奈妓馆家

风，到底不知省俭，一般要朝朝寒食，夜夜元宵。自古道："家无生活计，不怕斗量金。"钱财想已用完，别无生发之计，刚剩得小使成华，又作了来兴勾当，将次清淡，不须细说。

那张煊向来帮着都白木的闲，手头甚是充足，口头也是肥腻，不合奉承过火，寻了个青萍与他，将自己饭碗打破，心下好生翻悔，几番要诱他回杭，并无机会。那日忽闻成家死了院君，讣书上挂出"哀子成梦熊泣血稽颡拜"，张煊便与众兄弟道："老成霹空那得有这儿子？"

那时詹直口应声道："这段缘故，除了区区，鬼也不晓得。"便将都氏娶熊二娘带过翠苔等事，说上一遍。张煊道："这样讲来，都白木倒没指望了？"赛绵驹道："有甚么底谱？若到前途，费些口舌，天下事谁料得来？"小易牙道："自从都大住落秀州，我们好生清淡。不若趁此机会，哄他上来，劝他打场热闹官司，大家活动如何？"张煊道："正合我意。只是没人下去通知。"盛子都道："小弟愿往，不须半个人陪。"张煊道："小猴子，你又想狗咬骨头，空咽涎唾。"子都道："大兄说那里话？自古道：朋友妻，不可嬉。况区区嫡真一个鲁男子，岂会做张珙勾当？便是他肯不顾，我也断不高攀。"张煊道："不必假道学，你且去遭。"

子都得差，好生快乐。刚搭识得个福州贩椒客人，赚得几两银子、一套衣服。次日买些盒礼，径往秀州。恰好都飙在家纳闷，正是无聊之际，见着盛子都到来，即忙迎接。子都见过青萍母子，然后把成宅之事一一说知。都飙拍掌大笑道："妙哉！妙哉！吉人天相，信不诬也。小弟这两日手头甚是乏钞，恰好遇着这个机会，岂不是天从人愿！怕甚么梦脓梦血，娘子，快打点归家，才是我和你安身去处哩！"青萍喜道："若得如此，也省逐日费心。"陈婆道："我说大官不是久贫之人，还是我见得到么。"都飙皱眉道："虽不久贫，只此时乏钱使用，明日就该起身，一些盘费也无，如何是好？"

子都便于袖口摸出条红绫汗巾，递与都飙道："小弟颇有，任兄用度。"都飙道："一发难得，足见厚情。"打开一看，约有十来多两，先拣几块碎银，自往市上买办接风酒食。青萍母子相陪。盛子都坐下，各人说些闲话。子都渐有轻狂态度，青萍也便厮诨。原来娼家性格到底轻薄，这几时见都飙身旁无钞，便有个再抱琵琶过别舟之意。瞧见盛子都身边有银，古人说："鸨儿爱钞"，不必说陈妈妈先插科了，况子都虽是老小官，庞儿终比都飙好些，却又应了"姐儿爱俏"一句。半晌间便有无数相怜相惜、相挑相逗之意，甚至子都挨近身旁，勾肩搭臂，青萍亦不相阻，陈婆故意走开，两人连连写了几个"吕"字，就把知心话说。正说到热闹去处，都飙已回，食品罗列，四人吃个不亦乐乎。

次日正待起程，青萍忽然患病，不能起床，原来是盛子都设下的缓兵之计，二人得便中一味干事，不须细说。一直挨过个把来月，子都做得尽心爽快，青萍的"病"已愈了，才议回杭之事。

四人来到杭城，竟投张煊家住下。众朋友齐来探望。都飙将所事说起。众人各逞己谋，有的要告，有的要打，纷纷不一。张煊道："列位不可乱言，自古道：'事未行，机先露，到底无成。'大官人若要事妥，必须经官；但经官必先起衅。何不先央亲友试说一番，倘然允诺，十分之喜；或者闭门不纳，再动干戈，未为迟也。众兄弟先露圭角，岂不为人所制？"都飙道："终是法家口气，讲得有理。"

即辞众人，来到周智家里。回覆不在，又转过熊阴阳家，定要老熊去说。熊阴阳推辞不脱，只得应允。来到成珪家里，恰好遇着宴客。熊老见有酒客，欲待不说，又被成老只管问其来意，只得竟把都飙事体说上一番。成珪也把妻子因而气死，幸喜还魂之事告诉一遍。熊阴阳见口风不允，也不吃酒，竟自归家。成珪将此事说与妻子并周智得知，计议告状。

次日熊老回覆都飙，都飙即浣裘屼写张状子，次日来到府前。成珪也欲进状，约同周智偕往。小使走了三番五次，周智只是不来。成珪等得性急，自己去唤，恰好半途相遇。

成珪道："向来只你燥健，为何也迟钝了？等得我好心焦。"周智道："非我来迟，只因脱出一桩小事，正要说与你听。原来成华逃走，果是都令侄唆去的。如今又把来卖在秀州一个傅乡宦家里，他道拘束不过，只得逃了回来。早间先到我家，诉出情由，思量仍旧服役，并说令侄买秀才之事，一发详悉。我想已去之人，不该复用；但今兴讼之际，正是用人之秋，若行苦肉计，用他作证，断送令侄前程，更觉容易。"成珪道："这倒一发凑巧。快唤他来！"周智带了成华来见院君。

成珪已将周智所言说与都氏，都氏也道有理。成华见主翁夫妇，只是叩头，俱推都飙之谋。都氏道："若论你情，本当不复收用，但你既来不收，是诛顺纵逆也。我今适欲与禽兽相持出状告他，务要剥他衣巾。前马爷缉获牌内，原有你名，如今先把你送去，做个巴臂。若得事妥，将功折罪；若应允不得，也莫怪我不收。"成华哭道："小人自知没理，只道还有快活去处，谁知除却这里，一时难过。蒙院君、员外放舍狗命，不加惩治，小人即粉骨，亦难补报，区区官事，敢不尽心？"成珪道："既如此，同到府前，必须如此，如此，才是关节。"

于是把条绳，将成华缚了，来到府前，寻冯是虚。刚做得一纸状子，恰好都飙也在头门上，衣帽齐楚，踱来踱去。成华指道："员外，这手中拿白纸的，不是大官人？"成珪道："原来这禽兽先来告我！我却白裙系腰，蓬头跣足，他到衣冠齐楚，妆出生员行径。"

正是恩人相见，分外眼明；仇人相见，分外眼睁。抢上一步，放出老力，揪住就打，连声叫屈。成华正是怀恨之际，兼献入门之功，挥动大拳尽力奉承。热帮闲那班，一个个缩头吐舌，远远站开去了。都飙打得发极，也连声叫起屈来。

却好三声梆绝，知府许召升堂。衙门开处，皂隶正要排衙，那里呼喝得住？许知府喝声："拿来！"皂隶竟把一干人结进。跪在阶下，一个叫"殴辱生员"，一个道"盗财杀命"。知府道："官长跟前，有事且须告理，为何这等喊叫？"成珪道："爷爷，小人若无爷爷呼唤，几乎被他打死了！"都飙道："生员若非太宗师救命，也几乎死了！"

知府道："他是你甚么人？"都飙道："生员唤名成飙，这是父亲。"知府道："既是父亲，就不是殴辱生员了。"成珪道："小的那得有这儿子！原是内侄，盗了小的钱财，拐带小的义男，还要打死小的，是个的真强盗！"都飙道："父亲冒认他人之子，不容生员归家，希图谋害吞产。望太宗师作主。有下情一纸，伏乞台鉴。"知府取上读道：

具呈生员成飙，为斩继屠宗灭法凌儒事：

　　姑都氏，赘夫成珪，无嗣，从幼继飙为子。复有继女一姐，与飙俱若亲生。上年将产分析，飙得其二，姐得其一；姐产归婿收用，飙产父仍执掌，分单可证。祸因游学秀州，倏生异议，冒养他人之子，希图吞产，不容归家。切思自幼继立，理应得产，他姓之儿，奚容吞噬？叩天亲审，泾渭立分，旧情可续。原产可归。上告。

许知府道："那老子也可有状否？"成珪道："都飙原是小的内侄，当年寄食在家，盗去本银五百两，复将义男成华拐带，远遁无获，已蒙前任马爷，给赏广捕牌面。昨日已获成华，特送爷台，以求追究，不期正遇此贼，又被毒打。今有原牌并下情各一纸，伏乞爷爷重怜。"知府接牌看毕，又将呈词暗读道：

告状人成珪，为恳天追剿事：

　　许知府看毕，问成珪道："他既是你侄儿，又经继立，你今无子，有产合应与他；即另继一子，再作次男也罢，如何反做贼情诬他？况他又是生员，岂是做贼的？"成珪道："呀！爷爷，从那里说起！妻虽无子，妾子今已五岁，那有从幼继立之说？"都飙道："太宗师在上，生员游学出外，又不十年五载，就是妾生，那得便有五岁？若说生员不曾继立，这分单只问是谁写的？"

　　知府看道："成珪，这纸分单，历历可据，难道不是你写的？"成珪道："小的有甚么分单？这正是他希图抵搪之物。爷爷只将分单上主分亲友邻里拘来，便知真伪。"知府将分单一看，于上并无与事名姓。知府道："是了，分单定有主分之人，岂有自主之理？明系无耻假捏，那盗财一事，眼见得真了。"叫皂隶："把成华捆起来。"都飙着力争辩，许知府一毫不理。

　　众皂隶就把成华动手。成华叩头道："爷爷，不须动得刑法，小人只是从直讲来。那年盗银一事，其实是大官人之谋，所盗六、七百两，亦俱是大相公经手用度。小人不过倚草附木之流，焉敢生此歹意？其后追索不还，反把家主'才丁'（才丁组合即"打"字）。这虽是讨银的不是，小人也并不曾帮打半下。那日主翁动气，便要经官告理，惟恐大官走了，便着小人随他。谁知又落了他的机彀，把小人拐落秀州，复卖于傅乡宦为奴，不期又被原主所获。只求爷爷原情。"

　　知府道："既盗许多银子，寄宅在那一家？"成华道："爷爷，若要大官人将半分三厘把与小人用，果然极是经纪；若说用与他人，且是溜索。假如借裴相公代考，买得一名秀才，就去了一半；与热帮闲同嫖，为青萍妓赎身，毛毛去了三百。刚剩得小人一身，尚且承继与了傅家，那得还有余剩？若要赔偿，只问大官便知端的。"

　　知府道："都飙，你这番也不必称得生员了。据成华之说，你只合称为庶之徒也。那买秀才一事，却怎么说？"都飙道："太宗师总莫理他，这是一片胡言，希图嫁祸之意。叩进一事，实是生员亲笔挣来，篇篇文字，句句从肺肝中流出，焉得作假？"成华道："呀，大官人，这事瞒得他人，瞒不得我。况与我同做的，现有店主人亲手过付，怎白赖得？"知府道："总也不必分辨。待我出一题目，当堂做得出来，生员也真，盗财也假；若做不出，二罪齐发，莫怪老许手辣。"

都飙大叫道："嗳呀，太宗师大人，别的还可，这断断使不得！生员今日之下，原为夺产而来，不为赴考而来，腹中止带得一副讼师肺肝，并不曾备得作文材料。若要面试，必须另日。"知府笑道："你今日腹中不带得文字，毕竟要怎么日期才有文字呢？"都飙道："太宗师若说我廿岁后生不会作文，也须知七旬老汉那能生子。不把他假子辩个明白，生员今世也不做文字。"许刺史道："这也不难。"叫皂隶："速唤那成珪的儿子来。"又差一名皂隶道："可向街坊上，另唤一个少年人生的儿子，与成珪子年齿相等者一名。"又差个皂隶："到书坊中速取印行《汉史》一册。"

不移时，三个皂隶齐到，那孩子便是府侧王豆腐的儿子，与梦熊一齐跪下。许知府问得二子年纪相等。将梦熊瞧着想道："此子面庞与父无二，可恶狂徒，强为排挤，若不把旧事引证，他也到底不服。"吩咐都飙道："王家孩儿，壮父所生，成梦熊老父所生，若有不真，必有可辩：把二孩站在阶前，俱去了衣服，此时初冬时候，看那一个畏寒，你只从实报来。"皂隶去了二小衣服，却是梦熊叫冷。都飙报道："启太宗师，假儿毕竟畏寒。"许知府又教将二子立日中，"看谁无影，你亦报来。"二小儿又立日中，不知怎么，梦熊独没影子。都飙报道："启太宗师，假儿果然连影子都是没的。"许知府道："着二子归家。"叫值堂吏："可将取来《汉史》内，寻名宦中有《丙吉传》，朗声读来。"那吏从头寻着，依本读道：

> 汉丙吉，为陈留尹。有富翁老年无子，娶邻女，一宿而死。后产一男。至长，其女曰："吾父娶一宿身亡，此子非父之子"。争财，数年不决。吉云："尝闻老翁儿无影，不耐寒。"其时秋暮，取同岁儿，共解衣试之。老翁儿独呼寒；日中，果然无影。遂直其事，郡人称神明焉。

许知府道："辨别真伪，一如前辈之法；无影、呼寒俱出尔曹之口，且众目共睹。成珪之真子无疑，犹不作文，更有何待？"叫书手："取副纸笔与他，就把'继绝世，举废国'二句为题。"

都飙听了丙吉一节，已是默然无语，又见题目到来，却似汤泡蜒蜻，看看缩拢，道："生员今日委实不带得文字肚肠，要试，定须另日。腹中绞痛得紧，旧病又发了，过不得！过不得！太宗师要作文小事，即不判还财产，也是小事，这性命是要紧的。"知府道："不妨，

我有疗痛辣汤在此。"叫皂隶："选头号板子，与我採下，先打四十，明早上道，再行参处。"

都飙道："呀，生员岂可打得！"知府道："惟我老许，便破格打个生员，总与打马鞭驴何异？"叫该房："快做文书，申详学院，将一干人犯，明日就送道爷审究。成珪父子宁家，成华讨保，都飙发本府司狱司收监，明日听候解审。"许公退堂。成珪不胜之喜，将银谢了王豆腐，又请衙门中人役，各有酒食银两，不在话下。

归家说与都氏、翠苔，大家欢畅，俱说："亏了周员外，能用成华之功。"专候来日捷音。

且听下回分解。

总评：

摹都飙假斯文，真堪绝倒。若除却许府君，未有不因秀才而另目视之者矣。

噫！谁知今日秀才，多半都飙者哉！

第二十回 昧心天诛地灭 硕德名遂功成

引首《钗头凤》陆务观作

　　红酥手,黄藤酒,满城春色宫墙柳。东风恶,欢情薄,一怀愁绪,几年离索。错,错,错。春如旧,人空瘦,泪痕红氵邑绞绡透。桃花落,闲池阁,山盟虽在,锦书难托。莫,莫,莫。

评:

　　波斯重生成家一番,以释门论之,亦可谓"错错错"矣,然欲救"醋醋醋",胡能不"错错错"也! 少年未娶者,幸毋曰"莫莫莫"。

　　却说都飙刚刚将名儿改得在本府学中,思量辉赫邻里,谁知弄出这场口舌,撞着老许作对,申详送道,剥去衣巾,又吃一番拷打,拟成徒罪。裴屼等恐事累己,俱作高飞之策,成珪等宁家,不在话下,都飙本意,只思夺转产业,复有一番富贵,便众帮闲,亦有几时热闹,谁知反剥了衣巾,并吃了刑法。衙门使费,俱是张煊与盛子都发本,只想赢得官司,当做钩鱼之饵,谁知也落了空。盛子都原以此为买笑之意,到也罢了;那张煊不过一味为利,见这光景,那得不作吵闹? 更兼三口坐番在家,朝来要饭,晚来要酒,一些也没想头,那里盘缠得过? 便发话道:"大官人,我这里所在窄小,终非久留去处;况年荒米贵,大官人也要体谅。"都飙道:"张兄,我和你莫逆之交,小弟暂此落薄,便取扰半年三月,也不为过。不日起解,还要仗你周支,难道便要逐我出门?"

　　张煊道:"哎哟,贤弟,这话竟来不得! 当今之世,米贵如珠,薪贵如玉,父子不能相

顾，夫妻不能相保。俗话道得好：朋友，朋友，只朋得个'有'。你若有时，我也断不如此。你今与我相似，教我也只没法。既要住过半年、三月，我自搬去，让了你罢。"

次日，张煊果然搬了，都飙拍手无尘，无计度日。可奈鸨母脸上生锋，青萍舌中吐剑，终朝聒絮，彻夜争持。都飙自忖道："有钱时人人敬仰，何等昂然；到今日，便只没了银子，为何连我自己也不敬自己了？咳，到如今，方知钱财入手非容易，总也悔不迭了。妻子聒絮尤为小可，只我资身无策，如何是好？况且起解在迩，衙门里又要使费，路途中又要盘缠，丈母、妻子靠谁赡养？总那些猪朋狗党，一个也休想扶持了，这却怎好！"眉头一蹙，计上心来，道："是了，是了，冷一姐家向来未经扰他，在前与我颇相怜惜，不免把些虚情赚他，将妻子寄得在他家下，再作区处。"

迤逦来到冷家，与冷祝夫妻相见后，叙了若干相怜言语。看看说到自己身上，道："咳，贤姐，你可晓得兄弟受下屈气来么？"一姐惊问道："我却不曾晓得，快说与我听。"都飙假流两泪道："不是兄弟不要争气，也只是姐姐该少得些产业。"就把自己进学、娶亲、告状、问罪、觅屋等事说上一遍。冷祝原是无能之人，只当得是春风过耳。冷一姐是个支离妇人，向人且是勤说，闻得成家有了儿子，便吃惊道："有这等事！我们只半年没个工夫探望，便脱出这等事体。他道寻了个甚么杂种回家，终不然家中余钞，竟没我们分了？又难为你吃场大亏，这的是兔死狐悲，物伤其类。你我一例之人，你输就是我输。不要忙，你既有了岳母、妻子，不须别处寻得房屋，我家颇空，不若搬做一家，慢慢摆布转来。我和你到底还是老姐老妹，终不然被杂种得了若干家产不成！"

都飙见中他诡计，不胜之喜，连夜与妻子说明，搬至冷家，三口儿住下。那冷一姐又指望谋夺来，大家有本有利。那日冷祝出外，都飙与一姐道："姐姐，我想起解在迩，此事不可再迟，想计策不难，只差有了个梦熊，又被许知府当堂验过，要想逐他，再也不能够了，怎么暗算得他，才是妥当？"一姐道："不难，我正有条妙计，千万不可走漏了消息，只好你知我知，便是布袋也不可使他知风。目下布袋生日，该接两老吃面，今他既有儿子，待我着布袋去接他，只说闻得添位舅舅，你要见他一面，千万要他同来用箸素面。那时若得他来，只须如此，如此。岂不落我术中？"都飙道："贤姐姐，真好计策，正合兄弟之意。"

不数日，寿日已至。一姐唤丈夫吩咐一番。冷祝就到成家，将妻子之意一一达上。成珪因冷布袋半年不来探望，心中且是怪他。便发话道："院君死也不吊，病也不望，今日还有甚么丈人、丈母！"倒是都氏道："老官，他二人不来，我也正恨着他；今他既已再来，叫做一善能消百恶，恕了他罢。他接我们，本想不去，梦熊当是舅舅，一来也该去拜姐夫的寿，二来也与一姐看看，我有这样聪俊的儿子，免得想我财物，便与他去一遭。"

成珪从来那一件不依着妻子说？说那时即便装束梦熊，交与冷祝，一同来见姐姐，不期梦熊从来娇养，不惯行走，到得姐夫家里，身子已走得疲乏，茶也不要，水也不要。一姐与都飙俱来恭敬，把些时新果品、上好嗄饭堆在梦熊嘴边。梦熊蹙着眉头，只是不吃。少顷酒肴完备，众人团团坐起，吃酒吃面，独有冷祝，事在东翁，无暇坐虚，肚中走得空落，半日讨不得一个醉饱。一姐见梦熊诸色不吃，忙到厨下，整治了一盏香喷喷的鸡汁粉汤，递与梦熊道："好兄弟，接你来，姐姐不会做人，无物待你，你却一些不动，敢是身子不快？这碗粉汤是好吃的，你先吃了，姐姐另买果子你吃。"梦熊口中锁喉一般，一些也呷不下，正像供佛的，只是摆着。

一姐不曾把头回得一回，只见冷祝从外进来，道："肚里正饥，那个却好剩碗粉汤在此？"掇起就呷。一姐连翻夺下，已是吃了半碗，都飙、一姐面面相觑。冷祝竟不晓得，但觉一时腹痛难忍，一姐慌了手脚，忙叫延医救治，都飙未及出门，冷况乱颠乱跳，七窍流红，仆倒在地，忽然死了。有诗为证：

> 莫道机关刻且深，天公端不被人斟；
> 鸩藏未卜何人死，鹿失知为谁所擒。
> 稳教燃釜煎箕豆，奚料凭栏泣蕙砧；
> 拭泪谩嗟妾薄命，朱弦从此离瑶琴。

原来这是冷一姐与都飙造下蛊毒之计，原不曾与布袋关会，且喜梦熊不该绝命，反算计了自己丈夫。成茂来接梦熊，看见冷祝尸首，大吃一惊，并也不知为甚死得恁速，竟抱梦熊回家。一姐哭中含怨，自悔莫追，把丈夫殡葬，不在话下。只那一片害人之心，愈加转切。家中没了丈夫，凡事挣持不来，兼之人口又多，一时摆布不散，免不得也清淡了。都飙游手好闲，资身无策，亏了新相与的一个朋友，每日倒有几分进益。

那人是谁？却是临安府中一个有名的窃盗，唤做"我来也"。这我来也飞得檐，走得壁，穿得房，入得户，盗中之魁，贼中之顶。每每出行掏摸，再不怕人捉捕，也不扳害他人。每入人家卧内，物件到手，必于壁上题着"我来也"三字，以是捕曹都称他为神贼。都飙只

因张煊一脉赌博，结下这个好友。目下窘迫之际，一发大为获利。那晚对一姐道："姐姐，我想老猪狗家，千方难以算计。我恰寻得一个好友，善为穿窬，不若倩他神术，黄夜前去偷他一手，岂不为美？"

一姐道："偷一手，不过没他几多钱钞。既能进得内室，何不再带青锋一柄，把那小杂种或是老畜生将来杀了，怕那钱钞那里去！"都飙道："好姐姐，毕竟是有见识！趁着今晚黑暗之夜，待我邀了'我来也'，同走一遭。你只在家整备接取物件，耳听佳音。"

二人计议已了，看看傍晚，一姐做饭与都飙二人吃了，带了杀人家伙，一程来到成珪家里。我来也道："小弟每欲算计一家，必要三、五日前，看其出入门路，以是百无一错，今此来是大兄见招，急促里不曾看得门路，须要大兄前导才好。"都飙道："这不难。他家是我出身去处，门路极熟。前边栅门牢固，且有猛犬，难于撬掘；后边墙内厨房，厨房内又有重重墙壁，也难穿挖；只有左边空园，园中就是花圃，只须挖得一重墙洞，进了花圃，入内就易。你只跟我进到内房，自然你熟溜了。"

我来也依言，把火草照着，一如所说，果然直达内房。挖撬房门，乃是我来也的熟技，不须都飙费心，都飙只举钢刀，整备杀人手段。谁知成珪命中不该受伤。那夜偏偏的翻来覆去睡卧不着，耳边猛可里听得撬门之声，连忙披衣道："不好了！有贼！有贼！快拿灯来。"都氏、翠苔、梦熊俱是一房睡着，各各惊醒。正待开门观看，梦熊将父亲一把拽住道："爷娘不可出去！此时半夜三更，我劳彼逸，设有不虞，如何是好？只须唤成茂等起来，看其动静，然后出去，庶免无失。"

成珪依言，忙声叫唤。都飙与我来也回身不迭，望外正寻花园旧路，谁知成华、成茂正在园侧安宿，二人听得呼唤，连忙拿把钢叉到来。我来也终是老作家手段，见有人来，就闪过一边，已从墙穴内钻出。都飙却是新出后辈，那里会得躲闪？早被成茂拦头一下，打倒在地，一把头发揪住道："拿着贼了，快拿灯来！"众人齐来看，道："呀，原来就是都大官！为何做这勾当？手中还有白雪雪一把大刀！"成珪道："有这等事？放不得了，寻索来缚去送官。"都氏道："不肖狗才，做这丧心之事！黑夜持刀，敢待杀谁？快与我一顿打死，也当除了一害。"

夫妻二人一齐动手。梦熊向前，把都飙和身搂住，道："爹妈若打哥哥，宁可打了孩儿。"成珪颇爱儿子，便住手道："他是你甚么哥哥，你要这等遮护？"梦熊跪禀道："爹妈有所不知，哥哥此来，纵非合礼，爹爹须看母亲面上；母亲亦宜想舅舅一脉。今彼不过为利而来,求之不得,反又受了鞭笞,岂不复深其怨?手中白刃,不过自卫之物。岂不闻孔子曰:'以德报怨。'依孩儿之见,望爹爹赠他银子,慰其来意,纵有毒心,亦当瓦解。"

都飙只是磕头,总也不敢做声。都氏那里肯依?成珪道:"孩儿说的,倒也有理。老娘,譬如被他偷去,便依孩儿说罢。"成茂解去了绑。成珪即将十两银子递与都飙道:"今日依你兄弟解劝,免你送官究治,又与你十两银子,已后务要学好,断断不可如此。成茂开了后门,放他去罢。"

都飙抱头鼠窜,正走间,只听得耳边厢大喝一声道:"狗贼,那里走!"都飙惊得魂飞魄丧,连忙双膝跪下。抬头一看,原来就是我来也,都飙道:"吓死我也!怎生这等恶取笑!"我来也道:"正待收你为徒,原来如此胆小,怎生干得事?我这行脉中,第一要的是胆,假如我喝一声,你也覆我一声;我若叫你是贼,你便道我屈冤平民为盗,反要扭我到官,这才是贼做大。为何慌忙跪下?这不明明认是贼了!"都飙道:"只被一吓,胆已几碎,那得此宛转?另日把《梁上君传》细细讲究,全要仗你开示哩。"我来也道:"怎生脱身出来?"都飙道:"莫说起,羞死我也!向来要杀梦熊,今日若非他,怎得这条性命?反又与我十两银子。这样看来,岂不羞杀!"我来也道:"侥幸,侥幸,还只亏贼星兴旺。快去罢。"

不欺这席话,却被成茂尾在身后,细细听知,飞风回家,说与两老。夫妻二人倒惊做目瞪口呆,道:"真亏了我孩儿也!若还造次出房,岂不受其荼毒!"后人叹梦熊少年老成,智鉴卓异,有诗赞曰:

> 少小儿童识鉴超,全亲布德辨猿枭;
> 灵心慧眼从天假,八十老翁徒寿高。

话分两头。再说那青萍姐向与盛子都有奸,自从搬至冷家,因有一姐碍眼,都飙又日日在家,故此一路竟动不得。虽子都时常往来,只好做衙门首的石狮子,两个眼睛厮看,再也走不拢来。这日因都飙有此一举,青萍便暗约盛子都道:"今夜那天杀的出外勾当,亲哥千万来快活一宵。"子都等不到晚,早来到冷家,躲在青萍房里。冷一姐做饭与二人吃了出门,自拿盏灯进房,把门掩上。因要等候都飙,不把灯儿吹灭,和衣而睡,把耳听着大门。青萍见一姐进房安息,便轻轻的唤出盛子都道:"亲亲情哥,那厌物已出去了,冷一姐又进房了,正好出来,与你摆开阵势厮杀一回。"

子都道："心肝的姐姐，我等是等不得了！可奈冷一姐房中灯光未灭，他在内房，我和你在外房，设或他开门出来，却不惊杀了我，损了你的体面？"青萍道："亲哥也说的是。我们在房外的，只将些粗重家伙，把他门儿叠煞，他若要出来时，先要叫我搬开，那时你又好早早躲避也。"子都道："讲得有理。"二人将些粗重木器都堆在一姐房外，然后将衣服脱做赤条条的，吹灭了灯，搂上床来，把那桅杆般 YANG 物，尽根插进，扇风箱的一般，抽上三、五百回，说不尽无尽情趣，免不得雾散云收。二人把被儿裹着，手儿挽着，脚儿勾着，嘴儿偎着，舌儿衔着，呼呼的正是睡去。

谁知冷一姐等了多时，也睡了去，灯儿不曾灭得，却被偷油老鼠带焰衔去，惹在帐子上边，沿着板壁，烧得满屋通红。一姐正在梦中。只觉热腾腾逼拢来，开目一看，叫声："有火！"连忙就走。正待开门，只见门外密密堆满，飞也飞不出去。喳喳的叫得青萍醒来，见是火起，衣服也穿不迭，那里还有工夫搬去门边家伙？二人自顾性命，忙奔出门，早见火焰冲天，眼见得冷一姐做了一堆灰烬。后人叹其贪而残忍，欲害人而两番害己，天理固不爽也。有诗为证：

> 若说天公近，世间何是多奸佞；
>
> 若说天公远，每见奸邪祸未免。
>
> 天公远近莫浪猜，报施祸福迟早来；
>
> 请看歹心冷一姐，谋害不成先自死。

都飙与我来也出得门来，忽见前边火起，欢喜道："穿窬不利，抢火必有所得。老兄趱行一步。"正行间，忽见二人手提长索照头一套，道："冷家失火，走了火头，你却走不得了。"都飙只叫得苦，并不知妻子走向何方，亦不知姐姐下落。等得火灭，解送各处衙门，又是一番拷打。随问出徒罪根由，加上逃徒之罪，又解极远、驿递充徒，即日起解不题。青萍母子竟归盛子都收养，此后事迹，不烦细道。

说那梦熊，真个聪明独步，伶俐过人，年纪才得七、八岁，即便满腹文章，开口成句，总之资质好了，有书无个不读，读的无个不记。人人说他罗汉转世，倒也不甚差池。九岁入泮，十四岁便中了孝廉科。周智将孙女美姐许配。

次年，成珪夫妇怕己年老，要与梦熊合姻，梦熊道："爹妈虽只年老，尚在古稀有奇，仿

之吕望，正是功名发轫之际，请自宽心行乐，顺时加餐，不必把儿未姻之事，在于心曲，以费神思。儿向年有誓，若不金榜题名，断不洞房花烛，只待来岁大比，好歹须有定夺。目下爹爹要娶媳妇，断然不敢从命。"成珪没奈何，只得歇手。

次年，皇都大比，成梦熊来到科场，却是探囊取物相似，中了一名二甲进士。部中观政已满，除授福州别驾。梦熊上疏道："臣乃弱齿书生，谬叨提拔。奈二亲年迈，大德未酬，福州之任，不敢承旨"等情奏闻。那时宋朝自从南渡以来，家国偏安，仅云小康，正是修文偃武之际，重的极是文人。宋官家见成梦熊奏章，问及年齿，不胜之喜道："这书生恁般年纪，便做这般文字。既是二亲在堂，有何大恩未报，且着细细再奏上来，待朕定夺。"

成梦熊闻旨，即将父母年纪、并周智劝父娶妾、曲全宗祀等情奏上。宋皇帝览表大喜，道："民家发妻无子，多缘不能娶妾，以致宗祀斩然。无力者固已委之天命，即有力者，亦多为妒悍所阻，不能继其后裔。朕虽怜之，亦未经垂谕于黎庶。今成生之嫡母，亦似前妒而后贤者，匪周智之曲旋，而成氏之胤几绝，岂非莫大之德！成梦熊以二亲年老，大德未酬，不肯赴任，其志行可嘉。即着该部官，先将白银五十两、彩缎二十端以赐处士周智，仍给冠带职衔，以风友道。成梦熊留京擢用，仍赐白金百两，为养亲之资，仍赐金莲宝炬，给假三月，待完姻后受职。"梦熊得旨，不胜之喜，谢恩已毕。

次日，周智受礼部儒士之职，成珪夫妇受了钦赐银两。不日官报推梦熊为京兆尹，择日完姻，说不尽无穷荣耀。

荏苒间假期已满，到任理事。且喜民安物阜，四境恬然。不数月，周氏有了喜事，却早生下一个公子，取名兰孙。次年又生一个，就唤桂孙。其年梦熊二十二岁，任期已满，成珪夫妇俱受了封拜。吏部考选，正报推升，都氏忽然身故。梦熊丁忧治丧。不半年，成珪又死。梦熊守孝，极尽哀痛、迫切之诚，准准守了六年丧制。正待起复，周智又死，梦熊因有义父之称，亦服三年之丧。后又十余年，翠二夫人、何氏院君俱已过世。

梦熊看得二子俱已长成，长子已入黄门，次子更加敏慧，便对周氏夫人道："拙夫原是僧人转世，走来继续成氏后嗣。今我父母已葬，儿子已长，烦你撑立家庭。我却要出家去也。"周氏拦挡不住，只得任从披剃，在于报恩寺焚修。有司官俱来相送。其后二十余年，一毫不与尘士交接。

一日，忽然吩咐道："今日西归，与我快备香汤沐浴。"浴罢端坐禅床。香公请得夫人、公子到来，已是回首了，空中仙乐铿锵，天花飞坠，满城之人无不看见。长老送入龛子，烧

那梦熊和尚原是熊二娘转世;那熊二娘又是波斯达那尊者化身,那日来到地府,十殿阎王俱来迎接。即时复了本来面目,仍做了波斯那尊者。几幢仪仗前导,地藏、十王俱来远送。波斯道:"贫僧多蒙地藏教主,并十殿慈王相爱。此情深铭刻于五内矣。但先父成公、嫡母都氏夫人、生母李氏夫人,料还俱在地府,不识容一别否?"十王道:"尊者有所不知:先尊成珪原系天上金童,只因觊觎玉女,以致降谪尘凡。复因昂宿之妻,与夫偶尔有鼠雀之嫌,便逃下人间,氤氲使者便戏笔配与先尊,即令堂都氏是也;李氏夫人原系玉女化身,实是玉帝遣来完汝父之夙念者。故辞世后,俱已还天,何得尚在地狱?"波斯道:"既如此,更万幸也!"

于是辞了十王,跨上法驾。正待望西进发,只见一人手中提着个血淋淋的骷髅头,扳住车轮,高叫:"救命!"波斯道:"是何冤鬼?报上名来。"答道:"小人就是都飙。自从那夜蒙不送官,反赐银两之恩,其后日夕感念。不期盛子都因我外府当徒,占了我的妻子,怕我后来有话,请人将我中途杀了,特来诉与冥王。又苦不蒙拘审,置我枉死城中,衣食无措,痛苦异常。今日闻得尊者西归,知尊者原系生前表弟,倘蒙见惜,幸赐鼎言。"波斯道:"原来有这等异事,待我再见十王。"

十王禀道:"谋杀都飙,原系青萍之意。盛子都占人妻子,更又代人杀夫,虽都飙命中夙犯,亦青萍、子都不赦罪愆,所谓男盗女娼,正是三人显报。少不得阳寿终时,自有定夺,不烦尊者垂问。"波斯对都飙道:"既汝妻与奸夫俱阳寿未终,且不须性急,待后定不亏你,不必啼哭。"众鬼卒把都飙寄去。波斯挥泪而别。此亦慈悲之意也。

既到西天,参了佛祖,仍归本位,复证菩提。这也是波斯尊者,六十年前一点尘心浮动,到如今三生会上,两番变相托生。虽只是自己道行着魔,也还是成门的宗枝有救。不然,妒风飘渺,那得个宁静时光;血食沉沦,自能够久长岁月?从今后,但愿得打破了家家

的醋瓮醋瓶，倾翻了户户的梅糟梅酱，连《怕婆经》也只当无字空文。这《醋葫芦》也只当青天说鬼，不妨妄听妄言，但愿相随相唱。

诗云：

> 惧内原多趣，实为酿祸门；
> 有儿失纲纪，无儿斩后昆。
> 尔身胡足惜，尔祖又何冤；
> 开辟有尔姓，历传在尔跟。

总评：

> 无德不酬，无怨不复，天道昭昭，焉可诬也。观都飙、冷姐结末一段，教主岂专为醋海说法？亦为天下小人忏悔多多矣。闲者希勿以小说而忽之，庶乎不失作者之本意。

阴阳斗

［清］不题撰人 撰

第一回 荡魔山戒刀成形
隐朝歌贤士卖卜

看破红尘道，识得玄中妙。

人情似浮云，世态如光照。

玉兔正东升，金乌又西落。

一年春复秋，空教白头笑。

柳绿兼桃红，生死全难略。

叫你修来你不修，低头只等无常到。

话说三皇之世，北俱芦州净乐国国王之妻善胜夫人，怀胎十四个月，生下一位世子，乃是苍帝化身。后来长大成人，弃国修道，成了正果——在上天为玉枢掌教北尊天极，在中为荡魔无上上圣，在下为真武玄天上帝。曾在雪山修道，用戒刀剖腹洗肠，一时昏迷过去，把戒刀抛弃。及至仙人渡活时，忘收回戒刀。后至元玄洞修真，见戒刀已失，便将刀鞘留在元玄洞内，为镇洞之宝。这戒刀与刀鞘俱是苍帝赐与大帝的，乃是如意真宝，整受了一百余年的日精月华，才能变化成形。戒刀修成是阳体，刀鞘修成是阴体。那戒刀潜形于荡魔山中修真，刀鞘在元玄洞内养性。

又过数百余年，西池王母便诏刀鞘上天管理桃园，赐名桃花仙子。那戒刀未成正果，心怀不愤，遂在荡魔山兴妖作怪。有时吐焰与日月争光，有时无故兴云作雨，致干天怒，便差天兵天将下凡，把戒刀擒上金阙，在斩妖台上处斩。多蒙道教的鼻祖太上老君见他苦修了几千年，便在金阙讨下情面，带了他到兜率宫中，做一个看卦盒的童子。他便偷看《天罡正诀》，私自下凡。真灵不昧，竟投往商朝一家诸侯，姓周名卿，官拜上大夫之职，娶妻风氏夫人，年五十岁怀孕，梦见火光满室，耀人眼目。醒来时就生了一位公子，起名周乾。生得面如锅底，两道剑眉，自幼便有神光。及长至七岁时，在花园内顽耍，从天降下一位异人，赐他一部天书。因他素有凤根，将天书一览便一目了然，能知过去未来之事，请神召仙，驾雾腾云，皆一通晓。及至年长三十岁以上，周大夫夫妻相继而亡。周乾袭了父职，天下之人都呼他周公。在朝居官耿耿，百僚无有一位不敬服他的。周乾见商王无道，屡上谏言商王不纳，自己心中闷闷不乐。〔这日〕朝罢独坐府中，心中暗想："我既不能匡君于正，又不能舍身为国，如同俗人一般，不如趁此告职隐退，在朝歌寻一幽僻之处栖身方为上策。"主意已定，是晚在灯下修了一道告退的本章。五鼓上朝，出班见驾，将本章呈上。商王见是辞朝告退的本章，正厌他直谏烦人，今见他告职去任，正对心意，就准了他的本章。

周乾谢恩辞驾，回府吩咐家臣钱彭剪收拾细软之物，把府门锁了，带领家眷赴朝歌而来。在朝歌寻了一所僻静清雅的房屋住下，觉得逍遥自在，无拘无束。有诗为证：

人道为官举世奇，我知隐姓有天机。

云山相伴无惊恐，不似劳心日夜时。

周公清闲无事，这日坐在书房暗想："终日无聊，不如在此开一卜肆，引导世人。作一个讲先天的班头，剖八卦的领袖，有何不可？虽不能为国为民，以可开导愚民，留名万载。"便唤过老家臣钱彭剪。这钱彭剪是个诚实无欺之人，跟随周公在此隐居，情愿汲水种蔬，一心无二。闻听周公呼唤，忙至书房声诺道："公爷呼唤小人有何事故？"周公道："本爵自弃职隐居于此，原是不能为国为民，以承祖宗之遗训，意欲另开生面，作个立异的奇人。欲在此处作一事业，汝可将前门左侧之偏房三间拦断，在外洒扫洁净，陈设一张座头，急速去办理方好。"彭剪闻言笑道："公爷，我彭剪从来未曾见过公卿大夫作起肆业买卖来了。"周公笑道："本爵不是作买卖肆业，今欲开一卜肆，指点愚人，使彼等不敢为匪作亏的意思。本爵又恐人多，搅扰繁杂。这卜肆欲立一个规矩：每卦要卦资纹银一两，你在门前伺候。若有人问卜，先交银与你，然后你将他带进来见我，方可占卜。每日只占十课，多则不占。若是有人前来占卜，须要先给你纹银三分，以为传禀酬谢之资。你看如何？"彭剪闻言并不答语，在旁站立，低头暗笑。周公见此光景。问道："彭剪，你因何一言不答，立而不动？"彭剪笑道："非是小人不答言，我想公爷乃是一人之下，万人之上的人，

何苦作起这下流之事来?"有失贵体这是一则;二则恐落一个惑众之谣;三则恐占卦之人遥观因循,不敢登门问卜。况且卦资太重,何必虚设此一番的举动?"周公说道:"你不晓得本爵之意,详演先天,何为失体?劝解愚人,何为惑众?只恐卦儿不灵,若果灵应,只怕踏破门槛呢。你不必犹疑,快去行事。"

彭剪被催促无奈,只得去雇匠人来动工修理,改造房间。那消几日的工夫,皆已修理齐整。将匠人打发去后,便来回复道:"公爷,卜肆修完。但则一样,公爷的卦资要纹银一两,如卦灵呢,自然是要的;如不灵,岂不被众人揶笑公爷设计骗财的法子?"周公笑道:"卦如不灵,本爵愿赔回纹银十倍。"彭剪闻言说:"小人得纹银三分,就得赔回三钱,休要捉弄小人。公爷赔的起,小人赔不起。"周公闻言笑道:"你不知本爵的阴阳八卦通神,判断吉凶休咎无差也。罢,你的本爵代赔就是了。"彭剪谢了公爷。周公吩咐彭剪取了一片大竹板来,提笔写了"卦理通神"四个字,左边写一行小字云:"预定生死吉凶",右边写一行小字云:"卦资纹银一两、传命代步纹银三分。"又取一块大竹板上写道:"若有问卜者,清晨到此,指点吉凶。每日限占十卦,过午不占。如不灵应,倒罚纹银十两三钱。"写完命彭剪在大门外立住了招牌,坐在门外等候卜卦的人。

这一举动就哄动了朝歌城里关外,众百姓你言我语,街谈巷论,一个传十个,十个传百个,纷纷议论,俱说:"奇事!奇事!从未见过一位公爷把若大的前程弃舍,来作占卦的营生。不知灵与不灵,卦资竟要一两纹银。"〔只因〕卦资太高,众人俱各袖手旁观,并不过问。

那周公衣裳穿得齐整,终日坐在卜肆中间,连一个从者亦不用,只焚一炉好香,独在座位上静坐,默默无言。彭剪自然是独坐在大门之内,一连坐了两三日,并无一个人来占卦,只是门前围着无数的人,乱讲闲观。内中有一个土豪心中暗想:"这位公爷真会顽耍,我也会取笑,我何不舍着一两三分银子试一试他的卦灵与不灵?"主意已定,因周公是有爵位的人,谁敢同他对坐闲谈,故此不待人说,先将一两三分银子递与彭剪。彭剪接银在手,心中暗笑道:"有趣,有趣,今日可发利市了。"转身走入,遂将一两银子放在周公面前,禀明了周公。周公吩咐:"将问卜的人领进来。"彭剪遵命,将那土豪领进房来。

周公吩咐:"问卜之人,休要行礼。所问何事,不可说出,你只在一旁站立,心中暗暗至诚祝赞便了。"土豪闻言,站在一旁,暗中祝告。周公拿起卦筒摇了几摇,倒出三个金钱。一连六次,定了六爻卦象。周公看了一遍,说道:"你的心事本爵已明白了。只因你

的家丁妻子貌美,你要拆散他夫妻恩爱,令你家丁另娶,你的家丁不允,你想要将你家丁致死,是也不是？本爵查看此卦,只怕你害人不死,先害死自己的性命。"土豪听周公道出他的私心,直唬的目瞪口呆,面如土色,忙忙双膝跪倒在地,口尊:"公爷,小人果有此事。求公爷指一条明路,小人好去趋吉避凶。"周公闻言点了一点头,说道:"你既有悔心,自有生路。若不遇本爵,你明日决死无生。"言罢取过一张纸,写了几行字,递与土豪。土豪接过一看……

　　未知周公写的什么言语？怎生指点明路,救得土豪性命？且看下回分解。

第二回 通神卜判断无差 验先天死生有数

潜身潜姓不潜名，但愿茅庵避俗尘。

深锁柴扉耕笔墨，无边佳景月照林。

话表周公判毕，将纸递与土豪。土豪接过一看，上写道：

欺心想夺青春妇，怎知早已机关露。

明日三更欢会时，两个尸骸分四处。

土豪看罢一愣。周公说道："你的家丁已经盗你的财帛，贿买旁人助他之力。明日你与他妻承欢续旧之时，必然捉奸双双，杀死你二命。你今求本爵救你，你必须与他妻远离，绝灭色心，改为善念。上天自然佑你，逢凶化吉。本爵给你个应验，你今晚三更时候出门，东走三十里，见有一盏灯挂在门前，你叫门进去，必然对头见面。你可请他到家饮酒，有人开解，自然开交无事了。"土豪闻言，忙叩头拜谢，站起身形，转身走出大门。口内连说："好灵卦，好灵卦，未等我说占何事，卦中先就算出来了。"言罢，徉徜而去。

众人闻言，皆目瞪口呆。人丛中有一军汉上前说："我亦舍着一两三分银，占问占问我的吉凶有牵连否？"彭剪接银，领军汉已至桌案前禀明。

军汉站立一旁，周公起了一卦，提笔判了几句言词，递与军汉。军汉接过来一看，上写道：

得人十吊钱，妄想去捉奸。

无义财休取,恐怕惹情牵。

周公遂问军汉道:"你可是昨日有人助你钱十吊,明日要你三更去替他捉奸,事成后再谢你钱十吊。你可是问这件事么?"军汉闻言,唬得只是叩头。口内说:"公爷真是个活神仙,小人实为此事而来。"周公笑道:"你休妄想这宗财。你帮那人捉奸,若捉住奸夫,他的恨已消,哪肯再谢你十吊钱?倘若你捉不住奸夫,他岂肯白送给你钱使用?孤今指条明路给你走,你只管去与那人相会,你将我这卦帖拿出来与他们看,自然有人送与你青钱十吊。从此后休生妄想,方可免遭凶祸。"军士叩头道:"多谢公爷指教小人,小人从此断不敢心生妄想。"叩别出来,不肯对人说知其事,只言:"真灵,真灵,真赛神仙!神也仙也!列位不信,只管进去试试何如?"忙忙离了卜市而去。

谁知土豪与军汉皆遵周公之言,及至会面,两人走的是一条路,其让军汉捉奸的就是土豪的家人。当夜会面,俱觉大惊大喜,深信周公断卦如神。土豪遂将众人邀回家中,军汉相帮,替他二人开解,又拿出周公的判帖与众人看,方将这冤解释开。土豪又送军汉青钱十吊。

只因这两件事传遍朝歌城里关外,从此凡有疑难大事的人,都来求周公占算一卦,每日求占卦的人拥挤不开,真是断一卦准一卦。判四卦应两双。每日算完十卦,竟把门关闭,哪管外面有人求卦。这彭剪风雨不阻,得三钱银子,喜得眉开眼笑,不亦乐乎。自己又无儿无女,只是只身一人。每日一早周公就卜完十卦,彭剪把招牌收放妥当,即往对过街坊酒店内吃酒,必须将三钱银子花费已净方回府,若吃用不完,就将余银施与那些贫穷之人。日来月往,半载有余,这且不表。

且言这朝歌城里有一石寡妇,丈夫早年死了,只有一子,名唤石宗辅。因家道贫寒,积蓄了几两银子,命儿子去到孟津贸易,赚钱好挖口度日。母子商议妥当,收拾行囊,临行约定三个月之内就回家。谁知一去半载,并无音信。石婆子终日思儿想子,每日倚门盼望,日复一日,并无些影儿,便去求神问卜,终是虚文。心中太已烦闷,愁思万状。一日在自己门首站立,听得来往人等传说周公在栖云里卖卜,灵应非凡,只是卦资太高,非有一两三分白银算不了卦。你传我说,就打动了石婆子的心事,心中暗想:"我何不亦去问问卜方好?手中又无一两三分银子,不如向邻舍借贷亦可。"遂向邻舍借了银两。次日起了个黑,早梳洗已毕,用乌绫帕罩了头,用了些点心,倒扣了街门,携带银两便往周公卜市

而来。

来到卜市，正是天亮时候。正遇彭剪开门出来，挂招牌、洒扫门前地。石婆子认的彭剪，便叫声："彭老爷，公爷此时出来否？"彭剪闻言，抬头一看，认的是同里邻居石婆子。便问道："老嫂，你黑早到此必定有事，要卜卦么？"石婆子闻言，垂泪道："正是。只因我儿石宗辅出外贸易，临行时原说约定三个月回家，至今半载并无音信。老身放心不下，无奈借贷邻舍的白银一两零三分，起个早前来求公爷卜一卦，看看我儿在外安然否？老身也免得时常牵肠挂肚。"一行说着，一行把银子递给彭剪。彭剪接银说道："老嫂自管放心，吉人自有天相。令郎在外大约无险，或因生意趁心，事未办结，账目未清，耽搁日期亦未可知？儿行千里母担忧，此是人之常情。你为母的放心不下，要卜一卦，我就带你进去。"

石婆子跟随彭剪一同走进院宇。抬头一看，内堂上设摆一张桌子，桌上放着文房四宝、卦筒、香炉等类，中间坐着一位公爷，生得气象与人迥异，好威仪，但见：

> 头戴三梁冠，八宝攒身；穿着皂罗袍，上绣蟒龙。面如锅底黑又亮，目如朗星起毫光。端坐上面排八卦，亚赛灵仙一位神。

石婆子见周公仪表非俗，不由得双膝跪下。周公在座上，见从外进来个年老妇人，面带忧容，进屋跪在当中地上，自己一怔，心中不悦，暗说："不好。我适才卜了一卦，阴煞太旺，正欲吩咐彭剪今日不准妇人前来问卦，恐不利于己。未等吩咐，不期头一个就带进一个妇人来跪在下面。"周公说："你且起来。"遂问彭剪道："素日有卜卦的，皆是先禀我知。今日未禀明就带人进来卜卦，是何道理？"彭剪禀道："这是石杜之妻贾氏，其丈夫在日与彭剪有一面之交。今日他来问他的儿子归期，故此未曾先禀。"石婆子含泪说道："老身只因小儿石宗辅在外贸易半载未回，老身只有此子倚靠，放心不下，一时盼子情切，未遵往例。自知有错，恳求公爷海宥怜恤。"周公闻言点头道："也罢，待孤与你卜一卦，看看你儿何日回家。"遂取卦筒晃了几晃，起成一卦，按生克制化推算了一回，瞧着石婆子叹气道："孤若不明言，你岂不白白盼望？孤算你儿石宗辅今夜三更就要命近无常了。"石婆子闻言唬了一惊。忙问道："公爷再占算占算，我儿动身是未动身？如何算他今夜必死哩。"周公言道："孤的卦按着先天的阴阳，后天的八卦，分厘毫末也错不了，何况关系你儿的性命？你儿起身是起身了，你母子若要见面，除非梦里团圆罢。"石婆子哭着问道："我儿是

得何病？今夜却死在何方？"周公说："孤占算你儿今夜三更在破窑之内生生压死。"石婆子见周公说的话如眼见的一般，心中倍加凄惨，不住叩头，"只求公爷搭救我儿的性命，恩德不浅。"周公无奈，说道："且将你儿生辰八字报来，孤与你儿查一查流年。"石婆子忙将石宗辅的八字说来："是二十四岁，十二月十八日丑时生的。"周公听完把八卦盒收讫，将石宗辅的八字排开。推算已毕，"咳"了一声说道："丧门当头，白虎守命，就是神仙也难闯此关，命内一点救星亦无。石婆子，你不用想念他了。"这正是：

阎王注定半夜死，谁能留人到五更。

石婆子听周公说出石宗辅无有救星，放声大哭，凄凄惨惨出了卜市，竟回家中而去。不知他儿的生死存亡，且看下回分解。

第三回　触天怒柔物降生
　　　　明道术佳人决断

绿水青山锁翠微，红尘不染静中非。

从今参透名利害，翻身跳出是非堆。

话说三十三天兜率宫太上老君正在蒲团上盘膝，闭目养静，忽然水火童禀报道："看守卦盒的童子不知偷往何处去了，至今未回。"老君闻禀运动神光，掐指寻纹，已知其故。点头道："好孽障，竟不思养静修真，成其正界，妄动凡思，自寻苦恼。"站起身形出离兜率宫，来至金阙，启奏昊天上帝。上帝闻奏，命桃园仙子下凡，将卦盒童子诱归其位。仙子领了玉旨，一点灵光下降，投在朝歌城内。见任太公有素德，便投往太公处为女，今已长成十六岁。生的面似桃花，身如弱柳，说不尽的标致。有诗为证：

樱桃为口玉为牙，独占人间解语花。

凤世有缘方种此，仙姬岂易到凡家。

这任太太怀孕满月，夜交三更，梦见满天彩云，从云中降下一位仙子，手持一枝烂灿桃花，递与院君，院君接过在鼻上一嗅而醒。未出三口，就坐蓐生下一女，就取名桃花。

老夫妻自得桃花女，真是爱之如掌上明珠一般。

这一日任太公夫妻二人正在堂楼闲坐，忽听见街坊隔邻哭惨切，心中诧异。任太公忙忙走出大门一看，见是隔壁的街邻石寡妇泪流满面，大放悲声，口中一五一十诉说不清。又见邻居围绕相劝，心中纳闷。走至近前说道："老嫂何故悲伤？且到寒舍去坐坐。有何心事对我学说学说，或者我可以开解一二也未可定。"遂即让进家中。众街邻见任太

公让石婆子他家去,便一哄而散。

任太公引石婆子进了大门,任太太便迎接出来,同进中堂坐下。任太太问道:"老嫂,你与何人口角,受了何人的委屈?"石婆子闻言拭泪道:"我这若大年纪,焉与邻人口角?所为小儿今夜三更必死,我叶落归秋,终久倚靠何人?"言罢又哭。任太公夫妻二人闻言惊问道:"想是你的令郎有凶信到来?为何今夜三更死呢?"石婆子连连摇手道:"未也,未也。只因小儿出外贸易,原约定不过三个月就回家乡,如今整整去了半年有余,并不见音信。老身放心不下,今早起了一卦,卦象甚凶——今夜三更必被破窑压死。你二位老夫妇想一想,我焉能不伤心?"任太公闻言,不觉大笑道:"我只

当有凶信回家,原来是起卦起的不利。老嫂何苦这等的过于悲伤?那起卦的人他不是一个活神仙,如何知道这样的真切?"石婆子回答:"若是别人所言我也不信,原是周公爷占的,他判断阴阳有准,祸福无差,断事无移。我也曾苦苦哀求,求公爷搭救我儿不死,周公爷向我说难以搭救,除非是去向阎王案前求情,只怕还不能生呢!"任太公闻言,怔了一回说道:"我风闻这位公爷断卦如神,据他说来,只怕果然无有救星了。公爷既知令郎压死在破窑中,老嫂何不问公爷一个明白,是在何处的破窑中有这一步大难,再急速着人连夜赶到那里,找着你的令郎扯住了他,不令他进破窑,可就脱过这劫数了。"任太太闻言说道:"你年老老的太糊涂了,世事都不懂的了。周公爷又不是活神仙,他不过按卦理推详,如何定得在何处?在何窑内遇难?派人去救这是妄言,如何救的了?"石婆子闻听任太太这一番言语,不由的更觉伤心起来,忍不住大放悲声。任太公夫妻二人见石婆子如此悲伤,又想到他只有一个儿子依靠,家道又贫寒,倘或死了,叫他这一把老骨头倚靠何人?又触动自己无儿之苦,想到此步田地,不由的也就哭起来了。

且言桃花小姐自从五岁时在门外同丫鬟玩耍,遇着一个化斋的道士,送给他三卷天书、一丸丹药。回到房中服下丹药,清气上升,浊气下降,灵慧献出,天书上的字皆都认

的，字字无错讹。每夜梦中，那化斋的道士前来教他参解，正正教了数月，得了仙术，参透机关，那道士梦中可就不来了。桃花女乃是桃花仙子，根基非浅，不消一年，将三卷天书读的通熟，任太公夫妇亦不知晓。长到十六岁，轻易不见人，素日爱的是桃花。任太公就在后园种了数百株桃树，与他朝夕赏玩。桃花小姐每日只在桃园中修理桃树，有时亦做些针黹。今日早饭毕，收拾了一回活计，正欲到桃花园内去消遣，忽听得中堂上悲哭之声甚惨，自己一怔，心中暗想："今日堂上悲哭是何缘故？"遂即款动金莲来至中堂观看。见父母陪着隔壁石婆子啼哭不止，心中诧异，近前道了万福。石婆子见是小姐出来，便止住悲声，说道："小姐，你轻易不见人，这几年未见面竟出息的越显娇娆了。"任太公夫妇见女儿出来，也将泪痕擦干，道："女儿，那边坐下。"桃花小姐坐下问道："爹娘何故同石大娘在此痛哭？"任太太忙接口道："女儿有所不知，只因石大娘的令郎在外贸易，一去半年不回，石大娘往周国公那里起卦，占一占几时回归乡家。孰料公爷推详阴阳卦理，决定今夜三更必死在破窑，并无一些解救，你石大娘所以哀痛生悲。你父亲同为娘的在此劝解他，反倒打动我们无儿的苦处，故此下泪。"桃花小姐闻言，叹了一口气道："原来为此。父母不可过伤，有儿无儿皆是命理定数，有孩儿在膝下承欢，爹娘休要多虑。"言罢复又劝慰石婆子道："石大娘不必苦切，石哥哥若是该死，哭也哭他不活。再说那周国公也未必有这妙算神明。也罢，你老且将石哥哥生辰八字说来，待奴家与他占算占算，看他命中果是如何？是该死，是不该死？有救无救？"任太公夫妇接言说道："我儿你休要捉弄石大娘，你几时又会起课、占卦哩。"桃花小姐道："爹娘不知，女儿是新学的。石大娘只管告诉奴，听奴给占算占算，有何妨碍？"石婆子闻说所言近理，也是盼儿的心切，遂将石宗辅的生辰八字诉说一遍。桃花小姐即伸出尖尖生玉指，掐指寻纹算了一算，生死存亡、祸福休咎俱已明白了然矣。不住的点头赞叹说道："好一个周国公，占算的一些不错，怪不得朝歌城里关外人人敬服他，果然今夜三更定被破窑压死。此乃白虎当头，丧门守命，土星压命，年头、月令俱已不利，决死无移（疑）。按方向推来，只在城南十五里之遥，有一座破窑，明日去向那里寻找，就有他的尸骸了。"石婆子一听这话，又大哭起来了。任太公陪笑劝道："老嫂，你休要听他小小年纪的混话，就信以为实，既知方向，老汉这里差个家人去就救得令郎回家，有何不可？何用这般作难。只是我女儿的话是难以信的，大约无准。"桃花小姐笑道："人力岂能回天？爹娘与石大娘不信我言也罢，今日时刻若交申初，便有一场大雨，如若无风雨，便是女儿乱说虚词，如有风雨，大娘呀，咱娘儿俩再作商议，小侄女教你

老一个法儿，自能解救石哥哥回家。"言毕立起身来辞别，走出房门，竟奔桃园去了。

任太公听了女儿这般言讲。说道："你老姐妹俩看一看，这样天时气晴明，火伞高张，岂是有雨的样儿？老嫂你也不必遇伤，岂可因小女适才所言无稽谰语，焉能可信？再说令郎若果死了，就是哭也无益，也不能哭活了他。若依老汉之言，老嫂且宽心回家，待老汉明早派人前去打听消息，可就知道实信了。"石婆子无奈之何，只得告辞回家。

回到家中，独自一人坐在屋内，闷闷无聊，前思后想，心乱如麻。正然胡思乱想，忽然天交申初之时，只见天气大变。霎时之间雨大风狂，犹如搬倒天河的一般，雷电交加不止。石婆子见此天道，大吃一惊，暗暗称奇，"果然至申时下此倾盆大雨。看将起来，桃花小姐的阴阳八卦甚是有准。还说有法可救我儿回家不死，我何不去哀求于他？或者得其有救我儿的方法也未可知。"想罢即刻立起身形，冒着大雨出了街门，来至任太公的大门以外，把门扣开进去。正见任太公向任太太坐在堂上谈及女儿卦下有准，不晓得他怎生学习的有此神术？正言间忽见石婆子冒雨而来，早已知他为着他儿子之故而来。

但不知求救得他儿子性命如何？且看下回分解。

第四回 石婆子求救孤儿
任佳人教施异术

愁人夜独伤,灭烛卧兰房。

只恐多情月,旋来照忧床。

话表任太公夫妻二人正然议论女儿卦爻有准,不晓何时学的?忽见石婆子走进中堂,连忙站起迎接。只见石婆子整了整衣裳,双膝跪在中堂,口中尊道:"员外、安人,救一救老身的小儿性命,感恩无涯!不然连老身的性命也活不久了。"眼含泪痛哭起来了。任太公夫妻二人慌忙将石婆子扶起说道:"老嫂,且免悲伤。你是看见下了这场大雨,将女儿之言信以为实,此不过是女儿误打误撞之言,何必信以为真?且请起来罢。"石婆子站起说道:"员外、安人休要这等讲,小姐若是乱言妄语,哪有这等的准则应验当时?只求你们老夫妇二人快将小姐请出来,若已迟延,只恐不能救我儿的性命了。"言罢泪流满面。

任太公只得命使女将桃花小姐唤出前堂。石婆子见了桃花小姐便道:"小姐,可怜老身,救一救小儿一命罢!"说着又跪在埃尘。任太太上前一把扶起,遂即道:"使不得,使不得,他这小小年纪,如何受你的这一跪?"遂向桃花女说道:"我的儿,你果有方法救一救你石哥哥性命?"桃花小姐便让爹娘并石婆子一齐坐下,口尊:"石大娘,我有一方法可救的石哥哥一命。只有一件,不可在外面传说出奴的名字,切忌说我出方法救了你的儿子。别人知道犹可,只恐周国公他知道。倘若他知道,岂肯与奴善罢甘休?一定来找奴的晦气,两下必然结成冤仇。岂不是大娘你恩将仇报,辜负奴的好意?"石婆子闻言,口尊:"小姐,你且放心。老身岂是那忘恩负义之人?断断不敢在外说出小姐的名姓来。"桃花女闻言,点头说道:"既然如此,大娘你且暂听奴说。若按八卦推算,你的令郎定死无生;奴却有一种仙法,能起死回生,破他的阴阳八卦。若不仗法力,万万救不了石哥哥的性命。"石婆子闻言悦，口呼："小姐，不知怎样救法？快对老身说明。所用何物，我去办理。"桃花小姐说着："大娘，你将土地星君的纸折请一张，火德星君纸折请一张，供在你的房内。燃上二枝蜡烛，供上一碗净水，一个鸡子，放在桌子底下。要反扣一个筛箕，底下须要点着一盏灯，名曰添寿灯，千万仔细留神，灯不可被风吹灭。倘若灯灭，你的令郎非死无活，就不能救了。今夜风雨仍作，大娘呀，你可将你令郎素日穿过的一件旧衣折理，用一面镜子压在上面，旁边放一碗水，候至雨止，人拿你令郎素日穿过的旧鞋一只，在你大门域用旧鞋拍一下，叫你令郎名字一句，忙回房中。一个更鼓叫一遍，若叫过三更，你老人家只管放心去睡，明日清晨保你令郎回家，母子相见。"正是：

> 佳人妙法无人晓，赖得先天依秘传。

石婆子静听桃花女说完，一一领命，便忙忙辞别任太公夫妇，回家料理而去。此时风雨未止。任大公夫妇见女儿说出无数的方法来，心中仍是半信半疑，不大准信，一同问道："娇儿呀，你适才说出这些方法可救石宗辅，凡人之生死是上上天注定，先造死后造生，那石宗辅造就今夜三更命尽在城南破窑中，你怎么又教他母亲哭半夜，明早就能回家，使他母子见面？此话有些不准，是荒诞支离，无稽之言。"桃花小姐见父母根问，又不敢先言明，惟恐泄漏天机，即推说道："此刻未便明言，待来日再告诉爹娘知之。"任太公夫妇见女儿如此说，也不再问。桃花小姐言毕，辞别父母，自回桃园去了。

再说石宗辅自从去年九月出外贸易，原说三个月回家，岂知在外合上一个贩布的伙友，往孟津去贩布，所向风月，归期错过。幸喜得利三倍，延迟至二月尽。心知母亲在家必然悬望，自己思想回家，便辞了伙伴，收拾行囊，归心似箭，星夜奔朝歌大路而来。在路上饥餐渴饮，带月披星，恨不能一步奔到家中，与母见面。走了数日，这日正是三月十五日，石宗辅出了旅店，在路上算了算路程，离家不过还有一百五、六十里，心中想道："我今日紧一紧步，赶进城去方妙。"一面思想，一面放开大步急走，在路上行走，无心观览景物。走到天交申时，忽然乌云四起，凉风透骨，下起大雨来了。石宗辅不由得心中着忙，暗暗叫苦。暗想："离家还有几十里路，下起大雨，如何赶的进城？"上淋下滑不能急走，累的浑身是汗。起先雨地行走方可，后又一阵狂风打面而来，一时骤雨如电，倾盆的一般倒将下来。石宗辅知道前无村店，后无人家，正是荒郊无处避雨。虽然有雨具遮盖，怎奈风狂雨大，不能遮护遍体。无奈只得冒雨往前急走。又兼风雨之气闭住人的气，在雨地喘不出气来，真是步步艰难。一行走着，用目望四下观看，心想着寻一处避雨的所在，暂且避一避雨。忽见前边有一座破窑，紧走几步，来至破窑前。一看见窑虽破损不堪，还可将就避雨，便将行李放下，脱下湿衣，拧了一拧雨水。因无处晾，只得仍披在身上，坐在就地，不由的叹气咳声，连气恨怨道："我心中越急，惟恐赶不进城里去，偏偏老天爷不作美，又下起这般的大雨来。堪堪天色昏暗，雨仍然不止，眼见得今日是赶不进城里去的了，也只好在此破窑中孤孤零零坐他一夜，等天明再进城罢。"自己又回思道："难道说一定非要今日进城不可？况且许久的日期都过了，只这一夜就过不得？"想来想去，心中觉得安宁，身上觉着乏倦，便将身靠在壁，合着眼养精神。按下慢提。

再表石婆子依桃花女之言，心中如领旨意的一般，冒着雨自去买了两张星君的纸斫，回至家中。家内现有生鸡，取过一只，堪堪天色昏黑。不久雨就渐渐止了，心中又有几分心安，暗想："桃花女的话有验，我儿自然有了盼望了。"又一刻的工夫，果然天色睛了，便惊骇道："桃花小姐真是神人也！休要小看于他，大约这个时候是我哭子之时候了！"即便大哭起来，越哭越恸、越伤悲，直哭至初更方才住声。手拿石宗辅当初所穿过的旧鞋一只，走到大门外，在上坎中央就拍了一下，呼唤一声："石宗辅我的儿！你快回家来罢！你想煞老娘了！快快的回来，以免老娘倚闾之望。"看到此，有曲歌为证：

一更里，月儿低，寡妇房中哭啼啼。叫声孩儿石宗辅，儿呀心肝你在哪里？只说出外做买卖，割舍冤家把娘离，娘在家掐着指头将儿来盼，谁知腊尽儿未回归。如今是，三月半，你叫为娘甚是着急。二更里，月儿高，寡妇房中哭嚎啕。叫声孩儿石宗辅：儿命因何不保好？别的死法还犹可，决不该死在荒郊破瓦窑。你身造下什么罪，造定离乡在外抛。自从周公算你死，娘心好似攮千刀。我儿今夜若有差迟处，撇下娘半边人儿没下稍。三更里，月正中，寡妇房中哭悲痛。叫声我儿石宗辅：不知因何惹着灾星？如今遵依任小姐的法儿来摆布，但不知方法儿灵不灵？果然我儿有命若得回家转，娘便满斗烧香谢神明。

石婆子遵依桃花女的教法言词，哭一回，叫一句。一直哭叫到四更时分，石婆子方住了哭叫之声，走进房内去了。按下不表。

　　且言石宗辅独自一人在破窑中,时有一更天,风雨已止,就渐渐晴了。自己实在寂寞无聊,莫若赶路前行。主意一定,背负行李出了破窑,往前行走。大约走了二十余里路程,忽然天变,雨又下起太大,自己着急。心中暗想:"此处离家已近,还有十五里地。有心冒雨赶路,回想一则雨暴,二则就赶至城下,城门早已关闭,到那时进退两难,如何是好?且不如奔到前面有一破窑避雨,天明再进城回家,有何不可?"想罢奔至破窑避雨,身体乏困,合眼睡去,鼻息如雷,呼呼酣睡。

　　今夜危壁将塌,不知他性命如何?且看下回分解。

第五回 传解法夸子离灾
依妙术慈母会子

白云犹是汉宫秋,烽火魂消百尺楼。

将军战马今何在,野草闲花遍地愁。

话表石宗辅在破窑中避雨,将行李放在窑中地上,自己靠壁而坐。天交初鼓之时,身体已乏倦,眼眈眈,刚要睡着,忽听得窑外有人叫了一声:"石宗辅,我的儿! 快回来罢! 想煞娘了。"心中大吃一惊,忙睁眼一看,还是自身坐在破窑中,并无别人。再听时,杳无音声。心中暗想:"好奇怪! 方才明明是我老母的声音叫了我一句,难道说我是心头惦念,糊里糊涂错听不成?"向窑外探头一看,雨已止了,便走出窑外。抬头一看,见满天明星浩月,地上草湿如油。意欲仍想赶路,自知前途并无栖身之处,只可天明再走亦不迟,仍就走进窑中坐下。心中狐疑道:"莫不是我疑心生暗鬼,莫不是我在外这些个月未回家,悬念家中我的老母心切? 我梦魂颠倒,大约这一声是我的魂不守舍。魂送风之音相似也未可知。况且此处离家十余里,我母就是盼儿的心切,叫我一声,我如何听的见?"左思右想,热血捧心,朦朦胧胧又睡着了。睡梦之中,忽然又听见大叫一声:"石宗辅我的儿! 快回家来!"石宗辅从梦中惊醒,心中一怔,暗说:"好奇怪,难道又是错听了不成?"一翻身爬起来,叫了一声"娘呀",不由的流下泪来。呆呆的想了一回,忽然冷笑道:"可知我心中糊涂,我是在睡梦中听我母亲呼唤,我的母岂能深夜踏着泥泞之地,来在荒郊呼唤与我? 这是哪里说起。但则我独自一人在此荒凉之所,有何人知我在此受此孤伶? 娘呀! 连你老人家也是不知孩儿被雨阻在此处,胡思乱想已混去睡魔,睡又睡不着,心内又挂念老母,心中急燥,只可坐等五更,候至天明,方可入城回家见母。我且坐着不睡,再听一听还有人叫我的名字的没有?"打定主意,抖擞精神静坐,见当空月光皎皎。刚坐至三更的时候,目又倦了。忽然耳傍听的真真切切一声叫道:"石宗辅我的儿! 快回家来罢! 想煞娘了!"石宗辅不由的大哭起来。遂应道:"母亲呀,孩儿在这里。"心中又惊又喜:"果然是我母亲声音,来在郊外呼唤我。"遂即站起身形,忙忙奔出破窑来迎母亲。

刚出了破窑，忽听脑后响声犹如天崩地塌一般，将石宗辅唬的"嗳哟"一声，魂飞胆裂，身不由己，跌在泥地。定了半晌神，回头一看，见这破窑已倒塌，自己嗟叹一番。再言这间破窑因日久年深，今又遇这场破块的大雨，是湿透了四面墙壁，如何堆的住？实是前生造定石宗辅今夜该在这破窑压死，偏偏就有一个桃花女教给石寡妇这个解法，以致石宗辅才脱了此劫难。是桃花女的道法通神，幸赖石宗辅是一孝子，才有这一段因果。

闲言少叙。且说石宗辅这一阵如雷轰顶，又如木雕泥塑的一样。定了定神，思念了一声："救苦救难太乙天尊。"心中回思，反痛哭起来："在此荒郊睡梦，就有像我老母的声音呼唤我，这也是鬼使神差，我就跑出窑来。若走迟一步，岂不压死在里面？不知何年月日才拖出我的尸首来？母亲在家如何知道？那就活活的盼望煞我的老母，岂不是因我一命，又害一命？况且是谁收殓他老的老身呢？"正然思想，忽听风送城上的更鼓之声，已是柝打四下。石宗辅幡然省悟，又笑道："我真是呆人。我今得皇天庇佑，脱了这场灾难，真算是万幸中之万幸。我候至天晓奔进城，至家中与我的老母相见，岂不是一件意外，想不到的大喜欢事？"于是思前想后，破悲为喜，坐在路旁一块石头上。忽又听见朝歌城内隐隐的更锣鱼更五下，心中欢悦："再等一时天就亮了。但则是我的行李被破窑压在里面，此时不能扒出。幸喜二十两白银是未离身，尚在身畔。今夜守着颓窑也是无益，不如我且奔到城下，在那里等至天明城开，我好进城回家见母，方是正理。"主意一定，站起身形，穿好了衣服，迈开大步行走如飞，直奔朝歌城而来。只落的只身得命，两手空空。忙忙赶到城门之下，立候不大的工夫，天将亮，只听城上一声炮响，"吱咬咬"，城门开放。石宗辅两步当一步踏进城来，两足如飞奔至自家门首，用手叩打门环，口呼："老母开门。"只听屋里一声答应。原来是石婆子是夜至四更虽然就枕，哪能睡的着？惟恐周公之言是真，桃花女之言是假，翻来覆去直至五更，残月已落。刚然合眼贩眴，耳畔忽听敲门之声甚紧，忽又惊醒，从梦中答应。心知是儿子有命回家来了，心中大悦，一翻身爬起。飞奔到院中问道："击户者是石宗辅我儿回来了么？"石宗辅在门外答应："老母，快开门。"石婆子说道："我的儿，你可盼望煞为娘的了！"一面说，一面忙忙开门。

母子见面竟如重生再遇一般，这番欢喜无尽，悲从喜生，又是伤感难尽，母子皆眼含痛泪。石婆子双手抱住石宗辅，揽在怀内放声大哭。哭够多时，止住悲声。石婆子含泪问道："石宗辅我的儿，你果然得了命回家？还是为娘的在梦中与你相会呢？"石宗辅听他娘说出的话有些古怪，含泪说道："孩儿真是死中逃生，两世为人，方得命回家。老娘同孩儿且到堂房，待孩儿慢慢的告禀。"石婆子闻言，携着石宗辅的手来至堂中，一同落坐。

石宗辅便将在外贸易怎样回家，路上如何遇雨，在破窑避雨，至什么时候"听见母亲呼唤我三次，我即忙出破窑来看时，哪知破窑忽然倒塌，险些将孩儿压死在窑内。如今行

李还压在破窑之内，幸喜银子未离身畔。"的话，滔滔说了一遍。石婆子闻言，母子又痛哭起来。石婆子停住了悲声。说道："我儿且免悲声，咱母子先去叩谢救你命的大恩人去。"石宗辅问道："孩儿同老母去叩谢哪个？为何救孩儿的性命？孩儿心中纳闷，请母亲道其详。"石婆子就将"盼儿不归，到周公处问卜，周公言道此卦不吉，说你昨夜三更必死在破窑之内，并无救星。为娘回家因此大哭，隔壁邻居任太公之女桃花小姐教了娘一个破解之法，如此如此，才救了你的性命。你看那桌子上不是摆着纸斯，这不是鸡子、筛儿，那不是灯儿、衫儿、镜儿、鞋儿呢。"石宗辅听了娘这一遍言语，与他在破窑之事恰合，这才如梦方醒。说道："依母亲这等说来，实在亏了任小姐救了孩儿一命。咱母子岂可空手登门叩谢，岂不怕街邻谈论咱母子太悭吝，不成事体？孩儿身畔现有二十两银子，费上二三两银子买一头羊，买一坛酒，送将过去，也算是咱母子的一点至诚之心。"石婆子闻儿所言，猛然想起一事，说道："我儿买羊买酒方存一点恭敬之心，道是正理，用不着自家银子。那周公起卦，卦资是一两零三分银子，若卦断不应验，一倍赔还十倍。不如咱母子一同先到周公卦市去讨银子，回来再去买办羊酒，岂不是两便？只是任小姐嘱咐过我，在外万不可题出他的名姓，现今去向周公要银子，周公若问起缘由，你如何回答他？"石宗辅答道："母亲放心。他若问我，儿只说我自己平平安安回来的就是了。难道说他就知任小姐救的我不成吗？"母子二人商议已定，遂用了早餐，将门倒扣，不大工夫母子一同来至卜市。

此时周公已算完十卦，只有彭剪一人在门首收拾招牌。石婆子便叫了一声："彭老爷，在那里干什么了？"彭剪闻听人叫，回头一看，见是石婆子。便道："老嫂，又做什么来了？"一言未尽，忽见石宗辅站立在石婆子身后，吃了一惊。问道："我的老贤侄，你是人还是鬼？今天日子不好，你前来是要谁的命？"石宗辅满脸陪笑，口尊："彭老爷一向可好？才别半载，竟和小侄说起玩耍话来，烦你老进去通禀一声，就说昨日所占的卦未应验，我母子前来讨还卦资来了。"彭剪听了这话心下已明，走至近前，笑问道："老贤侄，你不是鬼呀。昨日半夜三更有何动静？怎么安然无事你就回来了？我家公爷卦无虚卜，你母子今日必是因卦未应验，来此要倒赔银吗？"石婆子总是有年纪的人，知道彭剪之言是歹话，忙接言说道："彭老爷，我们是个穷人，怎敢向公爷要倒赔银呢？昨日的卦资是在邻居借来的，只求将原卦资赏还足矣，老身好还邻居，则感公爷恩德。"

不知彭剪怎样答对，且看下回分解。

第六回 还卦资母子酬恩
疑筮术主仆推详

术高更遇翻天手，斗智还逢意外谋。

莫道我行先一着，须防硬敌占头筹。

话说彭剪闻听石婆子之言，明知他母子前来索讨十倍卦资，反用好话央求。随即冷笑一声道："有趣！有趣！我家公爷素日夸口，今日讲不得响嘴了！你母子在此候等，我进去回复。"转身进内回禀公爷："公爷，所断石宗辅今夜三更死在破窑，现在他母子在外厢讨十倍卦资来了。小人也曾说过给人家占卦须要小心判断才是，公爷言道：'百不失一'，今日竟有讨十倍卦资的来了！"周公在座上闻彭剪之言，便喝道："你疯了么？口中乱讲些什么话？"彭剪笑道："讲什么？人家索讨十倍卦银来了。"周公闻言怒道："胡说，有谁来要赔还银子？"彭剪回道："公爷不消发怒，要赔银子的人现在门外。"不等周公吩咐，竟出去将石婆子母子二人领进来了。

周公在座上看的明白，真是石寡妇，他身旁立着一个汉子，大约是他儿子。心中暗惊道："孤家昨日算他儿子三更时候压死在破窑之内，如何得命回来？今日来讨赔银。赔银倒是小事，只是孤的阴阳无错，如何今日不应验？其中必有缘故。"开言问道："石寡妇，你身旁站立的是你什么人？到此有何事？"石婆子见问，口呼："公爷，这是老身之子石宗辅，昨日夜间并没有死，今早晨才回家。老身带他来特给公爷来叩头。"石宗辅为人生的伶俐，听他母亲这般说法，便忙跪下，向上叩头。复又站起身形，仍是立在一旁，这一个头只磕的周公乌脸反变了茄色，不由得含羞带愧，就将卦桌上堆着十分起卦的银子一总推开。言道："石婆子，孤不撒赖，你将此十分银子拿去。"石宗辅将十小包银子领收，周公复问："石宗辅，道你夜间可是在城南破窑内存身歇下的么？是何人传授你的解救法保全性命？你可从实讲来。"石宗辅见周公盘诘甚紧，便道："夜间小民奔家心胜，中途赶不上镇店，就宿在破窑内。只因半夜腹内朝凉，一时疼痛，要想出恭，刚刚出了破窑门口，那间破窑就倒塌了。故此未曾压在窑内，此是实言，不敢虚说。"周公道："不然，孤昨日算的申时下

雨，至酉时止，三更时候方天晴。又算你独自一人在窑中丧命，并无救星，焉能出窑大便？此言本爵不信。"彭剪见周公赔还了石婆子的银子，仍然辩驳此事，即冷笑道："公爷卦是灵的，今反吃了亏。石宗辅实得肚腹疼痛，竟是肚中屎儿救了他的性命。银子已经给了他，令他母子去罢。只管问他则甚？"周公一闻此言，就仿佛挨一顿嘴巴子的一般，满面含羞，低头不语。石婆子知趣，忙同子告别出来，彭剪亦随即跟出来。

石宗辅问道："招牌上写的是十两零三钱，为何只有十两呢？"彭剪闻言顿足道："三钱是头在我身上，我赔还就是了。"石婆子忙接言道："彭老爷休同孩子一般见识，我们只望得回本银就足矣。公爷言而有信，反赔十倍，是十分足矣，勿容彭老爷受累赔还。"彭剪哪里肯听，说道："贤侄之言虽系出于无心，我想来甚是有理。公爷既赔还十倍，我若不赔十倍，于理不合。"遂向囊中取出十个小包递与石宗辅。石宗辅老着脸儿接将过来，石婆子过意不去，又说了些好话，安慰一番，母子便欢欢喜喜的去了。

彭剪满腹是气，呆了一回，这才转身走进内堂，一语不发。周公方才被彭剪说了几句打趣的话，心中不悦。见彭剪走进，想要发放他几句，又想道："本爵若嗔戒他几句，岂不被旁人嗤笑我卜卦不应验，拿家人来消气？"自己便忍气吞声，说道："彭剪，你去把大门招牌收了，从今以后，本爵不卖卜了。"彭爵见周公有了怒气，便不敢违拗，遂将招牌收起藏下。正是：

凭君汲尽三江水，难洗今朝满面羞。

当时石家母子得了十两零三钱银子，满心欢喜，遂即在街市买了羊酒回家。母子二人换上新衣，一同走至任家，给任太公老夫妇叩谢。任太公见他礼物甚重，再三推辞；石家母子哪里肯依，非收下不可。任太公见他来意实诚，只得收下，吩咐家人备了一桌酒筵，与他母子接风，二则压惊。吃了半日酒，方出席告辞，临行任太公老夫妇又是再三嘱咐：且忌在外说出是他女儿设法救的。这且按下不表。

再说周公自从被石家母子讨赔卦资，心中甚实不悦，便将卜市闭了。一连几日不与人卜卦，闷坐书房。心中暗想："本爵的阴阳八卦判断无差，我算石宗辅必死无疑，竟然不灵！"复又寻思：卦爻判的一些亦不错，心中愈加狐疑。忽然猛省，反自笑道："我好呆呀。我何不卜一卦，就可知道内里情由，何用如此胡思乱想？"忙取卦盒摇了几摇，起了一卦。细细推算，见卦乃是纯阴之象，太阴临值持世。心中惊道："昨日本爵自占一卦，是不利阴人。今日又占得纯阴之卦，难道说有什么阴人破我的阴阳八卦。左右推详一些不错，怎么算不出这阴人名姓？"心中焦燥起来。哪知桃花女传授石婆子的法，自己将八字早已按

住，故而周公推算不出他的名姓来。所以周公掐来算去、算去掐来，再也推详不出，心中暗恨道："本爵若访出这个人的姓名来，不制死此人，誓不为人。"恨恨的把卦盒丢在一旁，气了一回，无计可施，无可奈何，只得罢了。自此之后终日闷坐，连饮食亦少进。左右的人皆知周公性子不好，就不敢上前劝他。

有话则长，无话则短。转眼之间已是七月初旬。周公在花亭上独坐，彭剪进来见周公闷闷不乐，心知是为石宗辅之事，含笑上前口呼："公爷，想石宗辅他若不出破窑大便，岂不压死在破窑内？或者他在路上想必行了些阴骘好事，自古道：'一点阴功可增十年寿。'必定有吉神暗中救护他，也未可知。公爷何不自卜一卦？自然也就明白了。"周公闻言即道："本爵何尝不自卜来？按卦象内明明现出一个阴人救脱他的灾难，破了孤的八卦，就是推算不出这个阴人的名姓？"彭剪接言道："这朝歌城内莫说是阴人，就是那顶天立地奇男子也未必破得了公爷的神明八卦。况且算了几千卦，无一不灵应。纵使这一卦不验，有何妨碍？如今卜市的人俱在门首，天天等候卜卦，小人日日答应得口干舌燥，他们仍不散去，恳求不已。更言远方特意前来不得占卜，不胜忿忿而去，在我十分悔意不及。公爷占卜原是指点愚人的迷津，今日因为这点小事便悔了初心，岂不被他人耻笑？背地谈论？奈何，奈何？"周公听了这番言语，低头想了一想。说道："你这一夕话虽然说的有理，终然算是胡想，看起来这卦无灵。本爵推算石宗辅必死窑内，终然未死，又算破本爵八卦的阴人姓名也未推算出，似乎八卦有些不验，唯恐误了众人的大事。你既劝孤重开卦市，待孤再卜一卦，应验了再开卜市也不迟晚。不可不小心。"彭剪闻言便笑道："公爷自卜，不如代彭剪卜上一卦，看我后来结果收缘、吉凶如何？"周公闻言，微哂道："彭剪，你与本爵相处多年，一生勤俭，性情忠诚朴厚，收缘必有善果。也罢，今日本爵赏你一卦，你且亲自焚香，祝告先圣，取卦盒来，待本爵与你占卜一卦，看是如何，以定你的吉凶休咎。"彭剪闻言大悦，连忙净手焚起片香，将卦盒递给周公。周公接过卦盒，在香烟上熏了一熏，一连摇了六次，细细搜其卦象，登时周公脸上颜色更变，乌脸转了个淡黄色，浓眉起了两股紫气，嘿嘿半晌无言。

未知与彭剪卜得卦吉凶如何？且看下回分解。

第七回　试卜爻偶得凶信
　　　　　特求救别有生机

只道周公八卦灵，桃花破法更奇人。

强中又有强中手，指破迷津救老彭。

　　话表周公与彭剪卜了一卦，只唬的周公呆呆的发怔，面色改变。半晌方喘出一口气来，两眼直视彭剪；不住的点头，大有叹惜之意。彭剪在旁看的明白，见周公给卜了一卦，半晌不言不语，竟有凄惨之形，心中吃惊不小。忙问道："公爷给彭剪所卜之卦，莫非此卦凶多吉少，何不说明？使彭剪防备，趋吉避凶才是。"周公闻言长叹一声，说道："本爵从来卜卦并无隐藏之言，必然直言判断。孤既与你推详卦理，岂有不说明之道理？你今所卜这一卦象，不但主凶，连你的性命也是不能保的。此乃天数使然，大限相迫，只在三日之内丑正三刻三分，就是你的归阴之期。先必头痛，然后吐血而死。你侍候本爵多年，可怜你为人一生忠厚朴诚，今时本爵竟似袖手旁观，无法救你。"不由的含泪点头赞叹。自古道：蝼蚁尚且贪生，何况人不惜命？彭剪一闻周公之言，直唬的魂飞天外，魄散九霄，面目更色，站在那里呆呆的发怔。半晌还过一口气，含泪问道："公爷所占此卦果然无讹吗？"周公见问说道："本爵焉能妄断欺你？再说你侍候本爵也是一辈子，本爵无一些好事待你。今与你白银十两，趁着你的大限未临，你且去到街市游逛游逛，不可忧愁。人活百岁终然也是一死，莫若你欢欢喜喜到酒肆多吃几杯酒，可以解一解愁肠，勿须忧虑。你的一切后事，自有本爵与你办理，你且放宽心罢。"言毕便令人去取白银十两，即交与彭剪。彭剪素知周公的神卦万无一失，今日见他如此，不由的心下发慌。双膝跪下，口呼："公爷，卦内既现出有此大难，求公爷救一救彭剪。"周公叹道："人之生死大数，本爵焉能救得你？你将银子拿去，上外面散散心罢。"彭剪久知周公硬性，料知哀求也是无益，接过银子低着

彭剪在一座大酒肆进去,拣了一方好座位坐下,令酒保打了两角好酒,切来几味上菜,独自一人自斟自饮。口中饮酒,心内暗想:"今日我还是世界上一个生人,再过三日我就是阴间一个鬼魂了。好生没趣。"想到这里不觉落下几点泪来。酒保素日认识彭剪,见他落泪,便问道:"彭老爷许久不来饮酒,今日前来饮酒,因何含悲?大约公爷不开卜市,想是你老人家无钱钞使用了?"彭剪见问即道:"不是为此,我别有心事。"又连连吃了几杯。常言道:酒入愁肠容易醉。彭剪这两角酒还未吃完,已是大醉,给了酒钱,出了酒肆,不觉东倒西歪,撞回公爷府。走进自己房中,一翻身便和衣倒在床上,呼呼酣睡了一夜。

到了次早睡醒,想起死期在迩,又流起眼泪。慢慢坐起前思后想,自言:"公爷之神卦是准的,不差分毫。人若有了死期,岂能逃脱?我倒不如今日再出府去游戏海乐,恨他不早告诉我几天,若早告诉我,我也好多快乐几天。"便换了衣裳,也不进内堂见公爷,扣了自己房门,又往街上而去。门公见彭剪这两日无精打彩,出入皆是低头不语,不知为着何故,又不好去问他,只在背地疑怪。

且言彭剪出了大门,又往酒肆去饮酒。一路上,暗想:"公爷算石宗辅必死,他竟不死。今日公爷又算我必死,大约必死无移。真死假死,或者真死的若学石宗辅假死,也未可知。算他是死在破窑内,大便救了他的命,若不出恭,准被破窑压死。被压的可以得脱其死相,我是吐血而亡,怎样躲的过死?"想到此处,在路上落下泪来。正自悲恸,忽觉肩背上被拍一下,心中这一惊非小。暗说:"不好,大约催命的鬼来了。"回头一看,原是石宗辅。

且言石宗辅路遇彭剪,见他在路上自叹自嗟,或低头,或仰天,若有不胜所思之状。遂赶上前在他背后肩上拍了一下,问道:"彭老爷,你老在路上想什么了?这样两泪交流,奇奇怪怪所谓何事？"彭剪见问，含泪道："一言难尽，老贤侄你哪里去？"石宗辅回答："我是回家。"彭剪说："好，我与你同路。"二人便同着走路，说说讲讲。也是事由天定，彭剪心中暗想："前者他不死，公爷说其中必有缘故，或者他有解救之法，也未可知。况且我独自一人吃酒，也没有趣，不如沽两瓶酒、买些菜到他家中，我二人一同饮酒，借酒将我的事说明，求他解救。倘有解救之法，化凶为吉，亦未可定。"便走至市头立住脚说道："老贤侄，自从你出外回家，并未曾与你接风。我今日补场，与你一同吃酒谈心。今日事情顺便，买些酒菜到你家，烦老嫂与我炙好，咱们借酒谈心，说一回话，你看何如？"石宗辅说："勿庸彭老爷费钞，小侄代办。"彭剪拦道："勿许。"便拿些银子买了些酒菜。石宗辅拦他不住，只得由他买了。

二人携着酒菜，不大工夫来到石家门首，石宗辅叫开了门，石婆子见是彭剪到来，便笑道："彭老爷你可好哇，为何买这许多菜馔呢？"彭剪说道："老嫂有所不知。我的公忙，老贤侄回家我未曾接风，今日闲暇。特意与贤侄借酒谈谈心事。"石婆子接菜自己下厨烧炒去了。

彭剪同石宗辅坐在堂房闲话。石宗辅闻彭剪所说的话是东一句，西一句，有头没尾，言语颠倒，心中动疑。暗想："莫不是周公派他前来询听我未死的事情缘由来了不成？倒要谨慎提防。"不多时菜已炙熟，石婆子令石宗辅端进堂屋，彭剪又请石婆子一同就席而坐，彼此推让了一回方才落座。彭剪提壶斟了一循，自己连饮了几杯酒，将菜食了数口，点了一点头，"咳"了一声不由的落下泪来。石婆子见此行景，心中诧异，即问道："彭老爷，你有什么心事？何故饮酒堕泪？"彭剪只是摇头不语。石宗辅笑道："彭老爷，今日饮酒乃是欢乐事，何故悲伤起来，其中必有缘故。请道其详，我母子可以排解排解。"彭剪咳声道："你母子有所不知，我心头实有过不去的事，想起来不由的落泪。"石婆子问道："彭老爷，你到底想起什么心事来了？如此悲切，何不告诉我们母子听听。"彭剪咳声道："老嫂不要题起，我今日是阳间一个人，明日四更天就是阴间一个鬼了，再不能见你母子之面了。"说到此间，不由眼泪如梭漂落下来。石氏母子二人心中纳闷。连忙问道："这话从何说起？"彭剪便将周公替他起了一卦，言说卦象大凶，今夜四更时分吐血而死的话诉说一遍，"我想周公的卦乃是万无失一，只恐怕大限一到，我命难保不休矣。在路上遇见老贤侄，想起他前日是死里逃生，必有什么妙法，恳求你母子教一教我。若得脱了此灾厄，真是我彭剪的活命恩人，重生父母一样。"

　　石宗辅先疑彭剪受了周公之命，前来探听桃花小姐破了他的八卦之事来了，因听他言讲卜卦，又言明日准死，见他哭的泪流千行，引动他母亲陪着直哭。想想自己，看看他人，由不得也伤起心来。说道："周公爷占的卦实在灵应非常。前者夜间我在破窑中，若听不见我母呼唤我，焉能出窑，若听不见我母呼唤我，准准的被破窑压死在里面。周公爷断你明日四更死，只怕必然应验。"彭剪闻言忙接口问道："老贤侄，你在破窑中，如何听得见老嫂呼唤你呢？"这一句话问的石宗辅哑口无言，两眼直视彭剪。彭剪见此光景，明知话里有因，怎肯错过机关，急忙立起身形，向着石婆子深深作了一揖，口呼："老嫂，可怜小弟，怜恤怜恤命尽之人，教我一个方法，救我的性命，没世不忘你老的再生之恩德。"石婆子还礼回答："老身哪有方法能救你的命？"彭剪见他坚意推却，即忙跪在石婆子面前，口呼："老嫂，自古道：救人一命，胜造七级浮屠。"便叩头如捣蒜的一般。石婆子忙吩咐石宗辅将彭剪搀扶起来，石婆子说："你想老身似庸愚之人，如何救的了人的性命，救我儿之命是别人给了一个方法，照法而行，我儿才得不死。此人再三再四嘱咐我，不要我传扬出他的名姓，恐怕你家公爷知道了，要与他斗气！故此老身母子不敢说出他的姓名。"彭剪闻言，猛然想起周公之言，口呼："老嫂，莫非是一位阴人教你的法，救了老贤侄么？"石婆子闻言大惊，不觉失色。

　　不知石氏母子肯说出桃花小姐否？且看下回分解。

第八回　石婆子道漏救机
桃花女泄传神咒

人活七十世间少，先除年少后除老。

中间光阴不多时，何必忧愁与烦恼。

话表石婆子见彭剪苦苦哀求，听他说救石宗辅之命乃是得阴人救脱灾厄，不由的心中骇然失色。忙问道："彭老爷如何知道救我儿命的是一位阴人呢?"彭剪回答："我如何知晓? 因公爷曾卜了一卦，说是有一个阴人暗中破了他的八卦，但则算不出阴人的名姓。老嫂既知有这一位能人，何妨告诉与我知晓，我好去求他救一救我的残生性命。倘若我这余生得救，也是你老人家积下一件大阴功德行，我断断不去泄漏他的机谋，向外人言。"说罢又要跪将下去，石婆子连忙扯住。被彭剪再三再四的哀求，又想起从前因为儿子也是同他一样的苦衷，心中不由的发了恻隐之心。心中暗想："我自可说明任小姐，令他自去哀求去。任小姐救与不救，由他自便。我说一个含糊的话就是了。"想定主意，口呼："彭老爷，你要问这个人的名姓，我断然不能说出。我如今指引你一条明路，凭你的造化去奔他，但能得见此人，你的五行就有救了。"彭剪闻言大喜，问道："老嫂快快说来。"石婆子说道："我这隔壁邻居是任太公，你可认识他否?"彭剪言道："我不管认识，还是两代的故交。我先父在日与任太公甚是交好，就是我也常去探望他老。若到他家去，必然留我用饭，款待我犹如亲子侄的一般。他家里里外外、男男女女无一个不熟识我的。"石婆子闻言点头道："你既与任宅是世交，这就至妙不过了。或是今日，或是明早过去探望任太公老夫妇，你就题你的怎生灾厄事来，你若有造化生机，遇见那一位能人，定然能用法力解救你的性命。千万不可说你是我教过去求救的。"彭剪听了这话，低头想了又想。即问道："老嫂，你老人家所言之话我有些糊涂。任员外家中人多，我哪得知谁是能人? 去求

209

哪一个救我?"石宗辅在旁跷嘴道:"彭老爷,你好罗嗦,告诉你是个阴人,你就往阴人那里去问就是了。咱们且多饮几杯罢。"即连连斟酒,劝彭剪多吃数杯。彭剪因问着了头路确实,心中略为放下些,一连饮了数杯,即便告辞要去。石家母子又叮咛嘱咐不可说出是他母子教的,彭剪连连点头诺诺,忙回公爷府。

一日无话。到晚间睡在床上,再也睡不着,翻来复去,已至红日东升。忙起来梳洗,换了两件新鲜衣裳,竟往任太公家中而来。到了门首,向门公说明,门公向里传进。任太公闻报亲自出来相迎。笑道:"贤侄,许久不到寒舍走走,今晨到来,真也算是喜事临门。你还拘着什么礼,何用人通传? 这院中有何人躲避你的呢? 请进来罢。"彭剪忙作揖答道:"礼当如此,小侄虽是通家之好,然则不可逾分。"任太公携着彭剪的手走到后堂,向屋内说道:"老安人彭贤侄来了。"原来任太太因无儿,又无三亲六眷,故此平素最疼爱彭剪是个近人。丫鬟忙忙进去通报,任太太已迎出房门,远远的笑道:"今日风顺,将贤侄你吹来了。一向为何一月之久不来看看我老两口子来?"彭剪闻言陪笑说道:"小侄近因事多繁碎,未曾来问安。婶母身体安好,今幸康健。桃花妹妹康泰否?"任太太回答:"皆已平安。"任太公老夫妇将彭剪让进后楼,吩咐厨下备了酒饭,正遇桃花女早妆已毕,来至后楼与父母请安。恰遇彭剪,兄妹见面,二人见礼。任太太就命女儿肩侧下坐,使女递茶。任太太开言口呼:"贤侄,时常老身向你叔叔妹妹谈及你自小在我家日多,在你家日少,自你长成,性情朴质忠厚,瞬息间我两老年已五十有余。"彭剪道:"小侄向叨过爱,不异一脉之亲。无日不思前来请安。皆因公门事繁,从前事缓。"言毕即潸然泪下。任太公老夫妇疑他是为彼二老年迈悲感,忙解劝道:"贤侄何须如此悲哀,世人未有不老之期。"彭剪言道:"小侄见叔婶年纪高迈,小侄不能寿永,久侍左右,故而悲哀。"任太公老夫妇闻言,心觉酸痛,慰道:"贤侄勿须说此不吉利之言,我二老虽然有了年纪,这老身体还健壮,尚可与贤侄聚首几年。"彭剪闻言含泪摇头言道:"二老寿永必享大年,小侄寿促,从今日以后就不能见二老之面了。"言毕竟呜呜咽咽的哭将起来。任太公老夫妻惊问道:"贤侄正在壮年,为何出此不利之言?"只见使女丫鬟用托盘搬上菜来,任太公便坐了座位,对桃花女说:"女儿勿庸回避,你彭家哥哥不是外人,你幼时他时常领抱过你,今日同席用膳,亦无妨碍。"太公与彭剪对坐,任太太与桃花小姐横头,并肩坐下。太公斟了一杯酒,递与彭剪说:"贤侄,且开怀畅饮几杯,抛去烦恼。"彭剪接酒道:"今日小侄酒难下咽。今晨是侄儿望看叔婶妹妹以表我心,完我念头。辞一辞道,我死也瞑目。小侄还有甚么心饮酒!"任

太公闻言,骇然问道:"我看贤侄你一进门来面带忧色,所说之言皆是些断头话,说的我心中糊涂。你为着何事这样愁烦?"彭剪含泪道:"今夜四更小侄就死了,因想叔婶待我一场,故而来辞你二老,从今后再不能见面了。"言罢大哭。任太公老夫妇齐道:"此话从何说起?好好的人怎么一夜便死?"彭剪便将周公与他卜的卦说明。任太太说:"原来因此。"任太公接言道:"周公之卦未必全验。"桃花女在旁听的明白,心中按捺不住,即呼:"彭家哥哥,小妹粗知卦理,你将八字说说,小妹与你推算推算。"任太公接言道:"也好,我记的他的生辰八字。"忙忙将彭剪的八字说出,桃花女把左手玉指尖尖掐了一回,吃惊道:"周公的八卦果然决断无差。"任太公老夫妇忙问道:"女儿,周公之卦算的怎样?"小姐答道:"果然算的一些也不错,今夜四更吐血而亡。"任太公夫妇垂泪问道:"可有救否?"桃花女又掐了一回玉指说道:"虽然有数,太费周折。"任太公夫妇齐道:"费周折也无妨,你看父母之面,救一救你的彭家哥哥罢。"桃花小姐说道:"此法落耳不传,彭家哥哥随我到后花园去说知。"立刻站起身形,同彭剪往桃园去了。任家与彭剪是通家叔侄,便不管他兄妹二人,老夫妇仍在后楼饮酒。

桃花女与彭剪来至桃园小亭中坐下。桃花女口呼:"彭家哥哥,妹妹算定今夜七月十五日中元胜会,北斗星君是朝玉京之期,定该二更回驾,落在这本城三官庙宇之内,注人间的轮回。彭哥你速办好片香一束,净水七杯,斗灯七盏,你沐浴更衣,日落时摆设在三官庙大殿供桌上,你休胆慊,须要心虔秉祝,念大圣北斗元君宝号,不可住口。到了二更,你可伏在供桌下等候,妹妹再给你一个宝贝袋。"忙向锦匣中取出一个金击子递与彭剪:"我教你一卷神光咒,将咒要你念熟。候星君下降,且忌害怕,你听到有一神叫到你的名字,你就从供桌下念咒,敲起金击子,出来向星君讨寿,星君必然准你讨寿。这金击子与这篇神咒是克制星君的,若敲念起来,星君必然心惊头痛,难以归位。大事已毕,你回府去安歇,管保你无凶无险。倘若周公追问你未死的缘由,只可推诿,切不可说出我来,至要,至要!你速去照此而行。"彭剪闻言喜之不尽,口呼:"妹妹你是我的救命大恩人,待事毕再来叩谢你罢。"自己出了桃园,来至后楼。见了任太公老夫妇言说:"小侄授了妹妹的法,不敢泄漏,侄儿就此告别办事,不敢久停。"老夫妇齐道:"既然如此,我们也不留你饮酒了。若果平安无事,明晨须要见我二老,以免我夫妇悬望。"彭剪连连应诺而退。是晚,彭剪净洗身体,遵依桃花小姐的吩咐,一一办完,摆设在三官庙大殿供桌上,嘱咐庙祝:"此夜不许闲人进来,独自一人跪在殿中,念起北斗星君宝号,焚起片香。天交二更,忽听

得一阵风声，正合时候。连忙躲在供桌底下，觉得一阵异香扑鼻，就听有人说话。言道："这是什么人的供献？就知吾神等下降，预先备下洁净清水。"随后寂然无声。迟有一刻，忽听下边叫起名姓来，一个一个听得真切。忽然叫道："彭剪"。堂上有人高声道："寿享五十，今夜四更吐血而亡。"彭剪听见这句话，只唬得魂魄悚然。

　　不知此夜彭剪生死如何，且看下回分解。

第九回　求搭救彭剪添寿
　　　　愤破卦周乾生嗔

问余何事栖碧山，笑而不答心自闲。

桃花流水杳然去，别有天地非人间。

话表彭剪在供桌底下听见一神叫他名姓，又言"此夜四更应注吐血而亡"，只唬的大惊失色，口中急急念咒，手中急急敲着金击子。忽闻火德星君言道："是谁用法咒来克制吾等？"彭剪闻言，在供桌底下钻出头一看，见两旁坐着九位神圣，皆是奇形异状，凶恶骇人。把胆量抖起，急忙跪在当中，口中不住的念咒，不住手的敲金击子。则见第一位星君开言呼："彭剪快住了响器，口中勿须念咒。你今夜可是前来求寿么？可向第五位星君面前去求。"彭剪闻言，肘膝而行，向第五位面前而跪。只听第五位星君说道："吾等既受了他的供桌，彭剪素日为人忠厚朴诚，生平无恶过；又是桃园仙子教他求寿的。要破荡魔之数，吾神今将他的名字改了，与他增寿，方见得善有善报。"便呼："彭剪！吾神将你名字改过，从今以后改名叫彭祖，吾神赐你阳寿一百岁，左辅右弼星君赐你阳寿五十岁，每位星君各赐你一百岁，共赐你八百五十岁。每逢初三日、二十七日，须要斋戒沐浴，虔心礼斗，不可泄漏天机，以遭天谴。"彭剪叩头求道："小人乃是凡夫，既蒙上圣赐名添寿，但凡夫活这般大年纪，若无禄无子，反又受罪。恳求上圣赐些富贵，得养终身，方为佳妙。"众星君开言道："这亦说得是。"只见一位星君从怀中取出一粒丹药，令彭剪吞了，说道："此丹药能换骨脱胎，百病不生，好享那福禄寿三乐。"又见二位上圣各取出一本簿子，不晓神圣们在上面写了些什么，写毕化了一阵清风，踪迹不见，不知众圣哪里去了。此时彭剪觉得精神长了百倍，心中扬扬得意，满心欢喜。列公，彭祖在人间寿活八百多岁，娶了一十三妻，享大福寿之人也。正是：

凡人未服金丹药，想活百岁也艰难。

　　彭剪听了听，时交四更。暗想："桃花妹妹令我事完之后仍回公爷府歇宿。我知他的意思，惟恐周公爷见我今夜未死，一夜未回府，心中定然生疑，定然追问水落石出。不如我遵依桃花妹妹之话，急速回府。"想罢便唤醒庙祝，给了一两银的香资，开了庙门，奔回府中。暗暗的叫开大门，入自己房中，倒身便睡。

　　这且言讲不着。且说公爷周乾是夜独自坐至五更，意想彭剪此时死了，忙取天罡剑唤醒小童，提挈灯火，亲自来至彭剪的房门。推开房门走到彭剪床前，只见彭剪四肢不动，仰面朝天，双睛微闭。周公只当彭剪已死。不由的连声叹气道："阎王注定三更死，谁能留你到五更。可怜你平生忠厚，今日竟成乌有。"忙把金冠摘下，将发际散开，仗剑步斗，口中念咒。想要拘住彭剪的三魂七魄，不容散乱，然后用法超脱他投生在一个好去处。

　　且言彭剪一觉睡醒，睁眼一看，见公爷披发仗剑，在那里步罡踏斗，咕噜咕噜念咒。一翻身爬起，站在房中。周公一见大吃一惊，仗剑厉声喝道："僵尸休得作祟，吾奉太上老君急急如律令救。"彭剪见此光景，由不得笑将起来。问道："公爷，你老在院中作什么法了？"周公闻言，定了元神，问道："你是人还是起殃乍尸？"彭剪回答："小人未曾死，怎么是起殃呢？"周公闻言，便令小童提灯一照，周公细验一遍，连连说："奇怪！奇怪！"忙问道："谁教给你的良法，得命回生？快快说明。"彭剪回答："该死未死，再活几年，何故国公爷盼我死着这样大急，难道一定要我死方可遂心？"周公闻言心中不悦，沉音暗想："这奴才尚敢吱唔诓我，且哄他到书房里去，再细细审问，定要追出是何人教他的方法破本爵的八卦。"想罢唤彭剪："随我到书房里去说话。"彭剪不敢违拗，只得随着周公望书房来。心中暗想："必要问我未死的根由，我纵死，也不说出桃花妹妹的名字来。"

　　来到书房，周公放下天罡剑，理好了发髻上冠，当中坐下，命小童向外厢唤几个人进来。不大工夫，进来几个家人。周公吩咐："众家人，替本爵把彭剪捆绑起来。"众家人，不敢违背，只得动手忙取绳索，把彭剪捆将起来。彭剪喊道："彭剪无罪。"周公眈视彭剪怒喝道："你欺瞒本爵，焉得无罪？你快快说出是何人设法救你便罢。若不说出实话，本爵就要活活处死你，休怨本爵无情！"彭剪见问，连忙跪下说道："彭剪是个愚人，有什么法力挽回不死？晚间躺在床上待死，孰料睡了一夜，又不知怎的不曾死。"周公不待说完，大喝一声："嗨！满口胡言，不打你，你也不说出真话。"吩咐左右："替本爵先打他一百皮鞭。"就有两个家人走去拿来两条皮鞭，走至彭剪的跟前，一齐动手，整整打了一百皮鞭，只打的彭剪哀哀求饶。原来为官家的皆云："公门岂能无私?"这些家人皆与彭剪合睦，谁肯狠心痛打，打这一百皮鞭也不过有二三十下之重，因此彭剪不甚吃重，连声呼道："公爷屈打彭剪了。怨自己阴阳无准，反怪别人，与别人何干? 求公爷格外施恩。"周公大怒，喝道："你平日老诚，今日竟然撒谎撒诳本爵，还不打你?"吩咐左右："替本爵再加一条绳索，捆住他中截，把他吊在廊檐下。"众家人哪敢稍停，把彭剪吊起。此时彭剪身觉疼痛，因为桃花妹妹乃是救命恩人，昨日又谆谆嘱咐我不要说出他的名姓。只可忍着疼痛，一语不发。

周公走至阶下问道："你快快说出实话，不但不责治你，本爵还要重重赏你。本爵看你满面红光，反添了寿限，必遇奇人传授你换骨脱胎之法，你可细细说来!"彭剪闻言心中惊骇，暗道："好厉害也! 不但卜卦有准验，就是看相也有准验。我不如舍身受罪，勿论怎样盘诘，我也不吐实言。"主意一定，即将二目一合，闭口无言。周公见此光景，心中动怒，转身来至书房，取天罡剑在手，奔至彭剪面前，大喝一声："好彭剪，你隐瞒实话，就是欺主之罪，当时令你去见阎罗!"言罢恶狠狠举剑往欲砍。彭剪瞥见，只唬的魂不附体，急呼："公爷饶命，待我说就是了。"周公恨道："少若迟延，将你一剑分为两段。"彭剪忙说道："是石宗辅左邻任太公之女任桃花，教我昨晚三更至三官庙等候北斗星君下降，令我求寿，故此得活。"周公闻言，命众家人把彭剪放下吊来，一同来至中堂。

周公落坐，开言问道："彭剪，本爵问你，何故你不实说? 因何隐满不说?"彭剪言道："桃花小姐再三嘱咐于我，不要我对公爷说知，惟恐公爷生嗔，怀恨于他。就是石宗辅也是他设法救活的。"周公闻言，不由的怒道："好阴人，破本爵的八卦可想，不该令石姓母子前来羞辱本爵，孤于他誓不两立。"彭剪闻言，忙叩头道："公爷息怒，宽宏才是，若记桃花小姐之仇，明显是彭剪恩将仇报，连累他遭殃受害。恳求公爷可怜他父母单生他弱女一人，年纪幼小，上无兄下无弟之孤人。"周公问道："这阴人多大年纪?"彭剪回答："年方一十六岁。"暗表桃花女与周公先后下凡，何以周公若大年纪? 皆因天上一刻，人间数秋。周公下凡比桃花多了一二零，故此大了数十岁。

闲言少叙，书归正传。且说周公听彭剪说出真情实话，便赏彭剪十两银子调养伤痕。彭剪谢了赏，周公便吩咐彭剪道："不许你到任家去说破；你若是到任家说破，走漏风声，本爵知晓了，罪上加罪，敲折尔的腿。"彭剪诺诺连声，口称不敢，自回房中去了。

周公默然暗想："任家桃花女小小年纪，竟有这般法术，本爵有些不信。待本爵查查看，昨夜果是北斗下降否？"忙掐指循纹一看，果然昨夜三更子初一刻，北斗降于城东三官庙中，不由的大惊失色，暗道："任桃花果然术能通神，朝歌城内若有此女，本爵万不能居他之上。"左思右想，闷闷不乐，在花楼上走来走去。猛然想起一计，"本爵何不如此如此，将此女诓进我门，把他摆布死，方消我心头之恨。"想罢心中得意，忙唤家人许成吩咐道："本爵命你将官媒唤来，有话吩咐他。"许成领命而去，周公仍坐书房等候。

不知用何计策暗害桃花小姐，且看下回分解。

第十回 骗亲事欺瞒诈就
误中计强逼联成

春城无处不飞花,寒食东风御柳斜。

日暮汉宫传蜡烛,轻烟散入武侯家。

话表周公命家丁许成去唤官媒,不多时将官媒蒋妈妈领进公爷府来。周公在书房闷坐,见家丁许成走进书房回明:"将官媒领到,在外面伺候公爷之命。"周公见左右人多,吩咐:"将官媒领进,尔等俱各退出。"众家丁遵命退出,蒋官媒走进书房,朝着公爷叩了一个头说:"公爷安好。"周公微然一笑,问道:"你可知道南城居住任家,他膝下所生一女名唤桃花,你素日认的他家否? 如若识认,可见过这任桃花否?"蒋媒回答:"南城任家小妇人认识,任宅家资数万,乃是良善人家。他家桃花小姐小妇人耳闻,未曾见过这任小姐之面,不敢妄言。大约任家小姐已有十六七岁了。"周公说:"本爵已知任家之女相貌端庄,意欲聘他为媳。你若做成此事,本爵重重谢你。"蒋媒婆闻言,沉音暗想:"我从来未听周公爷有少公子,听此话有些古怪。"周公见蒋媒婆迟疑不语,心中不悦。问道:"蒋媒为何不语?"蒋媒答道:"非是小妇人不语,我想任太公乃是平民,他怎敢与公爷结亲?"周公催促道:"你只管去说本爵要聘他女为媳,三日内就要成其好事,妆奁一概不要他家的。"蒋媒婆不待说完,接言道:"此限一发难成了,哪有三日就要过门,日期太近,岂不是白令小妇人往返空跑? 依我看来,公爷必有主见,不妨向小妇人说明好到哪里,随他如何? 倘他有什么大翻悔处,自有公爷阻挡作主,料也无妨。"周公闻言,回嗔作喜道:"你果然伶俐,本爵实有心惩治这任桃花小贱人,皆因他暗破本爵的八卦。本爵对你说明:"本爵并无公子,今不过凑成圈套诓他过门,本爵好治死他。因后三日是诸凶煞下降日期,到那日她一下轿,必然命丧无常。此乃暗施法术,治他一死,与你媒人无干。你若做成此事,本爵谢

你黄金百两,决不食言。"蒋媒婆道:"原来如此,怪不得公爷生嗔。任桃花是一个闺中女子,为什么敢破国公爷的八卦?若能治死他,倒是人不知鬼不觉,小妇人情愿去走一遭,也须想一条妙计,骗得任太公允许方好。"周公听蒋媒婆一夕话,方投自己心怀,不由喜道:"这事不难。待本爵先算一算看是如何?"连忙掐指循纹一算,心中先已明白。说道:"诓亲之计有了。适才算得任太公不在家中,往庄上去了。方得明日巳时回家。本爵派许成同你前去,令许成在他门外等候,必须如此如此。他若依允便罢,他若不允亲事,你们就说本爵要经官告他女儿用妖术邪法破了孤的八卦,不怕他不允。"蒋媒婆闻言大喜道:"此计大妙,小妇人明日就去。"周公赏了蒋媒婆的酒食,又先赏白银二十两,蒋媒婆欢天喜地,拜谢回家而去。

到了次日,蒋媒婆复到国公府,会合许成一同出府。二人在路上又商量一回,一直来至任家门首,已是巳时。只见任太公从那边而来,二人一见心中暗喜,佩服国公爷的卦儿真正灵应。任太公来到自家门首,甩蹬离鞍,下了坐骑,家童手提包袱,把马牵进门内。任太公抬头看见蒋媒婆同着一个人在门前站立,便笑问道:"蒋大娘为何不进我宅去坐坐,站在门首做什么?"蒋媒迎着笑说道:"太公,你看我这筐里是什么?昨日是我的小女下茶的日子,一应主顺人家,我都要将这茶饼送些东西来与太公安人的。恰好正遇太公回家,可令小哥送进去罢。"说完便把那筐里东西交与员外的跟随小童。太公随说道:"原来是令嫒有了出阁的日期,可喜可贺!且请进舍下奉茶。"

蒋媒连忙答应,同着太公并许成一齐来到大厅坐下。蒋媒忙向小童手中取回那筐子来递与任太公。遂说道:"太公你且看看原不成个东西,不过尽些敬心而已。"任太公连称"不敢",用手接过筐子来一看,上面盖着一块红绫,一对金花,便伸手拿起,顺手放在桌子上。筐子里放着十来个精致点心,蒋媒婆在旁凑趣道:"太公你吃一个尝尝。"任太公一则从庄上来还未曾用过饭,此时腹中正在空饥;二则又见点心精巧,老人家多嘴馋,又见蒋媒婆在旁凑趣,不觉就拈起一个来放在口中。家童已携出茶来,任太公一面便让他二人饮茶,自己亦取茶一盏饮,慢慢的送着点心饼儿,遂吃遂说:"好点心!真是清香满口。"蒋媒婆又装疯作狂的取过那一对金花,走上前与任太公戴上,口内笑说道:"有趣!有趣!今日取个吉利,等老身明日寻一位好姨奶奶来,与太公生一位公子罢。"任太公只当他取笑。遂口中说道:"只怕不能了。"许成忙取那一块红绫披在任太公的身上,二人便一齐跪倒叩头,口中称贺道:"恭喜太公,贺喜太公。"任太公见此情形,忙问:"你二人如何这般取笑？"忙伸手来扶二人，二人站起身形，口呼："太公，我们二人实说了罢。这是周国公送来与员外的。国公爷有位公子，想要聘娶员外家的小姐为妻，今年也是十六岁，择定日期太速，惟恐员外不允。若依小妇人看起来，员外爷虽是乡宦，周国公乃是一家国，此婚正可相配，员外爷休怪莽撞。"任太公闻言，方晓这是诓亲之计。心中着恼，说道："婚姻大事非同小可也，须两家情愿，难道他倚仗国公之势欺压平民，我就害怕不敢阻婚，即许他婚姻不成？你等用圈套诓亲，并未从先说明，老汉偏偏不允这门亲事，看他把我怎样摆布？"蒋媒婆闻言含笑说道："太公不须着恼，这位就是他的家人，是协同我来的。小妇人也曾向国公爷说过，惟恐你老人家不允亲事，国公爷也曾说道：'不妨碍。若不允这门亲事，我定必经官告他用邪法妖术破我的阴阳八卦。'太公爷，你老思想思想，朝歌城内大小官员哪一位不与他交好？允了亲事是两全其美，国公爷的威名亦辱不了太公爷的门风；如执拗不允，小妇人恐太公爷要吃亏，小姐献丑。太公爷你老再思再想。"任太公闻听这一夕话，默默无言，沉吟暗想："悔不该令女儿多管闲事，我如今若不依允亲事，他若告到当官，我有输无赢，定然吃亏。我又嘴馋，吃了他的喜饼，我的女儿也得抛头露面，上堂见官出丑。"回思再想："我的女儿今已长成，也得择婚相配，现今与国公之子匹配，也算荣耀，面上增光。"想到其间，遂向二人说道："周国公喜与老汉结亲，岂有不允从之理？终然贵贱不敌，而且这姑爷也未相过，迎娶日期又太速。"蒋媒婆闻言笑道："太公与国公结亲就算同体，况且他家来先就太公这公子是娇生贵养，自然貌美。只有日期太速些，周公爷也想到这里，向我们言地，若任亲家翁嫌日期太速，令我们代话，勿须制办妆奁，一概不用，公爷府内所用什物一概不缺，只要小姐一身至期过门就是了。"任太公闻言欢喜道："既然如此，还须老汉我到后院对我老妻说知，商量商量才是，我一人也难作主。"蒋媒婆笑道："夫为妻纲，太公允了亲事，自然老安人也允许，我们就此回复国公爷的喜信。"说："许管家大叔，太公这里应许了这们亲事。"此刻许成心中会意。说："蒋嫂子咱二人一同回复国公爷去罢。"言毕一俦走了。任太公独自一人呆呆的坐在厅堂上，想来想去心中觉着攀高结贵，畅然喜悦，哪晓得忘却内里的利害。笑盈盈来至内宅。

任太太见太公喜现于色，便立起身来问道："员外回来满面喜容，为何头上插着两枝金花，肩上又披着一块红绫？今日还是与人家作赞礼郎？还是又娶了姨奶奶？我未听说，簪花披红就拜过天地了。"任太公含笑回答："安人你都猜不中。老汉有喜，你也有喜。"老夫妇二人坐下，太公就将周国公差人前来求亲的话细细说了一遍："你每日说女儿

是贵相,如今果应你之言,作了贵人。你我老夫妻也沾些女儿的光彩。"任太太说:"只有一件,不备妆奁却不成礼款。"任太公笑道:"咱女儿日用衣服物件哪一样皆是新的,其余俟三日后再办起妆奁送去也缓开手了,也不算迟。我同你去到花园对女儿说知,也令他欢喜欢喜。"老安人闻言说:"言之有理。"便一同来至桃花园。

见桃花女独自一人携着花罐在那厢浇那桃树,老夫妇齐说道:"女儿何须自己浇树,令侍女浇溉可也。"桃花女抬头见爹娘走进桃园,连忙放下花罐迎接爹娘,一同上了花亭落坐。桃花女见太公簪花披红,便笑问道:"今日爹娘有何喜事,簪花披红起来?"任安人便先接言道:"我两老之喜俱是我儿你携带的。"遂将"周国公差人来求亲,你爹爹已许他十九日出门"的话说了一遍。桃花女未等说完,早已杏脸焦黄,"哎哟"一声,身不由己在椅上跌扑在地。

不知桃花女性命如何,看下回分解。

第十一回　恼婚姻需索聘物
请凶煞中毒施谋

未会牵牛意若何，须邀织女弄金梭。

年年乞与人间巧，不道人间巧更多。

话表桃花小姐一闻父母之言，将自己许了周家，明知周国公诓亲，不待父母说完，面如淡金，坐立不定，倒仆在地。正是：

娇花经雨低无力，弱柳临风舞不胜。

任太公老夫妇二人只唬的魂不附体，连忙一齐上前抱扶起。忙问道："我的娇儿，何故如此？"桃花女坐定，慢启朱唇说道："爹娘作事并不三思，落入圈套之中。这是周公之计谋，如今既中其计，少不得孩儿于他争斗。"老夫妇忙问："何以见得？"桃花女道："孩儿算的周公并无公子，夫人又是早亡，膝下只有十六岁之女。三日之中要娶孩儿过门，大约是为彭家哥哥之事所为。孩儿破了他的八卦，他着恼变成怒，今日来求亲，想着暗用法术制孩儿于死地。从此孩儿要与父母永别，再无见面之期了。"任太公夫妇闻言，只唬的惊骇发怔。半晌说道："好端端的喜事，吾儿何出此不吉之言？"桃花女非是凡人，料事如见。闻父母心疑相问，忙掐指循纹一算，已明透洞理。向父母言道："十九日是诸凶神下降大败的日期，周公择此日娶亲，是要冲死孩儿。"太公闻言大怒道："周公如此可恶，用法相害，为父不要这条老命了，与他拼了罢！"言罢把头上的、身上的花红掳下来，揉的稀烂，抛在就地。桃花女见此光景，暗说："不好，我既奉玉旨下凡来破周公之法，料躲不过，不如稳住二老之心，免他着急。"遂说道："爹娘放心，此乃天数，孩儿也不怕他。父母养孩儿一

场，并无享孩儿膝下承欢，竟负却父母劬劳大恩。"任太公夫妇闻言含泪道："这样不利的凶日，如何依允的？"桃花小姐道："别人遇此凶日有害，女儿可能破解。别人之事尚能救脱，今日临到自己身上，难道反不会救解？爹娘放心，女儿不怕，此去不过三日，儿便回来。只是须向周公给孩儿要几件东西，便依他的日期。"太公闻言反忧为喜，忙问道："向周公要什么东西，快快说来，为父的好令蒋媒婆去向周公处索取。"桃花女说："也不是奇难的物件，只要他二尺红绫，花轿上要绣八洞神仙之像，要用五色彩绸结成空的宝瓶一对，内贮五谷；熨斗一个。花轿一到他门前，急用檀香柏叶烧着，放在熨斗内，令他家人一名提着熨斗绕轿三匝，花轿方可进门。二门上要马鞍一个，方斗一个，新人下轿跨过马鞍，然后方可拜天地。再要他家自大门起直布彩毡到内堂，新人若一下轿脚不准沾地。还要他家的彭剪前来听候我们使唤。若周公有一件不允，父亲你可就说只可令他家公子亲来入赘，若不照此急备周全，那时再向他拼命毁婚也不迟晚。"任太公闻听一一记清，取过文房四宝逐一件件开写周全，皆遵着女儿所言之物件件无差开列明白。老夫妻二人又知女儿有回天的本领，不惧周公，定然无妨，便将忧愁抛去，又跟问桃花女道："女儿，你既然能破周公的法术，我二老夫妇也自然放下心来。待蒋媒婆来时，为爹娘的令他向周公要取这些东西，我儿若是抵不住周公的法术，即速说明，为父的好向他拼命赖婚。"桃花女说："爹娘勿须多虑，照单办理就是了。"任太公夫妇闻言，欢欢喜喜的走出后园。桃花女在桃园中打点破周公的法，这且不题。

再说蒋媒婆同许成回国公府见了周公，就将任太公许亲，十九日过门的话说了一遍。周公闻言大悦，赏了蒋媒婆银子，又赏许成十两白银。惟恐任太公夫妻反悔，吩咐蒋媒婆同许成登时备全聘礼、酒盒各物，又唤府中几个仆妇从人抬着聘礼跟随，竟到任太公家下礼物，牵羊担酒，纷纷嚷嚷来到任府。

任太公便令众人在外厅上待茶，女客让至内堂待茶，所来的礼物也不过目，一概令人抬入大厨房内去。蒋媒婆同着几个仆妇走进内房，朝上叩头贺喜，任太公责斥蒋媒婆道："我且问你，你为何办这等糊涂事？你受人之托前来诳亲，我亦不能恼恨，就是不该择于十九日迎娶。周公爷是位明理之人，为何不查看明白，竟以纸棺材糊糊涂涂来瞒我，我如今也不追究这十九日的诸恶凶煞之期。你回去向周国公说明：这有红单一纸，上写的是届期上轿、下轿所用的东西，若少一件不给预备，莫怪老夫悔口退亲。我也不怕周国公去告当官，那时我情愿吃官司。"蒋媒婆忙接言安慰道："太公太太请息怒望安，若要什么东

西就怕世上没有，如果世上有的，小妇人包管周公爷必办齐备，决不食言。"任太公说道："也不是世上没有的，这红单上开写明白，你将红单拿了去与公爷看，照单办理，不缺一件方可成婚。"蒋媒婆接单说道："我不识字，求太公念一念我听。"太公将红单念了一遍，蒋媒婆笑说："我只道天上少有，地下缺无，原来是这些东西。不难，不难，包在小妇人身上，不少一件。"太公说道："非是老夫罗嗦，皆因日期太凶，理当我须食言赖婚，略公爷乃是公侯贵人，大约不能吝啬，不办此举。"蒋媒婆"诺诺"连声，忙同众人拜别飞奔回府。

见了周公说道："任家好心灵，好像他们有耳报神一般，公爷的事他先知晓。"口内说着，把红单递给周公。"这是任太公所要之物，皆在上面写着了。"周公闻言接单一看，说道："不难，一一依他，你再到任家回复此信，就说本爵件件依允，临期令彭剪送过府去，且任他使唤就是了。"蒋媒婆领命，又往任太公府中送了回音。

原来周公的《天罡神书》只有占算之法，并无破解之术，故此周公将桃花女所要的东西皆看轻了，未放在心上。十八日黄昏时候，周公独自坐在书房之内，掐算那些凶神恶煞下降的方位，就知四绝、四灭星在东北，丧门、吊客在北，天罗、地网在东，黄幡、豹尾在南，病符、死符在西，心中大悦。暗想："群凶聚合，又与本爵这所宅房甚合方向，不用拘齐之力。若是别人，只用一二位凶煞，他的性命就难保；本爵想这桃花女必然有些本事，况且又要了许多东西，安知不是解法？倘被他弄了手段，逃脱此难，反显出他之能，本爵有何面目见人？不若再做个明枪易躲，暗箭难防，量这些凶神恶煞

下降的方向他必算不出，本爵何不再拘二位凶神？就将丧门、吊客移在前面，将哭丧神移在正北，有何不可？桃花女这个阴人的花轿一过，勿论遇着那一位凶神恶煞，就把这个狗贱的性命结果了！他纵有法术，也令他顾此失彼，也顾不了许多。"主意已定，忙去沐浴更衣，取了《天罡神书》揣在怀中，手提天罡宝剑来到后花园中，吩咐小童们预备下桌子、香花、灯烛、黄纸、新笔、朱砂等物放在桌案之上，吩咐侍从人等俱各退出花园，不准在外窥

看。自己将园门关闭。

候至天交三鼓，周公走至桌案之前，把头上金冠摘下，将发际披散开，把《天罡神书》从怀取出，照定上面符篆，用新笔填饱朱墨在黄纸上"唰唰唰"书了几道灵符，放下朱笔，右手提天罡剑，左手焚符，口中念咒，用天罡剑一指空中，起了一阵怪风。风声已过，从空中落下一朵烟云，半云半雾，露出一位天将。怎见得：

　　　　头戴金盔生煞气，面如黑染竖浓眉，眼似鳌山灯两盏，一部胡须硬如针。竹
　　节钢鞭手内擎，上天敕旨封大帅，"黑煞"二字鬼神惊！

云摩响处，法身立在法桌之外，躬身问道："法官唤吾神哪边使用？"周公用剑遮面，口尊"上圣，无事不敢亵渎尊神。明日巳时乃桃花女出嫁之期，借仗神威在任太公家候桃花女上轿时，可用钢鞭将桃花女打死轿内，再请尊神归本位。""谨遵法旨。"黑煞神去讫。周公把第二道灵符焚化。从空中来了一位披头散发、身空重孝，右手提着黄磁罐、左手拿着哭丧棒，这位神专管人间丧事，乃是丧门正神。躬身问道："法官有何差遣？"周公遮了面门说："无事不敢亵渎，明日巳时桃花女的彩轿到门，上圣在大门守候，桃花女下轿时，仗尊神威灵将桃花女冲死，尊神再请回本位。"丧门神遵法谕，化一阵风去了。周公忙焚化第三道灵符，将吊客神请来在大门右首把守，须把桃花女冲死，方许回归本位，周公复又焚化第四道灵符。

未知请哪一位尊神，且看下回分解。

第十二回 明陷阱顾图解脱
知后事先泄玄机

闭口藏舌是英贤，能言还须省言先。

宁在人前说不会，莫与人前会不全。

话表周公把第四道灵符焚化，忽听空中风声大作。风定显露一位神祇，怎见得：

洁白银盔生杀气，素披甲上砌龙鳞。腰中系宝磨珍玉，战靴五彩起祥云。面如傅粉神眉竖，眼光四射惊骇人。法体金身高一丈，画戟方天手内擎。若问此尊神名字，威镇西方白虎神。

白虎神至法桌前问道："请问法官，有何差遣？"周公说道："无事不敢亵渎尊神。只因明日已时迎娶桃花女过门，借仗尊神之威力，在洞房坐帐时把此女咬死，再回归本位。"白虎神领了法谕，腾空而去守吞地。周公请完四位正神，把《天罡神书》收起，理好了发，令人撤去供物法桌，回至房中。自思自言道："任桃花呀，本爵看你有回天的本事，也难脱此灾难！非是本爵心毒意歹，下此毒手暗害与你，也是你自取灾祸。"想罢听外厢已鱼更四跃，自己上床合衣而睡，一夜无话。

且言桃花女一心要与周公斗法，必然赌斗输赢，见一个高低上下，便把一切宝物收拾齐备。到了次日清晨梳洗已毕，忙到后园观看桃树，自觉心中不安，忙掐指循纹一算，便知内中情由。不由的心中暗笑："周公你小觑了我。你虽又添请四位凶神恶煞暗害与我，可惜你枉用心机，怎能够害的了奴家？"忙回转绣房，将收起过撼门的锦囊田打开，取出一枝小小的桃枝，拿至后园。口中念念有词，用气向桃枝上一吹。喝声："如意主好还愿。"

勿见那只桃枝长将起来,竟似一枝七尺长的画戟。提在手中,把青丝发散发,反罩在粉面,右手擎戟,左手叠决,口中念咒,将画戟向天一指,喝声:“红煞尊神速降。”

且言这桃花仙子的根基道法比周公高,仙子在瑶池修炼又久,天书又是昍真人所赐——昍真人乃是诸天神圣的领首,桃花女念的咒语皆是昍真人拘神之法令,故此不用烧符布斗。由戟望空中一指,一阵风过,从空落下一位尊神,金盔金甲,立在桃园,口尊:“法师唤吾神有何使用?”桃花女见红煞大帅下界,口称:“尊神,无事不敢劳动。今日因周乾卖卦泄漏天机,被小仙两次破解,尚不知省悟,痛改前非,以挽回天怒;反道生下万狠千毒之心,用诓亲计暗遣黑煞大帅守在门前,专候上轿之时要害小仙之性命。今不得已借仗尊神法力,在暗中保护小仙,上轿之时若见黑煞神钢鞭落下,求乞尊神用金鞭架住,待小仙上了彩舆出门之后,方许领黑煞帅一同复位。如违法令,按法书所贬。”桃花撤决红煞帅,遵法令随风而去。桃花女把青丝发梳好,向画戟上倒念真言,吹了一口法气,画戟还原,仍是一枝小小的桃株。又在桃树上撅了一枝嫩桃枝,又折了三枝柳树枝儿,一并携至绣房,亲自做了一张弓,三支箭,放在一旁。又取出几根棉线,用手腕左十字,右十字,做了一个像筛箩的样儿,分经出纬的,用戒法戒好了,一齐收拾起来。看看天将巳时,忽听外边鼓乐喧天,铿锵之声振耳,大约周家娶亲的到门了。

忽见二老爹娘身穿着吉服慌慌张张走进绣房,同声叫道:“孩儿呀,周家娶亲的彩舆已到门了。吾儿急速穿带吉服,上轿过门才是正理。”桃花女闻言不由的含泪口呼:“爹娘呀,你二老空养孩儿一十六秋。今日女儿到周家,必然两不相容,有一场恶斗,生死存亡难以预料。为儿的有几句言词,二老爹娘须要在意。谨记!”任太公夫妇已痛哭起来,说道:“我儿不必过忧,且放宽了心前去。大料周公并无歹意,若有歹意,周公的法术大约难敌我儿的法术,我儿且免悲伤。至三朝,我们老夫妇二人还要过门看你去哩。我儿有话只管讲明,不须隐讳,我二老夫妇焉有不依从你的?”桃花女闻言便说道:

无阴无阳不到头,莫道行善反无后。
无儿日后却有儿,大数来时白日飞!
双跨木云朝玉阙,子午甲戌是了期。
丝毫不爽天地数,桃园久已待孤椿。
方显人间行善乐!

此皆是任太公夫妇日后白日飞升,作仙桃园的上神,此是后来结局。闲言休表。且说桃花小姐言毕,向爹娘拜了四拜。说道:"巳时已到,孩儿也要收拾停当,就此告别。"任太公老夫妇闻言,上前携住桃花女痛哭不止。

正在难解难分之际,只听众使女一齐说:"彭大爷来了。"任太公老夫妇闻言止住悲声,抬头观看,果然是彭剪走进桃园。彭剪口呼:"叔、婶、贤恩妹可安否?小侄请安来了。"任太公便含怒说:"彭剪你来此竟充是一好人呀。我女儿救你一命,谆谆嘱咐与你不可说破,你不听言,将事竟泄漏与周公,使周公记下仇恨,结下冤家,用诓亲之计欲害我女儿一死,竟候我女儿过门,必然制死我女。我女儿过门若无舛错便罢,若有舛错,我这条老命定与你合周公一并拼了,同你二人誓不两立! 好一个负心人,你竟恩将仇报!"彭剪听到这里,只急的满面乍青乍红,拍胸跺足,"咳"了一声,说道:"叔、婶,莫要着急气恼,小侄之心自有天知。小侄蒙恩妹相救,我怎肯说出实话?周公三番五次诘问,打了小侄数百皮鞭,现有伤痕作证,我仍不吐实言。周公冲冲大怒,恶狠狠仗剑杀我,是我一时无主意,心中胆慊,不得已方才实说。周公将我囚起,不准出门,小侄不得前来告禀。后来什么诓亲计,小侄一概不知……"未等说完,桃花女接言说:"父母休埋怨彭家哥哥,此刻未有谈闲话的工夫。妹妹在此候你已久,有重大的事小妹托你办理。哥哥须要依我调度,才见你的心好歹。"彭剪说:"妹妹只管放心吩咐我,我必尽心,赴汤蹈火愚兄在所不辞,一误我还再误吗?"桃花女闻言,忙取出弓箭一把交与彭剪,嘱咐道:"你且收下带在身上,候我彩轿一进大门,你可如此如此这般行事。"彭剪连连点头遵命。桃花女又把线做成的筛箩,亦交与彭剪,密密的嘱咐了一回。彭剪接过,暗暗拿了出去放在彩轿内。

桃花女随身带齐各物,头戴八宝珠冠,身穿大红蟒袍,足下穿一双黄缎道鞋,不肯吸(沾)泥,就站在床上,束好了碧玉带。此时蒋媒婆走进中堂,忙忙递上去三尺红绫,一对宝瓶,瓶内盛满了五谷。桃花女命蒋媒婆把红绫盖在自己头上,一只手是一个宝瓶。心中暗想:"蒋媒婆老匹妇心术不正,今番我不免用他作我的替身罢。非是我心毒,是这老匹妇心毒在先。"心中想罢,开言口呼:"蒋妈妈,我今过周府并无亲人陪伴,你老就是我的亲人一般,你老陪房过周府,随彩轿而行,你且不可离我左右。明日来我家,赏你白银二十两,决不食言。"蒋媒婆闻言心中欢喜。回答道:"小姐,放宽了心,老身前来本是伺候小姐过门,轿前轿后并洞房内老身必然扶侍周道(到),这是我分内之事。如何又敢妄领太公小姐的赏赐?"任太公回答:"只要你好好殷勤,小心扶持我女儿,过门后我必然赏你白银二十两,定不虚言。"桃花女便教父亲来抱他上轿。今日桃花女所用的人并那些物件原是为镇破那些凶神恶煞之作用,岂知后人大凡迎娶,俱照此式行事,竟成了风俗则例作为要事。闲言少叙。任太公便把桃花女抱将起来,含泪叫声:"娇儿呀,你要老父抱你上轿,愿同你老父母一般大的年纪成人长大,夫妻百年合偕,子孙昌盛,福寿绵长,百无禁忌。"任太太跟随在后,一程送出,含泪哭泣。正是母女分别情不能已,况且膝下无儿,只生此女,今日分别,又未知吉凶如何,前思后想哭的如酒醉一般。彭剪见此景况,不由得也陪着痛哭。

任太公把桃花抱上了彩轿,桃花女方才坐稳。忽然一阵怪风向彩轿吹来,只见显露出一只钢鞭往下欲落。原来是周公请到的黑煞神在门前守候,见桃花女上了彩轿,忙举鞭往下落,只见左边伸出一条金鞭,把一只钢鞭架住,红煞神显露法体。这黑煞神见是红煞神架住他的钢鞭,不能打下去,不由得动怒生嗔,说道:"吾神奉了周法官的天罡正法,前来打死桃花女,尊神何故用金鞭架住了吾神的钢鞭,救脱此女,令吾神不能覆他的法谕,是何道理?"

不知红煞神有何言回答,且看下回分解。

第十三回　邪斗正神圣无私　真赢假阴阳有准

兔走乌飞快又急，人生能有几多时。

看破兴衰浑似梦，参明成败一盘棋。

话表黑煞神红煞神用金鞭架住钢鞭，黑煞神说道："吾奉周法官的天罡正法，遣吾神打死任桃花。尊神何故用金鞭架隔来救任桃花，使吾神不能复他法旨？"红煞神口呼："黑煞大帅有所不知，吾神奉任桃花用旭真人的神咒拘来保护于他。他二人各显妙逞能，阴阳斗智，毕竟任桃花系上界桃园仙子降凡，出于正，是奉玉旨激恼周公，二仙争斗，从此返本还原而归位，免堕落苦海沉沦。他二仙归期在迩。你吾二神又何必听其私拘使唤，以伤天地之和气？"黑煞神听明内中缘由，回答道："尊神所论深合玄妙之旨，请各归本位。"登时二神各驾祥云，各归本位去了。

且言桃花小姐坐着彩舆出了大门，一路鼓乐喧天，笙簧载道，无数的家丁也有步行的，也有骑跨骏马的，前呼后拥，从街上而过。众百姓见是归田的周国公爷娶媳，花轿是用绫绸结成，绣刺十八洞天仙围绕周围，皆是红缎包裹，真乃光耀夺目，无不赞美，道："公家与民间迥别！"内中有知周公无嗣的，说道："周公爷续娶夫人自然奢华。"桃花女在彩轿中听得此言，心中恼恨周公，暗想道："我若不生殊周乾，焉能解今日之耻？"轿上有十八洞仙像，一路行来，众凶神恶煞不敢近前，所以桃花女安然无事。

彩轿一到周公门首，任家的人役就令蒋媒婆快请周公府内的人出来熏轿。蒋媒婆闻言不敢怠慢，进府达知熏轿之事。周公便问蒋媒婆道："你见桃花女上轿之时有什么响动？"蒋媒婆回答："小妇人在旁见他父母扶抱他上轿。一路前来，并未有什么响动。"周公闻言大惊失色，暗想："真奇，这桃花女法力大约不小，连这黑煞大帅他也能躲过。料想这大门外这些凶神恐不中用，还亏将丧门、吊客请来暗暗在他左右，看这阴人还有什么手段法力来破解！"便对蒋媒婆说道："他既要本爵的人役门外熏轿，本爵自去有何妨碍？"吩咐左右："快给本爵在熨斗内焚起柏叶云香，待本爵去熏轿，好令阴人桃花女进门。"当时家人早已将各宗所用物件预备妥当，把熨斗递与周公。

周公接过熨斗走出府门，向着那彩轿绕着走了三匝。这周公不知柏叶、芸香是避邪之物，这些哭丧一众邪神在暗中闻见此等香味，皆站立不住，各自闪避去了。轿内桃花小姐听得周公亲自出来熏轿，心中暗暗嗤笑周乾："好一个呆呆的周乾，竟连柏叶、芸香能避诸邪也不晓得。观此便知他胸中的法术不足为虑了。"这桃花女所用取之物俱是破解凶神恶煞之手，这周乾哪里晓得此中妙法，破除凶神邪煞各物相冲相克之理。闲言少叙。且言周公熏完彩轿，走进大门，把熨斗各物丢在一旁，吩咐众多人等："俱各站开，待等新人上华堂下轿，你们众人再近前。"周公的意思，明知自己下了毒手，桃花女若一登华堂下轿，自有手段作用与众人看看，一则显一显自己的法术本领，二则以泄前日连连破我阴阳八卦之恨。想到这里心中大爽："桃花女必然死在轿中。"即刻吩咐家人许成传出话去，就说："公爷之命，时刻已到，把彩舆抬至华堂，令新人下轿。"许成不敢怠慢，遵命走至府门，向外说道："我奉公爷之命传言，时刻已到，急速新人进门，在华堂下轿。"言毕转身进去。再言彭剪受了桃花女的重托传法，听吩咐新人进门，彭剪急忙先行几步来至府门口，面朝府门取出桃弓柳箭，任叩搭弦，双手扯起向门内高声念道：

> 桃木弓柳木箭，射了左扇射右扇，
>
> 丧门吊客影无踪，一切凶神不见面。

彭剪念罢，前拳一撑，后手一松，照定府门正中一箭射去。丧门、吊客二位凶神最怕桃弓柳箭，未等弓弦响时二神就站立不稳，弓弦一响，二神即忙驾云，回归本位去了。故今后世若逢不吉年时，大门上皆挂桃弓柳箭，就是这个缘故。

当时周公只道桃花女不能退丧门吊客二凶神，必死在二凶神之手，即亲自出府熏轿，亦是借意暗查轿内的动静。周公哪知反入在桃花小姐的算中。周公亦是不放心，私自又出来在旁偷看形景，正遇彭剪又发第二支箭。岂料这第二支箭发出正遇周公向外偷查观看，这支箭"嗖"的一声便向周公面门飞来。周公眼快，喊声"不好"将头一闪刚刚躲过，箭从耳边过去，心中大怒。喝道："何人胆大胡为，在此乱放冷箭，欲伤本爵！"猛抬头观看，见是彭剪手擎着一张小弓儿，迎府门而立，大喝道："好彭剪，竟敢放冷箭，暗伤本爵！"彭剪被周公所喝，大惊失色，忙把桃木弓丢下，答道："彭剪怎敢大胆射公爷？彭剪是奉任小姐之命用弓箭向门内左右射之，说公爷拘了什么丧门、吊客在大门左右把守，若彩轿一进门，要害他于死地，故令我在此先用弓矢射退二位凶星，他方好进门下轿。我是遵公爷派在任府使唤，这是我被任小姐所使，这事与彭剪无干。"周公闻言"哎哟"一声，捶胸顿足，连说："罢了，罢了。本爵一旦的胸心血气工夫白白枉用，谁知本爵家中之人反为他人所用，倒败了本爵的大事。你且走去罢。"周公言罢，转身进了内堂。坐下心中暗想："丧门、吊客二煞神虽被阴人所破，还有许多恶煞埋伏，暗害阴人一死，本爵再看他又有什么法术破解？"此话不言。

　　且说桃花女下了彩轿，蒋媒婆扶持着。上下内外堂房皆用红毡铺满，桃花女足下穿一双不吸（沾）地的黄缎鞋儿，在毡上缓缓而行。彭剪急忙在彩轿内到出线做的筛箩，见桃花小姐离二重门不远，急忙来至桃花女跟前，以双手抛起线做的筛箩罩在桃花女的头上，口中念道：

　　　　线做箩比就天罗网，大红毡压住拌脚绳，跨马鞍骑住星日，马羊见凡草走无踪。

　　彭剪遵照桃花小姐所教，口中念着歌，来至二门口，把方斗里装的草抓出来，一把一把的向四处乱撒。桃花女趁此光景，忙忙纵步走到那马鞍边，一扬金莲跨过那马鞍去，忙忙取出身边宝瓶。瓶内所贮的五谷，将瓶口向下一倒，撒遍满地。正是：

　　　　凡人虽作等闲看，到了仙家自有灵。

　　桃花小姐将瓶内五谷撒着一程，走到了华堂之内。当时周府的众多使女仆妇皆知公爷用法力要治死任小姐，一出彩轿即要气绝身亡。众人见桃花小姐步入华堂安然无事，大众一怔，就知任小姐的法术破了公爷的法力，方晓的任小姐法力高过公爷的法力。前日众多妇女闻听蒋媒婆所言：任小姐有沉鱼落雁之容，闭月羞花之貌，哪一个皆都来要看一看任小姐，将一座华堂密密围的不透风。见任小姐真是国色天姿，华堂上众多妇女围绕，阴气凝结太盛。众凶神恶煞被桃花女一路用法力制伏，不敢相侵触犯。又见桃花女闯过泛地方位，华堂上阴气太旺，众多的妇女身体有不洁净者俱多，又恐沾染了污秽之气不能归位，只得一齐驾云，各归本位去讫。

且言周公瞧见桃花女一连闯进三层门，直至华堂之上，安安稳稳，安然无事，就知将凶神恶煞退了，破了自己的法力。不由的三尸神暴跳，七窍内生烟。暗骂一声："好一个阴人桃花女，竟能破本爵的法术。量你有托天的本领，本爵与你结怨已深，誓不与阴人两立！"正然思索，只见蒋媒婆走进说道："任家的家人催请新郎出去交拜，这便如何是好？"周公闻言无计可施，急的搓手，忽然心生一计，唤过管家婆来，吩咐道："你向桃花女去说，就言公爷吩咐，今日不利新郎与新娘合卺坐帐。交拜见面，宜令公爷亲生的天香小姐代替交拜，权作新人入房坐帐。"管家婆遵命来至华堂，向桃花小姐按公爷所言一一说明。桃花小姐闻言，心中暗暗欢喜道："今日今时可有了替身，省了一番的作用。"便立等不动，将宝瓶交与蒋媒婆，暗在胸前锦囊中取出一面青铜镜子，收入袖内，两手高高拱着。

算计已订，忽听鼓乐喧天，扬扬盈耳。只见天香小姐走进华堂，两位佳人拱揖相让一番，然后交拜已毕；又有一班侍女拥护相随，进了后面洞房。天香小姐便与桃花小姐揭去盖面的红绫，定睛将桃花小姐一看，见桃花小姐生的不啻蕊宫仙女，月殿嫦娥，心中十分爱慕。暗暗叹惜："这位小姐生得千娇百媚的花容，今日要被我父亲治死，实实可怜。"这桃花女见天香小姐生得：

> 娥眉如月巧弯成，二目秋波亮若星。
>
> 八宝钗环添秀色，焉然一顾显娇情。

暗暗称赞："好一位美貌佳人，可怜今夜替我身死。"二位佳人暗中皆有怜惜之意。天香小姐开言，口尊："任家姐姐请上床，以应坐帐之典。"桃花女明知床帐内有白虎星官，不肯坐帐。不知如何回答，且看下回分解。

第十四回　桃花女以法破法　周国公图害被害

不贪名利好清闲，泮奂优游自在仙。

脱略世计兼身计，总把人间当梦间。

　　话表前言。桃花小姐、天香小姐二位各有怜惜爱慕之意，总然桃花女乃是仙子降生，法门之女，心中明白过去未来之事，今夜出于不得已，要暗将天香小姐替位。当时自己哪里肯先坐床帐。即冷笑说道："小姐今夜为娇客，先请坐了上首，奴好奉陪附坐。"天香小姐道："姐姐是为长的，奴不过今夜权代哥哥相陪小姐，怎好有僭先坐之理?"桃花女笑道："既僭令足就算是新郎，自当先坐为事。"天香小姐心中明知父亲要暗害桃花女，又无救脱他的方法，是出于无奈，巴不得应酬完了此事早回闺阁，并不知道坐位方向的利害。又听桃花女说的有理，便道："如此说就依姐姐之命，小妹有僭先矣。"便先到上首床而坐。桃花女忙将绣帐往身上一遮，口中反念起催神咒，催动了白虎大帅。一阵狂风过去，现了原形。见床上坐着一个阴人，这位猛烈的凶星真乃利害，"呼"的一声，向天香小姐肩下咬了一口。正是：

　　倏忽娇花经骤雨，不期嫩蕊遇狂风。

天香小姐"哎哟"一声扑跌床下，口中流血，已直僵僵死去。众仆妇使女见此光景，这一惊非小，急忙忙上前扶起。见天香小姐面如金纸，口流鲜血而死。妇女们连连呼唤，不见小姐苏省，众妇女便大哭起来。就有人去飞报周公。

　　这周公在书房，忽听得洞房中大放悲声，只道桃花女着了手，任家随来之人举哀，心

中大喜,爽快之极。忽见本府仆妇惶惶张张来报说:"小姐无故在洞房口吐鲜血,倒地身死。"周公不听此言则可,一闻此言,不觉如在高楼失足,扬子江翻舟,激伶伶打了一个寒战,忙忙飞奔入内。进了洞房,双手抱起天香小姐放声痛哭道:"我儿好端端的,今日何故竟死在这里。"哭个不了。桃花女闻言微微冷笑。口呼:"周公你这话语自好哄那些个愚人,如何瞒得过我?是你昨夜晚请了来白虎凶星,咬死了你的女儿,所以流血而死。好端端一位小姐,竟被你自己使法害了性命,你还哭他作甚?"周公闻听桃花女之言,又羞又恼,心中又恨,止住悲声抬头观看桃花女。只见他:

　　遍体浑身着大红,天然媚态与仙同。

　　周公初见桃花女,几让娥眉古士风。

　　周公一见桃花女秋水为神玉为骨,不由的发怯。心中暗道:"怪不得这阴人如此利害,相貌先已超群。"无奈何勉强陪着笑脸,呼一声:"任小姐,这事你明本爵不明,未知可有仙法解救小女之命否?"桃花小姐冷笑道:"周国公,你习学天罡诀未尝不是,如何会使不会破解?你不怨自己没手段,道术不精,只是怨旁人破你天罡八卦,一味的恨怨他人。今日既然求救于我,即救你家小姐,有何难处?快取河中的逆流水合柳枝,我当面略施小术,管令他立刻还阳复活,方教你心服口服。"你教怎样为逆流水?大海长潮小河退潮,小河长潮大海退潮,以大海为主讲,躬取小河长潮水为逆流水。周公听了桃花女之言,都是些堵嗓子的话,心里实不受用。因为盼望救活女儿为要,就不敢与桃花女分辩皂白,即刻吩咐家人急速去取逆流水并柳枝来。吹口之气时取到这两件东西,桃花女令人取了一床凉席铺在就地,将天香小姐抬在席上,仰面朝天放定,令众男妇不许喧哗。桃花女不慌不忙,慢慢的取过柳枝浸在逆流水中,用手把柳枝在水中左搅旋三旋,右搅旋三旋,左手掐诀,口中默念神咒。念毕,右手把柳枝醮着逆流水照定天香小姐脸上一洒,真乃仙家妙用,咒念三次,水洒三次,天香小姐的三魂七魄归体入窍,气转还阳,"哎哟"一声说:"唬死奴也。"睁开杏眼四顾观看,见府中男女老幼立在房外,自己翻身坐起,坐在凉席上,只是呆呆的发怔。众家人、仆妇、使女俱各欢喜。说道:"小姐死去还阳,真乃任小姐法力通神,实有起死回生之力。可羡!可羡!"周公只羞的面红过耳,无可奈何,只得上前拜谢桃花女救女儿之恩。

这天香小姐方知是任小姐救了自己的性命，心中感激任小姐大恩不尽，忙跪倒，拜谢桃花女活命之恩。自己也不回绣房，便陪着桃花女在新房内。这二位小姐猩猩惜猩猩，你爱我，我惜你，犹如一母同胞，二人又是同庚，十分缘合雅契。按下不表。

且言周公此时的羞愧甚是难当。回至书房独坐无言，暗中思想："所请的这些凶神恶煞不见动静，大略都被这阴人破了，反使白虎神将女儿咬死，反又求他将我女儿救活，可恨他自显其能，当着众家人、仆妇、使女羞辱本爵，并无一言一句的逊让。本爵原使的是诓亲之计，为的是将他治死，到今日他反倒平平安安坐在我府中。竟等三日后他要见新郎之面，哎呀，可拿什么与他？必须用一个死手将这阴人了决。一则除了本爵的羞愧，二则解本爵的心头之恨。"想罢取出天罡神书仔细详查，又得了桃花女的生辰八字，按着命宫细细掐算，得了一个黑犬镇压之法。又算了一算此法若用上，再无一点解救之法术，不觉哈哈大笑道："早若用这个镇压法，也省了许多的闷气。"遂将天罡神书收讫，忙走出外堂，命家人王傲拿铜钱一贯，立刻向正南方采买一只黑色的母犬，牵到后园听用，不可有误。家人王傲领命向正南采买，不多时将黑母犬买来交与园丁看守，一宿无话。

到了次日，周公吩咐彭剪道："你可到任太公家后园中有一棵蛀的桃树，拣那向阳正南方上的桃枝砍他大大一枝来，本爵有要紧用处。但则一件你将桃枝砍下之时，手拿桃枝转身就走，一路上且忌回头观看。你若回头观看，你的二目必瞎，那时莫怨本爵不说明白。"彭剪领命，"诺诺"连声退出，竟往任府而来。走进任府，向任太公说知，来到后面桃园，将向正南一颗高大桃树向南桃枝砍了一枝，直奔回国公府。周公见了桃枝心中大悦，站起身形，命彭剪拿着桃枝一同走进后园，将黑母犬牵出，便命人设摆香案，供上花果、香烛、朱砂、净砚。周公折了一小枝桃枝，醮着朱砂将桃花女的生辰八字写在上面，用黄纸包好，命人系在黑母犬身上；又把桃枝握了一个圈儿，套在黑母犬身上，又拿桃枝醮朱砂画了七道灵符，亲自上前将符粘在黑母犬身上的桃枝圈儿上。周公安放妥当，立刻手中掐诀口中念咒，咒语念了七遍，揭下灵符七道，用火焚化，把写八字的桃枝圈儿也都除下，共用火焚化，将黑母犬打死，命家中人将黑死母犬埋在后园正南方地下，把供桌等物倾下，便哈哈大笑道："阴人哪，今番本爵看你如何躲得过此难？"原来那颗桃枝是桃花小姐的本命，周公先砍了来就制住了桃花女的灵机。

且言彭剪自己在外偷眼暗暗观看，只见周公如此一番作用，心中就有些疑惑。又见周公冷笑说出些个利害之话，心中大惊。暗说："不好，这又是用什么法术暗中谋害我的

恩妹任小姐了。我何不速速前去，将此事告诉恩妹，使他早作准备才是。"想罢直入内宅，彭剪是国公府老宰臣，穿房入舍无人拦阻，故此一直飞也似的奔至桃花女所住的新房。

且言桃花小姐自从救活天香小姐，这天香小姐心感桃花小姐的救命之恩，二人情投意合，相伴不离，谈谈论论，说说讲讲，至三更之后方各回房安睡。这日因在后楼早妆，单有任小姐一人独自坐在房中。想要设法还家，忽然一阵心惊肉颤，坐卧不安，连忙掐指循纹以算，心中大惊，暗道："不好了。周公砍了我的本命根，用黑犬压法制我，将我的生辰八字镇之。哎呀，纵有神仙手段难逃此厄，如何是好？"正在愁闷，忽见彭剪从外厢慌慌张张走进内宅，气喘吁吁，口呼："恩妹不好了，大祸已到，快作准备方好。"即将周公在后园作法要制恩妹一死，又将如何作法，如何命我砍桃枝一五一十细细说了一遍。桃花小姐闻言点了点头，口呼："哥哥休要着急，此事小妹我已算出，知道了周公所用乃是黑犬镇压法，乃是和魔毒之计法。但此回小妹料难逃脱此厄，大约小妹不能生在世上，望哥哥念小妹前番救你之情，今日须要搭救小妹之命，方见哥哥恩义分明。"彭剪闻言，自急的搓手顿足说道："愚兄若有法力，不等前来通知恩妹，愚兄在暗处就破解了，实实不能。恩妹若有用彭剪之处，虽赴汤蹈火，万死我也不辞。"桃花女闻听彭剪之言满心欢喜。说道："若如此，小妹有救无碍矣。"不知又用何法破解，且看下回分解。

第十五回　桃花三解天罡法
周乾再布压魔谋

闲来无事览残篇，多少英雄尽枉然。

生前徒用千般计，死后空留土一滩。

话表彭剪问其解救之法，桃花女言道："周公所用乃是压魔之法，就是大罗天仙也难脱逃此厄，必要三魂出窍，七魄飞空，决死无疑。但则彭家哥哥念小妹救你之情，今日答〔搭〕救小妹才是。"只急的彭剪顿足道："为兄若有法术救得你，我就不对恩妹你说，我就早早破了他的法，救了恩妹，何用报与恩妹你知？"桃花女说道："小妹不是要你破他的法，要你依我的言语而行，小妹就有了救星。"彭剪闻言，忙接言说道："恩妹，凡教给我的事皆记在心，不敢误事，你昨所嘱托的事那一宗一件皆未负恩妹所托。恩妹快快说来，我好去办理。"桃花女闻言满心欢喜，说道："你受周公之命到我家把向阳桃树砍了。那棵桃树是我的本命，今被你砍了，就如塞断水源一般，纵有飞腾变化也不中用，明日未刻就是小妹的死期。"彭剪闻言惊道："如此怎好？只恨我是一个愚人，不通玄术，砍了桃树害了恩妹的性命。我若通晓玄妙，周公将我处死，我也不去砍恩妹的桃树命根。"桃花女接言道："不必恼悔，过去之事不必题了。明日未时一定我死，小妹有一解法，非你出力方可复生。"彭剪说："自愿恩妹不死，为兄虽赴汤蹈火万死不辞。"桃花女说道："我死之后，周公必要即时将我入殓。待他举尸入殓时，切不可等我尸身入棺，他等将兜起尸身时，你可即早拿木杖三根，将大门掩上，朝着门闩上连敲三下，高叫一声'桃花女'，却用右足将大门踢开，那时自有妙法，我自然活转来。用此法时候早了不济事，迟了亦不济事，必须看他们将尸身兜起，举尸欲入棺方可作此法，千万不可误事，如误，小妹性命休矣。"彭剪闻言双眉紧蹙，摇头说道："此事太难，恐怕误事。恩妹你想一想：这新房此去离府门太远，只

怕我未曾跑到大门,他们将你尸身已入了殓,岂不是我误了大事?"桃花女道:"兄长所言极是,是小妹忙中未曾细说明白。兄长你但看天交申时,你可便先出去在大门候等。若闻一阵香风过时,那就是兜起我的尸身的时候了,你便要照我的言语急急行事,并不误事。"彭剪点头道:"如此说来,只要算的准,这有何难?惟恐没有这一阵香风,可别怨恨我误事。"桃花女回答:"是必然有的,如无香风,不算你误事。"彭剪闻言心中尚觉半信半疑。复言道:"若果有香见为信,恩妹且放宽了心,千斤担子在我身上担,管许不误大事。"言罢忙忙告别而出。

桃花女独在房中打点他死后防身的法宝,一件件都装在锦囊中,带在贴身衣裳内。收拾完毕,只见天香小姐早妆已毕,来至新房。步入屋内,二人见礼坐下,用完茶点,彼此闲谈。桃花女并不题他父亲用黑犬镇压法暗害己身之事,还似说说笑笑不以为然。直至天晚,天香小姐陪着桃花女用过晚饭,方回自己房中安歇去了。

桃花女独自一人坐在新房,这一夜何曾合眼?坐在牙床之上调气养神,直至次早下了牙床。梳洗已毕,也不戴钗环珠翠,挽了一个道髻,穿上一件水绿色的道衫儿,欢欢喜喜不露一些声色。

当日周公仍是放心不下,暗派家人前去探看动静。去不多时回报:"任小姐并无动静,看他色相并无忧容之态。"周公闻报心中大悦,暗想:"此番克去了他的本命根源,他自然昏暗。"挨到了晌午,步进后园又书了一道催煞符,步罡踏斗,口中念念有词,把催符用火焚化已毕。

且言桃花女同天香小姐在新房中闲话,忽然桃花女大叫一声:"吾命休矣!"仆倒在地绝气而亡。天香小姐与仆妇丫鬟不知其故。一齐大惊失色,忙上前扶起。只见他气息全无,身软如绵,颜色如生。天香小姐见此光景,只吓得手足无措,便大哭起来:"姐姐呀,适才好端端的一个人,为何顷刻之间无故身亡?可怜你青春年少,月貌花容,今忽长逝,怎不教人痛心?"便拊尸哀哀痛切,众多丫鬟仆妇也都哭个不了,只哭的天昏地暗。一片声音喧哗惊动了彭剪,忙忙跑进新房,心中惊道:"果然好厉害的法术。"刚交未时一丝一毫也不错,只见桃花小姐身卧地上,面色如生人一般,紧咬嘴唇,不由得大哭起来。哭了一回,猛然想起昨日所嘱之言,暗想:"我在此哭也无益,快些出大门等候救他的性命为要,才是正事。"想罢停悲拭去泪痕,如飞似的奔出大门,等候依法行事。这且不题。

且言家人王傲报知周公:"任小姐暴病而亡。"周公闻报心中大悦,便亲自踱进房来,

只见桃花果然死在地上，便冷笑道："三寸气在千般用，一旦无常万事休。阴人哪，阴人，今日你还逃脱得本爵的手中否？这教作金风未动蝉先觉，暗算无常死不知。你也有今日。"哈哈大笑。天香小姐含泪口尊："爹爹，这任家姐姐虽然得罪爹爹，罪应该死，但念他救了孩儿一命之恩，且容恕他一二，望乞爹爹将他救活，他也知爹爹的法力高强，必口服心服为是。"周公笑道："你小小年纪如何晓得？此乃天数已定，谁能救他复生？"遂即吩咐众家人："任桃花死在未时三刻，殃煞太重，不宜久停。速速办他的后事，走马入殓；俟入殓之后，将灵柩停在大堂偏右那一间小房内，不许众妇女举哀，待入殓后方准去任家报信。"吩咐家人先把府门关闭，以防任家使女回家通信。岂料彭剪一番举动，先把大门关闭。

不多时一应入殓物件俱已办理妥当，放在外堂。周公又吩咐：不准与桃花女另换衣服，就令原衣入殓。即派四个有力量的使女去搭任桃花的尸身入殓。四个使女领命上前，搭尸好似蜻蜓撼石柱的一般，搭不起来。用尽平生之力，尸身哪动分毫？众人诧异，纷纷议论道：小小身材，如何有这等沉重？周公吩咐再添上四个人去搭，也是搭不起。周公大怒道："好阴人，生前作怪，死后还是成精。你们众妇女皆上前去搭。"众仆妇使女搭了半刻的工夫，再也搭不起来，只累的气喘吁吁，遍体生津。周公见此光景，便喝退使女仆妇，另召了三四十个身强力壮的家丁进内来搭桃花女的尸身。众家丁个个踱进内房即上前，搭头的搭头，搭腿的搭腿，搭胳膊、搭腰的，左右帮衬，七手八脚，乱哄哄忙个不住。一口同音说："起。"真也奇怪，尸身好似生成在地下扎住根的一般，休想搭起来。把一位周公只气的暴躁如雷，忙取天罡剑照定桃花女尸身的膊肩上一挥砍下，一声响亮，迸出火星，反把周公的虎口震的苏麻，手腕疼痛，喊一声："好结实的尸首！"一连照面浑身砍了几剑，纹丝未动，连身上衣服亦未有剑刺的痕迹，也未有破处。众家丁并仆妇、使女一齐惊异，皆言："此女是一位有道法的人，大约是修成不坏的身体。

周公正在盛怒之际，闻听众人纷纷羡他道行，犹如火上加油的一般，忿怒连呼："快携干柴来。"左右不敢迟延，急忙取来干柴，周公吩咐将柴堆在桃花女身上，要将引火之物来烧化他的尸身。家人王微跪禀道："若用火焚他尸身，岂不连累府中之房舍？有碍……"周公怒道："本爵自有法力，岂能连累房舍？快替本爵纵火焚化他的尸首。"众家丁取来引火之物，把柴草用火点着。事也作怪，点了一刻的工夫也未点着，刚刚点着这边，那边又灭了。周公命家丁用油灌于柴上，但加上油竟似加上水的一般，柴草上的火反倒灭了，浓烟四起，把周公并众多男女熏的鼻涕眼泪往下落，眼也不敢睁，一哄跑出房来，站在天井过风。

周公道："你们且把柴草搬出，且慢用火，其中必有缘故，待本爵算一算内中有什么缘故。"忙掐指循纹仔细一算。叹道："原是本爵一时粗心，失于检点，这阴人临危用了重身之法护住他的尸身，恐怕死后被人损伤。本爵与你无甚仇恨，你若服软本爵不致你于死地。今你死后还如此厥烈，本爵请六丁神祇，看你怎能脱过？"言罢摘去金冠，披散发际，手仗天罡剑，口中念念有词，惊动了万位神祇降在周公府内，虽然白昼不显金身。周公忽闻得一阵香风便知神圣降至，喝退众家丁，仍派四个使女去搭桃花女的尸身，必然搭的起来。且言彭剪在大门等得久了心中急躁，狐疑起来："莫不成香风过去了我未闻见，误了恩妹托我的大事？"正在懊悔之间，忽然闻见一阵香风扑鼻吹来，心中大喜道："时候到了。"忙用三根木杖望大门上连敲了三下，高叫一声"桃花女！"

未知破得周公之法否？且看下回分解。

第十六回　困名疆阴阳斗智
识本来二圣还原

阴阳反复不寻常，相触日月色无光。

黎首瞻仰尽傍徨，大哉上帝离云乡。

手扶日月上天堂，安然偶立在帝旁。

杲杲皎皎尘华裳，熙和万类庆昤魺。

话表彭剪闻见一阵香风，即依桃花女吩咐之法，用三根木杖向大门连敲三下。高叫一声"桃花女"，忙把右脚一抬，向大门上一踢，"哗唰"一声把大门踢开。

此时正是里边把桃花女的尸身刚搭出房门，周公见搭出尸身甚是欢喜，在后面跟随，催促快些入殓。只因桃花女的魂魄被凶煞守住不能入窍，被彭剪一敲大门，把凶煞惊退，桃花女的魂魄得便扑入尸窍，灵魂归了本位。桃花女翻身坐起，六丁六甲众神祇见桃花仙子还阳，足踏祥光回天复位去了。

这些家丁、使女、仆妇见桃花小姐站起身形，只唬的一个个大惊小怪，东奔西逃。口内嚷道："不好了，炸了尸了。"乱成一块。桃花女圆睁杏眼见周公立在那厢，心中着恼。用手一指喝道："周乾，我与你并无杀父的冤仇，何忍下此毒手，势必要治死我，今日其奈我何?"周公闻言羞愧难当，羞恼变成怒，一挺手中天罡剑，直取桃花女。这桃花女口中忙念拘煞反制的神咒，退后一步，把两袖高扬，向周公一摔，长笑一声，凶煞反扑周公。周公是出其不意，纵有法力也来不及，"哎哟"一声，"当啷啷"天罡剑抛在地上，"咕咚"一声，跌倒在地。周公不知桃花女袖里的变化，被这回煞一冲反伤了自己的性命。这正是：

惹火自烧身，害人先害己。

可叹世上的人皆不想此理。当时周公扑倒在地,面紫唇青,口无一息之气。阖府众多家丁、使女、仆妇皆都着忙放声大哭。皆言:"公爷被任桃花用邪法伤了性命。大众将他拿到闻太师府中去,好给公爷报仇偿命。"

此时天香小姐因父不准他讲情,自己哭得悲悲切切,回自己绣房去了。这时候桃花女听众人所言,微然冷笑曰:"周乾害人不死反自损命,是他自取之祸,与人何由?我在此看你等怎样拿法?"正然分争,只见彭剪从外进来。且言彭剪在大门完了事奔进内宅,耳畔听得悲哭之声,心下惊疑,两步作一步跑至内堂。见众人乱纷纷不知嘈杂什么?只见桃花小姐站在那里冷笑,忙上前尊声:"恩妹死而复生……"话未说完,众人将彭剪围住说道:"公爷已被任桃花制死,还向他说什么好话?"彭剪骇然,忙问是否,众人用手一指:"你来看。"彭剪回头一看,只见公爷身卧在地,上前用手一摸,口内无气,不由的放声大哭。众人劝道:"既死不能复生,哭也无益,你作主出个主意才是。"彭剪闻言,停悲言道:"公爷前日害人,今日又害人,先把自己女儿害了,还求被害之人救活了,他自不省悟,反轮到自己身上。只好还求原人搭救。"言罢双膝跪在桃花女的面前,口呼:"恩妹看愚兄脸面,大发恻隐之心,救活我的恩上。众人皆感恩非浅。"桃花女闻言搀起彭剪口尊:"兄长,不必如此。众人竟要拿我去见闻太师,即请闻太师到来,我也不怕。"彭剪曰:"他等皆是愚人,看彭剪的薄面,救活我的恩上,感情不尽。"言罢又要跪下去。众人一齐跪下,口尊:"任小姐,我等皆是愚人,恳求救活公爷,感恩万代。"

桃花女被众人哀求不过。暗想:"周乾命不该绝,救活了他好引他归位,方显我的手段。"便微然一笑说:"你等既不拿我,且看彭哥哥金面,救活了他罢。"遂向彭剪吩咐道:"你还到大门照方才的法去作,未曾敲门你可先叫三句'戒刀',他可就死而复生了。"彭剪问道:"为何不叫公爷的名字,叫起戒刀来了?"桃花女说道:"此乃天机,你如何知晓?急速依法办理。"彭剪并不再问,依法关上大门,照前法作用,叫了一声"戒刀"。那周公的魂魄省悟,一点灵魂入了自己身窍,一翻身坐在地上。睁开眼看见桃花女,正是:仇人相见分外眼红,忙站起身形拾起天罡剑,便大喝一声:"好阴人,你敢用回煞法来伤本爵,本爵若不诛你,誓不为人。"挺手中剑直取桃花女。桃花女从锦囊中取出一把如意桃枝,见宝剑临身且近,用如意桃枝架开,大喝一声:"好周乾,你不思报活命之恩,竟敢恃强相斗。"周乾并不答言,"嗖"又是一剑刹来,桃花女用如意桃枝架过,火速相迎,阴阳在大厅上相战。

彭剪见此光景说:"不可争斗,有话慢讲。"手中又无器械,不敢上前拦阻相劝,便奔报天香小姐知道,把一位天香小姐唬的身体乱抖。彭剪又飞奔到任家去报信不题。

且言周公同桃花女从大厅斗到天井,酣斗不休。二人奋不服身一纵,身躯不经,不由的起在空中,脚驾祥云在半空中,你来我往战斗不休。

任太公、任太太一到周家,天香小姐出来相见,把前前后后的话说了一遍,不由的皆都放声痛哭。俱仰面朝天观看。见他二人拥着彩云在半空中苦争恶战,越斗越远,直上霄汉,渐渐的看不见了。这公爷府中哭儿叫父之声震耳,他二人全然不顾。任太公夫妇见女儿归了神位,亦无可奈何,天香小姐见父亲升了天界,自己无倚无靠,见任太公老夫妇哭的太恸,劝道:"你二老夫妇不必过伤,小奴情愿拜在膝下为女。"言罢双膝跪倒,拜了四拜。任太公夫妇二人闻听此言,见天香小姐与女儿相貌一般,心中有怜惜之意,不觉大悦。任太太双手扶起天香小姐,认为义儿,一同回任府。天香小姐朝夕侍奉任老夫妇,膝下承欢。周公的家事就托彭剪料理。此事不在话下。

且言周公桃花女二人越斗越精神,各施法力,弄得风吼雷鸣。惊动了巡天御史,见他两个斗的很凶,已近北天门,忙去报与真武玄天上帝。帝睁慧眼观瞧,已知其事之来脉,即差龟蛇二将前去带他两个来见。

二将领了法旨,各向云中把他二人拦阻,大喝曰:"休要争斗,吾奉上帝敕令召你二人去谒金阙。"二人听得上帝有旨来召,只得住手。随着龟蛇二将参谒上圣,倒身下跪,叩首服伏。

上帝言曰:"你两个俱有根基道行,何故自相残害?周乾你乃是如意戒刀所化,在兜率宫为看守卦盒童子,不守清规,私自下凡泄漏天机,反累桃花仙子下凡,引你还原归位。桃花仙子乃是如意刀鞘,并无不守清规之处,你两个本性相同,休要另生他意!汝等今乃肉体飞升之期,每人各赐你金丹一粒,急命吞服。"周乾、桃花女二人不敢违背,各自将金丹吞讫。上帝又言:"你二人今服了此丹,如有先生异志者,此丹在腹内不消三刻,总就是金刚不坏之体也要化成浓血。"

言毕一展七星旗将二人卷在旗内,带至武当山中为将——周、桃二位元帅。把神光一迫,二位大帅各奔一边,左右手站立。上帝又将七星宝旗连展七展,望二位元帅吹了一口先天正气,二位元帅就将神光收了,一齐肉体归位。

是晚武当山的叶道士偶得一梦:梦见二位元帅托他寄送家书,惊醒上大殿一看,只见

天将内又多二神，神光迫入，金光灿灿，心中骇然。见二神足下俱有书一封，不敢拆看，封皮上住址写的明白，遂即朝参了上帝并二位元帅金身，星夜下山奔至朝歌城内。寻到周府，把书信递与门上之人，并将梦警述说了一遍。门上人入报彭剪得知。彭剪接了来书，款待叶道士茶饭已毕，亲自同叶道士去报任太公、任太太及天香小姐得知。一同拆开书信，看明书信上写的是须要两姓合好的话，安慰之言，他二人为神之事。看毕俱各喜悦，曰："既然为神，仍有此灵异不泯。

斯时便一同叶道士来至武当山进香：先叩谒上帝，后拜二位大帅。但细看二帅金容，与生时面貌无二。交与叶道士黄金百两，以为奉祀二位元帅香油费用。然后下山回家。此事远近传扬，人人称异，街谈巷论。传至朝廷，文武百官皆来瞻仰，奉祀之诚，求应如响。后人有诗为证：

其一：

> 为人作事有天知，莫道前因有所欺。
> 善恶到来终有报，举头三尺是神祇。

其二：

> 万事安排总在天，机关用尽枉图然。
> 人心不足蛇吞象，存意当知学圣贤。
> 无药可医惟妄想，有钱难买成神仙。
> 刻薄世情今古叹，任他作恶我心坚。

梧桐影

〔清〕不题撰人 撰

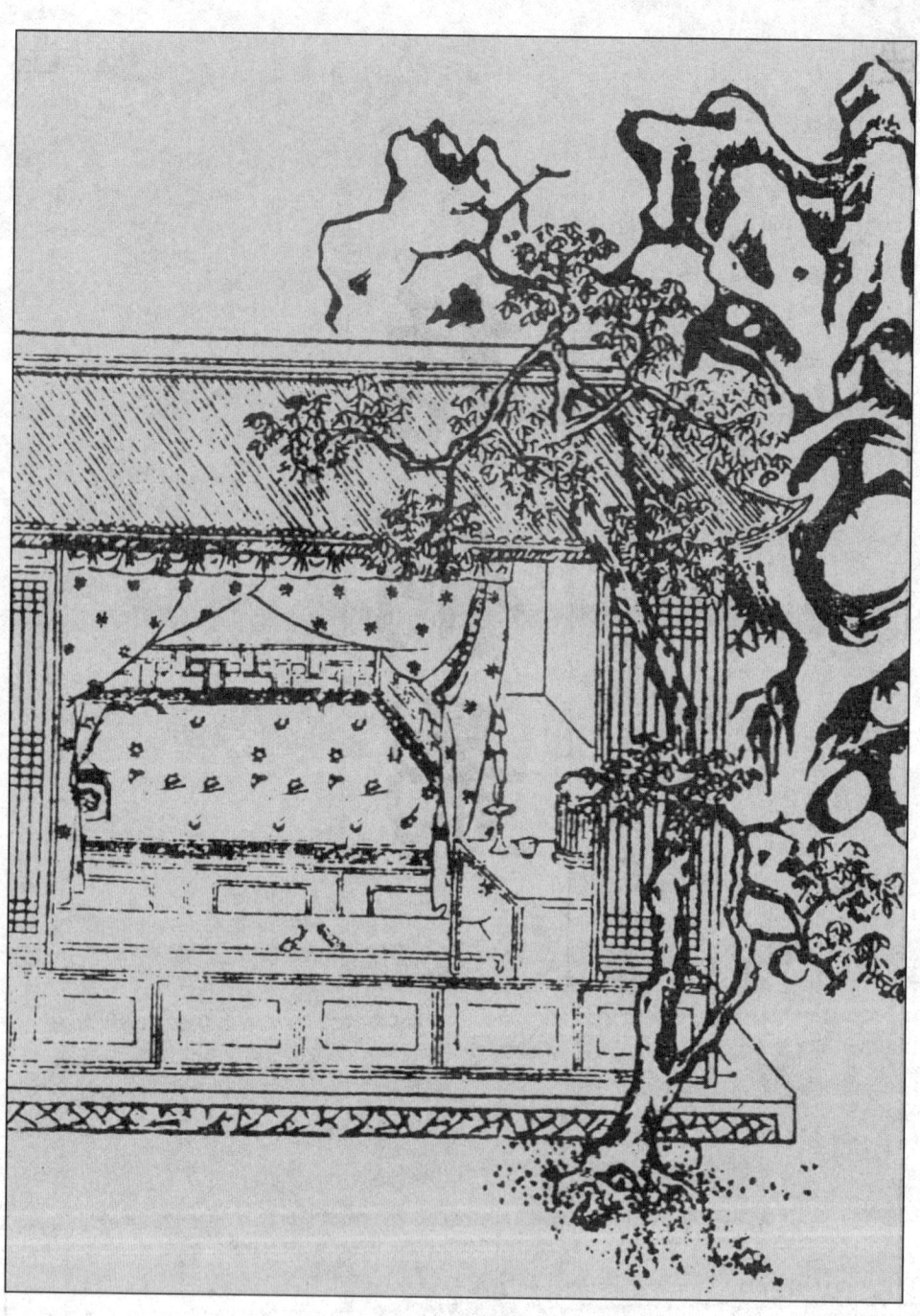

第一回 止淫风借淫事说法
谈色事就色欲开端

词曰：

> 黑发难留，朱颜易变，人生不比青松；名消利息，一派落花风。悔杀少年不乐，风流院，放逐衰翁；王孙辈，听歌金缕，及早恋芳丛。

> 世间真乐地，算来算去，还数房中，不比荣华境；欢始愁终，得趣朝朝燕，酣恨处，怕响晨钟；睁眼看，干坤覆载，一幅大春宫。

这一首词，名曰《满庭芳》，单说人生在世，朝朝劳苦，事事愁烦，没有一毫受用处，还亏那太古之世，开天辟地的圣人，制一件男女交媾之情，与人息息劳苦，解了愁烦，不至十分憔悴，照拘儒说来，妇人腰下之物，乃生我之门，死我之户。

据达者看来，人生在世，若没有这件东西，只怕头发还早白几年，寿诞还略少几岁，不信但看世间的和尚，有几人四五十岁头发不白的；有几个七八十岁，肉身不倒的。或者说和尚虽然出家，一般也有去路，或偷妇人，或狎徒弟，也与俗人一般，不能保元固本，所以没寿。这等请看京里的太监，不但不偷妇人，不狎徒弟，连那偷妇人狎徒弟的器械，都没有了。论理就该少嫩一生，活活几百岁是。为何面上的皱纹，比别人多些，头上的白发，比别人早些，名为公公，实像婆婆。

京师之内，只有挂长寿匾额的平人，没有起百岁牌坊的内相，可见女色二字，原于人无损，只因本草纲目上面，不曾载得这一味，所以没有一定的注解。有说他是养人的，有说他是害人的。若照这等，比验起来，不但还是养人的物事，他的药性，与人参附子相同，而亦交相为用，只是一件，人参附子。虽是大补之物，只宜长服，不宜多服；只可当药，不可当饭。若还不论分两，不拘时度，饱吃下去，一般也会伤人。

女色的利害与此一般,长服则有阴阳交济之功,多服则有水火相克之弊;当药则有宽中解郁之乐,当饭则有伤精耗血之忧。

世上之人,若晓得把女色当药,不可太陈,亦不可太密;不可不好,亦不可酷好。未近女色之际,当思曰此药也,非毒也。胡为惧之;既近女色之际,当思曰此药也,非饭也。胡为溺之。如此则阳不亢,阴不郁,岂不有益于人哉!只是一件,这种药性,与人参附子,件件相同。只有出产之处,与取用之法,又有些相反,服药者不可不知。人参附子,是道地者佳,土产者服之无益。女色倒是土产者佳,道地者不惟无益,且能伤人。何谓土产?何谓道地?自家的妻妾,不用远求,不消钱买,随手扯来就是,此之谓土产。任我横睡,没有阻挠,随手敲门,不担惊恐,既无伤于元气,且有益于宗桃交感一番,浑身通泰,岂不谓之养人。

艳色出于朱门,娇必须绣户,家鸡味淡,不如野鹜新鲜,耆妇色衰,年似闺雏少艾,此之谓道地。若是此等妇人,眠思梦想,务求必得。初以情挑,继将物赠,或逾墙而赴约,或钻穴而言私,饶伊色胆如天,到底惊魂似鼠。虽无谁见,似有人来。风流汗少,而恐惧汗多。儿女情长,而英雄气短。试身不测之渊,立非常之祸。暗伤阴德,显犯明条,身被杀矣。既无偿命之人,妻尚存兮,犹有失节之妇,种种利害,惨不可当。可见世上人,于女色二字,断断不可舍近而求远,厌旧而图新。做这部小说的人,原具一片婆心,要为世人说法,劝人窒欲,不是劝人纵欲,为人秘淫,不是为人宣淫。

看官们不可认错他的主意,既是要使人遏淫窒欲,为甚么不着一部道学之书,维持风化,却做起风流小说来。看官有所不知,凡移风易俗之法,要因其势而利导之,则其言易人。近日的人情,怕读圣经贤传,喜看稗官野史,就是稗官野史里面,又厌闻忠孝节义之事,喜看淫邪诞妄之书,风俗至今日可谓靡荡极矣。若还着一部道学之书,劝人为善,莫说要使世上人,将银买了去看,就如好善之家,施舍经藏的,刊刻成书,装订成套,赔了帖子送他,他不是拆了塞,就是扯了吃烟。那里肯把眼睛去看一看。不如就色欲之事,去歆动他,等他看到津津有味之时,忽然下几句针砭之语,使他瞿然叹息道:"女色之可好如此!岂可不留行乐之身,常远受用,而为牡丹花下之鬼,务虚名而去实际乎!"又等他看到明彰报应之处,轻轻下一二点化之言,使他幡然大悟道:"奸淫之必报如此,岂可不留妻妾之身,自家受用,而为隋珠弹雀之事,借虚钱而还实债乎!"思念及此,自然不走邪路;不走邪路,自然夫爱其妻,妻敬其夫。周南召南之化,不外是矣。此之谓就事论事,以人治人

之法。不但做稗官野史之人，当用此术。就是经书上的圣贤，亦先有行之者。不信但看战国之时，孟子对齐宣王称说王政。那宣王是声色货利中人，王政非其所好，只随口赞一句道："善哉言乎!"孟子道："王如善之，则何为不行?"宣王道："寡人有疾，寡人好货。"孟子就把公刘好货一段去引进他，宣王又道："寡人有疾，寡人好色。"他说到这一句，已甘心做桀纣之君，只当写个不行王政的回帖了。若把个道学先生，就要正颜厉色，规谏他色荒之事。从古帝王，具有规箴，庶人好色则亡身；大夫好色则失位；诸侯好色则失国；天子好色则亡天下。宣王若闻此言，就使口中不言，必定心上回复道："这等寡人病入膏肓，不可救药。用先生不着了。"谁想孟子，却不如此，反把大王好色一股风流佳话去勾住他。使他听得兴致勃然，住手不得。想大王在走马避难之时，尚且带着妻女，则其生平好色，一刻离不得妇人可知。如此淫荡之君，岂有不丧身亡国之理。他却有个好色之法，使一国的男子，都带着妇人避难。大王与妻女行乐之时，一国的男子妇人，也在那边行乐，这便是阳春有脚，天地无私的王化了。谁人不感颂他，还敢道他的不是。宣王听到此处，自然心安意肯去行王政，不复再推寡人有疾矣。

做这部小说的人，得力就在于此。但愿普天下的看官，买去当经史读，不可作小说观。凡遇叫看官处，不是针砭之语，就是点化之言，须要留心体认。其中形容交媾之情，摹写房帏之乐，不无近于淫亵，总是要引人看到收场处，知结果识警戒。不然，就是一部橄榄书，后来纵有回味，其如入口酸涩，人不肯咀嚼何! 我这番形容摹写之词，只当把枣肉，裹着橄榄，引他吃到回味处，也莫厌摊头絮繁，此一段乃觉后禅小说提醒世人。着书主意，今不惮抄袭之者，亦是窃比谆谆耳。等世人读觉后禅后，自然警惕，如笃夫妇之恩，享闺房之乐。不至孟浪淫邪，或罹刑杀矣。自然不至太密，或有耗精血，捐躯命者矣。所言不可太陈，亦有深意。大凡妇人，有贞性者，自不系怀枕席，至若阴柔水性，恋爱贪恩，自是女子一种肺肠。苟或稍与疏远，柔者必至怨尤，狡者定谋苟合，钻穴逾墙，势所不免。至哉觉后禅不可太陈，不可太密二言，洵有味乎，将是治家之道。自应谨身，以杜内逾，亦不可不深心以防外侵。常见人家，溺爱妻妾，至从其闹场看戏，荒寺烧香，露面抛头，饱人馋眼。最无耻者，莫如俳优；最淫毒者，莫如贼秃，而要令娇姿弱质，襟溷其中乎。其不至蹈淫秽者，盖几希矣。于是缕缕苦心，不能自遏，至烦唇舌，为一陈之，虽摹写不知工拙，要不过代晨钟之一叩尔，本事下回便见。

第二回 和尚诱佳人寺内奸淫 太守贾拈香放出书生

诗曰：

> 今朝欲向问扁舟，有楫无人未肯浮；
> 露出一团情甚好，吹开两片意缠休。
> 天缘不与人心合，国法方知我自投；
> 正是水平波又起，招来风雨满江愁。

天下最可恨者，莫过这些坏法的淫僧，既占了名胜山川，复讨尽色界便宜。偏有那些宰官护法，世宦饭依，拚着自己的娇妻弱女，为佞佛长生之计。世所谓肉布施者也。

当初汉梁诸君，创辟黎弘训，请迎经忏佛牙，留此异流，贻毒中国者，总因缘障未开，喜供奉牺之祭，业尘犹拥，愿奴同泰之身。（同泰是塔名，梁武帝愿舍身在此，群臣钱赎之。）虽功遍檀林，施逾衣钵，皆是贪痴赎罪之念，所以致此。那知你生平，不消做那一件伤筋动骨之事。将这些好善的虚文，那敌得过行恶的实际，此事人天无漏之因。虽多方奉佛，有何益处，怎奈这些执迷不悟的，贪疑到底，抬得这班佛子，一发轩张，要银钱就是银钱；要斋粮就是斋粮；要盖造就得盖造；要装修就能装修；那些法儿生发无穷，有时生发尽了，到反怪那数间殿宇，如何尚未倾翻？两旁佛像，怎么还不跌倒，以致施舍无因，化缘莫借。其设心何等险恶？假如今有贫儒寒士，无可控诉的，即叹向朱门，乞其铢两，即欲问慈悲，望他拯济，悉属鬼门问卦，何曾有百求一应，反添了许多憎恶不堪。但只是有一班人，学和尚之摇尾而不得者，皆系猥琐下流，非吾道也。盖是贫非病，宁憎无怜，吾惟不食嗟来之食，虽至死而不变，斯其人为何等哉！要知作福者未必有功，而作孽者定然有报。古云：

人间私语，天闻若雷；

暗室亏心，神目如电。

万恶淫为首，神天不可欺。但作恶者，僧尼为甚。凡世人将儿女送入空门者，真正痴愚。子女幼时焉知修行，大来看了老秃之样，就能无法无天，总由和尚清闲无事，未免胡思乱想。每想到微妙去处，不觉兴致勃发起来，就要无所不至的形容出来。但天下之大愚匹夫甚夥，肯放妻女入寺游玩，饱斋和尚，这等人最可耻。吾想僧尼并无益世处，比如杂乱之时，何不将和尚出阵，以报朝廷，又不损兵民，岂不美哉？竟听其安然，其乃朝廷之惰民，民间的蛀虫，色中之饿鬼，淫盗之专谋，天下之人，受他蛊毒者，不可胜数。若与僧尼往来，决受其害。东坡云：

不秃不毒，不毒不秃；

愈毒愈秃，愈秃愈毒。

何以见得秃毒？昔明朝年间，苏州有一秀才叶心安，常在华山寺读书，与僧普占朝夕交游，普占一日，往心安家相访，适心安外出。其妻花氏艳娘，闻夫常说在寺读书，多承普占汤饭，因出来相见，留他一饭。普占见花氏容貌美丽，言词清婉，不胜喜慕。后心安复往寺读书，月馀未回。普占遂心生一计，将银买嘱香火道人。假扮轿夫，午后到花氏家道："你相公读书，劳神太过，忽然中风死去。难得普占救醒，尚奄奄在床，死生未保。今叫我二人来接娘子，他有话吩咐。"花氏说："何不将眠轿送他回来！"二人道："寺中长老要将轿送他回来，奈此去路途甚远，恐路上冒风，症候加重，便难救治。娘子可自去看之，临时或接回；或在彼处医治，有个亲人在傍，也好伏侍病的。"花氏听得信为实然，焉不着急，即登轿去。

天晚到寺，直抬入僧房深处，却已整排厚筵，欲与花氏对饮。那花氏到彼处，即问道："我官人在那房里？领我去看！"普占道："你官人因众友相邀，往灵游玩山景，适有来报他中风。小僧去看，幸已清安。此去有五六里路，天色已晚，可暂在此歇宿，明日早去。"花氏心内生疑，奈进退无路，只饮酒数杯，又催轿夫去。普占道："此处轿夫不肯夜行，各自回去了。娘子可宽饮数杯，不要性急。"又令侍者，小心奉劝。酒已微醉，乃取灯照入禅

房。普占道声:"娘子,此处安置。"竟自去了。

花艳娘进内,见锦衾绣褥,罗帐花枕,件件美丽。以灯照之,四壁皆严密,花氏只得闭门带衣而寝,终疑虑不寐。及钟定后,普占从背地进来,近床抱住,艳娘喊声:"有贼!"普占道:"你就喊到天亮,无人来拿贼。我为你费尽了多少心机,今日得你到此,自是前生夙缘注定,不由你不肯。"花氏道:"野僧何得无礼!我宁死决不受辱。"普占道:"娘子肯行方便一宵,明日送你见夫。若不悯怜,小僧定要断送你命,将埋在厕中,永不轮回。"艳娘喊骂,缠至半夜,被普占行强。剥去衣服,将手足捆缚,恣行淫污。

次日半朝方起,普占谓艳娘道:"你被我设计诱来,事已至此,可削发为僧,藏在寺中,衣食受用,都不亏你,亦有老公陪伴。若使昨日性子,有麻绳剃刀毒药在此,凭你死罢。"艳娘想道:"身已受辱,死则永无见夫之日。此冤莫报,不如忍耐受辱。倘得见夫,报了此雠,然后就死。"乃从其披剃点。

过了半月,忽一日,心安来会普占,艳娘听得是丈夫声音,挺身奔出。普占即赶出,心安与艳娘作揖,艳娘哭叫官人:"可认得我了,我被普占哄骗在此,日夜望你来救我。"心安大怒,扭住普占便打。被普占撞钟聚集众僧,将心安捆住,取出刀来,要杀心安。艳娘上前夺刀道:"可先杀我,后杀我夫。"普占将刀藏起,强扯艳娘,人房吊住。再出来杀心安。心安道:"妻被你拐,夫被你杀,我到阴司,焉放你过。若要杀,可与我妻相见,一处死罢。"普占道:"你死,花氏无所望。花氏终身自我妻,安肯与你同死?"心安道:"全我身体,容我自死罢。"普占道:"我且积些阴功,将他锁在后山塔上第九层内,听其自死。"

自关入塔内之后,花氏日夜啼哭,拜祷观音菩萨,愿有人来救他丈夫。过了三日,适值海公巡行其地。夜梦观音引他至华山寺方丈后,塔内关锁一黑龙,初夜亦不为意。至第二三夜,连梦此事,心始疑异。乃命人役相随,迳到华山寺中试看。一进方丈坐定,果见方丈后有一塔,即令手下人打开,层层寻看。只见一人,馁饿将死,但气未绝。海公知是被僧所囚,即令人役守住前后寺门,不得令僧众潜遁。当即取粥汤,渐渐灌下。一饭顷方苏,心安苏回。见海公在上,乃诉道:"僧普占既拐我妻,削发为僧,又将我捆囚塔内,望老爷伸冤。"海公命拿普占。顷刻拿到,但四处搜觅,并无妇人,海公再命严搜,乃于复壁中,铺地木板揭起,有梯入地下,乃是地窖。点灯明亮,一少年和尚在内,当即叫他上来,拿见海公,此和尚正是花氏。见丈夫已放出,普占已锁住。花氏乃从头叙其先时骗诱的巧计,到寺强奸的隐情,后来削发的根由,及已闻声见夫,普占捆夫要杀,因锁塔内之事,

一一分诉明白。普占不能抵辩，只磕头道："僧人该死！甘受处置。"海公随即判道：

审得淫僧普占，稔恶贯盈。与生员叶心安交游，常以酒食征逐，见其妻花氏美丽，不觉巧计横生，赚其入寺看夫，强行淫玷。劫其披缁削发，混作僧徒。虽抑郁而何言，将待机而图报。偶心安之来寺，会花氏之闻声，相见泣诉，未尽衷肠之语。群僧拘执，至行刃杀之凶，恳求身体之全，得囚塔内，乃感黑龙之困。梦入二更，因至方丈后而开塔，饿已五日。心安从危得活，后必亨通；花氏求死得生，终当完聚；普占拐人妻、坑人命、合枭首以何疑，群僧党一恶，害一身，皆充军于边远。

判讫，将普占斩首示众，助恶众僧，皆发充军，海公又责花氏道："你当日被拐，便当一死，则身洁名荣，亦不累夫囚塔之难。若非我感观音托梦而来救，夫却不为你而饿死乎？"花氏道："妇人先未死者，以不得见夫，未报此僧之仇，将图见夫而死。今夫已救出，僧已就诛，妾身既辱，不可为人，固当一死。"即以头击柱，流血满地。海公乃命人扶住，血出晕倒，以药医救，死而后生。海公谓心安道："依花氏之言，其始之从也，势非得已。其不死，因欲思得以报仇也。今击柱甘死，则是非偷生无耻者比，当养起发来，重敦旧好。"心安夫妇，拜谢而去。

即此看来，花氏不过略漏春光，即生出如许险陷玷辱，可见以"淫毒"二字，加之贼秃，非过言也。而何以与无耻俳优并论，盖品类虽似悬殊，而叵测居心，实有相等。待我说一个同恶共济，淫毒滔天，法网难逃，冥报昭着的一件事，与看官们看。正是：

苦心道出从君悟，悟到通时始见心。

第三回　一怪眼前知恶孽　两铁面力砥狂澜

词曰：

> 芭蕉雨过小帘明，山坡洗复清；何处换鹅，无人载酒，冷落着书情。
>
> 松阴玉月遮窗暗，幽梦几时醒，入枕凄然，到门清绝，应是洞箫声。

《右调　少年游》

又诗曰：

> 潭石孤清潭水洁，逢场便作莺花劫。
>
> 谁将蜀纸写巫云，苕钱软衬飞来雪。
>
> 忽闻长安铁面来，豸衣如约群心热。
>
> 行部一如雷电般，奸究知之胆欲绝。
>
> 弊先使众蠹清，次剪淫风根株灭。
>
> 柳枝拍短竹枝长，唱新词第一折。
>
> 吹香字字青史传，无须更费鹦鹉舌。

　　话说从古到今，天子治世，亦岂能偏行天下！惟在各臣代宣天子恩威，第一先正风化。风化一正，自然刑清讼简了。风化惟"奢淫"二字，最为难治。奢淫又惟江南一路，最为多端。穷的奢不来，奢字尚不必禁，惟淫风太盛。苏松杭嘉湖一带地方，不减当年郑卫，你道什么缘故？自才子李秃翁，设为男女无碍教，湖广麻城盛行，渐渐的南路都变坏了。古来最淫的，男无如唐明皇；女无如武则天。他两个，都是绝代才情，却被才情坏了

事。他如鸡皮再少之夏姬，犹有风情之徐娘，私通宁王安禄山之玉环，设无碍窗之韩熙载，恐妨少年高兴之徐之芳，罄竹难书，末世尤甚。只有人笑他骂他，并没人羡他慕他。如今罢了，渐渐的没人笑他骂他，倒有人羡他慕他。不但有人羡他慕他，竟有人摹他仿他了。可笑这一个男子，爱那一个妇人；那一个妇人的丈夫，却又不爱老婆，而爱别人；这一个妇人，爱那一个男子，那一个男子的老婆，却又不爱丈夫，而爱别个，可不是其痴子么？再说苏州地方，第一奢华去处了，淫风也渐觉不同。天启末年，忽然有个道妆打扮的人，来到阊门。初然借寓虎丘，后来在城内雍熙寺，东天王堂，各处游荡。自称为憨道人，声言教人采战。有一个中年读书人，要从他学术，怕他是走方骗人的，说要请他在私窠子家吃酒，就留他住在这家试他。果有本事，肯送开手拜师傅。

有个极淫极狠的妇人，姓汪，行乙，中年人曾嫖他，弄他人不过，因此同憨道人去。憨柬请师，饮酒中间，憨道人道："咱不但会采战，还识得过去未来的事。这江以南，淫气忒盛了。凡是聪明男子，伶俐妇人，都想偷情，不顾廉耻。上天震怒，当遣几个魔君恶鬼，下界来肆淫一番，把他人人一个恶结果，警戒世人。咱就教了你术法，也不可胡行乱做。"中年人道："领教！领教！"

这夜憨道人住汪乙家，汪乙奇骚，又是自己身子，一弄不放他了。连住了三夜，憨道人知他弄损元神，不久要死。也不教中年人术，写几行字与他，悄悄逃去了。不上两月，汪乙害痨病死了。正是：

　　瓦罐不离井上破，将军难免阵前亡。

话说天启传到崇祯，后来清朝得了天下。每年差出御史一员，巡行一省，代天子行事。除了四川云南贵州，每省一员钦差，依然第一个风宪衙门。从来巡按，不比巡抚。巡抚原为抚安百姓。巡按却为纠察奸宄。巡抚恩多于威；巡按全用威严了。巡按衙门关防，比别衙门不同。因此不携家眷，不带仆御，大小衙役，都封锁在内，水屑不漏。也不游山，也不赴席。偶然公出，衙坊静悄悄鸡犬不放在门外。就如天子巡幸一般，初然法度未备，差来御史，也略有此不同了。比及张御史到任，一如旧规。衙门整肃，不期天悯下民，得差一个赛包龙图的秦御史来。凡是所属地方，也不游山，也不赴席，各役封锁在内，水屑不漏。那些大奸大恶，都访拿了，大半处死。却又是预先私行访的，不由送访的参

送,至于笞杖的罪赎,毫不入已。自枫桥至无锡,这一带塘岸,秦御史把这衙门罪赎,委发该县,一一修葺。用大片石板,沿路好,以便兵马,及商民往来,有请为证:

> 岸石逢涛亦怒奔,悬飞空沫溅云魂;
> 土经水处泥心滑,舟过桥时野市喧。
> 官榜筑塘安路客,道碑颂德达宸阁;
> 一篇青史传廉吏,百世恩荣齐子孙。

秦御史极重鲁推官清廉,每事委托,却都是清水生活,并无丝忽沾染。那知王抚院自缢,后来上司,只道鲁推官,不能调护,好一个理刑,自挂弹章,数年不结,如今也赖天子洪恩问。官公道:“稍稍昭雪了。”正是:

> 莫言天下无公道,路上行人口似碑。

自此朝里好官多了,人人思想辅佐天子,爱恤黎民,成千百年太平世界。但只是虽有好官,也要君相识人,能用他。就是用了,也要竟其所能,毋为谗夺,毋为奸蔽,使他得以展布。这是天子之福,万民之幸了。

第四回　顽童削发从师学术　稚子辞娘入伙为优

> 风流死后化秋风，天北天南处处空；
> 秃子贯盈活不得，娈童限到死还同。
> 遥知淫女相思断，悬料闺娥一梦通；
> 日暮城隅鬼声碎，可怜愁叹付飞鸿。

这一首律诗，是三拙子嘉引子，还有张翰咏周小史四言诗，可借来说王子嘉，俏媚动人处。

> 翩翩王子，婉娈幼童；年十有五，如月在东。
> 香肤柔泽，素质参红；团辅圆颐，菡萏芙蓉。
> 尔形既美，尔服亦鲜；轻单随风，飞雾流烟。
> 转侧猗靡，顾盼便妍；和颜善笑，美口善言。

话说代州地方，都是好勇斗狠，竖起跳梁的人，并没一个游手游食，做浮花子弟。人家养由儿子来，父亲读书，大儿子就读书；第二儿子，便经商开店。父亲经商开店，大儿子就经商开店；第二儿子便读书。若养出第三个儿子，恐怕力量照管不来，游荡坏了身子，后来没事做，没饭吃，害了他终身。便送去和尚寺里，做了徒弟。教他做禅门的事，吃禅门的饭，十家倒有九家是这般。

有个人家，生了第三儿子，叫做三拙。他后来说姓刘，又说姓朱，又说姓李，又说姓乔。不知那一个是真姓。为何叫做三拙？就如无锡人家，若生了三个女儿，大的叫大细，

257

次的叫二细,三的叫三细。这三拙的父亲,原是开店的,也有三五百两赀本。大儿子叫大拙,就从小学看银子,打帐做生意;第二儿子叫二拙,从先生读书;三拙要送去出家的了。因是母亲的爱子,又且年幼,要待十一二岁,再作商量。六岁上送与二拙的先生,也读些神童诗。资质倒好,先生一教就会了。只是要赖学,在学里又要与大学生们寻闹,连二拙也要常常相打。读了三年书,只识得些杂字,写得些帐目罢了。

十岁上母亲殁了,父亲和大拙二拙,都不欢喜他,就想送他出去出家了。这代州城西,有个西天寺。寺里有四个大房头,西房更觉盛些。当家的长老唤做了凡,还有师祖一凡,徒弟无凡隔凡。三拙的父亲,先与了凡说明了,第三儿子出家,要长老收留的话。等三拙带过母亲周年的孝,拣定了三月初三日,袖了十两银子,领了三拙,到西天寺来。了凡迎接进去,先叫三拙在佛菩萨座前叩首,然后参见了本师。他父亲取出十两银子,递与了凡道:"这十两银,是送与常住的旧规,请收了。"了凡把手接了道:"多谢。"就请师太与徒弟们,出来相见。一凡无凡隔凡都来了。他父亲引三拙,一一参见,分宾主坐定。无凡隔凡立在了凡身边,三拙立在父亲身边,把一只左眼闭着。一凡开言,问他父亲道:"令郎几岁了?左眼是几时失明的?"父亲道:"小儿十三岁了,十一月生日。不得年力,还只得十二岁,两目都是好的呀!"回头一看,见三拙左眼闭着,问道:"这是怎么样?"三拙道:"本师一只眼,咱不敢两只眼。"无凡隔凡都笑起来,了凡含怒不敢言。父亲再三请罪,只见摆上素菜薄饼,只一凡了凡陪他父亲坐下,三拙也令他坐在旁边。吃了一回,了凡说:"献佛披剃,已拣定初九日了。这日要遍请邻寺邻房,远望老檀越早早光降。"父亲应了告别,一齐送到寺门首。三拙还跟紧着父亲,他父亲低低吩咐道:"你住在这里了,咱家私还不上五百两,只是这地方规矩,若送儿子出家,与他家私十分之一,你明年十四岁了,三月间,咱凑足四十两,交付与你,连与常住的十两,是五十两之数,以完父子之情。你待本师,须知待爹娘,他自然看顾你。你跟师父进去,我去了。"三拙全无不舍的意,跳跳跃跃竟随了凡,别了进去。他父亲见他如此,点点头道:"好好!咱也放心得下。"一径回家去了。正是:

　　　　莫将我语和他说,他是何人我是谁。

初九日,了凡备斋请客,披剃这新徒弟。他父亲也来吃斋,都不必说。且说这寺里有两个粗用的香火，老的叫老王，小的叫小张，这老王六十多岁，在寺已三十多年了。了凡也不骂他一声，三拙偏不喜欢他，"老狗头"，"老不死"，骂得老王常是哭，又不好告诉了凡。隔凡在旁劝道："他年纪比咱们大个两倍，不要毒口伤人，阿弥陀佛。"三拙嚷起来道："谁要你管！你是他攮出来么？"隔凡恼得跌足，只得告诉了当家的。了凡没奈何，走出来打了他一掌。三拙乱叫："师父饶了咱罢！咱原许夜里的勾当，再大一两年，自然依你。"无凡、隔凡、小张忍不住，都笑起来。了凡气得直挺，只得走进去了。偶然一日，了凡的母亲，因见天气凉爽，来看看儿子，年纪已五十七八岁。进得门来，三拙正坐在佛堂门槛上。母亲到他面前，三拙公然坐着，笑笑儿道："这里是和尚寺，这位妈妈来做什么？和尚不是好惹的呢？"无凡走来听见了道："咄胡说！这是师父的母亲。"那母亲问道："这小猴子，是那里来的？"无凡道："是师父新披剃的徒弟。"那母亲把手在三拙头上打了一下，三拙拍手大笑道："这奶奶打和尚哩！"那母亲进去，与了凡说了。了凡走出来，要打他，骂道："小狗头！咱的母亲，你也冲撞他。"三拙道："师父是他的儿子，难道满寺的和尚，都是他儿子么？"又气得直挺，又骂了几句，只得进去了。

这三拙从小儿的凶顽，真也言之不尽。到了次年二月，他父亲叫二拙，唤他回家。先和了凡说知了，同到家里。父亲道："你年已十四岁了，况也不是愚蠢的，咱许你的四十两，今日与了你。这城中的各寺，有本钱的，都也做些生意，不只靠着念经礼忏，你须少年老成，不可妄费。"三拙收了银子，扒在地下磕了个头，父亲留他吃饭，问道："你吃斋不吃斋！"三拙道："也吃斋，也不吃斋。自己不去想荤吃，却也不除荤。"

大拙管家，因三兄弟久不来家，摆了许多荤素的肴，葱蒜薄饼，又是一壶烧刀酒，尽情吃了一回。父亲道："儿子，你去罢！"三拙别了哥嫂，临出门，对父亲道；"爹，你儿子看西天寺里，都是俗流和尚，不是你儿子了终身的去处，咱想往五台山，学些本事，云游天下，也不枉了出家一场。"父亲道："云游也不是容易的事，在家千日好，出外一时难，不如守本分的好。"三拙道："自古道：'食禄有方。'又道：'生有地，死有处。'爹既送咱出了家，今日又把银子与了我，已完了爹的心事了。你儿子有些小小志气，不肯做槁木死灰，爹你看咱可是没用的么？"父亲道："儿子，咱是好话，要去也只由你。"三拙说了一声，往西天寺去了。正是：

无限心中不平事，一番清话却成空。

且说三拙袖中藏了银子，来到寺中，心里已打算别去，加倍小心，扒在地下，向了凡磕了一个头，说徒弟回来了。了凡道："好！好！好！吃晚饭去。"晚景休题。

次日，三拙在寺门首，问人五台山的去路。一个邻舍道："接待寺里，有个云游的憨道人，听见说往五台山去，一定晓得路道，何不去问他。你小小年纪，问这路怎么？"三拙道："咱问着耍子，没有什么正经。"说罢，就洋洋走了。寻问到接待寺来，果然有个憨道人，借寓已一月了。有一富家的小官，学了他的道术，许他十两谢仪，筹到了手，就往五台去了。

三拙求见了他，问起五台山路，道人道："小师父你问路，莫非要去投师么？"三拙道："不瞒仙师说，咱去年在西天寺披剃，见师徒小气，不足了咱终身，要往五台山，学些拳棒，好去云游天下，不枉了出家一场。"道人道："不瞒小师父说，咱是平阳府人，小时蒙我师教了缩阳采战，行道十年，前年被人拿住，几乎丧命，也想往五台山，学些拳棒，做了护身符。此地传了一人的采战，待他送了谢仪，咱就去了。你既要去，咱和你做个伴儿也好。"这条路是久惯走的，三拙乖巧，就问了道人，是荤是素。次日把些散碎银子，买了鸡鱼肉，并酒果香烛，自拿到寺里，只说请仙师。拉道人同拜关帝，结为师兄师弟。道人就欣然允从。三拙要学缩阳，道人不肯道："学了这法，容易招祸，况老弟脸上，有杀气淫气，只怕善始，不得善终。教了你采战，也够你用了。"从此每日三拙来学，了凡查问，三拙善自支吾，不十日间，道人把养龟护阳，先教会了，然后教他运气。会运了气，教他蛇游洞、鸡啄食、猢狲偷桃、蜜蜂采花，尽情教会了他。那富家也送了谢仪，两人打算起程，同往五台山去。正是：

青龙与白虎同行，吉凶事全然未保。

且说苏州府吴江县落乡地方，有个邓村十八都。地面傍湖，人皆强悍，就是官府他也不怕。为钱粮事，差人下乡，毕竟两三起，五六个敢下去拿人；若是人少，他就先打后商量了。人禀了官，还说差人诈他银子，说谎禀官哩。因此苏州说人变法，便道："你莫不是邓村十八都来的么？"那去处财主也少，寒的却也没有，相近五里，有个半大不小的王财主，发迹已三五代了。住处就唤做王家庄。他家几代都是单传，到了这一代的财主，越发命硬。早年父母相继而亡，三十六七岁，已克过三个娘子了。结发生得个儿子，其年已十

岁，母是产里殁的。王财主原是势利主子，与他定了亲，是城中新科举人。一贪他贵，一爱他富，行聘会亲，也费了四五百金。这财主十年内，因做事伶俐，又刻削，倒长了二三千金家私，小户的田，零星又买了四五百亩，都寄在举人亲家户上。心里想如今娶妻，须是城里，寻得出标致女儿，就多费一百二百财礼，下半世受用佳人，不枉了人生一世。说与城里媒婆，相看了三五处，却看中了北门外，一个开酒米店，顾家的女儿，只得十六岁。这顾家因两年生意不济，吃折了些本钱，打帐把女儿与人做妾，多得些财礼，救救店里的苦。听见乡下财主，又正经的填房，有什么不允，媒婆讲定了一百两财礼，二十两折盒，茶果尺头，一一完备，择吉下了聘。十日内就过门，成了亲。一个乡下有钱的人，见了这标致女子，真正如获珍宝，好不奉承。家里大小事情，都是他掌管，只是顾氏年小性拗，见了结发生的儿子，如眼中钉，在老公面前还好，转了背，每每非骂即打。这年顾氏就得了胎，次年生了个儿子。因这年闰五月，就起乳名唤做闰官。

你道闰官是谁？就是王子嘉了。又过了两年，又生了个女儿，唤做金姐。顾氏已是二十一岁了，初来时节是闺女，自然不晓得淫荡，此时年已长了，日夜缠住了丈夫，淫欲过度。王财主四十二岁上，害了痨病。大凡痨病的，虚火越旺，比平日越忍不住了，弄得面黄肌瘦，咳嗽吐痰，渐渐有些起不得来了，大儿子原请先生，教他读书。连闰官也送与先生，读些百家姓、神童诗。又过了年馀，王财主自觉病体沉重，央媒与举人亲家说了。只说冲喜，与大儿子完了亲。自己扶病，同顾氏受了拜堂，又劳碌了一番，越觉起不得床了。奄奄一息。挨了半年。

开春二月，丢了偌大家私、娇妻幼子，见阎罗天子去了。开丧出殡，都不必说，也还是父亲临终，吩咐家中大小事情，仍旧顾氏掌管。倏忽将及二年，那媳妇自恃父亲是举人，每每不看晚婆在眼里，况兼顾氏忍不住，又与先生有些不明不白，大儿子、大媳妇越不敬重他了。十月间，大儿子请了丈人到家，自己打了灶，打帐收田里一半租米，各自吃饭。顾氏与他争论，大儿子道：'你是我的晚娘，父亲面上,说孝顺你的。只是我小时受你凌虐,且不必说,近来你做的事,大没体面,料不是守得寡的了。如今权且各自吃饭,若你要嫁,所谓娘要嫁人,天要落雨,也不敢拦阻。带兄弟去,自然不相干了;不带兄弟去,一半田产,后来自然是他的。'顾氏心里也想活动活动,拣个美少年嫁了。况兼丈夫死时,内囊银两都在他手里,还有三四百两,衣饰又有二三百两,就不争论,便道:"既要我去,明日请我父亲来。"

果然次日,请了他父亲,房中箱笼,搬个尽情。大儿子也由他自去,房里两个丫鬟,只带一个;船里只带得糙米二十担。道:"吃完了再取。"顾氏本心,原想回娘家嫁人,飞出笼子正中他意儿。在顾家拣丈夫,要年小标致,不曾娶过老婆的,急切那有这等人?

他父亲原是清客出身,收心开店的。是那府城清客与做戏的,到吴江来都住在他家。顾氏也勾搭上了四五个,一个扮副净姓陈的,是他心爱,却因他有老婆,不肯嫁他。南门新出来串戏的姓王,二十二岁,未曾娶妻,两边都看上了。但说:"我两个小小年纪,那怕养不出儿子。只要女儿,闰官不要来便成。"顾氏就请姓陈的来,要过继与他。父亲要留闰官,顾氏不肯。竟被姓陈的带到苏州。一年内,教会了幽闺、千金、红拂、西楼,四本小旦脚色,竟是一个旦脚了。正是:

万事不由人计较,一生都是命安排。

未知后来如何?且听下回分解。

第五回　雏儿逢淫妇不觉消魂
　　　秀子扮西商居然得意

曲在扶童曲无主，不然只如对歌谱。

谁知秋水雕刻成，拂衣敛袖俱有声。

宛转低回作悲喜，一片摇魂酒间死。

凄风苦雨少灯光，返魂何处寻名香。

同死更有无发者，总是情痴孰真假。

情娘闻之不敢言，为谁悲怨为谁恩。

须记挽歌甚时节，天上团圆好明月。

　　且说王财主的幼儿，好好称呼闰官。因娘改嫁，把他过继与陈家，学了四本戏，就起了个表字，叫做王子嘉。虽不曾入班，年又小，貌又美，曲又佳，各班都来拆他去。主席定戏文，反问了他会扮的，定这本。果然人人道好，个个称强，吹入一个进士耳朵里。差人与陈优说，毕竟要也入班本衙，陈优道："这是我外甥，他父亲殁了，我小姨改嫁，把他过继与我，原不曾说合班做戏，我还做不得主，等我往吴江和他娘说明了，敢应你老爷的命。"进士只是不管，又差管家来说，道："我家老爷多多上覆。若你外甥，一世不合班做戏，不好强你。若后来入了别班，必不干休。况且各班拆去做戏，本衙班也曾拆过几次，岂不是推调。倘怕他母亲有话说，有老爷在此，不怕他有什么不肯。"陈优留他们吃了锺酒，讲到五十两压班。众人回了话，进士允了，就兑了银子。陈优领了王子嘉到进士衙里来，进士吩咐进书房来，陈优不跟进去，嘱咐王子嘉，只得跪下去，磕了个头。进士达叫："起来！起来！以后也不须行这个礼。"又叫："留陈教师，吃酒饭去。"陈优谢了，不吃酒饭竟去。进士吩咐管家，就在后书房，收拾一间房，与王旦做房户。明日请其教师来，把本衙班戏

单上的戏，除了他有的四本，一一补完，先补了小旦脚色，再补正旦的脚色。连月里且莫出去应戏，多补了几本，好凭酒客点戏，王子嘉只得安心在那里了。正是：

在他檐下过，怎敢不低头。

次日就请教师来，逐本写了脚本点了校，先念了曲本，然后一句句教他。就如轻车熟路，上口便会，一字不差，一板不走。不上一个月，补完了十本戏了，连旧熟的，已有十四本了，教他出去应人家戏。那知到人家去，年又小，貌又美，曲又佳，人人都称赞道："这是苏城第一个旦了。"

忽然三月上旬，正是不寒不暖天气，城东一富家，五十正寿，摆两三日戏酒请客，因内眷最喜看戏，定了王子嘉这一班。第一晚戏散，已是五更，通班回家睡了。次日再三吩咐走场的，道："本家怕磨夜，午后便要上席，众师傅早些来。"邀客的，也早早把客请到。午时就上席做戏，点灯已半本了。王子嘉同众人吃了半碗饭，走出戏房闲步。这夜月明如昼，在檐下，见一十八九成大丫头，叫声："旦的师傅。"王子嘉听见他叫，只道有什么正经话，年小竟不想到歹事，便道："怎么说？"丫头扯他到旁边黑处道："我家娘娘叫我送一只金耳挖与你，叫你今夜戏散了，里面去说话。"王子嘉不是惯家，不知就里，接了金耳挖，就胡乱应了。

半夜完了戏，只找了两出，客都告别。大家打散吃酒，忽然不见了王子嘉，众戏子只道他先回去了。那知他被那丫头等了他，悄悄领了，从东廊进内房去了。原来这家主人，最怕娘子，娘子年纪还只三十五六岁，只推要稳睡半夜，打发家主书房里，自去歇了。他好做私事，况兼老男少女，平日弄他不爽利，见了这美貌小夥儿，戏又好，曲又好，略吃几杯酒，搂搂抱抱，只想去弄。王子嘉道："我从不曾破体的，娘娘教导我便好。"妇人道："包你二十分快活。"不由分说，抱他上身来，弄了一阵。又翻他下来，扒上身去，翻天覆地，大弄一阵。王子嘉只管叫："快活！快活！"不觉软了。妇人又含他那话儿，小弄一回。见他硬了，翻身大弄。小夥儿初尝滋味，其正骨酥神颤，乐不可言。不觉晨鸡三唱，天已大明。妇人再三不舍，道："今晚完了戏，你同定一班人去了，教我怎放得下？有便须常常走来，我自有照应。我家官人，年已半老，不十分在内宿歇，尽可恣意快活。"又把臂上一只金镯与他，叮咛再会而别。同班人十分埋怨，又盘问他，住在谁家？他只是不说，有诗为证：

风流只道任颠狂，谁信风流不久长；

可口味多终作疾，快心事过必为殃。

　　且把王子嘉丢过，说那三拙要和憨道人往五台山学拳棒去，自己识字，却写不出。央道人写了字纸，压在本师了凡房里，小砚底下。道："徒弟要往五台山学本事，禀开师父，怕不肯放，只得竟去。诚恐师父见罪，留此禀知。"了凡见了，吃了一惊。急忙走到他父亲家，拿字与他父亲看。父亲道："不肖子，前日原有这话，果然去了。咱既送他出了家，凭他自去，死活管他不得。"从此师父、父亲，把三拙丢在一边，凭他去了。

　　这代州到五台县原不甚远，只是县里到山门，倒也不近。两个人消停步行，第三日到了山前，在一个饭店吃了碗面，已是下午了。商量且住一夜，侵早上山，为至诚。就在这店里歇了。晚间细问店主人，那一个房头好。店主人道："也都好。只是山寺的规矩，每房举出一个有道德，又有才调的，做了长老。不论师父徒弟，凡有大事，都要请问他。他做了主，人不敢拗，又在师徒里，举一个掌家，银米出入由他。又举一个掌柜，银钱收贮在他。又举一个游方，出山募化仗他。又举一个管殿，各房轮管，轮着了，他去掌理，本房门户，也在他。又举一个知客，迎宾送客要他，其馀都是杂差使了。长老当家掌柜，这三个不见改换。馀也有时另举一个，换那误事的不用了。你二位是投师的么？"道："正是。"店主人道："投师的也有两样。若是终身常住的，初入山门，送常住银五两，便终身吃寺里的饭了。学会了拳棒，也不要谢师。若是投师授业的，初到寺里，也送常住银五两。学到半年会了，谢了师竟去。若学不全，再送常住银五两。又学半年，再学不全，便是钝货了，不须谢师，可以竟去。"三拙道："谢师多少？"店主人道："十两五两，最少三两，也不十分计较。寺里最后一房，长老号无能，这是第一个有道德、有才调的。一应管事的，又都是他徒弟徒孙。"两人谢教了，睡了一夜。

　　次日吃了早饭，迤逦上山来，投奔无能长老。这山寺规矩，不比苏杭一带地方。和尚略晓得讲经说偈，门上就挂牌，或是入定，或是放参，做出许多模样来。这日无能，坐在佛殿上，小沙弥引两人入见，三拙同道人，磕下头去。口称："弟子们是投师的。"他也不比南方和尚，公然受人参拜。就双手扶住道："请起！二位还是终身常住的，还是投师授业？"三拙道："披剃已二年，今来是终身常住的。这位师兄，意还未定。"说罢，把两对五两常住

银交纳。无能吩咐,请五位职事徒弟来。一齐都到,无能指道:"这是掌家的,号本无。"就教他收了常住银。又指道:"这是掌柜的,不知二位,曾备佛菩萨,寄库银钱么?"三拙乖巧,就应道:"已各备二两,明日参过了佛菩萨就交纳。"无能道:"他号心无,你两人就交与他收贮。"又指:"这是出山游力的,号可无;这是管殿的,号如无;这是知客号真无。"一一都相见了。问两人的号,三拙道:"弟子名是三拙。号也是三拙,师兄号是憨道人。"无能道:"佛门不便称道人,憨字也不妙,添一个不字,号不愁罢。"又把三拙,派在第二徒弟心无名下教导,把道人派在第四徒弟如无名下教导。授业的,另一小间客房。常住的,就在本师心无房里。一一派定,两人朝夕学本事。不上半年,都一精一通了,正商量脱身之计。

一日,两人约了到山门外石墩上坐定,各说所学拳棒,不甚相远。三拙只多得一件飞檐走壁,他上屋如飞鸟,下屋如脱兔,没人捉得他住。道人道:"想是怕本师原不曾会,故此不能传授。"三拙道:"咱们且商量下山,省了你几两谢师,好做游方的路费。"正说不了,只见几个守门小和尚,乱嚷道:"流贼来了!"原来流贼李自成部下,差侄儿一只虎李遇,领一万五千人马,来攻打五台县。住扎在县四门外,这日遣步兵四五百,到五台山打粮,报入山上。住持撞钟聚众,约有二百六七十人,前面二三十把长,后面都是齐眉短棍,这棍不用正手,都用反手,着棍再没有不倒的。只见人报流贼到了,发喊一声,齐齐杀出,

去他那里,刀又斧,乱杀将来。被一班光头好汉,一棍一个,打得死的半死,跑的乱跑,大败亏输去了。得胜回山,来见住持。住持道:"料他必来报仇,人马少不怕他,倘或整万人来,咱这里众寡不敌,须预为避他的计较。"差五六个惯游方的和尚,带了干粮,连夜到屯兵所在,打探了回话。又道:"后墙须拆了几处,开几个后门好。"三拙禀道:"咱便于走,贼便于追,不如多设一二十张梯扒墙的为妙。只不要抢光,越抢光,越迟滞了。"住持也不认得他,只赞道:"这小和尚倒有见识。"各归各房,自作准备。无能这房,人心齐,费用少,最

有银米，无能吩咐掌柜心无道："本房师徒，拿得起的一百二百，尽他拿了，远远走避。这贼把寺扫荡一场，三四日就去，各各归家，银子原在，就是走失了些，也强如贼抢去受用。"三拙与道人，不胜之喜，预先准备两条被，五六件夹衣，四条长索，两根齐眉短棒。

到了第三日，天未亮，五六个报子到了。本房可无也在内。三拙取了四百两，计四对。道人取了三百两，计三对。先从墙上批出捆缚好了，做了两担。整理脚步往西北走，走了三十里，在一个大材坊歇了，路上回头见五台山上，火焰掀天，如是流贼放火烧山。

次日五更，慌慌张张，又往西北赶路，只问没流贼的去处，就走。走了十来天，到了一县，是大同府怀仁县。道人道："有了许多本钱，只吃亏你是光头，咱两个扮做西商往大同关去。出处不如聚处，买了褐，同到南京苏州一带地方，做两个大客人，又好风流风流儿，可不相意。"三拙道："如今买两顶大帽，两个临清手帕，天又冷了，扎了头，谁认得咱是和尚。"

次日买了帽，又买了箭衣，公然扮作西商，好不得意。正是：

画虎未戚君莫笑，安排牙爪始惊人。

第六回 一霎风流是他还是我
几宵恩爱看看我是谁

> 孤猿啼处处,千岭郁茫茫;
>
> 刻影花情乱,含悲曲意长。
>
> 借风窥绣榻,扶梦出纱窗;
>
> 毕竟多情物,催人速断肠。

这是月夜怀人之诗,把来做个引子,见得女子若独处闺中,不是蠢物,定生出许多妄想来。

话说山西地方,生出来的女子,都是水喷桃花一般,颜色最好,资性也聪明。大同宣府一路,更觉美貌的多。故此正德皇帝,在那里带了两个妃子回朝,十分宠爱。这大同关,有个当兵的好汉,姓郑,儿子十九岁,娶了刁家女儿过门,想是周堂犯了恶煞,姓郑的三日就殁了。家里原开大饭店,死后依旧开着,房子又大,人手又多,他婆子只得三十七八岁,自己掌柜,甜言美语,极会待客,人来的越多了,生意越盛了。人人都称为郑寡妇家。只是他媳妇刁女,得十八岁,美貌异常,又能识字,婆道他年纪不多,不许他出头露面,每日只躲在房里,见那些来来往往老的小的,蠢的俏的,一起进,一起出,未免有些动心。又因丈夫不中他意,常常叹想:"天爷嘎!怎得另配个风流的丈夫,就减了咱些寿算也罢了上!"

巧凑这三拙与憨道人,扮做西商。雇了两个头口,把银子买搭敛盛了,两个骑在上面走,将到大同。掌鞭问道:"二位爷,若买货想有行家,不投行家,在郑寡妇店里往下,从容再问好行家也妙。郑店茶饭好,人又和气。"三拙道:"就到他店里下了也不妨。"一迳到郑家来,只见柜桌里面,一个风发云鬟,妖妖娆娆,约有三十多岁的妇人。头上带些孝,站在

柜里，收一位客人银子。掌鞭的道："郑奶奶，两位买货的爷来了。"妇人笑脸问道："两位爷买什么货？咱就知小行经几时了。"三拙道："要买褐货。"妇人道："这里不是出处，亦是聚处，但要多住几天理！自然是大客商了，银两关系，外面客房里不稳便。"就把收的银子，打柜眼里丢下去，走将出来道："两位爷来，咱领你进去。"三拙吩咐道："店家同看好了行李。"两人跟了妇人进去。直到第三进，房子越高大了。外面三间，此处却是双间，妇人掀子进去。道："来！进来！"三拙道人入得门来，看这间房，有两间大，四间深。靠里一个大炕，比北京的有四个大。炕边坐着个年小女子，约莫不上二十岁。妇人道："这是怕媳妇子，咱这里都是磕头，怕爷回礼，故此不敢劳动，连咱也不曾见礼哩。"三拙道："咱们也不敢行大礼了，照南方只作揖罢！"先替妇人都作了个揖。走近炕一步，都与刁女作下揖去。那女子把身扭转了，含笑也福了一福，秋波一溜，把三拙的痴魂，已提了去了。妇人吩咐，取了行李进来，两位爷外房坐下，好拿迎风酒来吃。三拙又找了掌鞭的银子，打发去了。低低对道人道："小妇人着实有情，只有他婆碍眼，师兄若弄得他婆上手，咱就好下手了。"道人道："不打紧，看咱手段。"

日落衔山，迎风酒和那晚饭都吃了，两个又不敢进房，坐着呆等。半更时分，妇人料理外事完了，走进来道："两位爷等久了。想两位爷是初次到逞关上来的么？"三拙道："是头一次。"妇人道："怪道爷不知咱这里乡风，咱这里冷得早，九月就穿棉袄。不消说了，立了冬，十月天气，每家都在大炕上，烧热了睡。一家亲丁都在上面，各自打铺，就是亲戚来，也是如此。咱开饭店接客的，常来的热客，也就留在炕上打铺，只是吹乌了灯，各自安稳，不许瞧，不许笑，瞧了笑了，半夜也争闹起来，两位爷是褐大客人，银两关系，残冬腊月，不敢留在内房歇，请进去，就是媳妇子在里面，咱这里不迟忌的。"道人道："你当家的，为何不见？"妇人道："先夫正月里亡过了，小儿顶替了他爹的名，是关上总督标下的兵，每季轮一个月，出关守汛地去了。再有十日就回来。"

两个进房打铺，婆媳右边一带，两个左边一带，右边壁上挂一盏明晃晃的油灯。道人走近妇人身畔，低低说了两三句，妇人笑了会儿道："咱已守了大半年寡了呢！"三拙暗里道："妙！想是允了。"大家去睡，不知几时，道人已扒过去，和妇人成交了。三拙侧身听了一会，听见妇人像个阴水渍渍的响，口里就亲爹亲哥，乱叫起来。三拙大着胆，去摸那刁女，那知刁女已坐起来，正待扒过来了。不消打话，棒交加，也叫起亲哥哥来。那妇人猛然听见，叫一声："媳妇子，如今咱也不要说你，你也不要说咱了。"有个歌儿为证：

俏冤家，你两个，也是前缘前世，有缘法；千里来，做了露水夫妻。昨夜里，那知道今宵欢会；一个似鸡啄食，一个似柳穿鱼。莫道是萍水相逢，也须相交，相交直到底。

次早起来，婆看了媳也笑，媳看了婆也笑。那两人都微微的笑，从此酒饭比众人不同了。三拙对道人道："烟花虽好，不是久恋之乡，须买了货物，南方寻快活去。莫被这两个妇女羁绊住了。"寻了行行，又寻了惯走南路的客夥，问了买价，那边卖价，和那水旱的路数，不消五六日，因是足色现银，买了四百两的货了，只为客夥教他，若买得忒多了，这里价要长，那里价要落，脱手迟了，赊了去，又难讨。故此只买得这些，隔夜与主家说了。

次日小车来就行，妇人刁女，都不肯放他们。妇人要换转来，两个女人各试一试新。道人来扯三拙，三拙被刁女搂住了，不肯放。道人只得自去，做送别的筵席，弄了一更。妇人觉道不是三拙。问道："还是你，不是他？"道人笑道："不是他，还是咱。他那里攘得热闹，没工夫来。"两男两女，次早没奈何，只得要别。刁女扯住三拙道："冤家你说明年来，若明年不来，咒也咒死了你，咱若害相思死了，做鬼也来找你。"一向快活，不曾问姓，这日婆媳问了姓好记帐。道人说："姓张，号不愁。"三拙说："姓李，号三拙。"正说着，装货的人车到了，两人把货捆缚已好，装在车上，自己各执短棍，跟着车走，妇人刁女含着眼泪，送他们动身。三拙把饭钱出店钱，一一明白，谢了一声就行。刁女也不顾走使人们耻笑，竟大哭进房去了。正是：

流泪眼观流泪眼，断肠人送断肠人。

人货到了黄河岸口，雇船前去，别人要走，半月二十日，到黄家营。偏他们顺风顺水，七八天就到了清河县。风大歇船吃饭，斜对岸就是奶奶庙。到黄家营还有五里，憨道人忽要上岸大解，解了下来，那舡的跳板，被风大拖落水里，他恃自己轻便，往上一跳，扑通一声，落在河里，水顺风顺，不知飘到那里去了。后稍喊起来道："客人落了水了！"三拙跑到船头上乱叫捞人。船家道："这般风水，只怕去了五十里了。"三拙哭了一场，没奈何买了一口棺木，把他生时衣帽衣冠敛了，教水手沿河掘了块土，埋在那里了。做了羹饭，又哭了一场。

次日就到黄家营，唤了只划船，扬州又换了只江船，把货盘到南京，找了书铺廊，一侦褐行。其时正是腊月二十七八，人家过年的，褐俱已买了，直到正月初十边，方走动。卖

了两三个月，只卖得四分之一，三拙打听苏川是聚处，打帐要捆了货，雇船载去，又想南京旧院里，听说名妓甚多，何不去快活一番。带了两个帮闲的，对了十两初会的礼，拣中了旧院后门卞赛，就定下了。

此时正是崇祯末年，院里正有体面，十两初会，就做戏请他。一连住了五夜，三拙嫌卞赛不会浪，爹爹哥哥，一句也不叫。后又送了十两，只说往苏州去，就告别了。讨完了些欠帐，五月端午过了，竟到下路来，投了阊门，一个山陕行里。此时炎天，每日不发市，偶然过客，或他州府县人买，只买杂用。七月半后，真的走动了，山陕乡里游山，常常搭他一分。偶往观音山去。轿子到范家坟走走，三拙看在眼里，打听得七八十间好房屋，只一坟丁看守，心里要谋他几十间做了静室，仍旧做和尚，就好创业了。腊月里因后面褐到得少，又得价，又好卖，把货卖了一个光。剩得些包单，正月也都卖完了。其时已是顺治初年，他不说原是和尚，只说世界换了，如此出了家做个世外之人。打听范乡宦，去世已久，范夫人的兄弟是秀才，他备了二十两礼，拜送了秀才，只说租他坟上二十馀间，做个静室，朝夕焚修。范夫人只道有道德的僧，如何不允。他自己手段高强，况一个和尚，搬在荒山，谁知他有许多银子，渐渐收了两三个徒弟，雇了两三个香火，请了几尊佛菩萨，成个规模了。范家族人，住在山里的，他送些好东西结识他。乡里穷人，他一两二两借了周济他。说起利息，只道但凭。后来五两十两，都肯借了，那一个不欢喜他。住了二三年，那花山附近地方，若老小小妇人，除了不往来，不借贷的，也不知淫媾了多少，徒弟也越多了。

一日闻得个大乡宦庄上，雇了佃户，各奏粮米，趁世界渐次太平，做赛会的神戏，高搭着戏台，在上做戏，三拙带了个徒弟到台下看戏。他只为看妇人，戏是借景。立在戏台左偏，半本完，只见放下个软梯来，一个标致旦，从上而下，失脚一跌，正跌在三拙怀里。三拙双手抱住，那旦回头，却是个和尚，道："多谢！多谢！几乎跌下去，头也跌破了。"你道那旦是谁？原来就是王子嘉，他翰林主人，为清朝要他剃头，寻了自尽。一班戏树倒猢狲散了。王子嘉又在第一班戏里，依旧做了小旦，这日正是这班上台，王子嘉要留他在戏房吃酒，三拙道："我住在山里，要回去了。"王子嘉问了他号与住处，三拙也问了号与住处，道："就来奉拜。"拱拱手去了。一路想道："这样风流人儿，和他有了事，不输似妇人哩！"

第三日拿了上好黄熟香一，徽州川扇二把，问到王子嘉家来。王子嘉相见了，留他吃饭，问："师父是禅教，是付应？"三拙道："也不禅教，也不付应。小弟原是少林寺出身，拳

棒精熟，又能采战，和妇人弄一夜不。"王子嘉吩咐里面，师父用荤的，又问道："师父一夜不，可教得人的么？"三拙道："那一件教不得，兄要学不打紧。"王子嘉道："不瞒你说，前夜一个好弄的女人，被他缠住了，我去了五六次，次日几乎病起来。"三拙道："我做你个替身，弄他一弄，我自然谢你。"王子嘉道："后日戏是小户人家，我可推病不去，约了那女人。后晚了你来，我同你去。"吃了饭别了。

第三日，三拙又拿绫机细一疋，送与王子嘉，推了半晌收了。直坐到晚，吃了晚酒，半更天，同去。原来这家开行的，家主姓高，到邵伯买米去了，人家富，房子大，管门的与丫鬟，都是女人，一路已吩咐定的。子嘉来过一次，他也不管一个两个，竟领到房门口道："来了！"王子嘉进房，就吹灭了灯。妇人已等久，脱衣睡了道："你来得这样晚，可要我起来同吃些酒？"王子嘉道："我吃过了。"推三拙脱衣上床，腾身而上。这场大战，弄得个妇人死不得，活不得，哼哼的道："你这般有本事了。且住一住！"把手一摸，失惊道："啊呀，不是王子嘉，你是何人？"三拙笑道："只包管娘娘快活，且莫问你是何人，我是谁？"妇人道："王子嘉那里去了？"王子嘉道："我在这里，替身好么？"妇人笑道："不论好不好，也该谢谢媒。他大半夜，还不曾，你来也与你一遭儿。"王子嘉听得火动，已和丫鬟鬼混了一次，身子倦了，没奈何只得上床，大家混帐了一会。天亮，王子嘉先去了，留三拙住了三夜。妇人快心满意，送他两锭银子。三拙道："我银子尽有。"不肯收，妇人脱一件绉纱贴肉衫子，与他道："贴身亲热，再期后会。"未知后来如何？且听下回分解。

第七回　一个是小户多情债主　一个是大家薄幸替身

世上人心真个歹，牵鬼街头卖；哄了白尚书，瞒过陈员外，汉锺离见了通不睬。

没嘴葫芦就地滚，好歹休相问；化扮戏文，纸做盛钱囤，陈搏华山间打盹。

秋花正开秋酿美，多少风流会；休做看财奴，枉着金银累，死到黄泉是悔。

胜水名山和我好，每日相顽笑；人情上苑花，世事襄阳炮，霎时间虚飘飘都过了。

《右四阕调寄　清江引》

话说三拙自别了大同刁女，到了南方。旧院小娘，不中他意。花山住了，虽奸骗了偌多妇女，都不过村别样娇，消闲遣兴罢了，没有什么趣味。遇了王子嘉，领到凤凰桥人家，住了三夜，不但美丽，又且风骚，晓得了闺阁有妙人，裙带有妙趣。日日夜夜思想，挤用些燥脾银子，下些精细工夫，且在枫桥一带，弄上几个好妇人，不枉了人生一世。

一日，打从市里行走，见个门里，走出二十四五的后生，后面似家人，背着被囊，往西去。门里一个年小美貌妇人，高声嘱咐道："南京完了正事，快快回来，不要使我在家悬望。"说罢，见三拙立住了脚，竟进去了。三拙袖中，取出木鱼，慢慢走进门去，敲着木鱼，说着北音，高声叫道，施主老爷，化我一顿斋。"叫了几声，只见一个十五六岁小，走出来道："家主公不在家，没人打发。就是家主公在家，只好一合米，或是一个钱，也不肯化斋与你的。别家去罢！"三拙又说着南音道；"小官，我不是化斋的。"袖中取出大块银子，约有八九钱，道："这银子送你买果子吃，有事央及你。我是仙人，昨日佛菩萨吩咐我道："你家主公南京去了，我该与你家娘娘有缘。"只央你与我说声，允不允，不在乎你。"小道："你

真个是仙人,我不信?"正说着,妇人走在屏风后,你一句我一句,不知怎样扭捏,被他挨身入马,住了一夜。妇人不肯放他,一连住了五六夜。妇人还不肯放,三拙却得趣抽身,只说去去再来,告别回去。晓得王子嘉来过一遭,又约这日要来。三拙知他要传授采战,心里想道:"不教他无此理,尽情教了他,不显我的本事了。"

午牌时分,王子嘉一乘轿子,果然来了。带十两银子,一疋机纱送他,要他教采战。三拙收了纱,辞了银子,甜言美语,只说须是亲试,易学会。王子嘉住了两三日,骗他做了男风,又只把粗浅的教了他,也就不得就了。王子嘉怕班里恼,再三告别。三拙道:"已会了五六分了,入细工夫,慢慢的再与你讲。"正是:

逢人且信三分话,谁肯全抛一片心。

且话三拙,只教王子嘉一半工夫,又日日去奸骗婆娘,也不计其数,一车子羊毛笔,也写不尽。一日,在小巷里小解,两边都是大人家风火墙,并没人家,只巷里头有一人家,远远见一个女人,伸出头来,往外探望。三拙见那妇人有些丰韵,他就三步拿来两步行,赶到他门首。那女人见一个和尚赶来,往里面急走。三拙见巷里家里,没个人影,大着胆,竟赶进去,把那女人抱住。口里低低叫道:"我的娘娘救命!"女人推又推不开,口里嚷道:"青天白日,好好人家,这和尚好大胆!"三拙公然亲嘴,摸奶起来。女人急得哭道:"天下有这样奇事,可惜冷巷里,没人走动,捉住贼秃,打他个半死便好。"三拙道:"我抬了娘娘这一回,就打死也甘心的。我如今死也不去的了,定要娘娘救命。"女人哭住了,倒笑起来道:"有这样蛮法的就是我家主晚间回,难道我青天白日,陌陌生生就与你没廉耻。"三拙口里,只是"娘娘救命,娘娘救命",把手已插入下面,着实得趣了。女人没法可处,问道:"你是那里和尚?"三拙道:"我是范家坟的三拙,整夜弄也不浅的。"妇人原是水性,听了这话,就动了心。关了门,被他大弄了。原来她丈夫在北寺前,替人家做店官,每日天亮就去,日落回家,除非卧病,没一日不去的。若下午落起大雨来,还有日住在主家哩。三拙自遇了这女人,极说得来,他奸骗何止一二百妇女,只这女人,直到访拿的时节,两个私下还走动,也倒费了百金在他家。

又一日,在一家门首经过,听见门里有人道:"这一定是三拙和尚。"三拙抬头一看,却是个女人,独自站着,头梳的光光的,脸搽得白白的,嘴抹得红红的,手儿尖尖的,脚儿小

274

小的,衣衫穿得齐齐整整的,像个跷蹊的货。三拙大着胆,竟走近前道:"娘娘叫我做什么?"女人一头走,一头说:"我不理你。"三拙随后跟进去,到了第三进,女人回头又说:"我不理你。"第三进是卧房了,并没一个别人,女人又说:"我不理你。"三拙一把搂住,女人又说:"我不理你。"三拙紧紧抱着亲嘴,把手去摸他的两奶。女人又笑道:"我只是不理你。"三拙知他是千肯万肯了。扯落他裤子,撅到床上。女人连声道:"我不理你,我不理你。"三拙忙把那话儿插入洞中,大弄起来。女人啊呀连声道:"我只是不理你。"三拙弄了一个时辰,怕人来,到底不像,放下了女人,扒起身来,女人又道:"我到底不理你。"三拙问道:"娘娘你家贵姓?"女人道:"不理你。"三拙只得道:"我去了。"女人又说:"不理你。"三拙大笑出门,一路想着,人说我闻有这笑话,不想亲见这等样女人。正是:

世间无难事,只怕老面皮。

再说三拙传了王子嘉一半采战法儿,毕竟比前不同了。迟有一更天,方能够走,也就使女人快活。又在第一班的戏子里,做一个承揽戏的。有什么不兴头,开行开店人家,凡是做戏,个个奉承他。不消说起,就是大官宦财主,大贵的乡宦,若是见了他,笑脸平开。怎得水性妇人,不传眉递眼,想着手时,与他鬼混。有个经纪人家,曾做了本戏,姑嫂两个都看上了王子嘉。他姑嫂平日过得极好,你我有私事,各不相瞒,姑娘嫁了出去,因为夫妻双回门,故此摆戏酒。不期王子嘉见子里,有美貌妇人,指手划脚,他越逞精神。这两个女人悄悄约了他某月某日,当家的往沐阳宜兴一带买货去,有十日不回。夜间准备候他来,都是贴身丫鬟传话。王子嘉想道:"姑嫂两个约我,我一身难充两役,不如再拉了三拙,一则总承他个女子,二则面试他本事,好再央他教全了。"

到了这日,果然约了三拙来,掌灯时节,把三拙一顶满帽戴了,都投身入去。王子嘉说明了两个在此,姑娘有不肯的意思,阿嫂道:"既来之则安之,难道打发一个去,就张扬开去,不好意思。"且同坐吃些酒,拈了阄罢。谁拈了,王子嘉就是他同睡,此时各争。这王子嘉,酒罢上床,阿嫂也不拈阄了,竟让王子嘉与女娘。你道为何不争了?他久闻三拙的名,听说是那三拙,他就取才不取貌了。三拙弄这阿嫂不歇不,十分满意。王子嘉弄这姑娘,只管,只管歇,止好一更的长久,姑娘也算快活了。但见三拙这般鏖战,阿嫂异样风骚,心里动火,低低与阿嫂说,要留那三拙几夜,大家尽一尽兴。王子嘉应戏要去,三

拙无事便留，一连四夜，真个是百战不休，姑嫂两个，做梦也不指望这般快活，三拙许他再来，放他去了。王子嘉面见三拙一夜不，又到山中，再三请教，又只教得他运气法，却也不能通身运到，运到腰里，就住了。蛇游洞，柳穿鱼，那些粗浅的，教他几样，鸡啄食，猢狲偷桃，那些深细工夫，不肯传授。王子嘉也就疏远他了。

这年三月间，嘉兴平湖，嘉善几处地方，慕这第一班的名，邀他们去做戏，台戏堂戏都是十两一本。先凑银子，兑了百两安家，众人去。平湖一个大乡宦，摆八日寿酒，也要他们去做。这乡宦极肯娶姜，娶了一个，睡了一年半年，又娶了一个。把那个就置之高阁了。

家中有十七个姜，如守寡一般，夫人劝他，把不用的，打发了几个罢，他又不肯。因此个个怨他，王子嘉在他家做了五六日戏，不知如何，被那众姜里面，有两三个缠上了，漏了风声，被那乡宦叫家人捉住，打个半死。还说送官惩治，班再三央求，免送官，也不做戏，也不找帐了。况打坏了小旦，就是别家要做，也少旦做不得了。只得雇了船，狼狈而归。平日他继父陈优管班，正旦王人喜，常常劝诫他道："你若不改过自新，毕竟出乖露丑。"他口里感谢好话，女人来缠他，他又去了。平湖回来，正旦王人喜，禀压班主人道："王小旦戏好，班里人个个与他相好，并没口面。只是有这桩不好处，虽是人来缠他，他一听好言，不能改过自新。在平湖如此如此。"那乡宦远道："看老爷面，又众人拜求，免送官。不撬住行头，大家体面，都不好看，不如打发他出了班，另寻个小旦罢。"那压班主人，原是极正经，不肯生事的，便吩咐："就逐他出班，压班银三十两，我也不要他还了，快快另寻好旦，不可误事！"人都道："这样好班，一个月三十本戏，趁好大钱。他又轿子出入，十分得意了，没福受用，做出事来。"那知他不以为意，反道："我如今不做戏了，只串戏做清客，大官府门下，走动走动，通些关节，南北两京，都好做事，可不强似做戏子么？"那知正是他的死运到了。未知后来如何？且听下回分解。

第八回 贞妇淫秃认是好姻缘
痴娼狂那知是真孽障

诗曰：

芳露垂垂碧瓦凉，芙蓉别馆漫焚香；

琅风千扇吹冰谷，宝雾重檐悬夜光。

当夕蟾蜍来未已，三秋珠指饱初僵；

更深漏转无人见，坐待明河下绣床。

话说三拙见王子嘉不与他亲近了，心里恨他，要设法去偷他老婆，塞他的嘴。常见他出门去了，假意去寻他。那知王子嘉的结发，是小人家女儿，粗丑老实，连丈夫也久度之高阁的了。每常只如走使妇人，不许出房寸步，三拙一肚皮偷他的呆念，忽见了厥脸，问知是他，惊得飞走。走出门来，立在半塘桥边，忽见一个尼姑，风流跌宕，有六七分颜色，从半塘寺里走出来。三拙想道："这样个尼姑，却从僧房出来，是不怕和尚的了。"况桥边没人走动，也就迎住作揖道："女菩萨何往？"尼姑答礼不迭道："师父是何寺院？"三拙道："我是花山范家坟，三拙和尚。"尼姑笑道："久仰久仰，失瞻了。"三拙道："既如此，不须打话，缓步请行，到荒山去走走。"尼姑道："改日奉拜。"三拙道："不但我不该放了你，你也不该放了我。女师父叫轿子到荒山，原也不雅，我有熟轿夫，抬了就走，岂不更妙！"尼姑道："只说兄妹，想也不妨，也罢。你先去西新桥等我，我自己叫小舡就来。"三拙道："不可哄我。"尼姑道："见食不抢，一世不表，人闻大名，决不当面错过。"三拙飞也似先往西新桥去，唤了两乘熟轿夫，呆呆立等。只见尼姑果然来了，还了船钱，一径上桥同行。

路上也有人指着笑笑儿，却都是认得三拙的，不敢则声。到了山里，早有极盛肴饶，极甜三白，两个饱啖，一同等不得到夜，大战一番。弄得尼姑痴痴迷迷，道："是从来未经的。若是寡妇,经你的手,定要嫁你了。"连住了四日,没早没晚,缠着三拙要弄。三拙只说要下山一两日,怕他住了不去。问他:"姓甚,住何处!"尼姑道:"我姓张,先夫姓王,十七岁嫁了他,十九岁就做了寡妇。人问我道:'你这小年纪,嫁了么?'我说:'我不嫁。'那人又道:'你这小年纪,如何守得寡?'我说:'我也不守寡。'因此做了尼姑,活动活动。各处尼姑庵里,轮流住住。六房庄边,那庵里住得多些,所谓随处为家。你没处寻我,我来寻你容易。"又道:"我有一件好事,总承你,你上了手,不许忘了我。下津桥马鞍滨地方,有个半大不小人家,一位内眷,生得胜过昭君,赛过西施。他家主公,原是秀才,在日我尝到他家化缘。这内春日里也和老公搂抱而睡,毕竟是个极贪杯的了。秀才已死了两年,不知他和人有事没事,等我去勾引他,和你弄弄,不怕他不魂杀。"三拙道:"妙!妙!全仗你女苏秦。"就进去取了十两银子,也不说为什么,只说:"送你买件衣服,我已吩咐徒弟,叫一乘送到寒山。寺的轿子在门首等了,过目再乞光降。耳听好消息。"尼姑谢了一声,上轿去了。

到了次日,尼姑就往马鞍滨口寡妇家来。寡妇道:"王师父许久不见。"尼姑道:"我在花山范家坟住了几日。"寡妇实不知三拙在范家坟,并不问起。坐了一会儿,尼姑说起:"我不枉了在世,不瞒娘娘说。近日范家坟三拙那里几乎快活杀了。"原来这寡妇,性极贞静,外面极和婉,再不冲撞人半句。便道:"王师父不要说荤话。"尼姑道:"人说不吃天鹅肉,不知其妙。我蒙你抬举,特来通你知道,好作商量。"寡妇道:"王师父你莫非疯颠了,你去罢!"尼姑道:"娘娘,人生一世,草生一秋,不要错过了。他说要见娘娘哩!"寡妇道:"你自和他鬼混,不关我事,我也没你这老面皮。"这是骂尼姑的话,尼姑却认做不好应承,假意如此,笑嘻嘻的去了。寡妇道:"茶也不吃,我也不送你了。"尼姑不晓得他从来和婉,只道他心里肯了。竟去约三拙日子,三拙不知就里,欣欣以为实然。

寡妇一日吃了午饭,忽见尼姑又来,因前日恼他,未免过于冷淡了。便笑迎道:"前日怠慢了你。"尼姑越发道是好话,公然突出句话,不照一些前后道:"娘娘,三拙师父约后日来见娘娘,教我先来说声。"寡妇听了这话,勃然大怒,也不回话,竟跑到床上朝里睡了。正是:

　　酒逢知己千锺少,话不投机半句多。

尼姑只道他心上肯了，不好口里出言，也不再计个确信，只说得一句："娘娘我去了，后日下午来。"往门外洋洋走了。寡妇翻转身来，只见丫鬟正走进房。寡妇道："不想秃娼根，这样可恶！骂他一顿便好。他去了么?"丫鬟道："不像冲撞娘娘的，他欢天喜地走了。"寡妇道："若如此说，他明日还不识窍，定要来的。"正说着，只见他兄弟小秀才，跑进房来道："姐姐为何日里睡着?"寡妇忙起相迎，把尼姑这一段话，如此如此，细说了一遍。小秀才道："等我明日来，把这男女两个秃驴，打个臭死。"寡妇道："说那三拙，会少林拳棒的，那里打得他倒?"小秀才道："我明日邀十来个好打手来，不打紧！"寡妇留小兄弟吃了饭，回家去了。

次日，小秀才邀了马鞍滨山塘上，共十二三个有体面的打手，先在自己家里，留下两个同到阿姊这边来，各各在近邻店门首，暗暗埋伏。申牌时候，只见尼姑在前，和尚在后，从西首远远来了。小秀才步入中堂，尼姑跳跳跃跃，竟走进来，小秀才少年性气，骂道："秃淫妇这般可恶！"劈脸打将过去。尼姑见不是对头，往外就跑。三拙已进了门，外面十多人蜂拥而至，金刚箍尺，一齐打来。叫道："不要放走了三拙这贼秃。"三拙见势头凶狠，不往外反往内，中堂的墙高，一径轻入后天井，把身子往上一耸，如飞鸟一般，跳上墙去，飞也似打从邻舍屋上，往西走了。小秀才和一班人出门赶去，但见他如履平地，到空场头，又

一跳如脱兔一般，不知去向了。那尼姑打从人丛祖逃躲，也被后面两个打了几拳，负痛而去。正是：

　　　　嫩草怕霜霜怕雪，恶人自有恶人磨。

小秀才同两位在行的，去投了里排四邻，要去告状。一个老成里长道："令姊丈与小弟相处，极是好人。令姊寡居贞洁，谁不知道，今日之事，又不曾有玷，告状反为不美。这贼秃在枫桥、凤凰桥、滴水桥一带地方，奸淫恶迹，擢发难数，渐渐到这地方上来了，待他

别家做出来,小弟做呈子头,兄做中证,那时摆布他方可何难?"小秀才依言,留众人在酒馆,吃了一回酒,大家散了。

那知三拙,心还不死,只道:"寡妇原有他的心,毕竟丫鬟们走了风,他兄弟知道了,做了这事。不知那寡妇在里面,如何不快活,如何想我哩!"

一日,走到一个旧相识妇人家,打听消息。这妇人就住在寡妇西首,往来已两年了,三拙每每得趣抽身,极是薄情。为何这妇人独久,只为妇人虽已三十六七,貌亦平常,却有个女儿已十四五岁了,甚是美丽,指望等他二三年,要他娘做脚,故此往来长久了。三拙还未说及寡妇的事,妇人先开口道:"这一向你为何不来,我家女儿,今已十七岁,正待冬里成亲,不料女婿急症死了,女儿做了望门寡,又是寡桩厌事。"三拙道:"待我蓄了发,娶了他罢。财礼五十两,冬里成亲,你夫妻二人是我丈人丈母了,竟是我养,又好常常叙旧,若你夫妻肯,今日先下定十两。"妇人听见说了十两银子,屁一股上都是笑脸了。道:"我做了主,我家主公是凭我的。倒是女儿,也得他心上肯便好,你拿银子来,等我去与他说看。"三拙把一封银子,递与妇人道:"今日就和他会会儿,我明日带二两,与你买定细。"妇人拿了银子,走到隔房女儿那里,如此如此,说了一遍。女儿道:"我要嫁,嫁个好人,决不打和尚的。"妇人道:"我儿,你笑我了。"把银子放在他袖里,道:"等他自家说。"竟走了去。看他光景,是叫三拙用力强奸的意思。女儿慌了,把身子问出房门外,三拙走来,竟要罗皂,他跑到门首,大喊叫道:"地方四邻救命!三拙和尚强奸黄花闺女哩!"正是申牌时候,走拢人来。顷刻有二三十人,三拙夺路跑了。前日劝小秀才的那个里长,走来勒了女儿口词道:"我是现年替你递公里,不打紧。"

次日约小秀才做知证,具呈吴县,差人捉三拙。三拙央了分上,又买上买下,不上一百两,买捺住了。里长道:"抚按都是不要钱,有风力的官,况按院正在行事,明日去进公里,难道也捺住了。"又有人次来二拙耳朵里,十分慌了。打听得按院一个老师,作寓在王子嘉家里,只得去寻王子嘉商量。一连寻了六次,再寻不着,原来王子嘉在京,倚着现任大僚的势,拐了妓一女刘美回家,在苏州看戈阳腔正旦章观的戏。两个看上了,章观要嫁他,刘美闹吵了几场。王子嘉把刘美送与将去的武官,武官又转送一个按院衙门人,王子嘉平日恶处,刘美一一都说了。章观又曾与按院衙门一个人相好,正要嫁娶,如今又嫁王子嘉,是夺那人心爱的肉了。两个媪妇,明明是催命鬼,也是前世孽障。未知后来如何?且听下回分解。

第九回　御史私行轿夫漏风声　老僧多嘴淫孽难藏影

诗曰：

秋声入夜夜多寒，落叶风中面面残；

无奈官清招谤易，可知宦拙免参难。

正怜去后长垂泪，不分行时便失欢；

即此淫风能砥柱，颂声起处万民叹。

话说各州府县，有那衙蠹光棍，为恶百端的。常有好官，不由所属听信下役，自己亲访严拿，毙之杖下，如前朝祁御史、新朝秦御史。人人感激，个个畏怕。若论有关风化，奸淫不悛的，也与凶人一体重处，惟有前朝祁御史、新朝李御史。况李御史所处时候，比祁御史更难。前朝独御史更觉威严，一出衙门，家家避匿，鸡犬不开，相沿体统如此。新朝初任，有一两个做好人的御史，不但同下僚游山饮酒，和尚亦与衔杯，戏子亦同掷色，还有唤戏子到衙门，欢呼痛饮的哩。朝廷处了两个，张御史就严肃了。秦御史大振风纪，不假声色，但把和尚、戏子都看做无恶可行的，不甚关心。李御史偏道："君子里有恶人，小人里有君子。代天子行事，在这地方做一场官，纵不能遍访贤能，荐之天子；必须察尽好恶，救此兆民。假如和尚，岂没几个高僧，修行辨道，岂没几个包揽词讼，串通衙蠹的，比俗人还狠。又岂没几个贪酒好淫，败坏清规的，比俗人更毒。假如戏子本是贱役，安敢为非，只是倚仗势宦，奢侈放恣，其害尚小，有那行奸卖俏，引诱妇女，玷辱闺门的。我出京时，就有一大僚，痛恨一优，托我处他，若不犯在我手里罢了。"再一访问，除了淫恶，也是扶持风教一桩大事，如此存心，却在纪纲振，顽民未革时候，岂不更难也。

顺治十三年六月到任，未到任之前，已先各府私行了一番。下马之后，十分爱民，只

是衙门人役，毫不假借。行了半年事，凡是做访的衙门人，与打行讼师，平昔着名的，也拿得尽情，或军或徒。知会了张抚院，再无滞狱。准的状词，发了府县，不许久淹。就如亲眼见的，亲耳闻的，府县也不敢欺他。

有一个交结衙役，包揽词讼的二和尚，也不住山，也不住寺，以管闲事为生涯。李御史拿下打了几十板，问徒发驿去了，人人称快。新朝极作兴戏子，李御史只有抚院请他，他请抚院，照了旧规，点几出戏做，除此再不用这班人。

二月初旬，放告，忽见枫桥地方，有里邻连名呈子，为淫僧强奸幼女事，僧名三拙。李御史心中大怒，若果有这事，大伤风化。若没有这事，刁不可长。且不批发，必须私行细访，方不致冤枉。

过了几日，悄悄带了一书一皂，扮做山东枣子客人，打着山东乡谈往枫桥，一路先体访一番，就寻个饭店歇了。次日从西新桥，直到观音山脚下，天色尚早，不见烧香的来，独自一个，茶馆里买壶茶吃了。问起三拙，店家道："是有财势的和尚，不住在这里，住在花山范家坟相近，我也不知详细，总来不是好和尚。客人莫去拜他。"李御史不言语，走了出来。只见远远三匹乘轿子来了，虽是布轿，却开着子的，前面三个年小女人，后面一个年老婆子，都走华服。一个轿夫，口里说："娘娘，你们烧了香，不消吃老和尚茶点了，快到三师父那里去，自然有盛馔留你，总承我们早吃些。若是住在那里，明日早来接。"轿内女人道："且到那里看。"李御史想道："这话跷蹊，女人如何住在山里僧房？"紧紧跟了他前去。山门都下了轿，老少四个女人，一齐上殿烧香，那八个轿夫，门槛上，石基上，散散的坐着。李御史也坐拢来，问路上和女人说话的，道："朋友在山里抬轿的么？"那人道："正是。"李御史道："每一乘多少辛苦钱？"那人道："到这里烧香，不过一钱二三分，若人忙时节，也只待一钱五六分。"李御史道："方听见说花山三师父那里，一定多些了。"那人笑道："这是不论价的了。不瞒老客说，花山范家坟来了个三师父，是个光头财主。相交的女人极多，我们抬的，是他老相识了。抬到那里，凭他们顽耍几时，吃了他酒饭，三师父每乘与我们五钱。若过了一夜，次日早来接了，又吃他酒饭，又加五钱细丝银子，一分也不少的。"李御史道："方有一老三少，难道都是他相识？"那人道："老的不知是娘是婆，这不算数，只三位娘娘。三师父自己一个也够快活了。况他如今收了徒弟，约有二三十人，怕没几个会弄的。"李御史道："咱去游玩得的么？"那人道："当时范提学在日，与民同乐，你便去得。如今他只留女人，不留男人，去也不招接你。"说言未了，四个女人下殿来，上了轿，往西南转

湾去了，李御史步上殿来。参拜了观音大士，站起身来，一个老和尚，捧个化缘疏簿叫道：
"阿弥陀佛。大殿上少瓦，求施主老爷布施些，无量功德。"李御史教取过笔来，写在疏簿
上道："山东李，香金三钱。"又道："小在后就来，即当现送。"老和尚道："爷走山东，卖什
么宝货？"李御史道："卖枣子。"老和尚道："有船在山下么，可要备素饭？"李御史道，："这
也使得，香金外，再补饭金三钱。"老和尚高叫徒弟，快收拾素饭。说言未了，烧香的纷纷
进来，后面一个小后生，同着一个少年女子，一个捧香纸的家僮，也上殿来。老和尚慌慌
张张，走去点香点烛，拜单上也去展展。那后生和女子双双拜了四拜，女子跪着，后生起
身，取了签筒，又跪下去，求了一签，两个起来。老和尚恭恭敬敬，去作了后生一揖道："王
相公失迎了。"那后生讨了签，教和尚详一详。老和尚看了签，道："什么用的？"后生道：
"这娘娘要嫁我，成不成？成了好不好？你详一详。"老和尚道："难得成！成了也有损
失。"签道："有物不周全，须防损半边，不周全，就有损失了。"后遗："家乡烟火里，祈福始
安然。保福一保福，就安然了，前不好，后来好。"后生道："这和尚一派胡诌，这娘娘财礼
二百两罢了。我连娘娘的，已凑足二百两，封好在那里了。只等待行礼。大阿哥张相公、
尤相公有工夫，一两日里交与龟子，就过门了。若说别样事情，我两京大老就是阁老尚书
都察院大堂，都与他相知，那抚按临出京，都有人吩咐他，府县官还怕我，当道府官不好，
要奉承我几分，难道我怕龟子？"老和尚就道："我失言，里面请坐。"后生也不回言，洋洋竟
同一个女人下殿去了。老和尚又慌慌张张跟着送他，他头也不回上轿去了。正是：

　　败翎鹦鹉不如鸡，得志狐狸强似虎。

　　老和尚进来气喘喘，邀李御史客当周饭。李御史随就同他入去，坐了。问："这后生
是谁？"老和尚道："爷是山东，自然不认得他，这是有名的王子嘉。"李御史道："他是什么
人，你称他相公？"老和尚道："是便是戏子出身，有个缘故。明朝只府县吏员，为说三考满
了，可以选个仓官、巡检、浒墅关书办，部里有名册，这两样人，称个相公；一班皂快，也有
称相公的。戏子只称师傅；清客只称官人；如今戏子称阿爹，清客称相公了。这王子嘉原
是小旦，行奸卖俏，偷得妇人多了。在平湖被乡宦打逐，本班主人大怒，难免送官，逐出了
班。他因而随着几个老串戏，自己也附在这伙里面，南京北京，在大官府门下，说事过钱，
做了个大通家。苦不奉承相公，把我光头一顿打，那里伸冤。"李御史道："他奸骗妇人，为

何新察院那里没人告他?"老和尚道:"他偷的都是有体面人家,不是乡宦,定是富家,只得隐瞒了。不比花山三拙和尚,偷了整几百妇人,不是银子买奸,定是用势强奸,如今现有里排邻比,苦在吴县正堂。他用了百两银子,买上买下,就压住了。"李御史道:"告在都爷那里,新察院那里,难道也压住了?"老和尚道:"爷,你请些素酒,我慢慢和你讲,若要正法,除非上司亲提审实了,一顿板子,立刻打死,发与问官,就是清官。大分上压下来,少不得一个枷号问徒,又逃网去了。"李御史道:"如今那一臣官好?"老和尚道:"贫僧也不甚下山,闻得抚按老爷都好,都是爱民的官府,苏州百姓造化,都遇着这样好官府。察院老爷在松江常熟,各处行事,打死恶人,眉也不皱一皱,阿弥陀佛。就是活阎王一般。"李御史笑了笑儿,回头见一书一皂,立在背后。吩咐封五钱,三钱香金,二钱饭金,不消外对了。书皂一齐应道:"嗄!"老和尚道:"爷北方其有规矩,管家就如答应官府一般。"李御史怕人知觉,就抽身走了。一书一皂,称了五钱,当面送了。已有小快船,在山下伺候,连夜回衙门去了。未知后事如何?且听下回分解。

第十回　不苟二女藏差徙他郡
法无轻货两孽八重泉

诗曰：

生憎云汉惯牵愁,横放天河隔女牛;

得月曾怀千里梦,分风自散一林秋。

文章不共沧桑变,诗卷还容天地收;

幸有清廉能砥柱,狂澜此后不须忧。

话说三拙这,自从两个妇女,弄出事来,惊得飞跑,也就把偷妇人的心肠,灰了一半,思想还俗娶妻。但不便在苏州做事,又不知何处更好,坐在家里,等一个不落发姓吴的徒弟来。他惯走江湖,与他商议。你道姓吴的是谁? 原来半年前,有个洞庭山姓吴的,人走江湖,也曾学些少林拳棒,不肯让人,因开了三拙的所为。一日天色傍晚,走到静室门前,声声要借宿一宵,徒弟们说:"我家长老,再不留生客的。"姓吴的道:"女人留惯的,男子就不留了么,我偏要住一夜。"门里转出三拙来道:"兄要我留,也须好言好语,为何降着人做?"姓吴道:"晓得你少林出身,就与你跌一交,也不怕你。"三拙笑道:"老兄若你赢了我,我不但留你住,还要拜你为师,倘我赢了你,你却如何!"姓吴道:"我终身认你为师,决不食言。"果然二人上了手,却彼三拙下了钩子,姓吴的扑通一声,跌倒在地。三拙忙来扶了道:"得罪! 得罪!"这日就作了相知,二人却都是江湖上人,极说得来,三拙留他在家里住了,也常常回家去几日,又来山里几日。三拙有心事,必然和他商量。

这一日,姓吴来了,坐定就说起一梦:"昨夜梦见察院摆了独桌,在闹市里,请老师吃酒,我想老师又不参禅讲经,做出名的禅僧,如何察院请你,况是闹市里的独桌,此梦甚是不祥。"三拙说起要还俗的话,正待你来商量去处。姓吴的劝他急走,切不可稽迟,万一事

285

发,措手不及,就没人用得力了。三拙看着名山胜景,大厦高堂,割舍不得,意欲留几个徒弟,在内看守。姓吴道:"不妙! 在他们身上要你,越来牵缠不了。"如此挨迟了几日。

那知按院到衙门,就把公呈批了,发与本府署印二府,密拿三拙。二府见了这帖,签点几名能事鹰捕,几名干事民快,连夜往花山范家坟来。三拙正收拾银两,打帐次日同姓吴的往松江未家角买布,扮作布商,往临清一带地方去,或赶郑州的集。日已停午,忽闻有总捕厅差人,要见三师父。三拙慌了,逃又逃不得,躲又躲不及,忽然差人鹰捕,蜂拥而入,已到面前,道:"本府老爷要你哩!"一个为头差人,扯着就走。三拙道:"且请用了饭去。"众人都道:"老爷坐在堂上,立等回话,快去! 快去!"姓吴的在旁道:"就是众位差使钱,少不得要奉。"众人道:"三拙飞檐走脊的人,我们好好服侍事他走。"三拙向姓吴道:"你取了些使用来,到官免不得用刑,还要求照管哩!"大众拥着三拙出门,有四五个,只推老爷吩咐:"房里有奇怪对象,取几件去。"搜出女袄三匹件,梳子、篦子、刷子、子、露花油,都取了去。在柜中银子也随身取些,随后赶上。一口气直到府前,官未坐堂。姓吴的拉众人到酒店上坐了,吃酒吃饭,打发了二十两差使钱,人多还不够分。里排四邻,妇人女子,又另是差人都唤到了。不多时,二府升堂,一干人犯带到。二府略叫里邻问了几句,又叫女儿问了几句,把三拙夹了一夹棍,打了四十毛板,发了监,妇人女儿发了铺,连夜把口词审语写了申文,与那梳子、子等件,第二日申解察院。察院坐堂解进,先叫三拙上去,问道:"你和尚住在山里,要梳子何用?"三拙道:"是小的未披剃时存下的。"察院道:"刷子哩?"三拙又道:"未披剃时存下的。"察院道:"和尚要露花油何用?"三拙道:"一个施主带在那里用,见油香得好,与他讨的。"察院道:"奴才胡说! 我问你三件女袄,也是施主与你的么?"三拙叩头道:"小的该死。"察院喝道:"你还想活么?"喝令打了六十板。仍旧府监监了,唤里排四邻吩咐道:"女儿贞洁,本该上本旌表,只是其母不良,他不能规谏,叫不得贤女。姑饶其母,释放宁家。这恶僧罪大如天,也不只这一案,你们也不须来伺候了。"众人谢了出去,妇人在前,女儿在后,街上孩子们拍手笑道:"婆娘打和尚的呵呵。"里排道:"小官们不要罗皂,因为黄花女儿不肯,察院也称赞他哩!"到了家里,女儿哭向父亲道:"亏了列位里邻呈子上,不带爹的名字,又亏青天察院,也不牵连问及,如今为我,连娘也饶了。羞人答答,这里住不得了,他州外府去,还好做人。"父亲道:"小姨娘,嫁在嘉兴城里,搬到那里去再处。"

次日里邻等家,父亲走去谢了,随即先去,通知小姨,连夜雇船搬了去了。正是:

纵教掬尽西江水,难洗今朝满面羞。

　　且说三拙在监里,亏了姓吴的替他拿银钱使用,还不受苦,凭他养棒疮,调理身子。第三日午后,又是察院发一名犯人下来,却是王子嘉。三拙问他:"何故你也为事?"王子嘉道:"那里说起,有一个察院老师,京里一位相知,荐在我家作寓,有个城东财主,只为待人刻薄了,被众告发。他道有银子,买房子生利,并非生事诈人,怕察院不以监生待他,即加刑责,不过求宽的意思,央那老师说情,情已允了,谢已收了,人已去了,闻说里面有人怪我,察院如拿访一般,捉我去。一夹棍三十大板,听他口气,恰像京里有大僚怪我,先放了火的。骂我道:'奴才!你玷辱人闺门,淫媾人妇女,罪恶贯盈了,还辩什么?'你道裤裆里事,一个上司也管起来。"三拙道:"我也为裤裆里事,监在这里哩!"王子嘉道:"你是和尚,原不该偷婆娘。我是婆娘偷我,也加个罪名,不服!不服!"

　　过了两日,忽然听见察院吩咐县里,做了几十面立枷,两个也有些慌了。王子嘉道:"章观不进监看我一看,写字去骂他。"有挂枝儿为证:

　　写情书写不尽,我冤魂帐;直直的,写几句,教他细细详。我死期已在十分上,早早来还得见,也算与你厚一场。若是几日里来迟也,切莫要身后将咱想。

　　次日章观,只得到监里来望望,尚未叙话,忽传察院唤三拙。王子嘉道:"若三师父放了,我便有些生机。"三拙随了府差候察院开门带进,察院不发一语,丢下十六根签来,喝打八十。三拙禀道:"老爷容三拙禀明一句话,就打死也不敢怨。说三拙强奸幼女,奸尚未成。两朝律上,并不致死,还求老爷宽恩。"察院道:"我今月某日,私行到山,一老三少妇人,到你山里来,轿夫亲口说,一乘女轿五钱。住了一夜,早起来接,又是五钱。又说三师父只怕有一二百女人,受用过了,难道你还不该死!死有馀辜了。"三拙道:"若如此说,老爷把个风流帽子,赏了三拙,三拙含笑入九泉了。"察院喝道:"着实打!"打了八十板,死而复苏,上了立枷,吩咐枷在阊门示众。唤人抬到黄鹂坊桥,又死而复苏。只为上司旨意,仍令抬到阊门门下,枷了半日,黄昏气绝了,不在话下。

　　且说王子嘉为有旧刑厅一案,在衙蠹名下有他过付名字,他就借景生情,书房用了手脚,申文察院,请发人去。又用了分上,暂保在外一日。收拾行李,一到家里,宾朋毕集。有的道:"江宁去了,直等按台去后回来,就见了身了。"有的道:"事完就回家躲着,又不是

对头官司,有人出首,那个知道?"有的道:"毕竟且住江宁,我们替你看光景,为上策。"这些话,又有细作打听,吹入上官耳朵里了。起更后察院传出批文来,批道:"王子嘉另案结。"本府忙拘王子嘉,仍旧发了监。

是夜,王子嘉得了一梦,梦见三拙笑盈盈是来道:"王兄,我在阊门等你,你快些来。"忽然惊觉浑身冷汗,细思此梦不佳,大哭起来。监里人问了缘故,道:"兄不必虑!这叫做心记梦。事虽相近,僧俗不同。若把你与三拙一样发落,前日一总提出去了。如何又剩下了你,况另案结三字,还是未定之词。"王子嘉听了谢了。

辰牌时候,察院放炮开门,忽见府差跑了下来道:"察院要王子嘉,快走!快走!"王子嘉这惊不小,一路哭了去。见了察院,磕头大哭道:"老爷饶了小的狗命,小的出去,做个好人。"察院道:"你出去,怎么样做好人?"王子嘉道:"小的平日恶行,尽情改了。连妻子也不要,往杭州灵隐天竺,出家做和尚,老爷就如放生一般。"察院道:"打死了三拙,又添你一个三拙了。杭州清净法界,安你这三拙不得,你说放生,假如禽鱼,无害于人,人便放生。你如何教我放你,扯下去打!"也丢下十六根签,打了八十,上了立枷,枷在阊门示众。王子嘉比三拙,反觉硬峥,抬到阊门,还向人说:"我王子嘉是风流罪名,值得一死。"第三日辰刻死了。未知后来如何?且听下回分解。

第十一回　鬼声自笑终当共泣　魅影人谴更伏天刑

不寒不暖，无风无雨，秋色平分佳节；桂花蕊放夜凉生，小楼上朱高揭。

多愁多病，闲忧闲闷，绿鬓纷纷成雪；平生不作负心人，忍辜负连宵明月。

《右调　寄鹊桥仙》

提笔时，正值中秋将至，壮士尚且悲秋，何况老子。拈此一词，做个引头，这回说到三拙、王子嘉钟鸣漏尽，酒阑人散的话，冷淡不好，浓艳不好，扯不得长，裁不得短，认不得真，调不得谎，招不得怨，撇不得情，丢不得前，留不得后，须是有收有放，有照有应，有承接，有结束，不是时手，胡乱捉笔的。

话说三拙、王子嘉，几日里，被铁面御史相继枷死。虽然死了，还要报了官，直等官教领去烧埋，许或亲或友，收拾抬去。三拙首，直至第四日，天气已热，五分臭烂了，往来的莫不掩鼻而过。姓吴的和几个光头徒弟，得了察院发落，到县递了领状，预先买下一口棺木，催人抬入一只水荒船，不知载往何处去了。初入殓时，一个光头徒弟，哝哝，向姓吴道："师父在监里，吩咐下来，把四五百两好银子，都是你收拾进城，不知你寄顿何处？就是衙门使用，监里使用，买棺入殓使用，也用得有数。难道你一人独得？"姓吴道："师父身未曾安厝，大事完了，少不得有个道理。包你大家，好好散夥。"

这等看起来，三拙自道："是能事的豪杰，江湖上好汉。"他父亲送他西天寺，既不肯安心做和尚，交结了憨道人，往五台山学本事。又学采战，亏了师太无能，收留了他，临逃难时，连憨道人，共拿了常住七百两银子，及至买了绒褐等货。憨道人又堕水身亡，赀本尽归他手，料这银子作祟，不能出家终身，何不还了俗娶了妻，作起人家来。有这一身拳棒本事，再学些弓马，也可在离乱时节，图做个武职出身；再若不能，也可于江湖上做个褐商人，自由自在，何苦一心一念，做这奸骗勾当。直到这个田地，父亲哥哥，不得见了。西天寺本师，不必说起。五台山师太无能，本师心无，何等样有恩于你，也不得见了。憨道人葬处，不得再酹酒哭奠了。有情的刁女，不得再通音问了。迢迢乡井，不得归了。来路的山山水水风风月月，不得再游览了。就如奸骗的许多妇人，也没一个立在门前，见他气断，可不是一场春梦，只说比春梦还短哩。

王子嘉死在本乡本土，还有老婆和戏婆章观，看他入殓。况兼死了一日，第二日官发放了，就是家属领，并不一毫臭烂。棺木抬在城下，两个妇人和几个认亲认眷的，做了羹饭，大家哭了一场，拍下舡去，少不得寻块坟地埋了。只是他花花荡荡，财去财来，也不曾做什么大人家。兴头时节，吴江有一班牛鼻头、骡耳朵，或认表兄表弟，或认堂弟堂侄，都来亲近他。到此间见他势败了，远道他必有积蓄，借放心不下为名，定要分他的东西。章观原是戏婆，自然守不住。众人逼迫不过，不上半月，借了府前张相公一百两银子，还了他家，赎了身去，依旧入了班，做了旦。老着脸上场，奴家如何，官人如何，摇唇卷舌，去扮戏了。夜里依旧有人嫖他，被人搂着，弄一个无了无休了。

当时那些深闺处子，绣阁佳人，或整夜欢娱，或半宵恩爱，搂在怀中，偃在身上，娇娇媚媚，婷婷，自道是不世奇逢。一生乐事，那知反不如做梦的好。梦里来梦里去，梦里尤云雨，梦里而散云消，并没有一毫祸患。如今那些处子佳人，也还不知阊门路里，枷死了一个旧日风标哩。这两个淫孽，因不是病死的，没有鬼卒勾摄，魂灵飘飘扬扬，只在死的这块地方，牵缠不去。连守门兵丁，夜里也不敢自出官厅，附近邻居，也不夜里出来解手，常常鬼叫，使人惊走。

一日，有个阊门外姓胡的，与人打官司，在府前听审，掌灯时审起，的府问得细，逐个中证问到，因此二更天问完，尽皆发放。姓胡赢了官司，心中快活，不觉长久。只道还未放静街炮，带了个家人，忙忙跑到阊门来。不但家家闭户，城门已关闭久了，听听更鼓，已交三更，心里想道："虽亲识在城中的，也不便三更半夜敲门借住。今夜不冷不热，天色如水，看看靠小巷卖铜器店，门首有一带地板，又新又洁净，着实好生使。"叫声："小，我们夜深了，敲门借住不便，这阊门关得早，开得早，鸡叫就开了，我们在这地板上坐坐，等开城门出去罢。"姓胡的就坐在地板前一带，家人缩了脚，在他背后坐下。姓胡的跑了这些路，不觉也打盹睡着了。忽然梦里听得人大声叹气惊醒了，仔细一听，那城门边一个人道："老王你偷了一二百婆娘，值得一死。我连良家妓者，总算起来，不及你一半。况你是偷妇人，我是妇人愉我，如何我与你一般处死，难道是有公道的?"又一个人道："呵！呵！呵！其实我比你快活，记得枫桥一个妇人，生得七八分波俏，先和我约了。他丈夫跟着米行主人，往溧阳一带买米，他家里并没别人，我等不得夜，日里闪将进去，关上了门，把妇人下衣脱光了。也不管日光照着，就把他揿在床沿上，提起两只尖尖小脚儿，我两只贼眼，看定他阴门，把我那话儿插入，一进一退，箭箭射他红心，弄得他花心淫水直泻，滚热的流在我那话儿上，直教我浑身通泰，你道我可快活。直弄到日落衔山，邻舍女人敲门，问有火没有，只得起身。把我藏在床后，开门回他没火，做些晚饭吃了。又弄到天亮，实是有趣得紧。"那个人道："这不过小户人家妇女，不足为奇。"这个人又道："你道这是小户人家，前日多蒙你叫我做替身，在凤凰桥那家，你便躲了差，我却得了趣。我上手，见他浪得紧，我用七纵七擒之法，他却不容人做主，把花一心迎住了龟头，凭我用蛇游洞，燕穿，直到狠做。用鸡啄食，他只是不怕。这是第一个能征惯战的了。他流的浪水，可也五日夜有一二油，我采战的老手，也被他弄丢了一遭。你道可快活。"那个人道："这还亏我招承你。"这个人道："多谢！多谢！你看风清月朗，苦中得乐，也把你的快活，说一二件儿，死又死了，且大家燥脾胃。"那个人道："我如今已大半忘了，只去年春间，一个现任大僚，写封荐书，荐在东省乡宦那家，求他青目。我到彼处，把书投进，乡宦随请相见，原来这乡宦，极喜看昆腔戏的，一见如故，留在家里。我凑他的趣，唱曲不消说起，里面取几件女衣裙出来，扮了几出独脚旦的戏，须要顽耍。竟留在内书房歇了。那知他有新寡的小姐，住在家里，可不像此路人，不但一貌如花，又且通文识字，这州里有卓文君之称。他见了我几出戏，魂灵儿已落在我身上了。千方百计，弄我进去，成了好事。瞧他睡情，也是从来未有的，娇声媚态，万纵千随。不要说别的，只这不上三寸的小脚儿，勾紧在我腰边，就该魂死了。我亏你教我的战法，虽不十全，想也与平常人不同，睡了几夜。他道："若不遇亲亲，怎永脐下这些子，有这样快活。"那知可口味多，终作疾；快心事过，必为殃。不晓得如何？被他父亲知觉了。每常同我吃饭吃酒，掷色取乐，竟吩咐两个书僮，如把我软监在书房里，自己往五里外一个庄上去了。内外门禁，不消说十分严紧。闻得已写了一封书，打发人送与荐我的大僚，不知书里如何？说我的不好。只等回书，像似要处置我了。小姐知了风声，十分忧惧。就是小姐的房，乡宦虽不明言，已移往靠后一层十间楼去了。幸得奶奶极爱小姐的，每日去看女儿两三遭。一日奶奶没事，坐在女儿楼上，小姐带哭说道："娘，我不好了，你须救我一救。"奶奶道："我儿，你原不该做这事，如今怎样救你呢?"小姐

道："听说京里回书一转，就要处置姓王的了，若处置死了姓王的，孩儿岂容独活。况爹爹平日极怕娘的，不讨了娘口里的话，不敢带新姨往庄上去。这遭说也不说，公然竟带新姨去了。新姨与我极厚，料必解劝。是不是娘也不怕了，大是可爱。孩儿的意思，求娘做了主，放了姓王的逃去，便没对证，核儿就得活了。"奶奶想了想道："这计较倒也好。连夜照内府法儿，熏一只鹅、两只鸡、一块肉，明日下午，差管书房的大小，送往庄上，自然赶不回来了。小小没帐的，要放姓王的逃走入就容易了。"依了此法，第二日黄昏将尽，奶奶出来查门，悄悄放我闪将进去，各门下了锁，好个爱女的夫人，又放我和小姐叙一叙别。四更从楼后跳下去，好赶出城。小姐把自己四五百金，金银首饰与我拿回，我道："孱弱身子，那里拿得起？"只拣小金锭和散碎银子，约有百两束在腰里。我带的小，因翰林留我一两月，打发他回家说声。故此，只孤单独自，一个破囊，一条被，小姐把布做了软梯，放我下去。我身上的金银沉重，心上又慌张，在软梯上，失脚一跌，跌在地上，幸喜是沙土，毫不伤

损。小姐在楼上见了，大哭道："我的人嗄！你若是跌死了，咱也跳下来，和你同死。你道这句话，可不使人心碎。我不走正路，反打从汶上县、济河县，问路而归。咳！咳！我的小姐，我如今死了，你知也不知？"说罢！放声大哭起来。这个人道："玉哥，你死在家乡，有什么苦？我父亲哥哥不得见面，三千里路，渺渺孤魂，又带着枷，再不能回乡了。"也放声大哭起来，惊得那姓胡的，满身冷汗。道："哞！哞！哞！有鬼！有鬼！我不怕。"那鬼就寂然无声了。

姓胡的正待推醒家人，好做伴儿。半明不暗中，忽见城头那条路，五六人飞走下来，到城门口立住了，叫："三拙、王子嘉，你枷号一月的限满了。土地司叫来放他两人的枷，本司解你们从县解府，转解阎罗殿去。"顿时像打开枷的，像是三拙道："为何阴司也要枷一月？"鬼差道："阳官批是一月，须要依他。"鬼道："我们如今，阴府有罪没罪？"鬼差道："土地爷说你该问斩罪哩！"鬼道："杀了人便做鬼，杀了鬼可还做人。"鬼差道："胡说！

阴府的斩罪，不比阳间。只杀一次，变猪、变羊、变鸡、鹅、鸭，该杀几次变几番，杀罪完了，请旨定夺。就是斩罪，也有轻重不等。"鬼哭道："苦恼，苦恼。"像是王子嘉道："我比三拙不同，不知可轻些？"鬼差道："闻得你是人来诱你，该问徒罪。"鬼道："阳间徒罪，或是纳赎，或是摆站，不知阴府如何？"鬼差道："你还不明白，也有不同处。阳间只一年、二年、三年，阴府变马、变驴、变骡，或五年、十年、二三十年，跎完了限期，这就投胎变人去了？"鬼欢喜道："还好！还好！"鬼差道："五更了，快走！快走！"姓胡的只听得息息索索，像是牵了二鬼，往城头上去了。慌慌张张，推醒了家人，倒往东首，走过了二十馀家，喘息定了，另在一家地板上，生了一会。鸡叫三次，人行走，听得城门开了，急走回家，一夜不睡。又吃了一惊，竟大病起来，烧纸服药，睡了一个月，方起得床。把这些听见的话，细细说与人知道，也就遍传开去了。是真是假，将信将疑，老子正值悲秋，因谱二孽，遣笔消闷，附此说鬼，窃比东坡，还有馀波。且听下回解。

第十二回　虎丘山因梦题诗句　长安道遇仙识往因

诗曰：

天以酒色奔人心，况复豪侈群相结；
长安古称名利场，秋风远道如奔蚁。
城头角起四鼓交，咬指披衣谢衾铁；
腹中水火食未齐，号晨走队先于鸡。
趋名赴利喘若嘶，遇酒及色斯则移；
淫淫汨汨不肯休，各能以目捷于足。
花粉窠中酒肉场，随力以追满所欲；
亦有名士误随俗，偶一染揩蚤沐浴。
终当驰心歌舞队，漫淫于声欢度曲；
若说妖童有前因，眠思梦想亦安属。

　　话说三拙、王子嘉死后，江南风俗，毕竟渐渐变好了。乡宦人家，规矩严肃，戏子变童，只在前厅服役，没酒席的日子，并不许私自出入，就是戏酒，也只是庆寿贺喜，不得不用他们。开行人家邀远来商贾，请妓陪酒，不得不扮一本戏，其他也清谈的多，宁可酒筵丰盛，可以娱宾罢了。可见我静如镜，民动如烟，上有好者，下必甚焉，不亏秦御史锄奸在前，李御史诛淫于后。后来人人要做好官，不为势怵，不为利夺，怎能够风俗移易。就是虎丘山上，三十年前，良家女子，再不登山游玩。若有女子游山，人便道是走山妇人，疑他不良。近年晴天游山的，多则千人，少亦百人，雨天游山的，亦尝有一二十辈，甚至雨过地滑，千人石上有跌倒的，衣裙皆湿，嬉笑自若。这二三年来，也毕竟少了，远方来的诗人墨客，多聚在上山僧房。每至房头填住满了，没得下处，或就在船上住了。早晚上山游玩戏耍，如今也觉僧房空闲，没生意了。三拙、王子嘉死后，苏州的人，没一个不称快。来往的，不问三拙，或有问王子嘉的，也只道："满嘴须根的老旦，就如娼家已过三十岁，有何妙处?"把这二淫孽,直似雪消冰化了。有一个前朝诗翁,也曾明末出住过的,姓黄,诗名远播。忽一日题诗在壁,却是哭王子嘉的诗道:

> 一代风流容,西陵叹落霞;
> 赏音空有泪,忆昔更无家。
> 谁共虎丘月,徒悲茂苑花;
> 广陵散已绝,不复问红牙。

忽然一日,有浙西几处游山的,也像似仕宦,抬头见了这首诗,不觉一齐大笑起来。道:"王子嘉不过一变童。"近日年已半老,挨身作南北通家,远来宾客,贪他寻分上,做东道主,住在近虎丘的半塘,招摇城市,自己忘了是优人,过客也被他惑了,纵容得他出户入闺,行奸卖俏,幸得其正包龙图的李御史,一齐同淫僧毙之杖下,方将为朝野称快,作诗哭他,已贻笑于正人君子了。何至说广陵散已绝,不复问红牙,抬高到这等地位,乃敢揭之于千万人往来之地,不知他有何恩爱,不怕人笑骂若此。旁有一老僧道:"前日黄大人寓在轩中,月明之夜,似梦非梦,忽见王子嘉是来作了个揖,分宾主坐定。忽然哭着,告诉苦楚,话未半句,忽风吹树枝,打在窗上,陡然惊醒。因此感伤,作诗一首,黏在壁上。"众皆大笑道,或向为所惑,因梦作诗,自有何妨。只是奖赏太过,使他难当,一代风流客,难道一代只这个淫优,若此君是女子,定嫁他了。广陵散已绝,尤为可笑。有一位道:"既遇吾辈,当以一诗和之。诗题是哭王子嘉,今我的意思,是哭这首诗。"其诗道:

> 信步登临处,俄然见晚霞;
> 诗感因夜梦,梦醒忆通家。
> 谁不堪共月,使令恼落花;
> 哭君哭罢后,毕世失红牙。

吟罢,大家笑了一回,下山去了。可见人心爱憎不同。爱王子嘉的,升之尤天,恨王子嘉的,抑之九渊。

看官你道,还是爱的是,还是恨的是,方信淫优不遇名御史,毙之杖下,他宣淫未已,作恶无休,把好好一个世界,变成禽兽世界,天必不肯轻饶过他。况三拙淫秃,更恶更毒,造假银,假丹,恃力强奸。王子嘉做不出的,他偏要做,苍天肯饶过他么?

又过了一年,一个陕西客人,在苏州卖完了西货,要往北京,探望一亲,然后西去。腊

月下旬，到长安地方，饭店歇了，打帐次早入京，店少客多，各房都满了，只一间小小草屋，一个老道人在内歇宿。店家领这陕西人进去。道："今晚客多得紧，爷只好权住一宵罢。"陕西人带一小，即只得往下了。先与老道人拱了拱手。老道人便道："老丈从苏州来，看见三拙、王子嘉打死么？打得也好？死得他好。"陕西人道："咱在苏州实是看见枷死的，但咱又回乡了一遭，并没人问及，今已二三年了。老师父何故，忽然问起他两个？"老道人道："老丈在清江浦，偷了行家的娘子，如今满脸淫气，透出天庭，只怕回家去有妻子之变，你道三拙、王子嘉，是今世作的恶么？三拙前生是尼僧，犯了佛戒，遍地偷人，今生应还他淫报，被淫一次应还一个，只是淫了他母，又要淫女，念头刻毒，且青天白日，肆淫无忌。假银子、假首饰，千般百诈，积恶太深。故上天震怒，借清正好官，打死了他。救世君子，要戒人淫乱，说淫为万恶首，孝为百行原。实则一宿之缘，也是前生注定。谓之恶则可，谓之作恶则未可。三拙唤做作恶，怎不死于非命。咱曾劝他淫气太重，不可妄为，他自不依咱言，故此假死以避他。"

　　若说王子嘉，原是万历年间，东江米巷里，一个有名的小唱。他被大官大商，各处的人弄了十年男风，后来娶了妻房，又不管束他，不娼而娼，又被多人淫媾。今世故以良家女子，前生有缘的，把他淫了，以偿前孽。但他不该交通大老，擅递线索，又诱人发妻，以媚显要，自称相公，以乱纲常。故此也在劫数，被名御史打死。他的姜与姜章观，还要大受人淫辱，报应完了，再得人身。不比三拙，得罪佛戒，永生堕落。陕西人听了这班说话，拜倒在地，求他忏悔清江浦的罪过。老道人道："不妨！不妨！只自今以后能戒谨不淫人妻女，自保无虞。"陕西人谢了教，吩咐取晚饭来，言之未已。只见老道人把袖一拂，出门去了。急急追出，并无踪影。店家都说，并不曾出来，陕西人各处搜问，总言未见。只见庭中大梧桐树，摇摇曳曳，光影甚异。陕西人大加诧异。

　　次年，到苏州来，每每向人传说，但不知王子嘉的妻子，毕竟如何？可为贪淫肆恶者劝戒，有诗为证：

笔光淡宕墨光肥，底事茫茫任溅挥；
班弓射矢弦与韦，风啸影移随意催。

空空幻

[清] 梧岗主人　撰

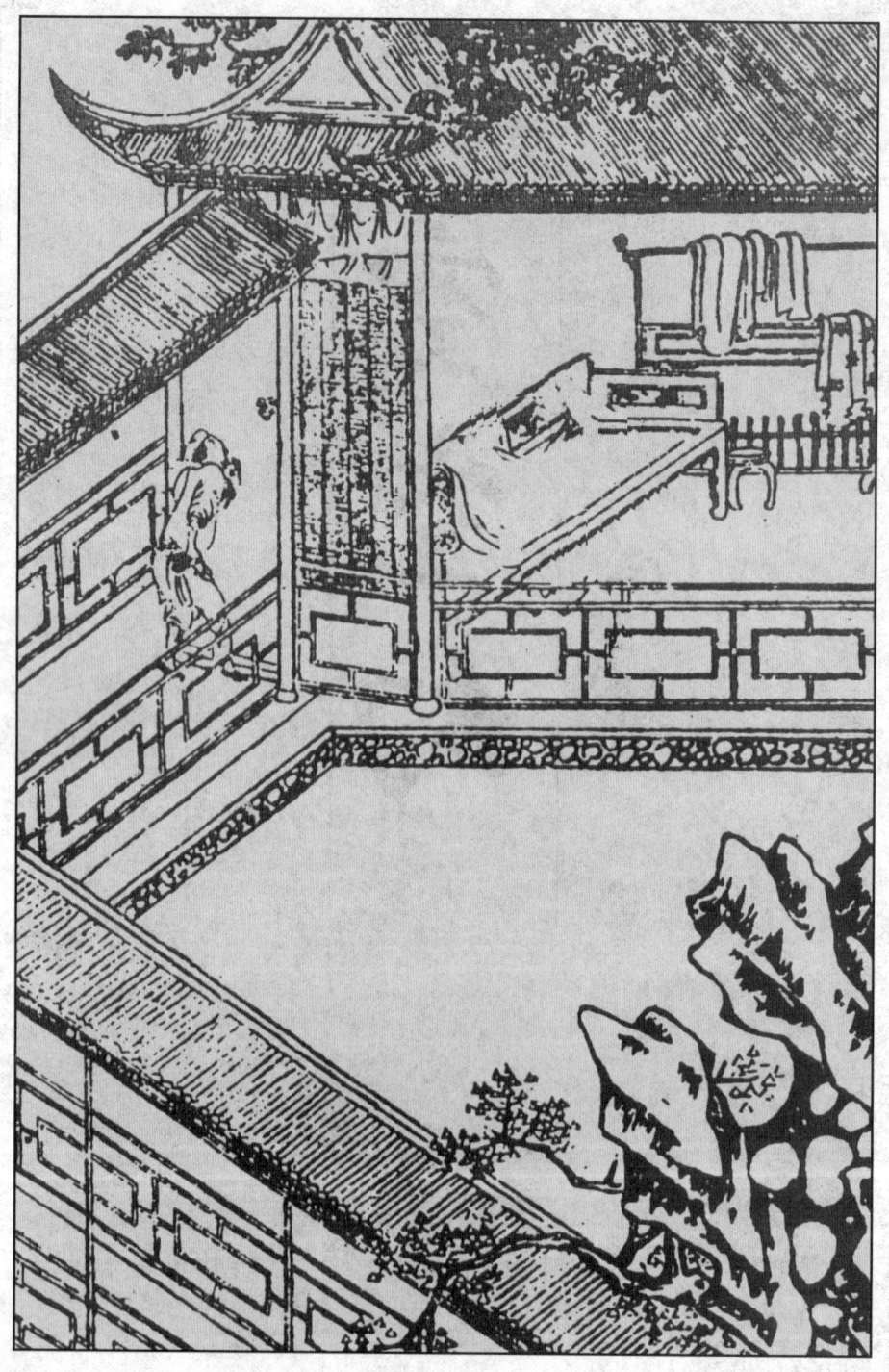

第一回 戒色欲苦箴良友 入幻境巧化才人

诗曰：

富贵才子风流性，天下佳人欲罗尽。

难了心愿憾陋貌，脱换形骸祈仙灵。

良友苦箴祸为淫，偎香怜玉孤意行。

幸得老僧鹦鹉唤，空空幻出梦中情。

古语云："顽石点头，铁人下泪。"人疑其言为诞妄，知所以云者非真谓顽石可使点头，铁人可使下泪，不过谓振蒙警贻之言。乃至理实情所发，虽以天下无灵性之物，如顽石铁人者，闻之尚感怀流涕，岂以有血气有心智之人与铁人顽石不如乎？且说前朝浙江禾郡有一秀士，姓花名春，字金谷，年方十七，颇通于诗学，擅美于丹青，才名流市无不企仰。春营已皆逝世，并无兄妹姐弟。家资巨万，富可敌国：所居的房子，尽是朱栏翠槛；所穿的衣服，俱是绵绣绫罗。其享福之处，自尔琐说不尽。唯所抱憾者，尚有一则。看客们，你道他负此才学，除此境遇，尚有什么不足？乃不知他才虽渊博，貌不风流，其平日立心，曾谓：我若娶妻，不一而足，必尽天下之佳人罗而致之，方快我意。而又自以容貌之陋，佳人未必能对我生怜，故常引镜自照，唯叹彼苍赋质，不能给我全美，难做得一个风流才子，诚恨事也。所以蹉跎，未谐秦晋之事。

花春有一友，姓柳名莺，字迁乔。其才学之美，不多让于花春。若论其貌，则又丰神秀雅，态度嫣然。二人谊重金兰凤敦雅好。花一日无柳，无以骚引触醉月之欢；柳一日无花，无以尽玩景吟诗之乐。然企慕虽殷，而一见柳莺，愈觉好蚩难掩，顾影自惭，每每谓柳莺道："'才子佳人'四字，原本分拆不开。天生才子，必为佳人。盖无佳人，不足以舒才子

299

之气,也不足以显才子之奇。弟虽眷恋佳人,唯有愧于才子,兄何既为才子,而反忘情于佳人?此我所不解也。"迁乔曰:"不然。李白才人,陶潜才人,其生平不过以诗酒怡情而已。谓其恋情于蟇可蛾眉,则弟未闻。"花春曰:"古来才子,指不胜屈,兄何必以二人论哉!即如帘窥相如,香贻韩寿。世之佳人动情于才子,岂才子反不留意于佳人?且不特与佳人有遇,即与仙子亦未尝无缘。如半勺琼浆,裴子成缘于玉杵;一餐麻饭,刘郎迷路于天台。才子奇缘,皆历历可稽。若此,以我兄际芳年,具此才貌,竟无情于韩寿、相如之遇。其与世上庸夫俗子相去几何?亦徒负天工赋质之意矣。午夜盟思且禁;为兄叹惜。"柳莺道:"我岂不知才子佳人,往往有遇,然我所以略去粉白黛绿,而不敢役志者,诚以万恶淫为首,古人屡屡言之。若以归黄蹭牧之事,恋恋于中,是遇佳人而不遂,其欲则不快,势必至荡。捡逾闲,纵其所欲而不知止,由是孽增恶积,天理难逃。阴司之罪狱固不必言,即目前之报,应亦不网漏一人。兄苟沾沾于女色,将毋蹈此迷途!"花春道:"弟非才子,固不必论。但以造物之待才子,自异于待常人。天既赋彼以才子之质,自必有一番奇遇与彼。古来才子之遇,种种不合,未闻有责其淫狎而为之报者,兄何过虑之甚?我观兄潇洒不拘,自有雅人韵趣,略去脂粉,不知所乐何事?"柳莺道:"富贵功名之虑,余实淡然。在离城数里,起一别墅,约广十数亩,其间池塘曲绕,楼阁峥嵘,四季名花,无所不植。春则有宴花楼,夏则有避暑台,秋则有望月亭,冬则有香雪阁。郡中名人雅士,络绎而来。或雅爱琴棋,或性耽诗酒,或闲谈竟日,或秉烛夜游。为东道主者,酒肴粗备,相与之欢,将终我身,以徜徉陶然,不知有世事之忧。弟之志如是而已。"花春道:"子之志则不然。唯愿美姬盈座,娇妾环回,歌声婉转,舞袖翩跹。春生玳瑁之床,香透鸳鸯之被。杨柳楼头,肉屏围暖;芙蓉院里,锦帐肉妍。直乐此不疲,有不知老之将至云尔。"二人之志性过殊有如此,故花春虽常抚形自憾,其心终贪恋不已。即其平日所作之诗,无非艳词丽句,不离乎香奁一体。其所描之画,亦不过是涂脂抹粉之观。清夜自思,常谓徒具才子之学,而无才子之形,空有风流之情,而无风流之貌,即遇佳人,焉能使之一见生怜,相为勾引?心想得遇一个仙人,将须法水,把我遍身一洒,使向来的陋相,变为一俏庞,我生平大愿遂矣。

却说花春一日在书斋静坐,见门公启禀道:"外面有精严寺涵修和尚求见。"花春即令请他进见。见伊手持一白鹦鹉,径入庭心,与花春作揖道:"贫僧无事,不敢造府。这只鹦鹉,贫僧已驯养多时,今日特来相赠。"花春知此僧素有得道之称,闻有一白鹦鹉畜之已久，曾有人出重价与之相鬻而不得，何以今日特来赠我？想其中定有隐情，因说道："既承长老雅好，须议价领赐。"那僧人笑道："此鸟亦非凡种，遇合有缘，不日要破笼飞去，又何价可议？"花春听得他语言奇异，遂谨谨领受。那僧人自作别而去，就将这鹦鹉挂于帘外。春举目细看，但觉仪光皎皎，素彩翩翩，异金精之妙质。喙不涂丹，殊火德之明辉；襟非染翠，如粉羽能沾。果尔雪衣可焕，梳翎爱洁，几疑林邑来呈；振翮唯鲜，犹忆延之作赋。看了一遍，心窃爱之。但思此鸟，畜于涵修，曾闻有谈经乱局之奇，为甚笼中寂寂，不闻慧舌间关？又想涵修适才所言，甚是不解。寻思久之，略有倦意，遂俯几而卧。卧未几，闻得檐前鹦鹉唤道："花贵人！欲快生平大欲，脱换形骸，今日须速出门，往西而去，自有所遇！"

花春闻唤，不觉惊喜交集，忙起身步出门外，也不带童仆，独自一人飘然而去。行许久，到了一处，名唤桃花村。但觉树深见鹿，溪午闻钟，光动绿烟，影遮岸竹，粉开红艳，香塞溪关。舞燕蹁跹，衔尽落红阵阵；流莺婉转，遥开弄舌关关。四围碧树成丛，一带清流绕位。徘徊良久，见林中走出一道者，肩背葫芦，手持鹿尾，足登云履，身服丝衣。童颜白发，疑跨鹤而来；道骨仙姿，定识乘风而至。见了花春，遂上前起手道："贫道因与花贵人有缘，故偎长春岭而来，在此静候数日了。"花春骇然道："小生与道长素不相识，为甚知余姓氏？"那道者曰："不但知汝姓氏而已，即后来之姻缘遇合，贫道

已一一知悉。"花春闻言，惊喜道："道长既知之，肯为我醒言之否？"道者道："有缘得会，何妨略泄其机：汝之功名福泽如在掌中，固不待言。至于抱玉偎香之乐事，则良缘美遇，尚要贫道小施奇术。"花春道："如此敢乞道长指示，祈勿吝教！"那道人就于葫芦内取出丹药两颗，付与花春道："这颗红的，名曰'醉心丹'，向酒杯中一浸，凭他海量，不消饮得数杯，便尔一醉如泥。只要将半杯冷水灌下，顿时醒转。这颗红的，名曰'补天丹'，乃是房术之用。若将此丹吮入口中，就可通宵不倦，一以御千。欲泄，只消将此丹吐出。此乃贫道在

长春岭上，皆采仙芝异草烹炼而成。不比人间丹药，有耗肾损精之患。可珍藏之，自有无穷妙用。"花春接过丸丹藏好，不禁挥泪道："天下唯才子爱佳人，唯佳人亦怜才子。以我生就陋容，既未得为才子，焉有佳人与我结绸缪之乐？若无众佳人盈盈满座，即有此妙丹亦苦于无用。未识仙师，能为我脱换形骸否？"那道者闻言微笑道："也罢。既要成全你的美事，须成全到底。"遂携了花春的袖，一步步走近溪边，竟把花春一推，春下溪中。

花春在水中挣了多时，然后挨进岸傍，慢慢爬起，那道人已倏无踪影了，身上水淋淋衣衫尽湿。幸是暮春天气，不至十分寒冷，只得向左近乡村人家借布衣衫换了，把身上的湿衣脱下，取了丹药，暗想："这道人不知是仙是怪？他为甚将我推入溪中？"一路上疑疑惑惑，来到自家门首。

不料，管门的竟上前拦住，不许他进内。花春又气又恼道："难道本相公换得一身衣服，你就不认得了么？"那管门的亦嚷道："你说的甚么话？怎可冒得？难道我家相公的容貌都认识不出了，敢来假冒么！"竟尔叱嚷不逊。花春闻言暗想道："莫非方才溪内一浴，已将本来面目改换？不然，他怎至认我不出？"正在呆想，只见里边走出两个家童来问道："张伯伯，这是何人？你为甚与之嚷闹？"门公未及回言，花春遂道："本相公实因方才遇仙人，将我人形容貌改变了，所以你们皆认识不出。面目即非，声音犹是。你们若不信，可于我卧房中西边衣架上，取一个折叠钥匙，将榻旁第二只皮箱内，取出粉红衫子一件，方巾一顶。"内中有一童子，果然进去不多时取了出来，众人惊以为奇。花春进了书斋，就将衣帽更换。脱下衣衲，命家童往那乡村人家调转不表。

单说花春换了衣服，遂引镜自照。见镜内的姿容，直不啻日月入怀，琳琅触目，与向来面目，竟迥然不同，不觉欢然大喜道："诚哉仙术之奇！造物已成形质，且能化其本来，想这二颗丸丹，自然灵妙无穷了。今我愿已遂，可不愧风流才子之称。温香软玉，自享不尽衾帐欢娱矣。"遂命家童去请柳相公到来。

无几，柳莺至，竟不相识。花春遂将遇仙变容之事，详剖其故。言语之间，喜形眉睫。那柳莺闻言，默然良久道："兄以此为喜，我实以此为兄危。"花春骇然道："兄何出此言？"柳莺道："以兄秉性风流，素恋于朱颜红粉，唯以陋质有憾，故未能径情直行，尚为迟迟观望耳。今日这道人不知前生与兄有甚宿债，故下此孽根，贻兄荼毒耳。兄颜一变，恐后此欲海无涯，孽冤层积，色途后患，不可胜言矣。弟为爱下，故敢斗胆直言，祈勿见罪。"花春笑道："兄何拘执若此！人各有志，不可相强。道学之谈，非余所乐闻。今日且开怀畅饮，以博一醉为是。"遂命家童暖酒备肴,两人合樽促膝,豪饮尽欢,直至夕阳西下,乃掷盏别去。

花春闲步阶下,遂把双扉掩好,倒在榻上,和衣而睡。直至天明起身,梳洗已毕,静坐书斋,暗想佳人不必多得,只消十美环回,朝朝为雨,夜夜兴云。每于花朝月下,美景良辰,各罄其欢,诚快事也。遂欲描画美人图十幅,每幅上画了十美,其间或弹唱,或歌舞,或赋诗,或刺绣,闺中韵事,各尽其妙。而十幅上的描容布景,自各各不同。不消数月,乃功成。画上傅粉施朱,镂金佩玉,艳丽之态,自不必说。花春展图暗想道:"以后,若遇姿容绝世佳人,就可以一幅美人图赠之。这十幅图画赠完,天下之佳人亦几罗尽矣。但想天涯广泛,佳人自散布四方,若唯鞍守故乡,闭门静坐,纵有佳人,从何而遇?唯有驾一叶之扁舟,游尽锦城绣市,历遇胜地名都,自有奇遇。倘今岁秋闱得捷,不免要北上,我就可一路留心察访。"

话休烦絮。到了秋试之期,花春与柳莺二人,打点上省赴试,叫了舟船,搬下行李,又命两个家童随身服事。原来这两个童子,为人聪俊异常;一个是与他整叠诗笺的,故名诗囊;一个是与他管理画幅的,故名画篋。是日一齐带去。柳莺亦带一童子,又带一老仆,主仆共六人下船,径赴武林而来。到了城中,遂命家人去寻寓所。花春道:"房金不论贵贱,务要清洁雅静为是。"家人应诺而去。去了不多时,欣然来告道:"此事真乃凑巧,二位相公今秋必定高中矣。"花春笑道:"我们若中,定是一元一亚,岂但中而已。且问你为何知道我与你家相公会中的?"家人道:"老奴奉命而去,寻了许久,不见有清洁租房。适遇老奴之表兄,问我到此何干,我就将二位相公到省赴试,命我寻寓之事与他说了。因他在此有熟,托伊觅一寓处,却一时没有。他乃道:'有一所在,甚是清雅,但人不容多。若唯二位相公,可以借寓。'我问他:'在那一处?'他说:'此间告老红御史府中,有一名园,屋宇颇多。'他即在红府管园,因主人远行不在,可略为专主,命老奴就将行李翻去。"那二人闻言,不觉大喜,遂雇了脚夫,挑着书箱琴剑,随了家人先行。花春与柳莺二人,随了童子,慢慢行来。

行不多路,已到红园门首。步进园门,弯弯曲曲而行。花径似缘客扫,朱门似为君开。百尺高台,接青云而蔽日;千层曲槛,俯碧水以临风。缥缈桂枝,指清香于静院;扶疏槐影,移翠盖于幽庭。溪树含芳,烟荡芙蕖之沼;山螺延翠,霞飞杜若之筋。琴台、啸台、吹台、琱台,台台耸秀;晓亭、怡亭、畅亭、锦亭,亭亭环绕。凝香阁、栖霞阁、潜峰阁、摇碧

阁，帘见半垂；芙蓉楼、翡翠楼、玳瑁楼、雨露楼，窗开四面。风光娱目，还疑已入蓬莱；蹊径迷人，几似暂游仙岛。终终富丽之观，言难馨尽。花、柳二人遂在园内绿荫轩中寓下，相与谈今论古，赋诗饮酒为欢。

一日，花春在阶前闲步，见一丛白秋海棠开得雅洁可爱，遂握笔向粉墙上题道：

曾记东风睡海棠，粉痕依旧晕残妆。

离魂倩女愁无主，新寡文君未有郎。

小院月明香陡峭，空阶露重夜凄凉。

可怜红粉都消尽，任是无情也断肠。

题罢，柳莺见道："兄欲题海棠，则题海棠耳。又何必指东说西，牵缠到别处去。倘主人道学，见此艳词，岂不嫌尔唐突乎？"花春道："措语风流，正是雅人深致，兄何反嫌艳丽也？"

话不絮表。二人寓园，数日后，场期已近，各把进场物件端整一番。到了初八，共赴头场。

却说花春点名领卷，归号静坐。移时传题，头题曰"缁衣羔裘"一节；二题曰"明乎效红之礼"二节；三题曰"天时不如地利"全节。毫不假思索，信笔挥了三篇。从头至尾，看了一遍，把开细细咀味道："此讲精神团结，笔气浑融，已能横扫千军；即后路亦觉经籍纷披，令人目不暇接。"竟欣然出场，以元自负，至寓所，柳莺尚未出闱。坐不多时，见柳莺进来，似有不悦色。花春忙问道："兄何以功名之得失介介于怀？即不能夺魁争首，亦非为辱。况以我兄之才，断不在元魁下也，何闷闷若此？"柳莺道："非也，我平日目空宇宙，自负非凡，今场得此易题，未能怡神目送，如意写来。我自视斯文毫无声光并茂之观，故自愧才学疏浅耳。岂以功名之得失而愠见耶？"花春道："兄不必过逊，弟还要请教。"柳莺不肯录出。强之再四，然后谓花春道："如必要弟献丑，待弟背一讲与兄听了罢。"花春道："一破已见大意，何况一讲。"柳莺背毕，花春大赞道："这一起已有开门见山、先声夺人之概，兄此番冠压群英，诚可预贺，何犹不惬于心哉！柳莺也令花春背了一讲，二人共相赞美不已。说话间，酒肴已备，二人对酌尽欢。饮罢，柳莺道："弟因在院中不能畅睡，此时意欲就枕，未知兄意何如？"花春道："兄请先睡，弟还要略坐片时。"

那花春见柳莺先去睡了，径自步出轩中，仰见一轮皓月，万里无云，秋光正皎。走过几重楼阁，信步行去，但觉金风飒飒，玉露零零，因感叹道："春去几时，忽尔中秋佳节矣。人生行乐须及时，古人秉烛夜游，良有以也。"遂步行过去，见一假山，甚玲瑰，而有数仞之高。花春依了这条石路，慢慢步上，足踞其顶，从空望下，真乃台上爱山，层层送碧；楼居消暑，面面横秋。花春道："却不知此处倒有这一派景致，虽瑶台仙岛，亦不能右出其上！"正眺望间，闻西南角隐隐有笑语声。花春望下一看，只见一丽人同一侍妾倚在栏杆望月。虽玉肌粉面，看不十分明白，而绰约之态，已见一斑。花春想道："此二人莫非月魁花妖？若是人间女子，那有如此姿色！"惊愕良久，道："是了，这位美娇，定是红府千金。想未闻箫史之笙，难觅宋玉之貌。空房寂寂，倚枕无聊，未抛东阁之球，欲待西厢之月，故际此良夜，不禁缓步芳园，聊为消遣耳。我花春欲娶十美成欢，故描成十幅丹青为赠，今夜得见此佳人，乃生平第一良遇，正十美之始耳。有此机缘，岂可错过？须要与伊一面，使彼得见我貌，方可措词进说，以图佳缘。不然，黑夜突入，彼竟认我为恶棍奸徒，一时叫破，被家人知觉，岂非好事难谐，反遭其辱。"正在踌躇无计，见二人竟飘然进内去了。花春无奈，只得步下假山，见月已平西，仍依旧路来至轩内。残灯未灭，柳莺与童仆数人，正在熟睡。遂解衣而卧。但闻得萧飒秋风，响飘桐叶，虫鸣不绝，入耳增悲，恍有欧阳子《秋声赋》光景。花春此时，何能成寐？不觉忆美有怀，口占一律道：

> 剔罢银红卧未曾，夜深犹忆曲栏凭。
>
> 阶前伴拜三更月，帘底微明一点灯。
>
> 隐约楼中人悄悄，迷藏远处影层层。
>
> 不知可有蓝桥渡，夜逢降来合断魂。

吟罢，辗转反侧，已听得远寺鸣钟，乱鸡报曙，东方渐渐白了。见柳莺已将起身，也只得披衣而起。梳洗毕，用过早膳，又要打点赴院听点二场之事。皆不赘言。

且说三场考毕，花春出场归寓，柳莺尚未在寓，重又步出轩来，欲往前夜遇美之所。行未几，见一侍女，惊问曰："汝是何人，在此园中闲步？"花春忙上前作揖道："小生乃嘉禾人氏，姓花名春，为赴秋试而来。因与尊府园公相认，暂借芳园羁栖数日，姐姐毋得怪疑。"那侍女见花春衣冠俊雅，丰致嫣然，不免垂盼留情，笑谓花春道："花相公寓此，婢子

实未得知。直言冒罪，祈勿见怪！"说罢折了数枝桂花，正欲离去，花春叫道："姐姐请转，有话相问。"花春欲问及前夜在园中玩月者何人，又恐非即此女，他进去道及起来，反为不美，又只得问而不言。那侍女见唤他转来，无言相问，谓花春道："相公何戏妾若此！"又笑了一声，径自进去了。花春细视此女，身虽充为贱役，而其眉如远黛，肤若涂脂，竟不与闺阁佳人多让。毋论别的，即其一笑多情，不令我魂飞魄荡乎？

无何，柳莺亦至，共以场中所作之策论讲片时，命仆暖酒，二人豪饮至晚，掩扉就榻而寐。花春睡未几，心中想道："我今日有紧要心事未毕，如何合得眼来？且起来完了这桩心事，方可放怀安睡。"欲知他有甚心事？这心事完得来否？看官不用疑猜，自有下回分解。

评曰：文贵乎奇，不贵乎平。贵乎出套，不贵乎宁。如野史中之夸美风流学士者，有子建之文、潘安之貌，欲其快人耳目也。乃花春独富于才，偏陋于貌，未免稍留余憾，而不足快人耳目矣。孰知不足快人耳目处，正可以快人耳目者。斯之谓奇，斯之谓出套。

"才子佳人"四字，乃全书关键。盖天生才子佳人，钟灵毓秀，实超轶于匹夫匹妇之上者也。作者自之立准，而天下人之不能为才子为佳人者，更无论矣。遇仙赠丹，亦野史中套习，特奇乎改造面目，脱化丰裁也。

既遇僧人，又遇道人，究不知僧人于花春何缘？道人于花春又何缘也？僧人何如人？道人又何如人也？此是疑阵，且至终篇自见分晓。

第二回 寓名园始盟淑女
泊孤舟又遇佳人

诗曰：

> 碧天夜静思悠悠，一点芳心不自由。
>
> 月浸珠帘留冷院，残烧银烛入朱楼。
>
> 断金良友因疏远，如玉佳人可纲求。
>
> 塘上别离旅店合，迷途从此正无休。

却说花春方睡下，陡然想起那月下美人。心中暗道："这两日因场事缠扰，耽了我的佳事。今夜月明如水，何不再到那边去眺望一回？"遂披衣起来，但闻柳莺鼻息呼呼，正在酣睡之际，乃念道："迁乔真无情人也！当此青年，竟无待月迎风之想。方才就枕，遂入梦乡。此我所不解也。"遂轻轻启扉而出，心中想道："我看今日折桂女子，殊有顾盼与我之意。料她进去，必与千金道之。若此夜美人依旧出来，此事已成八九。"遂望那边行去。步上假山，眺下绝无佳影。伫立良久，叹道："前日偶然闲步，得遇仙姿，乃今夜有意重来寻访，竟杳乎莫接矣，岂不令人怆怀不已！"无奈，只得回下假山来，再步将过去。只觉风吹詹马，似玉人之杂佩遥闻；月映疏帘，疑金兽之连环忽动。院沉人静，何来巫峡之缘；碧落香消，难做银河之渡。遥知杨柳是门，似隔芙蓉无路。徘徊久之，景况凄然，遂口占一五律道：

> 惆怅黄昏后，行行枉自劳。
>
> 露浓香径湿，云淡月轮高。
>
> 不见人如玉，空怜脸似桃。

朱门深杳杳,鱼钥锁牢牢。

任尔敲棋子,何缘听剪刀?

三更犹悄立,望断手频招。

吟罢,正欲步归卧室,只听得院门"吱"的一响,就将身躲在梧桐树下,看走出甚么人来。原来非是别人,就是前夜玩月的美人。那婢子就是日间出来折桂的。

二人携手行来,过了小小木桥,径往山边而去,就一时不见了。那花春也循践迹而行,听那女子叹道:"花郎啊花郎,你际此良夜,寓此芳园,不知有伤寂寞否?奴红日葵未曾亲见芳容,据瑞芝言说来,已觉卫玠重生,潘安再世矣。奴家誓不许纨绔庸才射我雀屏,故不禁静夜来园,祈与一会。但恨为礼法所拘,又不敢投尔室。看来此事,只望瑞芝为我玉成。"那侍女道:"小姐不必费心,此事揽在婢子身上,明日就有佳音。此时月轮已午,恐凉风寒露,小姐弱体难禁,回阁去罢。"二人去不依旧路而回,穿过回廊曲径,竟望那边去了。花春一步步接影而来。又听得红小姐口中念唐人诗二句道:

月出西南露气秋,牵穿肠断为牵牛。

花春遂续二句道:

须知化石心难定,韩寿香薰亦任偷。

那小姐听了这二句诗,惊谓瑞芝道:"谁人在此和我诗句?"瑞芝望后一顾,笑道:"此即寓在我园的花相公。"那花春不待说罢,遂上前作揖道:"小生花金谷,因赴试暂寓尊园。今夜爱着月色溶溶,星河灿烂,故尔闲步至此。适闻佳句,有动于中,因遂集语,以续其后,唐突之罪,祈乞海涵。"日葵闻言,忽见眼前闪出一书生,月光下翩翩丰容秀美,正是如意郎君。慌忙倒退几步,闪影遮身,杏靥微红,只得偷依树影遮身,谓花春道:"妾肺腑之言,已渎君耳,不弃效颦之陋,愿奉箕帚。"花春道:"小姐乃绣阁千金,小生乃蓬门寒士,幸蒙青眼,愿谐琴瑟,此真天赐之缘!"二人就指月为盟。红小姐解下一方白玉鸳鸯玦,赠与花春。花春道:"小生旅寓,别无他物相赠,唯有一幅美人图玩带在箧,乃是小生亲手描画

的，明日交于瑞芝姐姐，转致香闺。"日葵道："君既专精于词赋，又擅美于丹青，真天下才士也。妾幸而得唱随佳偶！"言罢，遂欲分袂。花春忙搊住道："既订百年之约，须尽一夕之欢，小姐毋得见外。"日葵道："妾与君相逢月下，面订鸾俦，诚以俊美如君者，世所罕觏，故不嫌闺玷之羞，暂逾礼法，君岂可以桑间之女视妾哉！"花春道："古来才子佳人，又当别论。崔莺待月，贾氏窥帘，先成巫梦之欢，后咏河洲之好，此皆司空相国之千金也。今日相逢，洵非偶尔，岂可负此良夜？小姐请自三思！"花春见日葵默默无语，似有允意。又上前哀求道："小姐如执意不允，小生只得要下跪了。"那日葵忙把纤手扶住道："君何必如此！妾终身既属于君，岂敢自爱？不过谓天成花烛，冗效于飞，恐于礼有碍耳。如必欲一赴高唐之梦，君既多情，妾岂草木？可至妾卧室，聊叙绸缪。但与君同行，恐多不便。妾且先往，请君暂立片时，与瑞芝同至可也。"言罢，遂匆匆而去。

花春想道："始则待我以礼，继则待我以情。吐词委婉，移步风流，如此佳人，不可多得！"遂同了瑞芝行行止止而来。谁知行至院门，已紧闭在此。瑞芝道："花相公，今宵看来好事难谐，且请回去罢。"花春欲待举手轻叩，又逡巡不敢，谓瑞芝道："小生自回寓矣，姐姐何以进去？"瑞芝道："婢子自有径路可通，不必相公虑及。"花春道："此时望陇不得，岂可弃蜀？只得要求姐姐将桃代李了。"此刻瑞芝芳心已动，也不推辞，就与花春在旁边一座亭子内成了美事。抚弄未几，忽已春光漏泄。瑞芝起来把云鬟整好，相视而笑，别无言语，径自去了。花春想道："为何日葵既诺而去，又把双扉掩上，却是何意？"寻思了半晌道："他与我萍踪猝合，遂欲同入香闺，共眠鸳枕，此种光景，殊觉难为情也，怪不得她诺而复悔了。此时也无计可施，且待明日与瑞芝划一妙策，潜入香闺，自可希图美事。"是夜归寝。不题。

明日，花春袖藏一幅画图，专待瑞芝出来付他。园中眺望未几，见瑞芝果至，遂引至僻静去处，二人共入假山洞内。见里边有一亭子，名曰留云亭，四边俱是假山围住，甚是幽静。花春问道："昨夜小姐既许了我，又闭门不纳，姐姐可知其故否？"瑞芝道："我亦曾问及小姐，谓非有意拒你，实为赧颜故耳。密令婢子今夜潜引花相公入闺，不可说是小姐的意思。我既坦怀以告，切不可把语言泄露。"花春喜道："姐姐之意，他日决不有负。"瑞芝道："别无奢望，唯小星一位，冀相公留以侍妾。"花春道："此事不劳姐姐挂怀，小生绝非薄情之辈。"遂出袖中之物，令伊转致千金。瑞芝藏好，谓花春："今夜可于双柳亭边静候，初更，妾当作红娘耳。"二人又在亭中聊尽欢娱，然后别去。

花春回至轩中，见柳莺整理铺程，殊有行色匆匆之况，谓花春道："兄在园中玩了多时，尚未畅乎？何不将物件收拾，以便捡发下船。"花春道："兄何急以言归？且在此间游览数日，待放榜后赴了鹿鸣宴席，然后归去未迟。"柳莺道："既如此，兄且留寓此间，弟因有小干，遂欲返舍，不得奉陪了。"花春本欲苟留柳莺在寓，因与日葵有约，若柳莺先返，乃便于出入，故遂任其先归。由是二人握别，花春遂留了诗囊、画箧在寓服事，柳莺自同老仆、童子回家。不表。

且说花春轩中寂坐，唯恨那红日不肯西坠，因想今夜赴约的景况，吟成一律道：

> 乌鹊填风万里桥，朱门专待二更交。
>
> 犬依篱舍迎人吠，门掩桐阴趁月敲。
>
> 半点银灯帘外射，一声绣剪阁中抛。
>
> 不知今夕为何意，习习微风送柳梢。

吟罢，又闲徙一回。待至黄昏时候，用过晚膳，步出轩来，见月色已渐渐透起了。一路行来，想道："我昨夜未能久持，殊不畅意。今夜且将仙人所赠之灵丹吮在口中，不知果有佳验否？"行至双柳亭畔，伫立未几，见瑞芝已悄然而至。花春随了瑞芝，一重重转弯抹角，行至楼下，遂步上扶梯，见日葵正在倚窗望月。花春遂作揖道："昨蒙金诺，深信玉言，谁料闭门不纳，使小生怆惶无往。今夜特来践约，毋再使天台之客，徒问津而返也。"日葵微笑道："昏夜入闱，本该相拒，特念君蓄意殷勤，妾不忍拘此小节，使君有凄清之感。"遂令瑞芝暖酒，相与合座。见桌上别无他肴，不过精洁果品。二人对酌，瑞芝在旁斟酒。灯光照耀，比在月下尤觉风流尽现。那时传杯弄盏，直饮至月影将午，日葵粉面晕红，微有醉意。春此际芳心荡漾，按不住一腔欲火，遂与日葵笑解罗带，拥入香帏。先将丹药吮口，以备久战。云雨之态，亵不可言，直至更鸡唱晓，才罢兵戈。丸丹之妙，果如那道人所言，花春喜不自胜。二人未曾合眼，遂起身唤醒瑞芝，一路望后园而来。引至院门，瑞芝自回楼去了。

花春出来，见月朗星稀，东方渐白，一路花枝夹道，寒露渐浓，不觉衣巾尽湿。步至轩中，重解衣就寝。直睡至午日当窗，方才起来，静坐轩中，遂吟成四绝道：

半通商略半矜持，莫到成荫却恨迟。

才动眼波心便会，人间方信有相思。

隔花何路可登楼？未见思量乍见羞。

赖有软言堪入骨，笑谈时颇涉风流。

珍重闲情莫浪痴，行踪唯许月明知。

睡中唤起肩梢重，已是红窗日照时。

歌唇尝酒湿珊瑚，笑压秋蛾一世无。

残烛解衣教缓缓，月穿衫缕见凝酥。

吟罢无事，又出轩闲步。待至黄昏，依旧瑞芝出来，引至楼上。由是夜往朝返，竟无寂寞之宵。

停日放榜，果然花春是元，柳莺是亚。那日谓日葵道："小生已高居榜首，不免要上都赴试，小姐请待数月，自有冰翁到府，小生决不为负情人也。"遂赋诗一律以赠日葵云：

销魂怕见远山尖，话别殷勤酒更添。

三叠阳关催去去，半年芳约更淹淹。

秋残驿路风吹树，人倚雕栏月射帘。

他日泊舟杨柳岸，晓钟梦醒韵重拈。

日葵见诗亦和韵吟成一律，以赠花春云：

离愁不合上眉尖，逼得卿家恨转添。

才许东墙窥宋玉，那堪南浦赋江淹。

鸡声茅店郎惊梦，月影回廊妾掩帘。

惆怅鹤鸰留未住，无情无绪酒先拈。

是夜乐事，无不尽情恣意。至晓临别，日葵殊有恋恋之意。

却说花春赴了鹿鸣首席，谒过座师，下落舟船，想道："我虽画成十幅图画以赠美人，

但画图上美人不能与所遇之美人形容相肖。莫若一幅画图，遇一美人，即将美人的手姿仪态，并与遇美处之形象景况，细细绘上，使美人图十幅赠完，此幅上已画成十美矣，得以朝夕展玩怡情，岂不妙耶？"遂命画箧启匣，取出一幅素质的手页，遂将与红日葵月下相逢、偷依树影遮面的光景画了一幅。

是夜，舟泊塘边。因月光未上，无甚观玩，只得闷坐舱中酌酒而已。又因一人独酌，殊少兴味，命家童拾去残肴，把衾稠整好，和衣而睡。追忆是晚对楼中与日葵小姐绣被香浓，锦衾春暖，何等快乐之事。此夜孤舟独宿，倍觉抚景凄凉。略寐片时，重又起来，步出舱中，推窗而望。只见一天明月，已照耀得塘水如银。观玩未几，反增感慨。正是：

> 别离一日如三秋，怎耐孤舟泊渡头。
> 酒醒愁多情脉久，月明江水隐朱楼。

正欲回舱，忽闻邻船有人吟诗道：

> 长途万里水浔浔，从此销魂暗自伤。
> 两桨绿波冲断岸，一帆暮雨锁横塘。
> 夕阳凄草悲人去，衰柳寒蝉惹恨长。
> 南北陵违程正远，云山缥缈隔家乡。

听罢，举首四顾，见有一号大船停泊在前。心中想道："此乃分明女子音声。味她诗，是感叹离别家乡，即景悲怀的意思。他诗才固俊亦可佳矣，未知姿容美丽否？近在咫尺，岂可不一睹其容？"

盼望久之，只听得莺声姣语唤道："小姐，你看云敛晴空，月光清皎，何不步出舱中，赏玩一回，以消愁闷。"无何，舱门"呀"的一响，步出一位丽人。月光照耀过去，看得十分亲切。只见那丽人指着月儿与侍女说道："一月普照万方，万方不齐苦乐：使畅怀得志之人玩月，则月色清辉，欢乐之景象耳；若使离人、羁客、怨妾、弃姬籍此，深宵观彼孤月，觉月光惨淡，不唯难解闷怀，玩之亦愈增凄恻耳。我想在家时，楼上之月，与此夜江边之月，犹是月也，而景况已大为一变矣，能不凄然泪下！"花春听他论得亲切，不禁出声道："兔死狐

悲，物伤其类。妙人奇论，触予愁怀，不必听江上琵琶，而已使我青衫泪湿矣！"那女子闻言，回头见了花春，不禁注目良久，欲相与接言光景。闻得舱内有人叫唤，只得迤逦步进。见他进舱时，犹回顾数次。那花春见美人进去，也只得进舱安睡。心中想道："曾不多时，已遇着两位佳人。天怜才子，信有奇缘也。但此女姓氏未通，里居莫考，怎能与她作合？且待明日乘间细盘舟人，便知着落了。"岂知明日绝早起身，只听得一棒锣声，那邻船已欲开去。连忙出舱一望，那只船儿只离得数尺之路，见内舱纱窗之下，坐着一位年近五旬的命妇，与一位绝色佳人，就是昨宵月下相见的。对了花春秋波微转，眼角留情，亦似有恋恋之意。无奈舟船渐渐离远，霎时间已望不见了。

花春此时，唯是对着江心呆呆盼望而已。既而回进舱中，想道："我若不见倒也罢了，既已亲睹其人，而空使好梦一场，觌之无缘，人孰无情，谁能遭此？唐诗云：'好树有花难问种，御香闻气不知名。'其予今日之遇乎！"然此美虽在，水月镜花，而画图上必须置彼一座，以表不遇之情。"遂取过画幅展开，于红日葵之下，又画就一幅舟泊河塘月夜遇美的图。

不数日，到了家中，自有亲邻贺喜，络绎盈门。冗忙了数日，遂欲打点北上。花春想道："我此去，访美之事急，求名之意缓。若与迁乔同行，岂能任我沿途担搁，为寻花问柳之事？不若辞彼先行，则途中欲行则行，欲止则止，若遇佳人，便可迟迟留恋矣。"主意已定，明知这几日迁乔冗事未毕，未及动身，遂遣人去约，迁乔果然不及同往。花春将家中出入总帐，托与总管钟炎总理，备好行李，多带金银，随了画篓、诗囊两个童子，一径下船开发。

舟至维扬，遂欲寻寓住下。寻到一个寓处，主人姓逢号社来。他家房屋亦颇宽阔，安宿四方商客，热闹异常。花春因外边甚是嘈杂，要寻一个幽静雅洁的卧房，房金总不论多少。那店家踌躇道："小店宿客的房间，多是这样中中庸庸的。相公既要精洁，不论房金，里边有个小小坐室，可以下榻，却从不曾留宿商客的，今日依相公面上，只得权且破例。"遂引花春入内。举目细视，果然小巧结构，甚属幽静。室中诗画，虽非名人之笔，却也可观。庭外种着几盆秋色，尚未凋零。缸内又养着几尾金鱼，倒是名种。花春道："原来里面有如许清洁所在，老丈肯容情宿我，真乃小生之万幸也。"命家童把铺呈运进。那店主人逐与花春细细盘问。一番闲文少表。

花春自寓在此，暗想："维扬风土秀美，人物俊丽，绝色美人自然此地多生。为甚我留

心寻访，见这须庸庸妇女，俱是脂粉妆成，绮罗堆就，从不曾遇着一个倾国的姿容？可叹！"又转念道："红楼中处子，绣阁内姣娃，静守深闺，岂能易觏，焉知此处无绝色女子？自古道：'蛇无头而不行。'欲觅佳人，须要寻一个惯走大户的媒婆，与她串通计议，自有籍合。"遂乘机向店主人问道："你这近处，可有走大户的媒婆否？"逢社来答道："有，就在那边百福街梅柳巷中，有一个姓梅的婆子，就是在下的姨姐，惯在贾绅富户人家出入。若有人托她办事，总无一件不成。为人倒也老成，办事颇属妥当。"

那花春问明店家，径望梅柳巷而来。问到梅家，见一婆子在内，约有四旬外的年纪。见花春进内，遂启口问道："相公尊姓？今日特临贱地，有甚喜作成老身办？"花春道："我姓花，乃浙江禾郡人氏。因会试北上，慕你贵处风景繁华，香生罗绩，故在此寻寓耽搁。那晓在城遍访数日，却不曾遇着一位佳人。老妈妈耳目甚广，必然得悉何处藏娇。若肯与小生作合一美，自有重谢！"那婆子道："相公要觅别的东西，老身不敢领教。至于红粉丛中，唯老身的眼中见得多，耳内闻得广，妍丑美恶，直鉴别得分毫不错。相公若要娶妾，只要肯出重资，包在我身上，访几个绝色出来。"花春道："我乃

访求佳偶，以结琴瑟之欢，并非为抱衾奉帚计也。你城中不论乡宦富家，若有处子，生得如巫山神女、瑶岛仙妃者，乞妈妈指引小生一二，日后事成，决不有负于你。"那婆子道："相公既非聘妾，这平等人家的女子，须一概略去。老身想起来，我城中艳丽女子，却也不少，若论超群拔萃的佳人，要算濮太守的小姐濮紫荆为最。因濮太守要访人才出众的佳婿以配千金，这须碌碌庸才，皆能入目？故紫荆小姐，尚在闺中。我看相公青年美貌，雅度翩翩，若与赵太爷一见，定留一座东床，以坦相公腹耳。执柯之任，老身愿效其劳。"花春道："妈妈的赏鉴，谅无差谬，但须得濮小姐一面，我心始放。"那婆子笑道："相公既是访求正配，岂得如娶妾一般必先见其人，然后议价？况官宦千金，森严闺训，即府中童仆辈，且谨守规矩，回避不敢相见，以相公陌路生人，焉得窥其半面？相公切莫作此妄想！"

花春踌躇许久，袖中取出二锭银子，付与那婆子道："我闻得妈妈干事，无有不成，还祈你老人家与我划一妙计出来，玉成其事才好。这不腆茶钱，望乞笑纳。事成后，另有重谢。"那婆子欢然接去，遂进内唤女烹茶，又与花春闲谈多时。用过香茗，问明寓处，对花春道："如此相公且请回寓，待老身慢慢留心，若有机缘，得能相见，即来通达。"花春遂别了梅婆，径回寓处。

静坐，无甚消遣，正欲握笔题吟，忽听得窗外娇声轻唤"梅香"。遂尔握笔步出，见一美人甚是艳丽：柳眉淡扫，脂粉轻涂；樱桃小口，堪与樊素争艳；杨柳纤腰，直与小蛮比美。明肌绰约，几疑化月而来；玉骨轻柔，还恐乘风而去。果然秀色可餐，宛似酡颜耐醉，愁眉不作，还令孙寿失娇；笑口一开，自令阳城能惑。觑彼秀态，几同楚苑之姣。若问芳年，正拟卢家之妇。见了花春，殊有凝眸顾盼之意。不知此女与花春有缘否？且看下回分解。

评：称婢之别名，曰梅香，其取义乃确切不移。言梅花才放，已潜通东皇青帝之风光，而天气暗飘，实足为蝶恣蜂狂之勾引。所以森严闺训之家，童仆不得内入，如婢不得外出，诚杜渐防微之法也。试观花春与红日葵之事，其间周旋牵合，皆自瑞芝为之。诚哉梅香之名可深味也。虽侍婢之贴玷闺门，已成千古罪案，非此书创论，而寓意亦自可鉴。从来钻窥成事，谓之露水交情。露水则霎时有，霎时无，言其空也。乃唯于月夜相逢，隔舟一会，浮萍南北，魂梦难逃，是又空中之空也。空中之人，而欲实诸画幅，以凑成十美之数，隐士见十美图一幅，皆是此人之类，无非空也。

花春客寓维扬，遍城游访，一无所遇。岂知倾城国色，却在咫尺之间，隐教人以凡事作为，不可舍易图难、舍近就远也。

第三回　扣朱扉潜求艳色　宿绣衾始露其形

诗曰：

> 访美痴心未肯休，维扬有女可贪求。
> 已留客邸成鸳侣，又混梨园缔风流。
> 冤债结因词丽艳，孽根种自貌风流。
> 沿途更有萍踪合，盟社招贤阻北游。

话说花春见了这女子，不觉魄荡魂飞，暗暗想道："这丽人，想就是主人之女。我遍城搜访数日，曾未能一觌，岂知踏破铁鞋难觅处，得来全不费功夫。巫山咫尺，竟如许妙人在此！若非今朝一面，岂不使佳人埋没，徒叹息于邂逅之无缘耳。"少顷，用过晚餐，挑灯静坐，因摹想那美人的形况，题吟四绝道：

其一：

> 嫁玉年纪最关情，额畔垂垂覆绿云。
> 非是司空偏见惯，杏花衫子柳丝裙。

其二：

> 闲来无事立回廊，玉手频频掠鬓傍。
> 一点樱桃莺啄破，声声伴唤小梅香。

其三：

新梳云髻插金钗，淡抹浓妆色色佳。
裙底自怜莲瓣注，见人微露绣红鞋。

其四：

似向仙源觅艳踪，未曾相识已相逢。
春风万树桃花影，肯引刘郎路几重。

吟罢，只听得轻轻有叩门声。暗想此时夜静更深，谁来叩门？那叩声又来得渐甚，莫非即是日间所见之丽人乎？亦低声问道："叩门者是谁？"外面又寂然无语。遂尔秉烛启扉，见槛外立一女子，果然是日间所见的。欣然引进，将门闭上道："日间得见芳容，渴胜启慕，但恨糜饭无缘，洛水神姬，不能与我兴阳台之梦耳。乃蒙芳卿垂眼，怜我客之凄凉，来通佳好，小生何幸甚之！"那女子以裾掩面说道："今日与君一面，不禁念起怜，太王昌既在东墙，岂忍失诸避近？故不惜自荐之羞，叩扉相见。君勿以桑间濮上之女视妾也可。"花春道："芳卿何出此言！自古惺惺惜惺惺惺。怜美爱才，人有同志。岂为因女失闺礼，概以为真私奔之例论哉！"二人比肩坐下，相与通问一番。知此女小字凌霄，朱陈未结。略谈数句，遂相拥入帏。话休细表。停时，凌霄别去，订以后期。由是潜来暗去，约有数宵。

一日，花春出外闲玩，偶从梅柳巷前经过，忆着濮小姐之事，未知可有商议否，遂欲乘便进内一访。方才走进，见梅婆正要出门。见了花春道："相公来得正好，老身正欲到寓相商。前日所议之事，唯有一条计策，可见千金一面，但不知相公乐从否？"花春道："若乃妙策，得见千金，小生有甚不从？"那婆子道："濮太爷曾奉吏部张大老爷之命，要选十数名俊俏女子，教习梨园，进献京师。今岁春间，拢一女班，名曰"月霓班"，演习已久，可以进献。不料前日忽有一女生脚患病不起，现在空缺候补。濮太爷命我访一聪俊女子补入。我看相公仪态风流，却也乔妆得过。若肯扮为女子，混入梨园，就可得见小姐一面。见过后，即可见机而作，以图脱壳金蝉之计。相公以为何如？"花春鼓掌笑道："此计妙绝！就此乔扮便了。"那婆子遂往里边拿出须钗环衣裙等物，将花春方巾除下，梳了一个时新的

盘发。蓝衫卸去，穿了一件鱼白飞花布衫，束上一条深色布裙。又把乌靴脱下，穿上一双九寸长的扳尖花鞋儿。梅婆笑道："幸亏老身的脚寸与相公仿佛，故有这双不曾上足的新鞋，不然，倒一时难觅。"妆罢，又拿些脂粉与花春敷好。梅婆道："相公如此一扮，竟与濮小姐不相上下。"花春闻言，遂与梅婆借镜相照，也暗暗欣喜非常。二人同出门来，把门锁上。花春问道："前日闻得妈妈呼唤烹茶，是有一位令爱的，为何把门锁上？"梅婆道："小女昨日往母舅家中去了，所以不在。"那花春同了梅婆一路行来，路人见者无不啧啧称赞。不多时，到了濮太尊府邸，径入里边，叩见太爷。细细盘问此女来由，自有巧言唐塞。交银立契，补入班中，花春即以身价银子，偿了梅婆。话休絮表。

花春见此梨园之女，皆在十四五的青年，虽不十分艳丽，颇有一二分姿色，因恐破露机关，难成美事，故不敢现出本相与他兴云布雨，唯是勾肩引颈，相为戏谑而已。

却说花春英姿灵敏，这些规模歌唱，不消学得，已是神而明之。一日，太尊有事，省上去了，内堂夫人传班演戏，点了《西厢》正本。花春妆了生脚，做到"游殿""跳墙""惊梦"数出，见他丰裁俊雅，举止嫣然，夫人与小皆喝采道："此女入班未久，而曲按工商，雍容有度，如此心灵神慧，实属可嘉。"那花春暗中注眼紫荆，果然可称国色。梅婆之语信不差也。

少顷，戏方演罢，已是黄昏时分，濮小姐传令生脚进房领赏。花春听了，不觉魂飘天外，即随了使女来至小姐香房。见紫荆粉靥微红，醉倚杨妃榻上，愈增出一种媚态。花春走近榻傍，将身跪下道："小姐在上，婢子叩见。"那小姐忙将纤手扶住道："罢了。"遂命坐下，将方才演戏的妙处极为赞美，说他歌喉婉转，舞袖翩跹，演习未久而遂能神情入妙，诚仍奇事也。又将姓氏年庚细细问答了一遍。花春偶抬头，见妆台上堆着无数书籍，其中有一纸花笺，露出在外，遂起身走过取出。一看红笺上有诗一首，题是《咏月》。韵限楼、头、休、忧、愁；头限敛云晴空、冰轮乍涌；中嵌《西厢》诗一首，其诗曰：

> 云影花阴月半楼，敛容西望粉墙头。
> 晴开玉户风轻拂，空卷珠帘待不休。
> 冰镜朗吟之子拜，轮波微动使人忧。
> 乍来厢下凝瑶岛，涌到银河织女愁。

花春看罢赞道："情怀尔尔，触手生春。下笔几忘限字之苦，有此奇才，香闺增色矣！"紫荆闻言，欣喜道："你如何识解诗中意味？莫非你也识得几个字，会做两句诗的么？"花春道："略知粗浅，小姐若不嫌婢子僭越，敢题和小姐一律。"紫荆道："文墨一道，乃天下之公，虽不拘上下贵贱，可以题咏，在甚盾？但恐此题限字拘涩，未得挥洒如意。你若果能吟咏，待我另示一题以试笔。你道如何？"花春道："这倒不妨，待婢子聊学涂鸦，以博小姐一笑便了。"遂把香墨浓磨，握笔于花笺上和就云：

　　云开月影下花楼，敛拜墙西未卸头。

　　晴夜迎郎来可是，空厢待郎眼无休。

　　冰寒绣户凉风拂，轮挂窗纱少妇忧。

　　乍见半疑登玉宇，涌金波处动人愁。

吟罢，递于紫荆。直惊喜得其凝神注目，半晌无言，乃谓花春道："你有如此奇才，乃身充贱役，混迹梨园，岂是美玉沉埋，深为可叹！不如待奴禀过父亲，另觅一女补入班中，你且在我闺房日夜相伴，异日同侍一人，你意如何？"花春喜之不胜道："承蒙小姐垂怜，真是婢子万幸了。"遂相与并坐言谈，更加怜爱。

花春乘机问道："小姐籍此青春，为甚不与君子好逑，兴调琴瑟，尚尔鸳帏寂寂，绣枕孤眠？"紫荆道："只因人才难觏，故尚待字闺中，岂可致叹，使鸳俦误订？"花春道："据小姐意见，要怎样的人才，便可缔盟谐老？"紫荆道："奴家静处深闺，焉能鉴别天下人才，定其优劣？然自度起来，若论貌，你演戏时之文采可观，即当日之真君瑞，想也不过如是也；若论才，你和我《咏月》之诗，真可谓阿堵传神，香坛圣手，即六朝名士之作，亦可与之并座。但恨才则真才，貌乃假貌，只可作绣窗之伴，不能谐锦帐之欢。若世上男子，才貌有如汝者，便可订百年之好而适我愿矣。"花春见他言语来得凑巧，正可乘间挑逗，遂说道："蒙小姐如此雅爱，设婢子此时果是一个真张生，未识小姐肯作崔莺莺否？"濮小姐亦笑道："若使你果做得张生来，奴亦何乐而不为崔莺莺哉？"言谈久之，侍女俱已静睡，花春道："此刻重门紧闭，人俱熟睡，婢子不能出去，只好在小姐房中安宿了，不知可许婢子与小姐共枕鸳帏否？"紫荆笑道："我与你联芳于翰墨之场，当略去夫贵贱之迹，不久要禀过萱亲，与你结为姊妹，此夜同衾，正可共剖情肠，破香闺之寥寂，有何不可？但不可错认奴作崔莺，以日

间跳墙赴约之风流,谩以加之于我。"

花春遂掩上朱扉,背着灯光,把衩裙卸下,遮遮掩掩,先自入了罗帏。紫荆笑道:"此夜非佳期会也,你何故反作此害羞模样?"亦遂解衣宽带,入帏就寝。花春将右手轻轻挨与小姐面上,偎腮摹弄,觉遍体滑若凝脂,香如腻粉。抚了紫荆的胸膛说道:"莫说别的,就是这两颗嫩乳,亦觉温柔香软,妙不可言。婢子欲吟诗一律,以赞尔美,未知小姐容否?"紫荆道:"如此最妙,你且吟来。"花春亦不假思索,信口吟成七律一首,以嘲谑紫荆云:

酥娘年少最温存,生怕萧郎醉后们。

春盒双双花并蒂,巫峰两两夜销魂。

几曲浴罢浮香露,一弱灯前映指痕。

温软玉肌娇又怯,解衣羞与阿侯吞。

紫荆听道:"情虽入妙,尚嫌未能贴切。我说'萧郎醉后们',问你萧郎在那里?"花春道:"小姐若果欲见萧郎,待婢子权当萧郎便了。"戏谑久之,芳心难奈,不免露出真形。紫荆惊讶不已。花春遂将乔扮细情,一一剖诉,谓紫荆道:"小姐曾经说过的,若我做得张生来,小姐自愿为崔莺。一言既出,驷马难追。佳期之会,小姐不得推辞也。"紫荆无奈,只得勉强顺从,至于一团恩爱,万种风流,其情状言之近亵,故一概删除不表。

到了明日,起身梳洗已毕,紫荆惊谓花春道:"君混迹于女班中数日,未知曾露本相否?倘破露机关,则昨宵在房一宿,难免他人暗中滋议。"花春道:"小生唯恐乔妆事露,难与小姐相亲,故虽混迹于红粉之中,唯把春心捺住,不露真形,小姐不必虑得。"紫荆闻说,中怀坦放。

是日,以留住花春在房道:"奴家前日曾得两题,一是咏笑,一是咏影,却未曾赋就。今日闲窗无事,就将二题与你分咏何如?"花春目有侍女在前,仍自称婢子道:"既如此,小姐咏影,待婢子咏笑便了。"旁边侍女遂尔轻磨香墨,各送云笺一纸,花春先题就云:

曾闻一笑惑阳城,今日相逢百媚生。

偶尔解颐增绰态,嫣然顾我送微情。

低头红晕春波脸,冷齿香消小口樱。

绝世风流描不出,倩分灯下伴卿郎。

花春题罢,见紫荆玉手,轻执银毫,也在那边题写了,其诗云:

相亲相近莫相离,乌有先生信有之。

依约送君灯暗处,模糊伴我月明时。

独来静夜何人捉,偷入深闺不尔疑。

真个形骸同傀儡,循墙面壁一无知。

二人互看诗句,共相赞美不已。

是夜,仍留花春在房安睡,言语间,问及花春混迹梨园,将来作何计较。花春道:"我已得会小姐芳容,鸾盟缔就,此心可放矣。我此去北上,无论春捷与不捷,来岁春尽,必至此倩媒期约,请小姐宽心。等待我明日趁你令尊不在,潜踪遁去了。"紫荆闻言,踌躇半晌道:"郎君虽欲潜遁上京,难与家尊见面,然须倩一冰人,将君姓氏一通,并君之青年才富,秋帏争元,倍详其细,好使家父留东床一座,以待君耳。若使君径北上,岁月蹉跎,恐家君作主缔姻,妾将何以回挽?"花春道:"我在维扬,亦无故旧相知可托。若就令梅婆前来说事,恐令尊未肯全信,必欲面见小生奈何?我想令尊既欲挑选人才,为雀屏之射,一时亦未能得,数月之隔,谅无变故,小姐且请放怀。"紫荆道:"君家既如此说,奴且安心待约,伫听春雷始发,必再会君便了。"花春道:"小生无物为赠,唯带得一幅美人图佩之如珍,明日到寓取出,命梅妈妈带来潜交小姐,聊表盟海之约。"紫荆道:"被梅婆识破机关奈何?"花春道:"乔妆之计,即出自梅婆。彼作事老成,岂肯把机谋泄漏?彼即知道我与小姐有约,亦不妨害。"遂过了一宵,明日起身与小姐握别,遂入班中,与众女闲谈竟日,自然问及何故留宿两宵之事。书不细表。

挨到黄昏时分,竟不与班中女伴得知,悄然遁出府门。先到梅婆家中换了衣服,梅婆忙问道:"濮小姐的容貌如何?可见老身说话并不虚谬么。"花春点头称是,就将与濮小姐缔盟订约之事细细说明。梅婆笑道:"若非老身有此妙计,焉得相公谐其美事?"花春道:"小生自时时感念的。我今还有事求你。我去去就来,你且在家等我一等。"那花春匆匆

来到寓处,取了画幅,又取白银五十两,命画篋张灯同到梅婆家内,谓梅婆道:"这幅画图,烦你悄然带去交与紫荆小姐。这五十两银子,若是濮太爷因不见了人,要寻你身交还身价,可将此银偿了。他若是免得来,越发你的造化了。十两银子也赏了你。我明日稍停一天,后日清晨就要长行了。"那梅婆闻言大喜道:"相公作事算周到,老身与别人办事多年,从未曾有如相公这般慷慨的。"

那花春遂别梅婆,回到寓处,用过夜膳,命家童各自安睡。挑灯静坐,以待美人。那知更鼓频催,竟不见是人到来,只得解衣安寝了。到了明日,与店主人算清房金,命家童叫定船只,打点明晨起身。心中想道:"今夜那人出来,好赠与画图,与彼相别一番。"到了晚间,静候多时,凌宵乃至。问及数日在何处掩留?花春饰词以对,也不告以真情,遂与凌宵盟誓一番,嘱伊安心守约,后会不远。正在言语,忽听得外边叩门声。二人惊惶失色,谓定是败露机关,是非难免了。只得令凌宵潜向榻底躲藏,花春却战战兢兢持了灯火启扉。看来却非别人,乃是梅老婆子,略把中肠放坦,问到:"夜静更深,老妈妈来此甚干?"梅婆道:"我奉濮小姐之命,有送别诗四首赠与相公,命我千万叮嘱于你,必须早遣冰人为红丝之订,断不可迟延时日,致叹惜哉,恐误一生。我恐相公明日早行,不及相会,故急忙到此通达耳。"花春又问道:"月霓班中之事可曾发觉么?"梅婆道:"相公昨夜遁出,他们已着急差人寻访。只怕太爷回来,尚要老身追寻哩!"花春道:"总感谢你的。"那梅婆言毕别去。

花春即把双扉掩上,展开诗笺一看,见是集唐句四绝,其诗云:

其一:

愁听清猿梦里长,几多深送断人肠。

销魂事去无寻处,密讯红笺有几张。

其二:

来时笑屠最堪怜,此夕回肠几万千。

眼底乍抛人一个,西风渺渺月连天。

其三：

> 目断天涯倦倚楼，浅尝滋味透尝愁。
>
> 世间唯有情难说，溪水随君向北流。

其四：

> 金炉香烬漏声启，相见时难别亦难。
>
> 一曲离歌两行泪，更无人倚玉栏杆。

看未毕，那凌宵在榻底步出笑道："你原来又与甚么濮小姐有约，我家姨母与你作合的，故在外担搁这几日。适才问你竟不吐真情，可见男子负心，从古如是。你此去都中占鳌得意，自有贵宦千金招选乘龙，奴凌宵之约，只怕要付诸东洋大海了。"花春道："芳卿何出此言！实不相瞒，小生曾经立志要访十位佳人，以谐琴瑟。尚恐丽人难觅，未能如愿以偿，贵贱之迹，岂所计哉！莫说卿是良家闺女，可订鸾俦，就是青楼少妇，若果有拔萃的姿容，小生亦甘与之为配，决不以其为逐水杨花而情生菲薄也。实情剖告，愿芳卿谅之！"凌宵道："妾只愿君不负约足矣，岂敢有妒心哉！"花春遂取画图赠于凌宵。是夜欢爱尽情，夜深别去。

到了明日，将行李发下舟船，一路行去。在船中取出画图，增上两幅：一幅是美人即时秉烛启视的模样；一幅是华堂演戏，自己扮作张生，濮小姐在筵饮酒的模样。画毕细观，真觉情景活现。

那日到了一个地方，将船停泊在岸，见城中风景，甚是热闹可观，也不带家童，独自一人上岸，飘然行去。约行数里，到一静僻之处，遥望见一座园林，古树连云，层台耸翠，渐渐近来。只见园门大开，有许多车马停驻在外，心中想到："此处莫非任人出入游玩，不妨进去赏览一番。"又道："地陌人生，不可造次。为甚车马虽停，不见游人络绎？"正在踌疑，见粉壁上贴有一张银红单纸，上写的是结社招贤小启，遂念道：

> 窃以东汉论才，共企文章之盛；西园载笔，群夸风雅之名。竟炫鸾龙，仰联

镳于才朔;互推鹦鹉,让独步于江东。斯文不作,我道其衰。庶英俊之重逢,即风流之再振。是以小园结社,招罗名贤,不速而来,兔毫竞写。届期而至,茧纸争拈。把春风而舒啸,十步花香;坐秋夜以联吟,半庭月浸。一堂聚首,堪资攻玉于他山;千里相逢,尽可联芳于萍水。虽三分闲荒,非敢仰高风于投辖;而七襄云灿,是所望益友以锡朋。倘有四方英彦,三益良朋,愿擒词华于寒社,暂住青骢;欲抒芳藻于骚坛,少停白马。谨俚言之布告,当折束以相招。

文园主人谨白

恰才看完,里边走出一园公来道:"相公来得正好,今日正是社期。里边请坐。"花春喜道:"为甚他知我工于翰思,说今日是社期,邀余进去。"遂欣然步入园中。

此时正是秋尽冬初,但见篱菊枝残,井梧色老。唯小沼之芙蕖斗艳,宛若霞蒸;疏林之枫叶争红,偏宜日丽。至于楼台锦绣,岛屿烟云,玩之有余,观之靡尽。约行百步外,见有两童子在前迎接,引花春渡过小桥。旁有一带围栏处,曲曲行去,早至书斋。众人见花春衣冠楚楚,丰度翩翩,不敢傲慢,尽皆起揖道:"以姓氏叙。"花春道:"诸位先生在座,晚辈何敢涂鸦献丑。难逢,敢不学步观光,以附骥尾。"合座俱哗然,应声道:"花兄少年英俊,自是才藻不凡。少顷笔走龙蛇,我辈定邀荣未照矣。"遂递过一纸红笺,有数题在上:梅聘海棠赋,以"已占群芳,还求佳偶"为韵,落叶七律诗四首,其一得秋字,其二得红字,其三得深字,其四得株字,秋闺词一曲,调限《隔溪梅令》。采菱歌四首,不拘韵。看毕,命童子引至一间书室,四壁图书,尽杜李风流之句;几呈玩好,皆玲珑珍重之奇。自是目不暇给,见几上云笺铺就,童子轻磨香墨,以待濡毫。花春暗

想道:"一日功程,要完就诗赋歌词四则,若非我花春,已被他压倒矣。"也不加思索,信笔挥来,早已完就。遂袖了诗笺出外,这个童子也随出来通报主人。

原来方才花春进来，佳宾满座，主人却不在内。至此才是主人，方为觌面，不觉骇然吃惊。看官们，你道花春与他相逢邂逅，并无宿怨，非有旧仇，为甚吃惊起来？且把此情慢慢的揣度一番，少停续看下回，便开疑章。

评曰：是回与后文，悉作返照入江之势，故极力写才子之遇佳人，真如斯其易也。逢凌宵于日间一面，并不烦设计图谋。夜来即叩扉而入，以成佳会。濮紫荆潜处深闺，芳容莫睹，适有乔充女优入见之凑巧，且不特得见其人而已，从而赋高唐之梦，订偕老之缘，快何如之！欢呼此时之花春，几谓才子之遇，固宜如是矣。又乌知其为波中捞月、镜里攀花哉！

或云色欲不可犯，固也；乔妆女子，混入梨园，一可罪也；入房领赏，依回眷恋，二可罪也；卖弄诗才，戏言挑逗，三罪也；先与合枕，后露情形，使紫荆迫于势之不得不从，迫于情之不能不从，四可罪也。种种罪案，固不可恕。至若凌宵叩扉，不得独罪花春矣。我对曰：不然。古之君子，且有坐怀不乱者，乌得以彼来就我，而遂为借口，则不谓其污凌宵之罪同于污紫荆也不可？

第四回　赴文社一人压众　听琴声二美谐欢

诗曰：

画楼寂寂客魂孤，水月风流且谩图。
莺语啼娇心半醉，熊声振响骨全酥。
绸缪未恋三更久，生杀先惊一命无。
人世风波何处险，温柔乡里是危途。

话说花春见了主人，你道为甚吃惊？只因他浓眉横竖，怪眼圆睁，海下微须根根竖起，鼻间麻点密密成潭，额耸难堪，全形杀气。见他相貌不但丑陋，而且凶恶异常。举止接谈，吐词悃款，皆谦恭无比，暗暗叹道："人不可以貌相视之！我意斯人，必然作事不良，待人悍傲者，而岂知其竟不然也。"

二人各道姓氏，晓得主人姓水名澄，字石泉。花春递过诗笺，主人大惊，敏捷及至，览毕，不住的拍案赞扬道："花兄之才，自是紫电前身，青缃后嗣。奇情勃发，吐白凤于胸中；逸韵横流，现青莲于舌上。有此奇才，我社增光万万矣。"那同社人闻花春诗赋歌词已完，皆惊讶不已，出座来观，先念诗道：

其一：

西风摇落岂无由，去逐杜叶交深秋；
潘令花残思往事，吴女欲嫁百样羞。
莫夸宫女能题叶，偏殿翩翩舞广袖；
到此繁华归梦觉，淮河商女更添愁。

其二：

　　岂与群芳斗艳红，淡烟疏雨扫应空。
　　萧萧撼我三更梦，飒飒催人两鬓蓬。
　　霜老园林无半树，秋深帘幕有微风。
　　登山临水浑闲事，懒听寒蝉夕照中。

其三：

　　毕竟人非铁石心，愁事旧恨积应深。
　　生憎画砌堆红叶，无复珠帘捲绿阴。
　　古径苔封樵罕到，空山云淡容闲寻。
　　不堪回首春浓处，紫燕黄鹂尽好音。

其四：

　　极目秋原景色殊，闲情不复恋闾须。
　　忽嗟村树枝枝秃，遍觅芳草处处无。
　　篱落风高空唤蟀，林阴月落欲惊乌。
　　争如陶令门前柳，春信先传到五株。

览毕又念词云：

其一：

　　雁叫西风秋复秋，暮云稠。又见如如新月下帘钩，断肠人倚楼。夜三更，蝶梦正悠悠。梦难留，为语楚娥从此不须愁，虫声窗外啾。

看毕又念歌道：

其二:

《采莲歌》:采莲歌罢唱菱歌,约得邻家姐妹多。

侬采菱兮郎亦采,与郎同棹入乎河。

湖心采采过芳塘,两桨沿流棹艇忙。

小妹摘来含笑剥,手攒菱壳打鸳鸯。

其三:

紫茎含实遍溪东,小艇划来乘晚风。

斜折纤腰低映水,美人图在绿波中。

其四:

柔橹轻移顺水流,今朝满载采菱舟。

归来笑向郎前剥,一角青青一点愁。

看了歌,又念赋云:

搜蜀郡之名葩,采江南之冷蕊。连枝放处,菲菲玉照堂中;贴梗开来,袅袅沉香亭里。结幽盟于竹友,淡欲无言;牵好梦于花仙,情何能已。原夫香散瑶台,花开江店;但乏倾城之笑,别有清香;偏多点额之妆,不争凡艳。将赋合欢于纸帐,何劳驿使遥传;欲赓同梦于罗浮,未许花魁独占。若乃横陈锦障,藻散仙云,倩胭脂之点点,霏香雾之纷纷。种异垂丝,尚待红丝之系;枝宜栖凤,未占鸣凤之文。擅翠袖于疏帘,芳心欲诉;晕红挥于嫩脸,空谷无群。尔其夜半银缸,仿佛朱门之烂;枝头翠羽,依稀青鸟之翔。喧采采之蜂笙,迎来纳币;扑涓上之蝶粉,便是浓妆。遂使燕燕飞来,似有投怀之喜;倘令莺莺唤去,频添别梦之伤。夫何慕乎柳枝之婀娜,而桃萼之芬芳。於焉遇美人于林下,寻好事于花间。高

烛烧来，未是洞房花烛；孤山睡去，浑疑云雨巫山。呼月姊以传言，娇梳月额；倩风姨而作证，笑靥风鬟。从以花奴，听彻萧声之渐远，腾来菊婢，惊开扇影之初还。至若歌艳曲以声声，香魂欲动；护轻阴而漠漠，红粉常留。伴疏影于梅梢，真个齐眉之侣；作和羹于梅屿，还看中馈之脩。金谷群芳，齐输窈窕；玉堂清梦，别檀温柔，忆当年处士为妻，一枝最冷；忻此日佳人作合，七实堪求。彼夫金凤亦名少女，玉兰偶降仙家。孰若此交柯可美，连理堪夸。繄草木之无情，犹求伉俪；譬芝兰之色艳，无不柔嘉。由是千株屋内，不患寡双；定惠院东，居然有藕。共洒四时之雨露，须知石畔姻缘；好求十友之金兰，竟是花房夫妇。绿瘦谁怜，红颜休负。倘得邀庶士之求，自甘效十年之守。

　　诸同人看毕，皆面面相觑道："花兄有此敏捷才华，我辈搁笔矣。"石泉谓众客道："谅诸兄此时俱未落稿，据小弟愚见，今日之作，且不必完，可俟改日补入。夫以花兄之奇才，世所罕观。今日萍水相遇，诚奇遇也。不如即命排宴畅饮尽欢，以庆千古一时之乐。诸兄以为何如？"俱曰："石泉兄之言是也。"遂邀入垂露轩，命家童暖酒进肴，共推花春以首坐。花春固逊。众曰："小弟辈结社于此，乃客中之主。兄乃远客，因推席尊。今日之宴，乃为兄庆贺佳章，弟辈当洗邑奉敬，何而过谦？"花春只得就座，但见罗列之物，尽是山珍海味，凤屑龙肝。正是食费千金，富家气象。尔时美酒逢知己，话亦投机。虽然日色将阑，而座上倍添豪兴。

　　正在欢呼畅饮之际，见一童子飞跑而至，跪禀道："大爷不好了！赛燕娘方才悬梁自尽，幸亏小姐看见，传呼姐妹们哄至房中救下，至今尚未苏醒。特此传话，命小人禀知大爷。"花春见石泉听了家童的言语，怒气顿生，口中嚷道："这贱人如此做作，少不得身首异处，追悔莫及！"竟不顾众客在座，怒目挺身而去了。花春茫然不知其故，向众人问道："方才所云赛燕娘何人？为甚欲寻短见？而石泉兄又切齿痛若此？想诸兄既为至交，谅必得悉其细。"众人离席，俱笑而不答。花春不好复问，只得满腹揣疑。

　　却说众人见石泉进去多时，不复出来，而日已西沉，俱各与花春辞别言归。唯花春一人在座，思欲归舟，则天色已晚，难以行走，深悔方才只图畅饮，忘却归路尚有数里之遥，不早辞别。若欲权宿于此，则见主人如此气象，又是人心难测。然想我与他萍踪猝合，一见我诗作，而遂如此款待之殷，谅非无情也。假榻一宵，岂至见拒？低徊久之，见石泉出

来，颜色少解。家童忙苦禀道："诸位相公嘱小的致意大爷，不及面辞，各匆匆归去矣。"花春不得不假意上前作别，石泉执手道："弟与兄机缘不偶，千里相逢，敢屈驾在荒园草榻数天，弟与祈赐教一番，岂可遂言握别？"花春遂欣然住下，意欲问及赛燕之事，想此中定有隐情，未可造次。斯时银釭已点，命家童重进佳肴，二人对酌，酒兴倍豪，直饮至漏滴初更，见石泉渐渐醉态欲狂，竟扶入里边去了。石泉既去，即有童子引花春到那傍就寝，约约往东而走有半里之遥。花春问道："为何只顾行去，将欲何往？"家童禀道："西首楼阁虽多，却非卧室，唯前边近傍内园待月楼中，乃宾客往来，俱留榻于此。"一头说，不觉已至楼下，那童儿叫道："扫月哥，花相公在此，快须烹茶伺候！少顷，小心服事就寝，我自去了。"花春步入楼下，早有一童在彼接候，见花春进去，一童自去煮茶，一童引了拾级上楼，竟是金窗绣户，珠箔琼钩的一座画楼。童子把银釭放下，侍立在旁。花春暗暗想道："主人既然爱客，虽入醉乡，何妨同榻，为何竟扶入里边，留我独寝于此？看起他来，毕竟有些须佯醉模样，却是何故？"花春步到窗前，推开四望，但见月色朦胧，东风甚急，园中景色，望去不甚仔细。遂闭了窗，回身坐于榻上，早已送上香茗。花春移盏沾唇，觉清香可爱，味美于回。令二童各自下楼，不必在此伺候。家童领命下去，花春亦独坐无聊，解衣就寝矣。

方朦胧合眼，忽听得隐隐有悲哭之声从东而来。心中想到："此莫非就是赛燕乎？想家童必知其细，悔方才不曾问得。"重披衣起来，走至窗边，侧耳细听，又寂然无声矣。只得重来就枕，辗转反侧。及至睡去，一觉醒来，只听得雨声淅沥，响滴庭阶，侧卧而视，见天光已曙，尚不甚明亮。假寐片时，已听得楼下童子喃喃话响。遂披衣起来，童子已送上脸水。梳洗毕，推窗远眺，但见压树早鸦不散，到窗寒鼓无声，处处凝寒，重重叠翠，自有一派雨景。

少顷，石泉出来，花春问候道："昨夜弟因酗醉之极，不得陪兄同榻，促坐谈心，获戾已多，奈今日又值一俗事缠扰，要暂违晤对，故弟特自出来敬禀，祈兄厚谅，莫嫌慢客不恭，是则弟之知已也。"花春一因致语甚殷，二因阻于风雨，不便行走，故尔诺诺，不复启齿言归。那主人又谓家童道："花相公在此，须小心奉侍！我傍晚就归的。"说罢，竟匆匆而去了。是日上午雨止，西风骤作，到晚来，地上已卷得干燥如旧，石径毫无雨痕。日方西下，重返照天晴，花春在园中闲步，只是往东而走，见一带花墙隔住，双扉紧闭，只得在湖山石畔伫立片时，早有家童寻到相邀，遂转身回去，仍至待月楼下坐定。见童子捧上酒肴，饮罢撤去，殊觉寂坐无聊。因此日约在十月二十左右，月色未上，阶前黑暗，只得向架上抽着一本书籍，静坐观玩，以破寥寂。

少顷，家童进来，未几吃得酣然，皆有酒意，花春想道："我日间问以赛燕之事，恐或他不肯细说。此时酒醉之后，自能吐露真情。"因见扫月童生来乖巧，谅他必知斯事情细，就问道："管家，我有一言问你，你若肯说明，重重赏你。"那童子道："相公下问，小人怎敢隐瞒？"花春道："既如此，你晓得赛燕娘是你家大爷何人，为甚昨日欲寻短见？你家大爷又大怒进去？"扫月听说，回看那探花童儿，已因沉醉不堪，先去睡了，遂细细说道："相公欲问赛燕娘之故，说也可怜。他本是良家女子，因生得落雁沉鱼，姿容绝世，被家大爷看见，归来就差人去说，要他送来作妾。他父亲惧畏我家老爷，位隆司寇，势焰滔天，倒也勉强允顺了。无奈赛燕娘抵死不从，家大爷大怒，就白日里叫弟兄们前去抢来。见他腰细身轻，过于赵宫之飞燕，故名曰赛燕。是夜遂欲成亲，他竟拚死不允。大爷怒发冲冠，就欲砍以一剑，幸亏家小姐极力解劝，方才住手。过来已有半月，日夜啼哭，终是不肯回心。此乃内院之传言，却未知其细。"花春道："如此说来，你家大爷平日作事，大约不循良者居多矣。"童子道："家大爷之罪孽，岂能胜数？房中二十四位美姬，大半是抢夺来的。因家大爷生平所嗜好者，唯有二事：第一是溺于女色，故见有俊美妇人，不论其为处女孀居，总不肯放过；第二倒有志于文墨场中，凡有陶韦韩柳之才，必钦心起敬，不敢凌以傲慢，故开社于此，广结天下文人学士。除此二者之外，别无所嗜，故日间则诗酒谈心，夜间必归内寝，即有客在外，必佯醉归房。此间往来宾客，如识其性，夜间罕有留榻者。此乃管园的王伯伯常常说起，故小人知道。"

花春听罢，不觉怅然生悯道："从来琴瑟之乐，必须两相爱慕，愿结同心，然后鸳鸯枕畔，翡翠衾中，若以胶投漆，自有一种乐境。若强逼相从，则泪粉含颦之态，亦何乐于兴云布雨之举乎？可惜有此绝世佳人，不获一观，何缘俚至此！"不禁感怀，口占一律道：

百转回肠恨未消，愁眉懒向镜台描。
孤灯寂寂空鸳帐，暮雨萧萧冷鹊桥。
只是伤心怜碧玉，谁怀侠胆盗红绡。
个人薄命应嗟尔，错遣东风送柳条。

吟罢，倚桌挑灯，暗暗想了久许，见扫月也去睡了。偶抬头向窗外一望，见半轮寒月

已早挂枝头矣。就趁着月光，依旧向东步来，直至日间所到之处。且喜篱门半掩，急急挨身进内，口中自言自语道："园门未知落锁否？多饮了两杯酒，竟忘怀了。"只得向半边一座亭内避进。

花春此时因欲妄图见赛燕一面，已入魔境，故听了家人的言语，也不想少停园门关上，如何出来，竟一径穿出亭中，依着一带石栏，见有一派清流阻住。这一边又是一座玲珑堆就的假山，高有数仞。意欲上去，又无层级可登。伫足多时，但觉月映寒潭，波光清澈，风和树静，万籁无声。望见岸畔有一座小小石桥，因被树影遮住，所以一时不见。花春渡过桥来，忽听得丝桐奏响，竟送出一派琴声。侧耳细听，觉旋断旋续，声远撤于清宵；乍抑乍扬，调倍凄于静夜。不堪听处，几同别鹤之伤；几度悲来，似有离鸾之恨。凄弦重按，还疑鸟舞失珠；痛调频弹，自令禽坠树。寄幽恨于弦中，忆尔泪沾红袖；听悲声于曲里，亦应泪湿青衫。非失恩之怨妾，为诉离怀；即被房之姣娥，欲抒愤恨。

花春听罢，不禁潸然泪下，竟大着胆挨步进来。见抚琴的美人，果似王嫱再世，西子重生。但觉柳眉紧皱，春山锁万斛之愁；杏靥含颦，秋水涌千行之泪。花春上前作揖道："小娘子莫非就是赛燕娘么？"那美人愕然道："君是何人？为甚夤夜至此？"花春道："我乃浙中过客，因见此间结社赋诗，故尔进园题咏，蒙水兄垂爱，留榻于此。夜间独坐无聊，闲步至山，适因琴声惨切异常，闻之欲恸，故尔冒罪与小娘子一谈衷曲。"那女子道："妾姓云，字素馨。'赛燕'二字，乃水贼之所以辱我者。君何亦以此二字唤妾？至于妾之苦衷，一言难罄。谅君既不能为妾解危，恐言之徒劳耳。"花春道："小娘子之情事，我已倍知一二，不必细述。据愚之见，不如聊且顺从，俟后日再图良策。若执而不悟恐残生莫保也。"素馨眼泪道："君言虽是，但妾虽平户贱躯，曾立志欲访风流才子，以托终身，虽为之列小星而奉箕帚，亦所不辞。若欲与宦豪陋质共枕同衾，宁死无怨。今见君丰姿俊雅，迥异寻常，故不避嫌疑，坦怀以告。倘君能救妾脱离虎穴，愿以陋质相从，未知君肯垂悯否？"花春闻言叹息道："蒙卿厚爱，人非草木，岂不动情？但此处重门深锁，非有昆客再世，焉能措手？画虎不成，事将奈何？卿若果有志与小生订约，不如留其身以有待，尚可缓为图谋，我决不以茂残花败，留余憾于章台也。则芳卿今日之从彼，正以从我。不然，身且莫保，何有于后会之订哉？劝卿不必守经，而暂以从权，事可谐矣。"素馨道："君既不以残质见弃，妾亦何惜辱身。但尔时之青盼虽殷，恐他日之《白头》易赋耳。"花春道："卿不必过虑。我一言既出，永世不忘。幸带得一幅十美丹青在船，我明日取来赠卿，以留表记。"

二人言谈已久，素馨欲起身入内。花春道："小生客舍无聊，今夜欲随卿同进香闺，万勿见却。"素馨道："妾既以身许君，敢不从命？但妾幸得水贼之妹、青莲小姐十分垂怜，因对其兄说过，命妾在他身后房住下。妾与水小姐日伴谈心，甚相契合，亏他时时解劝，略减愁肠。今夜小姐本欲同妾到园玩月，因偶抱微恙，故倦于出园。倘同君进去，被伊知觉，亦恐未便。"花春道："即在后房安宿，亦不知惊觉小姐。此时一点春心，已在芳卿身上。夜长梦短，何以为情，卿其留意乎！"素馨沉吟半晌道："此事必须通了小姐，方可成就。"花春惊问其故。素馨道："我与水小姐倾盖相逢，如同白首。言语间，问及抛球射屏之事，彼云门：'楣非所论，但得风流才貌，便可为琴瑟之调。'其志殊与妾合。若令见君，定然垂爱，妾从中撮合，使水小姐得一佳偶，亦可云知恩报德矣。"遂同了花春进内。

原来小姐香闺，就在园中，故无门户闭隔。命花春在楼下站立片时，素馨独自上楼。但闻得隐隐话响，却听得不甚仔细。不多一回，见素馨同一侍女下楼道："事已谐矣，请君上去。"花春遂捷足上楼，见水小姐天姿国色，不减素馨。揖罢就坐，言语之间，绝不装羞做势，竟欣然以终身相托。花春暗喜道："一夜而遇二美，可谓奇缘福凑矣。"斯时月影当窗，夜已过午，素馨竟起身出房，将门反手拽上。花春已知其意，遂与水小姐解衣宽带，一效颠鸾之乐。

迨至雨收云散，青莲道："妾迟接芳颜，先沾膏露。请君披衣至云姐处，再度春风，毋使彼静恨更长，剔灯久坐。"花春依言，遂至素馨房内，见已倒在绣床，桌上灯火未灭，帐幅上在银钩，走近床沿，素馨问道："君何不枕畔云迷，以耽人乐，为甚得陇望蜀，复至此间？"花春笑道："一点芳魂，已早被卿摄去，岂可以李代桃，遂毕阳台之兴？二美联芳，被我一宵占尽，卿之德真铭感不浅矣！卿何得佯作此语。"以是遂入罗帏，再兴云雨。花春自为本领高强，支持可久，故不用丹丸吮口。

讵知情兴正浓，春光已泄。二人玉臂互勾，尚未睡去，猛听得下面厉声大喊，像是石泉的口气，喊道："花春这厮，如此大胆无礼，管叫你性命难保！"花春听了，吓得魂飘沧海三千里，魄散巫山十二重。急急起来穿了衣报，不及束好，将两足套入乌靴，忙欲向外逃生。素馨道："君若下楼，定被擒拿。不如向后窗跳下，望西而走，尚有一线生路。"花春情极无奈，只得拼死跳下，虽月明如昼，却因园中路途纡曲，又有许多树木、亭台遮隔，甚是难行。急飞奔至园门，已见锁上，只得重回旧路，望树影深处躲将进去。行至一座桥边，听得后面人声渐近，因叹道："原来奸情近杀，岂真牡丹花下有风流鬼乎！我今悔之晚矣!"遂向深溪跳下。未知性命如何？下回自见。

评曰：是回文坛艺士，半是衣冠禽兽。盖从来荡检逾闲之事，每每出自此辈者居多，不得以吟哦章句、艺苑风流而自命为衣冠中人也。如水石泉平日仗势行凶，污淫妇女，禽兽也；而偏能盟坛招士，酬接名流。花春黍夜听琴入闺，妄图苟合，禽兽也；而诗才偏能压座，可知观人者，须验其品行之端，不可仅取其才之美也。

蝼蚁且贪生，讵人不如物？观花春与二美人只图得片时欢爱，而祸起须臾，竟至无门可遁，何赖于风流才子乎！自古窃玉偷香，直如一叶扁舟，横江入海，险不可言。苟有心人，能不观此而汗湿脊背。

第五回 吮春丸鏖战群尼
遇仙姿网图双艳

诗曰：

> 孤舟江上夜吹箫，孽事绵绵从此招。
> 静院可堪谐月夕，云房无日不花朝。
> 绸衣美杀孀楼女，锦帐遥怜金屋娇。
> 愿把红丝牵一线，盡闺处处有奸刁。

话说花春情极，望寒溪跳下，自度残生不保。不意甫欲着水，身轻如驾云雾，若有神助，腾空而起，渺不知所之。倏然坠下，睁眼一看，见一道人立在面前。纶巾鹤氅，仙骨珊珊。定睛细视，却就是前日相赠丹药之道人。花春屈膝跪下，口称仙师救命。那道人忙扶起道："贫道知君今日有厄，故特来相救。今已踏破玉笼，何犹战栗若此！"花春举目四望，见已在舟中矣。气喘略住，向道人哀恳道："幸蒙仙师援救，我花春虽获再生，但恐二美在彼，定遇荼毒，还祈仙师再生慈念。"道人云："汝不必过虑，待贫道略施妙术，保留二位佳人与君后会便了。有何言语，可代为通达。"花春道："有手页二卷，赠于二美，恳仙师带去，致言金谷尚存，有期后会，不必悲惨。"说罢，就去取出画图，付于道人。道人拱手而别，花春铭感无暨。是夜在船，愁难成寐。

到了次日，绝早开舟进发。遂尔取出画图描画，画的云素馨手弄瑶琴，眉峰锁恨模样，不数则完了一幅。欲画青莲，不觉止笔道："我与她楼中一会，遂尔成欢，并无别样景况可画，这便如何？"沉思许久，遂画作珠帘半卷，银烛高烧，鸳鸯帐下，与他笑解罗裙模样。迨至画毕藏好，舟中无甚消遣，听得两岸蝉鸣不绝，山色苍苍，因忆着唐句有云："蝉声驿路秋山里。"即拈以为题，赋诗一律云：

关河万里客人寰，听到寒蝉住又还。
艳艳夕阳村外路，萧萧古木道中山。
片帆愁色过荒野，隔岸残声渡碧湾。
向晚舟停人影悄，不堪望月上烟发。

又见孤烟寒碧，秋柳凋残，不禁感怀抒志，赋诗一律云：

忆别离时又一秋，渡头犹见几枝留。
风留旧事今何在？寂寞长堤泪暗偷。
残月晓风幽梦冷，板桥茅店旅魂愁。
舞腰消瘦凭谁问，羞与张郎话旧游。

一路在船，非展画怡情，即题诗破寂。其即景感怀之题咏也，笔难罄述。

那时正在初冬时候，但觉砧响家家，樵歌处处，残阳吹牧笛之声，寒渚挂渔舟之网。无何停小舟于沙汀，泊孤舟于石岸。山高水落，潺潺响处泻流泉；夜静江寒，飒飒声传飘落木。尔时玉兔渐升，约交二鼓；金鸡待唱，尚未三更。花在船，望见岸上有一座庄院，甚是高峻，四面却无房屋。但见古树荒村，清流一派，水光边月，寂无人声。乃取出碧玉箫，盘膝坐于船头，轻按工商，吹出抑扬之调，觉袅袅堪听，醉醉有味。舞潜蛟于幽壑，泣嫠妇于孤舟。桥畔月应悲往事，楼头人倚断柔肠。飞来云际鸾凰，声扬高朗；折尽堤边杨柳，调发凄清。正吹之间，忽听得庄院内推窗话响。花春遂住了声，望上一看，见有人在那边阁上。却于月光中望去，不甚明白，未知听箫者是佳人，是才子？依旧将箫吹动。

那二人开出水门，走近船傍叫道："请相公上来，云房少坐。"花春闻言细视，乃是两个俊俏尼僧，喜不自胜，遂跳上河埠，同了尼僧径至里边。那尼僧说道："贫尼方才与师弟在房闲话，听得隐隐有吹箫之声，疑此间寂静荒村，焉得有此佳调？遂尔到阁上推窗一望，月光之下见相公潇洒风流，超然绝俗。籍此夜静更长，想亦难为消遣，故敢冒渎相邀。"花春道："足感美情。"问其法号，一名悟凡，一名慧源。那悟凡尤生得姣媚动人，向花春细盘姓氏，又问以今欲何往，舟停于此？花春告以会试北上。悟凡道："此间名曰半桥村，乃乡

僻静处,非官商通径。想是舟人迷路,故至此间。"花春道:"情实有之,然非舟子迷津至此,乌得与二位一面?此乃天假之缘也。我想人生于世,犹如草头之露,水上之萍,青春不再,红颜能有几时?以二位具如此之丽质,何不花开并蒂,带结同心,以图琴瑟好逑之乐,乃反削发空门,徒使绣被生寒,孤帏耐冷,受那一种凄凉景况,是真可惜!"那尼僧笑道:"我庵中出家者,皆是空门不空色,净身不净心的,故虽出红尘,未除欲念。清磬数声,惊不断阳台之梦;绣幡长拂,卷不开巫峡之云。何待结鸳鸯之侣,时时交颈鸳鸯;不必谐鸾凰之欢,夜夜成双鸾凤。从来化雨春风,都被出家人占尽;香阁佳人,焉得有此乐境?"花春闻说,深叹其言之不谬。是夜二尼轮流取乐,花春将丹药吮入口中,真是通宵不倦。二尼悦道:"不料相公一瘦弱书生,具此本领,乃色中之飞将,可以一当千。"迨至漏尽钟鸣,然后各自安睡。

明朝起身,已是旭日当窗。花春用过早膳,步出外边,一殿殿瞻仰一番,甚是精雅。但见苔封石径,露滴松枝,佛境客来,静无犬吠,芸房尼在,僻有云封。帘影高低,轻垂斜日里;磬声缥缈,徐徐出落花间。寂寂空廊,鸟啄花砖之缝;深深静殿,虫缘玉像之尘。花春看毕,步出山门,回视上面,有一匾额,写着"香莲庵"三字。庵前一带清溪环绕。对岸有一丛林,约广数亩,多是苍松翠柏,蔽日干霄。傍岸篱笆结断,后面又有许多房屋,密竖棋杆,像是一个宦家的坟墓。遂渡过石桥,傍岸行来,却是关锁在此。从花墙几内一望,里面似有一种阴惨惨的气像。古窗积雨,昏残昼之微光;枯树经阴,长寄行之蔓草。冢前石马嘶风,羁人欲泣;丘畔孤猿啼月,过客生愁。岂是荒丘院宇,应嗟寂寂;纵非古墓亭台,亦觉寥寥。叹人生既归三尺土,有如许苍凉之景况。

方欲回步过桥,见一座大船泊近岸滩,有二个家人手提筐篮上岸。又有众婢女扶了一位绝色佳人出舱。看他浑身素缟,香粉轻涂,朱唇愈淡愈雅,态度难描。见了花春,自是庄重不挑,绝无顾盼流连之意。花春正在凝神注目,被家人厉声喝退,只得起身回步,暗想道:"我北游未久,所遇之佳人,尽皆国色。可谓天怜才子,自有许多奇遇。十美之愿,可不虚所望矣。但思我自遇仙变容之后,见者无不动情。固不必勾引女方,彼已魂飘魄荡。为甚此女于遇我绝不见眉眼传情,却是何故?"又想道:"要知此女住居、姓氏,庵中悟凡自然知悉。进去一访,定然分晓。"

一路步进山门,向悟凡细细盘问。悟凡道:"据相公说来,这个小姐乃是告老凤吏部的媳妇,现任窦察院的女儿。未至凤门丈夫即身故。父母意欲另选豪门,再择佳婿。窦

小姐竟自未婚守节，愿适凤门。父母再三解劝，彼却冰心从白首而靡他，霜操自青年而不易。谓既受凤家之聘，则生为凤家人，死为凤家鬼。已联一姓之姻，永订百年之约，虽云琴瑟未调，讵可琵琶再抱？宁守孤单于一世，绣被生寒；甘心寂寞于三更，罗帏影只。真是玉度无瑕，可堪霜并洁；冰心共澈，应与月同辉。故今岁春间，已过门矣。数日前凤公子出殡在墓，想今日特来祭奠，可惜一位绝色婵娟，竟终身守寡。我想千载流芳，总抵不来一宵快乐。彼何痴心至此！"花春听了这一番话，不觉目定口呆，把一片热心，竟化作冰消瓦解。又转念道："事虽如此，但我前日在水园自分必死，讵知暗有仙人相救。是以寻花问柳的芳心，做出天随人念之美事。天下事凭了一点如火之欲心，拚生抵死做去，那有不成之理！岂可以其矢志甚坚，遂尔交臂失之哉！"遂向悟凡道："我有一事相托，未知师父肯为我出力办否？"悟凡笑道："相公心事，贫尼已经猜着，莫非在那窦小姐身上么？请相公且把此情收敛。若要此事得成，如比日里擒鸟，月中捉兔，虽有奇谋良策，无能为也。"花春闻话沉思，亦觉难图成事，只得且至城中，另寻机会。遂欲与悟凡作别，悟凡道："千里相逢，喜出望外。正思盘桓数日，乐境靡涯，何得遽言离别？莫非急欲去访心上人乎？相公此去，无论事不得成，即欲与窦小姐一面，侍至马角生、乌头白，亦无相见之期。"

花春闻言，默想道："蛇无头而不行。若无可乘之机，而谩欲逞以攀花折柳之能，如青蝇带壳而飞，有何撞处？悟凡既细知其根底，自然在他门下出入，言语可通，犹可作药中之甘草也。"花春只得殷殷恳托，必欲伊画一妙计出来。悟凡凝神侧目，想了半响道："大凡窃玉一事，不可乱撞，必有所挟以相将，方可成功。或以才帛动之，或以言语引诱之，或以色欲迷恋之，或以局骗陷溺之。今凤家缙绅门第，富比石崇，才帛既不足以动之。而窦小姐千金之体，静一端庄，非礼之言，岂能入耳？他未婚守志、铁石心坚，纵人宋玉、潘安之貌门于其前，岂能动念？日处深闺、重门高峻，局骗之计，又无所施。除此数项之外，计无所出，然在贫尼想来，唯局骗之计，尚有一线生动。但此时难以措手，且再延挨半月，此计可行，不知相公肯耐心等俟否？"花春见说有计可施，便欣然进问道："师父方才既说她日处深闺，局骗之计无以行，何以又说此计尚可因谋？乞道其故。"悟凡笑道："此时且不必明言，相公若能耐性，半月后贫尼当效微劳，或者春风得度，也未可知。"花春暗想道："他若果有妙策，为何不肯明言，又要待月后方可行事？莫非他无甚计策，欲款我在此，故以此言哄我？且莫论他是真是假，就在此闲搁几日，亦何妨碍。"立意已定，嘱付船家，将船停泊后河，命家童在船看守，自己在庵内安心守耐。是夜，与众尼逐欢取乐，因有补天

丹唵口，所以百战不败，供支持昼夜。

到了明日，不免罢戈。偶在殿上与尼僧问话，忽见外面走进一老年婆子，同一使女急急进来。花春以为此必是谁家妇女至此焚香，故有此妪婢随来，及至二人进内，不见后面有甚女子，且看那婆子发鬓半苍，年近花甲，这使女约在二八芳年，虽无十分姿色，也有一段风流。向悟凡问道："师父，为甚许久不来我家？安人命我问候师父并众师父俱安好的。"悟凡道："多承你家安人费心！迩来员外、安人与小姐多康健么？"那婆子道："不要说起，我家小姐不知何故，忽然染成一病，憔悴恹恹，饮食少进。员外遍请名医看治，只是无效。安人着急，命我同翠云姐到此，祈求观音大士，虔心许愿。"就将香烛点了，伏在蒲团，深深跪拜，口中念祷不绝。复起身来持了签筒，求出一签，乃是九十九签。侍女在旁见道："呀，这又奇了！我家小姐得病的根由，乃是九十九，为何签上的数目，也撞着了九十九？"

婆子也不听见安放签筒，就将九十九签的秘诀，请教悟凡详解主何凶吉。悟凡道："签诀精奥，贫尼性拙，详来恐不甚透澈。幸有这位相公在此，请教他一述，自然明白了。"花春步将过来，签经一览，上写道：

要知心忧还非病，料得身危别有医。

悟后方知灯是火，笑他枉费用心机。

花春道："细玩签句，你家小姐的病症，似非延医服药之所能为功。若能慰得他的心，就可勿药有喜了。"婆子道："原来签上也是这等详解。前日员外特请名医李半仙到来按脉，他说：'此因心中有所思，而日夜积想，不遂其欲，以致心神郁结，染成此症。只要心事得完，就可痊疾，不然，纵有神医妙药，难以挽回。'方也不定，竟自去了。安人在小姐跟前再三盘究，探不出其中缘故。看来凶多吉少，此事怎好？员外、安人年过五旬，并无子息，单靠得半子收成，以娱晚景。唯祈佛有灵，保佑我家小姐渐渐脱体还好。我想员外、安人做人极是忠厚，为何一个小姐都招不牢，竟生出这样怪症来！"与尼僧略谈几句话说，同着丫鬟，竟自出庵去了。

悟凡道："闺中处子，有甚心情？想已入相思魔境矣。古来天之生人，从不予以完美之福。既有所矫纵于此，不能无所缺陷于彼，可叹也。"花春诘问其故，悟凡道："方才所云

染病的小姐，乃是西门满员外之女，小字池娇，其容貌实较胜于窦小姐，乃一则未婚守寡，受尽一生落寞；一则染病恹恹，竟难疗治。叹为半世佳人，空作一场春梦。既纵以绝世风流，曾不使彼受一须风流欢乐。天实为之，谓之何哉？"花春听说容貌较胜于心上之美人，又触动了访耦的深心，忙问道："此女青春几何？曾受聘否？"悟凡道："满小姐年方十七，尚在闺中。因员外膝下少儿，要访一乘龙佳婿招入家中，所以姻事蹉跎，未曾受聘。若得满小姐病愈，当与相公玉成此姻，稳叫蓝桥得渡。但恐症已犯实，不免作泉下鬼，亦无奈何也。"花春又问道："师父说他貌胜于窦小姐，此言可是真否？"悟凡道："贫尼在城中穿家入户，大半是富贵豪门、缙绅大族，所见的香阁千金，亦指不胜屈。论其美貌，要推池娇为元，瑞香小姐为亚，余外红粉虽多，怎能比数？"

花春见其凿凿道来，谅非谬语，因想着方才使女的说话："小姐染病缘由，乃是'九十九'，甚不解意。那侍女既道九十九是根由，只要问明九十九之故，满小姐的病情自然能医了。"遂向悟凡问道："今日这个使女，可是满小姐贴身服事的么？"悟凡告以正是。花春："如此既承美意，为小生玉成姻事，恳师父明日遂至满家，向今日到此的婢女细问小姐得病之由，就知分晓。"悟凡道："相公何以知满小姐的心事，翠云丫鬟得知其细？"花春道："大凡闺房作事，一动一静，未有不通于使女者，故女子善怀，在父母茫然不觉，而婢女已洞悉其情况。他今日明说小姐的病源是从九十九得来，但九十九之故，小生再详解不出。你只要将此语细细诘问，则真情吐露矣。"悟凡允诺。待至明日，被花春催逼动身，只得用了早膳，遂进城中。

花春在庵盼望佳音，甚是不耐。候至夕阳西落，未见悟凡回来。在庵前伫立多时，遥望到那入城这一条路上去，竟绝无人影。唯见那远近枫林，夕阳返照过，直如染赤的一般，因口占《红叶》二绝道：

其一：

嫩柳娇花一扫空，只留败叶卷西风。

不知更有何人泪？洒得寒林如许红。

其二：

日落迷离暮色高，寒林霜醉尽萧骚。

若教添个题诗女，错认仙源一树桃。

吟罢，见天色渐渐晚下。庵中走出两个披发小尼道："花相公，请到里边去！我们要闭山门了。"花春道："悟凡师父尚未回庵，如何就把山门闭上？"那小尼僧答道："师父入城，常常在城中人家歇宿。此时天色已晚，谅不回庵。"花春无奈，只得步进庵中，晚餐也不用，遂往悟凡房中睡下，将门紧闭。少顷，有尼僧逐次来叩，托言身子困倦，今夜暂止戈矛。尼僧因闭门不能入，一个个都自散去。

花春在房不寐，倚窗静坐想道："我在此等候消息，度日如年。你探知其故，自宜速即回庵，为何反在满家耽搁，使我中心快快。日间纵已过了，今夜作何消遣？"坐至更余，觉得倦眼朦朦，似有睡意，及至解衣就寝，则双眸虽合，而一腔思念只是辗转心中，未能抛去。又想窦、满二美，虽云绝色堪怜，然一则守节难移，一则病痊未卜，事之谐与不谐，尚难预定。何天工既生才子、佳人，而又使才子、佳人之遇合如此艰难？此我所不解也。是夜恍惚朦胧。

到了天晓，披衣起来，步出前殿，见门窗重重紧闭。花春逐重开了，步至山门外，尚是绝早天气。只见宿雾朦朦，寒风凛凛，板桥重罩浓霜，尚无人迹；古树声喧宿鸟，渐见鸦飞。盼望一回，觉寒气逼人，难以久立，重入庵中，将门虚掩。不一时，见庵中众尼络绎起身。

少顷，用过早膳，又步出庵前，远远望去，似那边有人行来，却又看不仔细。渐渐近来，像是悟凡。花春遂急步迎将上去，见果是悟凡。复又走上前去，急急间道："消息如何？"悟凡道："相公如何这等躁急！且去庵中，说也未迟。"花春见四野无人，遂携了悟凡的手，急急望庵中来。花春又问，悟凡叹气说道："此事徒劳往返矣！"花春惊问其故。悟凡一一从头讲道："贫尼昨至满家，见过安人，问安几句，说起昨日签诀讲论一番，随后至小姐房中见小姐睡在牙床，罗帏半起，我略走近床沿，见她玉容憔瘦，春色全无，然而骨格风流，犹然如昔。见了贫尼，注目许久，然后说道：'悟凡师请坐。'只因懒于启口，故此后别无言语。我见房中服事丫鬟有两三个在内，不便说话。适因翠云姐有事往外，我即随他出来，问以小姐得病缘由。他总支唔不说。我说你昨日在庵，明道着小姐病根是从'九十九'来的。你只要说明'九十九'之故，则小姐心事自然明白，小姐的症候亦可医治矣。

你家员外、安人，五旬无子，所以娱晚景于桑榆者，只此小姐耳。你平日得叨这须优待厚恩，不思图报，忍袖手闲观，使小姐奄奄一息待毙旦夕，令员外、安人痛苦交加，亦于心何忍！她听了这番言语，沉吟半晌道：'师父之言，真令人闻之痛入肺腑，但小姐心事，我所以嗫嚅不敢言者，实因小姐切切叮咛，命我千万不可泄漏，如或在安人面前通了一言半句，我小姐唯有死无生，不欲苟活于人世，所以前日安人再三垂问，我只得隐忍不言。看来此事实为狼狈，今承师父数言开导，使我肝肠寸断而已。若欲明告，则又何敢哉！'翠云之言如此，是我以真诚恳切之言动彼，彼固不得再推；而彼亦以缠绵悱恻之言答我，我又何可再问？即相公处此，想亦无如何告之也。"

花春听罢，唯是抓首嘘欷，口不能语。悟凡笑道："相公且莫忧虑，还有佳音在后。"花春忙问道："究竟如何，切勿半吐半茹，使我愁疑满腹！"悟凡道："随后用过中膳，与安人闲话许久，因天色渐晚，留我宿榻于彼。夜间翠云特来问我今日盘问小姐一事，却是何故，莫非你依得小姐的意来么？"我道："依得来，依不来，此时焉能预定？你讲明其故，或者有人医治得小姐的心病也未可知。"未知悟凡此时再说出甚么来？且看下回分解。

　　评曰：是回得层峦叠嶂之妙。乡村僻地，花春意中本不思有所遇，乃静夜泊舟，有香莲庵众尼之遇合。亦谓所遇者止此而已，不料石桥闲步，又有玉人天外飞来。阅者意中，急欲观花春如何钻谋？如何画计？方弄此人到手。乃偏把此事搁起，又于无意中忽起一番遇合，几如游山水者，高瞻远瞩，已望见一所景致蓊人眉宇，却碍于路径纡回，无从进内；正在行间，忽又开出一条径路，别有奇观。此晚既舍不得这里，又舍不得那边。意虽注于那边，足已投于这里。实有心慌意乱、目不暇接的一种情状，是文笔曲妙处也。

第六回　一幅画巧谐美事
三杯酒强度春风

诗曰：

> 已订丝萝已守孀，一齐贻玷破含芳。
>
> 蓝桥杵折冰人斧，巫峡云锁玉镜霜。
>
> 秃毒从来为至齿，梅香自古引蜂狂。
>
> 罪魁毕竟归何局，料得奸谋怒上苍。

话说悟凡转述翠云的言语说："他挥泪而言道：'我本不敢对师父说明，一则感师父殷勤下问，情有难却；二则我右想左思，小姐的心病，唯师父肯多方谋画，为小姐留心，尚有生机可望。故只得把小姐嘱咐之言，付诸流水。'贫尼急问其故，他云：'家小姐闺中消遣女工针，唯酷好丹青一道，师父所深悉。故尝谓'人各有志，不能相强'。古来豪杰之女，有以逞雄试武成婚者；文墨之女，有以联吟题咏订约者。大约物以类聚，即朋友之道，可通于夫妇。今我之所嗜好者，绘画为先，诗词为后。我想天下才人工于翰墨者居多，善于丹青者实少。我立志要访一风流才子，其绘画工于我者，方可与之为配。今岁春间，偶画一局春宵百美图。其款样，乃幅幅各别。画了九十九幅，欲再画一幅，凑成百幅，总凭你心思呕尽，只一幅究想不出。小姐谓'谁人能别出心裁，再画一幅，以凑成其数，遂可与之咏好逑之矣。'然仔细寻思，这幅美人图，只不过玩诸香闺，茂于锦匣，讵得传扬于外，可使人见者？既不得使人见，则此幅画图，竟无家美之日。所以小姐神思梦想，终要摹出这幅形像而后已。不料精神耗散，迩来渐渐憔瘦不堪，此病源之起所谓'九十九'也。为今之计，只得恳在师父身上，将此未成之画带去。我想师父庵中游人不绝，若有青年才子善于丹青者，请其完工此幅，或者侥天之幸，事有凑巧，也难逆料。但不可说出家小姐之笔。

此特我翠云无可奈何之极思，总祈师父相机行事，随处留心，则不特小姐感再生之赐，即员外、安人，亦叨德无穷矣。'即向袖中取出图画，双膝跪下送过，又说道：'自今以后，若师父将画图取去，不为留意，则小姐残生莫保，空负我一片苦衷；而或者机关漏泄，贻玷香闺，则翠云之罪滋甚。望师父为我原谅焉。我听他语语真诚，言言恳挚，实令人闻言叹服。但相公于丹青一事，曾谙否？'"

花春闻言大喜道："这段姻缘，倒有八九分希冀。绘画之事，是小生最所擅长。况既画了九十九幅，这一幅有何难画？直可以信毛挥就！"遂向悟凡袖中索取卷页。悟凡连忙取出，递与花春。接过一看，见页面上写着"春宵美人图"五个字。展开细玩，竟自一局春意图，幅幅上有七绝一首题在后边。诗中意味，皆与这幅形像相符。而画上意态，自尔摹神酷肖，未有前后重复者。花春未见之前，以为易事，及至翻阅数次，意中摹出来的形景，未有不在九十九幅中已经有之者，因渐渐有须难意。然只是手不释卷，将那九十九幅翻来翻去，凝神定志，要摹拟出这一幅来。或俯首于桌，百端搆想；或跬步圈行，仰面寻思。凭你搜尽九回肠，毕竟难成一幅画。

因是孟冬天气，不多时，天光已晚。恐在庵中歇宿，有尼僧缠扰，所以就携了此画，径往后岸船中安歇。少停，悟凡来问道："相公今夜为甚不在上边下榻，竟下了舟船？莫不是图画不能成，把一条心事抛去，欲开船北上了么？这一幅不可带去，快交还了贫尼。"花春道："师父何得多疑，吾有言告汝。"遂跳上岸，轻轻对悟凡道："我恐在庵中宿了，夜间有别事纷心，不能细细摹想，故暂在舟中宿了一宵。今夜想就了这幅画，明日好交师父将好事玉成。"悟凡闻言颔首而去。

花春仍下了船。船家自端整夜饭，用过俱安睡了。花春独坐在舱，暗想道："怪不得池娇小姐积想成病！人之心血能有几何？必为这幅画图呕尽也。看来满小姐之病，不曾医得好，我之病又从此染矣。若想得就，由我生而满小姐亦生；想不就，则满小姐死而我亦死；我与满小姐，实两命相连者。"想得神思恍惚，忽闻岸上似有人吟诗。听得甚模糊，心中惊异道："这里乃荒僻野地，为何有人吟咏？"几疑是鬼神，遂移步向外，开出舱门，举头一望，只见河面星横，月光未上，四面又绝无身影。正欲回步进舱，听是那边吟道：

画幅难描百样羞，任他鸳帐会风流。

侍鬟立久斜眸视，摇拽罗帏动慢钩。

花春听罢,恍然醒悟道:"是了,这幅可成矣! 此非凡间吟咏,定是神仙来点化于我的。"遂望空拜谢,进舱酣睡一觉。

明日起身,来到庵内,将手页展开,画上一幅。你道这幅形像是怎么样的? 画就一只牙床,鸳鸯帐低下,翡翠钩空悬,床下放着一对绣鞋,一双珠履,侧旁立一侍女,斜目视那帐钩摇动的模样。花春画罢,大悦道:"若非仙人吟诗指示,焉得有此妙想! 只此一幅,可以包罗那九十九幅的形像了。真画工之妙笔也。"就将这四句诗题跋于后,恰好悟凡走到,问道:"花相公,这幅画可是画就了么?"花春即递与悟凡看道:"此画实有神助,你看毫不露一须亵态,而种种酥胸紧贴,二臂轻勾之状,有可以意想得之,又蕴藉,又风流,真匪夷所思! 你今日带去与满小姐一观,定当欢悦非常,精神顿爽,把平日闷闷积郁的胸襟,竟一旦豁然消去。但其中美事玉成,则悟凡师是赖,小生当铭感不浅!"悟凡道:"这不消相公虑得。此画既成,管教你鹊桥得渡,凤侣成双。待我明日就去便了。"

一到明日,悟凡袖了画图出庵而去。花春在庵,只得按定心神,巴望那好消息到来。待至下午,见悟凡回来是汗流满额,喘气吁吁,说道:"相公缘悭,非关贫尼事也。"花春方才入耳,不觉骤然惊骇,及转念一思,倒把中肠放坦,以为此又是悟凡因我心肠太热,故将此语试我。因笑道:"师父又来笑我么?"悟凡着急说道:"实非贫尼说谎,相公尚未知其委曲。前日满员外与小姐说,今岁红鸾高照,合当见喜。适有小姐之母舅员外执柯,出帐于东门汪孝廉家。因欲急于见喜,昨日已经定聘缠红。翠云姐也至昨日方晓,故前日付画之时,并不道及。贫尼一闻此信,只得将此画交于翠云上好,竟自来矣。"花春听说,尚迟疑不信,及再三盘问,知是真。只是抚膺悼叹,愤怨连声。此日心中闷闷,幸有众尼交相取乐,略减愁肠。只安心待与窦小姐谐欢一夕,且俟半月后不知悟凡有何妙计。

一日,偶然念着池娇之事,以为:"伊父母虽因见喜而联姻汪姓,然池娇曾有志于丹青一事遴选才人。则前日见了我续画一幅,未必不思慕其人,而有恋恋之意。我不如使悟凡再至满家,试探池娇心迹若何。或者此中尚有回挽,也未可知。"遂将此意告知悟凡。

悟凡无奈,只得又往满家。至晚回庵,笑容可掬道:"贫尼今日至满小姐卧房,见他神清气爽,粉靥微红,迥非前日卧床形景。见我进去,似有一种含羞之态。既而问此幅画是谁人所续? 贫尼就以相公告之。又将相公之品格风流,少年发逸为之细道其详。他亦别无言语,不过怦怦叹息,自恨福薄缘悭而已。后又沉吟良久,衷情欲吐仍茹,贫尼亦难以

进问，只得辞别出房。与安人用过午饭，忽见翠云使女潜向我说道：'小姐后日欲到庵中来焚香了愿，令那续画的人且慢动身。'诘问其故，他说：'小姐见了此幅画，虽然病已痊愈，然画虽在，而续画之人不得一面，又不免积思成疾，故令花相公在庵与小姐一会。则此中参权行变，或者尚有曲全之术。'我就连声称妙，应诺而来。"花春惊喜交集道："翠云姐果有此心事，非绝望的了。但后日须要见景生情，以图佳事。"由是复心猿意马，捱过了一日。

这日在殿上等候多时，见满家小姐远远自外进来，就是前日这个老妪与那翠云使女在旁扶从。看来花容月貌，果不减于窦瑞香。及至回廊，满小姐亦斜睇凤目，见了花春。然后花春避入后殿，嘱悟凡如此这般，径往悟凡卧房住下。闲坐移时，听见外边有笑语之声，知是悟凡引那池娇进房来了。见只是悟凡与使女同来，那老妪却不在内。花春趋身作揖道："前日获睹小姐丹青妙笔，真是格精六法，派授四家，工于写照卸裳，传兴雨之神；亦既点睛启匣，恐乘风而去。唯因画幅款样，只止于九十九而缺其一，以致小姐用心太甚，而郁郁成疾。小生正欲续貂于后，以解小姐闷怀，不料构思终日，仍然搁笔。是夜实有仙人赠诗寓意，故得悟出此境。小姐莫将此幅画图等闲视之。"那池娇两颊晕红，莺声低语答道："妾非不铭感君家厚德，但恨命薄如云，丝萝已订，此身又不能报君矣。"花春道："古来奇缘奇遇，亦自不少：贾氏以窥帘而再从佳偶，崔莺以待月而重缔良盟。才子佳人之事，岂仅硿硿于礼法之间而被所拘束哉！愿小姐为之三思！"池娇闻言，竟默默不语。悟凡恐老婆子到来，因令花春且自出房。

花春出来，信步行至慧源房内。慧源无事，桌上放着一本《金瓶梅》在那里观玩。花春假意问题："师父看的是甚么经卷？"慧源笑道："经卷看他则甚？贫尼看的是一部消闲趣书。"花春遂挨身坐下，同她展玩。书中露一笺纸出来，上有诗句。花春意中以为此定是谁人相赠的情词，遂念诗句道：

其一：

> 思为多才误此身，红颜薄命恐非真。
>
> 如何十二峰头女，便作三千界外人。
>
> 忏悔佛前常伴佛，脱离尘境已无尘。
>
> 不须重赋风流句，日坐蒲团洒泪频。

其二：

> 大士坛前礼拜颖，杨枝滴水属何人？
> 慵施脂粉愁开镜，新试袈裟不染尘。
> 一点法灯今日我，百年幻梦异时身。
> 于今已作沾泥絮，且结来生未了因。

后写"俚句感赠悟凡师。满氏池娇草"。花春道："这二首诗原来是赠于悟凡师的。不料池娇小姐既工于画，又善于诗，你看诗中悲感叹息，说得前因后果种种俱非，如琴娘参苏上座，言下顿开圆觉，真闺中之绝才。但以此二诗赠诸悟凡师，则未可云知已也。"顺手夹好，依旧看书。看到情浓之处，不觉淫心动荡道："空摹其神，何如实仿其事。"慧源就起身闭上房门，拥入罗帏，风流一度。

少顷，花春出房，步至殿上，恰见悟凡送了满小姐进来。向花春云："事已谐矣，方才翠云瞒着小姐，令我明日同你进城。我先至她家，傍晚你须在后门伺候，黄昏人静，出来引你进去，径到小姐闺中，何虑阳台路杳哉！"花春此时不禁喜形眉睫。是夜无话。

到了明日，打点去赴佳期，又自思虑道："我若与悟凡同行，则傍观不雅。若使她先到满家，我随后自进城中，则径途不熟，又不认识满家后门何在。心生一计，不如扮作尼姑模样，与悟凡同至满家，饰言归庵不及，借宿一宵，则夜间潜入绣闺，又省一番周折。"设计已定。悟凡进房取衣，花春将衣衫尽解，又脱下乌靴，头上带一顶妙常新巾，身上穿一件半新不旧紫檀色的袈裟，腰内束一条水墨禅裙，足上套一双四结方头僧履。众尼僧看见，俱掩口而笑。悟凡道："如欲同去假榻，此时早了，须午后进城方好。"于是在庵耽搁许久，花春袖了一幅十美图画，遂与悟凡慢慢步出庵门。

一路行来但见人烟寥落，少有村庄，野树风飘，枝凋叶落，正是仲冬的景况。约行五六里许，已进城中，转过数条街巷，已至满家门首。径入里边，花春举目细观。虽不等缙绅门第，赫赫威威，而峻宇高堂，自有一种富家气象。来到后堂，与安人见礼已，问道："这位师父，从不曾会过，莫不是新到庵中来的么？"悟凡应道："正是。"又问："今日何进城太晚？"悟凡道："因上午紫石街张老爷家，被大人留住，用过午膳，又闲谈许久，所以晚了。

本欲经回庵内，因昨日小姐到庵，简慢多多，未知昨宵可安睡否？贫尼心甚牵挂，故又特进来问候。"满安人回言："多谢。"于是遂留花春、悟凡在家下榻。

不多时，用过夜膳，已交初鼓，安人命她在小姐房外厢楼上安睡。花春闻言，喜不自胜，侍女移灯，引至楼上，悟凡自进房中，与小姐闲谈去了。花春只在厢房坐下，房内设着两只铺，铺内枕衾齐备，虽非锦缎绫罗，却也精洁可爱。少顷，悟凡进来，脱衣就寝。二人正在戏谑，见使女翠云进房，含笑丢眼举手相招。花春随了翠云步进，池娇正在床沿，罗裙已解，只穿一件杨妃色花绫小袄。大红缎裤管上，用片金镶就。纤纤玉手，正把那一丢丢红菱样的绣鞋脱下。花春看见这一种景况，不觉魂魂俱销，趋身过去，池娇定睛细认，若为错愕道："你是何人，擅敢乔妆改扮，深夜入我闺中！"花春双膝跪下道："小生昨日在香莲庵中，曾与小姐会过的，难道就不相认了么？今夜万望小姐垂怜！我为了这幅画，费尽神思，实指望与小姐一谐鸾凤，讵料萍水无缘，望梅竟难止渴，小生这一点灵犀，已在小姐身上。若小姐竟弃予不顾，则无底之相思，此身不免向茫茫泉路矣，亦何忍至此乎！"那池娇听他一字一声，俱从肺腑中流出，亦觉香泪交流道："妾非无意君家，故作此香阁态。况妾前日曾立志欲于丹青中访我佳偶，今君笔墨独灵，实妾之佳偶也，既而因美人图不能终幅，染成重症，赖君续完此幅，救妾残身，则君又妾之恩人也。但父母之命不可违，媒妁之言不可挽，即今宵不顾辱身，与君赴高唐之梦，然究不能终身奉侍箕帚，与君谐老，则一夕之欢，亦恐为君不取也。"花春道："非也！若不图终身之计，而仅贪一夕之欢，是非爱卿，直欲辱卿耳！在予亦不敢出此。正谓终身之去就，争在一夕之从违。若今夜悍然不顾，谓已订朱陈，不可再谐秦晋，则安心待嫁汪门，予与卿天南地北，终身无相见之期矣。倘今宵一渡蓝桥，则后此必千筹百画，谋一万全之计，以了终身。是终身之从，实一夕之从之有以激之也。此中委曲，小姐殆未深思尔？"

池娇闻言不语，似有允意。那翠云在旁察言观色，竟把银灯吹灭，将房门反手拽上。于是池娇半推半就，拥入罗帏，顺手将鸳帐轻轻垂下。花春笑谑池娇道："予与卿此时，宛然第百幅的画像无异，只少一个侍女在旁窥伺。未知几时得与卿夜夜谐欢，摹尽那九十九幅娇态，则庶见才子佳人，偿尽风流乐事，不为画上美人所嘲笑也。"池娇亦无言相答，竟任其鸾颠凤倒，雨覆云翻。正是：香喷檀口，鸡舌初含；汗温酥胸，凤膏凝滑。涓涓露滴花心，点点红流衾底。花春款款轻轻，自有一种惜玉怜香手段。三更事罢，各自睡上。

明日清晨，直待侍女唤醒，然后披衣起来。池娇对镜，花春在旁细视，真是云髻一窝

堆俏，双眉两黛横情，其貌无双，屏上相形俱欲妒；花容罕匹，镜中对影暗生怜。池娇命使女把他平日所画的画幅，各各与花春观看。花春一一展玩，赞美不已。

少顷饭后，悟凡欲与花春同返庵中。池娇命翠云告禀安人道："请悟凡师先行，这位师父还要他盘桓数日，请教他画几幅图画了。"花春听说，真感念不已。遂出房潜向悟凡道："我虽在此耽搁，窦小姐之事，你曾说俟过月余有隙可谋，我算来其期已近，倘有所谋，即通一信于我。"悟凡道："不必通信，你俟三日后，须到庵中，但不可贪恋于此，错过日期，则又无能为矣。"那时花春自在满延留，逐将池娇新画之山水人物，细细将诗句题拨。到晚来，被底欢娱，自不必说。

一日，偶在绣床鸳枕边见得池娇睡鞋一双，甚觉香气扑人，尖纤可爱，因口吟一律，以谑池娇云：

> 绣枕鸳衾分外佳，洞房窄窄睡时鞋。
>
> 可曾踏破巫山路，无复经来洛水涯。
>
> 半夜春风勾冶梦，一弯暖玉透郎怀。
>
> 暗中香气迷人醉，并蒂红莲称小娃

池娇听咏，微笑而已。尽不琐叙。

且说三日已过，花春心中踌躇道："我今日若径回庵，是又舍不得此间欢喜；若欲不去，则悟凡又说日期不可错过。我只得且到庵中，看他作何计较？"因取出美人图赠于池娇，遂欲作别归庵。池娇道："郎君何不再住数天，意欲别去，未知何日得再会芳容？倘君去后，家君竟选期赘婿，事将奈何？"花春道："卿且无虑。予此去都中，倘春闱失意，自即旋返此间，与卿图一万全良策。即幸而杏林侍宴，亦必告假出都，来此与卿了局。且莫系念卑人，致旦晚百转肠回，有伤玉体。"二人徘徊牵袂，珠泪暗流。愁不尽荒村雨露，客路辛劳；嘱不尽野店风霜，羁身爱惜。满家女子，频频执手问归期；花姓郎君，脉脉关情订后晤。这一种别离景况，就是丹青上也描写不出的。花春无奈，只在房中迟回许久，然后别了池娇，径自出来辞谢了安人，一路望香莲庵而来。

将近庵门，隐隐有鼓钟铙钹之声，暗暗奇异道："今日是甚么道场？做须法事？"行至庵前，见傍岸停泊着一号大船，标竿上扬着一面姜黄旗，上写"吏部正堂"四个大字，舱内

纱窗悬起，并无甚人在内。花春看见旗号，心中甚是疑惑。因一步步走进庵中，见众尼俱在殿上礼拜诵经，内中有一个年少佳人，拜伏蒲团。花春见她穿着一身素缟，虽未识面，已悟得此非别人，定是心上人窦瑞香。及至走近身傍一认，果然就是。暗想悟凡前日之言，原来计出于此。见悟凡不在殿上，遂急向厨寻觅，悟凡正在里边与佛婆整理素肴。待他整备已毕，约至芸房，谓悟凡道："他今虽在庵，但不比池娇小姐，可以卤莽相将，进言挑动。你道计将安出？"悟凡道："他因忏悔亡夫，在庵中礼拜《梁皇宝忏》三日，要过了三日，方回家中。只说船中安宿许多不便，留在贫尼房内下榻，晚间饮酒将他灌得沉醉，倒在卧床，然后放相公进房来，与他轻解罗裙，慢松绣带，成就鸾交。至醒后，则含花已破，难矢志于终身；玉液初尝，已迷魂于一度。瑶池冰雪，定化为巫峡雨云矣。此贫尼前日所云唯局骗一计尚可为也。"二人设计已定，专待晚间成事。

花春步出殿间，也挨在众尼内，口中任意模糊，也若涌念经典模样。这一双俏眼，注定在瑞香身上，看他形容举止，绝不类怀春之女，而丰神秀艳，自是娇媚动人。不多时，天色已晚，殿上点起灯烛，照耀辉煌。直至法事毕，然后引小姐至芸房用斋，只有悟凡与花春在旁陪饮。悟凡满斟一杯，敬与瑞香慢慢饮下。又斟一杯过去，推谢道："奴不会用酒，请二师父自用一杯。"被悟凡若劝，只得又饮下去。花春见不肯多饮，心甚着急，忽记起道人所赠之"醉心丸"，暗向身旁取出，撩入壶中，又斟过去。瑞香执意不饮，花春因力劝道："此酒味甚温厚，不比新酿的暴烈，可以多饮几杯。"瑞香被劝不过，勉强饮下半杯，药性顿发，醉倒于床上。两侍女也因用酒沉醉，扶他到别处安宿。花春就把房间掩上，拽起罗帏，忙与她解衣宽带，一赴阳台。未知惊觉后作何光景？请览下回。

评曰：谚云"不秃不毒，秃则愈毒"；又谓"尼姑是骨里蛆虫"。观于此回，益叹此二语非谬。

　　文有宾主，阅者须认清宾主，不可模糊浑读。回中花春是主，悟凡是宾，皎如也。然观其运筹谋画，牵合成欢，皆出自悟凡，是宾也，而反若为主矣。若谩认为主，竟归罪于悟凡，而谓花春之罪恶尚可姑恕，则大失命题之意矣。盖花春，唯以"才子佳人"四字牵念于中，一遇佳人，总不肯放过，故百端求计于悟凡，而悟凡恋淫献媚，自尔尽心干办，不得而辞，可知悟凡似主仍是宾，花春似宾仍是主也。观于绣阁中言甘善诱，芸房内许毒行强，一则拆双鸳之侣，妄图调改琵琶；一则谐孤凤之欢，谩令志移松柏。天鉴非遥，即使雷霆击顶，亦不为过。阅者览此，正宜怒竖须眉，惊呼拍案。若代为花春叫快，欣欣于佳人才子，事无不谐，则此人心术，亦已不堪问也。

第七回 幸中幸得美遇仙 才怜才惊诗赴考

诗曰：

> 从来恩怨未分明，不到头时认不清。
> 自昔赠丸方感德，于今赐食又怡情。
> 绿林风月羁人占，红粉词章过客惊。
> 十美硕酬完大欲，不堪午夜问前程。

话说花春乘瑞香醉后，以成佳事。迨至情兴正浓，瑞香忽然惊醒，娇声大喊"救命"，意欲挣起下床，却被花春擎住，难以脱逃。只得口中嚷喊，把双足乱挣乱展。花春掰住道："小姐且请息怒，容我细禀。方才陪你饮酒的尼僧，一个就是小生，因进都会试，于庵前得见芳容，甚是思慕，故在庵中耽搁至今，得与小姐一度春风。若小姐声张起来，则此事传入城中，人口谈论，处处张所，不能千载流芳，徒使万年遗臭。况以小姐如是之容颜，世上何可多得，乃竟守寡终身，不图不爱，岂不负了彼苍赋质之意。我今与小姐一醒迷途，试令赏那风流妙趣，则回味寻思，必感念我恩人不浅矣。"瑞香闻话，默然良久，道："妾数载冰心，已一旦被君污辱，将来仍守节终身，则碍于有名无实；欲改辕中道，又苦于口难言。将来之计，君其何以教妾？"花春见他初醒觉时，大声疾呼，心贞性烈，悍然有不肯允从之概，及听到此数语，已明知心回意转，迷情于高唐一梦中矣。花春道："卿且莫虑，我自有所以为卿图者，决不令卿孤帐守老，依然寂寂春宵也。"于是重聚风流，更觉你贪我恋，兴态情浓，不比方才初举。花春暗想道："此今始信窃玉香之事，有志者事竟成。如彼未婚守志，虽坚如铁石，凛若冰霜的一个贞节女子，被我始以计限之后，以情趣偿之，终以言语醒悟之，已唾手而得矣。况普天下女子，如他者能有几人？"那时二度巫山，遂合衾并

枕。

　　至明日，朝旭临窗，犹是酣睡。迨悟凡叩门，花春朦胧惊醒，始披衣起身，即问叩门是谁？知是悟凡，遂启了门，放她进来，径到床前问安瑞香。瑞香道："你知罪么？不该如此无礼，与那人设计通谋，玷污我体。"悟凡笑吟吟说道："贫尼实罪在不赦，但事已如此，且劝小姐含容忍耐罢。想昨宵乐境，小姐亦享尽了。"瑞香回嗔作喜，嘱以此事千万不可泄漏。花春忆着"醉心丸"一颗，真乃仙丹至宝，昨宵撩在壶中，尚未取出，遂步过桌边，把壶盖启下，捞起丹丸藏好。

　　话休絮烦。到了三日，忏期已满。是夜花春遂取出画图，赠于瑞香，鸳鸯枕上，分外情浓，翡翠衾中，尽皆恣意，后期之约，订在三春。花春以此处芸房深密，况众尼僧比局内人，料无窃听，竟肆无忌惮，若忘其为私情密约者然。一宵易过，明日瑞香下船归去，因碍得众尼僧在旁，不能言语，只得四目互睁，各各暗泪而已。

　　及至众尼送瑞香下船，回进庵中，悟凡谓花春道："你昨夜在房，与窦小姐讲须什么言语否？"花春惊问其故，悟凡道："贫尼昨夜偶然从这里行过，见一丫鬟在房外窃听，见了贫尼，遂飞跑去了。"花春听说，追悔夜间多言，粗心实甚，只得回说道："并无什么言语，你不必过虑。"悟凡见说，也不以为意。

　　那时花春在庵取出画图，又续上二美，想道："我虽先与池娇成欢，实先与瑞香相遇，宜先画此美。"遂画窦瑞香，是身穿素缟，上墓祭奠，自己在岸上观看的模样。又画池娇是身坐床沿，手脱绣鞋，自己扮作尼姑进房相谑的景状。画毕藏好，念今二美之事已谐，别无牵挂，遂欲与尼僧作别，顺路进都，再往别地访花问柳。无奈众尼苦留，只得再延一日。是夜在庵，与众尼个个尽欢，似钱行送别的一般。

　　到了明日，花春就欲开船北上，嘱谓悟凡道："二美处，恳你常去望望。倘有愁肠，要与他宽解为妙。种种深恩，感偿不尽。"悟凡道："相公心事，贫尼自当留意，何言重至此。"花春嘱罢下船，众尼送至岸边，俱有恋恋不舍之意。那时船上风帆拽起，离岸渐渐远了。花春几次回头，见众尼尚在岸上盼望。正是：

　　　　堤前衰柳折难堪，杯里琼浆亦觉酸。

　　　　催别西风何太急，不留挂楫再盘桓。

花春自离了香莲庵,望北而进。在路行了几日,过了淮安一带地方,起陆而行。正是黄沙扑面,野雾迷空,北地苦寒,肃风凛冽。这一日,偶因贪赴程途,错过宿店,急急行来,已见金阳西脱。望至前面,只见崇山峻岭,路甚崎岖,不禁心中惶恐。回顾仆夫道:"天色已晚,路险难行,未知前途可安否?"那车夫冷笑道:"我方才已曾说过,教相公早寻宿店。相公道天色尚早,再行数里。以至于此。相公,你还不晓得此间的利害:前面这座岭,名曰擎天岭。岭上有一伙强人占住,为首的姓巫,名镇海,绰号飞山豹,与他妹子巫梦樱,俱有拔山举鼎之雄,官兵不能除剿,惯在岭下劫夺客商。相公前去,恐亦难保无虑。"花春闻言,惊得手足无措道:"你原来也不是好人。既然如此,何不早早讲明,直至此刻方才说出。快与我推回旧路,多谢你须银钱。"那车夫只做不闻,竟自望前推去。花春惊喊无已,画箧、诗囊在旁解劝道:"相公,且免愁虑。凡为客商者,因有货物财帛带来,所以遭其劫夺。今相公赴试进都,又无财帛,又无物货,一肩行李,能值几何?即强人亦未必加害于相公也。"花春听说,略把愁怀坦放。

又行了一二里,天气愈加昏墨,虽有月光,却因寒雾弥漫,不能远望。正行之间,忽闻前面有人喝住,赶上前来,竟不由分说,将花春与童仆二人,并行李一齐劫去。那车夫就推了空车,径回旧路去了。此时花春有口难言,无门可遁,竟被众强人拿上山去,扭进厅房。见中堂坐着一位盗王,身长丈二,腰大十围,铜铃竖眼睁睛处,令人魂魄全消;霹雳惊声启口来,使我心胆俱碎。凹脸生成凶恶,朝牙爪出锋芒。面如染靛,形容较花判而还奇;须若涂丹,相貌比钟旭而更丑。花春见了此人,甚是战栗。不料那盗王见了花春,定睛细视,遂令喽罗解缚,连忙出位相迎道:"请问尊居何处?姓甚名谁?为甚夜过此间?乞言始末。"花春见飞山豹不为加害,反欢颜相问,遂上前施礼道:"小生家住浙江禾郡,姓花名春,字金谷,因秋闱侥幸中元,特赴京应试,途经岭下,还祈大王见怜,释我下山,则再造之恩,衔感靡尽。"飞山豹道:"原来是一个应试举子,俺因见尊家一介书生,丰裁俊雅,故不忍加害。你且安心在草山住下,还有事商议。"花春听他言词抚慰,自分残生可保,只得安心住下。那飞山豹又令哆罗将花春铺呈搬入后堂梅雪轩安顿。命画箧、诗囊依旧服事主人。

是夜,与花春雄谈畅饮,饮到半酣之际,飞山豹启口道:"俺有一妹,名唤梦樱,二九青春,尚在待字。非是俺夸口,虽混迹于绿林,实超群于红粉,故拆不嫁于庸夫俗子。今见尊家少年英俊,真我妹之匹也。愿奉箕帚,勿以为辞。"花春骤闻此语,不敢吱唔,只得应

道:"恩感大王不杀,又蒙订以丝罗,安敢不允?但恐令妹有志英雄,视小生无缚鸡之力,未免鄙以懦弱而不屑相从耳。"飞山豹:"天下有英雄,有才子,斯二般人,虽判然迥别,然所谓英雄惜英雄,才子怜才子者,朋友之道则然,夫妇之间又不可以概论也。故以英雄而配才子,则陶容得暴戾俱消,虽英雄亦有才子之风;以才子而配英雄,则磨炼得迂腐尽化,虽才子而得英雄之概。是二者,实相资益,才子既不鄙英雄,岂英雄独轻才子哉!"花春见他身为草寇,而议论颇关至理,心窃异之。

二人饮至更深,方才酣止。命喽罗提灯引路,到后堂梅雪轩安睡。回弯曲折,行至后边,启扉而入,见里边摆供精雅,颇有富贵气象。因有家童在房服事,故喽罗自出去了。花春解衣就寝,暗想:"梦樱之容貌,未知怎样丑陋?想兄妹之貌,谅来不甚悬绝,如何可与我花春为偶,同列于十美之中?但我方才若不允,又恐祸生不测,正是明知不是伴,事急且相随。将来只好见景生情,以图其漏网。彼云英雄可配才子,我思唯佳人可配才子,英雄何足论哉!"寻思许久,尚未睡去,只听得满山寻哨之声,时远时近,不绝于耳。至三更方才合眼。

正在酣睡之际,忽闻金鼓声喧,骇然惊觉,开眼看时,见窗上日光已照,那音声似近在窗外。花春起来,推窗一望,只见窗外种着数株蜡梅树,金葩初放,香得清皎异常。树傍堆着玲珑小小假山,前面一带粉墙围住,俱砌就卍字花样。因听得外边喧嚷,遂步出槛外,手攀梅树,跨身于假山堆上,从墙孔中望外一观,乃是一座小小花园。那傍一个亭子外,齐列数十女子,手中各执器械,在那里演武。内中有一佳人,腰拦八幅战裙,头竖双根雉羽。柳眉无待画之痕峰如远黛;杏靥有含春之态,肤若凝脂。窄窄金莲,步出花亭身袅娜;纤纤玉手,抡开画戟巧盘旋。舞袖飘扬,威风凛凛吴宫教战;绣裙摇曳,勇纠纠远塞提兵。貌可倾城,几似浣纱女子;武堪卫国,还同舞列佳人。花春窃看移时,以为此必梦樱也,何玉容花貌迥异其兄之丑陋耶?然则此不独有英雄之品,而且不愧佳人之称矣。夫求英雄于丈夫中易,求英雄于女子中难;觅英雄于女子中犹易,觅英雄于佳人中倍难。以彼万人而兼二美,真可为佳人之配矣。我想于香莲庵内,欲与二美谐欢,不知费尽多少心思,只博得目前欢爱,而终身之计,尚在摇摇。讵知遇盗被擒,几谓委肉于饿虎之腹,多凶少吉,而竟以白虎凶临,变为红鸾喜照,不烦一计谋,求得此豪杰佳人,可谓三生有幸。心中不胜欣喜。

话删冗繁,书题紧要。单说花春在山择了吉日,就与梦樱洞房花烛。是夜恩情,真是

如鱼得水，如漆投胶，笔难罄述。

过了数日，已是腊尽春初时候，岭前岭后梅花竞放。花春信步出山，因玩赏梅花，忘路之远近，不觉曲折回环，只顾行去。行至一石洞边，望进去甚是幽深远远，及步入里边，几如桃花源之豁然开朗。洞中玉沙瑶草，异树仙葩，别有一天境界。花春暗想："此非凡境，我几如刘阮迷路天台，麻饭之缘，其在斯矣。行不多时，见那边石凳上坐一道童。"见了花春，忙上前迎接道："来者莫非花贵人乎？家师因赴会瑶池，不及在洞候迎，盘中之物，敢敬献于花贵漖品。"花春接过细视，见是白粉捏就的牛虎；又有一物，状如紫燕。心甚奇异，以为既系仙山品物，自然食之得沾仙气，遂把物件数咽吞下。又见童子在旁，举起一杆银枪，说道："家师又命我传授贵人枪法。"遂举枪舞弄，花春神慧心灵，早已领略。授法已毕，童子送出洞门。花春道："特求令仙师法号，使弟子得铭心顶礼。"童子道："家师法号紫云真人。今岁春间，曾与花贵人会过在禾郡的。"花春知他非别，就是赠丹援命之道人，数蒙恩德，意者仙度有缘乎。

仍慢慢寻回旧路。见两个喽罗慌慌张张说道："花大爷在何处耽搁了月余？使我们四野寻觅，受大王许多责罚，疑豺狼吞噬，累小姐终朝愁虑。"花春大骇道："我在山中只游玩半晌时光，说甚么一月余？"喽罗闻言，俱疑惑不信。一个喽罗在路随了花春同行，一个先赶入寨中报信去了。花春步入寨中，喽罗报说大王在后厅梅雪轩中。花春步入，梦樱也在。二人俱惊，问其故，花春就将入洞遇仙赐食教枪之事，细细讲了一遍。飞山豹道："此去西南角，果有一长春岭。岭上紫云洞内，闻有仙人居住。但与这座擎天岭，峰回崖断，人迹罕到，贤妹丈竟得到其间，未有一夕之宿，而此间已日逾三旬，诚哉仙境年光，不比凡间岁月。"

花春知年华已易，已交二月初头，试期在即。到了明日，遂与梦樱作别。斯时夫妇情长，英雄气短，未免洒下点别泪，然不比诸美人恋恋之甚。到寨中，又别了飞山豹。仍命画篋、诗囊跟随北上。飞山豹又令喽罗将他行李搬下山冈，送出此岭方回。

讵知在路耽耽搁搁，才到都中，已是初八凑晚，不及入闱，心中虽然怀闷，然花春之赴试，半为访美而来，功名之念甚淡，故虽错过试期，而在都仍自欢畅，日日在城游玩。一日，闻泰国寺中梨花盛放，游人络绎，花春也不带童儿，独自一人，慢慢访去。约有四五里之遥，已到寺前，只见绀园围日月之光，金刹矗虹霓之象，浮图疑海外飞来，法鼓听云中响彻，装成珠玉，开色界于诸天；丽极雕镂，建梵宫于大地。固尔宝阶云灿，直个绮壁霞鲜。

那时进了大雄宝殿，绕过一带回廊，转入寺内。见圆中遍树梨花，果然开得清艳异常，芬芳扑鼻。因是春光明媚，游赏人多，王孙勒马，公子所鞭，也有放浪才人移樽赏饮，也有风流学士摘句抒怀。花春不觉诗兴勃发，与僧人索了笔砚，欲向那粉壁上题咏一律。正待挥毫，见这边壁上已有数行字迹，遂住了笔。步过去一看，见题是"咏梅"，遂念道：

> 一片冰心挺异姿，风光全在岁寒时。
>
> 不堪落落群芳互，肯望庸庸俗眼知。
>
> 蝶梦只凭庄化耳，玉魂好倩宋招之。
>
> 春风转盼归一抔黄土，且索罗浮梦里诗。

又有一首题是"咏梨"，念道：

> 罗衣遍惹粉痕弄，斜倚栏杆艳态慵。
>
> 半树庭阴烟漠漠，一帘夜色月容容。
>
> 春风送尽抛朱泪，白纻歌残瘦玉容。
>
> 料峭不堪重著雨，好留幽梦伴吴侬。

花春细玩字句，真是风流潇洒，清挺不凡，而体近香躯，过于艳丽，有似才女所吟。及看后边落款，"学凤楼山绛桃题"乃知果是才女之作。呻吟许久，道："李白见黄鹤楼之句，遂为之搁笔，今有此闺中绝唱，超轶前人。予何必复作效颦之态耶？"遂向僧人问道："师父，你可知山绛桃住居那里？何等样人？那僧人答道："莫非粉壁上诗句后题着学凤楼山绛桃么？"花春颔首称是。僧人道："这就是山司马的小姐，素擅才名，帝都震耳。来求聘者络绎盈门，不好十分严拒，因设此选才之计。凡有求聘者，必面考诗才，然后许配。去岁春间，此信一传，赴试者纷纷不绝。却因山小姐诗才绝世，法行太高，宦家子弟，大半为其嘲笑者多，故至冬间赴考之人，渐渐寥落。"花春道："山小姐之才，已见一斑，未知其貌何如？"僧人又赞扬其貌之美。花春暗暗喜道："我若去赴考，未必遭其摈斥，倘此女有缘，则十美之愿，数可足矣，我始以为世上佳人，不可多得，讵知半载之中，奇缘辐凑，佳遇支臻，天下佳人，不可多得，且一人罗而致之，诚快事也。是世间不患无佳人，特患无才子以

招之耳。"是夜归寓不表讲。

到明日早饭后，更了新艳衣服，备一见司马的名帖，命家童随了，竟望山府而来。门上知他来考诗的，不敢怠慢，引入后堂，把云板轻敲，遂有管家婆子启扉出见，闻说是赴考词章的学士，即引至里边，绕过西廊，转进角门数重。婆子轻叩铜环，里边走出一对青衣女子，又引了花春进去。那婆子自退入外厢去了。花春步进内室，见匾额上题是"五车书屋"，典籍盈床，策签满架，画屏曲绕，绣幕低垂。那女子问明姓名籍贯，径自进内。少顷出来，见一青衣女手捧笺纸，一青衣女手托瑶琴。花春不解其故，想道："莫非山小姐爱琴，欲于诗成之后，倩予抚弄一曲？则流水高山，予亦非门外汉。"接过鸾笺一看，是"咏新柳"词四绝，不拘韵。暗笑道："这考规亦宽极矣。莫说四首，就欲赋十四，有何难处？"只见送题的侍女浓磨香墨，侍立几傍。花春正待挥毫，那抱琴的侍女，亦轻按冰弦道："听小婢子琴终一曲，相公的诗就欲成矣。若曲终而诗不就者，即请出外，不敢屈留。此是家小姐考诗旧例，请相公速速构思为妙。"花春道："如此请小娘子慢调五指，小生就此挥题矣。"暗想："山小姐命题何太宽，而限刻又何甚严。若非我花金谷，几被他这一语拘挛诗思。"遂尔展开云笺，搜搜落笔写道：

其一：

> 当炉少妇伴郎开，二月春风柳乍裁。
> 纤弱不堪重系襟，却教张绪数钱来。

其二：

> 秋千女伴态婆娑，柳外迁延目送波。
> 欲挂彩绳还怕断，纤纤一捏爪痕多。

其三：

> 半含嫩碧半含青，婀娜纤腰倦未醒。
> 毕竟小蛮羞对舞，几回愁杀女停停。

其四：

　　杜鹃声里恨悠悠，一缕芳魂愁复愁。

　　细雨微烟莺唤住，黯然送尽去来舟。

花春诗完，即递于青衣女。那操琴的女子惊异道："往常人来考诗，有曲终而诗方成者，有曲罢而诗未就者，今小婢尚在工商初按，而相公之诗已成，真捷才也。"那侍女将诗笺送入香闺。

未几，又命两题出来：一是《燕语》，限空字；一是《蝶梦》，限家字，俱欲赋七律。花春令春衣女不必另弹别调，就于方才未终的曲续弹下去。先咏《燕语》道：

　　小燕于飞绣阁中，寻巢觅主语偏工。

　　呢喃月下抒春怨，宛转花前诉晓风。

　　说尽兴亡无限恨，记他歌舞已成空。

　　不知欲自何人道？终日依依恋椅栊。

又咏《蝶梦》云：

　　徘徊小院绿阴遮，沉醉南柯日已斜。

　　忆昔漆园曾化汝，而今芳径且眠花。

　　须臾幻尽三春景，票荡难归万里家。

　　栩栩顿忘身是蝶，痴魂偏恋旧繁华。

诗成，曲尚未终，仍命侍女传进。

进去多时出来，又有一题是《春闺》，下注"回文体"，上下韵限"三""娇"二字。花春暗想道："为甚诗题愈出愈难，这一律确未能急就。因回文之难于命句熨贴也。"吟哦许久，然后，握管欲题，又恐琴音将绝，诗还未就。因对那抚琴的侍女说道："是题体限回文，

颇难求其工稳，还恳姐姐慢按朱弦，方得曲终诗就。"未知花春此题诗句若何？下回自见。

评曰：窦瑞香于未失节之前，凛然铁石心坚；于既破身之后，送尔冰霜志易。乃借宾定主之法。盖非欲看坏瑞香，正是痛责花春也。

是回主脑，全在紫云洞授法一事。前此赠九丹，变面目，种种奇遇，亦云极矣。而作者意中，犹以为未能极情畅写，盖虽有迷魂之俏貌，回肾之灵丸，而身躯瘦怯，力无搏鸡，设当重门险峻，利害交回时，恐阳台有路，未能化雨兴云，巫梦相通，秆使心惊肉颤，故为之赐食教枪，使力大如牛虎，身轻若飞燕，自可横行天下，肆无惮忌矣。有司马之风流，具昆仑之本领，任尔失楼高峻，画阁幽深，苟有闻见，便可畅所欲行。乃是显为前文补缺，暗为后埋相也。

擎天岭上之论婚，虽非书中紧要关键，而其议论凿凿，颇有至理存焉。

中国孤本小说

空空幻

第八回 逢劲敌梦恋三更 会佳期图全十美

诗曰：

> 鸷勇全凭仙术神，占鳌跨凤素怀伸。
>
> 洞房化雨偿新爱，沧海浮萍认故人。
>
> 水月已欣空是实，镜花谩信假为真。
>
> 情怀此日应欢尔，谁料花飞已逝春。

话说花春题到《春闺》回文一律，未能信笔直挥，略略搆思一番，然后写道：

> 销魂旧榻病恹恹，枕压红云梦睡酣。
>
> 腰瘦倚楼春寂寂，日长垂幕柳毵毵。
>
> 娇容懒画眉峰两，小步微怜鞋寸三。
>
> 遥望隔帘花弄影，飘飘蝶粉晒窗南。

花春诗完，那琴弦也住了。二侍女捧了诗笺，送入闺中。不多时，见他出帘来道："相公诗才敏妙，不让瘐、鲍风流。家小姐深为叹服。少顷，请习射轩相见。尚有考较，相公且莫胆战心寒，为家小姐所鄙屑。"言毕，竟自进去。

花春听说，茫然不解，毫无踪绪，疑惑了半晌。忽见东首启了角门，走出一对侍女，又另是一样打扮，引花春进了角门，穿过十余丈长的一条备弄。将近轩中，只见捧水砚的丫鬟，个个持枪提戟；送云笺的使女，人人执矢张弓。十八般武器光闪闪，架上齐悬；二十四名青衣勇纠纠，台前纷列。轩中帘不挂玉容国色，堪怜座上幔高悬，显金铠威风足畏。花

春见了这种景况，甚不解意，只得向山小姐深深一揖，不敢抬头。那小姐亦忙回礼道："顷见君佳章，真是学富汗牛，一挥九制；才齐倚马，七步三诗。梅尉骖鸾之渡，灵彩犹存；江郎梦笔之峰，菁英未歇。但君家翰墨虽工，未知曾谙于武略否？盖文事之与武备，二者不可不兼。能文而不能武，不过为懦弱才人；能武而又能文，斯为英雄学士。要是女子，尚且欲兼；君为丈夫，何可不备！"遂令侍女持枪，付于花春，即擎起双铜，欲与花春比试模样。

花春自幸长春岭遇仙赐食，不觉身轻如舞燕，力大如牛虎，已有纵壑推山之本领。今山小姐竟藐视于我，还他一举手而甘拜下风便了。遂接过银枪，毫不着忙，躬身施礼道："适才文战涂鸦，已深歉疚。今又欲与千金贵体亲身试武，其如唐突之罪何？"山绛桃道："君家勿寒栗足矣，何嫌唐突！"花春遂云："遵令！"欲与比试模样，见绛桃反若有骇异之状。二人出轩比武，约有半刻，绛桃铜法渐渐松懈，难以抵敌。花春枪起枪落，直如柳絮摇风，梨花摆月，愈加猛鸷。绛桃遂败入轩中，喘气不定，赞道："郎君真天下奇士也！妾适才所以妆饰威严，欲与君试武者，非真欲与君试耳。诚以天下文人学士，临其身于枪刀戟剑之傍，未有不怵然惊、惶然恐者，妾故设言与君试武。若君闻言不馁，是其才足以胜大任，建大功，岂比临事嗫嚅，仅拘拘于章句之士，即不武而自有其武，虽不试而亦同于试。炬知起凤腾蛟之学士，即青霜紫电之将军。文武全才，天下何可多得！君请暂回寓所，候家君回朝，再行请见。"花春道："适才不过遵命一诗耳！何敢当此赏赞。"遂躬身退出，仍有侍女引至外边，一重重出去。行到门房，带了家童，竟自归寓。

一宵易过。明日起来，早有山府家人持帖来邀。花春喜逐颜开，命童儿随后，竟望司马署而来。家人引至书室，山廷栋见花春步进，即起身相迎。二人见礼毕，山廷栋开言，即称"贤婿"道："昨览诗章，真是擅雕龙之誉，江管无花出挥兔之才，萧笺朱绣。又闻与小女比武于习射园中，枪法精通，愈深叹服。"花春闻言，唯谨谨谦让而已。山廷栋又问花春道："去年览浙江试录，见台讳已跃居榜首，为何既至都中，又不入闱？"花春道："因途中病阻，以致误期。"山廷栋道："贤婿之才，自是翰苑名流，可预卜连捷春闱，名成鼎甲。今奈何以多才之偏遭磨折，且待来科再夺魁元矣。"既而设宴相款，留花春在署中耽搁，不必回寓。命家人将寓中行囊物件，齐检点搬来。

花春住下，常与司马公余暇诗酒消闲。一日，因画屏上有梅树一枝，是名人之笔，索花春题诗一律。花春信笔挥云：

凭谁一洗旧丹青，冷蕊疏枝竟入神。

莫恨春风吹不到，却教淡墨扫来匀。

雪窗也伴高人卧，江店何愁玉笛频。

明月帘栊闲挂处，冰容依约降真正。

一日，见庭前一树白牡丹盛放，又令花春题咏。花春遂题道：

一枝素艳斗轻盈，便是瑶台月下迎。

错唤丽华歌玉树，何如供奉谱清平。

于今莫把姻胎买，自昔空怜城国倾。

黄紫愧他姚与魏、娉婷帘外洵能行。

山廷栋观之，无不赞美连声，故翁婿之间，甚相契洽。

单说花春在园中佐了月余，虽牵念诸美，急欲出都，以完心事，无奈山廷栋已经选定吉日，完聚花烛。因佳期已近，只得逗留署内，且过新婚宴尔之期，再整行囊出都践约。因书斋无事，取出画图，续上二幅。想十美之谐，已如所愿，唯在武林舟中相会之女，竟天涯地角，访觅无由，殊深闷闷。仔细寻思，欲再得此女一面，直如江上捕风，海中捞月，只得别寻一美，以足其数。而江边相会之美人，等诸水流花谢而已。

语删絮烦。且说到了花烛之期，结彩悬灯，款宾设宴，极其奢丽，自不必说。是夜花春进了洞房，见众侍女尚环立两旁，几上铺着鸾笺，一使女侍傍磨墨。花春笑道："今夜唯愁银漏滴残，金鸡易唱，尚暇以吟咏之事，消千金一刻之时光乎？"绛桃启口道："洞房花烛，人间无此一境。今宵须以联吟和唱，佐洞房之一乐，则度见才子佳人之洞房花烛，绝胜于他人也。"花春道："小姐之论甚是，请即赐题。"绛桃谓以即事为题，韵限"溪西鸡齐啼"，中间嵌一、二、二、四、五、六、七、八、九、十、百、千、万、两、尺、丈、半、双等十八字。花春微笑道："小姐命限字数，如许之难，想香阁才高，自能挥就，敢请先立词宗，待小生学步何如？"绛桃云："夫唱妇随，凡事皆然。君家吟就，妾自当和咏。"花春闻言称是，遂略略思索片时，向云笺题诗云：

妆楼四面半临溪,百媚千娇可姓西。

万丈河桥七夕鹊,一宵风雨五更鸡。

眉横八字双蛾敛,裙拽三湘六幅齐。

咫足巫山云鬓二,两情九转笑和啼。

花春诗成,绛桃亦吟一首云:

百尺妆楼万丈溪,四围花绕半窗西。

十年梦幻三更雨,一枕香消五漏鸡。

艳妒双文千古绝,才高八禄二难齐。

九回肠断屏山六,七实情伤两泪啼。

侍女送过,花春接来一览,大赞道:"原来绣阁中有此奇才,小生惶愧多矣!"

闲话未几,听得樵楼已交三鼓,花春遂令众侍女出房,然后解带宽衣,与绛桃巫山一度。正是:

鹊桥仙子谪尘埃,顿觉春从天上来。

烛影摇红人悄悄,销金帐暖梦初回。

自花春成婚之后,夜夜合欢数次。不料绛桃竟是一员战将,花春有须抵敌不过,只得用丹药吮口,以为久战之资。花春暗想道:"我所遇美人多矣,云雨之间,未敢有逞雄耀武者,即香莲庵住下多时,一宵可御十余人,使彼人人破胆,个个销魂,无不俯首投降。岂知今日,即假坐于药力,尚与他战得一个平手,正是'曾经沧海难为水,除却巫山不是云',真不愧我花春之佳偶也。"于是日则窗前吟咏,夜则衾底风流。尤可爱者,绛桃于交欢之际,淫声浪语,别有一种娇媚之态,非诸美之所能仿佛。花春此时,已是勾魄消魂,为所迷恋。

韶光冉冉,忽已春尽夏交,梁间幼燕哺哺,槛外落红阵阵。一日,山绛桃倚窗闲玩,咏落花诗一律云:

从古花无不落红，秋叶转盼已成空。

郎心肯学沾泥絮，女首偏如着雨蓬。

半卷珠帘通夜月，数声玉笛倚晨风。

阶前切莫呼童帚，留得残英在眼中。

吟就请花春题和。花春将诗一览，不觉惊然惊悟，顿动愁肠。暗叹道："花如是，人亦如是也。去年所订之诸美，安保其中无变，而使再至之刘郎，不感叹于桃花流水之依然哉！我岂可蹉跎岁月，留恋于此。"因花春见诗，欢颜顿改，绛桃问道："君何一见妾诗，双眉顿蹙，眼带泪痕？谅其中定有隐情，可为妾一剖否？"花春道："别无心事，只因诗中寓无穷感慨之情，令人读之，不禁断肠泪下。"绛姚笑道："妾之诗，不过就花悲花，别无寄慨。想君之悲凉，不只在于花故，因悲花而顿触尔！"花春道："实无别情，小姐不必见疑。"遂握管也和咏一律云：

徒夸嫩绿与娇红，尽被东君一扫空。

画槛闲凭思悄悄，芳阶伫立草蓬蓬。

不堪夜梦惊淋雨，更有何人筑避风。

收拾春光归去也，子规啼断绿烟中。

正在绣窗吟咏，忽有侍女报进道："今日颜舅爷家夫人、小姐到来，设宴于东园牡丹亭内。夫人命小姐同去陪饮。"绛桃闻说，更换衣裳，随了使女，竟自下楼而去。

花春独坐香房，想起诸美之约，已打点于明后日出都矣。寻思许久，辗转无聊，遂尔闲步下楼，偶听得侍女们在那里赞扬颜小姐之美，谓："与我家小姐不相上下。"花春闻说，遂欲窃窥其貌若何。如不逊于绛桃，则又可得一佳人，以足十美之数矣。因步向东园而去，走至翠薇亭畔，遥望去见绛桃手挽一女子，后边簇拥众侍女而来。果见珊珊玉骨，丰姿嫣然，仿佛其人，若于何处见过。因欲细认，恐被他望见，反缩身转去，遂向西侧一座假山洞内，将身躲进。见他渐渐近来，定睛一看，恍然醒起："曾于去秋在武林舟中相会，即画上第二幅美人也。"正欲向后边抄转，却值颜家母女已至。花春急欲回避，山夫人反说

道："贤婿不消避得，这是颜家舅母，该来见礼。这是颜家表妹，亦可相见。"花春遂把衣巾一整，趋步上前相见。注目在颜小姐身上，见他俏眼斜睃，也若有惊疑之状。

相见毕，然后告退，步出园中，径至楼上，坐定沉思道："原来天之玉成才子佳人，有若此之如愿以偿者。我始以为舟中一会，姓氏难知，里居莫考，几如茫茫大海，一叶浮萍耳。讵知今日，乃得重觏玉人，真如破镜重圆，花残又放，十美之数，竟如愿矣。"暗想："这拾位美人，俱是彼苍生就配我花春的，不然为何十美的闺名如日葵、金英、凌霄、紫荆、青莲、素馨、瑞香、池娇、梦樱、绛桃等，俱是花名。我想艳花盛放于三春，唯春爱花，唯花宜春。我姓花名春，适合配此十美。且不但此红颜逢濮水，云窦满巫山，把十姓挨序念下，又适成二句诗词。讵非千里相逢，尽有奇缘在内。然我历数十美之合，无一非爱我之貌，而得谐其事，若犹是本来面目，与世周旋，莫说十美难图，试问此十美中欲私订一位佳人，相与谐欢锦帐，其可得乎？然则，生我者苍天，而成我者实紫云真人也。化骸变貌之恩，真没世铭感不尽矣。"

至晚间，绛桃归房，谈及颜家母舅："官居何职？籍贯那方？他母女还是向在都中、还是初到？"绛桃答道，"妾母舅字云翮，在京职任吏部侍郎。舅母史字，只生表妹一人，小字金英。因京师与家中路途旷远，母舅常常系念故，去岁秋间已接眷属至京。家母因间阔多秋，亲情疏远，命侍女邀接舅母表妹到来，一叙旧情。因他路途劳顿，身体欠安，故相邀数次，今日才来。"绛桃一一详叙。花春意欲一问金英曾定聘否，却又难于启口，想道："佳人咫尺，天遣相逢，自能入我彀中，又何必问其聘之定不定？"花春此日，已注意在颜金英，故又把出都之念放懈。

一日，山廷栋谓花春道："贤婿武略精通，何不改入武帏，迅起春雷之蛰？"花春虽推辞不欲，无奈山廷栋作主，竟与主试讲一人情，命花春临场就试。花春既入武闱，自分此番非元即亚，考毕出场，录出内闱文词，呈览于山廷栋，赞道："片词不染纤尘，下笔作风霜之概，只字必经百练，掷地作金石之声，莫说纠纠中罕有其匹，就是遍选文坛，恐亦无此灿藻奇才，异国揭榜，非元何为？"此话慢表。

单说花春见美牵怀，思与金英一成佳好。适因事有凑巧，过了数日，颜夫人先自回去，金英小姐因与绛桃甚相投契，故再三相留，仍复住下。一日，花春归房，绛桃言及金英诗才之俊逸，亦落落不群，遂以《春闺》诗一首，念与花春听道：

睡懒东风一树梨，缃帘静锁梦却迷。

愁将朱盒调红粉，独立花阶印翠泥。

柳外蝶交深院北，花阴猫戏小窗西。

瘦眉几人难描画，新月弯环入绣闺。

花春听罢，亦加赏叹，暗想欲与金英一会，细剖衷肠，却无由相见，只得暗地里吟诗一首云：

长抱怜香一片心，闲愁如海不知深。

关山南北难为昔，萍水相逢恨到今。

魂逐鹧鸪声里去，芳从蝴蝶梦中寻。

巫山不比蓬山远，敢向鸾笺乞赏音。

诗虽成，却未便达于金英处，只得闲步至园，以寻机会。

适见一侍女在园玩耍，认得金英身旁的丫鬟，曾在月下会过一面的。遂上前一揖道："小生有事恳求姐姐，未知姐姐允否？"那侍女两颊涨红，慌忙回礼道："花姑爷何故如此，要折杀小婢么？有何嘱付，且请说来，婢子自当遵命。"花春袖中取出诗笺，递于使女道："此诗乞姐姐潜送于你家小姐，切莫被人看见。"那使女道："倘婢子送进，见责于我奈何？"花春道："小姐一睹此诗，定感你不浅，岂有见责之理！"那使女带笑道："既是花姑爷见遣，即见责于小姐，亦所甘受。"将诗袖好，就欲回身而去。花春又上前瞩道："此诗送进，定有回音，姐姐切莫迟延，小生仍在此间等候。"

那侍女去不时，花春正坐在一座八角亭中闲眺，见那使女飞奔而至，说道："小姐见诗顿觉粉黛含愁，连声慨叹，即和诗一首于后，命小婢出来送于花姑爷。"那使女送过诗笺，即自进去了。花春接看，果见和诗一首于后，墨迹未干，念道：

谁云铁石本无心？一见生怜病已深。

两地相思今忆昔，半年离恨昔而今。

桃花复认刘郎渡，人面重来催护寻。

花春见诗后二句有相约之意,暗想:"金英原是多情人。"遂袖诗出园。唯虑晚间有绛桃在房,怎得至彼与金英一会,心中甚是踌躇。忽然省着,不禁跃跃欲喜道:"有了。"

日间挨过,已是黄昏时分。见侍女送上酒肴,与绛桃对饮,潜以醉心丸浸入壶中,斟一杯于绛桃饮了,遂沉沉醉去,命侍女扶他睡好。暗将丹丸捞起收藏,专待众侍女睡尽,去渡蓝桥。是夜约在望后数日,听得樵楼更交二鼓,然后东方渐渐透起半轮明月。花春悄然下楼,知金英卧房在于近傍东园迎旭楼上,遂一步步行至西园。却见园门紧锁,遂纵身一跳,真个如燕身轻,早已跳进花墙。花春此际,不觉即景感怀道:"我若早食仙品,学法精通,则去岁在水园,何至逃奔无从,几丧身池中。"一路思想行来,却有重门关锁,却也无碍。无何,至迎旭楼前,见金英独自一人,在彼倚槛玩月。花

春上前施礼道:"去年月夜,舟中一会,不觉殷殷,积想到今。殊幸天假之缘,又得再睹玉容,实花春梦想所不到,故敢冒罪题笺,又蒙小姐不加挥斥,题和订约,卿真非薄情人也。"金英亦复剖诉曲衷,两情甚是恋恋,挽手上楼,誓盟月下。遂尔软玉温香,春风满抱。

少顷,巫山二度后,朦胧睡醒。忽听得五鼓敲残,更鸡唱晓,恐绛桃酒醒知觉,遂起身言别。金英依依不舍道:"不识月夜往来,可能长继乎?但恐郎君到此,表姐偶一盘诘,何以鸣词?"花春道:"小生因恐令表姐查问,所以将她灌醉,始得坦然至此。后会之期,自不间阔。"金英见花春欲别,亦复束衣下楼,直送至曲栏杆外方回。花春步出园中,见月色当空,曙星几点,一重重行至绣楼,悄无影响。楼上残灯,尚尔半明不灭。走近床沿,轻拽罗帏,见绛桃犹酣睡如泥。遂宽衣,睡至明日近午时光,然后起身。

闲话尽删。单说花春与金英成事后,忽已旬余,合欢约有数次。闻金英即日欲归,亦以画图相赠,为终身之订。心事已毕,专待放榜后捷与不捷,急欲出京矣。

不多时，武会挂榜，果然花春是元。讵知金銮殿赐君恩，又赐状头，圣上见他青年美貌，儒雅翩翩，真是经文纬武，兼备其才，汗马从龙，庆逢其会，恩光宠锡，盛典倍于往科。因花春策论精通，不愧翰苑之才，钦赐文武状元。游官三日毕，又命游街二日。观者围拥如墙，无不啧啧称羡。既而拜座师，会同年，忙了数日。花春以牵念诸美，急欲出京，上了告假奏章。绛桃虽不能舍，欲再为款留，无奈花春难抛诸美，诡说双亲未殡，事不可缓，约出京数月，即可还都，不必恋恋。遂即把行李整备，拜别岳父母，仍带了二个家童，更换了儒服。路上也不用护从人等，静悄悄竟自离了长安。

夜宿停辀，晓行秣马，已不一日，看看行近擎天岭一座。花春暗想到："巫美人处，已经成婚正娶，虽出外数秋，彼亦守我，固无容挂念。若上山去，又要迟延日月。"又想道："倘山下遇着喽罗，是或识认我的，邀我上山，只得上去走遭；如不见甚人，我且径过此山，至香莲庵中，筹画奇策，图那二美出了玉笼，再作区处。"那时从擎天岭径过，且喜悄无人影，并不曾遇着一个喽罗。因一路而来，下了水路，行不几日，将近半桥村，命舟人湾进至香莲庵前泊住。

看官们，你道花春此番进庵，定然与众尼僧话离愁，谈别欢，罔图二美谐老百年。既幸占鳌而返，自能跨凤而归。此亦意中事也，而抑知不然。

评曰：是回乃作者笔酣墨饱时，正是阅者心满意足时。如五车书屋中考选词华，既已中式，又令于习射轩亲身较武，则自紫云洞赐食授法以来，才兼文武，正幸得以一泄其奇，而阅者之情一快。山绛桃情酣鸳枕，梦恋巫峰，方足畅花春之意，而补天九真令受用无穷，阅者之情又一快。历观诸美人之遇合，已叙得天花乱坠，目不眼给，至于画幅上第二位美人，隔舟一会，云散水流，未免有美中不足之意，乃不必寻消问息于天涯，而千里重逢，玉人如故，阅者之情又一快。误期不得入闱，未免抱憾于洞房花烛，未能金榜题名，乃因误期改试，而反得钦赐文武状元之荣，阅者之情又一快。颜家老母先归，佳人不返，云笺递去，遂订佳期。种种快事，何可胜言。十美之画幅已成，十美之风流已占，直使阅者心花攒放，击节称快。可知文笔有欲抑先扬，欲擒故纵之。如此回是扬，此回是纵也。

第九回 访故人水流云散 睹音书肠断魂消

诗曰：

怜香一片恨难消，转盼秋风玉树凋。

禅院云流人寂寂，空园烟锁夜迢迢。

生离影向天涯觅，死别魂从月下招。

寄语风流游冶子，须知露水不终朝。

话说花春上岸，步近庵门，偶抬头见"香莲庵"三字，已改了"碧梧禅院"，心甚奇异。走进庵中，见殿上有两个老僧坐在蒲团上闲话，不觉大骇。那和尚见花春进去，遂起身迎揖接谈。花春着急问道："此处本是一座尼庵，为甚改了僧院？"和尚答道："贫僧们是奉县尊太爷之命招来持住此庵的。毁改之故，却不知情。"花春此时几如皓霁晴天，陡下一声霹雳，惊得目定口呆，无从说起。没奈何别了僧人出庵，向四野搜寻一村人，问他根底。徘徊半晌，见一老者荷杖而来，花春上前拱手，细闻其故。那老者答道："前日有县中无数公差拥进庵中，纷纷嚷乱说：'拘拿悟凡师尼！'讵知悟凡早已知风遁去，无处寻拿，遂将众尼逐出庵中，不许再住尼僧。遂招别方几个和尚在此持住。"花春听罢，遂拱别那人，暗思："悟凡不见，则窦、满二佳人从何处措谋以践旧约？"无心无绪，下了舟船。因想："悟凡逃避出庵，必隐在村郊僻静游人绝迹的草庵中，谅无别处可以藏身。"因一路寻觅，凡乡村旷野之所，闻有尼庵，无不进去探望一番。

一日，访到一个庵中，有乡人在内请仙舞机。花春挨其舞毕，遂拈香跪拜，虚心默告道："弟子花春，与半桥村香莲庵中尼僧悟凡实有隐情，相托大仙谅已鉴悉。不料悟凡避祸逃匿，不知去向，或在远，或在近，或自东，或自西，祈大仙明示，使花春得遇悟凡，以完心事，弟子获福无涯矣。"祝罢把机舞动起来，就见砂盘中显出几行字迹。花春遂念道：

近远何须问，东西不必盘。

庵名牢记着，再去认香莲。

花春看完，暗想道："诗句明显，却无深晦难解处，但末句谓我再去认香莲，莫非悟凡不曾远遁，仍被僧人匿在香莲庵中么？然悟凡避祸在先，招住僧人在后，岂既出庵遁奔，又返庵中，为僧人所匿乎？此定是别处亦有一香莲庵，故第三句谓我牢记庵名、凡遇庵名香莲者，即可入去寻见也。"于是一路留心细访问何处有香莲庵否？岂知访了十余日，除了半桥村之外，竟别无名香莲的庵。踏破铁鞋，终无可觅，只得将此间心事，暂以丢开。且往前途，再访水园消息如何。

在路无话，是日船到城中，已是下午时分，将船泊定，遂欲上岸向水园而来，又止足道："不可，此去若遇主人，我虽无惧于彼，不免多一番周折。不如挨至晚间，悄然进内，径至香闺，与二美一会，就可相机行事。"主意已定，只待晚间，用过夜肴，然后上岸行去。少顷，挨到更初，一轮明月早已东升。遂令家童在船中看守，独自一人，步上岸来。因时当暑夏，街上纳凉的人尚尔喧闹不绝，只听得吴歌处处，闲话嘈嘈。约行里余，早到水园门首，已紧紧关上。遂纵身跳入园中，见一轮皓月，映照当空，几如去年听琴订约之夜。而举目细睁，则园中景况，迥非昔日之可比矣。但觉竹坞松轩，烟霞寥落；琴台酒榭，风露飘零。蛛网交盈处处，丝悬暗室；蛙声不绝嘈嘈，响乱荒池。数丛嫩竹，霭霭犹存；几树长松，青青如旧。径荒苔满冷黄昏，台塌阶斜迷旧路。一院落花，谁是怜香之客；五更残月，空闻惊树之鸟。暗暗惊道："你去岁初冬至此，见园中楼阁峥嵘，亭台环绕，如入瑶池仙岛，疑世间无此华丽名园，乃未及一载，而忽竟如许之尘生草蔓，想此中定有变故，二美难保无恙矣。"一路行至内园，睹景伤怀，遂口占一律云：

自是春归无处寻，荒烟凄草锁平林。

当前但觉红英尽，过此谁知绿恨深。

寂寞香阶人悄悄，徘徊冷院夜沉沉。

半年负约添惆怅，子满楼头思不禁。

无何，步至水、云二美所居之楼，见门窗紧闭，寂无声响。伫立久之，不禁怀人感旧，悲从中来。没奈何，一步步回身出外。月光之下，望见梧桐树下有二美在彼玩月谈笑。花春一见，不禁疑喜交集，上前仔细一认，知二人非别，一即是水青莲，一即是云素馨。遂欣然相见道："我那日被石泉兄追赶，无处逃生，向池中跳下，不料暗有仙人相救，得保残生。未识二卿何以得脱其毒手，今日仍得与小生一会，诚快事也。"那二美俱挥泪道："妾有痛肠欲剖，但恐言之骇君，故未敢相告。"花春道："卿有何言，不妨明说。"素馨道："那日郎君下楼，水贼追寻不见，遂厉声大喊上楼，手提三尺青锋，欲将妾斩首。小姐在旁力劝他，竟先把小姐一剑，然后将妾刺死。可怜妾与小姐，以怜才一念，霎时身丧青锋。在妾不蒙怜悯，亦何足怨，只恨他不念同气恩，亦忍肆其残毒，天良灭尽，所以有全家抄戮之报也。尤可恨者，死后不为殡殓，竟将妾与小姐同埋于梧桐树下。君倘念去年一夕绸缪，则埋土之死骸，望君留意耳。"花春闻言，知二美已经遭害，此是鬼魂。然心中却毫不惧怕，唯是悲号痛恨而已，谓二美道："尔既物化，虽仅有其灵，已无其形，然天下情之所挚，则一团魂魄之灵，可结而成血气之形，故古来荒丘朽骨，亦自多情；青冢香魂，非无欲念。其化形骸以会风流，幻声气而成云雨者，固往往有之矣。二卿其有是意否？"青莲、素馨道："空结冤家，应悲今世，欲偿孽债，且待来生。阴阳有隔，形魄难交，未能从命耳。"言毕倏然不见。花春叹道："二美玉容依然如旧，而芳魂渺渺，竟不能一叙风流，恨何如也。我忆去年在此被难，紫云仙师度我出园，曾谓予二美处自当救援，不致丧身，可祈后会，何以竟有如许之变。讵明知寿数已终，不可挽救，固以此言抚慰予心。其谓后会有期，其即夜之会是乎，能不令人怆感无已！"

行至园门，仍将身纵出，步回船内，愁难成寐。想石泉仗势逞凶，作为颠倒，以致全家斩戮，所以园中如此景况。从古沧桑变幻，理有固然，亦无足异，只恨二美为我杀身。回忆从前，令人寸肠俱裂。是夜神思恍惚，不多时城户鸡鸣，篷窗色曙，船家起身煮饭。用过晨餐，开舟行去。路过乡村，觉井烟离舍，处处成家；鸡犬桑麻，村村入画。

行了一日，尔时天光渐晚，但见绿树阴浓，斜阳遮古道；青苗叶润，沟水响溪田。盍妇携筐欲返，樵夫荷赘归来。渔网高挂泊堤边，日摇网影；牧笛闲吹驱犊返，风送笛声。蝉噪堤杨，拽残声兮断复续；蛙鸣池草，始一唱兮和遂群。花春在舱中，悬窗倚望，甚觉风景可人。正观玩间，见傍岸有一座草庵，上面悬一匾额，因年久月长，外面的染漆尽皆零落脱下，只剩得中间有一个"莲"字，尚见模糊字迹。花春想道："现有一个莲字在上，是香莲庵也未可知。仙机上云'远近何须问，东西不必盘'，莫非悟凡远避在此乎？"遂命船家停

橹系，上岸一访。

步进庵中，见殿上门窗塌损，佛像尘蒙，是一个数年不修整的荒庵。少顷，走出一个年逾花甲的老尼僧来。花春上前问道："此间可正是香莲庵么？"尼僧答道："这里是白莲庵。相公何以问及？"花春道："因匾额上有一莲字，小生看不明白，故偶意问及，未知宝庵中有几位师父在此？"尼僧答道："本来共有四五人，只因此庵坍塌，募化无从，他们各自散去，只剩贫尼与一个小徒孙居此。不料数日前，有一个远方避难的师太来投此间，如今共有三人。"言罢，遂将募化修庵这一只团匾携过道："恳求相公慨发慈心，随缘捐助！"花春听了"远方避难"四个字，不觉吃惊，着急问道："如今那远来的师父何在？"尼僧道："因路途劳顿，逸以抱病在床。"花春又问："他何在？你庵师父一二。"那尼僧笑道："相公何故如此？"花春道："实不相瞒，小生去年进都应试路过半桥村，至香莲庵中，曾托悟凡师办一机密事。岂知今岁出都，复至庵中，已不见其人。因访庵邻，说他避祸远遁，莫非即在此间么？"尼僧闻言踌躇道："贫尼却未知其细。待我去问他一问，就知分晓。但不知相公尊姓高名？只要将相公名姓一通，若果是此人，彼意中自能省觉，即有曲衷，贫尼亦可待诉。"花春遂告以姓氏。

那老尼去不多时，急出来通达道："他一闻相公在此，顿尔扶病起床。请相公进内，面剖衷肠。"花春闻说，直如喜从天降，谓悟凡得见，则二美消息可通。遂同老尼进房，见悟凡病容憔瘦，态体不堪。二人相见，俱禁不住痛泪交流。花春急问道："不知悟凡师为着何事，以至于此！"悟凡道："说起此事，皆相公之罪也。"花春惊问其故，悟凡遂在枕下取出一封书信，递于花春。花春接过细览，上写道：

去岁庵中一事，不料被绿珠使女知情。因被责怀怨，潜窃花郎所赠之画，向老夫人处漏泄机关，故老爷将令县中遣役至庵，拘拿悟凡师究诘。见字宜速避祸出庵，万一迟延，定遭罹获。花郎处不暇另札，因无面再生，刻欲刎颈自尽矣。倘日后与花相逢，乞致言窦瑞香已死，前盟难践，不复系念可也。事在急迫，特此草达。花春见字，跌足悔恨道："那夜竟不防丫鬟窃听，所以语言不密，以致有今日之事，既害窦小姐丧身，又累悟凡师远遁，实小生之罪也。"

悟凡道："相公且莫悲伤过度，还有音书在此。"又向枕下取出付于花春。花春发看，是满氏池娇《叹薄命词》，有一小叙云：

自绣衣郎别，忽见小桃红，柳梢青，不觉沉醉东风唯是长相思，日倚玉栏杆而已。不

料忽起刮地风,竟不是路别欲贺新郎矣。无奈于月上海棠时,挂金络索,愿以寄生草作扑灯蛾。倘秀才于贺圣朝后,重绕红楼,惜奴娇无复解合欢带,效于飞乐也。敢拟美人歌,以抒昭君怨云。

其一:

> 从来万紫与千红,愁入离人两眼中。
> 欲上翠楼心转怯,青青杨柳怨春风。

其二:

> 春闺恼听晚来钟,况复离愁恨又重。
> 回忆去年临别话,桃花落尽再相逢。

其三:

> 月移花影上纱窗,倦坐更深别夜缸。
> 绣罢鸳鸯三十六,慕他对对总成双。

其四:

> 从君别后日相思,九转肠回十二时。
> 静院春光留不住,莺声啼断绿杨枝。

其五:

> 日影疏帘掩翠扉,呢喃新燕绕梁飞。
> 只愁彩缕今年系,春社重来人已非。

其六：

　　肠断香闺三月初，乱鬟懒仗宝梳梳。
　　归期屈指频频数，雁杳鱼沉音信疏。

其七：

　　浪约从来有也无，君心讵比妾心孚。
　　只因痴志难抛去，梦内花郎惯自乎。

其八：

　　杏花十里暮烟低，扬蛮雕鞍过柳堤。
　　想是状元归马疾，扬鞭径至浙江西。

其九：

　　心俯懒绣小弓鞋，斜枕银床坠玉钗。
　　睡起昼长无个事，倚楼终日望天涯。

其十：

　　闲来频把画图开，细玩形神暗自猜。
　　婉尔凝眸似有肌，无言日日盼郎来。

其十一：

　　谁云容易度芳春？恨至无言恨始真。

惆怅最怜今日我，风流空意少年人。

其十二：

金貌炉内屡添著，日永三春驻夕薰。
君纵背盟甘负妾，妾堪忘约不思君？

其十三：

销魂最是怕黄昏，绮帐生寒亦懒温。
脉脉私情谁与语？一声血泪一声吞。

其十四：

无聊遣婢把棋弹，总为愁多着未安。
几度被他催下子，输他容易胜他难。

其十五：

绣阁身闲心不闲，愁来无语泪潜潜。
妆台频对菱花照，瘦尽春来镜里颜。

其十六：

人间聚散总由天、难补三生石上缘。
从此春蚕丝已尽，那堪秋夜镜重圆？

其十七：

朱楼愁按凤凰萧,盼到而今归路迢。

老母不知灯下誓,乘龙已订度蓝桥。

其十八:

自怨时乖复自嘲,诗篇无意细推敲。

侍环分得新题到,几度拈毫几度抛。

其十九:

银杏开残又碧桃,春江客路水滔滔。

深闺织就回文锦,欲寄何由系雁毛。

其二十:

不曾真个恨如何,从古红颜薄命多!

死后芳魂犹恋恋,生前忍复结丝梦。

其二十一:

回思旧事渺无涯,静掩闲窗六扇纱。

蜡才成灰红泪冷,不堪重问镜中花。

其二十二:

感怀不忍读焚香,一缕柔丝系寸肠。

自昔谩劳称姐姐,于今何处唤郎郎。

其二十三：

> 半钩新月映雕梦，此夜谁家弄玉笙？
> 一曲离鸿声转急，不堪听处倍伤情。

其二十四：

> 花香满院梦初醒，蛱蝶纷飞绕画屏。
> 妾梦一如蝶梦幻，与君千里会邮宁。

其二十五：

> 绣谱闲翻线屡增，空裁蜀锦与吴绫。
> 合欢鸳被成来久，旧约遥遥不可凭！

其二十六：

> 搔首无从画一筹，杨花岂逐水波沉？
> 今宵假手金鱼带，万斛愁肠一旦勾。

其二十七：

> 他年无复睹人琴，巫峡云遥何处寻？
> 留得美人图一幅，与君夜夜伴罗裙。

其二十八：

消息于今不可探,只身无计到江南。

关河不隔相思魄,泉路茫茫死亦难!

其二十九:

一抔黄土草纤纤,异日重来别恨添。

朽骨已寒心未冷,梦魂犹绕楚山尖。

其三十:

鸾笺欲罄话喃喃,握管难禁泪染衫。

只此九回肠已写,忆君不另寄书函。

花春看毕,知池娇以姻期将近,不愿弃旧负盟,亦迫于无奈而死。又问悟凡道:"二小姐之事,在几时发动的?"悟凡道:"俱在春尽夏初之际。"

花春闻言,不禁痛泪交流,如熬肺腑,悔恨:"于出京之不早,妄图功名成就,以致误期失约,使美人丧亡莫救,是皆我花春致之死也。我想水园二美,即丧身于水贼之手,不得复见,然使我于山家考诗订姻之后,不成婚改试,久为滞留,则池娇小姐尚未迫于汪姓之婚而就死,即窦小姐之事,亦未败露,我可以计得之,何至有今日之变?乃事故变迁,难以逆料,岂彼美缘,前盟莫践,抑我花春福浅,始愿难偿哉?"唯是捧了那一纸诗,几回吟诵,不觉诗中悲切之情,愈咀愈出,真是一句一眼泪,一字一声血,有不忍多读者。

悟凡在旁,见花春悲号无已,声出断肠,也觉触景伤怀,泪痕微带,只得从容抚慰道:"虽然事变俱为误期之故,但人生缘分,早定于天,非人力所能回挽。或者二小姐与相公只有数夕之绸缪,而无偕老之欢乐,也未可知。至于二位小姐以绝世佳人,俱在青年殒命,此又夭寿之常,尤无关于人事,相公亦何必悲哀过恸,使二小姐于泉下亦复惨切不能安哉!"

花春闻劝,虽觉怆怀少解,究未免心牵胆挂,抑郁难鸣。因思与悟凡一叙旧好,遂欲在庵中住下。悟凡止道:"不可!此间数椽茅屋,房间浅隘,既不比香莲庵内室重门可闭,

而此处虽系乡村，却不比香莲庵幽僻，无人缠扰。况相公舟停庵外，村人俱所瞩目，倘夜间留宿，有恶棍鸠众前来寻闹，恐于相公亦有不便。而贫尼漏网之鱼，此处又不可容身矣，事将奈何？"花春笑道："不必多虑。今日之我，已大不同于昔日之我。力则可以敌人，势则可以压人，纵有千百棍恶前来寻非，我亦何惧！"悟凡听说道："相公想已擢名金榜，故敢渺视庸夫。但乡村俗子，未识相公为何如人，则一朝殴辱，未免要受眼前亏矣。苟欲鸣官惩治，又恐于理有碍，未识相公亦念及此否？"花春道："既是悟凡师如此意虑，我只得坦怀以告了。"遂将遇仙学法，及考试占鳌之事，细细讲其始末。遂拿白银二十锭付于悟凡，命他调养身体，聊为药果之资。又另付二锭于老尼，令她整备斋肴。那尼僧听得说得势耀非常，又得了银锭，遂款留花春在庵。后事如何，下回再表。

　　评曰：文必入人意中，出人意表，始可谓绝妙文字。自余论之，入人意中者，尤不如出人意表之谓奇也。尝观野史述事，有离必有合，如花春一路进都，赠画订约，合而仍离也。则此回出都访美，为践旧约，急欲观其画奇谋，筹胜算，何以与诸美合矣。乃一至香莲庵，而风流尼院倏变为寂静僧房。又至水园，而玳瑁楼中国色倏变为梧桐树下香魂。及白莲庵得见悟凡，必以谓二美事犹可挽回，讵知一函手札、一纸情词，惟悼恨于去秋一别，玉化香销，物在人亡，如斯而已。要之，男有室，女有家，必须媒妁通言，以成大礼。若于花前月下，私订良缘，未有不磨难多端，乖睽百出，非死别即生离，焉能如愿以偿，有齐眉之乐耶！观于此四则，野史中之私情密约，后来必如所愿，从无有离而不合者，其附会之妄，尽一扫而空之。有心者览此，怜香一念，不且雪化冰消哉！点化愚顽之意，何待终篇而见。

第十回　适维扬空怀旧约
至武林喜订新盟

诗曰：

> 飘零个个恨无缘，默抚情怀倍点然。
>
> 去日已欣谐白发，来时无复睹红颜。
>
> 鸾飞镜缺三秋月，风去云遥万里天。
>
> 唯有红园屏许射，未知赤线果能牵？

话说花春既令尼僧去整理羹肴，遂住在房中，与悟凡谈不尽别后离伤。说起香莲庵改了碧梧禅院，这一座幽雅精致的好所在，可惜被和尚占住，慧源及众尼等亦渺不知去向。悟凡此际，不禁抚今追昔，忆故旧之飘零而怆怀不已。看看日色已暮，老尼把夜肴备好，和盘托进。花春问以烹庖之何速，尼僧答道："村店中盘飧可给，水酒堪沽，故便于备物，但恐粗粝难堪，不足以适贵人之口，祈勿见罪。"花春道："惊动宝庵，已深歉疚，又承老师太费心，多品杂陈，甚不过意。"那尼僧放下杯箸，径自出去，只有悟凡在房陪饮。只因乡间食物，烹庖得不甚精洁，即沽来之酒，那及得香莲中厚味醇温、清香馥郁的佳美？以及器皿动用物件，那一样及得香莲庵中的草美精致？二人感物伤怀，愁肠又触，只得将酒肴勉强用须，唤小尼进房掇去。

花春因一路而来，旅店凄凉，孤舟独宿，久旷于女色。悟凡虽然抱病，亦因自香莲庵逃避以来，巫山久隔。此日见花春在房，禁不住一腔欲火，遂把房闭上，款赴阳台。只因悟凡病后，精力空虚，又以暑热难禁，汗淋如雨，故未及久战，早已恹恹一息，神气俱疲。花春虽情兴正浓，却又怜她躯微骨瘦，遂止戈矛，意欲安寝。因庵外蛙声嘈嘈振耳，直至四鼓方才睡去。

明日清晨起身，因访美念急，不敢久留，遂辞别悟凡。命他安心在此度日：“倘有飞灾，自能为汝遣救，我一到家中之后，仍欲北上，不消数月，再过此间，定进庵与汝一会。倘有幽雅名庵，即当修书荐汝入庵。此间不可安常，只可处变，宜保恤身体为要，不必填愁积闷，徒耗精神。此二语是药石良言，须当谨记。汝已为我狼狈至此，吾乃不为携提，把前情付诸东流，天壤间断，无此薄幸人。”言罢，各各涕泪。当家送出庵门。又到船中取了十锭银子，令家童送到庵中，布施装修佛像。

是日，开了船，一路望南浙而来。有事则提，无事则缺。在路行程，无甚耽搁，心中暗暗疑虑道：“不要广陵西河之美人，亦有变端？几如花正妍而雨打，月方皎而云遮，空令我作了一场春梦？”又转念道：“天下事，亦断不至此。岂有风波陡起如四美者？若彼美而亦有变故，岂真彼苍不欲留一佳人以配我花春乎？纵天下之事故不尽可凭，而吾生之缘姻岂无足信？则亦唯信诸佳人之必配才子，才子之必得佳人耳。”花春在路，时以此念存于胸中，故反把疑虑之一心，尽皆抛去。

不一日，到了广陵，仍寻到逢家寓处，将行李运上安放，向店主人道：“逢老爹，你可认识小生否？”店主人定睛细视道：“确是有须面善，却一时记认不出。”花春道：“小生嘉禾人，去岁秋间在你宝店中耽搁多天，承蒙厚情，曾在里边这一间精洁坐室中下榻的。”那主人省着道：“是了！莫非进都会试的花相公么？”花春颔首称是。店主人道：“吾们做了这须贱业，招接商客甚多，记性却又不好。去岁与花大爷盘桓数日，竟一时认识不出，殊觉可笑。”花春道：“我此番到来，虽耽搁不久，却因僻性好静，仍欲暂借内室，约住数天，未识还肯容纳否？”主人道：“花大爷既爱僻静，这又何妨！”就命家童把行李搬进，店主引前，同花春径入内室。略谈几句，店主因有冗忙，遂自出去。

花春坐下未几，觉有一种清香之气，扑鼻吹来。因向庭心一望，见那边有数盆白芙蕖，盈盈绿水盛着，开得鲜艳异常，甚觉可爱。静坐窗沿，只是对荷赏玩。不知花春之意，一半是看荷，一半实注目在那傍楼上，急欲得凌霄一晤，以慰半载离愁。心中想道：“以吾之品望，俯就彼之门楣，自尔一说即成，不比得别处之艰难委曲。但与他一别经年，实欲一睹玉容为快。你看庭中绿荷盛放，正宜轻摇执扇，倚楼赏鉴清芬，为甚闲窗寂寂，空有妒玉人之莲花，而无赏莲花之玉人？”心殊恋恋，意者暑溽难禁，玉人恤体，闲睡罗帏，故未得临窗眺望。移时晚风徐拂，荷净生香，于寂寞黄昏之后，未必不纳凉倚槛，爱扑流萤，则月明人静，正可与玉人一诉离怀，慢申别款。既至此间，亦何虑天涯咫尺哉。因闲坐无

聊,集唐句咏《白莲》四绝,诗曰:

其一:

靓妆才罢粉痕新,留着双眉待画人。
入夜史宜明月满,珍珠帘外净无尘。

其二:

娉婷仙子曳霓裳,懒对菱花晕晓妆。
白玉帐寒鸳梦绝,暖风送过一团香。

其三:

珠箔银屏迤逦开,莲花为貌玉为腮。
水晶帘外微风起,疑是嫦娥月里栽。

其四:

芙蓉面上粉犹残,半是羞人半忍寒。
今日分明花里见,晓妆初罢倚栏杆。

少顷,用过夜餐,候至更初月上,唯是静倚栏杆,专望那旁有须影响。岂知风弄竹声疑佩响,月移花影似人来,梦想空思,竟做了待月西厢的君瑞,寸尘更深,而玉人究杳乎莫接。心中疑虑道:"莫非此女守志不坚,谨遵父母之命,竟另订丝萝,已为鹊巢之处乎?然以去年临别时,订约谆谆,誓同生死,谅不薄情至此!况彼不过一平户女,岂有豪门巨族,愿缔朱陈?所来聘纳者,亦不过庸夫俗子,焉能入凌霄之目,甘背旧约而适身于彼?此亦可为凌霄信也。想必因偶有微恙,静卧绣床,否则因有事故,往眷族中去了,亦未可知。吾明日往梅婆处,探问濮小姐消息。只要乘间一探其故,彼自然深悉。"想念许久,只得步进里边，将窗掩上，闷闷的睡了。正是：

> 浇愁须得酒千觞，玉漏沉沉夜未央。
>
> 月影栏杆人不见，隔帘风逗菱荷香。

花春睡到次日，绝早起身，家童唤起，命催店家早备晨餐。未几，用过饭，出了店门，一径望梅柳巷梅婆家中来。到了门首，一扇篱门，却是虚掩在上。花春举手推开，竟望里边进去，叫道："梅妈妈可在家么？"只听得娇声滴滴应道："母亲方才出门去了。有甚言语，待家母回来通达便了。"花春道："我有紧要言语，要与梅妈妈面讲。"正说之间，见里边门首有人一影，正待细睬，即不见了。花春也不放在心上。未几，见门内步出一美人，虽无倾城之色，而丰姿袅娜，甚觉可人。纤纤玉手，持了一笺香茗，轻启朱唇的叫道："相公请茶。"花春不待其放下，就举手接过道："轻造贵府，已属不当，何以又劳姐姐费心。"那人道："相公之言，何过嫌若此。这粗茶是极便的。请问相公尊姓高名，府居何处？"花春道："小生浙江嘉禾人，姓花字金谷。去岁秋间，曾到你府上的。"那女子道："莫非就是进都赴试的花相公，假妆……"那女子说出"假妆"二字，遂顿住了口。花春见说，已明晓其故，遂言道："小娘子有话何妨明说，奚必欲吐仍茹。"那女子微笑道："假妆女子混入梨园者，莫非即是相公么？"花春笑而不答。那女子道："自相公去后，累家母受尽许多惶惊。濮老爷竟不准交还身价，要家母追寻原人，屡欲加罪。幸赖夫人、小姐力劝，得保平安。"

花春闻言，殊为抱歉一番。问以梅妈妈出去几时才得回来，那女子道："家母出门，归期不可预定。大约早则午刻即归，迟则晚间方至。"花春听说梅妈未归，不耐静等。见那女子殷勤献媚，眼角传情，甚有顾盼之意，遂思趁伊母不在，欲与神女一会阳台。因以语言挑引，渐渐近身相谑，引得那女子欲允含羞，欲推难忍，只得出外将门闭上，与花春移手进房，遂兴云雨。

事犹未毕，只听得外面叩门急急，却即是梅婆声唤开门。那女子惊得心慌意乱，手足无措，忙教花春躲入床底。花春道："姐姐不必吊胆，你且去开门，吾自有藏躲。"就尔步出庭内，见旁侧有一座围墙，甚是低矮，即纵身一跳，跨上墙头。往外望下，是一片小小空场，并无行人来往，遂将身纵下，望东而步转了一个湾，兜出来，即是巷中，仍望梅婆家内进来。见梅婆正在外面，二人相见，叙了几句套谈，花春急问："濮紫荆消息如何？"梅婆见

问，先将去岁累及受罪之事，颦眉蹙额的说了一遍，然后道："相公，此番真来得不凑巧。若早来一月，尚可得濮小姐一面。"花春见说，已知或嫁或死，又是事变莫测，遂急问道："妈妈，何出此言？"梅婆道："前月濮大爷忽调了广西桂林府，已挈家眷荣任去了。那日，小姐无奈，特传我至彼，悄然将书一函寄吾，嘱吾谨谨收藏：有日花相公到来，即付与拆览。"花春知濮太尊迁任之期只隔得月余，深悔出京不早，以致遭此磨折。然思紫荆虽已不在，广陵未能晤面，而路途旷隔，此中尚有挽回，究不比四美之茫茫泉逝。死者不可以复生，讵以道阻且长，旧盟难践，而谓玉人不可复得哉？

那梅婆急忙向内，将书取出，双手递于花春。花春接过拆看细览，只见上写着一片蝇头小楷。其书云：

自与君别后，灯暗孤窗，寂寞三更谁伴，帘垂小院凄清。午夜无聊，玉笛懒听。肠断芭蕉暮雨，金针倦绣；情牵杨柳春风，曲院花飞。常牵别恨平山春尽不见归。盼征人兮未至，翠黛不描；嗟薄命兮堪怜，红颜渐损。前日翻阅报录，知君以多才遭屈，必尔旋返广陵；乃红闺盼断，竟不见情冰至署，以订丝萝。讵抛球射雀，别缔新俦；月下花前，顿忘旧约乎？谅尔多情，决不蹈此。后又阅见武殿试报录，君以文坛选士，改为武帏雄才，不胜惊疑，实深欣慕。所可羡者，上苑攀花笔彩，焕凤池星斗；曲江开宴剑光，冲麟阁风云。窃谓君占鳌头，必尔书来雁足矣。不谓好事多磨，机缘又阻。兹因家父迁任广西，挈家远适，暗泪偷垂，柔肠寸断，恨不能迟留待约，再逢前度刘郎；唯是魂梦相牵，空忆窥帘司马。想此去桨冲断岸，不堪旅梦之惊；帆锁横塘，酒尽离人之泪。更有伤者，不忍言焉。君倘不忘厚誓，念故情，不以地角天涯之远隔，等诸桃花流水之无情。庶得了相思于锦帐，赤线来牵；慰凤愿于蓝桥，白头无叹。尔情实靡，涯言难尽，特此草达，聊表微忱。花春看罢，见书中文情宜，词意悭怆，直如怨如慕，如泣如诉者然，亦不禁悲感无已，遂将书藏好。

梅婆问道："相公的寓所仍在吾家姨夫店中么？"花春告以正是，因即随机问道："吾去年见一位年轻绝美的娇娥，想一定是令姨甥女了。恳妈妈作一月老之任，未审可否？"梅婆道："相公既有此心，何不去岁早教老身一说！逢家凌霄甥女，其姿容实与濮小姐不相低昂。老身去秋不敢与相公作合者，实以相公志在择配。彼之门楣，岂敢仰攀贵耶？乃至今日始请老身执柯，又无能为矣！前日有一个姑苏大富翁，在维扬贩兑珠宝，竟出了一千聘金娶去，就是老身干办的。"花春听说，恼得半晌忘言。然后心灰意懒，问道："你家甥女难道竟肯允从，随那人去作妾么？"梅婆道："父母作了主，焉有不允之理？"

那时遂别了梅婆，闷闷回寓。广陵的平山塘、琼花台、二十四桥、五云多处佳景，亦无心去观玩，唯闷坐在寓。然在京未一载，而所约之美人，尽弄得七零八落，死者死，离者离，嫁者嫁，有如许光景！想到此际，把从前一片热肠，弄得冰消瓦解，竟欲一径归家，连西河一美，亦以为定有变端，而不必再去访矣。然仔细寻思，则又不忍舍弃。倘日葵安然无恙，在彼盼望，我既回故土，不与彼一会，斯真负心人矣。他日悔恨，又当何如哉？遂连夜起程，向杭城进发。

是日到了城中，将船泊位，命家童在船看守，独自一人飘然向红园而来。一路盘旋曲折，到了红家门首，见园门虚掩，遂推进里边，慢慢步入。那管园的家人，向花春定睛细认了许久，吃惊问道："你莫非去秋在此寓考的花老爷么？"花春暗暗奇异："他为甚知我武帏中捷，如此相称？"遂应道："正是。"那家人道："闻得花老爷到京弃文改武，得占鳌头，钦赐游宫三日，又游街二日，万岁倍加宠赐，为何不在京伴驾，却有余闲至此？"花春道："我因有一桩正事未完，故暂告假出京。今事已干办，特到西河避暑，故乘闲来此，想池中荷花早已开得极盛的了？"家人答道："绿荷正在晚放，花老爷来得有兴，待老奴禀过家爷，出园款接。花老爷请亭中少坐。"花春急拽住道："我与你家老爷索不相识，何劳款接？我不过因去年在此观玩，见园中景色不减西河，故乘闲来此一玩。若去惊动主人，反多不便。"家人道："花老爷你且坐了，待老奴细禀。花爷去秋与柳相公同寓在此，家爷适往汉口去了。回来时，花爷已高中还乡。彼时却不问及，忽于方才夏初，唤老奴进去，问及去秋花爷作寓园中之事有否？老奴遂以实告之家爷。不知因着何事，知花爷不久必到此间，就吩咐老奴谨谨留意：若见花爷到来，必须通报，好待家爷出园迎接。后又闻说花爷改入武闱，题名金榜，老奴想花爷焉得有余闲至此，不料今日果见驾临，老级焉敢不遵主爷？"

花春听了这番言语，甚觉不解其故，呆思半晌道："莫非去秋与日葵订约终身一事，红老已悉其情？今岁又闻予钦赐宠荣，甚是钦羡，愿面许秦晋之谐，因先结主宾之好。再至此间之说，想小姐曾坦怀以告，谓我中与不中，必遂急出京来此，请冰求帖乎！"心中猜疑未定，只见主人已远远行来，甚有注目之意。遂趋步上前作揖道："晚生轻造名园，尚未请谒，反蒙红老先生过爱，惶愧极矣。"红御史道："去岁秋试之期，花兄在敝园草榻，弟因有事往汉口羁留，失于瞻你。春间，偶于绿阴轩前闲步，见壁上题吟，真是清新俊逸，庾鲍风流，谅是我兄佳构。而细玩其中词意，觉含蕴几许，不愧风流笔墨。因想吾兄青春年少，谅多正事未完，不免告假辞朝荣归故里，则荒园虽陋，或者得再邀兄之顾盼，也未可知。

因命管家留心伺候,若见花兄到此,令他速来禀报,使弟得稍为款洽,以尽地主之诚。"花春谨不敢。

　　那红御史遂携了花春的手,步入碧澜轩来。见轩外四周,俱密树垂杨,遮荫得行,天赤日午也不知。轩后芙蕖盛放,觉得丝卷柳条,微风乍起,珠跳荷叶。宿露初收,满座水光影摇;花鸟绕亭,波色倒映楼台。斜铺翡翠之茵,草头凝碧;平泻琉璃之镜,水面横清。彩鸳静占银塘,乳燕凉飞。玉宇凭栏人影下池,隔岸禽声闻席上。凉台无六月,藤阴蔽座生寒;钓石有双溪,苔色侵阶弥绿。直把暑溽炎炎,一时消尽。少顷,酒肴俱设,对酌谈心,问及花春秋试争元,为甚春闱就武?花春即以在路耽搁误期,改试之事,细讲始末。红御史盛赞道:"花兄削彦士于文坛,又压英材于武艺,四库五

车,必逢源于左右;六韬三略,定熟悉于胸怀。古来元杜逞风流,直可与之争座;孙吴具将略,岂屑与之比肩哉!兄乃文武全才,智勇兼备,朝廷拔此梁栋,实国运文明之有庆,而我辈得亲丰范,犹相见之恨晚矣。"花春道:"晚生得第,实侥幸于万一,而中途迁就,皆赖诸大臣鼎力,以叩圣朝培植之恩。今蒙老伯一遇,使晚生当之愈愧矣。"

　　花春以红御史始见之时,注目良久,而此际谆谆赞美,虽在酌饮交谈,观其容颜词气,似胸中有一桩疑难心事,辗转不宁之意。见此形情,惹得满腔疑虑,又不便进言相问。二人各有心事,酒也饮得无须豪兴。对酌移时,红御史道:"花兄多少贵庚?"花春道:"晚生已虚度二九。"红御史又问道:"际此妙龄,想已咏河洲之句矣!"花春闻话,知其语有由来,因已对以尚夫不室。红御史道:"琴瑟虽未调,丝罗谅已结。"花春道:"今瞻仰于泰山北斗之傍,鄙亵私衷,本不敢上渎。乃蒙下问,讵敢讳言。因晚生僻性,素谓夫妇之配,称之曰偶,是必其性情品格,不相悬绝,始足当耦之名。不然,偶之实已无,尚何有偶之恩、偶之情,并偶之乐也哉?晚生宁终身无偶,而不可一日误偶。故磋砣至今,尚未有聘。"红御史道:"据花兄立志如此,弟有鄙悃未敢谩渎矣。"花春道:"老先生有言提耳,晚生敢不谨领?

何容深讳。"红御史道:"弟年逾五旬,并无嗣息,只生一女,闺字日葵,因执性颇类花兄,故屡屡拒聘不纳,尚在待字。兄既鼓琴未咏,窃愿以小女侍兄箕帚,未识以为何如?"花春道:"令爱淑女,宜配君子。恐晚生福薄,未敢僭攀。但既蒙老大人过爱,许订朱陈,只得愧承台教。"红御史:"既如此,且俟秋凉后,遣冰择日以完花烛。"花春重起身纳拜,即为翁婿之称。二人引觞更酌,兴复不浅。

少顷饮毕,家童将残肴拾去。红御史起身向花春道:"本欲款陪贤婿,细谈衷曲,因值小干尚未办理,请贤婿且在轩中略坐,吾去去即来。"花春道:"既为翁婿,情同父子。岳父大人有事,即请尊便,何容以客之待小婿哉?"红御史遂嘱付家人,于薰风楼下整备帐铺枕簟等物,务须精洁,好待花姑爷晚间安宿。家人应诺,红御史自别了。花春进内去了。

花春独坐在轩中,暗暗欣喜道:"吾犹幸来此践约,不因诸美之变而灰心。若不然,则此间一段良缘,已是当面错过,空令日葵小姐眼穿肠断,叹予负盟矣。今妙在红老口中亲面相允,既无翻改,又省却许多周折。但思佳婿不易得,正宜喜溢须眉,欢形面目,为甚于许亲之前,若有满腹疑愁,甚不惬意者然,此何以故?岂疑吾黄甲登科,已有贵胄联姻,故觉难予启口耶?谅亦不为此。"

想了半晌,步出轩外,见柳阴之下,有块太湖石畔,插一渔竿在上。花春问家童:"谁人在此下钓?"家童答道:"这是家爷闲暇之时,常坐此间垂钓纳凉,故有这渔竿插此。"花春想道:"乘船下钓,虽云野老,高风荷沼垂钓,亦是幽人韵事。"遂命家童联须鱼饵,系在钩上。才垂得下去,就有鱼上钩来吞了。连忙把钓钩拽起,只见一尾金色鲤鱼跳了几跳,竟脱却钩儿去了。花春惊讶道:"这又奇了。那鱼儿既吞下钩饵,为何垂丝又不断,竟脱去了?"只得又妆饵下钓,讵知钓了半晌,竟无一尾上钓。

看看日色沉西,遂将鱼竿插下,步出回廊,望园中闲眺一回。早有家童前来,邀请于薰风楼下饮用夜膳。用毕后,洗过了浴,惟是轻摇羽扇,斜倚在石栏杆上纳凉,暗想日葵小姐此时,也在那里纳凉未睡。不禁把此情此景,细细摹拟,口占一律道:

> 兰汤浴罢卸轻衫,鬓乱钗横汗未干。
>
> 微有风时阶下立,断无人处眼中看。
>
> 一帘竹影消残暑,半夜槐阴锁翠寒。
>
> 怪底侍儿频唤睡,几回欲卧又凭栏。

吟罢，回身命家童自去安睡，遂于炉中点起一支安息沉香，起帏就枕。不知醒后作何情状？下回再表。

评曰：此回文字，乃是接写前篇，不过把去秋订约之诸美人，尽归诸珠沉玉化而已。而其间，或因事败亡身，或因守约殒命，或因迫父命从人，或因随调任远适，写来错落参差，奇变不测，使花春一路访来，啼啼泣泣，如梦如痴。所约诸美，而并无一践约完盟者，才子佳人之论，局中人其尚有说乎！

回中连接见三封书札，自是判然三样：窦瑞香致于悟凡之书，乃花春借览耳；满池娇怨词三十首，自悲死别而难言同穴；濮紫荆情札一函，乃怨生离而尚念同衾，故绝不见其犯也。

作者醒世大意，前回评中已悉悉详著，故兹不复赘。

逐后红园一访，红御史竟殷勤相款，面订日葵之姻，是作者之笔，故意屈曲处也。

文章能蓄疑为妙。红御史于接见花春时之形容举止，几如神龙在云，首尾隐跃，令人莫可窥测也。

第十一回　吉变凶风波不定
怨装恩云雨怀仇

诗曰：

破花即是惜花朝，错怪傍人暗里挑。

莫道订姻心又变，须知割爱恨难消。

一腔毒意尝樱口，满腹仇心摆柳腰。

如此雪冤诚快尔，只虞天怒不相饶！

　　话说花春一觉醒来，只听得园中猹猹犬吠之声。启眼看时，正见一弯凉月，影透疏棂。想此时夜深人静，有谁行动？本欲出外一望，又因月色满园，正可纳凉闲步。遂尔起身往外，傍栏绕径而来。忆着去秋与日葵订期往返，夜夜潜行于花径之中，睹景兴怀，不啻如昨日事，乃昔是清秋，今为暑夏。人犹是人也，径犹是径也，而风景已为之一变矣。正观望间，见前面有一女子行来。花春欲待闪避窃视，那女子忽叫道："来者莫非花郎否？"花春听其音声，似瑞芝婢女。及近身细认，则见其眉浓粉腻，以及衣裳服色，迥非婢女模样。心转疑惑，问道："你莫非就是瑞芝姐么？"那女子道："去秋别后，未及半载，难道就不认识了？"花春道："非是小生不识认，因姐姐形容举止迥殊昔日，故有此一问耳。"瑞芝道："君既见疑，且先以妾之事告君。妾因老爷见幸，无力可辞，已忝居小星之列。是君为负盟浪子，遂令妾作逐水杨花也。"花春闻言暗想："瑞芝乃小姐闺中侍女，如何红老谩宠作妾？此中情节，确有可疑。"口中佯说道："姐姐如失人之宠，实迫于主命之难，违在小生，亦不敢抱憾。"瑞芝道："妾之事，且不必论矣。试问相公，临别时曾谓来岁春尽必至此间，以完旧约。其知盼断双珠，终无音信，直至今日才来。你于心竟相忍么？"花春道："实非小生负约愆期，因春间误期，不得入闱，改入武试，所以羁留京邸，磋跎至今。其实身在

北而心在南,想小姐香闺盼望,自有一片离别愁肠,伤春挥泪,不知近日身体可安否?"瑞芝道:"君尚欲问小姐无恙,君保得自家无恙,也就罢了。"花春听他说话蹊跷,着急问道:"姐姐有话快请说明,莫作此含糊之语,令以难详难解,甚费踌躇。"瑞芝洒泪说道:"君若无妾,则君之性命已化为乌有矣。"花春道:"小娘子怎说此话?我此间又无仇无怨,有谁欲加害于我?"瑞芝道:"害君者即君。且君不独以己害己,固先害人而将及害己矣。君尚痴心妄念,思与小姐翻云撼雨于阳台,岂知小姐久已泣月悲风于泉路了。"花春听到这一句,不禁跌足流涕道:"难道你家小姐已身死了么?为何你老爷今日又将小姐姻事面许小生,这是何故?"瑞芝道:"此事一言难罄。且在亭中略坐片时,妾细细为君剖陈。"

二人遂挽手进亭,并肩坐下。瑞芝谓花春道:"君欲知小姐何以死,其根株实死于君;而搆衅起殃,又死于老爷之宠姜秋莘。此秋莘非别人,即亡过夫人身傍侍婢。夫人死后,老爷即纳以为妾,颇加宠。彼竟忘却本来面目,肆然以骄傲临人。小姐看他这种光景,难以入目,一日将他重重羞削一顿,秋莘究敢怒而不敢言,十分怀恨。讵知去秋君与小姐黉夜往来,秋莘潜身窥伺,已露机关。他竟心怀毒意,反作与小姐亲密之状,不时进来察言观色。不料小姐身该有祸,渐渐胸高眉散,六甲怀胎。秋莘这贱人竟去密诉老爷,百般揎唆。恼得老爷怒容满面,来到小姐闺楼,细细盘诘情由。小姐亦直言无隐,谓:'与花郎已订终身,其人不日即至,父亲试览其丰仪,可以为东床之选否?虽多露之行,一时失礼,而齐眉之订,百岁无怨。乞父亲见怜择配之坚心,姑恕爱才之一念。'老爷此时,似有怜悯之心,未忍剧加毒手。怎奈秋莘在旁,屡以玷辱闺门之语见耸,逼得老爷如火上添油,任小姐百般乞怜求宥,总是无益,竟尔割慈忍爱,把一个花娇柳媚的小姐顿时缢死。自小姐死后,老爷即嘱管园家人,若见君到来,即为遣住,欲加害于君,始得胸中怒气稍泄。妾见小姐惨死,即愿与同赴阴曹,不忍独生于世。然妾死,而君今日之来直如在梦中耳,其祸谁为之解哉!妾之不死,实怜君而有待也。"

花春闻言,感谢不已。又问道:"小姐既死,你老爷欲加害于我,为何今日相见,又把小姐姻亲许我?"瑞芝道:"老爷即有此言,亦是诡计,不过暗以言词笼络,使君安心居此,不生疑忌之意。君若不信,害君之人,老爷已策划定当。妾试为君言之:其人姓铁名刚,惯于黑夜取人首级,乃是江河上一个有名的刺客。犹幸此人这两日不在,不知往何处报仇行事去了。若待彼一到,君之性命休矣。明日宜瞒过园公,作速逃避他方,千万不可滞留,遭其残害!"花春道:"小娘子此言,虽有怜救小生之意,但以恩怨不明,冤仇未报,岂肯

悠然长逝，暗避鬼蜮之谋？以我花春自视，即百万军中，且敢只身独往冲突其间，区区一刺客，何足介于予怀！请小娘子且自放心。"瑞芝道："英雄之奋武，岂足以敌宵小之奸谋？恐暗箭或未易防耳。君若必欲逗留于此，务须谨慎小心为主。你看残月高悬，夜已过午，妾言已尽，请从此别。倘另有机谋得闻于耳，当再至园中相告。"说罢，遂欲出亭。花春拽住道："际此月明夜静，庭院生凉，正风流佳会之良宵也。欲与小娘子一温旧好，未识肯垂怜否？"瑞芝道："妾之来，实激于公义，非惑于私情，故不避奸险，潜行至此。鉴在前车，何堪再蹈！恐久为担待，不敢从命耳！"花春见他义正词严，亦不复相强，任其辞去。

花春回至薰风楼下，掩扉而卧。想日中闻红御史允亲之言，如何欣幸；及此时听了瑞芝这一番言语，直如冷水淋头，肃风透骨，不由人不心惊胆碎。然细思红老既欲害予，不过款予在园，密遣刺客行事已耳；又何必退回既久，然后细盘我纳聘未曾，面以姻事相许；即观其语言款洽，若真有殷心挚意，而非出于勉强，则与瑞芝之所言又迥不相类，真令人莫解。谚云："日久人心见。"我且将机就计，逗留于此，看他作何行事。恩则报之以恩，仇则报之以仇，自分得如水样的清，镜样的明，我方快然无憾，显得我英雄辣手，豪杰奇谋。是夜，辗转反侧，不能成寐。

明日起身，梳洗已毕，用过晨餐，见红御史依旧出来闲谈竟日。花春见他语言酬酢，绝无一毫假饰之意，心中转加疑惑。

到了晚来，花春因瑞芝昨夜有再至园中之语，所以不敢安寝，盼咐家童睡了，竟自步出庭来。尔时月虽未上，而明星耿耿，万里无云，犹闪烁映照园中，不至十分昏黑。阔步片时，瑞芝果至，笑谓花春道："君已转祸为福，可无虑矣。昨疑老爷许亲之说，出于机械，岂知老爷以君文幄争元，武场夺首，甚为奇异。又见君英才出众，秀骨珊珊，悔将小姐缢死，空有此乘龙佳婿，而无闺中之淑女以配之，不胜感惜。故顿时划出一计，思于众婢女中，选一俊美者充小姐以配君。实有爱君之意而已，无害君之心。此是老爷于接见君后，见景生情，参权应变乎！日间从不作此想，故妾不知其中隐情，几以老爷一片热肠，认作满腔恶意。妾闻此消息，不敢不告，使君疑难释。但老爷心性不常，秋莘奸刁叵测，君又不可以祸若冰消，灾如云散，竟坦然无从，致变生仓猝不及防。维盖以孤身入世，如在风波中耳。风波无定，欲平则平，欲起则起。今虽出于风波之外，而粗胆细心，必如在风波中一般防险，庶可免风波之险。君其慎之！"言罢竟自别去。花春意欲款住再谈，因见伊行步匆忙，未肯久待，只得任其径去。遂步回薰风楼下，暗想道："原来有此隐情，故红老

于许亲时,有许多疑难行状。这一计实画得奇妙:失一女而仍得一婿,不必抛西阁之球,自可坦东床之腹。若此女稍有姿色,我只得看日葵小姐份上,不必拒绝了。如此看来,红老原有怜才之念,前之忍心杀女非出于本意,实迫于秋莘之谗谤而然。然则秋莘为小姐仇人,而亦即我之仇人。若不诛此女,则小姐含冤负屈于九泉,其怨愤何时得雪?”

那时花春在园又过了两日,因时交季夏,尚在炎热,却爱碧澜轩荷香馥馥,柳荫沉沉,尽可消暑,故时在轩中闲玩。或是枕书午睡,凉席风生;或是倚石开胸,罗襟气爽。瑶琴弄罢,薰风徐拂珠弦;佳句吟成,飞絮轻沾石砚。此中幽趣,自尔领取不尽。因以假期未满,思在红园中消过暑夏,待至秋凉,然后回家几日,一路北上,也未为晚。此间姻事,尚在得失两可。唯以枕席孤单,凄凉客邸,且慢慢别作计较。岂巫峡深遥,一无所遇?那时一念萌动,魂荡香闺,遂不禁忆景兴怀,拟赋《夏闺词》十绝,以展芳心。其词云:

其一:

> 梧桐晓院月朦胧,一枕香痕汗粉融。
> 应是爱凉窗不闭,乱蛙声里满楼风。

其二:

> 腾腾朝日隔帘烘,枕坠金铰鬓影松。
> 昨夜知郎谁伴宿?竹夫人好可如侬。

其三:

> 菱荷香净晓风凉,近水朱楼面面窗。
> 睡起无言凭槛望,一声款乃过渔舴。

其四:

> 香汤自试露盈盈,婉转兰盆意态轻。

宛似芙蓉新出水,雪肤花貌倍倾城。

其五:

阴阴夏木翠烟低,不住蝉声柳外嘶。
恼得愁人愁欲绝,频沾银管咏无题。

其六:

睡醒闲窗更寂寥,镜台重挽髻云高。
偶来莲沼寻莲子,引得蜻蜓上玉搔。

其七:

半弯新月挂疏棂,小扇徐摇不暂停。
寂寞黄昏人静后,后庭槛础扑流萤。

其八:

凤仙花瓣露痕沾,捣向金盆染指尖。
细剪红销灯下来,十分春上玉纤纤。

其九:

已乃侍婢上红灯,枕床烘烘热不胜。
敲断暮钟眠未得,风亭水榭任恁闻。

其十:

羞向郎前卸汗衫，尚盘蝉害鬓凳须。

梦腾一觉游仙梦，撩乱花铰堕枕函。

吟罢无事，将词句细细咀诵一回，笑道："香闺艳态，描摹殆尽矣。"

那时春光已晚，家童邀去用肴，被他殷勤劝酌，多饮了几杯酒，似有醉意，遂欹枕而卧。岂知酒兴正浓，而风流佳兴，亦随而拥上心来，无由发泄，故意态虽倦，而神魂飘荡，犹在似睡非睡之余。忽听得唁唁犬吠，似前夜一般，顿然惊觉。想园中犬吠，定有人来，非瑞芝而谁？今夜必不放他空回，且与巫山一度，以泄我兴。即穿衣起身，急急望园中而来。花春是留心的，一步步注目相觑，见前面有一人行来，身躯雄阔，迥非女子模样。却因月光未上，看得不十分仔细。遂向亭中躲进，将身蹲下。只见那人从亭边行过，手中提着雪样亮的一柄宝剑。那光影射入亭中，犹闪烁照人。花春惊道："此刺客也！为何红老既有充婢纳婿之意，又遣刺客前来行刺？瑞芝云'风波不测，欲起即起'，此必是秋莘擅耸所致，事不可缓矣。"意中定下奇谋，遂欲寻至秋莘卧房报仇雪恨。

一路行来，已进数重门户，却虑朱楼叠叠，画阁重重，不知秋莘房在何处？正在迟回，只见那回廊下有一女子行来，甚是匆匆急急。举目细睁，乃是瑞芝。花春问道："小娘子将欲何往？"瑞芝道："妾正欲至园通君一信：君已大祸临头，怎生步到此间？"花春道："刺客已在园中，我特为报仇至此，未知秋莘卧房在于何处？乞祈娘子一指。"瑞芝告以第三带堂楼西副间即是，但楼下多有姬妾作房，侍女出入，未便过去，何以能为？春道："我自能跳墙而进。你家老爷此时未知可在？"瑞芝道："既如此，那铁刚进园于薰风楼下，不见了我，定着急进来禀报。小娘子须遣侍女出外邀请老爷进来，谓他道花春不在园中，乃是秋莘日间通信，已私约在房。老爷决不肯信，须逼他潜身到房窥探，自见真伪。祈小娘子直言无隐，我于彼处自有安排，不必多虑。"那时又问明瑞芝卧房，瑞芝指以所在。

花春即纵上沿墙，如履平地。行来已到第三带楼屋上，听得西边窗首有人细弄莺声，唱须风月《寄生草》的歌儿，颇觉娇声婉转，雅韵动人。花春捱步过西，将身俯伏檐头，延颈往下一探，见窗首坐一妇人，在着那里摇扇纳凉。望见东首，却悄无人影。花春慢慢立起，捱过东来，轻轻将身一跳，傍着檐下，移步过西，见长窗虚掩，遂捱身进内。桌上灯火未灭，却不见一个侍鬟在下。一径步上扶梯，行过外房，见那妇人衫裙俱卸，现出雪肤半

身，娇倚窗外，唱声未绝。花春遂抢步上前，拦腰戏搂。那妇人吃惊回首，欲得声张，想是淫情已荡，心不由主，只得勉强与花春成事，拥入绣床。花春故意把罗帏拽起，正在云雨，听得外傍隐隐有脚步声。花春知是红御史上来窥探，反说出许多戏谑之言，妆出无数颠狂之态。

少顷事毕，以秋莘早日对垒于敝兵败将之前，今忽逢此劲敌，已一战而神思懒倦，睡眼朦胧矣。花春令她安睡片时，把罗帏下好，步至窗边，复纵身跳于屋上，以观动静。不移时，果见一汉子持剑进房，低身伏近床沿，撩起帐帏，砍进一剑。因灯火不息，床中看得明白，一剑刺进，只伤得一女子，余外并无别人。那刺客呆立半晌道："这又奇了。日间红老爷嘱咐说，那人在园中薰风楼下，已令家童劝酒灌醉，那知到得楼下，其人又不在内。方才红老爷说，那人与姬妾秋莘通奸，红老爷亲目所睹，命我到此双双杀死，为何那人不在了？莫非此人能通仙术的？俺今且去报禀，待我慢慢用须功夫，留心伺察，必成功而后已。"那刺客自言自语，一径下楼去了。

花春伏在屋上，节节看得分明，言言听得仔细。复绕过楼来，将身跳下，步到瑞芝房前，犹未安睡，在庭心倚槛纳凉。花春低声问道："小娘子楼上，有谁人伴宿同居否？"瑞芝道："妾性爱静，不嫌寥寂，故不与那个合居同伴，独自在此。"花春道："如此，且将外首侧门闭好，今夜与小娘子细谈衷曲。"瑞芝道："适幸老爷今宵轮在别房安宿，故侧门腰门，俱已关闭。红霞婢子，已经熟睡，妾得坦然与君款洽矣。妾有一言相叩，适才因行事匆匆，未及细问，不知君既欲致死秋莘，又令妾遣老爷到房探视，却是何故？妾说便说了，心中疑窦，究未能释然。"花春笑道："以我英雄一丈夫，欲加害于柔弱一女子，即使碎其身躯，未免污我指臂。我欲雪怨，不待我亲身举动，自有人代为予雪者。此怨雪得来愈加痛快，故我并不曾亲去行毒于秋莘也。"瑞芝闻言，失惊道："原来秋莘尚未死么？则方才老爷至彼，亲问秋莘，是妾生端捏造，反疑妾走泄风声，与君有私矣。"花春道："小娘子且请放怀，待我剖其详细。盖我之杀秋莘，实藏刀于你贪我恋之余，假手于雨覆云翻之下，欲令其泣向鬼门关，先使其情酣阳峡路。我一进彼房，即与搂抱成事，使红老到来一见，自然怒发冲冠，火高三丈，一时性发，自顾不得恩爱情深，决命刺客进房，将我二人刺死。我于事毕后，遂跳出鸳帏，脱离虎穴，望屋檐纵上。事果不出所料，少顷，即有刺客到楼，将秋莘刺死。故我谓不曾亲去行凶也。"瑞芝听说，连声赞美道："君有如许智识，如许胆气、奇谋、异策，古今来报仇雪耻之事，从未有此者也。比诸心躁性烈，亲杀其身，更快万倍！"

二人复闲谈多时，解衣入帏，交欢无已。笑谓瑞芝道："同一风流乐也，在彼则蓄心于报怨，在此则感念于知恩。秋草于欢合之际，必以我爱之甚，恋之切，返料予毒之深也哉。我思红老之待予，犹予之待秋莘也。画虎画皮，知人知面，益叹斯二语不谬。"那时二人温旧好，恋新恩，自写不尽一种欢爱。

温柔抚弄一番，听得漏点已交四鼓，谓瑞芝道："恶妇已诛，别无系恋，予不得再为滞留矣。倘至天明，又多阻隔，趁此静夜无人，正可出园遁避，潜至家中，谅你老爷亦无奈于我。唯刺客行刺，虽是奉公所遣，然此人若留于世，必至荼毒生灵，肆其残虐，我必锄而去之，除了世人之害。未知他今夜下榻何处？"瑞芝道："君若得除此贼，诚快事也。闻彼在外傍书厅东副间中安睡。然此人骁勇非常，不可轻敌，君须见机而作为妙。"花春道："一刺客者流，何足深畏，但手无尺铁，奈何？"瑞芝道："妾房中有古剑一柄，却已绣得锋芒不露，未知可用否？"花春道："不妨。持宝剑而斩一刺客，已是大材小试，何必取其英锐！"二人遂各起身，瑞芝步过床侧，向架上悬剑取下。花春接过出鞘，在灯下一看，见锋虽不甚利，其质尚坚重可用，遂持剑启窗，纵身上屋，来至外书厅跳下。

此时，月已东升许久，照得庭外如白昼一般。捱身步近窗前，见双扉尚启，铁刚犹未安睡，独自在那里饮酒遣怀，口中犹喃喃自语道："俺铁刚行事，百发百中，任你刺英雄，刺豪杰，如刺懦夫一般。若此功不成，则平日神出鬼没的手段，雷惊电闪的声名，俱是虚盗得来的了，焉能见重于公卿贵胄之前？花春那厮性命，总在俺掌握之中，怕他飞上九霄不成？俺明日赶至禾城，候他归家后，即可夤夜潜身进内，枭彼首级报功。"花春听说，止不住烈火逬生，抢步进内，高声大叫道："我花春在此！"即举手砍过一剑。那铁刚因是流名的刺客，时刻防护有人暗算，故才一举动，彼身体旋转甚疾。此时虽未及招架，已将身一闪，闪过剑锋，即忙纵出庭心，飞身而上。花春亦提剑纵上，随后赶来。那铁刚见花春也会跳纵，已觉寒心。追过了几带高房，望见下面是一片空场，铁刚跳下场来，飞奔而走。不料他平日仗凶行刺的本领，一须也用不出了。不知性命如何，且看下回分解。

评曰：十六回中，唯此国尤得奇变不测之致，直写得回澜曲折，烟雨苍茫，总不使一直笔，令阅者前疑未释，后疑又起，一时拿捉不定，一若在梦中一般。如前回历写诸美之变故，早料西河一访，必不能惬意践约矣，乃反有红御史接见留饮，面谈姻事一段，则以为日葵在闺无恙，此美必归花春，十美图中尚有一硕果之留，不尽凋残零落矣。璧合镜圆，将于是回见之。而何以夜问又有瑞芝一番言语，作者之笔一转，阅者之意亦为之一转矣。及既闻瑞芝之言，必以为去秋事败，红老志在杀春，而何以又有充婢纳婿一事？作者之笔一转，阅者之意亦为之一转矣。及既闻瑞芝后言，必以为红老怜才人，愿招坦腹，春得安居园中消夏，而何以又有入园行刺一事？作者之笔一转，阅者之意又一转矣。花者既怀怒出园，问明秋荸卧房，欲加害于彼，又嘱令红御史到房窥伺，作者之笔奇，闻者之疑起矣。为雪恨，至楼不行毒手，反与成欢，作者之笔又奇，阅者之疑又起矣。及与秋荸交合，闻窗外步履声，而淫言频吐，淫态故装，则嘱令红御史到房之疑消释，而犹未全释，及纵身上屋，即有刺客至楼行刺事，则为报仇而反成欢之疑稍释，而犹未全释，其未释者何？以不知所以然之故也。至花春细述其意于瑞芝之前，作者之笔乃畅然写尽，阅者之疑始恍然大释矣。其间为恩为怨，恍惚不常，欲死欲生，变迁无定事，亦奇幻极矣。非有奇幻妙笔，焉得有此奇幻妙文？

花春之死秋荸，人为花春叫快，我独为秋荸叫屈。何则？以日葵之死，乃死于花春，并不死于秋荸也。春乃恕己贵人，行此毒计，冤哉秋荸也！

铁刚以流名刺客，一旦死于花春之手，读者不可认为花春畅怀得志之事。作者之意，盖欲为铁刚单作前车之鉴：见勇力伎俩，不可以终持也。

第十二回　赋落花良明示鉴　叹偿淫佳耦失贞

诗曰：

> 淫魁万恶戒垂焉，果报如斯法不愆。
>
> 塞外月圆才几度？闺中镜破已经年。
>
> 淫端耳听眉还竖，亵态亲睁肺若煎。
>
> 掣剑不须情太愤，为谁偿债问青天。

话说铁刚虽惯于走壁飞檐，怎及得花春仙丹化骨，身若燕轻？那时旋追旋近，一剑刺过，铁刚已倾身倒地，口中大叫："英雄饶命！"花春笑道："本欲饶你，因我之命在你掌握中，则你之命断不容饶矣。"遂举手一剑，将铁刚斩首。撇开尸骸，仍纵身上屋来，至瑞芝卧房，令将剑上血迹揩净藏好，与他珍重而别。出了红园，慢慢步至船边，已是远寺钟鸣，几点曙星，欲乱近邻鸡唱，半弯残月微明。遂唤船家起来，解缆开舟。两家童亦忙起身相接，并不问及在何处延留等语。顺水行来，城关已启，一路无话。

到了禾城，上岸归家，众家人俱来叩见。花春此时，虽则荣归故里，光耀非凡，而忆诸美人之飘零，不觉反添愁闷，免不得拈香于莹墓祠堂，递帖于邻亲友族。一日，用过早膳，正待乘轿出门，拜谒诸友人，忽报柳迁乔至，遂出厅相迎，挽手至书斋坐下。叙过一番，真是一日三秋，不胜离别之感。花春道："弟在都中，不胜念兄之至。因不见至都，甚是疑虑。前日告假回来，得闻丁夏降服之信，犹幸来岁恩典开科，春雷之起蛰即在目前，诚可为兄预贺也。弟今日正欲造府拜谒，一伸别款，不料反获驾临，易胜雀跃之至！"遂把遇仙授法，误期改武之事，先细细述了一遍。柳莺道："兄颜既变，绝胜何郎。今又杏苑攀花，非凡显耀，想名公卿招选乘龙者，谅不乏人，未知兄曾访得几位绝世佳人，以谐琴瑟否？"

花春闻言,不禁挥泪道:"若提起此事,我不胜愁肠顿触,涕欲沾襟矣。"柳莺道:"兄前日曾谓'陋颜已改,则佳耦可图,风流乐事,毕生正是靡涯',为何弟才谈及此事,而兄颜顿戚,岂风流中不唯有乐之一境,而亦有悲之一境乎?兄试剖言之。"花春遂去取出画图展开,将前后事迹一一指与柳莺,说道:"画图上十美,皆可称国色,实指望与他暮乐朝欢,齐眉谐老。岂知出都重访,飘零已尽,只剩得十之一二矣。何苍天之不怜念才子,一至于斯!"柳莺道:"原来才子亦有不能配佳人者,风流才子亦有不能配众佳人者,可见才子佳人之说,实创自君,从今以后,前非可觉,后宜修,猛省回头,悔之未晚。未知兄还恋恋于才子佳人否?"花春闻言,笑而不答,闲谈许久,命家童整备酒肴,相与酌饮。

酒至半酣,柳莺起身,取过云笺,作《落花诗》四首,寓意以醒金谷。

其一:

> 欲留花住竟无由,残月凄清锁画楼。
> 背我堂堂春去矣,惜花夜夜水空流。
> 徐娘老去犹余态,宋玉悲深不为秋。
> 最是朱颜容易老,三千粉黛尽含愁。

其二:

> 有限春光剩几何?玉台金屋弃脂多。
> 莫夸活色能倾国,毕竟繁华委去波。
> 栩栩只留花里蝶,依依犹恋雨中柯。
> 美他仙树天边种,常傍银霄汉与河。

其二.

> 往岁曾显落叶红,春三花市又空空。
> 记他开处颜如玉,自我重来鬓若蓬。
> 细柳枝头千里月,晓莺声里一楼风。

石栏倚遍情何极，粉冷脂残别梦中。

其四：

摇落如悲团扇秋，阿谁不动看花愁。
翩翻有态粘罗袖，轻薄何情点玉舟。
金谷香消空亿石，玄都桃尽已无刘。
几回吟断销魂句，一段风光等梦怄。

写罢，递与花春。花春接过诗笺，把诗中字句细细咀味，道："此数首诗，婉丽罂铬，凄然欲绝，直可为我诸美人作挽词，易竟览之而断肠流涕哉！"柳莺道："已往者如是，将来者亦当作如是观也。此诗寓意，不为兄悲已往，实为兄戒将来，兄其留意焉。"二人又重整杯觞，欢然畅饮。无何，酒酣日暮，迁乔自辞别旋归矣。

花春在家，约又应酬了数日。一日在书斋静坐，忽见家人进来禀报说："京中差官在外，请老爷出厅接诏。"花春闻说诏书颁下，吩咐忙排香案，遂把衣冠整好，出外跪听宣诏。钦差开读诏曰：

"诏卿文武状元花春：为有边番契丹国，久失朝贡之礼，反率兵侵我疆域。前遣指挥王云翩整旅出师征伐，屡次失机，未能奏捷。今有文华殿大学士徐忠保奏，兵部尚书山国磐督兵亲往。据山国磐所奏，谓卿谋通三略，材备六韬，保卿任前部先锋之职务。宜速急进都督，练军士以佐山卿，御侮边疆，征服不臣，以除敌氛，以长国威。庶得烽烟告捷，边关欣奏凯之歌；贡献来朝，宇宙享太平之福。钦哉！谢恩。"

圣旨宣毕，钦差官重与花春相见，谓边上羽檄星驰，不可延缓，宜即日起程至都统兵前。

向钦差别去，花春亦不敢迟留。那总管钟英，欲将出入账目与花春亲算交盘，一则无暇，一则因钟英为人信实，谅无私弊，谓不必盘算，仍令伊掌管下去。遂命家人雇了一号

大船，拽起"钦召出征"的旗号，连夜起程北上。一路过府穿州，自有地方官僚迎送。这一时显耀异常，不比出京时的冷清。

那一日到了淮上，起陆而行，乘着车马，路过擎天岭下，暗想道："我此去平夷归期未卜，梦樱寂处山中，焉得闻此消息？今日须上山，与彼一别，细剖情端。倘得乘间进言，劝乃兄散去喽罗，归顺朝廷，待我保他率兵同往，日后班师，论功升赏，自觉正大光明。山中称王独霸，岂是久长良策？"遂令车夫随从人等暂停车辙，在此静候半响。自却步行，弯进山凹路径，犹依稀认得。岂知上得山来，只见愁云惨惨，荒草凄凄，屯兵的草寨尽为瓦砾之场，设宴的高堂不胜黍离之感。不见玉人，几等香消南国；追思往事，依然怨人东风。花春错愕良久道："一转瞬间，而山中已荡平若此！忆我梦樱，能毋伤玉石之俱焚，而为之流涕！"只得回步下山，乘车进发。一路上打听得擎天岭上寇盗，已被官兵剿灭。因不禁离怀交结，痛泪时流。

到了京师，径向司马第来，与绛桃相见。绛桃道："起兵之期已近，适父亲染病不起，难以整旅前行。"遂与花春商议如何启奏。花春是夜在灯下修成一本，说："山国磐抱病，危在旦夕，不能受命出师，祈圣上别选能臣，以付大任。"明日五更引见，将此本奏上。朝廷即着大臣会议。议得山国磐身荷国恩，职司讨罚，既蒙圣旨遣使，不得畏避。然国事不可误，病体难以临大任。今有文武状元花春，曾于武场中见其箭穿七札，弓挽六钧，少年英俊，曾有上将材干。况山国磐前已奏封先锋之职，谓伊智勇兼备，谋略精通，谅非寡谋无能者，即着花春代山国磐之职，权掌兵符，再议先锋委任。圣上准奏，遂令三日后祭旗，发炮起兵。花春既掌帅印，即往教场督练将士一番。此时兵士，只有万余，因帝都出师，至边路途遥远，耗费粮饷太重，即于所过省下，着令督抚调提军士从征。

花春此时，颜金英一事非不怀及，一则因诸美飘零，未免心灰意懒；又因军机紧急，未暇谋及私事，故竟忍心搁起，且至班师回都后再作计议。是夜归房，欲与绛桃一叙欢情。绛桃道："妾与君此别，不免天涯南北，暖隔经秋。今夜须极情行乐，彻夜通宵以尽兴，未识君以为何如？"花春道："夫人此言，深合我意。异日于边庭上追奔逐北，使敌人抱头窜鼠而逃，且于今夜预兆其机。夫人少顷且莫谓下官无情，竟尔持矛冲突，不稍留余地以让人！"绛桃亦微笑道："虎帐中让你争雄，鸳帏内不容你耀武。少顷还你拖戈弃甲，伏罪马前便了。"花春知欲久战，遂将丹丸吮入口中。两相狂猕，直至五更鸡唱，方罢戈矛。

是日清晨起身，别了绛桃，又与岳父母辞别一番。山国磐亲嘱以有国大事，务须"临事而惧,好谋而成"为上。嘱罢出署,来到教场升坐营帐,遂调提军士,率领前来。一应书中套语,尽皆删去。

路上排齐队伍,绵绵翼翼,马不停蹄,到了塞外,已是秋尽天气。路过昭君墓,只见古树缠藤,胡沙卷地,悲风惨惨,怨雾朦朦,因不禁触怀有感,吟诗一律,以吊之云:

> 敢向王公洗旧冤,红颜薄命又何言?
> 黄金自古迷人眼,青草于今绕墓门。
> 可恨长为胡地晃,须知不负汉家恩。
> 一杯荒土埋香骨,百世谁招怨女魂。

闲话少提。单说花春相度地势,傍山结寨,将军马调养数日,递过战书,约于清朝交战,遣将出敌。连战数日,屡见败下。是夜,闷坐在营,愁难假寐,但觉飒飒寒风送响,萧萧战马长嘶。关塞鸣茄,俱成恻调;戍楼吹角,尽是愁声。因而步出营来,只见摇旌旗而月蔽,竖剑戟兮霜寒。云树凄凉,荡征魂于万里;山河惨淡,闻鬼哭于三更。朔气弥空常黑,惊沙散野还飞。地入夷方,想见黑山堆朽骨;天低古塞,遥瞻青冢惨愁云。正是陇西云起,李陵被虏生悲;塞地草衰,苏武思乡陨泣。花春眺望一回,止不住心头悲咽,遂步回营内,暗想:古来将士,远戍边关,诚有如许凄凄景况,那得不壮士思家,征人堕泪?向读《古战场文》,窃疑文中凭吊之词,过于悲慨;至今日看来,觉斯文犹未足以尽之也。不说花春是夜感叹,到了明日,遂不复遣将,亲自出营对阵。那花春枪法,曾受仙人异术,右转左盘,忽高忽下,俱有无穷之妙。一日连伤敌将数员,那番邦无人敢敌,只得鸣金收军,悬牌免战。

一日,忽见敌兵投书请战,花春仍自披装出马。见那对阵者,是一个巾帼佳人,虽为异域之身,实挺中华之秀。若列于诸美人中,可争一座。骑一匹银鬃宝马,装束极其艳丽。头上雉尾双挑,随风摇拽。尖纤玉手,提着一对银锤,形大如乌坛,才冲锋过去。花春挑过一枪,那女子将锤轻架,顺手一撩,擦得花春手臂腾麻,马退丈余。花春暗暗吃惊,想此女可以语诱,不可力敌,遂带马上前数步,在马上深深打拱。正欲开言,那女子先说道:"父王侵犯尔疆,实非本意,因廷臣续奏罔思,逞雄上国,故有此举,以致劳将军率士远征,奔驰万里。妾见将军青年美貌,英杰不凡,故适才起锤一试,冲突多多,不料果退得

数步，未见枪抛马倒，搏虎擒狮之勇，已略见一斑。妾愿以琐陋之质，侍将军箕帚，未识肯见纳否？"花春道："宫主玉颜绝世，几疑天上仙娥下降，非人间凡女所得相拟。虽未及交锋合战，已令小将胆怯心寒。欲羡之怀，不须表暴。但襄兹公事，既成吴越之仇，念及私情，怎结朱陈之好？"宫主道："将军若不见弃，容妾力劝父王归顺，悉返侵地，诚按期朝贡，以安旧职。"花春道："若得如此，则不特将一人沾恩靡尽，即巨万征人，尽获生全之福矣。"宫主道："但妾安然归国奏劝，父王未必能允。妾有一计在此，假与将军对阵冲锋，佯败数阵，将军须纵马上前，将要擒去。那时，待妾概切陈言，写书一封寄去，则父王爱妾如珍，不忍死妾，自然相允。"花春道："如此甚妙，明日就依计而行。"二人又佯战数合，各自归营。不题。

到了明日，鸣鼓出兵，那宫主果然连败数阵，花春趁势把他擒进内营，设宴相款。当晚，二人细细盘问，知那宫主年才十七，小字玉蓉。款谈许久，遂于灯下写就一封求降的书，遣兵投去。不数日，敌兵果然投降，愿将宫主配于花春。呈了降书、降表，又差人将无数奇珍异宝，进献朝廷。番王亲自到营，与花春相见，送别爱女。这日班师，真是戍卒有旋归之乐，军中闻奏凯之歌。花春与玉蓉宫主，虽未曾奏过朝廷，赐成花烛，而路上私相欢洽，已是如漆如胶，两情恋恋。每于月中灯下，细睨丰姿，几不信苧萝有国色、燕赵多佳人，于此边番夷域而亦有此绝世姣娥。真觉貂帏增色，龙塞生春。此女归去，与绛桃定成知己，殊借梦樱存亡未卜，渺渺难寻。不然，则三位佳人，同归于我，不特敦闺房静好之缘，且可为国家千城之护。事无全美，何恨如之！

在路不一日，到了京师，入朝见圣，呈上降章，又将番国宫主被擒、番王愿以此女谐姻之事，细细宣奏。龙颜大悦，即赐花春荣归故里，完聚花烛，来朝复命升擢。番邦来使将许多贡物进呈朝廷，赐宴功臣，款待番邦来使。席上有几位陪宴朝臣说起，那时起兵之后，山司马遂即泉逝，眷属扶柩归苏矣。花春知绛桃已不在都，且待路过苏城，一并迎接到家。

那时忆及颜金英之事，到了明日，特地备帖到颜侍郎署中去拜谒，好暗暗打听金英消息如何，然后遣冰求合，图美事之成。以为十美为事，虽已成画饼，然既与彼有约，岂可顾而不问，认作负心汉耶。不意来到署内，适值颜侍郎公出未回。花春因是内亲，径自重重转入内厅。家人自去禀报夫人去了。花春止足四顾，只见那傍副间中设一灵座在彼。花春惊疑满腹，急忙趋过一看，不觉珠泪暗流，寸肠欲断。原来这灵座上现挂着颜金英的容

像，知金英已经作故，又是一场春梦。因有家人在前，不好在那里悼痛悲号，只得吞声忍泪，步了出来。只见那家人从内堂出来，禀道："家夫人因偶染微恙，不能相见，请花老爷书房少坐，想家爷不久就回署的了。"花春道："不消坐了。你家老爷回来，可与我致意一声。"意匆匆出了署门，回到公馆，怀闷无已。

一宵易过，次早遂打点出京，自有满朝文武官僚贺送。一路上风光显赫，较诸赴召进京时，又加几倍。一日，路过白莲庵，花春坐在船舱，偶抬头看见，省着悟凡在内，遂吩咐舟人停纤，密遣家童上岸，至那庵中一问："悟凡师可还在否？"家童进去移时，下船禀道："庵中有一老尼，说悟凡师去岁秋间已经亡过了。"花春闻言，亦唯付诸一叹而已。

在路行了几日，早到姑苏，停泊马头，正待欲遣家人置备祭礼，往山家吊奠，然后迎接绛桃下船。忽见岸上有一乞丐婆子，甚是面熟，定睛细认，那婆子非别，即是绛桃的乳娘，旧在牙署时曾见过数次，故花春此时认得，心中暗暗疑惑，道："她向在山府，颇蒙夫人、小姐抬眼，是一个有正经的人，为何今日弄到这般形景？莫非面貌相同，不是她么？"遂令家人上岸唤她下来，诘问其细。家人应命而去，即把婆子唤下。花春问道："你莫不是山府中乳娘徐妈妈么？那婆子战兢兢俯伏在下，不敢抬头，应声道："正是。"花春道："如此，你试抬起头来，认识下官么？"那婆子抬头，将花春细视，止不住双泪交流，道："原来就是花姑爷！小妇人得活狗命矣。"花春又问道："你在山府，犯着何罪，逐你出来，须告其详，待下官与你讨个人情便了。"那婆子道："小妇人并无过犯，只因忠言逆耳，祸及丧身。姑爷在上，小妇人不敢直言。"花春道："你有话须讲，我决不罪你。"婆子道："如此须嘱管家人等先去，小妇人方可依情实诉。"花春遂屏退左右，听那婆子说道："自从姑老爷起兵之后，我家老爷即日身故。不料扶柩归来，夫人亦相继而亡。小姐作为大变，把平日幽闲贞淑之德，一旦抛诸流水，竟肆无忌惮，与府中奴仆通情，不论昼夜，尽日狂淫取乐。小妇人不忍坐视，屡次进言相谏，小姐竟置若罔闻。一日，言语之际，偶然触怒了几句，小姐竟不记数年乳哺之恩，欲把小妇人置诸死地。因哀

求不过，遂将小妇人空身逐出，不许归房带一须银两并首饰衣服出来。又谓我道：'你此去只许在街坊求乞度日，庶可饶你残生。若另寻门户，再去雇工投靠，管叫你狗命难留。'小妇人无奈，只得飘荡街头，忍为乞丐。"

花春听了这番言语，已恼得三神爆火，七窍生烟，半晌不得出声，竟如死去无二。心中暗想道："我睹绛桃于合欢之际，原觉分外弄娇，百战不败。我以为花春得此劲敌，正堪娱我终身，岂知酣于奋战者，不耐久于止戈，以致有此行为。叹天公之报予，何太狠也！"那婆子见花春沉吟不语，目定神呆，只道是疑而不信，遂说道："姑老爷疑是小妇人造舌毁谤千金，可潜往山府中窥探，慢慢留心，真情自露。"花春道："据你言之凿凿，绝非谎谈，但我留你在船，此机断不可漏泄。"婆子谨称："晓得。"又问明山家在于何处，遂令家童引婆子至玉蓉船中，更换衣服，在船服事宫主。想："此事耳闻终虚，目见始实。"命山家祭礼备好，且不必送去。

捱至晚间，身傍藏了一柄利剑，只身上岸。因山家是一个赫赫司马第，容易问去，时才黄昏，到了山家门首，见大门已紧紧闭上。花春遂沿着一带高墙，步至后边，见行人虚少，即将身纵上墙头，捱步屋上。因山府中花春从未进去，不识绛桃住在何处。在屋上徘徊许久，听得下边有一个丫鬟声音，说道："小姐在房等了多时，甚是不耐，命我前来相唤，你们为甚至此才来？今夜须要酣战一场，庶得小姐欢畅，不要又似日间一个个多东倒西歪，弄得不伶不俐才好。"听她旋说旋走，话声渐渐去远。花春知绛桃尚在后楼，遂盘过楼来。此时正有月光，望下去见一侍女，引着几个精壮家人，拥入楼下。少顷，听得扶梯上有震扰践踏之声。

花春看见，知徐婆之言果非虚谬，欲待转去，又想道："我既至此，且潜往楼上探视一番，看他作何形状？"遂向庭心跳下，轻轻闪入闺楼，伏于暗处。见绛桃于杨妃榻上，与众奴淫亵之态，不堪言状；即平日与彼锦帐翻云，绣衾布雨，曾未尝作此态也。花春此时，怒不能遏，遂欲掣剑将淫妇奸夫一齐诛死。又一转念道："死司马之目虽瞑，生状元之耳难充。倘诛死后，报官收验起来，则此臭名远播，我花春有腆面目，如何立于人世？我且暂时耐忍，自有计较。"不知花春有何计较，下回便见。

评曰：是一回乃全书关键："见淫报之理，不旋踵而至。恢恢天网，亘古至今，未尝漏落一人。才子佳人之说，花春自梦耳。"

山绛桃以司马千金，素娴书礼，夙著洲通，其于保姆之遗箴，闺门之训则，无不悉悉详明矣，况其为贞淑之大节也哉！乃一自适于花春，而遂出此淫乱之举。盖绛桃非本性耽淫，实因其为花春之妇，而变贞以为淫也。则与仆通情，一则不是绛桃贻玷花春，还是花春贻玷绛桃耳。

平番一事，无关正意，故不见出奇制胜处；特欲归束前文，另起后文，故有此一段枝叶文字。绛桃偿淫，是束前文；悔配玉蓉，是起后文。

花春潜入山府时，既听亵言，复睹淫状，苟有人心，谁时遣此。嗟乎！贪花之报，举世皆然。人特未尝闻，未尝睹耳。蚩蚩茸聩，但知我之偎腮勾颈者人之妻，其焉知我之妻亦为人所偎腮勾颈而乐之哉！

第十三回　欲拗法痴心割爱　愿为僧肆意狂淫

诗曰：

> 孽根锄尽也徒然，梦梦空余未了缘。
>
> 红粉谁怜遭大劫？黑心谩自托逃禅！
>
> 迷园积孽难遮日，风雨惊雷可有天。
>
> 为谕世人开冷眼，看他拗法到何年！

话说花春见了绛桃淫态，满腔怀怒，回步下楼，跳出重墙，复归船内。此夜之沉闷，自不必说，到了明日，遣家人将祭礼抬至山府，说老爷本欲亲自到来祭奠，因抱小恙在舟，不可冒风，故不起来。祭毕，即请小姐下船，同回故里。家人应命而去。花春又唤家人另雇一座大船，等夫人到岸，接他下舱。又令宫主所坐之船，先行开去。不一时，绛桃轿到，下落湖船。花春并不与相见，在码头又停泊了一日，然后开船。花春暗想道：“绛桃虽与我洞房合卺，然我入赘山家，不曾雁还鹊巢居，花姓的可灵，尚未受他参拜，虽有淫行，何至见罪于宗祖。若今日同伊归家，则既进花姓之门，即是花家之妇。先祖有知，能毋抱憾于冥冥哉！我始以为且待归家后，慢慢乘隙将他鸩死，也未为迟。到今算起来，却不可缓。”花春计已画定。那时重过绛桃舟船，抱着满怀毒意，反妆出一脸笑容，相与款接一番，船至太湖，时已黄昏月上，与绛桃举觥对酌。花春暗地在身旁取出醉心丸，浸入壶中。绛桃饮过数杯，已见抚几睡倒，沉醉不堪。花春遂令侍女，将她头上钗钿珠翠一一卸下，又把珍佩绣服一齐宽了。侍女正待扶入内舱安睡，花春上前把她遣开，拖至头舱，将绛桃掀起望着湖心抛下。舱中众使女正欲惊喊，花春已抢步进舱，掣剑相唬道：“你们谁欲出声，吃我一剑！”那侍女俱唬得默口无言，唯求饶命。花春道：“你们只要缄口谨言，我不伤汝。”

遂将绛桃卸下钗钿等物，分赐于他。又回身将壶中丹撩起藏好。拣侍女稍有姿色者，拥入内舱，相与为欢。绛桃之事竟绝不问及。暗想："绛桃已死，则一众奸奴倒不必尽诛了。"一路无话。

到了家中，与宫主成亲后，想起那时与诸佳人订约，已遂我十美之愿。几谓彼苍既生一才子，必生众佳人以配之，其理信不诬也。那知风吹云散，十无一存，空博得瞬时欢爱，不能成偕老绸缪，何天待古之才子维厚，而待今之才子独薄也！且不但此，山绛桃诗才俊逸，武略精通，实足颉颃琴瑟，此美若留，犹为众美人硕果之存，稍为宽慰，乃偏如此淫乱，污玷闺门，诟以我苟合娇娃，又致其丧身陨命，故有此窃玉怜香之报耶？没奈何，取出十美画图展开观玩，见他笑容可掬，媚态依然，唯不能移步下来，相与环坐一堂，言谈笑语，恨何如之！遂在每幅上各题诗一绝，以寓怆感之情。不觉银毫未染，珠泪先流，一片愁肠，笔难尽罄。遂题红日葵云：

　　凄烟冷月锁朱楼，梦断西河绝旧游。
　　从忆回廊帘卷处，不堪人别在深秋。

又题颜金英道：

　　月满寒塘泊夜舟，幽情注眼结风流。
　　西园往事浑如梦，长作相思一段愁。

又题逄凌霄云：

　　廿四桥边泣逝波，空怀玉树旧交柯。
　　青青已折他人手，寂寞章台梦也无。

又题淄紫荆云：

　　瑶台旧路渺无踪，两地相思情更钟。

毕竟鹊桥填未稳,关山云树隔重重。

题罢,又对那画图上美人说道:"我今实无意于佳偶成欢,故只得把你从前怜才的热念,并后来书札上一片苦心,种种有负矣。此实迫于事之无可奈何,非我忍作此背盟负约人也。"说罢,又挥毫题水青莲云:

最怜好事到头空,转瞬风流一梦中。
窈幻香魂何处是? 夜深明月照梧桐。

又题云素馨云:

瑶琴一曲忆愁音,月下盟踪何处寻?
从此冰弦休按指,恐弹朝雉恨深深。

又题窦瑞香云:

巫山醉度镜初圆,又尔脂残殒少年。
叹息孤鸾终抱恨,春负吹不到黄泉。

又题满池娇云:

一夕风流恩万千,自嗟薄命割新缘。
情词一纸声声泣,腹涌愁团泪涌泉!

又题巫梦樱云:

兵戈从古感沧桑,白骨纷堆瓦砾场。
死别生离浑未卜,登记凭吊暮山苍。

九幅题完,看看题到山绛桃,花春止笔沉吟道:"这首诗题来,须要暗寓贬义于其中才是"。遂题云。

> 到此真堪唤奈何,青楼关盼不如他。
> 由来金屋人多少,也似杨花逐水波。

题罢,又从头至尾把十美人观玩许久,然后藏好。暗想道:"我今年来,《帝君篇》云:'万恶淫为首。'谚又云:'我不淫人妻,人不淫我妇。'报应之理,直若天顾甚近,常在冥冥中,为这转移布置,如影随形而来,并不曾漏网一人。不因其为才子,而有所稍恕也。忆那日,曾与迁乔违拗一番,彼谓淫恶之报,彼苍不以才子而暂恕,不以庸人而严。我则谓才子之与庸人,断不可以并论。岂知事报之速,果然如是,竟拗她不过了。然我心里不甘服。昔日与迁乔违拗,今日直欲与彼苍违拗矣。使她报应之法,不因才子而有所恕,未必不因才子而有所穷。但深悔与玉蓉成亲,此事却不便径情直行。奈何!"沉思半晌道:"事必如此,方得截铁斩钢,毫无牵系。若未断孽根,终难逃法网。欲快我毕生乐事,只得暂起片刻忍心。"

花春自有了此念,一日与玉蓉饮酒之间,不觉愁容满面,眼带泪痕。玉蓉宫主疑问道:"相公今日有甚悲感,须改却往日的容颜?"花春道:"下官心事,岂夫人所得而知?其自畅饮,不必盘问。"玉蓉宫主道:"既为夫妇,心事自堪共诉,倘有可解处,妾当为相公宽解几分,何讳而不宣,外妾之甚也。"花春被诘问再四,只得取过美人图一幅,指与玉蓉道:"实不敢瞒,这画幅上诸美人,皆与下官有订。谍料进都甫及半载,重访天台,俱已物故。因叹好花难久,明月不常圆。览图追昔,不胜感慨耳!"玉蓉宫主道:"古人谓'年逾花甲,几如草头露水板桥霜'。妾谓不然,人生一世,何莫非在此危境耳!安保青春年少者,不为草头露板桥霜哉!妾与君天涯地角,万里成缘,唯愿谐白发之欢,享齐眉之乐,不若图上美人之悭缘短命,庶不负此一番作合耳。"花春一闻此语,愈禁不住苦郁心头,涕淋点点。

你道花春为何如此?只因此一番饮酒,已暗将鹤顶红藏于鸳鸯壶内。原来鸳鸯壶内分两橛,一半边的酒,花春自己饮的;一半边盛毒的酒,斟于玉蓉饮的。酌饮未几,毒性渐

发，玉蓉已昏沉沉倒地。花春明知其故，假意惊慌失色，口内嗟呀，遂令众侍女上前搀扶，至床上睡好。不多时，双足几挣，呜呼一命，渺渺幽魂，已向森罗殿上诉冤去了。

花春此时，忍心虽起，难抛落雁娇娥；毒手已行，未割如鱼恩爱。故不禁悲戚异常，呼号无已。整备衣衾棺椁，自极其丰厚无比。延请僧道拜诵经卷，超度亡灵，忙乱无已。开吊数日，合省文武公卿，以及缙绅宦族，纷来吊奠者，不可胜数。丧事毕后，花春闷坐书斋，抚心自问，常怀不忍，时于灵前跪告，默诉苦衷，祈其鉴谅。

一日，徘徊灵座之傍，抚像生悲，不觉回忆沙场对垒时，一见生怜，叨其厚爱，又劝伊父罢戈和好，得以奉捷班师，荣叨圣上宠赐，而武略惊人，娇容艳世，正宜铭心镂骨，感佩不忘矣，乃无故加以毒手，何忍于心！乃痛作祭文一篇，其文云：

> 呜呼！千古红颜，由来命薄。一抔黄土，曷禁魂销。嗟菱镜之难圆，叹桂轮之易仄。悄登金谷之楼，霏霏碎玉；闲诵瓦棺之铭，郁郁埋香。佳人难再，用伤奉倩之神；遗桂空存，长下河阳之泪。种深情于伉俪，自昔如斯；结痴想于泉台，唯余更切。我宫主异国名姬，深宫淑质，非花非雾，胡帝胡天。杨柳之舞三眠，桃花之妆五出。天孙授锦，彩染猩猩；鲛客投珠，钗妆瑟瑟。赋四时之白纻，形管簪药；谱十索于红牙，香奁镂雪。而且彩线劈残，懒绣鸳鸯之锦；后宫教罢，惯提黑虎之师。偶于陈上，得睹芳容；何幸马前，竟亲娇面。听桴鼓声声，不愧军称娘子；望旌旗闪闪，行看城号夫人。而宫主上思报国，愿同西子之行成；下痛舆尸，甘作明妃之远嫁。释干戈而玉帛，冰上人绮语何烦；联吴越为朱陈，月下老彩绳早系。爰罢兵而归国，乃奉旨以完姻。鹊桥夜渡，暂停织女之机；鸳帐春浓，学做襄王之梦。不形槁槁，每唤卿卿。晓装初罢，共试剑于华堂；夜漏催残，尚谈兵于绣阁。同心才结，方期地久天长；合卺犹新，岂料花残月缺。汲得南阳菊水，未许延龄薰残。西域名香，乌能续命。忆姣容于镜里，妆镜尘封；霏剩粉于楼头，玉楼昼掩。伤如之何，吁其甚矣！睹漆灯之闪闪，同梦谁赓；觑素眺之翩翩，相思未了。纵情丝不断，空期同穴于他年；倘孽海未填，请结画眉于再世。更有痛者，不忍言焉。哀哉尚飨。

遂将斯文书于白绫局上，悬挂灵前。又拈香拜跪，恸哭一番。心中想道："我如今妻

妾俱无,儿女罕有,单单一身,可任我径情行事,淫尽天下妇女,试看彼苍再于何处报我?"

主意已定,遂修成一本辞官的奏章。本中大意,无非谓微臣凉福,不能承朝廷爵宠,报国恩于万一。出都未几,前妻山氏,与钦赐成亲番国宫主,各相继而亡。阅破尘缘,愿修正觉之意。不料朝廷览本果然准奏,谓:"花卿有经文纬武之才,实是国家栋梁。今又远塞平夷,勋劳报国,本宜隆以饮赏,位列公侯,庶尽报功之矩典。但人各有志,不可相强。花卿既愿削发空门,净修礼佛,浙省西河,乃天下第一名山胜境,令杭州督抚,统领合郡文武官员,迎送花卿于西河上昭庆寺中落发为僧,住持方丈。凡有朔望,至寺拈香谒圣者,不论公侯卿相,概不出迎。"

此诏一颁,花春喜不自胜,即将巨万家财,均分三股。一股分与族兄花晴园。因花春出家无嗣,要晴园之子承桃一脉。一股散给于贫人窭士,补路修桥,为广结善缘之费。其钱存于一爿典铺中支用,托一老诚的当人掌管。一股自己收藏,欲为毕生用度。遂把田产房屋之文契簿帐,并仓库金银典铺尽交清于晴园家中。婢仆人等,去者去,留者留,花春自己仍带了诗囊、画箧,雇唤一号大船,将金银运下。

是日,向祠堂拜别,又于玉蓉灵前悲号痛别一番,径自下船,拽起了"奉旨出家"的旗号。一路行来,早到武陵,将船停泊移时,遂有督抚统率文武官僚,齐齐至岸旁下轿相迎。花春步出舱中,一一与他打拱过了。然后坐轿前行,后面官挨序相送。来至昭庆寺前,早见数百僧人,齐跪两旁,迎接花春。遂尔下轿,行进方丈,自与各官相见一番,不必琐叙。少顷,备官僚散后,家童自押人将船中金银运起藏好,不在话下。

花春择日落发,竟尔僧家改扮,自取法号曰"拗苍僧人",隐寓与苍天违锄之意。抚影自观,见袈裟护体,丝绦束腰,毫无一点风流品格,而引镜窃照,犹觉两颊生春,嫣然姿态,眉眼风流,依然如故,追思往事,尚暗暗感念紫云道人不已。

一日,在厨房后闲步,见外面一片空地,约有数十亩之广,乃寺僧雅种豆菜瓜果之所。花春自见此场基,不禁欣喜欲绝,遂唤匠人在此起造花园。因欲急于告竣,故限期催督,工匠日增。花春日夜辛勤,相形度势,命匠人如何款样,如何雕饰,神劳力疲,不得安闲。

一日,约造了年余,计共费银六十余万,园中楼台院阁,亭榭池塘,无不极其丽艳玲珑,尽物巧而费人功。自尔夸多斗靡,即瑶台仙岛境界,亦不能驾出其上。又遍树奇卉名花,香风满院,鸟语怡人。花春坐此,不觉抚景畅观,心旷神怡。忽想道:"昔日炀帝临江

都,起造迷楼,以为贮美之所,其中琼钩珠箔,翠槛朱栏,谅亦不过于此。我当亦名斯园曰'迷园'。自今以后,我可畅行乐事,广贮美人数十,轮流取乐。久闻天竺进香,春间最闹,凡他州外郡,远来妇女进香游玩者,络绎不绝。只消贿嘱轿夫,令其见有姿色妇人,有可下手处,即暗弄机关,抬至园中,相与为欢。万一有贞烈女子,呼号顿足,不肯顺从,我须仿《天宝遗事》中杨忠宝之制,制一移春车,车上垫以锦褥,四围刻金镂玉,雕饰玲珑。暑夏,则四傍窗盖,尽皆饰以玻璃;寒冬,则围以锦帐貂裘,炭盛银盆,暖烘满帐。须得此车制好,则凡有妇人不相顺从者,可将其上下衣裙,剥卸殆尽,把手足缠缚车上,使伊不能展挣,然后唯我所为,温柔抚弄。命众美将车轮推动,遍园推转。那车轮展动之处,须要似颠非颠,似耸非耸,能使上面转运摇动,如炀帝之乌铜屏御美一般,以预我愿。"

那时,又唤异巧匠人,尽心制造。不数月,已告工成。花春暗暗欣喜道:"此车制就,我愿毕矣。我曾记唐人诗中有'三十六宫都是春'之句。园中美人不必十分多伫,只消择三十六人,朝为云,暮为雨,新者渐增,则旧者旋减,已觉盈盈粉黛,满座生香矣。弃旧怜新,任余取择,风流乐事,何快如之!若减弃之妇女,可把醉心丸浸酒,与她饮了,密喊人抬至幽僻去处放下。想她醒来,或有歧路悲号,又逢奸拐;或因辱身觍面,遂丧残生;即间有破镜重圆,夫与妻相见,母与女相逢者,纵使将情直诉,未必不惧我势焰逼人,名震海内,有屈难伸,有冤难诉,而默为之吞声饮血也。假或沉冤欲雪,奋不顾身,竞向衙门呈告,我自能挥财行贿,决使他飞蛾扑火,画虎不成也。"

自此之后,花春果任欲而行。正是财势相兼,何求不遂?不多时,迷园中妇女渐足其数,不论其为处子,为少妇,凡自十五岁以外,三十岁以内者,稍有姿色,总一概收取园中。屋宇幽深,亭台曲折,贮美之所,虽然僻隐异常,无从觅见,然一应游人,总不容他足履此园。又想经商士庶,自可以威势相凌,厉声叱喝,倘有远来宦豪公子,必欲进园一玩,则两不相逊,未免多一番周折。放又请督抚告条一章,悬贴方丈,谓:"花大人奉旨出家,净修地宜静洁,凡尔游人,不论宦豪子弟,国戚王亲,'一概不许擅入半丈,如违重责不贷。"故园中游人绝迹,任花春与诸妇女白昼狂淫,肆然戏谑。其间歌者歌,舞者舞,对棋者对棋,抚琴者抚琴,脂粉生妍,绮罗尽艳,销魂荡魄,自尔美不可言。而心犹不足,以为未畅其情,又于僻静街坊,闲游注目,若遇见女子姿色可人,即为勾引。因通了一个走大户的媒婆,访明姓氏,或令她巧言说合,黄昏至彼成事;或令他将酒劝醉,强逼成欢。凡朱楼闺女,幽阁姣娥,目所未及睹者,尽假力于媒婆作合。若有两情眷恋,不忍轻离者,则设计引

至迷园,常成欢爱。如此者,约有半载,时光恰值暑夏,枕席风流,不胜汗流粉腻,因思于碧梧院中,举一抛球大会。

是晚,传令诸美人早早安息,静养精神,明日清晨,齐赴碧梧院中排列。诸美领命,各各散去。花春是夜,并不交欢,养精静睡。一觉醒来,已见晴云移槛,朝旭烘帘,遂起身一步步向碧梧轩来。见诸美人晨妆已毕,齐在院中候久。原来碧梧院前后起轩,窗开四面,窗外又密树梧桐,荫遮天日,凉风被拂,酷暑全消。地下遍铺绒单,单上又罩罗文藤席。这条席是定制织就的,所以阔狭短长,适称其地。又有无数藤穿缎镶的方枕,散列于地,坐即可以为垫,睡即可以当枕。或睡或起,尽可席地为欢。两旁玻璃围屏,中间摆着一只湘纪睡榻。花春谓诸美道:"我有一页春意图,乃是名人之笔,页上有三十六幅款样,适合今日三十六人。你各取认一幅式款,照依幅上为欢,乐春风之一度。但后先序次,不可相争。我有纵金五彩绣球一个,从高抛下,你们齐齐列着,谁人抢得此球者,即许献球上榻,款赴阳台。"那妇人一齐注目球抛。花春又令她将裙衫尽卸,单留大红纱幅兜肚。那时将球抛起,妇人纷纷来抢,正是捷足先得,不容相让。花春口吮丹丸,金枪不倒,候妇人丢后,又把球抛。初起,抛这一二次,抢者虽众,看他不至十分慌乱。及至抛过数次,那夺抢绣球之情状,更有可观矣。

正在抛球,不料狂风大作,霹雷交加,众妇人俱惊慌,穿衣齐挨坐于地。花春亦下榻披衣,暗暗惊异,抛球大会,遂尔中止。不多时,风收云敛,仍是皎霁晴天,众美人遂各自散去。

花春在院中静坐未几,见画篋进院禀报道,方丈侍者传言进来,说道:"有客请见。"原来画篋、诗囊两个童子,花春命他在园中扫径灌花,焚香烹茶,在内园效职的,故出入院阁,并不回避诸美。外园中又另有园童在彼承值。若方丈有事,则侍者达于外园童子,外园童子又转达于画篋、诗囊,然后禀于花春。

闲话少提。单表花春闻言,遂把画篋责道:"我前日曾嘱咐你的,倘侍者禀有客到,可回说我偶抱采薪之忧,恕不接见。你如何又来报我?"画篋道:"我亦曾以此言回他,无奈因外园复转话进来,说客乃姓柳,与老爷本是至交,今有紧要信息相通,必祈一见。小人想此姓柳的,谅非别人,决是柳迁乔老爷无疑。"花春想道:"我与老柳在家一别,又忽忽二载有余。契阔之情,正当一叙。况我弃职出家,与彼苍锄法之故,彼未洞悉,须剖告一番,看他以为何如?但他已两榜奏捷,点入词林,不知为着何事出都到此?"遂尔一重重步出

迷园来,至方丈,与迁乔相见,分宾坐下。迁乔启口道:"兄那日班师回国,弟在都因偶染微恙,不得与兄一会,殊深思念。然谓兄匆匆奉旨荣归,与番国宫主成亲后,不日假满来京,后会非无期也。不谓兄奏天颜,忽欲弃职修行矣。"那迁乔说到此处,不觉双眉顿蹙,愠色微呈。欲悉其故,且观下卷。

　　评曰:是回有水尽山穷、峰回路转之势。如花春于山氏有淫行后,而遂改悔前非,快然惊醒,则文章如此止矣。试问下数回文字,从何而生?乃偏说花春不肯悟悔,痴心欲与彼天违拗:既败节之妻,深恨其玉瑕圭砧,而死之于湖心;方合卺之妻,亦预虑其丧节失身,而死之于鸩毒。辞官弃职,散去家财,托迹空门,滥淫妇女,奇情巨测,异想天开,从古野史中,恐未有如此奇异文字者也。可知文笔原无定格,只凭灵心慧舌以出之耳。

　　起造迷园,年余告竣,穷工极巧,耗费数十万金,虽似极力写迷园之可乐,却隐隐谓花春费用如许多,劳神如许久,曾不知迷园中有数十年之久乐否?

　　梧桐轩抛球一则,略似文字近乎亵矣。故陡起雷轰电闪,风雨惊人,使阅者至此,亦惕惕然,口口声于纸背也。

第十四回　进忠言迷途不悟　败奸谋法网难逃

诗曰：

良言苦口不相投，满拽风帆未肯收。

空令铁人悲下泪，反教顽石笑颔头。

森严国典千秋鉴，簇丽迷园一旦休。

半世英雄今在否？风流身首不能留。

话说柳迁乔蹙额皱眉的说道："兄有皈依佛教之志，弟私心窃计，谓兄阅破佳人才子之缘，参透冤债孽根之理，往者难追，来者可悟，故有此举动。弟虽不免为兄惜，又不禁为兄幸也。谁料兄之出家，竟大不其然。夫秦有阿房，楚人一炬而成焦土；隋有迷楼，不世而成为瓦砾之场。彼身为侯王，尚不保金汤永固，转瞬而化为乌有。君既出家，宜空色相，即数椽茅屋，亦可安身，国色频临，目中无有。君何穷工极巧，造此华丽名园，金屋藏姣，滥淫妇女，如此欺瞒天日之事，此乃忍心行之乎！"花春闻言，惊讶不已，谓柳莺道："此事弟本欲诉兄，不敢深讳，但不知兄才至，如何能得悉其事？"柳莺道："天下事，不为则已；若既为之，任尔关防机谨，密不露风，且有人知道。况兄之行为，乃履毛临冰，偷铃掩耳之事，有谁不晓？弟试为兄言之：弟奉圣旨督学浙江，将赴宁绍等处，路过此间，昨夜舟泊钱塘江畔，夜半闻女子哀哭之声，其音甚惨，心窃异之。遂起身出舱四顾，又绝无影响。盼望未几，见水面上有一女子浮沉其上，遂唤手下人捞起，尚有残喘一息，渐渐救醒。弟细诘其捐躯之故。那女子说：'丈夫柏孝廉，家住平湖。因今岁四月间，特到武陵，进香天竺，祸被轿夫反抬至一所花园，丽艳异常，目所未睹。园中有一少年恶秃，似僧非僧，似俗非俗，将妾玷污。妾本欲一死，以留清白之身，无奈他行凶强逼，荼毒难堪。夜间又交托

婢女人等掌管，未能尽节而亡。所以贪生苟活，已延忍数旬。妾见园中妇女，络绎抬至，虽拐掳者居多，看他倒乐以相从，宴然安服。只恨那恶秃，既得新，往弃旧。所掷弃之女子，却未悉其之生之死。妾今日虽不遭其害，得出天罗，然以弱质伶仃，凄凉岐路，乡关遥隔，亲戚无依。际此夜深人静，胆怯心惊，倘稍为观望，又遇歹人，则前冤未报，后祸再招，伤何如也。妾胸中不白之冤，不能伸诸公堂，只愿诉于地府矣。'我谓他道：'你为客路无依，投河而死，我着人送你回家，使你得续断弦，重完破镜，你意如何？'他挥泪说道：'蒙恩人如此垂怜，真是德垂不朽！但念妾玉瑕珠破，何颜回见江东！愿乞笔墨一假，待妾将遭辱投江及恩人捞救之事，细剖一番。亦可将此书呈告，一雪奇冤。'弟假以纸笔，那女子写毕封函，就双膝跪下，交于弟道：'此书恳恩人带去，交于拙夫。斯恩斯德，已是结草衔环，图报不尽矣。'言旋，遂即赴江而死。弟思出舱援救，因碍于男女授受不亲之理，恐又贻是女以断臂之伤，故尔遂止。欲唤水手再行捞救，因见他性贞词烈，义不苟生，遂不复相救。弟始闻其言，不禁双眉竖立，怒发冲天，即欲通告督抚，将此僧访出碎尸万段。及仔细寻思，若云别个僧人，绝无泼天大胆，干此不法之事。所云丽艳园中少年恶秃者，非兄而何？兄既出家，宜潜修礼佛，屏弃尘缘，唯祈超升有日，庶不负此弃官脱俗一番。乃反假此佛门净地，以为藏污纳垢之场，无论国法森严，必不纵刑于大僻，即佛心慈悯，亦当迁怒于如来也。如行荒行，不禁为兄危之！"花春道："墙茨本不可扫，然于兄前，却不妨坦告。弟始谓淫报之理，天必稍宽于才子，如弟与画图上诸美人之合，皆思订以终身，谐以白发。无奈命薄时乖，历遭变故，亦不得谓予滥淫闺女也。岂料平番归故，山氏不贤，竟成淫乱，弟忿气将她灌醉，推入太湖。然清夜盟思，我心终不甘服。谓彼苍既生我花春，不生几个佳人以配我，其所以待才子者已薄矣；而淫报之法，又尔执一不移，如此太狠，我偏立心要与他违拗到底，使其法亦有所穷而不得行。那时，适幸番国宫主染病身故，我便立意出家，肆行无度，故昔时愿为风流才子，仅欲占尽天下佳人，而今则愿为风流和尚，直欲淫尽世间女子矣。此乃弟之违天拗法，奇情非兄所得而知也。"柳莺道："兄言何愚昧颠倒若此！天何可以违？法何可以拗？淫报之理，弟苦苦为兄洞悉言之，兄唯充耳不闻，所以妄结诸美人月水之缘，致有其报。况尊山氏夫人，文精七步，武谙六韬，诗才压众，名震京都，本是一位绣阁中出类佳人，香阁内流名才女，闺门管谨，姆教夙娴，幽闲贞淑之德，谅无不备。一旦适于兄而有邪行，乃是我兄贻玷于尊阃也。既遭此变，正宜恍悟前非，深叹弟之良言为不谬。天之报应果无私，犹可为醒醉觉梦之一候。兄何尚未头，犹梦之若此！"花春道："报应之理，果甚昭彰。但前此则未能逃其报，从今我妻妾儿女孽根已尽，试看彼苍淫报之法，将何所施！"柳莺道："报应无定法，速者速，迟者迟，或报在阳世，或报在阴间，或报在今生，或报在后世。兄何得以妻女根锄，而遂谓穷于施报乎？"花春道："来生非我也。若云地狱之苦，亦属渺茫，我无恨焉。"柳莺闻说，呆坐许久，不复进言。花春又问道："兄适才所云柏姓妇人，倩兄带寄书函，此书若在身旁，可拆开与弟一览。"柳莺正色言道："私启家书，本干违法。况此乃患难中一封生离死别的家书，如何可以私相拆览？"花春道："据兄所言，则此书竟欲着人送去矣。"柳莺道："那妇人尽节捐躯，生且不欲含冤抱恨，愿将此信交于伊夫。弟若从中捺起，于心亦复何忍！"花春道："然则兄待断金一切，友曾不如萍水一妇人矣。凤昔交情，归于何有？"柳莺笑道："弟若不念谊重交深，竟密遣人将书投于柏孝廉处，令他即向督抚鸣冤，前来拿获矣，又何必至此相告，谆谆力劝哉！为今之计，兄宜速令后园中妇女各各散去，将园庭付诸一烬，以后净修正觉，顶礼如来，则祸犹可免。若再留恋姣娥，横行无度，则此书寄去，柏孝廉岂肯含羞默默。况天道福善祸淫，必燃巢燕之幕欲覆，将来祸到临头，悔之已晚，兄试思之！"

花春闻言，惴惴道："我既立志如此，上不惧天怒，下不惧犯王章，即粉骨碎身，亦所不畏！请兄且莫抱一片热心，但留两只冷眼，试看天公何以施报于我。我花春亦俟夫报应之来，而甘为顺受。"柳莺闻言，唯是嗟叹连声，垂头不语，遂与花春作别。花春道："今朝分袂，不久要至武林，定当再造宝山会兄。"遂送迁乔至大殿外。然后回步进来，仍到园中与诸美人谑谈终日，把迁乔药石良言，竟尔置诸度外。

却说迷园乐事，笔难琐述。那一日，正逢七夕，花春想道："织女牵牛，仅得经年一会，怎及得我与诸美人宵宵云雨，夜夜风流。正是天上由来多别恨，人间何必抱离愁？"抚景兴怀，遂口占五言二律，其诗云：

其一：

迢递银河畔，相逢泃有缘。

飘飘来月下，脉脉会星前。

镜喜今宵合，桥看此夜填。

遥思去年事，一别又经年！

其二(叠前韵)：

不觉东方白，空多未了缘。

鸡声残梦里，骊唱晓风前。

恨岂经梭织，愁还似海填。

笑他银汉隔，良会仅年年。

是夜，令诸美人不许安睡，为迷园中鹊桥大度，一一交合尽欢，以傲天上佳期之所不能及。直至晨钟送响，晓漏频催，然后罢战。

却说岁月如流，韶光易逝，转瞬间又是中秋佳节，适届焚烧秋香之期，四方游女又是络绎而至。一日，轿夫抬一女子进园，花春将他面庞细认，问道："你莫非维扬逢社来之女逢凌霄么？"那女子回言道："是。"亦将花春注目良久，问道："你莫非三载前进都赴试，在我家可竹轩中留寓的花郎么？"花春道："是也。我那日重至广陵，冀完旧约，岂料卿已适人，不胜悲感之至！"凌霄道："妾与君深山海，岂有异心。无奈迫于严命，不敢拒违，只得吞声饮泪，而为逐水杨花。然身虽适彼，而抚怀追昔，犹恋恋不忘君耳！"花春道："闻卿适人于姑苏，谅多纳宠，今何事而来游于此？"凌霄道："妾久闻西河山明水秀，风景可人，故驾一扁舟，同女伴数人，特到武陵一玩。今日上游天竺，唤几乘坐轿下山，因游人热闹，前后不能照应。轿夫抬了竟如飞而奔，抬至此间，得与君会。在他人际此，则以为忧，在妾际此实以为幸也。然妾思君青年才富，正宜建功立业，于王家荣叨爵赏，则画阁中珠围翠绕，粉艳脂香，怕不有姣姬美妾，列队成行，为何削发为僧于此，行那丧身招祸的险举？幸遇故人相见，可以谐欢。若非所愿，岂能悦服从君？恐如此讨险行强，飞灾难免。"花春笑道："你看我园中诸美济济，皆如卿这样来的。我此园虽在昭庆寺方丈后，中自有后户可通，故不自山门而入。诸美人到此，几不识此园之在于何处也。至于藏娇之所，莫说幽僻异常，闲人绝迹，即飞来之野鸟，亦恐碍于径路纡曲，楼阁环回，未能径飞至此！"遂手挽凌霄，一重重指与他说道："这扇户门，自外观之，直是一架方厨，并非户扉也。外面锁御金兽，难启连环，我只消将里边转运暗动，双扉启矣。"

二人回湾曲折行来，见有一座假山隔住，别无去路可通。那假山堆得断崖峭壁，甚是险峻玲珑。凌霄问道："此山可登否？"花春道："若不登此山，如何能出外？"遂一步步拾级而登,行至半山,犹未蹑其,而只见山腰凹凸,履步难行。花春携了凌霄不复上升,遂向一山洞内,迤逦而下。洞中仅留一线天光,不甚亮晃,其中七曲八湾,只方方数亩广阔,行来约有里超。花春道:"我时常出入,必须认明弯角上记号。若任足投去,则回又不能回,出又不得出,任尔劳劳投足,竟日总在方方这一个洞中,较狮子岭,更玲珑奇巧几倍。"凌霄闻言,不禁诺诺称善。步下假山,又于各处亭台楼阁中观玩一番。来到一座高墙之下,指与凌霄道:"此处名曰仙凡界。"凌霄问以何为仙凡界?花春道:"墙外乃是外园,其间卉木争春,亭池曲绕,虽有可观,究不如内园之艳丽;又无美人伫于其间,故出乎彼,则仍是凡境,入乎此,则有诸美人之弹唱歌舞,如月宫瑶岛一般,名之曰仙境亦不为过。"凌霄道:"原来如此。且问君既有此雕墙相隔,在于何处出入?"花春道:"并无门户可通,我欲出园,只消飞纵向上。若园童出入,墙下另有暗径可通。你道姣藏金屋,密不密,幽不幽?"二人在墙下徘徊片时,仍复一重重步回。

凌霄在迷园中约住了半月余,一旦谓花春道:"妾居于此,君所谓仙境也,如在瑶宫月阙,几忘此身是凡是仙。恐薄命妾消受不起,必至变生不测,未识君欲老妾于此园,还是与君款洽多时,肯令妾归于故土耶"?花春道:"我与卿旧情未了,新情又深,心腹相孚,谅无异志。若论夙昔订盟之意,本愿成其佳耦,谐老终身。至于今日,则事变人非,又当别论矣,决不敢强留卿住也。此事唯在卿自决之。欲留则留,欲去则去可也。"凌霄道:"君园中明星荧荧开妆镜,绿云扰扰梳晓鬟。粉黛盈盈,谅无伤于寂寞。妾即居此,亦属赘瘤。故妾志决于归也。"

于是又逗留了二三日。花春道:"此间至姑苏,程途遥远,当唤舟送汝还家,我怀始放。"凌霄道:"这倒不必,若君唤舟送妾回去,家中盘诘情由,反难掩饰。妾有一姑母在城外居住,离此不远,前日曾到彼探望过的,妾晚间悄然行去,设言遇拐流落,恳即送奴回家,此事方妥。"于是挨至晚间,两情不够眷恋,别泪沾襟。花春道:"若从山门行出,未免招人耳目,多却一番周折,不如悄悄从后门僻路出去。"遂令画箧引他同行,送到那家门首,然后回来。

不意画箧去了,直至明日竟不见回。花春虽不免怀疑,然究不十分介意。那日,正与诸美人在轩中,开筵饮酌。候间,狂风大作,愁雾迷空,眼前昏黑异常。只见前面有一众女鬼,蜂拥而来。花春厉声叫道:"我花状元、花元帅在此,尔鬼不得无礼!"众鬼魂全无惧怕,啼号嚷乱,竟奔花春而来。花春霎时昏迷,倒于地下。众美人上前唤醒,睁眼看时,依旧清天皎皎，秋日悬辉。那一队鬼魂，竟绝无影响了。花春心神甫定，不胜暗暗惊异。是夜卧于榻上，觉得意倦神疲，懒度春风于锦帐。而心中又不胜惶恐，令多点灯烛，须要辉煌照耀，焰焰生光。诸美人轮流在榻傍相伴，不许暂离咫尺。

时至午夜，又听得震声呐喊，有无数盔明甲闪的军士，手中各持刀枪，拥进卧房。花春顿足捶胸大喊："有鬼！"那须军士说道："你真见了鬼？在那里说鬼话！我们是奉新任督抚王大老爷之命，率兵围住前后园门，特来拿你的！"竟上前扭住花春，上了锁索。不觉平日间擒牛搏虎的英雄，纵壁飞檐的本领，到了此时，竟一齐化为乌有。

众兵士在园中行走，如由熟路一般。无何，拥出了后园门，来到督抚堂上。只见灯火煌煌，照耀如同白昼，两傍列着无数军兵，俱戎装带甲，执戟持矛。

督抚升堂端坐于上，军士把花春带过。那督抚遂拍案喝道："本院前日甫入境中，有孝廉柏贞告你假托空门，滥淫贞淑，欺天灭法，罪不容诛！现有柏贞故妻李氏手札，札函言之凿凿。然本院犹未敢全信，密遣随人潜来窥侧，在你后园门左右，探了数日，不意昨晚见一童子，引了一妇人从园门行出。因悄悄拘来，把那童子略加刑法，细诘情由，知柏孝廉所言非谬。谅你贯恶已盈，难逃法网。今日在本院跟前，尚有何说！"

花春自知冤家已到，谅来难保残生，遂硬撑撑向督抚挺撞道："我行我事，你尽你职，问刑按律，何必多言！"那督抚遂令手下人，仍把这童子拘禁在监。一面即请皇命，令众军士各执器械，须要角弓上弦，利刀出鞘，用心围护犯僧前去。又命旗牌官请了先斩后奏的尚方宝剑，一同押赴法场，到遂斩。

花春暗暗叹息道："迷园之乐，曾几何时，而报应及身，转瞬即逝。彼苍纵不能报我以淫而已，使我不能久乐于淫。诚哉，天理之不可拗也有如此！"无何，法场已至。旗牌官回身把宝剑一扬，两旁刀斧手即手起一刀，人头落地，痛不可熬。魄虽远飘，心还未死。此时直恨无地穴可钻，方知钢刀加颈之苦有如此者！

不觉三魂缥渺，去向无由。忽见一队鬼魂远远而来，见了花春，遂乱扭乱撞，詈骂不休。花春注目细认，那须女鬼，皆在生前与他结过未了缘的，只是低头不语，任他拖拖拽拽。行了久许，望见前面有一座殿宇，甚是巍峨。看看行近，众鬼欲将花春拖进，群声喧嚷。只见殿门内走出夜叉小鬼，喝道："此间甚么所在，尔鬼如此喧闹无礼！"众鬼齐声应道："小鬼们与那花春俱有宿冤，前日曾在大王案下伸靠过的，大王许我们耐心暂俟，待花春阳寿终时，与他对面相质，申诉冤情。今日逢他申诉冤情，故敢将他扭禀大王，祈求方便!"夜叉道:"既如此,你们且齐列两旁,不可嚷闹。待俺将花春带进,奏过大王,然后着你们进来呈诉便了。"那时花春,被夜叉扭进,见里面规模气象,相似王朝。而排列诸臣,则判然迥异。马面牛头,形容凶恶,非似那龙腰虎背、冠履肃雍;捧链持叉的小鬼,怪怪奇奇,非似那垂绅执笏的大臣,跄跄济济。上面悬一匾额,有四个大字:"你来了么。"两旁挂对,上联是:

举念时,明明白白,毋欺了自己!

下联是:

到头处,善善恶恶,曾放过谁人?

到了案前,那夜叉把花春掷下。花春俯伏于地,不胜声谏如牛。阎王拍案大喝道:"你是个风流才子么?从来造物无私,淫相之法,不因其为才子而有所恕。你初是执迷不悟,屡犯淫恶,已在不赦,及尔妻山氏偿淫,清夜盟心,迷途宜返矣。荒淫无忌,欲拗法于彼苍。我邓都中严刑重罚,不得不尽加于汝也。试将你生前所结之冤家,与你面质一番!"遂令鬼判,照依那诉冤日期的先后,挨次唤他到案。鬼判听令,先唤女鬼二名:水青莲、云素馨进殿。二鬼见了阎王,低头跪拜于地。阎王道:"今日冤家既到,且在寡人案前,与他质对一番,使他知生前为欲爱,死后成冤家也。"青莲与素馨起身叩谢阎王。素馨先向花春道:"我不从水贼,虽终不免于一死,然死得完名全节,

白璧无瑕矣。乃自你听琴闯入亭中,谩图佳会,致我青锋加颈,节破身亡,汝非我之冤家乎?"

素馨说未毕,青莲遂接口说道:"冤家害人真非浅也。我与你未曾一面,竟昧昧然入我闺楼,订以百年之好,已属非礼,乃又眉勾眼引,妆尽风流,强予赴高唐之梦。莫怪我哥哥怒涌胸内,行凶仗剑,汝反为漏网之鱼,我乃作瓮中之鳖,恨何如也!"未知花春何辞以对,下回再表。

评曰:观于此回,花春真可谓顽石不如矣。迁乔之箴劝,已非一次。至于此番,则忠言嚯嚯,苦口谆谆,惕以王章之可畏,示以法网之难逃,洞悉详明,倍加痛切矣。即如节妇寄书,明以实告,不废私恩,亦全公义。良友如柳迁乔者,世上何可多得!乃花春竟梦梦如故,立志不移,彼意以为迷园中朝云暮雨,正堪快我一生耳。讵知事败身亡,只争转眼。呜呼!人也,而可以拗天乎哉!

灾祸将至,而众怨鬼竟于白日里现形缠扰。"时衰鬼弄人",信乎谚语之不诬也!

从来一书必有一书之结局,必有一书结局之人。阅者观于花春枭首法场之下,必谓花春既死,如何结局全书,满怀疑异所不免也。故搆思立局,能使阅者览至此而踌躇搔首,掩卷难猜,乃尽文字之奇妙耳。

第十五回　因诉冤刑加极恶
　　　　　为报淫笔到投生

诗曰：

醒得迷途已暝眐，冤冤相报始章章。

生前不结佳人爱，死后谁瞋才子狂。

刑判泉台惊赫赫，身填孽海叹茫茫。

前生再世君休问，欲债从来须尽偿。

话说花春听了素馨、青莲这番言语，跑在案傍说道："我与二位美人缔姻谐欢，皆出于两情相愿。就是事破丧身，亦是劫数所关，无可抱恨。记得那年重至园中，于梧桐树下，遇见二位香魂，曾为我备述前情，绝无怨语。为何今日在大王案下申诉，又另变了一种言词？"青莲、素馨答道："我二人死之日，早已在大王案下陈诉过的了。那时园中相会，因你阳寿未绝，贯恶未盈，非申冤雪恨之时，故耐忍不言。况埋土之尸骸，还望与我殡葬。讵知你只恋生前之爱，不怜死后之身，竟将月下嘱恳之言，付诸度外。冤家愈结愈深矣。"言罢，立过一傍。

又唤满池娇到案，向花春道："从来婚姻大礼，必遵命于父母，一经定聘，无可更移。那时我到香莲庵焚香了愿，你竟潜身芸房，向我进言挑逗。后又乔扮尼僧，黾夜入我闺房，蜜语甜言，百般狂谑，词淫非礼，偏说得宜宜动人。一时被你炫惑，失身相从。后因汪姓姻期渐近，自思节孝不能两全，只得自缢捐躯，甘为不孝女，且作守节妇。岂知前之从汝，乃已失节；后之死汝，并不得谓守节也。害奴节孝难会，空殒一命。你道是冤家还不是冤家？"池娇言罢，又唤红日葵到来，向花春道："我与你玩月相逢，只因一念怜才，订以瑟琶之好。虽缔盟私约，亦非闺淑所宜，然使仅蹈私盟之消，不成苟合之愆，则遣冰求合，

或者得了其缘，而秋莘虽抱狠心，亦无隙可乘，唆耸老父矣。乃甫许乘龙，遂思跨凤。屡言不听，潜入香闺，致令祸生不测，妾得乘衅以生波，贻我父以割慈之痛。晋汝谓冤家，然乎不然？"

日葵言罢，又唤窦瑞香到案，向花春痛骂道："士心恶行的冤家！你也有今日到此么？奴在大王跟前，须把你设计奸淫的罪恶，重为剖诉一番，看你还有何说！奴未婚守义，誓不适人，即魂离冢畔，难为交颈双鸳；而影只枝头，愿作悲鸣寡鹄。你与恶尼纠合串通，混迹香莲庵内，夜间乘醉想法狂淫无忌，使奴含冤莫诉，负屈难伸数年。冰洁霜清，一旦玉瑕镜破，事败丧身。既未能标节操于生前，又何面见亡魂于地下。即从前共姜之义守，班惠之贤声，尽成画屏矣。"言罢，犹恨声詈骂不已。

后又唤颜金英到案，向花春道："我与你前生有何孽债？乃屡屡与我结尽冤家也。那时舟泊河塘，我自与婢女仰天论月，你何故隔舟接语，眉眼勾情。后在山姑丈署中会，你就暗递情词，黉夜越墙至我卧室，仅暗图佳好，不为明订良缘。出京数月，后应召进都，全不思率兵平冠，岁月久长，未了之缘，宜托其谋于月老，以为后图，竟放了断线风筝，自向边关去矣。以致我情伤破镜，别梦时牵，恨锁长眉，红颜渐损，忧思积郁，一病流恹，不久赴泉台之路矣。非有冤家相缠，我颜金英亦何至于斯！"

金英言罢，又唤濮紫荆至案，潸然出涕，向花春声声哭骂道："使我玷闺辱父，殒命贻羞，皆是你这负心短命冤家之罪也。你既读孔圣书，岂不达周公礼？礼有云：男女中栉不同。又云：内言不出阃，外言不入阃。语言礼貌之间，且谨严若此。你何故乔扮女优，混入梨园，又在我房中吟诗挑逗，卖弄才华，遂与我合枕同衾，突然狂谑。那日因误中奸计，玷不可磨，遂与尔有白头之订。岂知你一去都中，竟忘情负约矣。即因误期改武，留恋京师，未假出都践约，而遣冰纳聘事有可为，乃竟蹉跎以过，音信杳如。适值家父迁任广西，我只得留书一函于梅婆处寄汝，还祈你信不寒盟，远来践约。书中言语，无不可恼可怜，岂汝占鳌得志后，路过广陵，曾不至梅婆处探予消息，故未见此书耶？抑曾览过此书，竟尔付诸度外耶？那晓我到广西时，犹眼穿肠断，盼望经年。后迫于父命，赘婚入署成婚。不料其后，偶被他检出所赠之图画，并有几幅落款诗词，因即勃然怀怒，赴诉严君，将奴尽情羞辱，立写一纸休书。我无面偷生，竟尔含冤赴冥。今日相逢，即剖汝之心，啖汝之肉，犹不足以雪我之恨也。"

紫荆言罢，又把那一众怨鬼，为花春所贻玷亡身者，一一唤进申诉一番。花春暗想

道："我在迷园中倚强设计，霸占娇娃，令其丧身失节、死结冤家者，固无论矣。若十美人之与我谐欢成爱，皆是你愿我贪，成佳人才子之缘的，即如瑞香事败投札，池娇临死寄诗，犹是缠绵恳切，绝不露半句怨言，为何地下相逢，把铭心镂骨的恩情，尽变为切齿咬牙的愤恨？信乎？生前结爱，死后成冤也。"

那花春俯伏案下，正在腹内寻思，只听得阎王高声喝道："你在生时，恃了一付风流面庞，勾迷闺媛，宜罚你受粉骨扬灰之苦！"遂喝令小鬼，把花春撩去，双足倒竖，将头颅放入磨船中，两鬼擎住，两鬼把磨挨动，痛得钻心刺骨，肺腑如螯，其苦亦不可以言罄，几经磨折，渐渐化为脓血，尔时是不止一遭矣。

岂知魂中又有魂，魄外尚有魄，渺渺然飘荡远出，如欲遁避一般，被两旁小鬼撩住，抓向阎王案前掷下。阎王道："他在生时巧语花言，惯恃那一张利嘴，引诱得仙子临凡，嫦娥想嫁，该罚他受割舌敲牙之苦！"小鬼听令，举手揪住发根，仰面擎起，遂用爷凿将齿牙敲落，割去舌根，流血如漂，倒地乱滚。

那时痛犹未绝，阎王又道："他在生时，惯会飞纵重墙，入闺淫谑，宜罚他受刀山之苦！"小鬼又把花春扭至一座山前，只见山上高高下下，叠叠重重，密竖利刃，锋尖向上。花春一见此山，不觉心惊肉颤，悚惕异常。俄被小鬼从空抛起，似近云霄，倏时坠下，身着刀尖，难免刺腹穿心，肝肠断裂。

尔时魂死飘魂，又被小鬼捞住，掷向阎王台下，问道："风流才子乐否？你道那长春岭上紫云道人，还是有德于你，有冤于你？"花春闻话，挥泪道："犯鬼在生时，唯刻刻铭感那道人不忘。至今追思前事，那道人直是我冤家也。"阎王道："今日若不将前因后果与汝说明，你那晓冤冤相报之理？"遂令罚恶判官取冤报簿过来，掷于花春。花春跪接细览，见一页上写着：自己前生，姓梅名雪，与友人江潮交甚厚。江潮妻有美色，私与通焉。二人欲设计害潮。潮知觉，气愤出家，净修数十载，尸化成仙，居于长春岭紫云洞内，号曰紫云道人。梅雪虽有一端淫恶，后因悔心改过，广行善事，故死后投予花富户为生，名春字金谷，品居上爵，寿享古稀，子贵孙贤，绵绵获福。只为江潮虽化凡身，不忘冤债，因访梅雪再世为花春，陋颜抱憾，动念风流，既起孽根，可偿淫报。故于桃花村化骸、赠药坚其淫心；于水园中遇难相救，留其淫身于半桥村，吟诗教画，成其淫事；于紫云洞赐食授法，壮其淫胆。

花春看罢，含泪颔头道："原来此事，皆关前劫。我生时真如在梦中耳！"阎王道："报虽如此，你又不可以是是非非，皆前生劫数所关，无可回挽也。试看后注，便有分晓。"花春又把后边注语细细看道："若花春能悔心于淫欲风流，规身于廉耻礼义，则唯兹恶报，并可转为善缘。如陋颜脱化，不作风流举止，可为儒雅丰裁；补天丸即无所可用，而醉心丸亦可用诸除奸锄恶之场；作诗成画，亦得救重危之一命，胜造浮屠；至于教枪赐食，力壮身轻，自可兼文武全才，树奇勋于王国。总之，祸福无门，唯人自造，有改过悔非之一念，即转祸为福之一机也。可不戒哉！"花春看至此，唯是捶胸跌足，悔恨无及尔。阎王道："凭你在暗室屋漏中作一亏心事，我都中已闻，若雷见电，识悉无遗。故阴阳虽然间隔，善恶无不昭彰。因你在生有散财济困一善，狱之苦今且免汝。至于你罪恶滔天，轮回之下，该贬汝于毛禽兽族之中，但以你生前孽海深深，若不暂转人身，焉得清偿欲债？且俟来生到我案下，然后罚你永堕兽胎，披毛万世！"花春叩谢已毕，遂令书吏备了文书，差鬼役解去投生，嘱令孟婆处迷魂汤可不必与他饮，使他前生后世，如隔一梦，冤冤相报，腹内了如。

那花春随了鬼役，所过府县城隍处，一一去投了谍文。到了该县城隍署中，那鬼役递了牒文，自回去了。城隍就当堂把文书拆览，遂唤鬼差，押去投生。鬼差领了牌票，一路押去，行到一所高大墙门首，立住了足，高唤几声。只见里面有一白髯老者，扶杖出来，见了花春，遂拭泪叹气道："孽根来矣。"没奈何，引了花春，一重重行至内边楼上内房门首，把花春一拐，打入房中。眼前一阵昏黑，霎时负痛异常，启眼开来看，已成一婴孩矣。只听得产婆在旁说道："恭喜添了一位千金。"已自知转了女身，口中虽不能言语，而心内已洞然明白，知此身不投于别家，母即堂嫂杨氏，父即堂兄晴园也。上有两兄：一名花贵，年方七岁；一名花荣，年方五岁。晴园与他取名曰艳姣，却因父母性喜弄璋之庆，故于女不加珍惜。到了周岁，时乳娘怀抱手中，偶至书斋游玩，见这须图书画幅，一一皆前生手迹之存。书休琐叙。

未及二载，那生身母竟尔一病身亡，父亲续娶继母槐氏，凶悍异常，屡屡受她凌虐，苦不胜言。奈晴园又常不在家，日夜出外游荡，家中一应出入总帐，尽托人掌理。日常来往之人，俱是一班流涎富厚、骗费金银的小人。艳姣虽幼，目击能如，暗想晴园这分家资，皆是我前生分与他的，怎奈他挥金如土，日逐消磨，心中未免愤愤不平。又见会了几场冤案官非，自己却毫无胆气才干，专托那几个流名讼棍，唯将银钱挥用而已。岂知人祸未消，天灾又至，遭了一场回禄，把一座峻宇雕墙的房屋，尽变为瓦砾之场。其中明珠美玉，异玩奇珍，亦俱付诸一炬。那时迁了住居，焉及得祖居之高大华美，正所谓沧桑变幻，转眼

428

可怜。无奈相犹不回头，唯将田产变买，以为挥用之资。

约又过了数载，花贵、花荣已被晚母朝夕打骂，暗算死了。艳姣已十二岁，不料长了一岁，那晚母欺凌之态更甚一年，饥无食，寒无衣，哑口吞莲，苦向谁诉？一日晚间，偶从继母房前经过，听得喃喃有笑语声，心窃异之。因见窗外有块假山石，艳姣遂跨身而上，轻将舌尖润破纸窗，偷觑里边。只见槐氏与一少年，坐在床沿，裸体相戏。艳姣认得此人非别，即槐氏之表弟，平日间不常来往的。看了许久，见二人欢态频形，娇声屡唤，觉两颊微红，淫心顿炽，不禁失声，唤了一声"阿呀"。槐氏顿时把那少年推开，顺手牵一汗巾，束好胸膛，口中嚷道："那个泼胆贱人，在窗外窥视！"艳姣急欲逃避，岂知闻声胆破，慌忙走下，一足践空，已倒身于地，负痛不止。见槐氏已持灯出外相照，不能遁匿。槐氏走近，一把揪住，拖进房中，狠声骂道："你这该死贱人，擅敢潜身窥探我们？今日自投死网，决难撒你！"艳姣跪地哀告道："女儿偶从此间行过，听得母亲在房，不知与谁人言语。依儿听不仔细，只道是父亲今日回家了，故立于窗外一视，不知母亲与表母舅在房闲谈，女儿实无异心，还祈女儿无罪！"槐氏道："你这泼贱，尚敢巧言哄我！既道是你的短命父亲回家，明朝自见，何必在窗外窥探？及见我与表母舅在房，就该速避矣，你'啊呀'之声，为何而出？这是你明明窥探我事迹，欲向你父亲跟前搬嘴，故不如此？"艳姣道："女儿若有此心，身随灯灭！母亲暂恕女儿数日，若果造言诽谤，然后处死女儿，也未为晚。"槐氏道："我看你年尚稚幼，倒会放刁藏恶，巧语哄人，将来长大，如何容你！"艳姣见话不来头，只得跪向奸夫身傍，哀求救命。那人冷笑道："此事我如何做得主？生死之柄，在你母亲掌中。"那槐氏硬心如铁，就解下束腰汗巾，重把衣襟钮好，然后将汗巾递与那人，两头拽住，顿时欲把艳姣缢死。艳姣睹物惊心，自思今宵必死，唯是乞怜求救，顿足呼号。

正欲收缢，只听得晴园在外面嚷道："奸夫泼妇，休得如此无礼！"急急奔入，却被那人兜心一拳打倒，纵身而出。艳姣颈上的汗巾，槐氏遂顺手牵去了。只见晴园倒伏于地，叫痛连声，指着槐氏骂道："原来你这淫妇，在家干出如此泼天大事，少不得死在我手！"槐氏被骂，竟毫不知省过怀惭，反复然与丈夫争论道："你日夜在外伴宿青楼，全不念我在家中影只形单，孤帏寂寞，竟活活做了一个孤孀，是谁之过？我不去寄迹于青楼，荡身于楚馆，逞是放债于你处的了，你为何但知有己，不知有人，狠心至此！我今日将此命拼了你罢！"遂尔乱撞乱噬。艳姣心内，虽十分怀恨，不免上前劝道："母亲且请息怒！"反被槐氏举足跌开，艳姣只得吞声忍气，步回房内默睡。暗想："槐氏如此狼心虎胆，我父亲旦夕要被他

吞噬矣。教我弱质伶仃，亦无力可救。"是夜神思恍惚，枕席难安。明日起来，并不见父亲出外，意欲进房问候，却又苦于槐氏不容。

不意过了数日，一日到黄昏时分，听得槐氏在房咿咿呀呀的啼哭起来。艳姣正在疑惑，只见槐氏住哭出房，说丈夫患病数日，适才已经气绝，叫那杨家表弟，快去通报亲戚，整备丧事。艳姣心内明知父亲死得蹊跷，怎敢多言惹祸？

不数日，丧事已毕。槐氏的表弟，竟常在家中坐落，一应家务杂事，槐氏尽找他料理支管。正是权握令行，二人只是把艳姣狠狠凌虐，故自晴园死后，艳姣之受苦，更百倍于往日。然究以艳姣在家是眼中钉，一日，竟把他远卖于武林钱塘门外一家姓汪的为婢。

那家是个大户，主人号雪塘，年约三旬余，颇能优待下人。见了艳姣，甚喜她眉目清秀，与他更名为艳艳。怎奈主母妒悍暴虐，更甚于槐氏。艳姣自到他家，那为婢之苦，又不待言。吃打受骂，过了两载，已是十四岁了，身躯渐渐长成，抚形自顾，竟宛然一女子矣。一日。窃镜相照，只见眉横翠黛，眼净秋波，虽脂粉不施，而丰姿绰约，一副俊俏面庞仿佛记与前生无二。更可异者，年虽尚幼，一点欲心，早有时勃发如火，不能按遏，只碍于主母拘束维严，故不敢通情奴仆。岂知主母见她年渐长大，面容又如许秀丽，心中愈加不悦，万般凌辱，无事生非，家法相加，更甚于众丫鬟几倍。

那日正值三春时候，后园中碧桃花盛放，命艳姣前去攀折。艳姣奉命来到后园，觉风和日丽，鸟语花香，一派春光。正是温人天气，因恐在园留恋，来去迟延，归房又不免见责，故不敢恣情观玩，只是急急欲觅那碧桃花树，攀折数技。无奈树皆高耸，举手难攀。正在树下徘徊观望，只见那边来一园童，笑吟吟对着艳姣问道："姐姐，呆立在此做甚么？"艳姣道："我奉娘娘之命，到园折取碧桃花枝。怎奈树高不能相折，恳哥哥踏上，与我折取数枝下来。"园童笑道："你看如许高树，我又不是猴猿，如何教我扒上树枝？既然你要折花，那边假山旁侧，有株低矮的，可以折取，你且随我前来！"艳姣随那童子行去，转过假山

侧旁，见里面有一座亭子，两旁围着纱窗，中间设着杨妃睡榻，榻上枕褥齐备。那时被园童引进亭中，竟拥抱入榻上求欢。艳姣此时，已是撩乱春心，不能止遏，只得顺水推船，凭他宽衣解带，款赴阳台。岂知抚弄移时，唯觉痛苦交加，不能承受。那园童尚未肯止戈，艳姣只得厉声大喊，挣起下榻，将衣裙束好，自步向假山上折了碧桃花数枝，胆战心惊，急急回到房内。只见那主母竖眉怒目，喝道："你这该死贱人，我命你到园折取花枝，为甚去了多时？"艳姣战兢兢，跪地禀道："婢子奉娘娘之命，往园内折花，见碧桃花树尽皆高耸层层，攀援不着，因在园中寻觅许久，始见有数株低矮的，傍着假山侧畔，婢子遂折此数枝到来，故尔略迟了须，乞娘娘恕罪！"那娘娘骂道："你这贱人，偏会胡言说谎！明明在园内偷闲，不知干须什么苟当，还敢在此造舌么！"遂喝令众侍女将他上下衣裙剥尽，仰缚于并春凳上，用皮鞭痛抽一百。艳姣苦苦哀求，又增了十记，打得皮开肉肿，惨不可言。这种利害家法，亦不止此一则；艳姣身受其苦，亦不止此一遭。

话删絮烦，书提总领。又一日，艳姣偶从主人书斋经过，见主人在里边握笔吟诗，作吟哦之状，听得他吟成起二联，口中只顾念道：

> 一点娇黄点额头，怀春人倚隔江楼。
> 六朝旧事凭谁问？三月闲情只独愁！

艳姣倚立门傍，听了久许，那主人忽抬头看见，问道："莫非娘娘遣你到此，请我上楼么？"艳姣回言："不是。"主人道："既非娘娘差遣，你在此偷闲玩耍，少顷娘娘知道，怎免那利害家法相加？"艳姣道："婢子岂敢偷闲？因见大爷在此吟诗，故伫立窃听耳。"那主人笑道："我吟的诗句，你那里听得来？"艳姣答道："莫说婢子能听，就是适才大爷未成的诗，婢子实能续下。"

主人不信，遂唤艳姣进内，将诗笺付与他道："你既如此说，试续下四句与我看。"主人说罢，遂自踱开。艳姣侧立几傍，把尖纤玉手，轻执银毫，即续四句道：

> 残月岸旁牵客梦，晓莺声里送君舟。
> 最怜飞絮飞花后，又见萍飘付水流。

艳姣续罢，送过诗笺。

主人接览，不胜惊异错愕道："原来你竟有如此俊逸诗才！即残月一联，尽可压我前句矣。"又去书页中取出一题，上写着"题苏小小墓"，主人谓姣道："我与你联句吟就此诗，你可必酬接否？"艳姣答曰："能"。主人起句吟道：

> 花腮柳眼泣斜阳，艳姣遂握笔题云：
> 不见苏家小小娘。谁把芳魂埋槜李？

主人见了此句，沉思久之，然后接道：

> 空留残梦绕钱塘。春藏古巷浑无主，

艳姣不假思索，遂接道：

> 月冷吴山怨自长。油壁香车人去后，

主人接道：

> 青骢聊复踏贤倡。

不知联句之后，又有何事？自有下回细表。

评曰："欢喜冤家"四字，野史中已有论之详者。世上人仅知欢喜自欢喜，冤家自冤家；不知非冤家不成欢喜，非欢喜不结冤家。试观红日葵、颜金英等，在生之日，皆与花春海誓山盟，无穷恩爱，欢喜亦云极矣。而地下相逢，尽詈恨不已，结为冤家了。则迷园中之滥淫强虏者，更无论矣。况冤家易结而难解，或因欢喜在前生，而今生结为冤家；或因冤家在今世，而后世又成为欢喜。世世相延，究于何底！且其父母、兄弟、子孙，皆冤家也。欢喜少而冤家多，人宜早割欢

爱，以免结冤家也可。邓都刑罚之加于花春，不写得如许森严可畏，则人心不快，而人心且不竦也。花春投生，而即为晴园之女，见虽锄尽孽根，而花氏仍然有报也。作者痛恶花春，而欲大彰淫戒，故写尽再世之曲折，俱由淫报中来，固不特淫以偿淫而已。

第十六回 空幻中果报既昭 鹦鹉唤大梦始觉

诗曰:

前生孽债此生偿,受尽颠离暗自伤。

三载秦楼姿蝶采,十旬禅院任蜂狂。

欲心劝尔须惩遏,淫报从知不渺茫。

两世风流一梦觉,回头幸未晚榆桑。

话说艳姣与主人联句,吟成七律一首,主人惊叹道:"我平日才名流布合郡,文人学士皆奉我为诗宗。今日与你联吟,反令我一时应接不暇,真异事也。我有一课在此,还要试你一试,与我再赋七律一首。"因即取出诗题相示。艳姣接览,写着"未开花"一律,韵限"开"字。遂谩展云笺,轻提银管,竟以自己比了花,正意夹写的吟就一律,诗云:

倾国名花满园载,一丛蓓蕾破新苔。

芳心羞向东君诉,含蕊还须阁鼓催。

顾我藏娇如有待,笔他卖俏独先开。

无穷春色勾留住,吩咐狂风莫浪摧。

看官,你道艳姣自幼并不曾读过一句书,为何能吟诗联句?这皆是他前生的宿学,因迷魂汤不饮,所以满腹锦绣词章,并不遗忘一须,仍是一才子也。那主人看了艳姣所吟之诗,喟然长叹道:"此诗风流倜傥,迥然不群,即觅诸名人彦士之中,亦难多得,何可使美玉明珠,常为淹没!我欲亵汝列于小星,为花朝月夕唱和之一乐,未识尔意如何?"艳姣:"婢子得蒙垂眼,何感如之!但恐主母不容,难谐好事耳。"主人道:"我亦虑及此。胆意难舍汝,我今夜归房,须把甜言密语苦苦恳求他一番,必祈相允而后已。"那时主人起身,把双扉掩上,欲与艳姣度高唐之梦。艳姣道:"婢子来此,已耽搁许久,恐主母见责,不敢从命。"主人注目凝思道:"我实忘怀,汝须急急进内为妥。但有一言告汝,你主母夜间睡性颇好,若再多饮了几杯酒,竟尔熟睡如泥,毫无知觉。我今夜将他劝醉,可与汝在后楼相会,你须先至那边俟我。"艳姣允诺,遂急急启扉而出,来至楼上,却喜主母在床午睡正酣,不至究查加责。

日间无话。到了晚来,忙向厨房催取夜肴送房中,自有众侍女轮值在旁斟酒。见主人频频相劝,那娘娘已饮得两颊晕红,渐形醉态。少顷,掇去残肴,服事娘娘安寝好了,众侍女亦各自去安睡。艳姣因主人有约,只得悄悄行过厢楼,把后房门轻轻推开,将身闪进。只见一轮皓月,映照当窗。艳姣又把纱窗轻启,那月光射满楼中,胜比高烧银烛。无何,主人至,遂尔拥入锦帏,鸳鸯勾颈。岂知初鼓交矛,直至敲残五鼓,略破含花。艳姣因不敢败主人之兴,只是紧咬银牙,熬疼忍痛,以承受耳。既尔雨收云敛,各自抽身,订以明宵,仍在此间赴约。艳姣把门窗掩好,自归寝所,和衣而寐。暗想:"女子破花,果有如许艰苦者!我今夜含花已破,明日再会阳台,自有乐而无苦耳。"

话删絮繁。单说艳姣与主人后楼赴约,接连数次,讵知交合之际,虽已破花,一如未破花时之艰苦,无一次不咬牙频蹙。看官们,你道此何以故?这皆是彼苍欲报他前生极恶,恐其遍为淫债之偿,未必不反受淫中之乐,故使伊生成熟如识火之淫心,偏又生就狭不容物之牝户,巫山会上,仅觉有咬牙蹙额之形,并不得勾颈偎腮之乐。造物之禀性赋形,能曲为一人布置有如此,果报之法,可不畏哉!此是表语,不必多提。

却说艳姣一日谓主人道:"婢子前日承蒙许列小星,未识曾在主母跟前道及否?"主人道:"我也日挂于怀,所以逡巡不改进言者,盖有深意存焉。娘娘有性情,你也深晓。倘我言既出,他执意不从,恐一惊狮吼,难聚鸳帏,不特无以为久远计,即目前之欢爱,亦将断绝矣。"艳姣道:"离合自有定数,焉能虑得许多?须与主母一言,则允与不允,凭诸天命而已,免得时时系念,梦寝难安。"那主人应诺而去。是日无话。

到了次早清晨,只听得主母在房嚷闹多时,遂唤艳姣进房,竟不问缘由,重重将他拷打一番。那主人也不相劝,竟气愤愤下楼去了。艳姣被打,明知不允纳妾,故有此一番举

动。那娘娘遂令家人去唤方媒婆进来。不一时,媒婆唤到,要他立刻将艳姣卖去,身价银不计多少。

事有凑巧,适值一山东人到杭脱货,欲娶一妾回家。方媒婆与他撮合成事,兑过银两,催逼艳姣下船。那娘娘又令两个家人,押送艳姣到了那客人寓所方回。艳姣思与主人一别,无奈主人并不见面,只得吞声合泪,出了后门,与方媒婆并两个家人,一同下落舟船。不一时,泊舟上岸,到了寓所,方媒婆与家人自回去了。艳姣见那个客人,年近四旬,生成一付奸险的相貌,正在房中把零星物件检点收拾,打点次早起程。见艳姣生得柳腰袅娜,姿态嫣然,不觉欣喜非常,遂取出几两碎银,令童儿往衣铺中,买几件衣服与艳姣更换。是夜特备一夕盛肴,相与酌饮。少顷饮毕,拥抱入帏,免不得布雨兴云,叙新人之豪兴。而艳姣之不能容受,其苦仍复如是。到了次早起身,先将铺呈物件发下船中,然后艳姣与那客人并童儿三人,一并下去。一路无话。

那日船过太湖,正在黄昏时分,因见月明如昼,正可赶路夜行,又遇顺风,故竟拽起满篷,顺流而去。艳姣正在舱中饮酒玩月,只听得耳边忽起一阵狂风,梢上舟人喊得一声"不好了",那船儿遂倾覆水中。艳姣在水挣扎多时,已渺渺茫茫,毫无知觉矣。

无何醒转,不觉头晕眼花,静息半晌,开眼看时,见身已在一舟中。转眼细视,似一只渔船模样,有一年老婆子在梢舱中煮饭,还有一人在头上网鱼,自己身上,倒换了一身衲褛干衣。艳姣与那婆子动问一番,方知幸得他儿子捞救,十分感激。是夜在他船内过了一宵,那婆子自然细问根由。无待琐叙。

到了明日,把艳姣衣服晒干,仍与他换好,谓艳姣道:"你既无家可归,无戚可依,须寻一安身之所为要。"艳姣闻言,踌躇道:"敢问老婆婆,这里近处可有清静尼庵否?"渔婆答道:"此间有一座宝花庵,共有十余个尼僧在内庵中,颇也饶富,但不知小娘子意欲如何?"艳姣道:"吾欲投向庵中,为带发修行之举,敢乞老婆婆引我到庵,且见机而作,以图安身之计。"那渔婆道"这又何难? 就引你至庵便了。"那婆子遂把船摇动,不一时已至庵前,将船泊住,二人上岸,同进庵中。艳姣问明当家是谁,遂把前情细剖,谓愿在庵中带发修行,帮做须零星杂事,黄斋淡饭,是所甘心。尼僧见说,遂尔允诺。那婆子见艳姣安身有所,遂作别出庵去了。

且说宝花庵众尼,皆是俗缘未净的,故络绎有风流子弟在庵宿夜。谚云:近水则湿。艳姣在庵渐久,遂有尼僧前来串通撮合,亦不免与这须浮头浪子兴云巫峡,布雨阳台。因

艳姣颇能随众,故在庵与众尼甚相契合。自四月初旬到庵,韶光忽忽,又是清秋天气。这数月中,虽云寄于芸房,无异埋身于楚馆。

那一宵,与一个风流浪子,共宿纱帏,方毕风流之度,正在朦朦熟睡,只听得一声喧嚷,打进房中,悚然惊醒。见有众光棍手拿绳索,赶近床前,竟把艳姣与那个少年缚住,衣衫俱不及穿。那时拖出房中,把二人撩于山门首地下。只见那边也捉破几个尼僧,一同捆缚于地。只见当家尼情极,向众光棍苦苦哀求道:"贫尼们愿罚。只要列位出口,无不遵教!敢求列位放了他们,日后再不敢如此。"内中有一个人说道:"既是师父如此说,再恕她一次。但在这个女子房中缚住的王三,我与他实有旧冤,今日相逢狭路,怎肯饶他?我们当连夜解至吴江,送入县中,凭县主太爷如何发落。"那时哄动近村闲人,争来观看者指不胜屈。艳姣含羞闭目,暗想何独是奴命乖,撞着这个冤家,与棍徒偏有夙仇。彼欲雪怨,将我如此露丑出乖,殊可恨也。

不说艳姣怀惭抱恨。单说棍徒将二人扛下舟船,连夜望吴江进发。天明入城,重与艳姣解索,穿了衣衫裙裤。又与王三全了一条禅裙,解进县中。那时县主升堂发落,各问讯一番,将王三重责四十板,枷号三月。艳姣虽不至刑法相加,怎禁得看审之人,挨满坍塌,已弄得满面含羞,置身无地。知县审罢,令押艳姣于官媒处,觅主官卖。

时值一苏州冷公子,路见艳姣,兑银买去,即时下船进发姑苏。见那冷公子尚在青年,丰姿俊雅。暗想:"他今日买我,定是纳妾,我得此人,谐老终身,亦可无憾。但恐命遭颠沛,又有变端,亦无如何也。"那冷公子在船无事,唯与艳姣细细诘问前情。艳姣遂以自幼丧母,被晚母欺凌,卖于杭城汪府作婢,以及与主人联句称异,许纳偏房,因主母悍妒不容,顿时卖出,并舟覆太湖,寄身庵内之事,一一说明。冷公子道:"如此说来,汝之颠沛,可谓极矣。我还有言问汝,适才所云与汪姓主人联句吟诗,这诗词若还忆得,愿闻佳作。"艳姣微笑道:"俚句何堪渎听?既是公子下问,不敢深讳。"艳姣就把续句联吟二首与《未开花》一律,一并背与冷公子听了,冷公子道:"此乃才子之笔,卿虽聪俊,恐此诗未必是卿所作。"艳姣道:"若公子不见信,恳试妾以一题何如?"冷公子道:"此言甚善。"

正在构思命题,适见一蛱蝶飞入船中,因即指秋蝶为题,韵限"飞"字。艳姣得题,顿时赋成一律云:

　　回首秦楼事已非,才逢秋色便依依。

从来不向残花宿，此去谁怜好梦稀。

沉醉秋丛轻剪雨，徘徊小院冷侵衣。

只因未了风流债，采得寒香故故飞。

冷公子见甫命题，而诗已成，已啧啧称奇，及览诗，不禁大讶道："卿果有如许奇才，所背之诗，信非冒袭也。我冷梦梅何幸而得此才貌佳人，奇缘不偶，岂谩以抱衾之职待卿哉！但有一言当为卿预告，我家大娘万般贤淑，唯提起纳妾一事，则顿时怒气迸烈，不容分说。因我家有一座别墅，离家数里，我久矣蓄心欲纳一宠人，贮于此处。卿此去须安身在别墅中，庶几可免是非。"艳姣道："妾即归君，但得不时与君相聚足矣，何论其在家中在别墅哉！"是夜在船，不免巫山一度。而交媾之下，艳姣仍毫无乐境。

一宵易过，到了明日，已至苏城，命船家进红杏村中。泊舟上岸，引艳姣进了园门，遍园观玩一番。虽不十分丽艳，而亭榭池塘，颇也点缀得精雅可爱。游玩许久，行至一所庭中，见里面新砌靠壁，排着一架方厨。那公子举手启落暗闩，双扉顿启，里边又有小小坐室两间，谓艳姣道："你安居于此，只消把双扉掩好，竟是神鬼不觉的了。日给三餐，自有园童送进。卿在此，或刺绣消闲，或吟诗遣闷。我若得暇，自不时进来与卿一会，切不可随时启扉出园。因我有这须文人诗友，常在园中络绎往来，而大娘又不时遣人到园打听消息，倘一撞见，是非难免。"艳姣谨称知晓，二人又一度阳台，然后冷公子辞别而去。

且说艳姣紧闭在内，竟如关锁牢笼，心中怀闷不已，流光易逝，又是秋尽冬来。朔风凛冽，淡月凝寒，一派寒冬光景，倍觉愁人。冷公子虽不时进来，却只在日间片刻之流连，而晚间总不敢留宿于此。艳姣居此，真觉度日如年。寒冷空帏，难堪寂寞。那一日，彤云密布，大雪纷飞，艳姣暗想："如此雪天，料无人到此，不免出外观玩园中雪景一番，少遣闷怀。"遂尔步出双扉，行至庭外，绕着一带回廊步去。但觉山失孤峰，片片堆成银世界；雁迷寒影，纷纷妆就玉楼台。正在观玩，偶见一人头带毡笠，身披毡衣，跨驴而至。艳姣急欲回避，定睛一看，却原来是冷公子。遂迎公子下驴，同至飞云阁上，命园童暖酒进肴，相与赏雪观梅，以为一乐。那时谈心畅饮，竟忘却归家。无何天色已晚，见雪愈下得大了，竟一片片如鹅毛剪下，云低风冽，天气正寒。冷公子不能回去，是夜在房同宿，自然锦帐生春，漏尽五更还作夜；绣帏拥暖，雪高三尺不知寒。虽乏雨云之趣，偏多恋恋之情，喜滋滋过了一宵。

二人熟睡方醒，只听得外面双扉打破，拥进多人。艳姣急欲起身，已见一妇人走近床沿，把帐帏拽起，拽着艳姣骂道："你是何处青楼娼妓，敢大胆在此安宿！"遂喝令众使女，把他赤身拖出衾中，用麻索捆缚了，拖出庭中，竟投于阶前雪内。

艳姣身甫着雪，已冷得三魂渺渺，七魄悠悠的去了。不知死去多时，觉身上微暖，渐渐苏醒。睁眼看时，已不在冷公子园中。数椽破屋内，唯有一老婆子在内煮饭浇汤。艳姣细问其故，知被冷家大娘作主，许配与他儿子苏秀如为妻，文契现在，其子已往街上整备鱼肉、烛马等物，即在是晚成亲。挨至黄昏时分，草草毛毛的成了亲。

讵知苏秀如是一个雇工的佣人，室如悬磬，家少储粮。老母在家，唯绩麻沤纻，助给三餐。自与艳姣成亲，又增了一口，未免日给难敷，贻嗟瓶罄。艳姣际此光景，怎能消受得过。又见秀如出外佣工，归家日少，因结识了间壁一个开珠宝铺的。那人姓凤，号集梧，家住南浔，曾约于某日黄昏后私奔。

到了这日，悄悄与那人一同下落舟船，意欲同回故土，把艳姣安顿家中，然后再至苏城。不料三更时分，行至僻静河塘，两个舟人竟持了明晃晃的两把利刀，抢入舱中，把集梧一刀砍死。艳姣急待声张，那刀已架在颈边，唯哀求饶命而已。船家道："若不声张，决不伤汝。一座寺院中僧人，托我二人在苏行此苟当的。若遇姿色妇人，下船总要下须毒手，你也该遭此劫，不必伤怀。"言罢，把尸骸撩入水中，遂把橹乱摇，摇至一所，泊舟上岸。一舟人引了艳姣，弯弯曲曲行至一个僧房，遂有一众僧人络绎前来，强逼成欢。

那时，被众僧粗卤狂淫，承受之苦，自尔更甚。讵知这寺中共有十余房僧人。每房淫僧，颇又众多。艳姣每夜轮流，而污淫之态，何可胜言。日间则密藏于一所幽室中，见里面已有十余个妇人在内，共诉冤情，知皆拐虏于此。

且说光阴易过。艳姣自虏入寺中，屈指算来，已有十旬，正愁困兽笼禽，无由得出。适值那晚黄昏，寺遭回禄，火焰冲天，竟难救遏。众妇人乘闹俱拼命逾墙而出，得脱牢笼。那知艳姣命犯颠离，出寺难行，又遇地棍奸淫，骗拐载至维扬，竟卖于蔼春院中为妓。艳姣暗想："我自破瓜以来，御人多矣。枕衾之下，有苦是负，无趣可尝，怎禁得寄身于此，朝送旧夕迎新耶？然我欲火时腾，又难久耐，岂能割除孽障，长守寂寂之空帏？想我丽颜拔萃，正在青年，而抚琴对棋，吟诗描画，又样样精通。我若为青楼女，自能合郡流名，深人企仰，一为酬接，已令他心醉魂迷，而云雨之间，聊为画卯点名而已。"此志既定，遂安心在于蔼春院中。

入院方数日,而声名已大振广陵。兼此处乃天下客商辐凑之所,名妓声传,无不契怀赞羡。由是谒春院中,无日不车马盈门,不让花魁之品,竟有苏小之风。

且说艳姣在院,迎新送旧的过了三载。时有一贵宦石公子,与他甚相契合,深慕艳姣词赋之工,故二人得暇常为和咏联吟。不知石公子虽嗜吟诗,而诗学甚浅,较诸艳绞不啻有涯角之隔。石公子却能下问,所吟的诗反教艳姣评改,故二人相交甚厚。那时石公子之父,因放了山东巡按出都,特遣人来迎接家属,故石公子特来与艳姣握别一番,袖中取出一幅感别诗词,赠于艳姣。展开一看,见是四首绝句,内有一绝诗云:

> 瑶台旧路渺无踪,两地相思情更钟。
>
> 毕竟鹊桥填未稳,关山云树隔重重。

艳姣一览此诗,似于何处见过。沉思久许,记是前生题跋在十美图上的,笑谓石公子道:"瑶台一绝,非君所作,是一幅美人图上抄袭来的。"石公子惊问道:"卿何以知之?"艳姣饰词对道:"妾昨夜曾得一梦,梦君赠妾以一幅画图,妾珍玩之无已。见每幅上题诗一绝,妾尚记忆不忘。"石公子道:"原来有此异事!我果新得画图一幅,如卿所言者。卿既梦我见赠,我回家即当检出遣使送来。"言罢别去。

少顷,即有侍女送上画图。艳姣甫为展览,不觉伤心触目,泪落如流,道:"物犹是也,而人已非矣。我前世孽根,皆起于此。想我自卖身而后,淫债谅已偿清。尚欲偷生于世何为?"遂解下一条丝绦,自缢而亡。

讵知魂赴冥台,阎王谓:"艳姣冤债未清,寿年未绝,再至阳间,为人数载,然后可赴邓都。"那时悠悠醒转,见鸨儿并众姐妹在房看视,诘问缘由,不过吱唔以对。自是艳姣在蔼春院中,又过了两载,忽被扬州府陶太爷出重价买去,送于督抚柳大人为妾。

艳姣甫入内署,见柳巡抚年近五旬,注目许久,心甚疑惑。因乘间细问侍女们:"老爷籍贯何处?谁字甚名?"一经盘问,腹内已自了如。少顷唤进卧房,欲御枕席,对着柳巡抚,不禁忆昔伤怀,潜潜泪下。柳巡抚见此形情,十分怀疑道:"你有何伤感,不妨对我细剖。"艳姣道:"我之伤感,不在今生,乃在前世耳。"柳巡抚道:"前世之事,渺茫难知,何用悲他?"艳姣道:"我前生悔不听君之箴劝,致有今日。我非别人,即君之契友花金谷所转世也。"

原来这柳巡抚亦非别人,乃即是柳迁乔也。迁乔听到此句,遂吃惊问其故。艳姣带泪将前生事迹,及邓都受苦,并再世投生之流离颠沛,一一剖详。

此时,不觉悔恨交加,呼号大恸。只听得耳边声声唤道:"花贵人,快须抬头!"竦然惊醒,乃是一场大梦,见帘前鹦鹉对着他唤了一声:"风流才子乐乎?"遂破笼飞去矣。

那花春呆思许久,顾问家童:"方才睡去多时?"家童答道:"相公俯几而卧,约有半晌,庭前花影已将过午了。"花春心窃异,想明日迁乔到来,遂以梦中之事详述一番。迁乔亦惊讶不已。又将梦中所作之诗词,一一录出,与迁乔一同观玩,不禁赞美唧唧。花春暗想:"这鹦鹉一唤而奇梦始,一唤而奇梦终。此鸟洵非凡种,乃德僧设法变来,点化于我的。"自得此梦,之后安陋颜之故,遂绝念于风流。厥后花、柳二人,俱得玉人合抱,金榜标名,子桂孙兰,爵居上位。此书俱不赘言。